阿特拉斯聳聳肩 III

A即是A

艾茵・蘭德 著
楊格 譯

Ayn Rand

ATLAS SHRUGGED

目錄

第三部

A即是A

III

A即是A

A IS A

第一章 亞特蘭提斯

她的雙眼一睜開，就看見了陽光、綠葉和一個男人的臉龐。她想：我知道這是哪裡，這就是她在十六歲時渴望見到的地方——現在她置身其中了——這一切似乎來得如此簡單而平淡，她所感受到的彷彿是一種祝福，這祝福被三個字傳遍了整個宇宙：當然了。

她仰頭望著一個跪在她身旁的男人，心頭豁然明朗，眼前出現的正是她從前哪怕付出生命也要求得一見的：就是這一張看不出一點痛苦，沒有絲毫恐懼和內疚的面孔。他的嘴角上掛著自豪，不僅如此，他似乎更以這種自豪為傲。他的臉頰棱角分明，不禁令她聯想到了高傲、嚴肅和對一切的藐視——但那張臉上並未流露出其中任何一點，而是把它們集中在了一起：這是一種沉著果斷的自信神情，這神情純潔無瑕，既不會懇求，也不會施捨原諒。這張臉上沒有任何躲躲閃閃，坦蕩而磊落，因此她最先捕捉到的便是他眼裡的一種專注的洞察力——看起來，他對他的觀察力最為中意，彷彿他的眼睛能夠帶他進入毫無止境的快樂之旅，把最有價值的資訊告訴他自己和全世界——告訴自己，他有能力看到這一切，告訴世界這是一個多麼值得一看的地方。一時間，她覺得自己面對的是一個純粹的感知的生靈——然而，她還從未對一個男人的身體有過如此強烈的感覺。薄薄的衣衫與其說是遮蔽，倒不如說更加突出了他的軀體，他的皮膚被陽光曬成健康的棕色，身材結實，顯得幹練，猶如鍛鑄的金屬，但卻像銅鋁合金一般，淡淡地泛發出毫不刺眼的光澤，皮膚的顏色和他栗褐色的頭髮正好相配，縷縷蓬鬆的頭髮被陽光染成了由褐漸黃的自然顏色，但他的眼睛作為鐵鑄一般的身體裡唯一不顯黯淡，又不刺眼的部位，成了全身色彩的點睛之處：那雙眼睛散發著如同金屬表面發出的幽幽綠光。他帶了淡淡的笑容，正低下頭來看著她，那神情完全不是面對著什麼新的發現，而是在熟悉地思索著——似乎眼前這個人也正是他期待已久和深信不疑的。

這才是她的世界，她想著，人就應該是這個樣子，就應該這樣去面對他們的生活——而所有其他的一切，這些年來所有醜惡和掙扎的經歷，只不過是某人開的一個愚蠢的玩笑罷了。她朝他微笑著，似乎把他當成了自己的同夥，笑得輕鬆而自由，把她再也不覺得重要的事情統統撇在了腦後。他以和她同樣的微笑作答，似乎與她感同身受，心有戚戚焉。

「我們是不是再也用不著擔心了？」她輕聲問道。

「對，再也用不著了。」

隨後，她的感覺徹底恢復，意識到他完全是一個陌生人。

她試著離他遠一些，僅僅是枕著草地的腦袋略微動了動。她試著坐起身，但後背傳來的一陣劇痛使她又倒了下去。

「別動，塔格特小姐，你受傷了。」

「你認識我？」她的聲音十分生硬。

「我認識你很多年了。」

「我認識你嗎？」

「我想是的。」

「你叫什麼名字？」

「約翰．高爾特。」

她呆呆地望著他。

「你為什麼覺得害怕？」他問。

「因為我相信你說的話。」

他笑了笑，像是完全認可了她對他的名字所領會的涵義；這笑容表示他接受了對手的挑戰——如同大人對於小孩的欺騙自己感到好笑一樣。

她感覺在迫降中被撞壞的不僅僅是飛機，她的意識並未完全恢復。她無法把眼前的一切拚湊在一起，想不起她的那些關於他的名字的記憶，只知道它代表的是一個她必須慢慢填補的漆黑的真空。她在此刻無法做到，這個人的出現像聚光燈一般的刺目，讓她看不見散落在外面黑暗之中的那些東西。

「我一直跟的就是你嗎？」她問。

「是的。」

她慢慢地環顧了一下周圍。她正躺在一片草地之上，草地的一端矗立著一塊從高高的藍天之外掉落的巨大岩石。草地另一端的危岩和蒼松，以及樺樹枝上閃亮的樹葉，擋住了她的視線，只能看到遠方環繞著他們的群山。她的飛機並沒有摔爛——只是肚皮貼著地，就停在幾步之外的草地上。眼前看不見其他飛機，看不到有建築和人類棲息的跡象。

「這是什麼山谷？」她問。

他一笑：「塔格特終點站。」

「什麼意思？」

「以後你就會明白了。」

彷彿對對方產生了畏懼一般，她隱隱地想要察看一下自己的身體狀況。她的手臂和腿可以動；頭能夠抬起；她深吸一口氣，感覺到鑽心的疼痛；她看見一縷鮮血順著襪子流了下來。

「這裡出得去嗎？」她問。

他的聲音似乎非常誠懇，但散發著金屬般綠光的眼睛卻充滿了笑意：「其實是不行的，暫時的話——可以。」

她想要起身般地動了動，他彎下腰，想拉她一把，但她用盡渾身的力氣，猛地一下子掙脫了他的手，掙扎著想站起來，「我可以——」她張口說道。她的腳才著地，一股劇痛便從腳踝直襲上來，令她難以支撐，倒在了他的身上。

他雙手將她抱了起來，笑道，「塔格特小姐，你還不行。」說完，便邁步向草地對面走去。

她的手臂環抱著他，頭枕在他的肩膀上面，身體靜靜地躺在他的懷裡，心想：只要像這樣——哪怕是一會兒——也可以徹底不再抵抗了——可以將一切忘記，只是去感受……她以前是在什麼時候體會過如此的感覺？她迷惑起來。曾幾何時，她的心中曾出現過這樣的念頭，但此刻她已想不起來。她曾經有過一次這樣的感受——感覺到踏實，感覺到這就是終點，感到她已經到達，不必再有疑問。但她從未體會過的是這種被保護，同時可以接受保護、放棄抵抗的感覺——對啊，因為這種特殊的安全感並非是針對未來，而是針對過去，並非是保護她撤出戰鬥，而是讓她獲得勝利，並不是因為她的軟弱，而是因為她的堅強……她異常強烈地意識到他那雙抱住她身體的手，他亮銅般金黃的頭髮，他和她相距不過數寸的睫毛在他的臉上遮下的陰影，她模模糊糊地思忖著：受保護，是保護我什麼？……他才是敵人……他是嗎？為什麼？她不知道，現在她想不了這個問題，此時，要記得幾個鐘頭前她曾經有過的目標和動力，都要費一番力氣，她強迫自己重新找回它。

「你知道我在跟著你嗎？」她問。

「不知道。」

「你的飛機到哪兒去了？」

「在機場。」

「哪裡有機場？」

「在山谷的另一邊。」

「我向下看的時候，山谷裡並沒有機場，也沒有草地。它是怎麼跑出來的？」

他朝天上瞧了一眼：「仔細看看，能不能看見上面有什麼東西？」

她把頭向後一仰，直直地望著空中，除了清晨那一片靜靜的藍天之外，什麼也沒有發現。過了一陣子，她看出空氣中有幾縷微微晃動的亮光。

「熱空氣。」她說。

「是折射光波，」他回答道，「你看到的谷底是離此五英里之外的一座八千英尺高的山頂。」

「一座……什麼？」

「一座沒有飛機會選擇去降落的山頂。你看到的是把它折射在山谷上方的反光。」

「怎麼折射？」

「這和沙漠中海市蜃樓的原理一樣：用一層熱空氣來折射影像。」

「怎麼折射？」

「是用一面光幕，設計時考慮到了所有的因素——但忽略了像你那樣的勇氣。」

「什麼意思？」

「我從沒想過會有任何飛機敢下降到距離地面七百英尺的範圍內。你撞上了光幕，有些射線會讓電磁發動機熄火。你這可是第二次讓我失算了：我也從沒被人跟蹤過。」

「你為什麼要用這個放射光幕？」

「因為這裡是私人領地，不想被破壞。」

「這裡是什麼地方？」

「既然現在你來了，塔格特小姐，我會帶你看一看的。等你看過之後，我會回答你的問題。」

她不再說話了。她發覺自己幾乎問遍了所有的事情，就是沒有問關於他的問題。他似乎是一個整體，就像一個不可再簡化的絕對，一個無須再進一步解釋的公理，她第一眼看到時就已經掌握，似乎她僅憑直覺就已對他瞭若指掌，而現在她要做的，只是去分析她所瞭解到的一切。

他抱著她，順著一條蜿蜒的小路走下谷底。在他們身旁的山坡上，巍然挺立著杉樹那高大、深沉、如金字塔般的軀幹，簡約的陽剛之氣猶如一座座最原始不過的雕塑，碰撞著在陽光下顫動不已的樺樹上那茂盛、陰柔，有著刺繡般繁複紋理的葉子。陽光透過樹葉，灑落在他的頭髮和他們的臉上。她看不見山路轉過彎後的下面有些什麼。

她的眼睛不停地轉回到他的臉上。他偶爾會低頭看她一眼。一開始，她的目光像是被人逮住一般地急急避開，後來，她似乎學起了他的樣子，只要他一低頭便將目光迎了上去——她心裡明白他知道她的感受，而且他不會在她的注視下隱藏他眼神裡的含意。

她知道他的沉默等於在承認他和她有著同樣的感受。他並不是用一種冷淡的態度，像一個男人抱起受傷的女人那樣對待她。儘管她並未從他的舉止裡感覺出來，但那是一種擁抱；她只是非常確切地感到，他的全身上下都能意識到抱著她身體的那種感受。

她聽見了瀑布的響聲，隨後便看到晶瑩碎裂的水流自山崖上潺潺濺落。水聲通過她內心當中的某種隱約的敲擊，以她正極力去回想的微弱節奏傳來——但這節奏轉眼便已消失，敲擊仍在繼續；她聆聽著水聲，然而，另外一種聲音好像變得更加清晰和響亮，它並非來自於她的心中，而是發自樹葉間的某個地方。山路迴轉，她在豁然開朗的前方看見了山崖下的一座小房子，打開的窗戶上映著一道陽光。她馬上悟出了那種讓她想要立即接受眼前一切的感受——那就是一天夜晚，她坐在彗星特快滿是灰塵的座位上，第一次聽到了哈利第五號協奏曲的旋律——她知道她此時聽到的正是它，它是從一架鋼琴的鍵盤上傳來的，那清脆而響亮的音符，是出自一個有力而自信的人的彈奏。

她幾乎是猝不及防一般地劈頭問道：「這是理查．哈利的第五號協奏曲，對不對？」

「對。」

「這是他什麼時候寫的？」

「你為什麼不問問他本人？」

「他在這裡嗎？」

「彈奏這首曲子的人就是他。那是他的房子。」

「噢……」

「你以後會和他見面的，他將非常高興見到你，他知道你晚上獨處的時候，只喜歡聽他的曲子。」

「他怎麼會知道？」

「是我告訴他的。」

她臉上的表情彷彿是要問：「你怎麼居然……」然而，一看到他的眼神，她就笑了起來，這一笑，便道破了他眼中所要表達的意味。

她心想，她不能再提出任何問題，有任何疑問了，至少不能在當下，不能在這樣的音樂聲中——這樂聲從沐浴著陽光的枝葉間昂然升起，傳神地演繹出了被解脫和釋放的激情，正像她當初在顛簸的火車座位上，透過沉重的車輪聲所聽到的一樣——那天晚上，她的內心通過這樂聲所看到的正是這些——正是這座山谷，還有黎明的太陽，還有——

她旋即大吃一驚，山路又轉了個彎，從一處開闊的山崖望去，她看到了下面峽谷裡的一座城鎮。

那還不是個城鎮，只是一片房屋，從山腳一直延伸散落到了山坡之上。群山越過那些屋頂繼續向上伸展，把它們圍在了一個陡峭而無法逾越的環中。那都是些小巧、嶄新的住宅，外形方方正正，裝著亮閃閃的大玻璃窗。遠處有一些似乎更高的建築，它們的上空飄蕩著一縷縷淡淡的煙霧，說明那是一處工業區。但從靠近她前方的一處下面的山崖上，有一根細長的石柱拔地而起，高及她的視線，在它之上，矗立著一個用純金鑄成、高達三英尺的美元標誌，耀眼的光芒使得她視野裡的其他東西全都黯然失色。它高居在小鎮上空，成為小鎮的徽章、標記和燈塔——它如同一座能量發射器，將太陽的光輝變成閃亮的祝福，向屋頂上方的天空散播開去。

「這是什麼？」她吃驚地指了指那個標誌。

「哦，這是法蘭西斯可私下裡開的一個玩笑。」

「法蘭西斯可——你是指哪一位？」她喃喃道，答案已在心裡了。

「法蘭西斯可．德安孔尼亞。」

「他也在這裡？」

「他隨時就會來的。」

「為什麼你說這是他開的玩笑？」

「他用這個標誌作為生日禮物，送給了這塊土地的主人。後來，我們就都把它認同為我們特別的標誌，我們很欣賞這個創意。」

「難道你不是這裡的主人嗎？」

「我嗎？不是。」他向山崖的腳下看了看，用手一指，繼續道，「現在過來的就是這裡的主人。」

一輛汽車在下面的泥土路盡頭停下，兩個人急匆匆地沿著山路走來。她看不清他們的臉；其中一人身材瘦高，另一人的個頭矮些，體型更健壯。他繼續抱著她向下面迎了過去，蜿蜒曲折的山路暫時擋住了他們的身影。

他們猛地從不遠拐角處的山石旁冒了出來，這兩張面孔的出現讓她感到猝不及防。

「瞧，我說什麼來著！」那個她不認識的壯漢瞪著她說道。

她緊盯著他身旁那位引人注目的高個子同伴：他正是休·阿克斯頓。

休·阿克斯頓臉上露出歡迎的微笑，彬彬有禮地朝她躬了躬身，首先開口說道：「塔格特小姐，這還是生平頭一次讓人證明我錯了。在我跟你說你永遠找不到他的時候，我可不知道再次見面時你就躺在他的懷裡了。」

「誰的懷裡？」

「當然是發動機的發明人了。」

她驚訝地閉上了眼睛；她知道她早就該想到這一點。她睜開眼看著高爾特。他臉上掛著淡淡的戲弄的笑容，似乎完全明白這件事對她意味著什麼。

「真應該扭斷你的脖子！」那個身材健壯的人氣呼呼地用關切、甚至是愛慕的口氣對她嚷道，「對這樣一個我們早就盼望並接受的人，明明可以自己走正門進來，偏偏要冒這個險！」

「塔格特小姐，請讓我介紹一下，這位是麥達斯．穆利根。」高爾特說道。

「哦，」她虛弱地應了一聲，笑了出來；她已經再也不會感到驚訝。「你是不是認為我已經掉下來摔死，這裡是另外一個世界？」

「這的確就是另外一個世界，」高爾特說，「不過要說到死的話，難道這一切不是恰恰相反嗎？」

「是啊，」她喃喃地說，「是的……」她向穆利根笑笑，「哪裡才是正門呢？」

「在這兒。」他一指自己的腦門，回答說。

「我的鑰匙丟了，」她平淡的話裡沒有絲毫的厭惡，「現在，我所有的鑰匙都丟了。」

「你總會找到它們的。不過，你跑到那架飛機上到底要幹什麼？」

「跟蹤。」

「跟蹤他？」他指了指高爾特。

「對。」

「算你命大！傷得厲害嗎？」

「我覺得還好。」

「等他們醫好你的傷後，要問你幾個問題。」他身形一轉，帶頭向下面的汽車走去，接著看了看高爾特，「好吧，現在怎麼辦？咱們沒料到的問題來了：這可是第一個破壞罷工的人。」

「第一個……什麼？」她問。

「沒什麼，」穆利根回答，然後看著高爾特，「咱們怎麼辦？」

「這個交給我，」高爾特說，「由我來處理，你去管丹尼爾斯吧。」

「哦，他一點也不用擔心，只需要帶他熟悉一下這裡就行了，其他的他似乎全都明白。」

「是啊，他等於完全是靠自己把一切都想通了，」他看見她迷惑不解地望著自己，便說，「塔格特小姐，有一件事我要感謝你：你選擇丹尼爾斯去研究我的東西，是對我的誇獎。他十分出色。」

「他在哪裡？」她問，「能不能告訴我發生的一切？」

「當然，麥達斯在機場接了我們，把我送到了家，然後帶丹尼爾斯走了。我當時正要去和他們一起吃早餐，但發現你的飛機正在打轉，然後掉在了那塊草地上。我離那裡是最近的。」

「我們儘快趕了過來，」穆利根說，「我還在想，飛機裡的人無論是誰，死了都是自找的，但做夢也沒想到會是你——你是我認為在全世界唯一能獲得赦免的兩個人之一。」

「另一個是誰？」她問。

「漢克．里爾登。」

她頓時縮住，不再說話了；彷彿面對的是從另一個遙遠的地方傳來的突如其來的打擊。她不明白高爾特為什麼似乎特意地盯著她看，她從他的臉上覺察出有一個細微的變化一閃而過，看不清是什麼。

他們來到了汽車旁邊。這是一輛哈蒙德敞篷車，是最貴的款式之一，車子用了幾年，但保養極佳。高爾特將她小心地放在車後座上，用手臂摟著她。她感到鑽心的疼痛不時傳過，但已經根本就顧不上它了。穆利根將車子一發動，她的眼睛便開始向遠處鎮上的房子望去。他們經過了那個美元的標誌，一束金光射向她的眼睛，撫過她的前額。

「這兒的主人是誰？」她問。

「是我。」穆利根回答。

「那他又是什麼？」她一指高爾特。

穆利根笑出聲來：「他只是在這兒工作。」

「那你呢，阿克斯頓博士？」她又問。

他瞧了一眼高爾特：「我是他的兩位父親之一，塔格特小姐，是沒有出賣他的那一個。」

「噢！」她說著，找到了另一個答案，「他是你那第三個學生？」

「沒錯。」

「又是一個給會計先生幫忙的。」她突然又想到了什麼，悲嘆著。

「什麼意思？」

「這是史塔德勒博士對他的稱呼，史塔德勒博士告訴過我，他認為他的第三個學生變成了這種人。」

「他過獎了，」高爾特說，「按他對他那個世界的衡量標準，我還差得遠呢。」

汽車拐入一條小道，這條路通向建在山上俯瞰著峽谷的一座孤零零的房屋。她看見前面有個人急匆匆地正沿著小路向城鎮的方向走來。他身穿一件藍色的工作服，手裡拎了一隻午餐盒。他那輕快急促的步伐隱約有些眼熟。汽車從他身旁經過時，她向他的臉上瞧了一眼——她的身體猛地向後倒去，因為這一動引發的疼痛以及這一眼給她帶來的震驚，她高聲叫了起來：「噢，停下！停下！別讓他走了！」那人便是艾利斯・威特。

車上的三個男人大笑了起來，不過，穆利根還是停住了車子，「噢……」她意識到自己忘了威特是不會從這個地方消失的，便無力而抱歉地說道。

威特朝他們轉過身來：他也認出了她。當他抓住車身，停下自己腳步的時候，她看到了他臉上那股朝氣蓬勃的得意的笑容，這笑容她以前只見過一次：那便是在威特中轉站的站台上。

「達格妮！你終於也來了？來加入我們？」

「不，」高爾特說，「塔格特小姐是個遇難者。」

「什麼？」

「塔格特小姐的飛機失事了，你沒看見嗎？」

「失事——是在這裡嗎？」

「對。」

「我是聽到了有一架飛機，不過，我……」他疑惑的神情變成了後悔、開心和善意的笑容，「我明白了，噢，得了吧，達格妮，這太荒唐了！」

她無助地望著他，實在無法將過去和現在聯繫在一起。她絕望地記起了幾乎已經是兩年前的那個無人接聽的電話，彷彿在夢中對著死去的人後悔地說著生前沒有機會說出的話一樣，將心裡一直盼望著能再見到他時要說的話說了出來：「我……我找過你。」

他寬和地一笑：「從那時起，我們一直想要找你，達格妮……我今晚會來看你。別擔心，我不會消失了——而且我想你也不會的。」

他朝其他幾個人擺了擺手，便晃著飯盒走開了。穆利根再次啟動車子後，她抬眼一看，發現高爾特的雙眼正凝視著她。她臉色一沉，像是坦白承認了自己的痛苦，同時對於這會給他帶來的滿意表示不平，「好吧，」她說，「我明白你想要我目睹的好戲了。」

但他的臉上既看不到殘忍，也看不到憐憫，只有一副公正淡然的表情，「我們這裡的第一條規矩，塔格特小姐，」他回答說，「就是一切都要自己親眼所見。」

汽車在那座孤零零的房子前停下。房屋用粗獷的花崗岩石塊砌成，正面的牆上幾乎只有一整面玻璃板。「我去接醫生來。」穆利根說著便開車走了，高爾特抱著她走上了小徑。

「是你的房子？」她問。

「是我的。」他回答說，用腳將門踢開。

他抱著她跨過門檻，走進明亮的客廳，大片的陽光照耀著用松木鑲嵌的牆壁。她看見了幾件手工打造的傢俱和裸露著椽木的屋頂，在一個拱形過道的另一邊是間不大的廚房，裡面有粗糙的木架、原始的木桌，以及令人吃驚的閃亮的鍍鉻電爐；這裡有著拓荒者的小木屋般原始的簡樸，沒有任何多餘的東西，卻設計得極具現代感。

他抱著她穿過陽光，進入一間小的客房，將她放到了床上。她注意到窗外正對著的是一條長長的石階和高聳入天的松樹。她發現木牆上有細微的像是刻寫的痕跡，幾行字的筆跡似乎並不相同，她看不清上面寫的是什麼。她發現另外有一扇半掩的門通向他的臥室。

「我在這裡是客人還是囚犯？」她問。

「塔格特小姐，這要看你自己怎麼選擇了。」

「要是和陌生人打交道，我就無法選擇。」

「可你並不是。你難道沒有以我的名字命名過一條鐵路嗎？」

「噢！對了……」又是一條線索在此找到了答案。「對，我——」她眼前看到的是一個頭髮上灑滿陽光的高個子，那雙無情而洞察一切的眼睛裡含著抑制不住的笑意——她看到的是修築她那條鐵路時的千辛萬苦，和通車時的那個夏日——她心想，如果可以把一個人用作那條鐵路的徽記，那就是他了。「對……我是這麼做過……」隨後，她想到了其餘的一切，便又說道，「但我是以一個敵人的名字來命名的。」

他笑了：「這正是你早晚要化解的矛盾，塔格特小姐。」

「毀掉我鐵路的……就是你……對不對？」

「當然不是了。是矛盾。」

她閉上了眼睛。過了一會兒，她問道：「在我聽到過的有關你的許多傳說裡——哪一個是真的？」

「都是真的。」

「是不是你散佈的？」

「不是，我為什麼要那樣做？我從來沒想過要被人議論過。」

「但你的確知道你已經成為一個傳奇人物了？」

「對。」

「二十世紀發動機公司的青年發明家，才是這個傳奇人物真實的一面，對不對？」

「如果實話實說的話——是的。」

她無法克制住自己的情緒；她在問話時連氣都快喘不上來了，聲音低得像是在呢喃：「那個發動機……那個我找到的發動機……是你做的？」

「對。」

她的頭抑制不住地抬了起來，「轉化能量的祕密是——」她話才出口，便戛然而止。

「我可以在十五分鐘裡向你解釋清楚這一切，」他回答著她沒有說出來的那個迫不及待的請求，「但是，這世上沒有任何一種力量可以強迫我說出來。你如果明白這點，也就能明白困惑你的一切了。」

「那天晚上……十二年前……在一個春天的夜晚，你從六千多個加害者的大會上走了出來——這件事是真的？」

「是。」

「你告訴他們你要停下世界的發動機？」

「是的。」

「你做了什麼？」

「我什麼都沒做，塔格特小姐，這就是我的全部祕密。」

她默默注視了他良久。他站在那裡等待著，似乎能看透她的心思。「那個毀滅者——」她帶著一種好奇而無奈的口氣說道。

「——那個最惡毒的東西，」他以引用的口吻接了下去，她聽出這是她曾說過的話，「那個把全世界的智慧都榨乾了的人。」

「你對我的監視到底有多徹底，」她問，「到底有多久？」

在只是瞬間的停頓之中，他的眼睛並沒有移動，但在她看來，他的目光似乎因為捕捉到了她而顯得更加專注，她同時從他平靜的回答裡聽出了某種加重的語氣：「很多年了。」

她閉上眼睛，讓自己鬆弛下來，不再去想這些。她有一種奇怪的無所謂的輕快感，彷彿突然之間，她只是希望在無可奈何中低下頭來，以求安寧。

前來的醫生長了一頭灰白的頭髮，面孔和藹體貼，舉止果斷，既自信又不會令人覺得不舒服。

「塔格特小姐，這位是亨德利克醫生。」高爾特介紹道。

「不會是湯瑪斯．亨德利克醫生吧？」她像一個小孩那樣情不自禁地叫出聲來；那是位有名的外科專家，六年前就隱退了。

「當然就是他了。」高爾特說。

亨德利克醫生笑著對她回答道：「麥達斯告訴我，必須給塔格特小姐一些受到驚嚇後需要的治療——這裡指的驚嚇不是你已經受到的，而是隨後會出現的。」

「我就把這裡交給你了，」高爾特說，「我去市場買些早餐回來。」

她看著亨德利克醫生動作熟練地檢查著她的傷情。他帶來了一樣她從未見過的東西：一架攜帶型X光掃描器。她得知自己傷了兩根肋骨，扭了一隻腳踝，一隻膝蓋和肘部的皮肉被磨破，身上有多處淤腫。等到亨德利克醫生敏捷而熟練地替她上好紗布、裹好繃帶之後，她覺得自己的身體如同一台被老練的技師檢修完畢的機器，已經不需要再做任何保養了。

「我建議你臥床休養，塔格特小姐。」

「噢，不行！我小心一點，慢慢走動，應該沒事的。」

「你應該休息。」

「你認為我能嗎？」

他笑了笑：「看來是不能。」

高爾特回來的時候她已經穿好了衣服。亨德利克醫生把她的情況向他做了說明，補充說：「我明天會來檢查一下。」

「謝謝，」高爾特說，「把帳單開給我。」

「絕對不行！」她憤憤地說道，「我自己會付。」

那兩個人相視一眼，像是看著乞丐吹牛一般，感到好笑。

「這事以後再談。」高爾特說。

亨德利克醫生走了。她扶住傢俱，一瘸一拐地試著想站起來。高爾特雙手將她抱起，帶她進了廚房，把她放到一張供兩人用餐的飯桌前的椅子裡。

她一見爐子上燒著的咖啡，還有兩杯柳橙汁，以及擦亮的飯桌上放著的厚厚白瓷盤，便感覺到了飢腸轆轆。

「你上次睡覺和吃飯是什麼時候？」他問。

「我記不得了……我是在火車上吃晚飯，和──」她感到無奈而好笑地搖了搖頭：是和一個流浪漢。她聲音裡帶著乞求，一心想從這個既不追趕，又無法被她發現的復仇者身邊逃走──這個復仇者正坐在她的桌子對面，喝著柳橙汁，「我記不得……那似乎已經是很遙遠的事了。」

「你怎麼會跟上我呢？」

「我降落在阿夫頓機場的時候，你正好起飛。那裡的人告訴我說，丹尼爾斯和你一起走了。」

「我記得你的飛機正在盤旋著準備降落。不過唯獨這一次我沒想到會是你，我還以為你是坐火車來的。」

她目光直逼著他，問道：「這你如何解釋？」

「什麼？」

「唯獨這一次你沒有想到會是我。」

他迎著她的目光；她看見了她要注意的那種典型的細微動作：他傲然倔強的嘴角一彎，露出一絲笑意。「你怎麼理解都行。」他回答說。

她頓了頓，臉色一沉，顯示出她很認真，然後用斥責敵人般的口氣冷冷地質問道：「你知道我要去找丹尼爾斯？」

「對。」

「你搶先一步找到他，就是為了不讓我見到他？明知道這對我的打擊有多大，還要這麼做？」

「當然了。」

她這一次把臉一轉，不再說話了。他起身去準備其餘的早餐。她看著他站在爐前烤麵包，煎雞蛋和燻肉。他工作的樣子輕鬆自如，但這份嫻熟卻是出自另一種專業；他雙手的動作如同工程師拉動控制板上的開關那樣快速無誤。她突然記起了她在哪裡曾經見過這樣熟練得令人無法相信的表演。

「你是從阿克斯頓博士那裡學會做這個的？」她一指爐子，問道。

「除了這個，還有別的呢。」

「是他教你把你的時間——是你的時間！」她難以抑制住自己的聲音因憤怒而發抖，「都花在這種事情上面？」

「我還曾把時間花費在更無關緊要的事情上呢。」

他把盤子端到她面前時，她問：「這些吃的是從哪裡來的？這裡有雜貨店嗎？」

「那可是全世界最棒的，是勞倫斯．哈蒙德經營的。」

「什麼？」

「是製造哈蒙德汽車的勞倫斯．哈蒙德，燻豬肉產自製造桑德斯飛機的懷特．桑德斯的農場——雞蛋和黃油出自伊利諾州高等法院的納拉岡賽特法官之手。」

她酸楚地望著她的盤子，簡直連碰都不敢去碰一下：「想一想廚師和其他人所投入的時間的價值，這是我所用過的最昂貴的早餐。」

「從一個角度來看的確如此。但換一個角度，這就是你能吃到的最廉價的早餐了——因為這頓飯裡沒有一點東西被掠奪者搶去，他們也就不能迫使你年復一年地來為此還債，直到最後餓死。」

長時間的沉默之後，她充滿好奇地問：「你們在這裡究竟是在幹什麼？」

「活著。」

這個詞從未像此時聽上去那般真切。

「你的工作是什麼？」她問，「穆利根說你在這裡工作。」

「我想我應該算是個修理工吧。」

「什麼？」

「我隨時待命，準備應付任何安裝方面出的問題——比如電力系統。」

她看著他——突然朝著電爐衝了過去，但疼痛迫使她又坐回到了椅子裡。

他笑了出聲：「是的，沒錯——不過別急，否則亨德利克醫生就要命令你回到床上去了。」

「電力系統……」她吃力地說道，「這裡的電力系統……是靠你的發動機帶動的？」

「對。」

「它已經造好了嗎？它已經在運行和工作了嗎？」

「你的早餐就是用它做出來的。」

「我想去看看！」

「別一瘸一拐地去看那個爐子啦，那就是個普通電爐，與其他的沒有任何區別，只是使用起來成本要低一百倍左右。你有機會看到的也就是這些了，塔格特小姐。」

「你答應過要帶我看看這座山谷的。」

「我會帶你去看的，但發電機不能看。」

「我們能不能吃完後就去那裡看看？」

「如果你願意——並且可以走動的話。」

「我可以。」

他站了起來，走到電話旁，撥了個號碼：「喂，是麥達斯嗎？……對……他是那麼說的嗎？對，她還好……你能把你的車租給我用一天嗎？……謝謝了。費率還是按平時的兩毛五分錢……能不能把車開過來？……你那裡有沒有拐杖之類的東西？她需要……今晚嗎？對，我想是這樣。我們會的。謝謝。」

他掛上電話，她難以置信地瞪著他。

「我沒有聽錯吧，你是說有兩億身家的穆利根先生因為你用他的車而要收你兩毛五分錢？」

「沒錯。」

「老天，難道他不能給你用一用嗎？」

他坐在那裡盯著她的臉看了好一會兒，似乎故意讓她看出他是覺得好笑，「塔格特小姐，」他說，「我們這個山谷裡沒有法律，沒有規定，沒有任何一種正式的組織。我們來到這裡是為了得到安生。但我們也有共同遵守的習慣，因為它們關係到我們的安生。因此，我現在要提醒你，在這個山谷裡，禁止使用一個字眼：那就是『給』。」

「對不起，」她說，「你說得對。」

他又為她倒滿咖啡，並遞過了一包香菸。她笑著拿過一支菸：菸上面印著美元的標誌。

「假如你晚上還不太累的話，」他說，「穆利根請我們去吃晚飯，他還會邀請其他一些客人，我想你是樂意一見的。」

「噢，當然了！我不會太累的，我想我再也不會覺得累了。」

就在他們快要吃完早餐的時候，她看見穆利根的汽車停在房子的前面。司機跳下車，跑上小道，片刻不停，既不敲門也不按鈴，一直衝進房子裡來。她端詳了一會兒才認出這個急匆匆喘著氣、衣冠不整的年輕人正是丹尼爾斯。

「塔格特小姐，」他喘著氣叫道，「我很抱歉！」他嗓音裡的惶然內疚與他臉上快樂興奮的表情截然相反，「我以前從沒食言過！這沒什麼可解釋的，我不能請求你原諒我，而且知道你也不會相信，但事實是我——我居然把它忘記了！」

她瞧了一眼高爾特：「我相信你。」

「我忘記了自己曾經答應要等你，忘記了所有的事情——直到幾分鐘前，穆利根先生告訴我你的飛機撞到這裡了，我才意識到這是我的錯，要是你出了任何意外的話——噢，上帝呀，你還好嗎？」

「還好，別擔心，坐吧。」

「我不知道一個人怎麼居然能忘記自己的承諾，不知道我這是怎麼了。」

「我知道。」

「塔格特小姐，我幾個月來一直在埋頭研究，越研究越覺得這似乎毫無希望。過去的兩天我一直待在實驗室裡，想要解開一個看來是不可能的數學等式。我覺得我都快要死在黑板前面了，但還是不會放棄。他進來的時候天已經很晚，我根本就沒注意到他進來。他說他想和我談談，我讓他等一等，然後就接著做，看來我是把他給忘了。我不知道他站在旁邊看著我有多久，可我記得的是，他突然伸手過來把我的那些數字全都從黑板上抹掉，然後寫了一個簡單的等式。我這時才注意到了他！我當時就大喊了起來——因為它雖然不是解決發動機的最終答案，卻是條必經的途徑，我從來沒發現和想過這條途徑，但我知道它通向哪裡！我記得我當時喊道：『你怎麼可能知道？』——他指著一張發動機的相片，回答說：『我是第一個製造它的人。』這就是我最後的記憶了，塔格特小姐——我是說之後我就徹底忘記了自己，因為我們接著就開始說起靜電，說起能量轉換和發動機來了。」

「我們在那裡一直談論物理問題。」高爾特說。

「噢，我記得你問過我是否願意跟你一起走，」丹尼爾斯說，「是否願意放棄所有的一切，走了就再也不回來……什麼所有的一切？就是放棄一個已經僵死、正在倒退成原始叢林的學校，就是放棄我這個成為看門奴隸的命運，就是放棄衛斯理．莫奇、一〇——二八九號法令和那些趴在地上、呼嚕著說什麼不該有智慧的近乎禽獸的東西！……塔格特小姐，」——他暢快地大笑著——「他是在問，我是否願意將那些放棄，和他一起走！他不得不問了我兩遍，我一開始還不相信，不相信還用得著問誰這種問題，誰還會在這樣的選擇面前猶豫。要走嗎？我會縱身從高樓上跳下去——就為了能跟上他，能在摔到地上前，聽到他說出他的算式！」

「我不怪你，」她說；她帶著近乎羨慕的眼神嚮往地看著他，「此外，你已經履行了你的合約，你帶我找到了發動機的祕密。」

「我在這裡也要當一個看門人了，」丹尼爾斯說著，高興地咧嘴笑了，「穆利根先生說他給我一份看門的差事——就在發電廠。等我有了進步，就可以提升去做電子技師，怎麼樣，麥達斯·穆利根很棒吧？等我到了他那個年紀，也希望像他那樣，我想去賺錢，上百萬地賺，像他一樣有錢！」

「丹尼爾斯！」她哈哈大笑了起來，想起了她原來認識的那個平靜自制、一絲不苟、思維縝密的青年科學家。「你怎麼回事？都扯到哪兒去了？知不知道自己在說些什麼呀？」

「我是在這裡，塔格特小姐——這裡的一切都沒有止境！我要成為世界上最偉大、最富有的電氣專家！我要——」

「你要回到穆利根家裡去，」高爾特說，「然後睡上二十四個鐘頭——否則我不會允許你靠近發電廠。」

「是，先生。」丹尼爾斯順從地說。

他們從房子裡出來的時候，太陽正漸漸從山巔滑落，照亮了峽谷四周環繞的峭壁和閃亮的積雪。她忽然覺得在那光環之外已經什麼都不再存在，她驚奇地發現那喜悅而驕傲的認同感是源自一種洞察一切的自信，是因為一個人知道他所關注的一切全都在他的視野範圍之內。她幾欲伸出她的手臂，探過下面城鎮的屋頂，去體會手指頭觸摸到對面山峰的感受。但她無法抬起手來；她一隻手倚住拐杖，另一隻手扶著高爾特的手臂，緩慢而清醒地挪動著腳步，像孩子初學走路一樣，向下面的汽車走去。

她坐在高爾特身旁，他開車駛過城鎮邊緣，來到了穆利根的家。他的家坐落在一處山脊之上，是山谷裡最大的住宅，也是唯一蓋了兩層樓的房子，結實的花崗岩牆壁和寬廣開闊的平台使它看起來既像城堡，又有休閒別墅的味道。他停下車，讓丹尼爾斯下去了，然後便繼續沿著蜿蜒的山路慢慢向山上開去。

穆利根的富有、豪華的汽車，以及高爾特手握著方向盤的情景，讓她頭一次猜測起高爾特是否也是富有的。她看了看他的衣服：灰色的長褲和白襯衫似乎很耐穿；腰間窄窄的皮帶已經裂了縫；腕上的手錶倒是很精確，但卻是用普通不鏽鋼做的。他身上唯一顯現出豪華的地方便是他頭髮的色澤——在風中徐徐拂動的那一縷縷頭髮，如同透明的流金鑠銅。

一轉過彎，她頓時發現眼前是一大片綠油油的草地，一直蔓延到了遠處的農舍。草地上放養著成群的羊和馬，木棚草倉的邊上是圍好的一塊塊豬舍，更遠的地方則是與農場無關的一個金屬外殼的大庫房。一個身穿牛仔襯衫的人正快步向他們迎上來，高爾特停住車，向他招了招手，但卻沒有回答她詢問的眼神，他是要她自己去看。走近後，看清那人原來是懷特．桑德斯。

「你好，塔格特小姐。」他笑著說。

她默默地看著他高挽的衣袖、笨重的靴子和一群群的牛，「桑德斯飛機公司現在就是這副模樣啊。」她說。

「當然不是了。那兒就是那架很棒的單翼機，是我最好的一款，被你迫降在山腳下了。」

「噢，你認出來了？對，它是你設計的，那架飛機很棒，不過恐怕我把它毀得不輕。」

「你應該把它修好。」

「我想我是把它全毀了，沒辦法修了。」

「我能修。」

如此自信的言語和口氣是她好些年都沒聽過的了，她早就不指望能再看到這樣的態度——但她的笑容馬上變成了一聲苦笑，「怎麼修？」她問，「就在養豬場裡嗎？」

「當然不是，是在桑德斯飛機公司。」

「在哪兒？」

「你覺得它會在哪兒？是在霍洛威的侄子靠著政府的貸款和暫時免稅，從我破產的繼承人手裡買下的那幢新澤西的大樓嗎？是在那幢他造出了六架上不了天的飛機，八架上天後就掉下來、分別摔死了四十位乘客的飛機的大樓嗎？」

「那麼究竟在哪裡？」

「就是我所在的地方。」

他向道路對面一指。透過密密的松林，她看見谷地深處的一塊用混凝土修築的長方形的機場。

「我們這裡有幾架飛機，由我來負責維護。」他說，「我既是養豬的，同時也是機場的管理員。除了那些肉販，我的火腿和燻豬肉做得還不錯，可那些人離開我就做不出飛機——而且，沒有我，他們甚至連火腿和燻肉都做不出來。」

「可你——你也一直沒有再設計飛機了。」

「我是沒有。而且我也沒有像當初答應你的那樣去生產柴油發動機。自從上次見過你之後，我只設計和生產過一台新式拖拉機。我是說只有一台——是我全部用手工打造的——已經沒有大規模生產的必要了。但那台拖拉機把八小時的勞動減少到了四個小時。」他的手臂猶如皇杖般直直地朝著對面的山谷一揮；她的眼睛隨之望去，只見遠處山坡上是一層層綠油油的園圃——「它被用在納拉岡賽特法官的養雞場和乳製品場，」——他的手臂慢慢地移向峽谷腳下的一片長而平整的金黃色田野，隨後指向了一條翠綠色的地帶——「用在了穆利根的麥田和菸草種植區，」——他的手臂指著一處爬滿層層葉子的山坳——「用在了理查・哈利的果園。」

她的目光隨著他手臂的揮動，慢慢地一遍又一遍地看過去，直到他的手放了下來，依然久久地凝望著；她只是說了一句：「我看見了。」

「現在你是否相信我能修好你的飛機了？」他問。

「是的，但你看見它了嗎？」

「當然，麥達斯當場就叫了兩名醫生——派亨德利克醫生去看你，派我去看你的飛機。它可以修好，但費用很高。」

「多少錢？」

「兩百美元。」

「兩百美元？」她難以相信地重複道；這價錢似乎太低了一些。

「是黃金，塔格特小姐。」

「噢！那好，我從哪裡能買到黃金？」

「你不能買。」高爾特說。

她不服氣地將頭轉向了他：「不能嗎？」

「不能，你來的那個地方就不行，你們的法律禁止這樣做。」

「你們的不禁止嗎？」

「不禁止。」

「那就賣給我好了。由你們來定匯率。隨便你要多少——按照我的錢來算。」

「什麼錢？你現在是身無分文，塔格特小姐。」

「什麼？」作為塔格特的繼承人，她從未想過會聽到這樣的話。

「在這個山谷裡面，你身無分文。你擁有百萬美元的塔格特股份——但它連桑德斯農場的一磅燻肉都買不了。」

「我明白了。」

高爾特笑著轉向桑德斯：「去修飛機吧，塔格特小姐會慢慢還錢的。」

他啟動汽車，繼續上路；她在車裡坐得筆直，不再問任何問題。

前方的懸崖處湧現出一片豔如寶石般的湛藍色，將道路阻斷；她片刻才意識到那原來是一個湖。平靜的湖水似乎將天空中的碧藍和山嶺間的滿目青翠濃縮到了一處，豔麗的色彩令天空似乎顯得黯淡而蒼白。

一道溪流從松柏間奔騰而出，從錯落的石壁上躍下，消失在沉靜的湖水裡。溪水旁邊有一座小石屋。

高爾特剛剛停車，一個穿了一身工作服的健壯漢子便從敞開的房門裡走了出來。他曾經是她最好的工程承包商，迪克．邁克納馬拉。

「你好呀，塔格特小姐！」他高興地打著招呼，「很高興看到你傷得並不厲害。」

她默默地點了點頭──彷彿她正在問候的是曾經的失落與陣痛，是一個荒寂的夜晚，艾迪向她報告此人失蹤時的惶然神情──傷得厲害？她心想──的確，但不是這次飛機出事──是在那天晚上，在那間空蕩蕩的辦公室裡……她高聲問道：「你在這裡做什麼？你為什麼在我最需要的時候離開了我？」

他笑著指了指小石屋，以及順石而下，隱沒在下面草叢中的水管，「我在這裡管這些公用設施，」他說，「維護輸水和電力管道，以及電話線路。」

「就你一個人？」

「過去是，但這一年我們發展得很快，我必須雇三個幫手。」

「都是些什麼人，從哪裡來的？」

「噢，其中一個是經濟學教授，他在外面找不到工作，因為他教人們要量入為出──一個是找不著工作的歷史學教授，因為他教人們說國家不是由那些住在貧民窟的人創造出來的──另一個是心理學教授，他找不到工作是因為他主張人是有思考能力的。」

「他們在你手下做水管工和線路工？」

「你可不知道，他們簡直能幹極了。」

「那他們又把大學教育扔給了誰呢？」

「扔給外面的那些能人吧，」他笑了笑，「塔格特小姐，我是多久以前離開你的？應該還不到三年吧？當初我拒絕替你做的是約翰．高爾特鐵路，你的那條鐵路現在哪兒去了？但在這段時間裡，我的線路可是一直在增長，我從穆利根手裡接管的時候只有一兩英里，現在已經有好幾百英里，遍佈到了山谷裡的每一處角落。」

他看見她的臉上立即浮現出了一股抑制不住的嚮往，那是出自一個強者內心的由衷的欣賞；他笑了，看了一眼她身邊的同伴，輕聲說道：「你要知道，塔格特小姐，如果說起約翰．高爾特鐵路這件事——也許我才是它的追隨者，而你則是背叛了它的人。」

她看看高爾特，他正注視著她，但她從他的臉上卻看不出任何表情。

在他們繼續沿著湖邊行駛的路上，她問道：「你是不是故意選了這條路來走？好讓我看一看，」——她頓了頓，不知為何覺得這話很難說出口，不過，還是說了出來——「我失去了的那些人？」

「我是讓你看一看所有我從你身邊帶走的人。」他斬釘截鐵地回答。

她心想，這就是他的臉上始終能保持純潔無辜的根本原因：他猜到並且道出了她想對他說的話，拒不接受與他的價值觀念不符的那份好意——他自豪地確信自己並沒有任何不對的地方，因此她原本責難的話，成了他誇口和炫耀的資本。

她發現他們的前面有一座伸到了湖裡的木架橋，一個年輕女子伸展著四肢，躺在灑滿陽光的木板上，盯著面前的一排魚竿。她抬起頭，循著汽車的聲音向這邊看，一下子就蹦了起來，飛快地朝路邊跑來。她穿了一條長褲，褲腿高挽過膝，深色的頭髮蓬鬆不整，有一雙大大的眼睛。高爾特向她揮了揮手。

「嗨，約翰！你什麼時候回來的？」她喊著。

「今天早上。」他邊笑邊回答，繼續向前駛去。

達格妮向後轉回頭去，看見了那個年輕女子站在原地望著高爾特的眼神。儘管不乏心平氣和接受了的失望，但目光中依然流露出崇拜。她體會到了自己從未有過的一種感受：是一股芒刺在背的嫉妒。

「那是誰？」她問。

「她是我們這兒最好的賣魚婦，供應魚給哈蒙德的雜貨市場。」

「她的其他身分呢？」

「你注意到了我們這裡每個人都有『其他身分』了嗎？她是一名作品在外面發表不了的作家。她認為一個人與文字的交流就是與思想的交流。」

汽車駛入一條窄窄的山路，向陡峭上方的一大片草叢和松林爬去。當她看到樹上釘著的一個手工製作的牌子，以及上面箭頭所指的路名時，便明白她來到了什麼地方：希望路口。

這裡並不是路口，而是一面薄薄的石壁，上面掛著縱橫交錯的管道、油泵和閥門，猶如爬滿了窄牆邊緣的藤蔓。然而，它的頂部立著一塊巨大的木牌——牌上的字母傲然醒目，堵住了一團雜草和松枝的去路，它們遠比「威特石油」這四個字更鮮明，看上去也更似曾相識。

從管子裡淌出來的石油，閃著亮光，流進了石牆下的油罐裡，它成了透露出發生在石頭內部的驚天祕密，和所有這些複雜設備的用意的唯一證明——但這些設備的裝配和鑽井架一點也不像，她明白，眼前所看到的是希望路口上尚未誕生的祕密，這是用人們認為不可能的方法，從葉岩中提取出來的石油。

艾利斯．威特站在山嶺上，正在觀察一支被嵌入岩石裡的儀器的指標。他看見了停在下面的汽車，便喊道：「嗨，達格妮！我一會兒就下來！」

和他一起工作的還有兩個人：一個是此刻正在位於石牆中部的油泵邊上的彪形大漢，另一個小伙子則站在地面上的油罐旁。小伙子有著一頭金髮和格外清秀的臉龐。她肯定自己看過這張面孔，卻怎麼也記不起是在哪裡了。小伙子看出了她疑惑的眼神，咧開嘴笑笑，像是為她提醒一般，用幾乎聽不到的口哨聲，輕輕吹起了哈利第五號協奏曲開頭的一段。他正是彗星特快上的那個年輕的煞車手。

她笑了起來：「這的確是理查．哈利的第五號協奏曲，對嗎？」

「當然了，」他回答說，「不過你覺得我會跟一個破壞罷工的人說這些嗎？」

「一個什麼？」

「我付你錢是讓你幹什麼來啦？」威特走過來問道；小伙子一樂，趕緊回身抓住他鬆開了一會兒的桿把，「塔格特小姐不會開除你，但如果你吊兒郎當的，我就可能開除你。」

「這就是我離開鐵路的原因之一，塔格特小姐。」那小伙子說。

「你知道我把他從你那裡挖過來了嗎？」威特說，「他曾經是你手下最好的煞車手，現在成了我這裡最好的石油工，可我們倆誰也不能留他一輩子。」

「那誰能呢？」

「理查·哈利，還有音樂。他是哈利最得意的門生。」

她笑了：「我懂了，這裡雇的都是精英，幹的卻都是最粗重的活。」

「他們都是精英，這沒錯，」威特說，「因為他們知道，世界上並不存在什麼骯髒的工作——有的只是不願意去幹這些活的骯髒的人。」

那個壯漢一邊在上面望著他們，一邊好奇地聽著。她抬頭看了看他，他的樣子像是個貨車司機，於是她問：「你在外面又是幹什麼的？看來不會是個比較文學教授吧？」

「不是，夫人，」他回答，「我是個貨車司機，」他緊接著又說，「可我不想永遠當貨車司機。」

威特懷著按捺不住的激情和驕傲，環顧了一下周圍：這是一種在客廳裡舉行隆重招待會的主人才有的驕傲，一種在畫廊的個人作品展即將開幕時，畫家才有的激動。她指了指設備，笑著問：「是葉岩油？」

「對呀。」

「這就是你在地球上的時候研究的那個方案吧？」她不禁說道，隨即對她的這句話感到了幾分愕然。

他大笑起來：「那時我是在地獄裡——不錯，現在我是在地球上了。」

「你的產量如何？」

「一天兩百桶。」

她的嗓音中又有了一絲傷感：「那時候，你曾經打算用這個方案每天裝滿五列油罐火車的。」

「達格妮，」他由衷地指著他的油罐說，「這裡一加侖的價值，可以超過地獄裡的一整列火車——因為這都是我的，每一滴都只會用在我自己的身上。」他舉起滿是油污的雙手，像展示寶貝一般地給她看手上的油漬，在陽光下，他手指尖上的一滴黑油如同寶石一樣地閃了閃光，「是我的，」他說，「你是不是讓他們折磨得忘記這個字眼的意思和感覺了？你應該找個機會重新體會一下。」

「你躲在一個荒無人煙的洞穴裡，」她感傷地說道，「生產著這兩百桶油，其實你完全可以讓全世界都淌滿這樣的油。」

「為什麼？去餵飽那些掠奪者嗎？」

「不！是去賺你應得的那份財富！」

「可是我現在比在那個世界裡富有得多。財富不就是擴充人的生命的手段嗎？有兩種方式可以做到這一點：要嘛就多生產一些，要嘛就生產得快一些。這就是我目前正在做的：我是在製造時間。」

「什麼意思？」

「我是在生產我需要的每一樣東西，不斷改進我的方法。每節省一小時，我的生命就會延長一小時。過去用五個小時灌滿一桶油，現在需要三小時，節省下來的兩小時就是我的了——這就像我每過五個小時就可以把我的墳墓向後推兩小時一樣寶貴。從一件事上多出的這兩小時可以用在另一件事上——多了兩個小時可以去工作，去發展，去前進，這就是我在累積的儲蓄帳戶。外面的那個世界有保護這種帳戶的保險箱嗎？」

「可是你有前進的空間嗎？你的市場在哪裡？」

他莞爾一笑：「市場？我現在的工作是為了去用，不是為了利潤——是給我自己用，不是給掠奪者拿去的利潤。只有增長我的生命，而不是揮霍它的人，才是我的市場。只有那些生產，而不是花費的人，才可以是任何一個人的市場。我結交的是能夠給予生命的人，不是那些食人者。如果我的油可以用更少的力氣生產出來，在和別人交換其他的必需品時，我就可以向人家少要些。每用我的一加侖油，我就能為他們的生命延長出更多的時間。因為他們和我一樣，他們就會不斷地發明，加快他們生產的速度——因此，我從他們那裡買的麵包、衣服、木料和金屬，就是他們大家為我延長的一分鐘、一小時或者一天，」——他看了一眼高爾特——「每買一個月的電，就相當於我多活了一年。我們的市場就是如此運轉的——外面可就不是這樣了。我們的時間、生命和血汗是怎樣被耗盡的？是流到怎樣一個深不見底、沒有希望、白吃白喝的陰溝裡面去？我們在這裡交換的是成果，不是失敗——是價值，不是需要。我們之間不存在束縛，但大家在一起共同成長。你是說財富嗎，達格妮？還有什麼比擁有你的生命，並讓它不斷成長和發展更大的財富呢？一切生命都必須要成長，不能原地不動，否則就會滅亡。看——」他指著從石縫裡拚命擠上來的一株灌木——只見它那長長的莖稈在惡劣的掙扎中已經是疤瘤交錯，上面殘留著幾片黃黃的枯葉，只有一根綠芽還在用最後的一絲微弱的氣力向陽光綻露著。「這就是他們從前在地獄中對我們幹的事情，你見我屈服過嗎？」

「沒有。」她低聲說。

「你見他屈服過嗎？」他一指高爾特。

「噢，絕對沒有！」

「既然如此，你無論在山谷裡看到什麼，都別覺得有什麼奇怪的。」

她從遠處山坡上的一處茂密的樹林裡，發現一棵松樹像鐘錶的指標一般，突然劃出了一道圓弧，便猛地歪倒，從視線中消失了。她知道那是人為的。

「這兒的伐木工是誰？」她問。

「是泰德．尼爾森。」

在舒緩的山丘之間，道路變得寬闊平緩了一些。她看見一面鏽褐色的山坡上有兩塊顏色深淺不一的綠地：一塊栽了深綠色的馬鈴薯苗，一塊是灰綠相間的白菜地。一個人穿了件紅襯衫，正開著拖拉機除草。

「那個種白菜的大人物是誰？」

「羅傑．馬殊。」

她閉上眼睛，想起了幾百英里之外的山的另一邊，有一個倒閉的工廠，在它明亮的瓷磚牆前面的台階上，已是荒草叢生。

通到谷底的山路開始下坡了。鎮上的屋頂就在正下方，閃亮的美元標誌則在遠遠的另外一端。高爾特在俯瞰屋頂的山上的第一座房子前停車，這是一座磚結構的建築，在它的煙囪上方，隱約飄蕩著一縷淡淡的紅光。大門頂端那塊「史托克頓鑄造廠」的牌子順理成章地解釋了這一切，但還是讓她大吃了一驚。

當她拄著拐杖，從陽光下走入這座幽暗潮濕的建築裡，便驚異於自己產生的恍如隔世和想家的感覺。眼前便是東部工業區活生生的再現，過去的幾個小時，它似乎已經成了遙不可及的往事。這就是從前，就是她熟悉和深愛過的情景，微紅的火苗洶湧地撲向鋼樑，火花從看不見的地方耀眼地飛濺四射，一串串火焰從黑色的水霧中驟然穿過，霧氣遮住了牆壁，使之消於無形——在一瞬間，它就是科羅拉多州史托克頓的那座宏大但已死去的鑄造廠，它就是尼爾森發動機廠……就是里爾登鋼鐵廠。

「嗨，達格妮！」

安德魯·史托克頓笑容滿面地鑽出霧氣，向她走來，她看到一隻髒兮兮的手充滿了自信的驕傲向她伸了過來，彷彿這一瞬間她所看到的一切全都握在了那個掌心裡。

她拍了一下伸過來的手，「嗨，」她輕柔地應道，不知道她招呼的是過去還是未來。隨即，她搖了搖腦袋又說：「你怎麼沒在這裡種馬鈴薯或是當鞋匠呢？你居然幹的還是老本行。」

「哦，紐約城阿特伍德照明電力公司的阿特伍德是做鞋的，另外，我這行歷史最久，在哪兒都搶手。雖然這樣，我還是得爭取，先得打垮一個對手。」

「什麼？」

他咧嘴一笑，朝一個陽光明亮的房間的玻璃門裡指了指，「那就是被我打敗的對手。」他說。

她看到一個年輕人俯身在長長的桌案上，正在為鑽頭模具製作一個複雜的模型。他的手像鋼琴家一樣修長而有力，帶著外科醫生一樣嚴肅的表情，聚精會神地專注於自己的工作。

「他是個雕塑家，」史托克頓說道，「我來的時候，他和他的同伴經營著一間類似手工鑄塑和修理的工作坊。我建立起真正的鑄造廠，把他們的客人全都搶了過來。這小伙子做不了我做的工作，不過那對他來說只能算是個副業而已——雕塑才是他的本行——就這樣，他過來為我工作了。現在，他比過去在他的鑄造工作坊時賺的錢多，花費的時間又少。他的同伴是搞化學的，因此開始研究起農業來，製造出了一種化肥，把這裡的一些莊稼產量提高了一倍——你剛才不是提到過馬鈴薯嗎？對，特別是馬鈴薯的產量。」

「那麼也會有人把你擠垮的。」

「當然，這隨時都可能。我認識一個人，他要是來了，就可以，並且會這麼做。可是，嗨！我情願替他掃煤渣。他會像火箭一樣把整個山谷都炸轟開來，能讓所有人的產量提高三倍。」

「你說的是誰？」

「漢克．里爾登。」

「是啊……」她喃喃地說道，「絕對可以！」

她不清楚是什麼使她說得如此肯定。與此同時，她覺得里爾登出現在這座山谷裡是不可能的事情——但又覺得這恰恰是他該來的地方，這裡是他的青春，是他的起點，把它們合併在一起，就正是他畢生所追尋的地方，他苦苦掙扎著要達到的目標就是這樣一塊土地……她似乎感覺到那被爐火映紅、嫋嫋旋起的霧氣正在將時光拉進一個奇怪的輪迴之中——一個模糊的念頭如同一條隨風而去的橫幅，飄過她的心頭：青春永駐就是在最終的時候能實現一個人最初的理想——她聽到了餐廳裡一個流浪漢的聲音：「約翰．高爾特找到了他想要帶回來給人們的青春之泉，只是，他從此一去不返……因為他發現那是帶不回來的。」

一束火花在濃霧中躍起——她看見了一個領班工人寬寬的背影，他揮舞手臂，發出信號，正指揮著工作。他的臉稍微轉了轉，大聲地吆喝命令著——她瞧見了他的側臉——一下子便停住了呼吸。史托克頓一見此景，笑著向霧中喊道：

「嗨，肯！過來一下！這裡有你的一個老朋友！」

她打量著走過來的肯．達納格。這位她死都不願意放走的能幹企業家，此時全身裹著一件髒兮兮的工作服。

「你好，塔格特小姐，我跟你說過吧，我們很快就會再見的。」

她彷彿是同意和打招呼般地把頭低下，但雙手一時間用力地向下拄著拐杖，站在那裡回憶起了他們上次見面的情景：那難挨的等待，隨後便是桌子旁邊的那張親切而遙遠的面孔，以及陌生人離去時關上的那扇玻璃門。

這短暫的一瞬完全可以被她面前的兩個男人當成是在打招呼——但她的頭一抬，便看見了高爾特，發現他正看著她，似乎知道她此刻的感受。她恍然大悟，意識到那天從達納格辦公室出去的那個人就是他。他的臉上無動於衷，一副在事實面前毫不迴避的莊重神態。

「我真沒想到，」她對達納格低聲說道，「真沒想到會再見到你。」

達納格凝視著她，好像她是他曾經發現過的一個大有希望的孩子，此刻看著她就覺得充滿了慈愛和開心。「我知道，」他說，「但你幹嘛這麼吃驚？」

「我……哦，這太不可思議了！」她指了指他的那身衣服。

「這怎麼了？」

「那麼，你這輩子就這樣了？」

「什麼呀！這才剛剛開始。」

「你有什麼打算？」

「採礦。不過不是煤，是鐵礦。」

「在哪裡？」

他向群山一指：「就是這裡。你聽說穆利根做過虧本的生意嗎？只要知道如何去找，這一帶的山裡能發掘出讓你想像不到的東西。我就是一直在找。」

「假如找不到鐵礦呢？」

他聳聳肩膀：「還可以做別的呀。我這輩子，時間總不夠用，但想做的事可多著呢。」

她好奇地看了一眼史托克頓：「你這不是在培養一個最危險的競爭對手嗎？」

「我只喜歡用這樣的人。達格妮，你是不是和掠奪者在一起的時間太久了？是不是覺得一個人的能力就是對另一個人的威脅？」

「噢，不是！我還以為幾乎只剩下我一個人不這樣想了。」

「只要有誰不敢去用他能找到的最能幹的人，他就是不配幹這一行的騙子。在我看來——這世上最為醜惡、比罪犯更令人鄙視的人，就是看到別人太出色而拒絕去雇用他的人。我一直就是這樣認為的——哎，你笑什麼？」

她聽他說話時，臉上帶了一副神往而喜出望外的笑容：「你這麼說，簡直嚇了我一跳，因為這說得太對了。」

「不這麼想，還能怎樣？」

她撲哧一笑：「你知道，我還是小孩的時候，就希望每個生意人都這麼想。」

「從那之後呢？」

「從那以後，我開始明白不能這樣指望。」

「可是這的確沒錯，對不對？」

「我是開始明白不能對正確的事抱有希望了。」

「但這是有道理的，對嗎？」

「我已經不再對道理抱什麼希望了。」

「那是人永遠不能放棄的東西。」達納格說。

她和高爾特回到車上，行駛在最後一段下坡路上。她的目光一轉向高爾特，他便像是早已預料到了一般馬上轉過頭來看著她。

「那天是你在達納格的辦公室裡，對不對？」她問。

「對。」

「你知不知道當時我正在外面等著？」

「知道。」

「你知不知道等在門外是什麼感覺？」

她說不清他向她投來的那一瞥裡的意味。那不是可憐，因為她似乎並不是憐憫的對象；那是一種正在目睹著折磨的眼神，但似乎他正在目睹的並非她所受到的折磨。

「當然知道。」他靜靜地，甚至是淡淡地回答。

在山谷裡唯一的一條街道上出現的第一家店鋪，彷彿是敞開的劇院裡驀然閃現在眼前的招牌：框起來的盒子前面沒有牆，如滑稽音樂劇那樣耀眼的燈光照亮著舞台——紅紅的方塊、綠色的圓圈和金色的三角，便是一箱箱的番茄，一桶桶的生菜，堆成金字塔一樣的柑橘，以及陽光照耀在金屬貨架上所反射出的點點亮光。大帳篷上的名字是：哈蒙德雜貨市場。一位神情嚴肅、鬢角灰白、襯衫袖口高挽的大人物，正在為櫃台前的一位年輕漂亮的女人秤著一塊黃油，女人的姿態輕飄得宛如舞蹈女郎，棉布的裙襬像舞蹈裡的服裝一般，在風中微微地撐了起來。儘管眼前這個人就是勞倫斯・哈蒙德，達格妮還是忍不住地笑了起來。

市場不大，只有一層。在駛過去的路上，她看到招牌上出現了一些她所熟悉的名字，它們就像是書頁上的標題，被汽車一篇篇地掀動著：穆利根日用品商店——阿特伍德皮具——尼爾森木料——接著在一家磚木結構的小型工廠的門口上方，便是那個美元的標誌，上面的題字是：穆利根菸草公司。「除了麥達斯・穆利根，這家公司還有誰是合夥人？」她問。「阿克斯頓博士。」他回答。

來往的人不多，女性就更少，似乎都像有要事一般，行色匆匆。他們見到汽車，便紛紛停下來向高爾特招手，看見她，他們只是略帶好奇地表示接受，並不顯得驚訝。「他們是不是很久以前就覺得我該來了？」她問道。「現在仍然是啊。」他回答說。

她看見了路邊一幢木條鑲邊的玻璃房，一時間，她覺得那簡直就是為一個女人的肖像做的畫框——這個長著一頭淡淡金髮的女人身材高䠷，秀麗脫俗，她若隱若現的美貌，似乎畫家也只能望而生嘆，無法再現。緊接著，那女人的頭轉動了一下——達格妮這才發現這間房裡的桌旁有人，這房子原來是一間自助餐廳，那個女人正站在餐檯後面，她便是讓所有人都一見難忘的影星凱．露露；五年前，她退出銀幕，從此銷聲匿跡，後來，一些名字和面孔都根本讓人記不住的女人接替了她的位置。在吃驚地看到這一切的同時，達格妮想到了時下拍攝的電影——她覺得，與為了那些庸俗不堪的地方塗脂抹粉比起來，凱．露露的美麗在這間玻璃餐廳裡少了許多世俗性。

下面那座矮小的建築由粗獷的花崗岩蓋成，房子建得沉穩結實，簡潔流暢，厚重的長方塊石板彼此對接得非常細密，猶如正式衣裝上面整齊的摺痕——然而，她眼前像是看到鬼影一般，閃出了那座高高地聳入芝加哥上空雲霧之中的摩天大樓，那座高樓曾經有過的標誌此刻變成了金閃閃的大字，嵌刻在一扇普通的松木大門上：穆利根銀行。

高爾特經過銀行時，刻意減慢了車速。

緊接著出現的是一座磚房，上面有穆利根造幣廠的標誌。「造幣廠？」她問，「穆利根要造幣廠幹什麼？」高爾特的手伸入口袋，取出兩枚小小的硬幣放在她的掌心裡。這是兩個比一分硬幣還要小的金色小圓片，從內特．塔格特那個年代之後，這種硬幣就停止了流通；它的一面是自由女神像，另一面有「美利堅共和國——一美元」的字樣，但硬幣上的日期卻是兩年之前的。

「這就是我們這裡的錢，」他說，「錢幣是穆利根製造出來的。」

「可這……是誰授權的？」

「這在硬幣上寫著呢——兩面都有。」

「你們的零錢用什麼製造？」

「這個穆利根也做了，是用白銀。我們在這個山谷裡不承認其他的任何貨幣，我們只承認『客觀』的價值。」

她端詳著硬幣，說：「這看起來像是……像是我祖先的那個時代才會見到的東西。」

他指著峽谷回答說：「是啊，不正是這樣子嗎？」

她坐在車裡，看著手心裡這兩枚小巧而輕薄得幾乎覺察不出分量的小金片，心裡明白，塔格特系統的上上下下全都是依靠它們，它就是支撐起一切的基石，扛起了所有的拱架，塔格特鐵軌上所有的橫樑，塔格特大橋，塔格特大樓……她搖了搖頭，將硬幣塞還到他手裡。

「你不想放過我。」她低沉地說道。

「我就是要讓你不好受。」

「你幹嘛不直接說出來？幹嘛不把你想讓我知道的事情都告訴我？」

他的手朝小鎮和身後的路上示意性地晃了晃：「那麼，我這都是在做什麼？」他反問。

車子在沉默中繼續向前駛去。過了一會兒，她像是統計資料般地乾巴巴地問道：「穆利根在這個山谷裡累積了多少財富？」

他指了指前方：「你還是自己去算吧。」

蜿蜒的道路經過崎嶇不平的山坡，向峽谷裡的住家伸去。那些住宅並沒有沿街而列，而是依著錯落起伏的地勢不規則地分散在四處，房屋小巧而樸實，大部分是用山石和松木這些當地材料蓋成，設計得別具匠心，建造起來則是簡樸實用。每幢房子看起來都像是一個人就可以蓋好，樣式絕無重複，從中可以看出他們都是動了一番腦筋的。高爾特不時將她認識的人的房子指給她看——在她聽來，這簡直是一串全世界最富有的股票，抑或是一張顯貴名單：「肯．達納格……泰德．尼爾森……勞倫斯．哈蒙德……羅傑．馬殊……艾利斯．威特……歐文．凱洛格……阿克斯頓博士。」

最後到的是阿克斯頓博士的家。那是一座小房子，建在一大片高高的草地上，草地前面便是漸漸聳起的山峰。經過這裡之後，道路沿著升起的山坡盤旋上行，路面被兩邊的蒼天古松擠得只剩下窄窄的一條小徑，高大筆直的樹幹如同兩側的廊柱，微微傾壓下來，枝葉在頭頂上空交織成一體，頓時將這條小徑吞沒在寂靜和昏暗之中。路上沒有車輪的痕跡，彷彿從未有人走過，早已被遺忘，轉瞬之間，汽車便已經遁離了塵世──除了難得一見的陽光偶爾透落到樹林深處以外，再沒有任何東西能夠打破這片沉沉的寂靜。

路邊忽然現出一幢房子，她像是驀然間聽到響聲那樣感到一驚。它與世隔絕，獨立在這裡，像是某種巨大的蔑視和悲痛隱身的神祕所在。這是山谷中最簡陋的一座房子，雨水的沖刷在木屋的表面留下了一道道烏黑的水漬，只有幾扇光滑、閃亮、明淨的大玻璃窗依然迎接著風暴。

「這是誰的……噢！」她屏住呼吸，一下把頭掉轉開去。房門的上方，一縷陽光照耀著已經模糊破舊，被數百年的風霜磨礪得光滑的塞巴斯蒂安·德安孔尼亞的家族銀徽章。

看到她下意識地想要逃，高爾特似乎有意作對般地將車停在了房前。這時，他們彼此對視了一眼：她的眼中帶著疑問，他的眼光則如同命令；她的表情分明是想反抗，而他則是一副不動聲色的威嚴；她明白他的意思，但搞不懂他為什麼要這樣做。她聽話地撐著拐杖，走下汽車，面對這座房子，肅然而立。

她望著這枚從西班牙的宮殿流落到安第斯山的陋屋，現在又來到科羅拉多的小木房安身的銀徽──男人寧死也不會丟棄它。木屋的門上著鎖，陽光照不進窗子裡面的那一片漆黑，蒼松將枝葉在屋頂上鋪展開來，全心全意而莊重地祝福和護佑著它。除了許久才會聽到的碎枝捲葉在森林深處的落地輕響，四周鴉雀無聲，寂靜似乎緊緊抓住了藏匿在此的創痛，卻是不做一聲。她的心底懷著溫柔、順從，但毫無悲嘆的虔敬，站在那裡傾聽：看誰能為自己的祖先帶來更大的榮譽，是你──為內特·塔格特，還是我──為塞巴斯蒂安·德安孔尼亞……達格妮！幫幫我，儘管他說得對，你也要幫我留下來，把他回絕了罷！

她轉向高爾特，心裡明白當初正是這個人讓自己無能為力。他端坐在方向盤前，並沒有隨她下車或幫她一把，似乎希望她能夠面對過去，並且給她留出獨自緬懷的空間。她發現他仍然和她下車時一樣，搭在方向盤上的手臂未動分毫，手指如同雕塑一般地垂下不動，眼睛注視著她，從他的臉上，她只能看出：他正一動不動、全神貫注地盯著她。

等她重新坐回到他身邊之後，他開口道：「這是我從你身邊帶走的第一個人。」她的臉色嚴峻而坦白，還有點不屑，問：「你又知道些什麼呢？」

「從他的話裡我沒有任何收穫，但聽到他每次說起你的語氣，我就全都明白了。」

她把頭一垂，她從他那故作平靜的聲音裡，聽出了一絲痛苦。

他按了開關，發動機的轟鳴聲蕩碎了沉寂的往事，他們繼續上路了。

小道開闊了一些，一片陽光出現在前方。走到開闊地的時候，她覺得樹叢間閃過一縷縷的光亮。在山前的石頭斜坡上，矗立著一座不起眼的小建築。這是個方方正正、只有一個工具間大小的簡易石屋，上面沒有窗戶和開口，只有一扇打造的鐵門和屋頂上向外伸出的一套複雜的天線。高爾特對此視而不見，疾馳而過，她卻冷不防地問道：「這是什麼？」

她看見他的笑容變了：「發電站。」

「呀，請停一下！」

他順從地將車在山旁停住。她剛開始走上傾斜的石崖，便收住了腳步，像是不再需要向前走，不再需要登得更高——這一瞬間，彷彿是她第一次對著山谷睜開雙眼，這一瞬間，她的尋求找到了答案。

她向這個小屋望去，所有的意識都集中到了眼前的這幅情景和無言的心緒之中——但她一向明白，情緒的產生是心靈不斷積累的結果，而此刻她這種無須言表的感受正匯集了她頭腦裡的所有想法，如同在經歷了一段漫長的路程之後，她感受到的一切凝聚成為一個聲音，在告訴她：如果說她指望丹尼爾斯做到的並不是有什麼機會去使用這台發動機，而只是要確信這成果並沒有從地球上消失——如果說她像一個負重的駕駛員，被那些死死地瞪著她、扯著沙啞的嗓子一遍又一遍地指責、卻又毫不負責的人們拖曳著，向平庸的汪洋中沉沒時，還像抓著氧氣管和救命索一般地抱著這個人類傑出的成果不放——如果說史塔德勒博士一看到發動機的殘骸，便在震驚之餘，從他那腐爛得千瘡百孔的胸腔裡發出了一聲驚呼，而那絕非藐視，而是充滿著仰慕的驚叫——讓她有了一生的嚮往和動力。如果說她在一股激情的驅使下想要一睹那巧妙、嚴謹而又橫溢四射的才華——那麼它現在就在她的面前。如此超群的力量化身成為一團電線，在夏日的空中寧靜地閃耀著光芒，將四散在空中的無盡能量，匯集到了一個小小的石屋內的神祕裝置之中。她想，用這個只有貨車車廂一半大小的屋子取代全國的發電廠，會節省多少的鋼材、燃料以及人力——她想到，從這個小屋中發出的電流替那些使用它的人們減輕了多少的負擔，解放了他們生命中多少寶貴的時光，使得他們可以多一分閒暇，從勞作中抬起頭來享受一下陽光，使得他們可以用省下的電費多買一包香菸，使所有的工廠都可以每天節省出一小時，使得人們可以利用多出的一個月，用他們工作一天就能夠賺得的車票，乘坐這台發動機牽引的列車，去漫遊廣闊的世界——這一切的實現是因為有一個人懂得如何讓電路按照他的思路去運轉，並為此付出了他一己的智慧和精力。然而她明白，發動機和工廠、火車這些東西本身並沒有任何意義，是因為人對於生命的享受，正由於它們服務於這種享受，才使它們具有了意義——面對一種成就，她壓抑不住地要去敬仰的是成就的創造者，是他內在的能力和出色的洞見力，世界在他的眼中如此的快樂和美好，他確信對快樂的追求便是一個人生活的目標、準則和意義。

這間小屋子的門是一塊平整光滑的不鏽鋼板，在陽光下泛出柔和的淡藍色光輝。鐫刻在大門頂上花崗石壁上的字跡成了這座樸素的方形建築的唯一點綴：

我以我的生命以及我對它的熱愛發誓，我永遠不會為別人而活，也不會要求別人為我而活。

她回頭去看高爾特。他就站在她的身邊；他一直跟隨著她，她明白自己的這分敬意是屬於他的。她面前的這個人就是發動機的發明者，但她眼中所看到的卻是一個平易、隨便得如同普通工人一樣的人——她注意到他的身姿散發出一股不同尋常的飄逸，如此舉重若輕地站立在一旁——他那高大身材外面的衣服十分簡單：一件薄薄的襯衫，寬鬆的長褲，細細的腰裡繫著一條皮帶——有著金屬一般光澤的頭髮飄散在慵懶的風中。她打量他的眼神，如同剛才她凝視著他的那座小屋一樣。

她隨即明白，他們見面時所說的那頭兩句話依然飄蕩在他們之間的每一個無聲的角落——此後所說的一切都是在壓住那兩句話的聲音，他對此很清楚，一直沒有放棄，沒有讓她把那兩句話忘掉。她突然意識到此處只有他們兩人；正是這股意識使得現實的一切產生了壓力，不許她再做進一步的聯想，卻保留了這種特別的緊張之下未曾言喻的全部含意。他們獨自在一處寂靜的森林裡，在一個如同遠古寺廟一般的建築腳下——而且她知道該怎樣去做這樣的膜拜。她突然覺得喉嚨深處有一種緊張，她的頭微微向後仰了仰，雖然輕微得幾乎紋絲未動，但她卻彷彿迎著風平躺了下來，除了他的腿和嘴之外，再也感受不到任何東西。他站在一旁看著她，臉色沉靜，只是眼皮如同遇到強光一般，微微地瞇了起來。這似乎是三個接踵而至的時刻中的第一個——隨後，因為知道他在忍受著遠比她更艱難的痛苦，她便感到了一股勝利的快意——接著，他移開了目光，抬頭望向廟堂上的那幅刻字。

她簡直像是在可憐一個在掙扎中積蓄著氣力的對手那樣，任他獨自看了一陣子，然後才指著刻著的字，帶著一種傲慢的腔調問道：「那是什麼？」

「這是除了你之外，山谷裡所有人都立下過的誓言。」

她看了看，說道：「這就是我一生恪守的準則。」

「我知道。」

「但我不認為用你們這種方式就可以做到。」

「既然如此，你就看看到底是誰錯了吧。」

她朝房子的鐵門走了過去，身體的行動使她忽然感到有了一點點的信心，這感覺細微之極，正如同她即使握住了他的痛處，也不會覺得自己多麼強大一樣——她壯著膽子，未經允許就去轉門把。但門緊鎖著，在她的手強壓之下，竟未見絲毫的鬆動，彷彿鎖是連同那扇鐵門一起被鑄焊在石牆之上。

「別指望打開那道門，塔格特小姐。」

他向她走來，似乎思忖著她正在看著他走的每一步，腳下便慢了一拍。「用再大的力量都是白費，」

他說，「只有用一種想法才能打開這道門。即使你用最強的炸藥把它炸開，門還沒倒，裡面的設備就已經碎成一堆了。然而，一旦想到了開門的辦法——你就會發現發動機的祕密，以及——」她第一次聽見他說話的聲音有了遲頓——「以及你想知道的其他所有祕密。」

他和她相對片刻，似乎想讓她參透個中意味，隨後便若有所思地怪笑，接著說了句：「我會告訴你怎麼做。」

他退後幾步，然後站定，揚起臉來看著石壁上的銘文，像再一次宣誓般地把它一字一句地慢慢唸了出來。他的聲音裡沒有夾雜任何感情，清晰的吐字裡包含了他對這句話的完全理解——然而，她明白這是她所親身經歷的最莊重的一刻，此時出現在眼前的是一個人赤裸裸的靈魂，以及這個靈魂為說出這樣的話所付的代價，此刻迴盪在她耳邊的便是他第一次說出這些話時的聲音，從那時起，他就已經清楚隨後到來的將會是什麼樣的日子——她知道，在一個早春的黑夜裡，敢面對六千多人站出來需要多大的勇氣，而那些人又為什麼會懼怕他，她知道，這正是後來十二年中所發生的一切的根源，她知道這意義的重要性遠遠超過了藏在那個房子裡的發動機——她從一個男人那自我警醒和再次獻身的聲音中明白了這些：

「我以我的生命……以及我對它的熱愛發誓……我永遠不會為別人而活……也不會要求別人……為我……而活。」

最後一個字的聲音才剛落下，那扇門未經人的觸摸便緩緩向內開啟，露出了裡面的漆黑，這並沒有嚇她一跳，似乎並不奇怪，甚至已經是無關緊要了。房子裡面的電燈剛一亮，他便將門拉上，門於是又一次被緊緊地鎖上了。

「這是聲控鎖，」他說道。他的神情很是安詳。「這句話就是開門的密碼。我不怕你得到這個祕密——因為我知道，在你真正領會我想用這句話表達的意思之前，是不會說出來的。」

她低下了頭：「我是不會說。」

她隨著他慢慢向汽車走去，突然間感到累得再也走不動了。她身子向後靠在座椅上，閉上了眼睛，幾乎連汽車啟動的聲音都沒聽到。連續的緊張和激動造成的困頓立即衝破了她繃緊的神經防線，襲遍了她的全身。她靜靜地靠在座椅裡，已經無法思考、反應或掙扎，除了還有一種感受外，她已經是徹底麻木了。

她一路無語，直到車子停在他的房前，她才將眼睛睜開。

「你還是休息吧，」他說，「如果今晚還想去穆利根家吃晚餐的話，現在就去睡一覺。」

她聽話地點了點頭，搖晃著不要他的攙扶，向房子走去。她鼓足力氣向他說了一句：「我會沒事的。」便立即逃進她的房間，用最後的一絲力氣關上了房門。

她一頭撲倒在床上。壓迫她的不僅是身體的疲勞，還有突如其來地占據了她腦海的情感，強烈得令她難以承受。在她的體能喪失殆盡，心裡意識不清的時候，一股情感徹底耗盡了她的一切精力、理解、判斷和控制，使她完全無法抗拒或迴避，無法思考，讓她退回到了只剩下感覺，只能被動感受的地步——這是一種無始無終、始終不變的感受。他在那座房子的門前站立的身影，反覆出現在她心中——除此以外，她感覺不到其他任何東西，沒有願望，沒有期待，無法對她的感情做出任何判斷，說不清它究竟是什麼，難以把它和自己聯繫在一起——她已經不復存在，不再是一個人，而只是一個動作，那就是機械地看著他。眼前所見的便是一切，別無他想。

她的臉埋在枕頭裡，模糊地回憶起她在堪薩斯機場那條雪亮的跑道上起飛的瞬間。她感覺到了引擎的衝擊——沿直線向著一個目標匯聚起能量，加速飛奔——當輪胎從地面騰起的時候，她已經沉睡了過去。

$

當他們驅車前往穆利根的住處時，天光尚未褪盡，映照著靜如幽潭的谷底，只是那金燦燦的光線正漸漸凝結成黃銅一樣的顏色，山谷的四周開始黯淡下來，山峰披上了一層藍霧。

她的神態間已經看不出疲勞和內心劇烈起伏的痕跡。日落的時候，她醒了過來，走出房間，發現高爾特正一動不動地呆坐在檯燈下等她。他抬頭看了看她；她站在門旁，臉色鎮靜，頭髮一絲不亂，已經是一副放鬆和自信的樣子——除了身體倚在拐杖上略微有些傾斜，她看起來就如同站在塔格特大樓內她自己的辦公室門口一樣。他坐在原地打量了她一陣，不知為什麼，她覺得他眼裡的畫面肯定是這樣的——他是在打量著嚮往已久而又無法一見的她的辦公室的門廳。

她和他並肩坐在車內，一句話也不想說，心裡明白，他們兩個都很清楚彼此這種沉默的意味。她望著山谷中的幾戶住家的燈光，以及在前方山坡上穆利根的家中亮起的視窗，問道：「會有誰來？」

「是你最後的那一些老朋友，」他回答，「和我的一些新朋友。」

穆利根正站在門口迎候他們。她發現他那張冷酷方正的面孔並非如她想的那樣不苟言笑：他的臉上流露出一股滿意的神情，但這神情卻無法使他的相貌變得柔和，只是像火石一樣為他的眼角帶上了零星的、隱隱閃亮的詼諧火花，比起笑容來，這詼諧顯得更加敏銳和挑剔，也更富溫情。

他打開房門時，手臂稍稍放慢，使他的動作在不易覺察之間增添了一分隆重的味道。她一進客廳，裡面的七個人便同時站了起來。

「先生們——塔格特鐵路運輸公司。」穆利根宣佈說。

他是笑著說出這句話的，但那只是半開玩笑而已，他的聲音中有一種東西，使得這個鐵路公司的名字，聽起來猶如是在內特．塔格特時代那樣氣度輝煌。

她向眼前的人們緩緩地點頭致意，心裡清楚，這些人和她信守的是同樣的價值和誠信的標準，認同她所認同的榮譽的稱號，她心裡猛然意識到，這些年來，她是多麼盼望得到這樣的認可啊。

她的眼睛緩緩地掃視過這些面孔，向他們一一致意。艾利斯．威特——肯．達納格——休．阿克斯頓——亨德利克醫生——昆廷．丹尼爾斯，穆利根向她報出了另外兩個人的名字：「理查．哈利——納拉岡賽特法官。」

理查．哈利臉上那淡淡的笑容似乎在向她說，他們已經相知很久了——在她獨坐音響旁的那些孤單的夜晚，他們便認識了對方。看到納拉岡賽特法官滿頭銀髮下的嚴峻面容，她想起曾有人把他形容為一尊大理石雕像——一尊被蒙上眼睛的大理石雕像；隨著金幣從全國人民的手中慢慢消失，法庭裡便再也見不到這樣的面容了。

「塔格特小姐，從很早以前，你就已經是這裡的一分子了，」穆利根說道，「沒想到你採用了這種方式前來，但不管怎麼樣——歡迎你的回歸。」

不！她心裡想這麼回答，卻聽見自己輕聲地應道：「謝謝你。」

「達格妮，還要多久你才能做一回真正的你自己呀？」說話的是威特，他扶著她來到一張椅子前，看著她那副無可奈何、強自撐起笑容的樣子，咧開嘴樂了，「別裝糊塗，你其實很明白。」

「我們從不擅下斷言，塔格特小姐，」休．阿克斯頓說，「這劣行恰恰是我們的敵人所犯的。我們從不去說——我們擺的是事實。我們不會去聲稱什麼——我們是去證明。我們不想強迫你接受什麼，只是希望你能做出理性的判斷。你已經看見了我們的全部祕密，結論現在由你來做——我們可以替你說出來，但不會幫你去接受它——你的所見所知以及認可的一切，都必須聽從你本人的決定。」

「我覺得這一切我好像都知道，」她簡短地回答道，「而又不止於此：我覺得我似乎一直都知道這一切的存在，但卻從來沒有找到過，現在，我感到害怕，害怕的不是聽到你們所說的，而是它一下子近在眼前。」

阿克斯頓笑了：「你覺得這像什麼，塔格特小姐？」他向房間的周圍一指。

「這裡嗎？」她看到夕陽在寬大的窗戶上灑下的黃金般的光彩，和窗前的這些人，突然笑了起來，「這看起來像是……你們知道，我從沒指望過能再見到你們，有時候我在想，無論如何，哪怕讓我能再多看一眼、多聽一句——而現在——現在的一切就像童年時的夢想一樣，想到有一天會在天堂見到那些已經離開人世、無緣一見的偉人，然後就去選擇，從過去的年代裡選擇出那些你希望見到的偉人。」

「嗯，這正是尋找我們這個祕密的本質的一條線索，」阿克斯頓說，「想想看，是否應該讓這個關於天堂和偉大的夢想留在墳墓裡等著我們——還是應該讓我們今生今世就擁有它。」

「我知道。」她低聲呢喃著。

「假如你在天堂裡見到了那些偉人，」達納格問，「你會對他們說些什麼？」

「我想，就說……就說『你好』吧。」

「那還不夠，」達納格說，「肯定有什麼東西是你想從他們那裡聽到的。在第一次見到他之前，我也不知道那是什麼，」——他指了指高爾特——「他告訴了我，然後我就明白自己這輩子想要的究竟是什麼了。塔格特小姐，你一定會想讓他們看著你，然後說一聲：『幹得好。』」她默默地點頭，將頭低下來，不想讓他們看見驟然湧進她眼裡的淚水。「那麼好吧，幹得好，達格妮！幹得好呀——簡直太好了——現在是你解脫重負、休息的時候了，我們誰都不必去背負這樣沉重的負擔。」

「別說了。」穆利根說，他看著她低垂的頭，臉上滿是焦慮和關切。

但她笑著抬起了頭，「謝謝你。」她對達納格說。

「講到休息，那就讓她好好休息吧，」穆利根說，「她這一天實在是太累了。」

「不，」她笑笑，「接著說吧——說什麼都行。」

「等會兒再說。」穆利根答道。

準備晚餐的是穆利根和阿克斯頓，丹尼爾斯在幫著他們倆。他們把晚餐用的銀托盤端了上來，放在椅子的扶手上——大家全都圍坐在屋子裡，火紅的晚霞在窗戶上漸漸地淡去，酒杯之上閃爍著燈光。這個房間裡隱約透著豪華之氣，但絲毫不見鋪張；她留意到屋裡的昂貴傢俱都是根據舒適的需要，經過了精心挑選，出自於過去那個把豪華仍然視為藝術的年代。屋裡沒有任何多餘的物品，不過，她注意到有一小幅油畫是文藝復興時期一位巨匠的手筆，現在已是價值連城，她注意到有一塊東方式樣的地毯，其質地配色完全可以收歸博物館珍藏。這就是穆利根的財富觀念，她想——財富是靠選擇，而不是堆積。

丹尼爾斯席地而坐，將托盤放在膝蓋；他自在得像是在家裡，不時地抬頭瞧她一眼，衝著她笑，活像個性情魯莽、搶在她前頭發現了一個祕密的小弟弟。他進山谷的時間比她早了大概十分鐘左右吧，她心想，可他是他們中的一員，而她則依然是個生人。

高爾特在遠離檯燈的光圈之外，坐在阿克斯頓的椅子扶手上。他至今未發一言，退到後面，將她推給了其他人，自己則若無其事地旁觀。但她的眼睛不斷轉向他，因為她相信，他是在有意地旁觀，這是他計畫已久的，而且，其他人和她一樣對此心知肚明。

她發現還有一個人對高爾特很注意：阿克斯頓經常是不自覺，甚至是偷偷地看他一眼，似乎這種長時間的隔閡讓他很難忍受。對於他在這裡，阿克斯頓似乎已經習慣成自然，並沒有和他說任何話。但是有一次，當高爾特一彎腰的時候，一縷頭髮垂落在臉上，阿克斯頓將手伸了過去，把它重新理好，他的手難以覺察地在他這個學生的額頭上停留了片刻：這是他所能流露出的唯一情感和僅有的招呼；這是一個父親才會有的動作。

她在和身邊的人輕鬆地交談著，心裡感覺到愉快而舒暢。不對，她想，她感覺到的不是緊張，而是隱隱的詫異，因為她應該有緊張的感覺，但實際上卻沒有；讓她覺得不可思議的是，這好像是再正常再簡單不過的事了。

她和他們輪流交談時幾乎已經忘了她所問的問題，然而腦子裡卻記住了他們的回答，並逐字逐句地理清了脈絡。

「你是說第五號協奏曲？」理查·哈利接著她的問題說，「那是我十年前寫的，我們稱它為救贖協奏曲。謝謝你，那天晚上只聽了幾句口哨就聽出來了……哦，我知道這件事……是啊，既然對我的作品很瞭解，你就會知道這部協奏曲代表著我的全部心聲。這首曲子是為他而寫的。」他指了指高爾特，「當然了，我沒有放棄音樂，塔格特小姐，你怎麼會這麼想呢？我在這十年裡的創作比以往的任何時候都要多，等你來我家裡的時候，我可以為你演奏其中的任何一首作品……不，塔格特小姐，這些是不會在外面發表的，除了在這裡，外面連一個音符也休想聽見。」

「不，塔格特小姐，我並沒有放棄醫學，」亨德利克醫生回答著她的問話，「最近這六年來，我一直在研究，我已經發現了一種方法，可以避免腦血管的嚴重破裂，也就是人們常說的腦中風。它可以使人類不再受到突然癱瘓的可怕威脅……不，關於這種方法我連一個字都不會向外界透露。」

「你是問法律嗎，塔格特小姐？」納拉岡賽特法官說道，「什麼法律？我從沒放棄過法律——是法律已經不復存在了。不過，我還在堅持我當初選擇的這個扶持正義的職業……不，正義並沒有消亡，它怎麼會消亡呢？人有可能對它視若無睹，但懲罰他們的正是正義。然而，正義不可能滅亡，因為人與人之間是相互關聯的，因為正義會宣佈誰有生存的權利……是的，我的職業生涯還在繼續。現在我正在寫一篇關於法律哲學的論文。我要揭示違背客觀的法律是人性中最陰暗邪惡，以及人類製造出的最具殺傷力的可怕武器……不，塔格特小姐，我不會在外面發表論文。」

「你是問我的生意嗎，塔格特小姐？」穆利根說，「我所做的就是輸血——而且至今還在做。我的工作就是為可以生長的植物提供養料。但你可以問問亨德利克大夫，如果一個人的身體已經不願意再去工作，成了一個好逸惡勞的廢物，給它輸再多的血是否還管用。我這個血庫裡儲存的是黃金。金子是一種可以產生奇蹟的燃料，但任何燃料都離不開發動機……不，我沒有放棄，我只是再也不想經營那種屠宰場，去榨乾健康的鮮血，然後輸給那些沒有心肝的行屍走肉。」

「放棄？」休·阿克斯頓說道，「好好想一想你說話的根據，塔格特小姐。不是我們放棄，而是這個世界放棄了……哲學家去路邊開餐廳怎麼了？像我現在這樣開菸廠又如何？所有工作都是一種哲學上的行為。一旦人們將勤奮的工作——也就是哲學的根源——當成了他們道德價值的標準，就會重新找到並實現他們與生俱來的對完美的追求……工作的根源是什麼？是人的思想，塔格特小姐，是人的理性思想。我正在就這個題目寫一本書，用我從自己的學生那裡受到的啟發，去定義一種合乎道德的人生觀……不錯，它會挽救這個世界……不，它不會在外面出版。」

「為什麼？」她喊了起來，「為什麼？你們這都是在幹什麼啊？」

「我們在罷工。」約翰·高爾特說。

他們一起朝他轉過身去，彷彿早就盼著聽到他的聲音，希望他說出這句話。她朝著檯燈燈光對面的他看了過去，在這突然肅靜下來的房間裡，她聽得到自己內心的跳動。他大剌剌地跨坐在一隻椅子的扶手上，身子稍稍前傾，手臂搭在膝蓋上面，手指鬆弛地下垂著——他臉上那微微的笑意讓他說出的每一句話都格外的擲地有聲：

「這有什麼值得大驚小怪的？人類歷史上只有一種人從未罷過工。其他每一行業和階級都曾出於需要罷工，藉此向世界提出要求，彰顯其不可缺少的必要性——除了將這個世界扛在肩上，使其生存下去，而得到的唯一報酬是痛苦和折磨、但從未拋棄人類的那些人。不過，也該輪到他們了。讓這個世界認識到他們是什麼人、他們的作用以及他們一旦拒絕工作會有什麼後果。這就是思想者的罷工。」

她的一隻手從臉頰慢慢移上前額，身體一動也沒有動。

「多少年來，」他繼續說道，「思想被視為邪惡，那些負起責任，用活生生的意識去觀察世界，並根據理智而採取緊要行動的人，得到的是從異端、物質主義者、剝削者的種種誣衊——從流放、剝奪權利到沒收的種種不公——從嘲笑、拷打到火刑的種種折磨。而人類的生存卻維繫於他們當中的一些不管是囚禁中，在地牢裡，在隱祕的角落裡，在哲學家的斗室裡，在商人的店鋪裡，卻仍舊繼續在思考的人。在崇尚愚昧的漫長過程中，無論人類是如何的停滯不前，做法又是如何的殘暴——正是因為有了那些人的智慧，他們認識到麥子要澆水才能生長，石頭按弧度堆放就會堆成圓拱，二加二就等於四，愛所依靠的不是折磨，維繫生命的不是毀滅——正是因為那些人的智慧，其他人才能在一瞬間嘗到了做人的體驗，正是這樣的瞬間積累，才能讓他們繼續生存下去。正是靠了有頭腦的人的教導，他們便學會了烤麵包，治好創傷，造出武器，然後修起牢房，將他關了進去。他有著無窮無盡的能量——而且慷慨無度——他知道人不會永遠停滯不前，無能並不是人的本性，人的智慧具有最高尚和快樂的力量——為了那份只有他自己感受到的對生命的熱愛，他繼續做著，為毀滅他的人，為他的獄卒，為折磨他的人，他不惜任何代價地做著，為了挽救其他的人，他付出自己的生命，這便是他的榮耀，也是他的罪過——因為他在聽任他們教唆，他對自己的榮耀感到羞恥，承認自己是被犧牲的祭物，而且會死在牲畜的祭台上，作為對智慧的罪行的懲罰。人類歷史上具有悲劇色彩的笑話就是，在任何一個人建起的祭台上，被宰殺的總是人，得到供奉的則是畜生。人類不崇尚人，卻往往對動物本性大加推崇：崇拜本能，崇拜蠻力——崇拜神祕和帝王——神祕所迷信的是一種隨意的感覺，依靠的就是宣稱理性必須聽命於他們內心中黑暗的本性，認知的產生就是盲目而毫無道理的，並且對此必須要遵循，而不是懷疑——帝王依靠的是武力，以征服為手段，掠奪為目的，用大棒和槍支作為他們權力的唯一後盾。人類靈魂的捍衛者需要滿足自己的感受，人類身體的捍衛者需要滿足自己的肚皮——但這兩者卻合在一起，反抗著自己的內心。然而，即使是最卑賤的人也難以將他的大腦完全拋棄。從來就沒有人信奉過矛盾；他們真正信奉的是不公正。人一旦拋棄自己的內心，就是因為他所追求的東西為內心所不容。當他極力鼓吹矛盾的時候，他知道會有人把這荒謬的重擔承擔下來，會有人為此去忍受折磨，甚至犧牲生命；任何一種矛盾的論調都以毀滅作為代價。正是受害者使得不公正成了可能，正是理性的人們使殘暴無理的統治得以實現。凡是叫囂著要反對理性的，其出發點都是為了剝奪理性的存在。凡是大肆鼓吹要自我犧牲的，其目的都是為了對才智進行掠奪。掠奪者向來是清楚這一點的，可我們卻從不明白。現在到了我們睜開眼睛的時候了。現在我們被勒令著去崇拜的、裝扮成上帝和帝王的東西，其實就是赤裸地扭曲著、沒有心肝的無能之輩。於是這就成了新的理想和追求目標，成了生存的目的，並根據人們離此的遠近來論功行賞。他們告訴我們說，現在是一個普通人的時代，只要設法不工作，任何人都能獲得如此與眾不同的稱號。只要不出力，他就能躋身於高貴的行列，他即使配不上，也會享受榮譽，即使不勞動創造，也能得到報酬。可我們呢——我們必須為我們所擁有的才能而贖罪——我們必須在他的使喚下去養活他，他的享受便是我們所能得到的唯一回報。因為我們的貢獻最多，我們的發言權就最少。因為我們的思考能力更強，我們就不能被允許有自己的任何想法。因為我們有付諸行動的判斷力，也就沒有了自由行動的權利。我們就會在那些不會工作的人所下達的指令和控制下工作。他們就會來分配我們的能量，因為他們自己一點都沒有，要分配我們的勞動成果，因為他們自己根本不創造。你是不是認為這不可能，根本就行不通？

他們也明白這一點，不明白的人是你——而他們就指望著你不要去明白這些。他們就指望著你繼續如此，一直工作到超出人的極限，活一天就養活他們一天——一——倒了下去，會有另外的受害者在生存的壓力下開始養活他們——而每一個繼任的受害者都會更加短命，你死的時候留下的是一條鐵路，你的最後一位精神上的繼承人死時，就只能給他們留下一塊麵包了。目前的這些掠奪者對此並不擔心。他們和過去所有掠奪者的前輩們想的完全一致——那就是只管他們這一輩子。掠奪在從前之所以能夠代代不絕，是因為每一代都有層出不窮的受害者。然而今天——它無法再延續下去，因為受害者罷工了。我們罷工是因為我們反對再去殉難——並且反對那個要求我們去殉難的道德規範。我們的罷工所反對的是那些認為人是為了他人而存在的主張，我們的罷工所反對的是吃人的道德，而不管它的奉獻是肉體還是精神上的。除非根據我們自己的主張，我們不會通過其他的方式和人交往——我們的主張是這樣一種道德規範，它認為人的最終目的是自己本身，而不是為了達到別人的目的而採取的手段。我們不想把我們的準則強加給他們，他們願意相信什麼就隨他們去好了。但離開了我們的支持，他們遲早不得不相信我們的選擇，才能繼續生存下去。而且，這一次他們會徹底地認清他們的主張。這個主張只是因為得到了受害者的允許才能延續至今——因為受害者與這種行不通的準則發生牴觸後願意接受處罰。但這準則遲早會被打破，它是一種必須要有人違反才能生存壯大的準則，維持其存在的不是它那些信徒們的品德，而是違反了它的罪人們的寬容大量。我們已經決定再也不去做這個罪人，我們再也不會去觸犯這個道德規範，我們要用一種它無法承受的方式將它徹底消滅：那就是遵守它。我們會去遵守和順從它。在和這些人交往的時候，我們會不折不扣地遵照他們的價值準則，放過他們譴責的所有罪惡。思想不是罪惡嗎？我們就讓我們的一切思想成果都從社會上消失，讓人們連我們的一丁點見解都無從知曉和利用。不是說能力是剝奪了弱者機會的自私的魔鬼嗎？我們就撤出競爭，把所有的機會都讓給那些無能之輩。不是說對財富的追求是貪婪和一切罪惡之源嗎？我們再也不追求對財富的創造了。不是說賺的錢一旦超過了人最基本的生存需求就是罪惡嗎？那我們就只做最底層的工作，憑自己的力氣，生產出夠眼前用的東西就行了——連一分錢、一個創意都不多留，免得禍害世人。不是說成功是罪惡，因為它犧牲了弱者嗎？我們不再讓弱者負擔我們的野心了，讓他們自由自在地離開我們去過好日子吧。不是說當雇主是罪惡的嗎？我們再也不雇用任何人了。擁有財產也是罪惡？那我們什麼都不要了。在這個世界上去享受自己的存在也是罪惡？他們的這個世界不存在我們想要的任何形式的快樂，而且——這是我們最難做到的——此刻，我們對他們那個世界的感受，正是被他們極力宣揚為理想的一種情感：漠然——空白——零點——死亡的標記……我們已經把他們多少年以來一直聲稱想要得到的，以及當成美德所追求的所有東西都給了他們。現在讓他們瞧一瞧他們是不是真的想要吧。」

「是你發動了這次罷工？」她問。

「是我。」

他起身站定，手插在口袋裡，燈光映照著他的臉——她發現在他那輕鬆自得的笑容裡有一股堅定不移的神情。

「我們整天聽到罷工的消息，」他說，「以及能力非凡的人必須要仰仗普通人的論調，它叫囂著說企業家是寄生蟲，是手下的工人養活了他，替他創造了財富，讓他發達——假如工人們都離開的話，他又會如何呢？很好啊，那我就建議讓大家都看一看，是誰在仰仗著誰，是誰養活了誰，財富是從誰那裡來的，是誰讓誰能夠生活下去，誰一旦離開的話，受不了的又是誰。」

此時的窗戶已是一片漆黑，上面映著菸頭的星星點點的光亮。他從身邊的桌上拿過一根香菸，從劃著火柴的亮光裡，她看見那枚金色的美元符號在他的指間一閃而過。

「我退出工作，參加了他的罷工，」阿克斯頓說，「因為我無法和聲稱只有否定知識的存在才能算得上是知識分子的人共事。要是一個修下水道的工人為了標榜自己是個行家，而號稱根本沒有修理水管這個行業的話，就不會有人雇他工作了——然而顯然的是，同樣的道理用在哲學家這裡，就被認為是多此一舉了。不過，我從我的學生那裡懂得了造成這個局面的正是我自己。一旦思考者將那些否定思考存在的人，認作是另外一種思想派別的思考者——那麼摧殘心智的人就正是他們自己。他們將基本前提拱手讓給了敵人，因此也就是同意把理性的約束力拱手讓給了合乎傳統的愚蠢。基本前提是一種絕對事物，不允許與它的對立面合作，也不允許任何寬容。這正如一個銀行家不會交出銀行的認可、信譽，和威望，而接受或經手假鈔，不會將造假者的要求簡單地姑息為只是看法不同而已——因此，我不可能承認普利切特博士是個哲學家，或者跟他進行什麼思想上的爭論。在哲學這個帳戶裡，普利切特博士沒有任何東西可以存進去，他公然想做的就是去毀滅它。他是希望借助人們的理性能力，通過否定理性來謀取私利，他是想在他掠奪計畫的表面打上理性的印章，他是想利用哲學的威望收買奴役的思想，但這威望只有當我在那裡簽出支票時，才可能作為帳戶而存在。還是讓他自己去做吧，就把他——和將下一代的心靈都託付給他的那些人——要求得到的東西給他們好了：那就是一個充斥著沒有知識的知識分子，和聲稱不會思考的思想家們的世界。我做讓步，我答應他們的要求。當他們發現這個並不絕對的世界出現了絕對的現實時，我已經不會再出現在那裡為他們矛盾的代價付帳了。」

「阿克斯頓博士的退出是遵循了正確的銀行學原則，」穆利根說，「我的退出則是遵循了愛的原則。愛是一個人賦予最高價值的最終認可方式。促使我退出的是漢薩克的案子——在那件案子中，法庭命令我優先動用我的儲戶們存的錢，以滿足那些能夠證明他們根本無權得到這筆財產的人們。我被命令把人們賺來的錢付給一個一文不名、只會嚷嚷著他賺不到錢的傢伙。我生在農村，懂得錢意味著什麼，我這一生和許多人都打過交道，眼看著他們發達了起來。我靠著能識別出某一類人才發了財，這類人從不會索取你的信任、希望和憐憫，但卻會給你事實、證明和利潤。你知不知道，在漢克·里爾登剛剛起家，從明尼蘇達州出來買下賓州的一家鋼廠的時候，我曾經在他的生意裡投注了資金？當我看到辦公桌上的那一紙法庭判決，眼前就浮現出一幅景象，景象裡面的一舉一動都清晰可見。我看到了第一次見到里爾登時他的那張年輕而聰明的面孔。我看見他倒在祭台之下，身上流出的鮮血浸透了大地——而站在祭台上的那個人就是漢薩克，他的目光混濁，不停地抱怨說他從來沒有過機會……奇怪的是，一旦你看清楚，事情就變得再簡單不過了。對我來說，關掉銀行走人簡直毫不費力：這是我有生以來第一次，眼前不斷地出現我為之生活和所熱愛的一切。」

她看著納拉岡賽特法官說：「你也是因為這件案子退出的吧？」

「是的，」納拉岡賽特法官說，「上訴法庭將我的判決推翻之後，我就退出不幹了。我之所以選擇這一行，就是想成為一名正義的衛士。然而，他們要我去執行的法令卻把我變成了最無恥的、沒有正義的劊子手。當那些手無寸鐵的人們需要我的保護時，我卻得到了強行侵占他們利益的命令。在法庭中，當事人之所以會尊重判決，就是因為相信法庭會保持一個他們雙方都接受的客觀立場。現在我看到的是一個人還有這樣的尊重，另一個人卻沒有，一個人遵循著法律，另一個則在妄自幻想著他的需要——而法律居然站在了幻想的一邊，支持的是不合理的東西。我退出——因為我已經無法忍受聽到正直的人們再叫我『法官大人』。」她的眼睛慢慢轉向了理查．哈利，既像是懇求，又像是害怕聽到他的遭遇。他笑了。

「我本來可以原諒那些讓我吃了不少苦頭的人們，」理查．哈利說，「但我不能原諒的是他們對我的成功所持的偏見。在他們排擠我之前的那些日子裡，我的心中沒有仇恨。如果說我的作品是有新意的，那我就要給他們時間慢慢感受，如果說我能打破常規、讓自己上升到一個新的高度，那我就沒有權利抱怨其他人跟上的腳步太慢。那些年以來，我一直在如此告訴自己——但在某些夜晚，我卻再也無法按捺心中的急迫，再也無法讓自己相信那些話，我呼喊著『為什麼？』，卻得不到回答。後來的那天晚上，他們對我報以掌聲和歡呼，我站在劇場的舞台上，面對他們，心裡想著這就是我苦苦奮鬥想要得到的東西，我希望能好好感受一下，卻什麼都感覺不到。在我眼前的還是從前的那些夜晚，聽到的是那聲『為什麼？』，依然得不到答案——而他們的歡呼似乎和他們的冷落一樣的蒼白。假如他們能說：『抱歉，我們來晚了，謝謝你還等著我們。』——我就不會再要求別的，他們也就不會知道我心裡的想法了。但我從他們的臉上，從他們蜂擁而至對我大加讚頌的語氣裡，看到和聽到的是對藝術家的那種訓誡——只不過我以前從不相信會有人拿這種話當真。他們似乎是說他們並不欠我什麼，他們的充耳不聞使我有了一個道德上的追求，為了他們——無論他們給了我什麼樣的冷嘲熱諷、偏見和蹂躪，我都應該去掙扎、承受和忍耐，這樣的忍耐是為了教他們能夠去欣賞我的作品，這正是他們理所當然應該得到的東西，也正是我應有的追求。那時，我便看清了我以前不能理解的掠奪者的精神上的本質。我看到，他們正如把手伸到穆利根的口袋內，掠奪他的財富那樣，將手伸進了我的靈魂，掠奪著我的個人價值——我看到，平庸之輩帶著惡意的粗俗，賣弄著自己的淺薄，讓它成了用能幹者的身軀填滿的無底深淵——我看到，他們正如覓食穆利根的錢財那樣，吞食著我創作音樂的時間和欲望，企圖迫使我認可他們才是我的音樂的意義，以此來掠取他們的自尊，恰恰利用了我的創作理性，變成不是他們要去承認我的價值，反而是我要對他們頂禮膜拜……就在那天晚上，我發誓再也不讓他們聽到我寫的任何一個音符。我從劇場出來的時候，街上空空蕩蕩，我是最後一個離開的——我看見一個陌生人正站在街邊的路燈下等我。已經用不著他再跟我多說什麼了，然而，我題獻給他的那首協奏曲，名字就叫救贖協奏曲。」

她看了看其他的人，「把你們的原因都說出來吧。」她的聲音裡流露出一絲堅決，似乎她正在承受一場拷打，但是希望能承受到底。

「我退出是因為前些年國家控制了醫療行業，」亨德利克醫生說，「你知道做腦外科手術都要求些什麼嗎？你知道這需要有怎樣的技能，為掌握這項專長要付出多少年熱情而又冷酷的煎熬嗎？我不會用它去替那些人服務，他們不是憑本事使喚我，只會信口胡扯一些大道理，以此騙取特權，得以靠武力來施行他們的企圖。我不會讓他們挾制住我多年鑽研想去達到的願望，或者我的工作條件、我對病人的選擇，乃至我的酬勞多少。我觀察到，在醫學即將遭到奴役前的所有討論當中，人們什麼都談到了——唯獨對醫生的願望隻字不提。人們只是考慮病人的『權益』，而對於這種權益的提供者卻連想都不想。醫生要想在這件事上有任何權利、願望，或選擇的話，就會被認為是與此毫不相干的自私行為；他們說，醫生該做的不是選擇，而是『服務』。一個願意在強迫之下工作的人，即使是要他在畜欄裡工作都是令人擔心的，都是危險的——何況是那些要指望他們幫助病人起死回生的醫生呢？我常常對人們的自以為是感到困惑，他們認定他們有權奴役我，可以控制我的工作，強迫我的意志，踐踏我的良知，窒息我的思想——可是，一旦他們躺在我操作的手術台上，他們想要依賴的又是什麼呢？他們的道德標準讓他們相信，他們的受害者的品德是值得信賴的。那好，我就把這樣的品德拿走，讓他們見識見識他們的思想體系培養出來的醫生吧。讓他們認識到在他們的手術室和病房裡，把性命託付給一個被他們窒息的醫生的手中是多麼不安全。如果那個醫生對此心懷怨恨的話，他們怎麼可能安全——如果他不表示憎恨，他們恐怕更不安全。」

「我退出，」威特說，「是因為我不想成為食人者的大餐，並且還要我親自動手烹煮出來。」

「我認識到，」達納格說道，「和我較量的都是些無能之輩，懶而無用，漫無目的，不負責任，不可理喻——我並不需要他們，輪不到他們對我指手畫腳，我也用不著聽從他們的命令。我退出了，是為了讓他們也能認識到這一點。」

「我退出，」丹尼爾斯說，「是因為假如把該遭報應的人按程度區分的話，為殘忍的勢力貢獻出自己頭腦的科學家，就是地球上最應該被詛咒的兇手。」

大家安靜了下來。她轉向了高爾特，「那麼你呢？」她問道，「作為第一個人，你又是出於什麼樣的原因？」

他啞然一笑：「因為我拒絕帶著原罪降臨到這個世界上。」

「什麼意思？」

「我從未因自己的能力而感到內疚，我從未因自己的智力而感到內疚，我從未因為自己是個人而感到內疚，我拒絕接受任何不屬於我的罪責，因此我能夠自由地去獲取，並且清楚我自身的價值。從我有記憶的時候開始，我就覺得我會殺掉任何一個聲稱我是為了他的需要而存在的人——而且我知道這是一種最高尚的感覺。在二十世紀發動機公司的那天夜裡，當我聽到有一種難以啟齒的罪惡在道貌岸然的腔調下說出來的時候，我就看到了這個世界的悲劇的根源——造成它的原因，以及解決它的辦法。我發現了應該去做的事情，就走出去做了。」

「那麼，發動機呢？」她問，「你為什麼把它扔在那裡，為什麼把它留給了史坦斯的子女們？」

「那是他們父親的財產，是他還在世的時候付錢讓我去做的。但我知道這對他們一點用處都沒有，從此也就將會不為人知。那是我的第一具試驗模型，除了我，或者和我水準相當的人，誰也不可能完成它，甚至都想不出它是什麼東西。而且我還知道，從那時起，和我水準相當的人再也不會走近那家工廠了。」

「你清楚你的發動機代表的是怎樣的一種成就吧？你知道你是在任其滅亡嗎？」

「知道，」他黯然一笑，「我臨走前最後看了一眼發動機，想起了那些提倡把財富視為一種自然資源的人，想起了那些聲稱是用機器來支配他們頭腦的人。那好，這台發動機可以支配他們的頭腦，正好就是離開了人的頭腦時的一堆即將生鏽的廢鐵和電線。你總是在想一旦把它投入到生產中，會帶來多麼巨大的效用。我想的是，當有一天人們明白它被丟棄在廢品堆裡究竟意味著什麼時，它就能產生更大的作用。」

「你把它扔下的時候，指望過能親眼看到那一天的到來嗎？」

「沒有。」

「你是否指望過能有機會在其他地方把它重新做好？」

「沒有。」

「那你還情願讓它待在廢品堆裡？」

「正因為發動機對我所具有的意義，我才不得不情願地讓它四分五裂，永遠消失，」他正視著她，而她則聽到了他那堅定、果決、毫不留情的聲音，「正如你將會不得不看著塔格特公司的鐵軌破敗並滅亡一樣。」

她迎著他的目光，頭因此揚了起來，帶著傲然而又乞求的腔調，輕聲說道：「不要逼我現在回答。」

「我不會的，我們會把你想知道的一切都告訴你，不會催你做任何決定。我說過，對原本就屬於我們的世界如此無動於衷是最難做到的事，我知道。對此，我們全都經歷過。」

她注視著這個安靜並且堅如磐石的房間，注視著屋裡的燈光——這燈光來自他的發動機——照在這些她前所未見的一群無比安詳、自信的人的臉上。「你離開二十世紀發動機公司後做了些什麼？」

「我出去後做了一名察看火苗的人。我把這當成是我的工作，去注視閃現在原始黑夜裡的那些耀眼的亮光，這正是那些有能力、有頭腦的人——我注視著他們的腳步、他們的掙扎，以及他們的痛苦——然後，當我明白他們已經看夠了這一切的時候，便把他們拉出來。」

「你對他們說了些什麼，讓他們能放棄一切？」

「我告訴他們，他們沒有錯。我幫他們發現了他們還未意識到屬於自己的那份自豪，使他們獲得了用來找到它的話語，讓他們能夠擁有他們一度忽略、渴望得到但又並不清楚自己的確需要的珍貴財富：那就是道德的認同。你不是把我叫做毀滅者和捕殺人才的獵手嗎？我就是這次罷工的活生生的代表，是受害者反抗的帶領人，是受到壓迫、失去遺產、被剝削的人們的捍衛者——這些字眼經我的口說出來，才總算是恢復了它們原本的意義。」

「最先跟隨你的是誰？」

他有意地停頓了一下，然後才開口回答：「是我的兩個最好的朋友，其中的一個你認識，或許你比其他人都更清楚他為此付出的代價。隨後便是我們的老師阿克斯頓博士，經過僅僅一晚上的談話，他就加入了我們。我過去在二十世紀發動機公司實驗室的老闆威廉·哈斯亭，曾經和自己進行了艱苦鬥爭，這用了他一年的時間，不過他還是加入了。然後便是理查·哈利和麥達斯·穆利根。」

「——只用了十五分鐘。」穆利根插話道。

她轉向他：「是你創建了這座山谷裡的一切？」

「對，」穆利根說，「起初它只是用來作為我個人的隱居地。許多年前，我從對這裡一無所知的農夫和牛仔手中，把這片山地買了下來，這座峽谷在任何地圖上都沒有標明。決心退出的時候，我蓋了這座房子。我封死所有可能接近這裡的入口，只留了一條路，而且把它偽裝得誰都無法發現。我做了自給自足的充分準備，這樣，我就可以在此安度後半生，再也不用去看那些掠奪者的嘴臉了。我聽說約翰也說服了納拉岡賽特法官，就把法官請到了這裡，後來又請來了理查·哈利。其他人一開始都是留在外面的。」

「我們這裡沒有其他的任何規定，」高爾特說，「只有一條，任何人一旦接受我們的誓言，就意味著許下了一個承諾：不做他的本行，不用他的智慧服務於這個世界。我們每個人都用各自不同的方式做出了實踐。曾經是有錢人，現在是靠他們的積蓄為生，過去工作的人做的是他們所能找到的最底層的工作。我們之中的有些人曾經很有名；其他的人——比如被哈利發現的你手下的那個年輕的煞車手——在還沒有受到摧殘之前就被我們勸阻了。然而，我們並未放棄我們的智慧以及熱愛的工作。每個人都可以用各種方式，在業餘時間裡繼續做他的本行——只是，為了他個人的利益，這些是祕密地進行，既不向別人透露，也不共用任何東西。我們保持著曾經無家可歸的那種狀態，彼此住得非常分散，但現在這種方式是我們自己想要的。唯一的輕鬆時刻就是我們難得見到彼此的時候，我們發現我們很願意聚一聚——是為了還能想到人類依然存在。因此，我們利用一年當中的一個月時間休息，去過一種理性的生活，從隱藏的地方拿出我們真正的成果，互相用它們進行交換——在這裡，成就即可用來付款，從不徵收。就是靠著十二個月當中這一個月的生活，我們每個人都在這裡用自己的所得蓋了房子。這也讓其餘的十一個月時間略微好過些。」

「看到了吧，塔格特小姐，」阿克斯頓說，「人可以生活在這種社會狀態之下，而不是像那些掠奪者所鼓吹的樣子。」

「山谷的發展壯大是從科羅拉多州遭到破壞開始的，」穆利根說道，「艾利斯．威特和其他人來到這裡定居，因為他們不得不躲起來。和我一樣，他們把本來會荒棄的財產換成了黃金和機器設備，帶到這裡。我們有足夠的人力對這裡進行開發，為那些在外面自食其力的人們創造工作機會。目前，我們已經接近能夠讓大部分人長期在此生活的階段，山谷幾乎可以做到自給自足，至於目前還不能自產的物品，我可以通過自己的途徑從外面買到。這是個特別的代理人，他不會讓我的錢落到掠奪者手裡。我們這裡不是國家，也不是任何形式的社會——我們只是因每個人各自的利益自願聯合到一起的人們。這塊谷地屬於我，我把土地賣給其他想要得到它的人。假如有了分歧，納拉岡賽特法官可以做我們的仲裁。至今為止，我們還沒為此找過他。他們說要讓人們意見一致非常困難，但你會吃驚地發現這其實很簡單——只要雙方把不依賴他人而存在、把理性當做交易唯一的手段，奉為絕對的道德標準。我們大家都要到這裡來生活的時刻已經日漸接近——因為世界正在飛速崩潰，不久就要面臨飢荒。但是，我們完全能夠在這座山谷裡養活自己。」

「世界崩潰的速度超出了我們的預計，」阿克斯頓說，「人們正在停下和放棄手裡的工作，你那些被凍結的火車、成群結隊的襲擊者以及逃亡的人，他們從來沒聽說過我們，不屬於我們罷工的一部分，他們是自發的——這是他們內心殘留下來的理性的自然反應——和我們進行的反抗是一樣的。」

「我們在開始時看不出這將持續多久，」高爾特說道，「我們不清除究竟能活著看到世界重獲自由的那一天，還是要把我們的戰鬥和祕密留給子孫後代。我們只知道，這才是我們願意擁有的唯一生活方式。但現在，我們認為不久就會見到勝利和回歸的日子。」

「什麼時候？」她低聲問道。

「當掠奪者的規則崩潰瓦解的時候。」

他看出她的眼神裡半是疑慮，半是期待，便接著說道：「當自我犧牲的教條終於走上那條再也無法偽裝的道路；當人們發現再也找不到犧牲品去阻擋正義的道路，再也無法避免他們即將受到的懲罰；當鼓吹自我犧牲的人們發現，已經沒有任何可以犧牲的東西，而有的人又再也不願意去做出犧牲；當人們看到無論他們的心臟還是肌肉都挽救不了他們，而遭到他們詛咒的思想已經不見，他們已經是求救無門；當這些失去了思想的人們不可避免地頹然倒下；當他們再也無法冒充權威，再也見不到一點法律和道德的影子，沒有了希望和食物；當他們徹底崩潰，道路再次暢通——那個時候，我們就會回去重建家園。」

塔格特鐵路公司，她心中想道；她聽見這幾個字彷彿疊在一起，變成了讓她無暇秤量的沉重，撞擊著她已經麻木的心靈。這裡才是塔格特鐵路公司，她想，就是在這個房間，而不是在紐約巨大的候車廳——這裡就是她的目標和道路的終點，就是兩條筆直的鐵軌交會和消失在地平線盡頭的會合點——它們就如同當初曾經吸引了內特內爾．塔格特一樣，也在吸引著她不斷地向前——這裡就是內特內爾．塔格特當初展望過的遙遠的目標，正是這裡，支撐著他在行人絡繹不絕的候車廳裡抬頭發出的炯炯目光。她正是為此才將自己的身心都撲在塔格特公司這個失去靈魂的身體上面。她終於找到了想要得到的一切，它就在這個房間內，觸手可及，並且是屬於她的，但代價卻是要拋下鐵路網，鐵路將會滅亡，橋樑將會坍塌，信號燈將會熄滅……以及我想要的一切的一切，她心中想著，眼睛從那個有著陽光般色彩的頭髮和執拗目光的男人身上移開了。

「你不必現在就給我們答覆。我們從不強求同意。」他說。「我們從未告訴任何人多過於他準備好要知道的。你是第一個例外。但是你在這裡而且你必須知道。現在你瞭解了你即將做的選擇的確實意義。如果這看起來很困難，那是因為你仍然不認為一定是非此即彼。但你最後會了解這是必要的。」

「可以給我點時間嗎？」

「你的時間不是我們給的。慢慢來吧。你可以自己決定什麼時候要做些什麼。我們知道那個選擇的代價，我們也已經付出代價。你已經來到這裡，或許現在會讓你更容易去做決定──或許更難。」

他的聲音跟她一樣低沉，有著同樣壓迫著呼吸而發出的聲音，在她呼氣之後的停頓，她失神了一剎那，因為她感覺到這是──並非當他以手臂抱著她下山的時刻，而是此刻他們聲音的交會──他們之間身體接觸最靠近的時刻了。

當他們駕車回到他家時，一輪滿月高掛在山谷上方的天空；它在那兒看起來像是沒有點火、圓滑而平面的燈籠，僅發出朦朧的光掛在宇宙中，這朦朧的光亮沒到達地表，因而看似光亮是來自地表上不尋常的白色。在這不尋常而沒有顏色的景象中，地球似乎遠遠地被薄幕遮蔽著，地表的形狀沒有凝成一個地景，而是緩緩地流動，就像是把照片印在雲上一樣。她突然注意到她在微笑。她正在往下看著山谷中的房屋。亮著燈的窗罩上一層微藍薄幕，牆的輪廓正在融解，長條狀的霧氣蜷曲在房舍之間，徐徐如緩慢推進的浪。看起來像是一座沉入水底的城市。

「怎麼稱呼這個地方？」她問。

「我叫它穆利根山谷，」他說。「其他人叫它高爾特峽谷。」

「我會叫它……」但她沒有說完。

他看了她一眼。她知道他在她臉上尋找什麼。他把頭轉開。她瞧見他嘴唇很輕微的動作，就像是從一個必須強迫去做的動作中解放，而鬆了一口氣一樣。她把視線移開，把她的手臂放在車子的邊緣上，像是她的手肘彎處的虛弱使得手臂突然變得很重似的。

當路越往上越漆黑，松樹樹枝茂密地遮蔽天空。在上面迎接他們的是一個斜岩，她瞧見了月光反射在他家的屋頂上。她將頭靠回座椅上靜靜的躺著，失去她正在坐車的意識，只感覺到帶著她往前的動作，此時她注視著閃耀在松葉間如璀燦水滴的星辰。

當車停下來時，她步出車外，她不想知道自己為什麼不看他。她沒意識到自己靜靜地站了一會兒，注視著黑色的車窗。她沒有聽到他的靠近；但是她感覺到他那有著懾人熱情的手所帶來的衝擊，彷彿這是她現在唯一可以經驗到的意識。他用手臂把她抱起，並緩慢的沿著小徑往屋子走去。

他走著，不看她，但緊緊地抱著她，如同試圖抓住前進的時間，如同他的臂膀仍然鎖定在他抱起她貼近自己胸膛的那一剎那。她感覺到他的步伐像是朝目標前進的動作的每個單一間隔，也如同每個步伐都是分離的動作，她也不敢想像下一步會是什麼。她的頭靠近他的，他的髮絲摩蹭著她的臉頰，而她知道他們兩人都不想更靠近。這是一個出乎意料、令人驚訝的迷醉狀態，完全沉浸其中，他們的頭髮交纏著如同在太空中兩個身體發出的光線已經交會，她看到他閉著眼睛走著，彷彿現在看見任何景色都是一種干擾。

他進入房子裡，當他接近客廳時，他們倆都沒有看他的左方，但她清楚，他們都知道左邊的門是通往他的臥室。他在黑暗中走了一段時間，來到有月光灑下的客房的床邊，他把她放在上面，她感覺到他在她肩膀和腰間的手稍微停頓了一下，但當他的手放開她的身體時，她就知道那個剎那已經過去了。

他退後按了一個開關，整個房間倏然充斥著刺眼的光。他靜靜地站著，彷彿命令她注視著他，他的臉帶著期待和堅毅。

「難道你忘了你一見到我就想向我開槍？」他問。

他毫無保留的平靜的姿態使其顯得真實。直直扔向她的戰慄如同因恐懼和否定而來的尖叫，但是她迎向他的凝視，平靜地回答：「是的，我曾經這麼想過。」

「那就做吧。」

她的聲音低沉，它的張力一方面來自屈服，另一方面帶著輕視的指責：「你知道的更多，不是嗎？」

他搖搖頭：「不。我要你記住那曾經是你的希望。以過去而言，你是對的。只要你曾是外部世界的一部份，你就必須毀滅我。現在你眼前有兩個方向，一個會引導你到將來的某一天被迫去執行它。」她沒有回答，眼睛看著地上，他看見她的頭髮因急切否認的搖頭而如痙攣般地晃動。「你是我唯一的威脅，你是唯一可以把我送給敵人的人。如果你仍是他們的一份子，你就會這麼做。選擇吧，如果你希望這樣的話，但是請在你選擇之前確定你都瞭解了。不用現在回答我，直到你做了選擇。」他聲音中嚴肅的壓迫感，是他努力控制自己的結果。「記住，我了解兩種選擇背後各自的意義。」

「像我一樣完全地了解嗎？」她喃喃的說。

「是的，跟你一樣。」

他轉身離開時，她的目光突然落在房間牆上那些她曾經注意到但又忘了的字句。這些字是刻在拋光的木頭上，仍然可見刻劃字句者的筆的力道，呈現在奮力書寫的每一句之中。「你會熬過來的——艾利斯．威特」、「到了明早一切都會沒事——肯．達納格」、「這是值得的——羅傑．馬殊」。還有一些其他句子。

「那是什麼？」她問。

他微笑了：「這個房間是他們待在這個山谷的第一晚所住的房間。第一晚總是最難熬的……我讓他們待在這裡，所以他們可以隨時找我，如果他們需要的話。如果他們睡不著，我會跟他們聊聊。大部分的人都無法入睡。但是他們在天亮前多半能擺脫失眠……他們都待過這個房間。現在他們稱這裡為拷問室或接待室——因為每個要進入山谷的人，都必須經過我的房子。」

他轉身離開，停在門口加了一句：「這是一個我從來都不想要你來住的房間。晚安，塔格特小姐。」

第二章 貪婪者的烏托邦

「早安。」

她從房門口看著他走過了客廳，在他身後的窗外，群山泛出了銀閃閃的粉紅色，看起來比外面的光線還要明亮，預示著陽光即將來臨。她聽到歡快地迎接日出的並不是鳥兒的啼唱，而是剛才響起的電話鈴聲；她眼前這新的一天並不是外面鮮亮的翠綠枝頭，而是爐子發出的熠熠光芒，桌子上的一隻玻璃菸灰缸的閃亮，以及他襯衫袖子上一塵不染的雪白。她抑制不住自己聲音裡和他一樣的笑意，回答：「早安。」

他正將桌上鉛筆寫的計算紙收拾起來，塞進衣袋內。「我得去一趟發電房，」他說，「他們剛剛打過電話，放射光幕出了問題，好像是你的飛機把它撞壞了。我過半小時回來後做早餐。」他的聲音隨意而平淡，對於她的存在和他們的日常起居，完全是一副習以為常的樣子，她感到他是在有意渲染這樣的氣氛。

她以同樣隨意的口氣應道：「要是能把車上的拐杖拿來的話，你回來時我就能把早餐準備好了。」

他略微吃驚地看了看她；他的目光從她纏著紗布的腳踝，移到露在她短袖上衣外的手肘上的那層厚厚的繃帶。然而，她透明的衣衫，敞開的領口，以及似乎用輕薄的衣衫不經心地包裹著的肩膀上的一頭長髮，使她看起來像是一個女學生，而不是什麼病人，她的姿態使人忘記了他所見到的繃帶。

他微微一笑，不過這笑並非完全衝著她，而像是他自己突然想起了什麼似的，「假如你願意的話。」

獨自留在他的家中，感覺有點怪。部分原因是她體驗到了一種從未有過的感受：一股敬畏讓她變得縮手縮腳，彷彿身旁的任何東西都隱祕得不可觸摸。另外的原因則是一種滿不在乎的輕鬆感，彷彿這裡便是她的家，彷彿她便是擁有這裡的主人。

奇怪的是，她從準備早餐這樣簡單的事情中感受到了如此純粹的快樂。做這件事似乎本身便很獨立，好像在灌咖啡壺、榨柳橙汁、切麵包的時候不會心有旁騖，能體會到身體在舞蹈時所體會不出的享受。她驀然意識到，自從她在洛克戴爾車站當值班員以後，如此舒心的感覺已經是久違了。

她正佈置著餐桌，發現有個身影沿著房前的小路正向上奔來，身手輕快敏捷，跨越石階如履平地，一把將門推開，喊道：「約翰！」一眼看見她，便停下了腳步。他穿著深藍色的運動衫和長褲，一頭金髮，臉龐簡直英俊得完美無缺，令人驚嘆，她愣愣地看著他，一開始倒並不是多麼豔羨，但的確是無法置信。

他望著她，似乎沒想到會在這所房子裡看見女人。隨後，她發現他辨認出來的神情轉成了另一種驚訝，半是感到開心、半是勝利般地笑了出來，「哦，你加入我們了？」他問道。

「不，」她諷刺地答道，「還沒有，我是個破壞罷工者。」

他像個大人見到小孩說著他還不能理解的技術字眼一般，大笑起來，「如果你明白自己是在說些什麼，就知道這是不可能的，」他說，「在這裡絕對不可能。」

「說起來的話，我應該算是破門而入。」

他看了看她的繃帶，心裡思忖著，好奇的眼神中幾乎帶出了一股倨傲：「什麼時候？」

「昨天。」

「怎麼進來的？」

「坐飛機。」

「你坐飛機來這一帶幹什麼？」

他那副直截了當和蠻橫的態度既像個貴族又像個莽漢；他的神態看起來像前者，而穿著卻像後者。她打量了他半晌，故意叫他等了一會兒，「我是想在一個史前的幻景中著陸，」她答道，「我做到了。」

「你的確是個破壞者。」他似乎找到了問題的所有癥結，嗤笑著說，問也不問便逕自坐到椅子上，彷彿到了家裡一樣。她默默地轉過身去，繼續做著她的事。他把嘴一咧，笑著注視著她的一舉一動，彷彿她在餐桌上擺放著刀叉是某種特殊的令人費解的奇觀一樣。「法蘭西斯可看到你在這裡是怎麼說的？」

她微微聳聳肩，轉向他，但依舊平靜地回答：「他還沒來這裡。」

「還沒來？」他似乎一驚，「真的？」

「是他們告訴我的。」

他點了一支菸。她看著他，心裡猜想著他所從事、所熱愛、為了到這個山谷裡來而又放棄掉的那個職業是什麼。她猜不出來；好像沒什麼可以對得上；她發覺自己有了個荒唐的感覺，就是希望他什麼都別做，因為無論做什麼都可能會毀了他那令人難以置信的英俊容貌。這感覺與個人的感情無關，她並未把他當做一個男人來打量，而是把他看成一件能說會動的藝術品——完美無缺如他者，會像任何熱愛自己工作的人那樣感受到衝擊、壓迫和創傷，這對外面世界的尊嚴似乎是一種扭曲。但她的這種感覺似乎顯得越加荒誕了，因為他臉上的那種剛毅完全可以戰勝世上的任何艱險。

「不，塔格特小姐，」他捕捉到了她的眼光，突然開口道，「你以前還從沒見過我。」

她猛吃了一驚，意識到自己剛才一直在打量著他，「你怎麼知道我是誰？」她問。

「首先，我在許多報紙上見過你的照片。其次，就我們所知，你是外面的世界僅存的一個會被允許進入高爾特峽谷的女人。第三，你是唯一一個還有膽子——以及足夠的資本——繼續當破壞者的女人。」

「你憑什麼肯定我是個破壞者？」

「假如你不是的話，你就會知道史前的幻景並不是這個山谷，而是外面世界的人們所過的生活。」

他們聽到外面有發動機的聲響，只見一輛汽車停在了房前的坡下。她注意到，他一看見車裡的高爾特，便一下子站了起來；如果不是因為顯而易見的迫不及待，看起來那便如同軍人本能的敬禮。

她發現當高爾特走進來，一見到屋裡的客人便停住了腳步。她注意到高爾特露出了笑容，嗓音卻是異常的低沉，簡直是莊重的語氣，似乎隱含了他所不願表現出的釋懷，非常平靜地招呼道：「嗨。」

「嗨，約翰。」客人高興地打著招呼。她發現他們稍稍猶豫了片刻才握住了對方的手，又過了一陣才鬆開，彷彿不敢肯定他們的上一次見面並不是永別。

高爾特轉向她，「你們彼此見過了嗎？」他是在同時問他們兩個。

「還算不上。」來人說道。

「塔格特小姐，這位是拉格納．丹尼斯約德。」

她完全知道自己的臉上此時是一種什麼樣的表情，丹尼斯約德說話的聲音聽起來似乎非常的遙遠：「你用不著怕，塔格特小姐。我對高爾特峽谷裡的所有人都沒有危險。」

她搖著頭，半晌才說出話來：「並不是說你是如何對待其他人，而是他們究竟是如何對待你的……」

他的大笑聲讓她又重新恢復了意識，「要小心啊，塔格特小姐。你要是開始這麼想的話，破壞者可就當不長了。」他又接著說，「不過，你應該開始從高爾特峽谷中的人當中吸取些正確的東西，而不是他們所犯的錯誤；他們十二年來一直替我擔心——完全沒必要。」他瞄了一眼高爾特。

「你什麼時候來的？」高爾特問。

「昨天半夜。」

「坐下，和我們一起吃早餐。」

「法蘭西斯可在哪兒呢？他怎麼還沒來？」

「我不知道，」高爾特的眉頭稍稍一皺，「我剛剛問過機場，誰都不知道他的消息。」

她向廚房走去的時候，高爾特跟了上去，「不，」她說，「今天我來做。」

「我幫你。」

「在這裡，誰都不應該開口要人幫忙，對嗎？」

他笑了：「對。」

她從沒有感到身體動起來是如此的享受，彷彿走路時雙腳察覺不出一點重量，彷彿用來支撐她的拐杖只是多餘的裝飾，在為桌前的兩個男人端上早餐的同時，她舒暢地感覺著自己輕快、筆直的腳步，感覺著她敏捷和靈活準確的動作。她的樣子告訴他們，她明白他們是在注視著她——她高昂著頭，像一個舞台上的演員，像一個身在宴會廳裡的女人，像參加了一場無聲競賽的獲勝者。

「知道你今天來當他的替身，法蘭西斯可一定會很高興的。」當她和他們一起坐在桌前的時候，丹尼斯約德說道。

「當他的什麼？」

「是這樣，今天是六月一日，約翰、法蘭西斯可和我，十二年來的每個六月一日都在一起吃早餐。」

「在這裡？」

「一開始不是，不過自從這房子八年前蓋好之後，就一直在這裡了。」他笑著聳了聳肩膀，「像法蘭西斯可這樣一個比我多出幾百年傳統遺風的人，居然第一個破了我們的傳統，真是見鬼。」

「那麼高爾特先生呢？」她問，「他的家族史有多久了？」

「你是問約翰嗎？他從前連半點家底都沒有，但未來可就都是他的了。」

「別管什麼家族史的了，」高爾特說，「跟我說說你這一年的情況吧，你手下的人有沒有損失過？」

「沒有。」

「時間損失過沒有？」

「你是問我是不是受過傷吧？沒有。自從十年前至今，我毫髮未傷，那時我初出道，你現在應該已經記不得了。我從來沒有任何危險，今年——在頒佈了一〇—二八九號法令後，其實我比在小鎮上開藥房還要安全多了。」

「打過敗仗嗎？」

「沒有。今年，一直都是對方在損失。掠奪者的船隻大部分都落在了我的手裡——他們的人大部分都跑到你這裡來了。你今年的情況也挺好，是吧？這我都清楚，我可全都記著呢。自從我們上次一起吃早餐後，你把在科羅拉多州想要的那些人都拉過來了，還有其他地方的一些人，比如達納格，他可是個不可多得的人才啊。不過，我告訴你一個更棒的，他幾乎就快過來了。你很快就會得到他，因為他現在在前線上，馬上就會落到你的腳下。他還救過我一命——這下你就知道他已經走得有多遠了吧。」

高爾特身子一仰，瞇起了眼睛：「原來你從來沒有任何危險，對吧？」

丹尼斯約德笑了起來：「哦，我冒了個小小的風險，不過值得。那可是讓我覺得最愉快的一次遭遇，我一直想當面告訴你，你肯定想聽聽這個故事。你知道那人是誰嗎？是漢克．里爾登。我——」

「不行！」這是高爾特的聲音；它是一道命令；斷喝之中帶著一分怒氣，他倆還是頭一回見他如此。

「什麼？」丹尼斯約德難以相信地輕聲問道。

「現在別跟我講這件事。」

「可你總是在說漢克．里爾登是你最想在這裡見到的人啊。」

「我現在還是這麼想，但是，這事你以後再告訴我。」

她細細地觀察著高爾特的面孔，但看不出任何頭緒，那副在決絕或抑制之下的冷峻嚴厲的神情，讓他的臉頰和嘴角都繃緊了起來。無論他清楚她的多少底細，她心中在想，只有一條原因可以解釋他的這般舉動，不過他絕對不可能知道。

「你見到漢克．里爾登了？」她轉向丹尼斯約德，問道，「而且他還救了你？」

「對。」

「我想聽聽是怎麼回事。」

「我不想。」高爾特說。

「為什麼？」

「你不是我們中的一員，塔格特小姐。」

「我明白了，」她不屑地微微一笑，「你是不是在想我會阻止你得到漢克．里爾登？」

「不，我不是在想這個。」

她留意到丹尼斯約德正在觀察高爾特的表情，似乎他也覺得這事很蹊蹺。高爾特毫不迴避地迎上了他的目光，似乎存心讓他試試在裡面尋找答案，而且諒他也找不到。當她發現高爾特的眼裡露出一絲笑意時，她便明白，丹尼斯約德的努力失敗了。

「還有什麼？」高爾特問道，「算是你今年做成了的事？」

「我打破了重力定律。」

「這你做得多了，這回玩的又是什麼花樣？」

「我裝了超出飛機承重極限的黃金，從大西洋中部一直飛到了科羅拉多。等著瞧麥達斯看到我要存的數量吧，今年，我客戶的錢會多出——哦，對了，塔格特小姐是我的一個客戶，你告訴過她沒有？」

「還沒有，要講你就跟她講吧。」

「我是——你剛才說我是什麼？」她問。

「別吃驚，塔格特小姐，」丹尼斯約德說，「而且不要反對，對於反對，我見得太多了，不管怎麼樣，我在這裡算是個怪胎。對於我選擇的鬥爭方式，他們誰都不同意。約翰不同意，阿克斯頓博士不同意，他們覺得用我的性命去那麼做太不值得。但你知道，我父親是個主教——在他所有的教導裡面，我只認同一句話：『執劍者將隨劍一同滅亡。』」

「這是什麼意思？」

「就是說暴力是不可取的。如果我的朋友們相信他們可以用聯合起來的力量制服我——那他們就會看到在這場較量中，只有使用暴力的一方去針對使用智力的一方。就連約翰都贊成，在我們這個時代，我在道義上有權選擇自己想走的道路。我和他做的事情一樣——只是以我自己的方式罷了。他是把人們的精神從掠奪者的手中抽走，我是把人們的精神產物抽走。他是在剝奪他們的理性，我是在剝奪他們的財富。他吸乾了世界的靈魂，我吸乾了它的身體。他們早晚會從他那裡嘗到教訓，我只是沒那份耐心，於是就把他們學習的速度加快而已。不過，和約翰一樣，我只是順應著他們的道德觀，絕不會犧牲自己，犧牲里爾登或者你，從而讓他們有雙重的標準。」

「你在說什麼呀？」

「就是對收稅者的一種課稅方法。所有的稅收方法都很繁瑣，但這一種非常簡單，因為它是其他所有方式的核心。我來解釋給你聽。」

她聆聽起來。她聽到一個充滿活力的聲音帶著會計員那種枯燥而精確的口吻，詳述起財務轉帳、銀行帳戶和收入稅表來，彷彿他正在讀著一本滿是灰塵的帳簿——為了紀錄下這本帳簿裡的每一筆帳，他押上了自己的鮮血，只要他記帳的筆稍有閃失，血就隨時會流盡。她一邊聽，一邊止不住看著他那張俊朗無瑕的臉龐——並且不停地在想，這就是全世界懸賞百萬要置於死地的那顆人頭……她曾經覺得這樣一張完美的面孔，無論做任何事都會留下令人惋惜的傷痕——她想得出了神，他說的一半的話都沒聽進去——實在不應該拿這麼俊美的臉去冒任何的風險……接著，她猛然醒悟到他那完美的外表只是一幅簡明的示意圖，是用了自然直觀的方式，就外面世界的本質和在低於人的時代裡人類價值的命運，給她上了孩子般初級的一課。不管他走的路是正義還是邪惡，她想，他們怎麼能……不！她心想，他所走的道路是正義的，而可怕之處正在這裡，因為正義已經別無選擇，因為她無法譴責他，她既不能同意，也說不出一句責難的話。

「……我客戶的名字，塔格特小姐，是一個一個慢慢地選出來的，因為我必須確信他們的人品和事業。在我的償還名單裡，你的名字便是首當其衝的一個。」

她強迫自己不動聲色地把臉繃緊，只是回答了一句：「原來如此。」

「你的帳戶是最後一批仍未償付的戶頭之一。它就開立在這裡的麥達斯銀行，等你加入我們的那一天，就可以認領了。」

「明白了。」

「不過，儘管過去十二年裡你被強行勒索了巨額的錢財，但你的帳戶並不像其他人的那麼龐大。穆利根會把你的收入稅表親手交給你，從那上面你會看到，我只把你當營運副總時所賺薪水的稅款退還給你，但不會退還你因為塔格特公司股票的收益而繳納的稅款。你從股票裡賺的每分錢都問心無愧，要是在你父親的那個時候，我會把你的每一分錢收益都退還給你，但在你哥哥的管理下，塔格特公司參與了掠奪，它的營利是靠著強行逼迫，靠著政府給的好處、補貼、延期償還的貸款以及法令。對此你沒有責任，其實你是這個政策最大的受害者——但我返還的只是純粹憑勞動賺來的錢，任何與強取豪奪沾邊的錢財都不行。」

「明白了。」

他們吃完了早餐。丹尼斯約德點燃一支香菸，透過吐出的第一層煙霧注視了她一會兒，似乎知道她內心深處激烈的矛盾——然後他對著高爾特一笑，站了起來。

「我要走了，」他說，「我妻子正等著我呢。」

「什麼？」她大吃一驚。

「我妻子。」他興高采烈地重複了一遍，像是還沒明白她吃驚的原因。

「你妻子是誰？」

「凱．露露。」

她被震撼得已經無法再想什麼：「什麼時候……你們是什麼時候結婚的？」

「四年以前。」

「你怎麼可能會在一個地方待下來舉行婚禮呢？」

「我們在這裡結的婚，是納拉岡賽特法官主持的。」

「怎麼能……」她想收口，但忍不住憤怒還是脫口而出，至於這聲抗議是衝著他，還是衝著命運或外面的世界，她也說不清楚，「怎麼能讓她在一年裡惦記你十一個月，擔心你隨時都可能……」她沒有說下去。

他的臉上帶著微笑，在這笑容背後，她卻看到了他與妻子為此做出的沉重努力。「她能挺過來，因為我們不相信這是一個人類注定要被毀滅的悲慘世界。我們不相信悲劇是大自然帶給我們的命運。如果沒有確定的理由，我們不會去想什麼災難——一旦與災難遭遇，我們可以放開手腳，和它較量一番。我們認為不合情理的並不是幸福，而是遭受苦難；在人類的生活中，真正反常的並不是成功，而是災禍。」

高爾特將他送到門口，然後回來坐在桌旁，若無其事地又伸手去倒一杯咖啡。

她像是被從安全閥中噴出的氣流沖起來一樣猛然起身：「你認為我會要他的錢？」

他等到咖啡灌滿了杯子，才抬眼看了看她，回答道：「對，我是這麼想。」

「我不會！我不會讓他為此去冒生命危險！」

「這你可做不了主。」

「但我可以選擇不去認領！」

「不錯，你是有這個選擇。」

「既然這樣，這筆錢就會永遠待在銀行裡！」

「不，不會的，假如你不去領取的話，它的一部分——是很小的一部分——會以你的名義轉給我。」

「以我的名義？為什麼？」

「支付你的食宿費用。」

她瞪大了眼睛望著他，臉上的表情由生氣變成了迷惑，接著便重新慢慢地坐回到了椅子裡。

他笑笑，「你原先打算在這裡待多久？」他看見她驟然湧上一股無可奈何的神情。「你還沒想過這個問題？我想了。你要在這裡住一個月，和我們其他人一樣。我並不是在徵求你的同意——你來這裡的時候也沒有徵求我們的意見。你破壞了我們的規矩，就必須承擔後果。在這一個月裡，誰都不會離開山谷。當然，我可以讓你走，但我不會。雖然沒有任何規定要我將你留下，但你既然闖了進來，我可就有權任意處置了——我只是因為想要你留下才不讓你走。假如一個月後你還是希望回去，那就請便。但在此之前不行。」

她坐得筆直，臉變得輕鬆，嘴上因為有了一絲笑意而柔和了許多；這本來是一個敵手才會有的危險的笑容，但她那雙冰冷閃亮的眼睛同時又像是蒙上了一層薄紗，如同一個敵手想要去全力拚殺，但卻希望自己戰敗。「很好啊。」她說。

「我要收取你的食宿費——向別人提供免費生活所需是違反我們規定的。我們當中有些人有妻子和孩子，我們互相付出，互相給予，而不涉及金錢，但你我之間關係不同。因此，我每天要收你五毛錢。如果你不接受那個帳戶，穆利根會把債記在帳上，我去收款時他會付錢給我。」

「我答應你們的條件，」她回答道；她精明、自信、故意放慢的聲音完全像一個商人，「但我不允許動用那筆錢來支付我的債務。」

「那你打算怎麼辦？」

「我要賺我自己的食宿費。」

「怎麼賺？」

「工作。」

「做什麼？」

「做你的廚師和傭人。」

她頭一次看到他始料不及地大吃了一驚，他對此的強烈應對方式則出乎了她的預料。他爆發出一陣大笑——但他的笑看起來卻像是腹背受到一擊，所受的衝擊之深遠遠超出了她那幾句話本身的意思；她覺得她擊中了他的過去，將她所不知的他的記憶和內心撕扯得鬆動了。他那笑的樣子如同是看到了遠方的某種景象，他彷彿是在衝著它大笑，彷彿這是他的勝利——同時也是她的。

「如果你雇用我的話，」她的表情極其禮貌，用了極其清晰、冷靜、公事公辦的語調，「我會替你煮飯、打掃房間、洗衣服以及做傭人該做的一切——報酬就是我的食宿和買衣服之類的零用錢。我這幾天可能會因為受傷有所不便，但用不了多久我就可以全力以赴了。」

「這是你想做的嗎？」他問。

「這是我想做的——」她回答著，將心中想要說的另外一半吞了回去：世界上任何事都無法和它相比。

他依然在笑，那是覺得非常有趣的笑，但這種有趣似乎能夠轉化為某種閃亮的榮耀。「好吧，塔格特小姐，」他說，「我雇用你了。」

她禮貌性地冷冷將頭一點，說：「謝謝你。」

「除了食宿，我每月付你十塊錢。我是這個山谷裡頭一個雇傭人的人，」他站了起來，將手伸進衣袋，取出一枚五塊錢的金幣扔在了桌上，「這是給你的預付工資。」他說。

當她伸手去拿這枚金幣的時候，吃驚地發現她正像一個小女孩在做第一份工作時那樣，滿懷著一種迫切和渴求的強烈願望：那就是希望能做好這份工作。「是，先生。」她說話的時候，眼睛垂了下去。

$

歐文．凱洛格在她進山谷的第三天也到了。

她不知道最讓他吃驚的是什麼：是他從飛機上下來時看到她站在機場的旁邊——看到她穿的衣服：她那件精巧、透明、在紐約最貴的裁縫店裡訂做的上衣，以及花六毛錢在山谷裡買的寬大的棉布繡花裙——或是她的拐杖、繃帶，或是手臂裡掛著的採購籃。他從一群人當中走出來，看到了她，怔了一下，隨即便一躍向她奔來，彷彿是被一股激情所推動，看來十分駭人。

「塔格特小姐……」他喃喃道，便再也說不出什麼了，而她則笑著向他解釋她是如何搶先一步到達了他要來的地方。他像是在聽著一件毫不相干的事情，接著便說出一句令他後悔的話：「我們以為你死了。」

「誰這麼以為？」

「我們都……我是說，所有外面的人。」當他用喜悅的聲音講述起他的經歷時，她忽然止住了笑容。

「塔格特小姐，你不記得了嗎？你讓我打電話給科羅拉多的溫斯頓車站，告訴他們你會在第二天中午趕過去，那就是前天，五月三十一號。但你沒有到溫斯頓——那天下午很晚的時候，所有的廣播裡都在報導說你在洛磯山一帶因飛機墜毀而下落不明。」

她想起了這些尚未來得及考慮的事，緩緩地點了點頭。

「我是在彗星特快上聽到的，」他說，「當時是在新墨西哥州的一個小站上，我用長途電話替列車長證實這個消息，讓乘客等了一個鐘頭。他聽到這個消息後，和我一樣震驚，從車組的人到車站的代理到扳道工，大家都是如此。我給丹佛和紐約的報社打電話時，他們全都圍在旁邊。我們沒有得到太多的消息，只知道你三十一日凌晨之前離開了阿夫頓機場，好像是在跟著一架陌生人的飛機，機場管理員看見你向東南方向飛去，然後就再也沒人見過你了……搜索隊伍為了找飛機殘骸，把洛磯山一帶裡外都找遍了。」

她忍不住問：「彗星特快到了舊金山沒有？」

「我不知道，我棄車離開的時候，它還在亞利桑那州的境內磨蹭呢，一路都誤點，到處都出差錯，調度員的命令極為混亂。我下火車後，一晚上都在找去科羅拉多的便車，不管是顛簸的卡車、馬車，還是馬拉的拖車，只要能按時趕到——趕到我們會面的地點，然後就從那裡坐麥達斯的飛機到這裡來了。」

她慢慢地沿著小路走向她停放在哈蒙德雜貨店前的汽車。凱洛格跟了上去，再次開口的時候，聲音隨著他們放慢的腳步壓低了一些，似乎他們倆都在想著要拖延些什麼。

「我幫傑夫．艾倫找了個工作，」他說；他那特別莊重的聲音等於是在說：我完成了你的最後一個心願。「你的那個勞力爾的代理在我們剛一落腳的時候，就把他找去工作了，他現在見到每一個身體合格——不，是頭腦合格的人——都會要。」他們走到了車前，但她沒有上車。「塔格特小姐，你傷得不重吧？你是不是說你的飛機掉下來了，但不算太嚴重？」

「是的，一點都不嚴重，我明天就用不著再坐穆利根的車——再過一兩天，我連這東西也不用了。」她晃了晃拐杖，輕蔑地將它扔進了車裡。他們無言地靜立；她在等待著。

「我在新墨西哥的那個車站上打的最後一個長途電話，」他緩緩地說道，「是打到賓州去的。我和漢克．里爾登通了話，把我知道的一切都告訴了他。」凱洛格的眼睛垂了下去：「只要我活著，就再也不想聽到那樣的沉默了。」他抬起眼看著她；他的目光裡沒有責備，只有他當初聽到她的請求時還未想到，但從那以後便猜出原委的領悟。「他聽著，接著便是一陣沉默，然後他說：『謝謝你打電話給我。』」

「謝謝你，」說著她將車門打開，「我載你一段吧？現在我得趕回去，在雇主回來前準備好晚飯。」

一回到高爾特的家裡，獨自站在靜謐而灑滿陽光的房間內，她內心的所有感受便一起湧了出來。她看著窗外，望著將東方的天空遮住的群山，想到了兩千英里之外的里爾登此刻正坐在桌前，他的臉在極大的痛苦下繃得緊緊的，就像他在過去的種種打擊面前繃緊的那樣——正像她拚盡了最後的努力，讓彗星特快在荒漠之中那坍塌的鐵軌上爬行一樣，她感到自己迫不及待地想要去和他一起戰鬥，為他而戰，為他的過去，為他臉上的堅毅和支撐著這股堅毅的勇氣——她顫抖著閉上了眼睛，彷彿感到她犯下了雙重背叛的罪孽，彷彿感覺到她被吊在這座山谷和另外一個世界之間，不屬於任何一個地方。

當她坐下來面對飯桌對面的高爾特時，這些感覺已經消失了。他坦然而毫無顧忌地看著她，似乎她本來就應該坐在那裡——似乎只有眼前的她才是他的意識中唯一可以接納的。

她像是對他的注視表示順從般地將身體稍微向後靠了靠，用冷淡、簡單、故意否認般的口氣說：「我檢查了一下你的襯衫，發現有一件缺了兩粒釦子，另一件的左手肘也磨穿了，想不想讓我替你補好？」

「如果你能補的話——當然好啦。」

「我能。」

這些話並沒有改變他目光的意味；只是更加重了其中的滿足感，彷彿這正是他想要她說的——不過，她不確定從他眼裡看到的那種東西是不是可以稱為滿足，但她完全可以斷定，他其實什麼都不希望她說。

在桌邊的窗外，烏雲吞沒了東方天空中的最後一線光亮。她不明白自己為什麼突然不願意再去看外面，為什麼她似乎想要抓住桌子的木板上，塗了奶油的焦脆麵包上、銅咖啡壺上、高爾特的頭髮上那一片片金色光芒，就像抓住虛無中的一座小島那樣。接著，她突然聽到自己情不自禁的問話聲，她明白，這便是她想要掙脫的背叛：「你們允許和外界聯絡嗎？」

「不允許。」

「一點都不行？寄一張沒有回信地址的明信片都不行？」

「不行。」

「連不透露你們祕密的口信也不行嗎？」

「從這裡不行，在這個月不行，和外面的人聯繫，任何時候都不行。」

她發現她在躲避他的目光，於是強迫自己抬起頭來，面對著他。他的眼神已經變了；變得警覺、專注、執著地洞察著一切。他像是知道她詢問的原因一樣看著她，問：「你想請求得到一次破例嗎？」

「不。」她迎著他的目光回答。

第二天早晨，吃過早飯後，她坐在自己的房間裡，仔細地給高爾特的襯衫袖子上縫著補丁，她將房門關上，不想讓他看到她因為不熟悉而笨手笨腳的樣子。她聽到有一輛汽車在房前停了下來。

她聽到高爾特的腳步聲急匆匆地跑過客廳，聽到他轉開房門，喜怒交加、如釋重負地向外面喊道：「總算是來了！」她站起身，馬上又停住了：她聽見他的聲音突然變得嚴肅起來，似乎眼前看到了什麼令他吃驚的情景。「怎麼回事？」

「你好，約翰。」一個清爽、平靜的聲音在說話，聲音雖然穩健，卻沉重而疲憊不堪。

她一下子跌坐在床上，忽然覺得渾身癱軟：那是法蘭西斯可的聲音。

她聽見高爾特在問話，口氣中充滿了擔心：「出什麼事了？」

「我以後再跟你說。」

「你怎麼回來得這麼晚？」

「我過一小時後還要走。」

「要走？」

「約翰，我來只是為了告訴你，我今年不能待在這裡了。」

片刻的沉默後，高爾特帶著低沉的語氣嚴肅地問：「不管出了什麼事，有這麼糟嗎？」

「是的，我……我在這個月結束前或許能回來，我也說不定。」他又帶著絕望掙扎的聲音說道，「我不知道是不是應該希望這一切快點結束。」

「法蘭西斯可，你此刻還受得起驚嚇嗎？」

「我？現在已經沒什麼能再讓我吃驚的了。」

「有個人，在這裡，在我的客房裡，你必須見一見。這會讓你大吃一驚，因此我覺得還是提前警告你，那個人還是個破壞罷工者。」

「什麼？破壞者？在你家裡？」

「我來告訴你是怎麼——」

「這我可要親自看看！」她聽見了法蘭西斯可的冷笑和衝進來的腳步聲，只見她的房門被猛然推開，她隱約看見是高爾特關上了房門，房間裡只剩下了他們兩個。

她不知道法蘭西斯可站在那裡足足看了她多久，因為她最先清醒地意識到的便是看見他跪了下來，臉埋在她的腿上，抱住了她，此時，她似乎覺得顫抖從他的身體上湧過，使他不再動彈，然後湧進她的身體，又讓她能夠活動了。她吃驚地發現自己的手正輕拂著他的頭髮，與此同時，她又想著自己沒有權利這麼做，並且覺得像有一股靜靜的水流在從她的手上淌過，環繞著他們兩人，將過去的一切輕輕地撫平。他一動不動，沒有發出任何聲音，彷彿就這樣抱著她便是說出了他所有想說的話。

當他抬起頭時，看起來就和她在山谷裡睜開眼睛的時候一樣：似乎世上從來就沒有過痛苦。他笑了。

「達格妮，達格妮，達格妮，」——他的聲音聽起來不像是一個被壓抑許久的心聲正在噴湧而出，倒像是在重複著那久已熟悉的話語，譏笑著對它一直的掩耳不聞——「我當然愛你。他逼我說出來的時候你害怕了嗎？你想聽多少遍，我就說多少遍——我愛你，親愛的，我愛你，永遠都會——不要怕我，我不怕會再失去你，這又有什麼關係呢？你還活著，而且是在這裡，你現在已經明白了所有的事情。況且這一切是這麼簡單，對不對？你看出這是怎麼回事，我當初為什麼拋下了你嗎？」他手臂一揮，指向山谷，「這裡就是你的地球，你的王國，你的那個世界，達格妮，我一直在愛著你，而我拋棄了你，這正是我的愛。」

他抓過她的雙手，壓在他的嘴唇上，而且握住它們不放，那不像是親吻，而像是在久久地歇息著，彷彿剛才努力說的這番話沖淡了她在此出現的事實，彷彿過去沉默的歲月中累積下來的千言萬語，壓得他不知道該說什麼好了。

「我追逐過的那些女人——你是不會相信的，對不對？我從沒碰過她們之中的任何一個——但我想你是知道的，我想你一直都是知道的。那個花花公子——是我當著全世界的面毀掉德安孔尼亞銅業公司時，為了不讓掠奪者起疑心而必須扮演的角色。在他們的社會裡，那就是個小丑，他們要去對付的是正直和有雄心壯志的人，但看到一個一無是處的無賴，他們會把他當成朋友，覺得他安全——安全！——這就是他們的生活觀，但他們總算是領教了！——領教一下是否邪惡才安全，無能才管用！……達格妮，就是那天晚上，我終於意識到了我是愛著你的——正是在那個時候，我知道我不得不走。在那天晚上你走進我旅館房間時，我看見了你的神態，你的樣子，你對於我的意義——以及等待著你的未來。假如你略微遜色一點的話，或許就能把我暫時阻止住。但你就是你，最終正是你促使我離開了你。那天晚上，我曾請求過你的幫助，幫我去抵抗約翰·高爾特。但我明白，儘管他和你都還不知道，你就是他用來對付我的最佳武器。你正是他所追求的一切，正是他對我們說過的可以為之獻身的一切……那年春天，他突然打電話讓我去紐約的時候，我已經做好了準備。我曾經有一段時間沒有聽到過他的音信，當時我們都面臨著同樣的困擾，他把它給解決了……你還記得嗎？那段時間裡，你連續三年沒有聽到我的任何消息。達格妮，我接管了父親的生意，開始接觸到全世界的商業圈，那時候，我見識了自己曾懷疑過的罪惡面孔，但總不相信它能如此龐大。我看到幾百年來，稅收的毒害就像德安孔尼亞銅業公司身上的黴菌一樣，越積越深，蠻橫無理地吞蝕著我們——我看到由於我的成功，政府頒佈了種種規定對我加以限制，卻因為我競爭對手的懶散和經營不善而對他們給予幫助——我看到，工會每一次矛頭針對我的要求都能得逞的原因就是因為我能養活他們——我看到一切不勞而獲的念頭都被看成是正義的，但一旦誰憑本事賺了錢，就會被譴責為貪婪——我看到政客們對我使眼色，叫我不必多慮，因為我只要稍稍加點勁，就會把他們全比下去了。透過眼前的營利，我發現我做得越努力，就會把自己的脖子勒得越緊，我發現我的能量全都沖進了下水道，我身上的寄生蟲也開始養活起一批靠他們為生的寄生蟲，他們是作繭自縛——可這一切居然無法解釋，誰都不知道答案，全世界的下水管通向一個沒有人敢劃破的潮濕的陰霧，吸乾了充滿活力的熱血，而人們只是聳聳肩膀，說什麼人生在世只是罪惡。爾後，我看到了全球的企業圈，它有著龐大的機器、重達千噸的熔爐、橫跨大洋的電纜、桃花心木的豪華辦公室、買賣證券的交易所、耀眼的電子信號以及它的力量和財富——操縱這些的不是銀行家和董事會，是混跡於地下啤酒坊的那些蓬頭垢面的人道主義者，是那一張張臃腫惡毒的面孔，叫囂著美德必須受到懲罰，才華就應該聽命於無知，人存在的目的只是為了他人……這些我都清楚。我找不到辦法與之抗衡，但約翰找到了。那天晚上只有我和拉格納在他的招呼下來到紐約，和他在一起。他告訴了我們應該怎麼做，應該找些什麼樣的人。他離開了二十世紀公司，住在貧民區裡的閣樓上。他走到窗戶前，指著城裡的高樓大廈說，我們必須讓全世界的燈光全部滅掉。當紐約陷入一片漆黑的時候，我們的任務就算完成了。他沒有讓我們立刻加入，要我們仔細考慮，權衡這將會為我們的生活帶來的一切影響。我第二天早晨就答覆了他，拉格納則是又過了幾個小時後，在下午告訴了他……就是我們在一起的那個晚上的第二天。我始終難以擺脫眼前的一幅情景，從中，我看清了今後必須要去為什麼抗爭。就是為了你那天晚上的樣子，為了你談起鐵路時的神情，為了我們在哈德遜河邊的山坡上眺望紐約上空時你的那副神態，我一定要去挽救你，替你掃清障礙，讓你找到夢想中的都市。不能讓你蹉跎年華，困在迷霧中掙扎，不能讓你用那雙依然像在陽光下望著前方的眼睛，在苦苦的奮鬥之後，卻發現道路盡頭不是都市的大廈，而是一個臃腫、陰沉、沒有靈魂的廢物，將你用一生釀成的美酒大口地揮霍！你——為了他的逍遙而拒絕自己的快樂？你——為了他人的享樂而犧牲自己？你——成為最後使人類倒退的工具？達格妮，那正是我所看到的，我絕不會讓他們如此對待你，對待和你有著同樣神情的孩子，對待任何一個具有你的精神，能夠領略到片刻的生命的自豪、無愧、自信和快樂的人。那樣的人類精神境界便是我所愛的，我離開了你而為之奮鬥，而且我知道，即使我會失去你，我以我每天的奮鬥仍然能夠贏回你。可你現在看清了，對不對？你已經見到了這座山谷，這正是你和我小時候想要到的地方。只要能在這裡見到你，我還有何求？約翰是不是說你還是個破壞者？好吧，這只是時間問題，你會成為我們中的一員，因為你一直就是，假如你還沒有看完全的話，我們可以等，我不在乎，只要你還活著，只要用不著我繼續在洛磯山上空飛來飛去地尋找你的飛機殘骸！」

她有些吃驚，意識到了他為什麼沒有按時到達山谷。

他大笑著：「別這副樣子好不好，你別當我是個傷口，連碰都不敢碰。」

「法蘭西斯可，我傷你的地方真是太多太多了——」

「沒有！不，你沒有傷過我——他也沒有，關於這個就不要再說了，受傷的是他，但我們會去救他，他也會到這裡來，這裡才是他的歸宿，而且他會明白，然後，他就一樣能夠一笑置之了。達格妮，我沒指望過你會等我，我清楚自己冒的險，沒有抱過希望，如果非要有這樣一個人的話，我很高興那人就是他。」

她閉上雙眼，緊緊咬住嘴唇，不讓自己痛苦地呻吟出來。

「親愛的，別這樣！你難道沒看見我對這件事已經接受了嗎？」

但事情不是這樣——她心裡在想——並不是他，而且我不能告訴你真相，因為他是一個可能永遠不會從我這裡聽到，並且我可能永遠都不會得到的男人。「法蘭西斯可，我的確愛過你——」她說道，隨即便驚得屏住了呼吸，意識到她並不是想要說這句話，同時，她想說的也並不是過去。

「而你依然如此，」他平靜地笑著，說道，「就算有一種你一直都感受到，並且想要的表達方式，而你再也不會對我表達出來——你也依然是愛著我。我依然如故，你會發現我一直都如此，儘管你對另一個男人的反應會更強烈，但對我，你的反應永遠不會改變。無論你對他有什麼樣的感覺，都改變不了你對我的感覺，而這對任何一方都算不上是背叛，因為它出自同一個源頭，是對同樣價值的同樣回報。無論今後會發生什麼，你和我，我們永遠都會像過去對彼此那樣，因為你會永遠地愛著我。」

「法蘭西斯可，」她輕聲說道，「你知道這一點？」

「當然了。現在你還不明白嗎？達格妮，每一種幸福都是一樣的，每一種欲望都是被同樣的發動機所驅使的——那就是我們對於一種價值的熱愛，對於我們自身存在的最高潛能的熱愛——而每一個成就都是它的一種表現形式。看看你的周圍。你是否看到，在一片沒有阻礙的土地上，我們有著多麼廣闊的空間？你是否看到，我能夠多麼自由自在地去做、去感受、去創造？你是否看到，所有的這一切正是你和我在對方心中的一部分？如果我見到你對我新造出的煉銅爐露出敬慕的微笑，就會體會到另一種我和你同床共枕的感受。我想不想和你共枕呢？我想得都要發瘋了。我會不會羨慕那個和你同床的人呢？肯定。但那又有什麼關係？只要你在這裡，去愛你，並且活著——這就夠了。」

她垂下眼睛，神情嚴肅，敬畏地低下了頭，如同是在履行一個莊重的承諾一般，緩緩說道：「你會原諒我嗎？」

他看起來有些詫異，隨即恍然大悟，快活地笑著回答：「還沒有，沒什麼要原諒的，不過，等你加入我們之後，我就會原諒你的。」

他起身，拉她站了起來——他的手臂環抱著她，他們的親吻將過去一筆勾銷，重新接受了彼此。

他們出來時，高爾特朝他們轉過身來。他站在窗前，眺望著山谷——她感覺他一定是自始至終都站在那裡。她看見他的目光緩緩地打量著他們的表情。發現法蘭西斯可的變化後，他的臉色輕鬆了一些。

法蘭西斯可笑著問他：「你幹嘛盯著我？」

「你知道自己剛進來的時候是什麼模樣嗎？」

「哦，是嗎？那是因為我三個晚上沒睡覺了。約翰，要不要請我吃晚飯呀？我想知道你的這個破壞者是怎麼來到這裡的，不過，儘管現在我覺得再也用不著睡覺——我也許說著說著就會倒下呼呼大睡的——所以我想我還是回家去，一直待到晚上再說吧。」

高爾特看著他，微微一笑：「可你不是一小時後就要走嗎？」

「什麼，不……」他愣了一下，輕聲地說，「不！」他哈哈大笑起來，「我不用了！對了，我還沒告訴你是怎麼回事吧？我是在找達格妮，找……找她的飛機殘骸。報導說她在洛磯山一帶墜機失蹤了。」

「原來如此。」高爾特靜靜地說。

「我無論如何也想不到她會自己在高爾特峽谷裡墜落，」法蘭西斯可開心地說著，他那快活輕鬆的語氣簡直像是在用眼前的一切調侃著過去恐怖的一幕，「我一直在猶他州的阿夫頓到科羅拉多州的溫斯頓之間飛，找遍了所有的山頂和山谷，連下面山溝裡的每一處汽車殘骸都沒有放過，而且只要看到一個，我——」他頓了頓，似乎是不寒而慄，「到了晚上，我和溫斯頓的鐵路工人組成的搜索隊就徒步出去尋找——我們沒有任何線索和計畫，見山就爬，就這樣一直找到天亮，然後——」他聳了聳肩，不想再說這些，努力地笑了笑，「我就是不死心——」他話沒說完便停住了；笑容從他的臉上消失，他似乎想起了什麼他剛才忘記的情景，臉上又隱隱地浮現出他三天以來一直掛著的神情。

過了許久，他對高爾特說道，「約翰，」他的聲音聽起來格外的嚴肅，「我們能不能把達格妮還活著的消息告訴外面……萬一有人會……也和我一樣呢？」

高爾特直視著他：「你想讓外面的人從因為待在外面而遭受的後果中喘口氣嗎？」

法蘭西斯可眼睛一垂，但堅決地回答說：「不。」

「你是在可憐嗎？法蘭西斯可？」

「是啊。算了，你是對的。」

高爾特將頭掉開，這一動作十分奇怪和反常：看起來倉卒而抑制不住。

他沒有再回過身；法蘭西斯可詫異地看了他一陣，隨後輕輕地問：「怎麼了？」

高爾特轉過身來望著他，沒有回答。她無法確定是一種什麼樣的情感讓高爾特的臉色緩和了許多：它似乎是微笑、溫情和痛苦，但這些都被一種更深邃的東西包含著。

「不管我們每個人為這場戰鬥付出了什麼，」高爾特說，「你受到的打擊才是最沉重的，是吧？」

「誰？我嗎？」法蘭西斯可驚訝和難以置信地張了嘴，「當然不是了！你這是怎麼回事啊？」他笑出聲來，又跟著說一句，「是在可憐嗎，約翰？」

「不是。」高爾特堅定地說道。她瞧見法蘭西斯可蹙著眉頭，微微有些不解地看著他——因為高爾特說這句話的時候，是對著她，而不是他。

$

第一次走進法蘭西斯可的家中時，令她頓覺百感交集的並不是它那肅穆的外表，她沒有感到悲涼孤寂，反而是神清氣爽。屋裡幾無修飾，近乎簡陋。房子的建築秉承了法蘭西斯可一貫的能幹、果決和急性子的風格；它看起來就像一間拓荒者的簡易木棚，放在此處只是一個跳板，大步躍向更遠的未來——廣闊而大有作為的將來正在前方等待，容不得將時間浪費在最初的安逸裡。

身著一件長袖襯衫的法蘭西斯可站在這間十二平方英尺的小客廳內，神情卻如同是一座宮殿的主人。在她見到過他的所有場合中，唯有這裡才是對他最恰如其分的襯托，一如他那身洗練的衣服，配合著他的舉止，為他平添高雅至尊的氣派，房中的樸拙令這裡儼然成為貴族隱居的所在；這種樸拙裡，點綴了一分王者的氣息：在未經雕飾的原木牆壁上挖進的凹處，擺放著兩隻年代久遠的銀杯；它們身上富有裝飾性的圖案所凝聚的工匠的心血和漫長的艱辛製作，遠非蓋一棟小房子能比，這圖案已經被比木牆上的松樹長成的時間更久遠的歲月，打磨得有些模糊。站在屋子的中央，法蘭西斯可輕鬆自如的舉止間透出一絲安然的自豪，他的笑容似乎是在無聲地告訴她：這就是我，我這些年就是這樣的。

她抬起頭看著銀杯。

「是的，」他回答著她心中的猜測，「它們屬於塞巴斯蒂安・德安孔尼亞和他的妻子。我從布宜諾斯艾利斯的住處帶過來的唯一東西就是它們以及門上掛的族徽。我想保存下來的只有這些，其他所有東西不出幾個月就全都不要了。」他笑了笑，「他們會把德安孔尼亞銅業公司的最後一點渣滓都統統搶走，但他們會意外地發現，費了那麼大勁卻沒得到什麼。至於那座宮殿嘛，他們連它的暖氣費都付不起。」

「然後呢？」她問，「然後你打算怎麼辦？」

「我嗎？我要去德安孔尼亞銅業公司工作。」

「你這是什麼意思？」

「你還記得那句『王者永存』的口號嗎？當我祖先的基業屍骨無存的時候，我的礦就會長成新一代的德安孔尼亞公司，它就是我的祖先們曾經夢想並為之奮鬥，應該擁有，卻從沒得到過的財產。」

「你的礦？什麼礦？在哪裡？」

「就在這裡，」他說著，指了指群山的峰巒，「你難道不知道？」

「不知道。」

「我擁有一個掠奪者無法企及的銅礦，它就在此處的山裡。我做了勘探，發現了它，進行了第一次採掘。這是八年前的事了。我是山谷裡第一個從麥達斯手裡買下土地的人，我買了那座銅礦，用自己的雙手開始去建設它。現在，我有了一個專門負責它的主管，他曾經是我在智利最好的冶金專家。銅礦提供了我們所需要的銅。我的營利存放在穆利根的銀行裡。再過幾個月，我就全都有了，我需要的就都有了。」

「就可以去征服世界了，」他最後一句話的聲音聽來頗有這樣的味道——她驚異著這個聲音如此不同於那個大言不慚、令人噁心的腔調，那個人們在他們的年代叫喊著「需要」時所帶的半哀求、半威脅，既像乞丐，又像兇手一般的腔調。

「達格妮，」他站在窗前，似乎眼裡望見的不是起伏的山巒，而是時間的波峰，「德安孔尼亞公司的再生——以及世界的再生——一定要從這裡，從美國開始。它是歷史上唯一一個不是靠運氣和盲目的部族戰爭，而是靠人類思想的理性產物誕生的國家。這個國家建立在理性為至高權力的基礎上——它在過去輝煌的百年間挽救了整個世界，它必須要再挽救一次。德安孔尼亞公司以及一切人類價值的第一步都必須由此開始——因為在地球的其他角落，千百年來形成的觀念已經根深柢固了：對神祕的崇拜，將無理性視為至高權力，到頭來只會終結於兩個地方：瘋人院和墳墓……塞巴斯蒂安．德安孔尼亞犯了一個錯誤：他認可了一種制度，這種制度聲稱，由他根據正當權利賺來的財產，並非出於權利而是經過允許才屬於他。他的後代為他的錯誤付出了代價，我付出的是最後一筆……我想我會看到那一天的到來，到那個時候，德安孔尼亞公司的礦藏、熔爐和運礦碼頭將植根在這片土地裡，再一次生長和遍及全世界，回到我的祖國，我會第一個再去重建我的故鄉。我應該能夠看到這一天，但我不能肯定。誰都無法預料別人什麼時候會選擇回到理性上來。也許我到了生命的盡頭時，還是一無所成，只有這座銅礦——美國科羅拉多州高爾特峽谷的德安孔尼亞第一號銅礦。但是，達格妮，你還記得我曾立志要把我父親的銅產量加倍嗎？達格妮，即使到了我生命的終點，哪怕我一年只生產出一磅銅，我都會比我的父親，比生產了成千上萬噸銅的我所有祖先們都富有——因為那一磅銅將名正言順地歸我所有，將會被用在一個承認這一點的世界！」

現在的他，從舉止、神態到清澈閃亮的目光，就是他們童年時代的那個法蘭西斯可——她發現她問及他的銅礦時，便正如他們當初在哈德遜河邊散步時，她問到他的企業規畫那樣了，前途坦蕩開闊的感覺重又回到了心中。

「我會帶你去看銅礦，」他說，「等你的腳踝完全復原就去。去那裡要爬一段很陡的山路，只有牲畜走的小道，還沒有開車的路。給你看看我正在設計的新熔爐，我已經弄一段時間了，對於我們目前的產量規模，它還是太複雜了一些，可是一旦銅礦的產量上去了——看看，它就會節省多少的人工和資金啊！」

他們一起席地而坐，伏在他在她面前攤開的設計圖上，研究著熔爐複雜的構造——那副快樂認真的勁，跟他們過去在廢品場裡端詳廢銅爛鐵時一模一樣。

當他去拿另一張紙的時候，她的身子正好向前一傾，便發現自己靠在了他的肩膀上。她的身體不由自主地定住了片刻，抬頭向他望去。他正低頭看著她，既不掩飾心裡的感受，也不做進一步的表示。她把身體抽了回來，明白他們都感到了同樣的欲望。

隨後，在她心裡依然回味著她過去對他的感情的同時，她體會到了一直存在於這份情感之中，但此時才第一次在她心中清晰起來的東西：如果說那樣的欲望是一個人生命中的禮讚，那麼她對法蘭西斯可的情感就像是在部分付出後獲得的片刻輝煌一般，始終在慶祝著她的未來，儘管她不知道還會付出多少，但未來肯定還會有更多的期待。在清晰的同時，她也知道自己第一次體會到了不是對於未來，而完全是對於此時此刻的那種感受。讓她知道這種感受的是一幅畫面——畫面中，一個人的身影正站在小石屋的門前。她想，這個鼓舞她不斷走下去的最後希望，也許永遠都將無法到達。

但她愕然想到，如此的一幅人類命運的前景卻是她最深惡痛絕和拒絕接受的：人永遠在一心追逐前面某種可望不可即的燦爛，卻註定無法趕上。她覺得她的生命和價值觀不會讓她如此；她從不會沉溺於虛幻，只要有可能，她就相信自己一定能夠做到。但她卻面臨這樣的境地，而且苦無對策。

那天晚上，她看著高爾特，心裡想到——她不能就這樣放棄他，放棄這個世界。有他在面前，答案似乎更加難找。她覺得一切問題都不再是問題，眼裡只看得到他，什麼都無法讓她走開——同時又覺得如果放棄她的鐵路，她就將沒有權利再這樣望著他。她感覺到她已將他擁有，從一開始，他們就已經明白了彼此未曾道明的心思——她同時還感覺到，他完全可以從她的生活中消失，今後的某一天，在外面世界的街道上從她身邊走過，他可以形同路人。

她發現他並沒有向她問起法蘭西斯可。她說到去他家裡時，在他的臉上既看不出贊同，也看不出怨恨。她好像從他凝重的神情中發現了一道難以覺察的暗影：看起來，他似乎把這事從他的感覺中排除了。

她淡淡的擔心漸漸化為疑問，疑問又變成了一個鑽頭，在後來高爾特外出，她獨自在家的晚上，一次比一次更深地鑽入了她的內心。他每隔一天，就會在晚飯後出門，也不告訴她去了哪裡，總是在半夜之後才回來。她極力不讓自己完全沉浸在等他回家的緊張不安之中。她沒有問他晚上都去了哪裡，阻止她開口去問的恰恰是她想要去探究的急不可待；她似乎在用故意藐視的方式來保持沉默，一半是在藐視他，另一半則是在藐視自己內心的急切。

對於這些令她害怕的東西，她不願意去承認，也不想將它們訴諸明確的言語，她只是知道，那是一種糾纏不休、令她難受而控制不了的情緒。這情緒中有一部分是她從未體會過的深深幽怨。她對自己內心的恐懼說，或許他已經有了意中人；但她所懼怕的事情中有某種積極的東西正在化解她的怨艾，似乎可以去對抗那種威脅——好像必要的話也不是不能接受。但另外還有一種更加可怕的恐懼：那就是他身上不該有的那種醜陋的自我犧牲的徵兆，就是他希望從她的生活裡抽身而出，讓一片空白迫使她回到他的摯友身邊。

過了好幾天，她才說起了這件事。一天晚上，他吃完晚餐準備離開的時候，她突然覺得看著他吃她做的飯別有一番享受——隨即，似乎這樣的享受讓她突然有了一種她不敢去辨別、確定的權利，似乎那是一種愜意而非痛楚，猛然間使她不由自主地衝破了自己的防線。她不經意地開口問道：「你每隔一天晚上都出去做什麼？」

他像是覺得她早就知道了似的，只是簡單地說了聲：「演講。」

「什麼？」

「去辦一個物理講座，每年的這個月我都要講。這是我的……你笑什麼？」他看到她如釋重負的樣子和無聲的笑，似乎並不是因為他剛才說的話——於是，在她回答之前，他便像是已經猜到了答案一般，忽然笑了起來。從他的笑裡，她看出他身上有一股特別強烈的、幾乎是粗魯般的氣息——與此形成鮮明對比的，是他繼續說話時的那副平和、超然、隨意的樣子，「你知道，我們大家都會在這個月裡交換我們在各自真正的行業中取得的果實。理查．哈利要舉行音樂會，凱．露露要在一個不為外界服務的劇作家新寫的兩齣話劇中演出——我就是辦講座，報告我這一年來的工作進展。」

「是免費的講座？」

「當然不是。每個聽講座的人要交十塊錢。」

「我想去聽你講。」

他搖了搖頭：「不行。可以允許你聽音樂會，看話劇，或者去任何你喜歡的演出，但不能參加我的講座，以及任何與創意有關，能被你帶出山谷的成果。另外，我的顧客們，或者叫學生吧，都是帶著一個實用的目的來聽講座的：桑德斯，哈蒙德，邁克納馬拉，凱洛格，還有其他一些人。今年，我增加了一個新人：丹尼爾斯。」

「真的？」她幾乎是嫉妒般地說道，「他怎麼負擔得起這樣的費用呢？」

「是靠信用，我允許他分期支付，他具備這種能力。」

「你在哪兒辦講座？」

「在桑德斯農場上的飛機棚裡。」

「那你一年當中是在哪裡工作？」

「在我的實驗室裡。」

她小心翼翼地問：「你的實驗室在哪兒？是在山谷裡面嗎？」

他盯住她的眼睛看了一會兒，讓她明白他覺得這問題很好笑，而且他也知道她的意圖，然後回答說：

「不是。」

「你這十二年來一直都是生活在外面？」

「對。」

「你——」她忍不住想道，「你也和其他人一樣有工作？」

「哦，當然了。」他眼裡的逗樂似乎另有深意。

「可別跟我說你是個助理會計員。」

「不，我可不是。」

「那你是做什麼的？」

「我做的是大家都希望我做的事。」

「在哪兒？」

他一搖頭：「不行，塔格特小姐，你要是打算離開峽谷的話，這種事就不能告訴你。」

他的笑再度變得倨傲起來，這一次，他似乎是在表明他明白這回答裡的威脅味道，也清楚這對她意味著什麼。隨即，他便從桌旁站起身來。

他走了之後，她感覺到在這靜止的房內，時間的流淌顯得壓抑而沉重，彷彿是一塊凝滯而黏稠的東西，以一種緩慢的節奏一點點拉長，使她失去了對時間的掌握。她無精打采地半躺在客廳的椅子裡，那種沉重而無關痛癢的感覺倒不是因為慵懶，而是因為隱藏在內心之中的劇烈活動帶來的苦惱實在難以排解。她閉著眼睛，動也不動地躺在椅子裡，思緒像是時間一般，在某種模糊的意識裡緩緩轉過——她想起了看著他吃她準備的晚飯時，心裡所感到的那種特別的享受——這享受是因為她知道是她給了他一種身體上的愉悅，滿足了他身體上的一種需要……她想，女人希望為男人煮飯是有原因的……哦，不是把它當成一種職責和沒完沒了的工作，而只是作為一種難得和特別的儀式，象徵著它的是……可那些宣揚女性職責的人又是怎麼說的？……把這個去掉實質後剩下的苦差事當做女人應有的賢慧——而把賦予其中意義和價值的部分當做一種可恥的罪孽……認為在油煙蒸汽的廚房裡做髒兮兮的剁剁揀揀的工作才有意義，才是婦道——而兩個身體在臥房內的結合則是生理上的縱欲，是屈從了動物的本能，對參與此事的動物來說毫無榮耀、意義或精神的驕傲可言。

她一下子站了起來。她不願意去想外面的世界以及它的道德標準，但她知道這並非她要想的問題。她不願意順著她內心的思路想下去，但不管她多麼不願意，那想法總是帶著它固有的意願，不斷地回來……

她在房間裡踱來踱去，心裡憎恨著自己沒頭沒腦的舉動是如此的散亂和失控——她既想用她的舉動打破這樣的凝重，又知道這並非是她想用的那種方式。她點燃了香菸，試圖讓自己擁有片刻的條理——卻感覺到這種替代味如嚼蠟，便立即掐滅了。她像一個坐立不安的乞丐那樣看著房間，只求能發現什麼東西讓她有點動力，想找出點什麼出來清洗、縫補或是打掃一下——同時又知道做什麼都沒用。當什麼都不值得去做了——她的心裡響起了某種嚴厲的聲音——這聲音的後面隱藏著一個過於強烈的願望；你還想要什麼？……她啪地劃著了一根火柴，將火苗狠狠地伸到了她才發現仍叼在嘴角的沒有點燃的香菸上……你還想要什麼？——那個法官一般嚴厲的聲音又迴響了起來。我想要他回來！——面對內心的責難，她的回答猶如無聲的吶喊，脫口而出，幾乎像是朝著緊追不捨的野獸扔出的一塊骨頭，只盼著能支開它，不再繼續撲過來。

我想要他回來——聽到責備她沒必要如此性急，她輕聲地回答……我想要他回來——聽到她的回答無法令法官滿意的冷冷提醒，她懇求地回答……我想要他回來！她挑釁地喊道，竭力不去丟掉這句話裡的那個多餘的、掩飾的詞。

她感覺自己的頭像是經過了一場拷打，筋疲力盡地垂了下去。她看見手指間的香菸僅僅燃了半寸。她熄了它，重又倒回椅子裡。

我不是在逃避——她想——我不是在逃避它，只不過我實在找不到任何答案……你想要的——她蹒跚在越來越濃的迷霧中時，一個聲音說道——可以給你，但哪怕你還有一點的不接受，還有絲毫的動搖，就是對他的徹底背叛……那就讓他咒罵我吧——她想，就好像那聲音此時在霧裡消失，聽不到她說什麼一樣——就讓他明天來咒罵我吧……我想要他……回來……她沒有聽到回答，因為她的腦袋已經輕輕地倒在了椅子上；她睡著了。

她睜開眼睛的時候，發現他正站在三尺以外的地方低頭看著她，似乎已經端詳她一陣子了。

她看見，清楚真切地看見了他神情裡的意思：那正是她掙扎了好幾個小時想要看到的。她並不驚訝，因為她還沒有重新意識到能夠讓她驚訝的理由。

「你在辦公室裡睡著的時候，」他柔聲說道，「就是這個樣子。」她明白，他也沒有完全意識到他讓她聽到了這句話：他說這句話的樣子告訴了她，他是多麼頻繁地在想著她，又是為了什麼。「你的神情就像是會在一個你不用躲藏和害怕的世界上醒來，」她知道，她的臉上最先露出的是一抹笑容，而她一領悟到他們兩人都很清醒，那笑容便不見了。他又清清楚楚地輕聲說了一句：「但在這裡，成了事實。」

在現實中，她首先感到的是力量。她從容而自信地坐了起來，能夠體驗到身體裡每一塊肌肉在動作當中的變化。她開口問話時的優閒和漫不經意的好奇，以及毫不大驚小怪的口氣，使得她的聲音裡有了一絲細微的不屑：「你怎麼知道我在……辦公室裡的樣子？」

「我跟你說過我已經觀察你很多年了。」

「你怎麼能這麼仔細地觀察到我？是從哪裡？」

「我現在不會告訴你。」他簡短而不帶任何頂撞地回答。

她的肩膀微微向後一靠，沉吟片刻，聲音變得低沉有力，這使得她的話留下了些許得意而笑的意味：「你第一次看見我是什麼時候？」

「十年前。」他直視著她的目光，讓她知道他完全明白她問題裡的含意。

「在哪兒？」這幾乎是一道命令。

他遲疑了一下，隨即她看到在嚮往、痛楚和驕傲的神情下，他的嘴角——而不是眼睛——浮現出對於折磨逼供的嘲笑；他的眼睛似乎沒在看她，而是看著當時的那個女孩：「在地鐵裡，塔格特終點站。」

她猛然意識到了自己的坐姿：她的肩胛骨正在不知不覺間順著椅背向下滑，一條腿向前伸了出去，成了半坐半躺——配合著她身上精心剪裁的透明外衣，手工印染了豔麗色彩的寬大粗布裙，薄薄的絲襪和高跟鞋，她根本不像是一個鐵路公司的總裁——這種令她震動、難以想像的意識似乎正是他眼裡所看見的——她看起來就是他的女傭人。當他墨綠色眼睛中的那一絲閃亮掀去了距離的面紗，她便知道他正在用眼前的她代替舊時的情景。她傲慢地看著他的眼睛，而那紋絲不動的面孔下是微笑。

他轉身離去，走過房間時，他的腳步聲彷彿帶著他話語的力量。她明白，他正如平時那樣，想離開這間房間，每次回來後，他都只是來這裡說聲晚安就走。無論是從他前後方向不一的腳步，還是從確信她的身體如同一面能反映出動作和意圖的銀幕，並成了一台能夠直接感受到他的身體的儀器上，她都能看出他內心的掙扎——她說不出來，只知道他這樣一個從不會和自己過不去的人，現在已經離不開這間房間了。

他的舉止裡看不出任何緊張，他脫下外衣，把它扔到一邊，身上穿著襯衫，在房間對面的窗旁，面對她坐了下來。但他卻是坐在一張椅子的扶手上，既不像是要走，也不像要留下來的樣子。

看到他像是被她拉住一樣地留了下來，她不禁有了勝利後飄飄然的感覺；在這短暫而有著致命誘惑的瞬間，這種形式比起實際的接觸更讓她感到心滿意足。

接著，她突然感到一陣目眩，彷彿內心中交織著轟然的爆炸和嘶喊。她目瞪口呆，茫然不知為何——只不過是發現他將身子朝一邊隨便地斜了斜，長長的線條從他的肩膀繞到腰際，再經過胯部，直到那雙腿上。她扭開頭，不希望他看到她在顫抖——同時，她也將爭強好勝之類的念頭統統扔到了一旁。

「從那時候起，我看過你很多次。」他平靜而沉穩地說道，不過速度比平時稍稍慢了一點，似乎，雖然一切盡在他的掌握之中，但他卻無法控制自己說話的欲望。

「你在哪裡見過我？」

「在很多地方。」

「但你藏了起來，不讓人發現？」她知道自己不可能注意不到他的這張臉。

「對。」

「為什麼？你害怕嗎？」

「對。」

他平淡地說著，她半晌才意識到，他是在承認他很清楚自己一旦被她發現，對她將意味著什麼。「你第一次看見我的時候，知道我是誰嗎？」

「哦，當然知道，你僅次於那個我最難對付的敵人。」

「什麼？」這真是出乎她的意料；她更加平靜地追問道，「最難對付的是誰？」

「羅伯特．史塔德勒博士。」

「你把我跟他歸為一類？」

「不，他是我的敵人，他是個出賣了自己靈魂的人，我們並不打算感化他。你呢——你是我們的一員，早在沒見到你之前我就清楚這一點。我還知道，你會是最後一個加入我們的、最難收服的一個人。」

「這是誰跟你說的？」

「法蘭西斯可。」

她頓了頓，問道：「他都說過什麼？」

「他說在我們名單上的所有人裡面，你是最難爭取過來的。我就是那個時候第一次聽到你。是法蘭西斯可把你的名字加到了我們的名單上。他告訴我，你是塔格特公司唯一的希望，你將會和我們作對很長的時間，你可以為了你的鐵路而孤注一擲——因為你對工作懷有太多的毅力、勇氣和投入。」他看了她一眼，

「他別的什麼也沒跟我說，講到你的時候，他只是像在談論我們其中一個未來的罷工者一樣。我知道你們從小就是青梅竹馬，就這些。」

「你什麼時候看見我的？」

「談話後的兩年。」

「怎麼看見的？」

「是巧合。那是個深夜……在塔格特終點站的旅客站台上。」她知道，這其實是一種認輸的方式。他不想說，但卻不得不說，她聽得出那沉默的壓力和他聲音裡的反抗——他不得不說，因為他必須保持他和她之間的這種溝通方式。「你穿了一身晚禮服，披肩滑落了一半在你的身上——我一開始只看見了你露在外面的肩膀、你的後背和側影——當時看起來好像那塊披肩再繼續滑下去的話，你就會全身赤裸著站在那裡。接著，我看見你穿了一件長袍，是冰雪般的顏色，猶如希臘女神身上的束腰裙，但你有美國女人的短髮和傲慢的輪廓。你在站台上，讓人覺得簡直荒誕得像是你站錯了地方——而在我眼裡，你站的地方並不是站台，我看見的是從未在我心中縈繞過的一幅場景——但我突然明白了，你確實應該出現在這些鐵軌、煤煙和鐵架中間，這樣的場景對於一襲飄蕩的長裙、裸露的肩膀和像你這般生動的面孔，正是最恰當不過的——就該是鐵路站台，而不是帷簾低垂的公寓——你看起來像是華貴的象徵，你正屬於它所誕生的地方——你似乎要把生活之中的財產、慈悲、富庶和歡樂，帶回給它們應有的主人，帶回給創造了鐵路和工廠的人們——你的臉上洋溢著活力和活力帶給你的報償，匯聚著才能和華貴——而我曾第一個說過這兩者如何才可能是密不可分的——並且我想，假如我們這個時代能夠賦予它自己的神以形象，並且為美國鐵路的內涵建立一座塑像，那麼你的神態便是那座雕像……然後我看到了你在做的事情——於是就知道你是誰了。你正在給三個車站的官員下命令，我聽不清你說的話，但你的聲音聽起來快捷、俐落、信心十足。我知道你就是達格妮·塔格

特。我走近了一些，近到聽清楚了兩句話，『這是誰的命令？』其中一個人問，『我的。』你回答說。我只聽到了這些，這就足夠了。」

「然後呢？」

他慢慢抬起眼睛，看著房間對面的她，內心的壓力將他的聲音拉低了下來，使他的語氣變得模糊柔軟，聲音裡帶了一種走投無路的自嘲，甚至是溫柔：「然後我就明白，放棄發動機原來還不是我為罷工所付出的最沉重的代價。」

她極力回憶著——在那些從她身邊匆匆經過、像火車的蒸汽般縹緲而被忽略的旅客裡，究竟哪一片陰影，哪一張陌生的面孔才是他；她不知道在那個她沒有意識到的時刻，她究竟曾經離他有多近。「唉，你為什麼在那個時候或者後來不和我說話呢？」

「你還記得你那天晚上在車站做什麼了嗎？」

「我隱約記得有一天夜裡，他們把我從一個聚會上叫了出去。當時我的父親在外地，新上任的車站經理出了紕漏，隧道裡的車全堵在了一起。從前的那個經理一星期前突然就辭職了。」

「是我讓他辭職的。」

「原來如此……」

她的聲音沉了下去，像是不想再說，而眼皮也垂了下來，像是不想再看。假如他當時沒有忍住——她想——假如他當時或者隨後就去說服了她，他們又將會釀成什麼樣的悲劇呢？……她還記得當初她喊著說只要見到毀滅者就要把他殺掉時的感覺……我肯定做得出來——這個念頭不再是言語，已經變成陣陣痙攣，揪著她的小腹——假如我發現他就是，後來肯定會一槍打死他……我得先發現他……可是——她打了個冷戰，因為她知道她還是盼著他會來找自己，那一個為她的內心所不容，卻像一股溫暖的暗流湧遍了她全身的念頭就是：我一定會打死他，但不會——

她抬眼看去——她知道，他們眼裡的東西都逃不過對方的眼睛。她瞧見了他遮掩著的目光和繃緊的嘴巴，瞧見了他在劇痛之中失魂落魄的樣子。她感覺自己是在喜不自禁地希望他去受罪，並且能看到他的痛苦。看著它，就這樣看著，哪怕她和他都已經難以忍受，然後就讓他在愉悅的無奈中沉淪。

他站了起來，把頭轉開，她說不清究竟是他微揚的頭還是繃緊的五官，居然使他的面孔顯得出奇的平靜和清朗，似乎上面的情感都被剝落，只剩下了它最單純的本來面目。

「你鐵路上需要並且失去的每一個人，」他說，「都是我讓你失去的。」他的聲音平淡簡潔得像個會計，正在提醒亂買東西的人休想逃掉費用。「我已經抽走了塔格特公司的所有棟樑，如果你選擇回去的話，我就會看到它從你的頭頂上塌下來。」

他轉身要走，她叫住了他。與其說是她的話，倒不如說是她的聲音迫使他停住了腳步：她的聲音低沉，全無一絲感情，只能感覺到一股陷落般的沉重和拖曳的味道，像是迴盪在身體裡的威脅般的吼聲；這懇求的聲音發自一個還存有幾分正直之心的人，儘管這正直已經被遺忘很久了：

「你想把我留在這裡，對不對？」

「這是我夢寐以求的。」

「你可以讓我留下來。」

「我知道。」

說這話的時候，他的聲音和她的一模一樣。他停下來喘了口氣，再開口時，他的聲音已經低沉而清晰，裡面帶了某種恍然大悟的味道，幾乎是理解的笑意：

「我希望的是你能接受這個地方，只是讓你毫無意義地待在這裡，對我又有什麼用？那是大多數人對他們的生活欺騙自己所用的假象。這我做不到。」他轉身欲走，「這你也做不到。晚安，塔格特小姐。」

他走出去，進了他的房間，關上了房門。

她在黑暗中躺到了床上，不再有幻想，既思考不了什麼，也難以入睡——曾經填滿了內心的呻吟激蕩，似乎僅僅成了停留在肉體上的感覺，但它那副腔調和舔動的陰影，猶如乞求一樣的哭喊——她明白那並非言語，而是疼痛：讓他來這裡吧，讓他垮掉吧——無論我的鐵路還是他的罷工，讓我們賴以為生的一切都遭到詛咒吧！讓我們過去和現在的一切都遭到詛咒吧！假如我明天就要去死，他也會如此——那就讓他去死吧，但別在明天——只要讓他來這裡，隨便他想要什麼都可以，我已經再也沒有什麼不能出賣給他了——這是否意味著野性？的確如此，我就是這樣……她平躺在床上，手掌緊緊抓住身體兩旁的床單，不讓自己從床上起來，走進他的房間，她知道自己完全做得出來……這不是我，這是一具我無法忍受和控制的身軀……但是，駐在她內心的法官不是語言，而像是一個凝固不動的亮點，注視她的時候已不再苛求責難，而是帶著讚許和好笑的神情，似乎在說：你的身軀？假如他不是像你已經認識的這樣，你的身軀能讓你到現在這個地步？你為什麼單單只想得到他的身體？你覺得你是在詛咒你們倆對生活的共同信念嗎？你是在用你的欲望詛咒著你此刻讚美的那個東西嗎？……這些話她已經不用再聽，她都明白，一直就很明白……一陣子過後，那種真知灼見不見了蹤影，只有痛苦和抓在床單上的手掌依然如舊——以及她幾乎漠然地在想著他是否也是夜不成眠，也在抗拒著同樣的折磨。

她聽不見屋裡有任何響動，他窗外的樹幹上也看不出有任何的燈光。許久之後，她聽到他房間的黑暗裡傳出了兩聲足以讓她明白一切的響聲：她知道他還沒入睡，並且不會過來；那是一聲腳步和打火機喀嚓的響聲。

$

理查．哈利停下了演奏，從鋼琴前轉過身，看著達格妮。他看見她的頭一低，情不自禁地在掩飾著一股強烈的情緒，他站起來，微笑著輕聲說：「謝謝你。」

「哦，不……」她喃喃地說道，心裡知道她才想要感謝，而表達起來又是這樣的無力和蒼白。她想到這些年來，他就在這裡，在峽谷中的一間山坡上的小屋裡，寫下了剛剛為她演奏過的作品，用這恢弘之聲建起了一座堅信生命即是美的流淌著的紀念碑——而她則走在紐約的街道上，絕望地尋找著某種快樂，緊追在她身後的那曲刺耳的現代交響樂，彷彿是被一支生病的高音喇叭，在氣喘著表示它對生存的惡毒仇恨時，一口吐了出來一樣。

「但我是真心的，」理查·哈利笑著說，「我是個生意人，從不做白工，你已經給了我報酬。你知道我今晚為什麼想為你演奏嗎？」

她抬起了頭。他站在他的客廳中央，房間裡只有他們兩人，窗戶在夏夜中敞開著，外面黑壓壓的樹林下是一片長長的山坡，向著遠處山谷裡的燈火綿延。

「塔格特小姐，有多少人能夠像你這樣被我的作品打動？」

「不多。」她的回答簡單明瞭，既不誇大也無奉承，只是在客觀地對所涉及的嚴厲標準表示敬意。

「這正是我要的酬勞，沒有多少人能付得起。我不是指你的享受，不是指你的感情——讓感情見鬼去吧！我指的是你的理解，以及你和我相同的享受，它有著一個共同的來源：來自於你的智慧，來自於一個能夠有意識地去判斷去鑑別我的作品的心智，使用的是與我創作它時同樣的價值標準——我是說，你不僅能感受到它，而且感受的正是我希望你能感受到的東西。對我的作品，你不單單是欣賞，而且欣賞的恰恰是我希望能被欣賞的東西。」他啞然一笑，「對大多數藝術家而言，只有一種激情比被人欣賞的欲望還要強烈：他們不敢確定他們被欣賞的真正原因。不過，我從未和別人說過我們的這種顧慮。我不在我的作品和我想得到的反應上欺騙自己——我對這兩者都太看重了。我不介意得到無緣無故的、情緒上的、直覺的、本能的——或者說是盲目的欣賞。我不介意任何一種形式的盲目，我想讓人們去看的實在是太多了——或者，對於聾子而言，我想說的實在是太多了。我不介意被誰用情感欣賞——而是希望別人能用心智。一旦我發現誰具有這樣可貴的才能，那我的演奏就成了雙方互惠的雙向交易。藝術家是商人，塔格特小姐，是所有商人中最嚴格、最苛刻的一類。現在你明白我的意思了嗎？」

「是的，」她難以置信地說，「我明白，」讓她不敢相信的是，她無論如何沒想到她自己道德尊嚴的象徵竟然成了他的選擇，一個她最沒有料想到會這樣選擇的人。

「如果你明白的話，為什麼你剛才看起來那麼悲哀？你究竟在後悔什麼？」

「這麼多年來，你的作品不為人所知。」

「不是這樣的，我每年都開兩三場音樂會，就在這兒，在高爾特峽谷裡。我下星期就要開一場，希望你會來。入場費是兩毛五分錢。」

她忍不住大笑了起來。他微笑著，隨後，像是被他自己未曾說出的沉思淹沒一般，臉色漸漸陷入了嚴肅之中。他向窗外的黑暗中看去，望著一個沒有被樹叢擋住的地方。美元的標誌在月光下不見了色彩，只是泛射出金屬的光澤，如同一塊帶著彎弧的閃亮的精鋼，鑲嵌在空中。

「塔格特小姐，你知道我為什麼願意拿三打現代藝術家來換一個真正的商人，為什麼在里迪和尤班克這樣的人身上，我沒有產生和威特或達納格在一起時的那樣多的共鳴——況且他們還是音盲？不管是寫交響樂還是挖煤，都是一種創造，都有著同樣的來源：那就是用自己的眼睛去觀察的神聖的能力——就是說：能夠做出理性的鑑別——就是說：能夠去發現，並且發現和掌握從前沒有被發現、聯繫或創造出的東西。對於交響樂和小說創作者的眼光，他們總是會津津樂道——那他們覺得人們又是依靠什麼樣的能力，去發現並且知道如何去使用石油、經營礦山和製造發動機呢？他們說音樂家和詩人的心裡燃燒著神聖的火焰——那麼他們認為多少年來又是什麼在激勵著企業家，為了他發明的新型合金而去面對全世界的挑戰，激勵著人們去發明飛機，修建鐵路，發現新的細菌和大陸？為追求真理而勇於獻身，塔格特小姐，你聽說過幾百年來的那些道學家和熱中藝術的人，所說的藝術家為追求真理而勇於獻身嗎？那麼假如有一個人說地球是轉動的，或者一個人說鋼和銅的合金具有某種特殊的性能，結果事實正如他所說的那樣——然後任憑人們去拷問和摧殘，他半句違心的話都不說，從你所聽說過的那種獻身裡面，能找出比這更偉大的楷模嗎？塔格特小姐，這樣的精神、勇氣和對真理的摯愛——對應的則是一個遊手好閒、到處向你吹噓自己近乎瘋狂到了完美境界的懶漢，因為他是個對自己的藝術作品的實質和意義一無所知的藝術家，他並沒受到的制約諸如『存在』或『意義』之類的殘酷觀念，他全然不去理會。他是更高的奧祕的載體，他不知道自己是怎樣和為何創造了作品，它自發地產生，像酒鬼一般隨口亂吐一氣。他不會思考，而且不屑於思考，只會憑感覺，他要做的只是感覺而已——他還去感覺，這個弱不禁風、嘴巴鬆弛、目光遊移、流著口水、打著哆嗦、提不起來的混帳東西！因為我知道藝術的創造需要怎樣的約束和努力，需要怎樣的全神貫注和怎樣的全力以赴——因為我知道藝術創造是一種艱苦的勞作，跟它要求的付出和嚴厲相比，用鐵鍊拴起來的囚犯所服的苦役，簡直就等於是休息，軍隊操練中的虐待狂也相形見絀——我寧願去煤礦值班，也不去當一個更高的奧祕的載體。煤礦的值班員知道，保持著礦車在地底下運轉的不是他的感覺——他知道讓它們保持運轉的是什麼。感覺嗎？噢，不錯，我們的確是有感覺，你和我——我們才是真正有能力去感覺的人——而且我們明白這感覺是從何而來。但我們不明白，並且耽誤了太久而不去瞭解的，是那些聲稱不對自己的感覺負責的那些人的本質。我們不明白他們的感覺是什麼，我們現在知道了，這錯誤的代價實在太大了。罪孽最深的人將付出最慘重的代價——從法律上講，他們必須如此。罪孽最深的是那些真正的藝術家，現在他們知道了自己將最先被滅絕，正因為他們將自己的保護者親手毀掉，才幫助滅絕他們的人取得了勝利。如果說還有什麼能比一個不懂自己是代表了人類最高創造精神的商人更愚蠢可悲的傻瓜——那就是將商人當做敵人的藝術家了。」

的確如此——她一邊在山谷裡的街道上走著，一邊心裡想，同時帶著兒童般的興奮打量著在陽光下亮晶晶的商店玻璃——這裡的商店具有精心選擇的藝術——當她坐在裝了隔音板的黑暗的音樂廳內，聽著哈利那帶有收放有致、如數學般嚴謹的音樂時，便想到這藝術具備了和商業一樣的嚴格規範。

這兩者都閃耀著精心雕琢的光芒——她坐在露天的一排排椅子上看著舞台上的凱．露露時，心中想道。自從告別了童年，她就再也沒有體驗過這樣的感覺——整整三個小時，她被一齣話劇牢牢地吸引住，她對於劇中的情節和對白都聞所未聞，戲中表現的主題更非照搬自幾百年間的老套。這是已經被她忘懷的一種愉悅，她完全沉浸在構思巧妙、出人意料、邏輯嚴密、主題明確的新穎之中——這愉悅還來自於看到一個女人以她美麗的外表，對角色優美內心的出神入化般的藝術再現。

「我就是為此來到這裡，塔格特小姐，」演出結束後，凱．露露面帶微笑，回答著她的評價，「我所塑造的人類任何一方面的偉大品質，都正是外面的世界極力去詆毀的。他們只會讓我飾演墮落的象徵、妓女、追逐錢財和破壞家庭的人，總是在戲的尾聲時被一個代表著世俗道德的隔壁小女孩痛打一頓。他們利用了我的天賦——目的卻是要毀掉它。因此，我不幹了。」

達格妮想道，自從童年以後，她就再也沒有在看完一齣戲後如此的興奮過——這是一種體會到生命裡有許多東西值得去追求的感受，而不是打量了那個根本不值得多看一眼的陰溝之後的感覺。當觀眾陸續從燈光通明的座位上離開後，她看見了被稱做是鄙視一切藝術形式的威特、納拉岡賽特法官，以及達納格。

那天晚上，她最後看見了兩個高眺、挺拔、修長的身影，他們一起沿著山間小路漸漸走遠，聚光燈偶爾照亮了一下他們金黃色的頭髮。他們正是凱．露露和丹尼斯約德——她實在不知道自己是否還能忍受，回到一個他們倆註定會遭到毀滅的世界。

她只要看到麵包店的年輕女老闆的兩個兒子，眼前就會重現她童年時的情景。她經常看見他們在谷裡的山路間嬉戲——他們一個七歲，一個四歲，是兩個天不怕、地不怕的小傢伙。他們似乎像她當初那樣面對著這個世界，沒有她在外面的孩子臉上看到的那副神情——那副畏縮和鬼祟嘲弄的神情，那副孩子要提防著大人，正不斷地發現他聽到的是謊言，學會了感覺仇恨的神情。這兩個小男孩像是對傷害全無防備的小貓一樣，天真、快活、友好而信心滿滿，帶著他們自己的那種純真自然、毫無誇耀的眼光，以及認為每一個陌生人都能贊同他們的純真的信任。他們有著迫不及待的新奇，能夠去任意地闖蕩，相信生活中的一切都很神奇，並等待著他們去發現。似乎即使他們遭遇到惡意，也不會把它看成危險，而是當成愚蠢，從而蔑視地不加理睬。他們不會在頭破血流的退卻中把它認為是生存的法則。

「他們就是代表了我所做的這一行，塔格特小姐，」年輕的母親邊裹起一塊新鮮的麵包，邊在櫃台內含笑回答著她的讚嘆，「他們就是我選擇的職業，不管怎麼說，應該當好母親，在外面的世界裡都是做不好的。我猜你已經見過我丈夫了，他是個教經濟學的，替邁克納馬拉保養線路。你自然知道，這個山谷裡不接受集體一起進來，也不允許家人和親戚進來，除非每個人自己對罷工的宣誓都表示認同。我來這裡不光是為了我丈夫的職業，也是為了我自己，我到這裡是為了把我的兒子們培養成真正的人。我不會把他們交給一個為了阻礙孩子大腦成長而建立的教育體制，它會教育孩子說理智是無能的，存在是一種他難以應付的不合理的混亂，並且會使他淪落到一種無休止的恐怖狀態裡。你對我的孩子和外面孩子之間的差異感到驚訝嗎，塔格特小姐？其實原因很簡單。原因就在這裡，就在高爾特峽谷裡面，在這裡，每個人都認為對孩子進行非理性的、哪怕是一點提示，都是駭人聽聞的。」

在阿克斯頓博士和他的三個學生進行每年一次團聚的夜晚，她想起了各地學校裡流失的教師們。

他唯一邀請來的另一位客人是凱・露露。他們六個人坐在了他房子的後院內，夕陽餘暉映著他們的臉龐，遠處下面的山谷底漸漸凝結成了一片柔和的藍色暮靄。

她看著他的學生們，看著三個柔軟靈活的身體半躺在帆布椅裡，一副滿足而放鬆的樣子，他們都穿了長褲和風衣，裡面是無領襯衫：這三人便是約翰・高爾特、法蘭西斯可・德安孔尼亞、以及拉格納・丹尼斯約德。

「別吃驚啊，塔格特小姐，」阿克斯頓博士笑著說，「也別誤以為我這三個學生是超人之類的，他們可比那要出色和神奇得多：他們是這個世界上還從來沒有過的正常人——他們的本事就是能活得像個人。只有具備了出眾的心智和傑出的人品，才不會被社會上自古以來沉積的毒害風氣所侵染——才能像個真正的人，因為人是有理性的。」

她感覺阿克斯頓博士的態度裡，出現了與他平素的沉默威嚴所不同的變化；似乎她不僅僅是個客人，對她沒有絲毫的見外。法蘭西斯可看到她來參加聚會，自然是二話不說地欣然認可。高爾特的臉上看不出任何表情；看起來像是個在阿克斯頓博士的要求下，陪她來到這裡的彬彬有禮的護送者。

她發現阿克斯頓博士的眼睛不斷地掃向她，在她這樣一個帶著欣賞目光的人面前展示自己的學生，他似乎很得意。他像是個父親，終於找到了對他喜愛的東西感興趣的聽眾，談話總離不開一個話題：

「你真應該看看他們上學時候的樣子，塔格特小姐。你絕對找不出像他們這樣出身迥異的三個孩子，不過——出身又有什麼關係！在校園內成千上萬的學生裡，他們肯定是一眼就找到了對方。法蘭西斯可是世界首富的後裔——拉格納是歐洲的貴族——而約翰則既身無分文，又無父母和家庭，憑的完全是他自己的努力。其實，他的父親是俄亥俄州一個沒沒無聞的加油站修理工，他十二歲就自己離家在外闖蕩——但我一直覺得他就像智慧女神米娜娃，完全成人，全副武裝地從朱彼特的腦袋裡跳了出來……我還記得第一次見到他們三個的那一天，他們坐在教室後面——我當時在給研究生講一堂專門的課程，內容極難，其他人很少會來聽。他們三個看起來像還不到大學一年級新生的年齡——後來我瞭解到，他們當時才十六歲。講完課以後，約翰站起來問了個問題。作為老師，如果能聽到一個研習六年哲學的學生問出這樣的問題，就已經覺得很自豪和欣慰了。這個問題與柏拉圖的形上學相關，柏拉圖本人都沒有想到要問這樣的問題。我回答後讓約翰下課後到我的辦公室來。他來了——三個人一起都來了——我看到了外面的那兩個，就讓他們都進來。和他們交談一小時後，我就取消了當天的所有安排，和他們整整聊了一天。隨後，我安排他們去選那堂課，並且計入他們的學分。他們就選上了，而且成績是全班最高……他們修的是兩門專業：物理和哲學。這樣的選擇讓除我之外的所有人都感到不解：當代思想家認為沒必要去認識現實，而當代物理學者則認為沒有必要去思考。我懂的要比他們更深一層；但讓我吃驚的是這幾個孩子居然也懂得這些……羅伯特．史塔德勒博士是物理系主任，我是哲學系主任。對這三個學生，他和我取消了所有的規定和限制，我們為他們免掉了那些常規的、不必要的課程，只把最難的東西交給他們去讀，同時為他們能在四年內從兩個專業畢業掃清了一切障礙。他們學得很辛苦，在這四年中，他們同時也在為生活而奮鬥。法蘭西斯可和拉格納有父母的經濟支援，約翰則沒有任何來源，但他們三個全都靠打工來鍛鍊和養活自己。法蘭西斯可在一個鑄銅廠打工，約翰是在一個鐵路的火車倉庫，而拉格納——不對，塔格特小姐，拉格納在他們三個人裡面可不是最差的，而是最踏實用功的一個——他在學校的圖書館工作。他們總是能找出時間做自己想做的事，卻從不把時間花在交際和學校的各種活動上。他們……拉格納！」他突然大聲打斷了自己的話，「別坐在地上！」

丹尼斯約德從椅子裡滑下來，頭靠著凱・露露的膝蓋，坐在草地上。他輕聲笑著，聽話地站了起來。阿克斯頓博士略帶歉意地笑了笑。

「這是我過去的一個習慣，」他對達格妮解釋說，「我想是反射動作吧。過去上學的時候，要是發現他在陰冷潮濕的夜晚坐在我家後院的草地上，我就會這樣跟他說——他在這方面總是大剌剌的，讓我放不下心，他應該知道這樣有危險，而且——」

他的話戛然而止；他從達格妮驚訝的眼神裡看出了和他同樣的心思：他們都想到了成年後的拉格納選擇去冒的危險。阿克斯頓聳了聳肩膀，兩手無奈而自嘲般地一攤。凱・露露朝著他理解地笑了笑。

「我的家緊挨著校園，」他嘆了口氣，繼續說道，「坐落在伊利湖邊的一處峭壁上，我們四個人一起度過了許多夜晚。就像現在這樣，我們在初秋或者春天時圍坐在我家的後院裡，只不過面對的不是這裡的高山，而是一大片平靜而蒼茫的湖水。那些晚上，我的精力必須比在課堂上還要集中，去回答他們的各種疑問和討論他們提出的問題。到了半夜，我就去沖些熱巧克力，硬逼著他們喝下去——我懷疑他們可能從來不肯花時間好好吃東西——然後我們就會繼續聊下去，而湖水已經隱沒在黑暗裡，夜空則顯得比大地還要亮些。有幾次，我們一直待到我突然發現天空更加黑暗，而湖水已經開始變得灰濛濛，再說幾句天就要亮了的時候。我不應該弄得那麼晚，因為我知道他們那時候睡眠不夠，但我常常會忘記，完全把時間忘了——你知道，只要他們在那裡，我就總覺得像是清晨，總覺得我們前面有長長的、用不完的一天。他們從來不去說他們希望今後可能會做的事情，從不懷疑他們的身上已經被萬能之神賦予了實現願望的無盡才華——他們說的是他們要去做什麼。愛是否會令人膽怯呢？我知道我唯一感到恐懼的時刻就是聽著他們談話，想到世界今後會如何，而他們將來又會有什麼樣的遭遇的時候。恐懼？不錯——可是它更甚於恐懼——當我想到這個世界終將有一天會毀了這些孩子，想到我這三個兒子已經被畫上了祭品的記號，我簡直就想去殺人。是啊，我是會去殺人的——可是殺誰呢？人多得讓你無從下手，並不存在一個單獨的敵人，不存在什麼眾矢之的或者惡棍，並不是一分錢都賺不來、只會傻笑的搞社會救濟工作的人，也不是做賊心虛的官僚——它是整個地球——被那些相信需要和憐憫遠比才能和正義更神聖的人的雙手，推進了可怕的骯髒深淵之中。不過，這感覺只是偶爾才有，並不會一直持續。聽到我的孩子們說的話，我就知道沒有什麼能把他們擊垮。他們坐在我後院的時候，我就看著他們，看著在屋後遠處的那幢雄偉、黑暗的建築，派屈克亨利大學依然是思想不受奴役和禁錮的標誌——更遠的地方是克里夫蘭市區裡的燈火，是在一排排煙囪後面的鋼廠上空的橘紅色的火光，是廣播塔上閃爍的紅色亮點，是在黑沉沉的遠處機場發出的長長的雪亮光束——我心想，就憑著曾經存在和推動著世界前進的偉大力量，儘管後繼不再，他們還是會勝利……我記得有天晚上約翰沉默了很久很久——我發現他已經躺在地上睡著了。另外兩個人說他已經三天沒閉眼了。我立刻叫他們倆回家，但實在不忍心把他叫醒。那是個很溫暖的春夜，我拿出條毛毯給他蓋上，就讓他在原地睡著，一直在他身邊守到了早晨——我在星光下端詳著他的面孔，後來，初升的一縷陽光照在了他安詳的額頭和閉著的眼上。我從不禱告，那時的感覺不是祈禱，但那種精神狀態已遠遠超越了祈禱：是完完全全、滿懷信心地將自己奉獻給了我所熱愛的正義，堅信正義將獲得勝利，堅信這個孩子會擁有應該屬於他的未來。」他揮手一指山谷，「我沒有想到它竟然這樣雄偉——這樣艱辛。」

天色漸暗，山峰已和暮色融為一體。他們的腳下是山谷裡星星點點的燈光，史托克頓鑄造廠的紅色火光呼吸一般地吞吐起伏，它的下方是穆利根家裡的一排亮著燈的窗戶，彷彿是一節火車車廂鑲嵌在了夜空之中。

「我的確有一個對手，」阿克斯頓博士緩緩地說，「他就是羅伯特．史塔德勒……別皺眉，約翰——都過去了……約翰確實曾經熱愛過他。嗯，我也是——不，還不完全是，不過對像史塔德勒那樣的心靈所產生的痛苦情感，很接近於愛，是所有的愉悅中最罕見的一種：敬仰。不，我沒有愛過他，不過他和我總覺得我們好像就是從一個消失的年代或地方、從一個將我們圍住的胡言亂語的平庸之才的沼澤裡，逃出來的倖存的夥伴一樣。史塔德勒犯下常人所犯的罪，便是他從來不去認清自己該去的地方……他厭惡愚蠢，那是我見過的他對人表現出來的唯一一種情緒——對於任何膽敢反對他的愚蠢言行的咬牙切齒和極其厭煩的痛恨。他希望有自己的規矩，希望一個人去爭取，想把礙事的人都清除到一邊去——然而對於他所採取的方法，所走的路，以及他的敵人，他卻從未能認清。他選擇了一條捷徑。你是在笑嗎，塔格特小姐？你討厭他，對不對？是啊，你明白他走的那種捷徑……他告訴過你，我們倆因為這三個學生成了死對頭，不錯——其實，我不是這麼想，但我知道他會的。好啊，假如我們是死對頭的話，那我就有一個優勢：我瞭解他們為什麼想把我們的兩個專業都學到；他從不明白他們為什麼對我的專業感興趣。他從不明白這對於他的重要性，而他正好是毀在了這一點上。不過在那些年，他依然思維活躍，能抓住這三個學生。『抓住』這個詞很恰當。作為一個只崇尚智力的人，他把他們當做私人財產一樣地抓在手裡。他向來很孤獨，我覺得在他的全部生命中，法蘭西斯可和拉格納是他唯一的愛，而約翰則是他僅有的激情。他把約翰當成了他的傳人，當成了他的希望和他自己的再生。約翰想當發明家，也就是說他要當一個物理學家；他打算去跟史塔德勒學習研究所的課程。法蘭西斯可打算畢業後去工作，他想成為我們這兩個他心目中的智慧之父的完美結合：做一個企業家。至於拉格納——你不知道拉格納選擇的職業嗎，塔格特小姐？不，不是什麼特技飛行員、叢林探險家或者深海潛水夫，比這些可要勇敢得多。拉格納想當個哲學家，一個專心於抽象、理論和學術、不問世事、鑽進象牙塔的哲學家……不錯，史塔德勒很愛他們。不過——我也說過我會為了保護他們去殺人，只是沒人可殺罷了。假如有什麼解決辦法的話——這當然不可能了——那麼要殺的人就是史塔德勒。在所有現在正毀滅著這個世界的罪人裡，他的罪孽是最深重的。他完全有能力看清這一切。他的罪孽便是用他的信譽和成就為掠奪者的統治大開綠燈。把科學交到掠奪者手上的人就是他。約翰沒有想到，我也沒有想到……約翰回來上他在研究所的物理課，但沒有上完。在史塔德勒同意設立國家科學院的當天，他就走了。我在學校的走廊裡碰見了剛和約翰做完最後一次談話、從辦公室出來的史塔德勒。他看起來變了。我但願再也不要從一個人的臉上看到這種變化。他見我走過去——他不知道，但我知道他為什麼會向我衝上來吼叫：『我對你們這群不講現實的空想家煩透了！』我轉頭就走，知道我剛才聽到一個人宣判了自己的死刑……塔格特小姐，還記得你曾問過我關於我的三個學生的問題嗎？」

「記得。」她低聲說。

「從你的問題裡，我能猜出史塔德勒是怎麼向你說起他們的。告訴我，他怎麼會提到他們的呢？」

他看到她酸楚的一笑：「他把他們的故事說給我聽，以此來證明他為什麼認為人的智慧是毫無用處的。他把這當成一個他的幻想破滅的例子說給我聽，『他們幻想的是才能，』他說，『幻想著將來能看到它改變世界的發展。』」

「那麼，他們不是已經做到了嗎？」

她慢慢地點了點頭，在無可奈何的認同和讚許中，久久地垂著腦袋，沒有抬起來。

「我想要你明白的，塔格特小姐，是那些聲稱這世界原本就是惡毒得不容善良存在的話背後的罪惡用心。讓他們反省一下他們的前提，反省一下他們的價值標準，在他們把那張說不出口的、必須承認邪惡的通行證發給自己之前，讓他們好好反省一下——他們是否懂得什麼是善良，善良又會要求什麼樣的條件。史塔德勒現在相信智慧毫無用處，人的生命沒有理性。他是不是想讓約翰成為一個偉大的科學家，情願在費雷斯博士的手下工作？他是不是想讓法蘭西斯可成為一個偉大的企業家，情願為莫奇效勞？他是不是想讓拉格納成為一個偉大的哲學家，情願聽從普利切特博士的命令，去宣揚世界上不存在思想，強權即是公理？那是不是就是史塔德勒認為的一個合理的未來？塔格特小姐，我想讓你看到，最聲嘶力竭地叫喊著他們的夢想破滅、道德淪喪、理性無能、道理無用的人——正是那些把他們鼓吹的主張全部、準確、合乎邏輯地實現了的人，他們根本就不敢承認這一切的邏輯性是如此之強。在一個宣揚智慧不存在、道德正義出自暴力、偏袒無能者而懲罰有能力者、為了低劣者而犧牲優秀者的世界——在這樣的世界裡，優秀的人不得不與社會對立，成為它最勢不兩立的敵人。在這樣的世界裡，有著無窮智慧的約翰．高爾特將成為一個身無長技的勞工——能夠創造出奇蹟般財富的法蘭西斯可．德安孔尼亞將成為一個敗家子——而有慧根的拉格納．丹尼斯約德則走上了暴力的道路。社會——以及史塔德勒博士——已經完成了他們所倡導的一切。他們現在還有什麼可抱怨的？要抱怨世界沒有理性嗎？」

他笑了，溫婉的笑容裡有著毫不留情的肯定。

「每個人都是憑自己的想像去建立他的世界，」他說，「人有選擇的力量，卻無力逃脫選擇的必然。假如他放棄了自己的力量，就放棄了做人的資格，折磨人的無理的混亂，也就成了他的棲身之地——這是他自找的。只要堅持他的哪怕一點想法，而不屈從別人，只要能為現實帶來哪怕一點火種，一點美好的理想——就憑這一點，他就算是個人，這一點就是衡量他的品德的唯一尺度。他們」——他指了指他的學生——「從不低頭。而這裡」——他一指山谷——「則衡量出了他們本身以及他們堅持的東西……現在可以把我對你以前問過的問題的回答再重複一遍，因為我知道你已經徹底理解了。你問過我是不是認為這三個學生很有出息，我的自豪感已經超出了自己的想像，對於他們所選擇的每一次舉動、每一個目標以及對每一種價值的理解，我都感到驕傲。達格妮，這就是我全部的回答。」

他突然帶著父親般的口氣對她直呼其名；說最後兩句話時，他沒有看著她，而是將目光投向了高爾特。她看見高爾特和他對視片刻，彷彿在對他做出肯定的回答。隨即，高爾特便將目光轉向了她的眼睛。她發現他注視著她的神情，就好像她舉起了一個仍懸在他們之間的、尚未挑明的稱號，這稱號已被阿克斯頓博士授予了她，卻沒有說破，其他人也還未察覺——她從高爾特的眼睛裡看見了他對她的震驚感到的愉悅，看見了鼓勵，以及令她不敢相信的溫柔。

$

德安孔尼亞一號銅礦是在山的表面挖開的一道小切口，看起來像是用刀在紅褐色的岩層上戳了幾下後留下的紅色傷口，明晃晃的陽光照耀著它。達格妮的兩隻手一邊挽著高爾特，另一邊挽著法蘭西斯可，站在一條小路旁。風從他們的臉上颳過，撲進了下面兩千英尺深的山谷。

她望著銅礦，心想——這便是將人類的財富刻在山峰之上的故事：幾棵松樹從缺口的上方伸展出來，樹身在曠古風雨的衝擊下已經扭彎曲折。岩層上有六個人在工作，一大群各式各樣的機器在天空中刻下精巧的線條；大部分工作都是由機器來完成的。

她注意到，法蘭西斯可既是向高爾特，也更多地是在向她展示著自己的地盤。「約翰，從去年以後你還沒見過這裡……約翰，等過一年你再來看看，還有幾個月外面的工程就完工了——到那時候，我整天都得待在這裡。」

「啊，不行，約翰！」他一邊大笑一邊回答著問題——但她突然發現，只要他看著高爾特，他的眼睛裡就會有一種特別的神情：那神情是他站在她的房裡，用手抓著桌沿去強忍著難耐的一刻時曾經出現過的；那時他的眼前似乎出現了一個人——是高爾特，她心想；是他眼前的高爾特讓他挺了過來。

她心裡的某個地方感到一種隱隱的恐懼：作為贏得勝利的代價，法蘭西斯可當時用極大的努力接受了失去她的事實，接受了他的情敵，這代價已經慘重得使他對於阿克斯頓博士猜出的真相無力再去懷疑了。一旦他明白又會怎樣呢？她心想，然後便感覺到一個酸楚的聲音在提醒著她，這件事的真相也許永遠都不會出現了。

當她看到高爾特望著法蘭西斯可的樣子時，心裡的某個地方又隱隱覺得有些緊張：那是把一種毫無保留的情感坦蕩、直率地交出去的目光。她感覺到了自己從來就說不清又拋不開的焦慮：不知道這種感情會不會讓他選擇去放棄。

但她的心裡主要還是被一種解脫感所洗滌，彷彿她是在盡情嘲笑著所有的疑慮。她的眼睛不斷地向來時的那條小路望去，這條兩英里長的曲折山路，危險得猶如一把螺絲刀，從她的腳下一直蜿蜒到了谷底。她用眼睛來回打量著它，心裡飛速地做著盤算。

滿眼的灌木叢、松柏和貼地的苔蘚，從下面綠油油的山坡一直鋪到了山崖上。苔蘚和灌木叢漸漸稀疏下來，但松樹仍一片片拚命地繼續向上長著，一直到山巔之上，只剩下零星幾棵樹，探出裸露的山石伸向山頂，被日光映照著的皚皚白雪覆蓋。她看著這些自己所見過的最精巧的機器設備，然後望著山路上腳步沉重、身影搖晃的騾子——那是最古老的交通方式。

「法蘭西斯可，」她用手一指，問，「機器是誰設計的？」

「它們只是改了一下標準的設備。」

「是誰設計的？」

「是我。我們這裡的人手不多，只能將就了。」

「用騾子來運送礦石是對人力和時間極不合理的浪費。你應該修一條通向谷底的鐵路。」

她正向下面看著，沒有注意到他向她臉上猛然投來的急切的一瞥，和他聲音裡的謹慎。「這我明白，但目前這座礦的產量還不足以負擔這麼困難的工程。」

「胡說！根本沒有看起來那麼難。有一條通到東面的小路坡度要小一些，石頭也沒那麼硬，我上來的時候看過了，從那裡走的話就不用轉太多的彎，鐵軌總長用不了三英里就夠了。」

她指向東方，絲毫沒注意到兩個男人正專注地盯著她看。

「你只需要一條很窄的軌道就行……就像有史以來的第一條鐵軌那樣……第一條鐵路就是從礦上誕生的——只不過那是煤礦……看，你們看見那道山脊了嗎？那裡完全鋪得下三英尺寬的鐵軌，你們都用不著爆破和拓寬。你們有沒看到有一處大約半英里長的爬坡？那兒的坡度不會超過四度，什麼樣的火車頭都能應付得了。」她談吐敏捷而確定，已經顧不上別的，完全沉浸在她自然而然地為解決問題而想出辦法後的興奮裡。「這條鐵路的成本三年之內就能回收，粗略一看，我認為這項工程最大的開銷可能是一兩台鋼架——我可能需要在一個地方開個隧道，不過那最多只有一百英尺。我需要用一台鋼架把鐵軌從峽谷上鋪過來，但那沒有看起來這麼難——我畫給你們看，你們有沒有紙？」

她沒注意到高爾特是以多麼飛快的速度掏出了筆記本和一支鉛筆，然後塞進她的手裡——她像是早等在那裡似的伸手抓了過去，彷彿她正在工地發號施令，絕不能被這樣的小事影響和耽誤。

「我大概跟你們講一下我的意思。假如我們在山石上打斜樁進去，」——她飛快地勾畫著——「實際的鋼材跨度就只有六百英尺長——它可以繞過最後這半英里的螺絲轉彎——我三個月就能鋪好鐵軌，然後——」

她停下來。當她抬頭看見他們的面孔時，臉上的激情便消退了。她一把將藍圖揉成一團，扔到了旁邊紅土瀰漫的碎石地上，「嘿，這是做什麼呀？」她終於氣急敗壞地喊了出來，「修一條三英里的鐵路，卻把橫跨全國的整個鐵路都扔了！」

兩個男人都看著她，他們的臉上沒有責備，只有一種幾乎是真誠的同情和理解。

「對不起。」她眼睛一垂，安靜地說道。

「如果你能回心轉意，」法蘭西斯可說，「我可以馬上就雇用你——要是你希望得到所有權的話，麥達斯五分鐘之內就可以批准你的鐵路貸款。」

她搖了搖頭，「我不能……」她低聲呢喃著，「現在還不行……」

她抬起眼睛，知道他們清楚她絕望的原因，掩飾內心的掙扎也無濟於事，「我已經嘗試過一次了，」她說，「我曾試過放棄它……我明白這意味著什麼……只要看到今後在這裡鋪下的每根枕木，鑽下的每顆路釘，我就會想起它……我會想起另外那條隧道……和內特．塔格特大橋……唉，我真不願意再聽到關於它的事了！真想就待在這裡，再也不去想他們正在怎麼糟蹋鐵路，不用知道它什麼時候會消失！」

「你必須要知道，」高爾特說；這無情的語氣，是他所獨有的，這單純的語氣除了對事實的尊重之外不摻雜任何感情，聽起來不留情面，「你會知道塔格特公司最後垂死時的全部過程，會聽到每一次事故、每一趟停開的列車和每一條廢棄的鐵路線，會聽說塔格特大橋的倒塌。如果對事實沒有充分清醒的認識，並因此做出充分清醒的選擇，誰都不能留在山谷裡。誰都不能以任何自欺欺人的方式待在這裡。」

她仰起頭來看著他，知道他是在把怎樣的機會拒之門外。她想到外面的人誰都不會在這種時候對她說出這樣的話來——她想到這世界尊崇的是把睜眼撒謊當成慈悲善舉的信條——當突然間開始認清了這個信條的醜惡面目時，她感到一陣噁心——她為眼前這個緊繃著臉、面無表情的男人感到無比的驕傲——他看到她努力保持著嘴巴的強硬，但這卻被某種顫抖的情緒軟化了，她平靜地回答著：「謝謝你，你說得對。」

「你用不著現在回答，」他說，「決定之後再告訴我，還有一個星期的時間。」

「好，」她鎮靜地說，「只剩一個星期了。」

他轉過身，撿起她揉皺的藍圖，仔細疊好，放進了口袋。

「達格妮，」法蘭西斯可說，「在你權衡決定時，如果你願意，就想想你的第一次辭職，不過，要全面地去想。在這裡，你不必用蓋屋頂和鋪哪兒都到不了的小路來折磨你自己。」

「告訴我，」她突然發問，「你那次是怎麼找到我的？」

他笑了笑：「是約翰告訴我的，就是這個毀滅者呀，還記得嗎？你還納悶毀滅者為什麼沒有派人去找你。但他派了，就是他讓我去的。」

「他讓你去的？」

「對。」

「他跟你說什麼了？」

「沒說太多，怎麼了？」

「他是怎麼說的？你還記得他的原話嗎？」

「對，我確實記得。他說：『如果你想抓住機會的話，就去吧，這機會應該是你的。』我記得，因為——」他不在意地微微一皺眉，向高爾特轉過身去，「約翰，我一直不太明白你為何那樣說。為什麼呢？——為什麼是——我的機會？」

「我能不能現在先不回答？」

「可以，不過——」

一個人在礦裡的岩層上對他喊了一聲，他便快速奔過去，似乎已經不用再關心這個話題了。

她很清楚自己在異常緩慢地把頭轉向高爾特，而且知道他會看著她。從他的眼睛裡，她看不出任何的表示，只是感覺到一絲嘲諷，彷彿他很清楚她正在尋找的答案，並且知道她不可能從他的臉上看出來。

「你把你想要的機會給了他？」

「除非他盡了他所有的努力，否則我不會有機會。」

「你怎麼知道他應得的是什麼？」

「我在這十年來利用了一切能利用的機會，以各種方式，從各個角度向他瞭解你的情況。不，他沒有告訴過我——我是從他提起你的神態中明白的。他並不想講——但一說起來就掩飾不住他的渴望，總是欲言又止——因此我就知道這絕不僅僅是童年的友誼那麼簡單。我明白他為罷工做出的巨大犧牲，也知道他多麼希望能夠永遠都不放棄。至於我嗎？我只是像瞭解其他人的情況一樣，對一個我們今後很重要的罷工者的相關情況提了一些問題。」

他的眼裡依然帶著一絲嘲笑；他知道她一直想要弄清楚這一點，但這並沒有回答她一直擔心的問題。

她把視線從他的臉上移到正向他們走來的法蘭西斯可，終於明白讓她驟然沉重而絕望地焦慮著的東西，正是自己對高爾特會使他們三個人都白白地犧牲的恐懼。

法蘭西斯可走過來，意味深長地看著她，似乎正在心裡反覆衡量著什麼問題，這問題使得他的眼裡閃現出無比快活的火花。

「達格妮，只剩下一個星期了，」他說，「假如你決定回去的話，這可就是最後的一個星期，下次見面就要等很久了。」他的聲音裡毫無責備和傷感，只是從溫和的語氣裡才聽得出他的感情。「假如你現在就走——哦，當然，你還是要回來的——但不會很快。而我——再過幾個月就要永遠在這裡住下了，因此你如果離開的話，我也許好幾年都再見不到你。我希望你能和我一起度過這最後的一星期，希望你能搬到我家來。就當是我的客人好了，不為別的，就因為我希望你能如此。」

他若無其事地說出這些話來，似乎在他們三個人中間既沒有，也不可能隱瞞任何東西。她在高爾特的臉上看不到絲毫驚訝的表示。她感到胸口一陣發緊，彷彿是一股強硬而不顧的竊喜促使她把心一橫，採取了一個幾乎是不懷好意的行動。

「可我被雇用了，」她怪異地笑著，看了看高爾特，「我還有工作要做。」

「我不會為這個留你，」高爾特說，讓她惱火的是他的語氣，似乎全不拿她當回事，除了一字一句地回答她剛才說的話以外，別的什麼都聽不出來，「你隨時都可以辭職，這完全由你決定。」

「不，不對，我是這裡的囚犯，難道你不記得了？我在聽人使喚，我沒什麼喜歡不喜歡的，沒什麼願望可表達，也沒有任何決定可做。我想讓你來做這個決定。」

「你想讓我來決定？」

「對！」

「那你就已經表達了一個願望。」

他略帶捉弄的聲音下完全是一副嚴肅的語氣——她沒有笑，似乎就是不相信他還能繼續裝糊塗下去，朝他挑釁似的喊道，「好吧，那就是我的願望！」

他微微一笑，像是對著一個早已看穿了的孩子的把戲，「很好。」但當他面向法蘭西斯可開口時，卻沒有笑，「既然如此——那不行。」

法蘭西斯可看見她臉上帶了一股敢對最嚴厲的老師進行挑釁的神情。他懊悔卻又開心地聳了聳肩膀，「也許你是對的，要是連你都攔不住她——別人就更不行了。」

她一點也沒有聽見法蘭西斯可的話，高爾特的回答給她帶來了無限輕鬆之感，這使她震驚。她明白，壓在自己心頭的沉重負擔已經被輕鬆地橫掃一空。此時，她才意識到高爾特的這個決定對她會產生怎樣的作用；她知道，假如換成是別的回答，她心目中的山谷就將不復存在了。

她想放聲歡笑，想抱住他們兩個，和他們一起笑著慶祝，她是否留在這裡似乎已經無關緊要，一個星期的時間簡直像是永遠都過不完，無論她選擇哪條道路，似乎都是一樣的陽光普照——她心想，人生若是如此，再苦也不覺得了。這樣的輕鬆既不是因為她明白了他不會放棄她，也不是因為她確信自己會勝利——這輕鬆來自她確定他將會始終如一的信念。

「我不知道我是否會回去，」她說話的樣子很清醒，但聲音卻帶著狂喜後餘下的顫抖，「很抱歉，我現在還是無法做出決定。我能確定的只有一件事：那就是我不會害怕去做決定。」

法蘭西斯可沒把她臉上突然煥發出的光彩太當回事，但高爾特心裡明白；他看著她，眼神裡半是有趣，半是嘲諷的責怪。

直到只剩下他們兩人走在到谷裡的山路上，他才再次開口。他又看了她一眼，眼中又增加了幾分感覺到有趣的意味：「你難道非要考考我會不會墮落到為別人犧牲的地步嗎？」

她沒有回答，只是坦然而不加分辨地看著他，算是承認。

他啞然一笑，把頭轉開，又走了幾步後，用背誦一樣的口氣慢慢說道：「誰都不能以任何自欺欺人的方式待在這裡。」

她一邊走在他的身旁，一邊想著，她感受到的輕鬆一部分是對比後產生的震撼：她已經在猛然之間非常生動而清晰地看到了，他們三人一旦在相互間做出犧牲就會產生什麼後果。高爾特為了他的朋友而放棄他想要的女人，故意不去正視他最刻骨的感情和他們在一起的生活，對於這會讓他和她付出的代價置之不理，並讓他今後拖殘守缺，遺憾終生——她則從退而次之的選擇裡尋求安慰，假裝去愛她並不愛的人，她之所以願意假裝，是因為這樣的自我欺騙才會讓高爾特做出自我犧牲，然後她在絕望中了卻此生，借助某些無聊的激情時刻，去慰藉那不癒的傷口，同時去相信愛情的無力，以及這世界上根本就不存在的幸福——法蘭西斯可的生命被他最親近和最信任的兩個人所欺騙，他掙扎在一個虛假的現實的迷霧裡，拚命地撈取他幸福中沒有的東西，在走上用脆弱的謊言編織的斷頭台後，終於發現她愛的不是他，他只是個可恨的、被用來憐憫和支撐他人的替代品，他發現他的清晰的觀察力變得危險，只有向渾噩的愚蠢低頭，才能保住他虛幻中的快樂，他一邊掙扎一邊放棄，重又淪落到了人是無法實現理想的陳腔濫調之中——他們這三個本來是前程遠大的人，只落得受難的廢船一樣的下場，絕望地哀嘆著生活就是挫折——是無法將夢想化為現實的挫折。

但這些——她想到——是在外面世界的人的道德準則，這準則告訴他們要依靠彼此的弱點、謊言和愚蠢來做事，在一個充滿假意和不去承認的迷霧裡的掙扎，不相信事實才最可靠並能夠決定一切，在一種否認所有現實的狀態中，人們毫不真實，毫無人樣，跌跌撞撞地未有生命便結束了一生，這就是他們的生活模式。在這裡——她透過綠油油的樹叢，望著山谷裡泛著光的屋頂，心想——與她打交道的人們像陽光和岩石一般地清澈而實在，她心中感到暢快而輕鬆，因為她知道在這個不存在陰沉不定、不存在醜陋藉口的地方，沒有什麼奮鬥會再充滿艱難，沒有什麼決心會是危險的。

「塔格特小姐，你有沒想過，」高爾特的口氣雖然像是很隨意，卻似乎已經知道了她的想法，「假如人們對可能的想法中的不合理，和實用的想法中的缺陷不予考慮——他們無論是在做事、做生意，還是在他們最私人的感情方面，就都不會有利益上的衝突？假如人們明白現實是一種無法偽造的客觀存在，明白謊言站不住腳，明白只有付出才能擁有，否則就不配得到，明白即使毀掉一種有價值的東西，也不能讓一文不值的東西就因此有了價值——就不存在衝突，沒有犧牲的必要，人們就不會是彼此的威脅。商人去扼殺比他能幹的競爭對手來贏得市場，雇員企圖去霸占雇主的利益，藝術家對別人的才華嫉恨在心——他們都是在抹殺事實，而把毀滅當成了實現他們願望的唯一手段。如果他們這麼做了，他們不會得到他們想要的市場、財富和不朽的英名——只會毀掉生產，毀掉工作、毀掉藝術。無論被犧牲的受害者是否願意，對非理性的願望都不應該實現。但只要不斷地對人灌輸自我毀滅和自我犧牲才是實現幸福的有效方式，被灌輸的人就總會止不住地想著，總是丟不掉自我毀滅的念頭。」

他看了她一眼，緩緩地又補充了一句，平淡的聲音裡只是多了一分強調的語氣：「我能夠爭取或毀掉的只是我自己的幸福，對於他和我，你應該有更多的尊重，而不是那麼害怕。」

她沒有出聲，心裡充實得似乎再多說一個字都會溢出來。面對著他，她那親近熟悉的臉色裡完全不再有抵抗，宛如小孩子一般的淳樸，雖然是在認錯，但卻煥發著快樂的光彩。

他開心而理解地笑了，彷彿他們是分享一切的夥伴，彷彿他理解了她的感受。

他們沒有說話，繼續走著，她簡直覺得這個夏日便是她從未有過的年少無憂的時光，只是兩個享受著自由和陽光的人在鄉間漫步，沒有了任何負擔。她心頭的明朗和下坡時的輕飄感覺融為了一體，似乎她走路時可以不費吹灰之力，只要小心別飛起來。她一邊走，一邊後仰著身體，儘量克服著下拉的衝力，她的裙子在風中飄蕩，彷彿是一面為她擋風減速的船帆。

他們在山腳下的小路盡頭分了手；他約好了要去見穆利根，而她則只是一心一意地要去哈蒙德的市場買晚上吃的東西。

他的妻子──她心中在想，有意讓自己聽到阿克斯頓博士沒有說出口的那個詞。她早就有感覺，但卻從沒有說出來──在過去的三星期，她只差一點就可以稱得上是他的妻子了，這最後的一點還是要爭取，但眼前已有的這些已經是實實在在的。現在，她可以告訴自己，讓自己去體會，並帶著這個念頭度過這一天。

哈蒙德將她要買的東西放在乾淨的櫃台上，在她眼裡，這些東西從沒像現在這樣光彩奪目──她太過專注，心思充盈得連身邊發生的某種令人不安的事情都未曾注意。當她發現哈蒙德停下手裡的工作，皺眉盯著店外的天空看時，才察覺出來。

隨後他說了一句：「我看是有人又在做你的驚險表演了。」她意識到這是頭頂上空飛機傳來的聲音，這聲音已經響了好一陣子。按道理，這個月不應該在山谷裡聽到飛機的聲音。

他們跑到了街上。小小的銀色十字狀的飛機像一個閃亮的蜻蜓，機翼從山頭掠過，正在環繞著峽谷上方的群山上空盤旋。

「他在幹什麼？」哈蒙德說道。

街上的店鋪門口站了些人，大家都仰頭望著天上。

「是……是在等什麼人來嗎？」她問道，同時對自己聲音中的焦慮感到吃驚。

「不是，」哈蒙德說，「該到這裡的人都已經來了。」聽起來他並不擔心，只是隱約地感到好奇。

此時，飛機已經變成了小長條，看起來像一根銀白色的香菸，在半山腰處劃出長長的軌跡：它已經降低了高度。

「看起來像是一架私人的單翼機，」哈蒙德在陽光下瞇起眼睛說道，「不是軍用飛機。」

「放射光幕沒問題嗎？」她的語氣裡充滿了對來者的厭惡和戒備，緊張地問。

他一笑：「沒問題嗎？」

「他會不會看見我們？」

「這個光幕比地洞還保險，塔格特小姐，你應該清楚呀。」

飛機升高了，像是隨風飄起的紙屑，一度變成了一個小亮點——它猶豫似的徘徊了一陣，然後再一次盤旋，俯衝了下來。

「他究竟是在找什麼？」哈蒙德說。

她的眼睛盯住了他的臉。

「他在找東西，」哈蒙德說，「找什麼呢？」

「這裡有沒有望遠鏡？」

「當然有——在機場，不過——」他正要問她的聲音怎麼一下子變了——她卻已穿過馬路，向機場飛奔而去。她甚至不知道自己是在跑，也顧不上，不敢去問自己為何會如此。

她在控制塔的一架小望遠鏡前找到了桑德斯；他正一臉不解地皺著眉，全神貫注地監視著那架飛機。

「讓我看看！」她大聲叫道。

她抓過金屬筒，把眼睛貼近鏡片，用手慢慢地扶著鏡筒追蹤著飛機——接著，他發現她的手停住了，但她的手指並未放鬆，身體還是俯在望遠鏡前，臉依舊緊緊地壓住目鏡，直到他走近些才發現，她的額頭抵在了目鏡上面。

「怎麼了，塔格特小姐？」

她緩緩地抬起頭來。

「是不是你認識的人，塔格特小姐？」

她沒有回答。她匆忙轉身離開，腳步凌亂，完全失去了方向——她不敢跑，但她必須逃走，必須躲起來，她不清楚自己是怕被身旁的人還是被上面的飛機看見——飛機的銀翼上顯示的是專屬於漢克．里爾登的號碼。

直到被一塊石頭絆倒，她才意識到自己是在奔跑，於是停了下來。她正站在俯瞰著機場的峭壁間的一座山崖之上，這裡避開了鎮上的視線，只有面對的一方天空。她用雙手在石壁上摸索著支撐，站了起來，手掌感覺出石頭在陽光下的灼熱——她背靠著石壁站定，身體再也不能挪動，視線再也不能從飛機上移開。

飛機在慢慢地、忽上忽下地兜圈子，他是在掙扎——她心裡想——這就同她當初掙扎著在一片山峰和亂石中去辨認墜機的地點一樣，這片地方實在是模糊得讓人難以捉摸，根本不可能一下子看清楚後就離開或仔細勘察。他一直在尋找她飛機失事後的殘骸，始終沒有放棄。無論這三個星期他付出了多少代價，無論他有什麼樣的感覺，發動機沉穩、堅定和呆板的嗡鳴聲，始終伴隨著他這架單薄的飛機跨越著這條山脈裡的每一處危險的角落，這便是他向世人和自己做出的唯一回答。

透過夏日清亮的空氣，飛機顯得格外的接近，她能看見它在危險氣流中顛簸搖晃著，不時被強風吹得歪向一邊。她看得出，他對眼前如此清晰的景象竟然不可思議地視而不見。在他的下面，整條山谷都沐浴在陽光之下，玻璃窗和綠草坪彷彿在熾烈地燃燒著，高聲地喊叫著想要被看見——能夠結束他的痛苦尋找、讓他喜出望外的不是她的飛機殘骸和她的屍體，而是她活生生的出現以及他的自由——他正在尋找、一直在尋找的一切，此刻就展現在他的面前，正敞開胸懷等待著他，只要從清澈的空氣中一頭降落下來，便是他的了——不須他做任何事，只要他能看見。「漢克！」她不顧一切地揮著手，尖叫起來，「漢克！」

她靠回石頭上，明白她的努力無濟於事。她無力使他看見，除非他自己能夠想到和看見，世上沒有任何力量可以穿透這層光幕。突然之間，她第一次感覺到這層光幕並非無形無影，而是這個世界上最冷酷決絕的屏障。

她疲憊地靠在石頭上，一聲不響，聽天由命地看著飛機無望地兜圈子，聽著它的發動機倔強地發出令她無法回應的求救聲。飛機猛地向下一衝，但那只不過是它振翅高飛的前奏而已，它迅疾在群山之間飛了個對角，向遠空飛去。隨即，它像是沉進無邊無際的湖水一般，漸漸地沉沒，從視線中隱去了。

她懷著酸澀的同情，想到他有這麼多的東西沒看見。那我呢？她想。假如她離開山谷，這光幕一樣會對她緊緊地關閉，亞特蘭提斯就會沉陷在一座比海底更難到達的射線織成的穹蓋之下。她也會苦苦地摸索著她原先並不知道如何去認識的東西，也會為了一個蠻荒原始的海市蜃樓去爭鬥，而她夢想的這一切真實就會遙不可及，永遠不再回來。

但外部世界的那股曾吸引她去跟蹤飛機的力量，並不是里爾登——她明白，即使她回到那個世界，也不可能再回到他的身邊——吸引她的是里爾登的勇氣，以及那些仍然在為生存而奮鬥的人們的勇氣。正像他不會放棄他的工廠，只要有一線機會就不放棄他選定的目標那樣，在其他人都絕望時，他也不會放棄尋找她的飛機。她能不能肯定塔格特公司在這個世界上已毫無生機了呢？她能不能肯定這場戰鬥已經讓她對勝負都無所謂了呢？亞特蘭提斯的人們是對的，如果他們知道自己的身後已毫無價值，他們的隱退就是對的——但除非她親眼看到她已用盡了所有的機會，拚盡了所有的氣力，她沒有權利去和他們為伍。這個問題折磨了她好幾個星期，卻始終毫無頭緒。

那天晚上，她靜靜地躺著，徹夜不眠——像一個工程師那樣，像里爾登那樣——不計得失，不帶感情因素，腦子裡如同數學計算般地進行著冷靜而精確的思考。她在一個漆黑無聲的房間內體會著他在飛機裡的巨大痛苦，卻找不出答案。藉著星光，她看著牆上一片片模糊的字跡，卻發現他們在黑暗中尋求到的幫助，對她全然不起作用。

$

「走還是留，塔格特小姐？」

在微暗的暮色中，她望著正在穆利根客廳裡的這四個人：高爾特的臉上是一副科學家式的嚴肅、客觀的認真——法蘭西斯可的臉上只掛著一絲淡淡的笑意，卻看不出這笑容會與任何一個回答有關——阿克斯頓的神態真誠而慈祥——而發問的穆利根，聲音裡沒有絲毫的敵意。在這個日落時分，距此兩千多英里以外的紐約，高懸在屋頂上空的日曆正在燈光下顯示著：六月二十八日——她似乎突然看見了那幅日曆，它似乎就懸掛在這幾個人的頭頂之上。

「我還有一天時間，」她穩穩說道，「能不能再讓我考慮一天？我想我的決定已經出來了，但還無法徹底肯定，我想盡我所能地把它想清楚。」

「當然，」穆利根說，「其實你可以一直到後天早晨再決定，我們可以等。」

「就算過了那個時候，我們也還會等，」阿克斯頓說，「哪怕你可能會不在這裡。」

她站在窗前，面對著他們，此時她對自己的表現還算滿意。她昂首挺立，手沒有發抖，聲音沉穩，聽來不像他們那樣帶著怨氣和惋惜——這讓她覺得自己像是他們之中的一員。

「如果你拿不定主意的原因，」高爾特說，「是感情和理智產生了矛盾——那麼就聽從你的理智吧。」

「你要考慮的不是我們如何相信自己，」阿克斯頓說，「而是我們為什麼會相信自己。如果你還是說服不了自己，就不要去想我們是多麼的自信。別讓我們的判斷影響你。」

「別指望我們會知道你今後最好的出路在哪裡，」穆利根說，「我們不知道，如果你還看不清，那就不是最佳選擇。」

「不要顧及我們的利益和希望，」法蘭西斯可說，「你只對你自己負責。」

她露出了笑容，這笑容既不傷感也不快活，她心想，這樣的忠告是她在外面的那個世界裡所聽不到的。同時，她知道他們是多想幫她，卻又愛莫能助，她覺得她應該讓他們放下心來。

「我是自己闖進來的，」她平靜地說，「就應該承擔這個後果，我正在承擔著它。」

作為對她的嘉許，高爾特的臉上露出了笑容：這笑容如同是一枚授予她的勳章。

她把目光移開，突然想起了彗星特快上的那個流浪漢，傑夫．艾倫，她曾經欽佩過他為了不讓她過於擔心，而努力地向她表白自己知道應該去哪裡。她淡淡地一笑，覺得自己對兩種處境都有了體會，並且知道沒有比把自己選擇的重任拋給別人更下流和沒用的舉動了。她感到了一種特別的寧靜，簡直像是氣定神閒地休眠一般；她清楚那是一種緊張，但卻是清澈明朗之下的緊張。她發覺自己正在想著：她能處變不驚，是可以信賴的——然後意識到她想的就是她自己。

「那就等到後天再去想這件事吧，塔格特小姐，」穆利根說道，「今晚你可還是在這裡呢。」

「謝謝你。」她說。

在他們接著談論起山谷裡的事情時，她依然待在窗旁不動；這是他們月末的總結會。他們剛剛吃完晚飯——她想起了一個月前她在這座房子裡吃的第一頓晚餐；她身上是一套那時曾穿著的辦公室的灰色套裝，而不是那件適合在好天氣裡穿出來的農家布裙。今晚我還在這裡，她心裡想著，兩隻手便不覺用力地按在了窗台上。

太陽還未從山邊隱退，然而天空已經混在看不見的藍色雲霧之中，現出均勻的一層深邃而迷惑人的透亮的藍色，遮擋著陽光；只有雲層的邊緣才被烈焰勾勒出一線薄薄的金邊，看起來猶如是霓虹燈管織成的一張旋轉閃亮的網，她想……這多像一張蜿蜒的江河圖……就像……就像是畫在天上那白熾的火光裡的鐵路圖。

她聽到穆利根在向高爾特說著不會回到外面世界的人的名字。「他們每個人都有工作要做，」穆利根說，「其實，今年只有十到十二個人要回去——主要是把事情料理乾淨，變賣家產，然後徹底回到這裡。我看這是我們最後的一個月休假，因為不出一年，我們就會都住在這個山谷裡了。」

「很好。」高爾特說。

「從外面的形勢來看，我們必須如此。」

「是的。」

「法蘭西斯可，」穆利根說，「你再過幾個月就回來嗎？」

「最晚十一月，」法蘭西斯可說，「我準備好回來的時候，會發短波消息給你——到時你能不能把我家裡的暖爐打開？」

「我會的，」阿克斯頓說，「而且會在你到達的時候準備好晚飯。」

「約翰，」穆利根說，「我相信你這次不會再回紐約了。」

高爾特看了他好一會兒，然後淡淡地回答說：「我還沒決定。」

她發現法蘭西斯可和穆利根頓時大吃一驚，一起瞪著他——而阿克斯頓則慢慢地將目光移到了他的臉上；阿克斯頓似乎並不覺得驚訝。

「你不會想再回到那個地獄裡待上一年吧？」穆利根說。

「我正是這麼想的。」

「可——上帝呀，約翰！為什麼呢？」

「我一旦決定之後再告訴你。」

「可那裡已經沒有需要你去做的事情了。我們知道的和能知道的人都已經來了。除了漢克．里爾登，名單上的人都齊了——而且我們今年年底之前就會解決他——還有塔格特小姐，如果她非要這樣的話。就是這些，你的工作已經完成了。外面已經沒什麼可再去找的了——有的只是世界最後崩潰時給他們帶來的滅頂之災。」

「我知道。」

「約翰，我可不希望你的腦袋到時候會在那裡。」

「你從來都用不著替我擔心。」

「可你意識到他們已經到什麼地步了嗎？他們現在離地獄的災難只差一步，他們已經邁出了這一步，現在早已成為事實了！他們過不了多久就會看到他們釀造的現實在自己的臉上炸得粉碎——這是一場純粹的、公開的、不分青紅皂白的、肆意而血腥的災難，它充滿了殺氣，會隨意波及任何一個人，任何一件事。我可不願意看到你捲在裡面。」

「我能照顧好我自己。」

「約翰，你沒有必要去冒風險。」法蘭西斯可說。

「什麼風險？」

「掠奪者對那些失蹤的人感到坐立不安，他們正在起疑心。在所有人當中，再也不該待在那裡的就是你。他們總會有發現你的機會。」

「是有這種機會，不過不多。」

「可不管怎麼說，都沒有冒險的道理。剩下的事情，沒有什麼是我和拉格納收拾不了的。」

阿克斯頓往椅子裡一靠，靜靜地瞧著他們；他那專注的神情既不像痛楚，也不太像是在笑，如同一個人在觀望著一件令他感興趣的事情一樣——不斷發展著，卻總是與他的眼光所及落後了幾步。

「如果我回來的話，」高爾特說，「不會是因為我們的工作，而是因為我贏得了我自己畢生想得到的唯一一樣東西。我對這個世界一無所求，但它還握著一樣屬於我的東西，我不會讓它繼續擁有。不，我不是打算違背我的誓言，我不會跟掠奪者打任何交道，對於外面的人來說，無論是掠奪者還是中立的人，甚至破壞罷工者，我都沒有任何價值和用處。我一旦要去，就純粹是為了我自己——而且我不認為是在冒生命危險，可即便是那樣——那好，我現在也可以去冒這個險了。」

他並沒有看著她，但她卻不得不轉過頭去，將身子緊緊地靠在窗框上，因為她的手在顫抖。

「可是，約翰！」穆利根朝著山谷一揮手臂，喊了起來，「假如你有什麼意外的話，我們該——」他猛然愧疚地止住了話。

高爾特輕笑道：「你想說什麼？」穆利根不好意思地一擺手，表示作罷，「你是不是想說如果我有什麼不測，就會死得很慘？」

「好啦，」穆利根內疚地說道，「我不會那麼說。我不會說缺了你我們就不能堅持下去這種話——因為我們能。我不會求你看在我們的分上而留在這裡——這麼噁心的哀求我連想都沒想過，但是，我說！這誘惑力實在太大，我幾乎能明白人為什麼會這麼去做了。我知道，不管你想要的是什麼，如果你情願拿性命去冒險，那就沒什麼好說的了——可我就是在想……哦，上帝呀，約翰，這樣的生命是多麼寶貴呵！」

高爾特笑了：「這我明白，所以我不認為我是在冒險——我覺得我會成功的。」

法蘭西斯可此時沉默了下來，他凝神盯著高爾特，不解地皺起了眉頭，那樣子不像是找到了答案，倒像是突然發現了一個問題。

「這樣吧，約翰，」穆利根說，「既然你還沒決定要走——你還沒決定，對吧？」

「還沒有。」

「既然還沒有，能不能讓我提醒你幾件事，僅僅是供你考慮？」

「說吧。」

「我擔心的是偶然的危險——是正在崩潰的世界上會出現的意識不到的、難以預料的危險。想想，精密複雜的機器落在盲目無知的傻瓜和嚇得發瘋的膽小鬼手上，會發生什麼樣的危險。你就想想他們的鐵路吧——每當你踏上列車，就會冒著像溫斯頓隧道那樣恐怖的危險——更多類似那樣的事故會越來越頻繁地發生，最後會變成每天都有一起重大的事故。」

「我明白。」

「同樣的情況在所有用到機器設備的行業裡都會出現——就是那些他們認為可以替代我們頭腦的機器。飛機失事、油罐爆炸、高爐洩漏、高壓線路放電、地鐵陷落、高架橋倒塌——他們會目睹這一切。正是那些保障著他們生命的機器，現在會造成持續不斷的危險。」

「我明白。」

「我知道你明白，可你仔細想過沒有？你有沒有允許自己把這一切形象化？在你決定是否有什麼值得你進入裡面之前，我希望你真切地看到你自己打算進入的那個畫面。你知道城市受到的打擊將是最慘重的。城市是靠鐵路建起來的，也將隨著鐵路一起滅亡。」

「對。」

「鐵路一旦癱瘓，紐約城兩天之後就會面臨飢荒，它儲備的食物只有那麼多，靠的是三千英里長的大陸供給線。他們怎麼把食品運到紐約？靠命令和牛車嗎？但在這發生之前，他們首先會嘗夠痛苦的滋味——要經歷萎縮、短缺、飢餓、暴亂，以及慢慢死寂過程中的驚慌潰散。」

「他們會這樣。」

「他們會先失去飛機，隨後就是汽車和卡車，接著便是他們的馬車了。」

「他們會的。」

「他們的工廠會停下來，隨後就是他們的暖爐和收音機，接著報廢的就是他們的照明系統。」

「不錯。」

「維繫這塊土地的只是一根快要被磨斷的細繩。火車將會是一天一趟，然後就是一星期一趟——接著塔格特大橋就會倒塌，而——」

「不，它不會倒！」

這是她的聲音，他們全都轉向了她。她的臉色煞白，卻比上一次回答他們時更加鎮靜。

高爾特慢慢地站了起來，如同接受判決一般地低下了頭，「你已經做出了自己的決定。」他說。

「是的。」

「達格妮，」阿克斯頓說，「我很抱歉，」他盡力把聲音控制得平和，似乎每句話說出來都很艱難，甚至無法打破屋子裡的寂靜。「我但願不會看到它發生，就算再怎麼樣，我也不想看見你是由於膽怯才待在這裡。」

她將手心張開，雙臂坦率地在身體兩旁一攤，神態安詳地對他們說：「我希望你們能明白一點：我一直盼著自己能再過一個月就死，這樣我就可以在山谷裡度過這段時間，我想留下來都想到了這種程度。但是，只要我選擇活下去，就不能放棄我認為自己責無旁貸的戰鬥。」

「當然，」穆利根敬重地說，「只要你還是這樣認為的話。」

「如果你們想知道是什麼讓我回去的話，我就告訴你們：我無法讓自己把世界上偉大的一切扔到一邊，任其毀滅，它們屬於我，屬於你們，是我們的成果，依然歸我們所有──因為我不相信當真理站在我們這邊，人們必須要承認這一點才能得以生存的時候，他們還會拒絕認清現實，還會永遠對我們裝聾作啞。他們還是愛著他們的生命──這是殘存在他們頭腦裡的最後一點還沒有腐爛的東西。只要人們還想活著，我就不能放棄我的鬥爭。」

「是嗎？」阿克斯頓輕聲問道，「他們還想嗎？不，不要現在回答我，我知道，答案對於我們每一個人都是很難理解和接受的。你就帶著這個問題回去，把它當成是你要驗證的最後一個前提吧。」

「你是作為我們的朋友離開的，」穆利根說道，「你要做的每件事情，我們都會針鋒相對，因為我們知道你是錯的，但我們針對的不是你。」

「你會回來的，」阿克斯頓說，「因為你的錯誤是認知上的，不是品質敗壞，它不是向邪惡低頭，而是最後一次被你自己的良心所累。我們會等著你──達格妮，等你回來的時候，就會發現在你所有的願望中，從來就沒有任何矛盾，也沒有像你一直如此堅強地承受著的那種可悲的價值觀的衝突。」

「謝謝你。」她說著閉上了眼睛。

「我們必須說說你離開這裡的條件，」高爾特開口道；他講話時，儼然一副冷面無情的總裁的模樣。「首先，你必須向我們保證，無論出於什麼目的，你都不能在任何時間、向外界的任何人透露有關這裡的任何機密──也不能洩露我們的目的和現狀，以及這個山谷和你過去一個月的行蹤。」

「我向你們保證。」

「其次，你絕不能再企圖來尋找這個山谷。在沒有被邀請的情況下，你不能再來這裡。如果你違反了第一個條件，我們還不會有太大的麻煩。如果你違犯了第二條──就會有危險。我們從來就不相信其他人善意的願望，或者是一個無法確定會實現的承諾，也不能指望你會為了我們而犧牲你的利益。既然你相信你的道路是正確的，也許有那麼一天你會覺得應該把我們的敵人帶到山谷來。因此，我們不會讓你有這種可能。你會被蒙著眼睛，乘飛機離開山谷，然後飛行很遠的距離，使你無法找回原路。」

她低下頭：「你這樣做是對的。」

「你的飛機已經修好。你想不想用你在穆利根銀行的戶頭開一張支票把它取回？」

「不。」

「既然這樣，在你決定付款領取前，我們就先保留著這架飛機。後天，我用我的飛機帶你出谷，然後把你放在一個可以找到車站的地方。」

她低著頭說：「很好。」

離開麥達斯家的時候，天已經暗了下來。通往高爾特家的山路要穿過山谷，路過法蘭西斯可的木屋，於是他們三人一起步行回家。在黑暗之中，她可以望見幾處亮燈的窗戶，初降的夜霧在窗前徐徐繚繞，彷彿是遠處的大海的陰影。他們在沉默中走著，但他們的腳步聲會合成了整齊而穩健的節奏，像是一席只能如此領會，而其他任何形式都無法表達的演講。

過了一陣，法蘭西斯可開口說：「這什麼都改變不了，只是延長了些時間而已，最後一段路總是最艱難的——但畢竟是最後了。」

「但願如此，」她說。過了會兒，她輕輕地重複起來，「最後的是最艱難的。」她轉頭看著高爾特，「我能提個要求嗎？」

「可以。」

「能不能讓我明天就走？」

「如果你想的話。」

當法蘭西斯可過了一陣子再開口時，似乎便是針對了她心中那個莫名的迷惑；他的聲音像是在回答著一個問題：「達格妮，我們三個都是在愛著」——她的頭一下子朝他轉了過去——「同一樣東西，儘管它的體現形式不同。不要奇怪為什麼在我們中間你感覺不到裂痕，只要你繼續愛著你的鐵軌和火車，你就會是我們之中的一員——不論你迷失過多少回，它們都會帶你回到我們中間。只有沒有激情的人，才永遠無法被救贖。」

「謝謝你。」她輕聲說。

「謝什麼？」

「是……是因為你說話的聲音。」

「我的聲音是什麼樣的？你倒是說說，達格妮。」

「你聽起來……像是很幸福。」

「的確如此——和你一模一樣。不用告訴我你有什麼感覺，我懂。可是你看，正是衡量你幸福的尺度同時在衡量著你能夠承受的苦難。我受不了的就是看見你無動於衷的樣子。」

她默默地點了點頭，雖然說不出她的感受裡有什麼能算得上是喜悅，但還是覺得他的話有道理。

一團團霧氣濃煙般地飄過月亮的表面，在瀰漫的亮光之下，走在他們之間的她還是看不清他們臉上的神情：能夠感覺出來的只是他倆身體的筆直的側影、他們持續不斷的腳步聲，以及她想要一直這樣走下去的願望。她難以確定這是一種什麼樣的感受，只知道它既不是疑慮，也不是苦楚。

他們走到木屋的時候，法蘭西斯可停了下來，他舉起手，像是擁抱他們倆一般地指了指房門：「既然這是我們下次見面前的最後一個晚上了，要不要進來？為我們三個都確定的未來喝一杯吧。」

「好嗎？」她問。

高爾特說：「好的。」

她借助法蘭西斯可按亮的燈光向他們的臉上看去，卻說不出他們的表情。他們完全不是幸福或者興高采烈的樣子，繃緊的臉上神色莊重，但她覺得那嚴肅下面蘊含著激情。心中這樣一想，再加上感覺到自己心中異常的火熱，她便知道此時自己也是帶了一副同樣的神色了。

法蘭西斯可正要從櫃子裡取出三隻酒杯，但似乎突然想到了什麼，便停住手。他在桌子上放了一隻玻璃杯，然後在它旁邊擺上了兩隻塞巴斯蒂安．德安孔尼亞用過的銀質酒杯。

「你打算直接回紐約嗎，達格妮？」他拿出了一瓶陳年的葡萄酒，帶著主人的那種平靜而鬆弛的口氣問道。

「對。」她的回答也是同樣的平靜。

「我後天要飛布宜諾斯艾利斯，」他一邊打開酒瓶塞，一邊說著，「我還不確定是否隨後要去紐約，不過我一旦去了，又見到你的話，恐怕就會有危險。」

「這我不會擔心，」她說，「除非你覺得我再也沒有資格見你。」

「的確如此，達格妮，在紐約不能和你見面。」

他倒著酒，抬眼看了看高爾特：「約翰，你什麼時候能決定到底是回去還是留下？」

高爾特看著他，用完全清楚後果的語氣，一字一句地說道：「法蘭西斯可，我已經決定要回去了。」

法蘭西斯可的手定在那裡，眼前似乎只剩下高爾特的這張面孔。接著，他的目光移到了她的身上。他放下酒瓶，腳下雖然沒動，目光卻像是後退了幾步，把他們倆一起放進了他的視野。

「原來如此。」他說。

他看起來似乎已經走得更遠，此刻正在回望著他們往昔的歲月；他的說話聲聽起來一如他的視野一般平淡而坦蕩。

「我十二年前就知道這會發生，」他說道，「當時你還不知道，但你總會意識到，這一點我早該看出來。在你把我們叫到紐約去的那天晚上，我把它當做是」——他對高爾特說這番話的同時，眼睛卻轉向了達格妮——「是你追求的一切……是你要我們與之同生共死的一切。我應該看出你也會這麼想，事情也只能如此，正如它一直以來是、並且應該是的那樣。十二年以前就已經決定了今天的這一切。」他看著高爾特，啞然一笑，「你還說是我承受了最慘重的打擊？」

他倏地轉過身去——接著，又似乎故意地慢慢將桌子上的三個杯子裡倒上了酒。他端起兩隻銀杯，低下頭端詳了它們片刻，然後把一隻遞給了達格妮，另一隻遞給了高爾特。

「拿著，」他說，「這是你們該得的——而且這可不是憑運氣。」

高爾特從他的手裡接過了酒杯，但這種接受看起來好像是他們四目相對的眼神所為。

「只要能不讓事情發展到這一步，我願意付出任何代價，」高爾特說，「但這已經超出了付出的範疇。」

她手握酒杯，看著法蘭西斯可，並且讓他看出她的眼睛正瞄著高爾特，「好吧，」她的口氣像是在回答，「但我還沒有資格——我現在正在償還你付出的代價，而且不知道我還能不能贖回，不過，如果地獄般的苦難便是它的代價和衡量的尺碼，那我就是我們三人中最貪得無厭的。」

他們喝酒時，她站在那裡，閉上眼睛感覺著液體在喉嚨裡的流動，她知道，對他們三個來說，眼前便是他們有生以來最受折磨——也是最歡欣的時刻。

在最後這段通往高爾特家的山路上，她沒有和他說話。她甚至不敢轉頭看他，覺得哪怕看一眼都太危險了。在沉默中，她既感覺到完全理解後的安定，也感覺到不能將他們心照不宣的東西說出來的沉重。

但當他們走進他的客廳後，她充滿信心地面對了他，彷彿一下子變得很確定——確定自己不會崩潰，並且可以放心地說了。她不卑不亢，像是在敘述著一件事實那樣地說：「你是因為我才想要回到外面去。」

「對。」

「我不想讓你去。」

「這由不得你。」

「你是為了我才去的。」

「不，是為我自己。」

「你允許我在那裡見你嗎？」

「不行。」

「我不會見到你嗎？」

「不會。」

「我不能知道你在哪裡，在做什麼嗎？」

「不能。」

「你還會像從前那樣監視我？」

「只會比從前更密切。」

「你是為了保護我嗎？」

「不是。」

「那麼，是為了什麼？」

「是為了當天就能知道你做出了加入我們的決定。」

她盯著他，神情專注得看不出半點其他的反應，似乎還沒完全瞭解。

「到時，我們所有人都會銷聲匿跡，」他解釋道，「因為留在外面實在是很危險。在山谷徹底對外界封閉之前，我可以做你的最後一把開門鑰匙。」

「啊！」她不禁失聲驚叫道，接著又馬上裝得若無其事地問，「假如我告訴你，我最後決定絕不加入你們呢？」

「那就是謊話。」

「如果無論以後怎樣，我現在就做了最後的決定，並且永不更改呢？」

「你是說不管將來看到什麼，不管你會產生什麼想法？」

「對。」

「那就比說謊還要糟糕。」

「你肯定我的決定是錯誤的嗎？」

「是的。」

「你相不相信人必須為自己的錯誤負責？」

「相信。」

「那你為什麼不允許我承擔自己的後果？」

「我允許，而且你也會承擔的。」

「如果當我發現自己想要返回山谷的時候，早就為時已晚了，你為什麼還要冒風險為我留著入口？」

「我不必非要如此，這麼做只是因為我有私心。」

「是什麼私心？」

「我希望你在這裡。」

她閉上雙眼，低下頭，只好坦率地認輸了──無論是這番對話，還是對即將離開的這一切保持平靜的努力，她都失敗了。

接著，她抬起頭看著他，似乎汲取了他的坦誠。她知道，她內心的掙扎、渴望和鎮靜，已經在自己的目光裡一覽無遺。

他的面孔正如她第一次在陽光下看到的那樣，帶著冷酷的沉靜和毫不閃躲的犀利，沒有一絲痛苦、恐懼和內疚。她感覺到，假如一直這樣站著去凝視他墨綠色眼睛上方的筆直的眉毛，看著他嘴角旁彎彎的深影，看著在他敞開的襯衫領口下鋼鐵鑄打般的肌膚和屹立不動的雙腿，她就會願意將此時此地當成自己的一生。她隨即想到，如果她的這個願望得以實現，思考就不再有任何意義，因為她已經徹底不會思考了。

接著，她感到自己又一次像是真切地回到了她紐約城裡的房間內，而不僅僅是回想，她彷彿正站在窗前，望著迷霧籠罩的城市，望著可望不可即的亞特蘭提斯漸漸沉沒和消失──她知道，此時自己看到的便是對那一時刻的回答。她感覺到的並不是自己曾經對那座城市說過的話，而是那言語未曾表達出的情感：你就是我一直深愛著，但卻從未找到的，你就是我盼望在天邊的鐵軌盡頭所看到的——

她放聲說道：「我希望知道，我生活中唯一堅信的就是：世界是按照我的最好設想，由我去塑造的，無論奮鬥是怎樣的漫長和艱難，都永遠不能降低標準」——你的存在我總能在城裡的大街小巷中感覺得到，一個聲音在她沉默的內心之中同時在說著，你的那個世界正是我想建成的——「現在，我知道了自己是在為這個山谷而戰」——對你的愛便是我的動力——「我知道這個山谷會是我今後的目標，它沒有任何東西可以取代，也不能在愚蠢的邪惡面前被捨棄」——我希望帶著對你的愛和得到你的渴望，在面對你的那一天，希望可以配得上你——「我要回去為這個山谷奮鬥——把它從地下解放出來，讓它重新獲得它應有的整個世界，讓你能夠像你精神上做到的那樣，真正去擁有這個世界——然後，在我把整個世界交給你的那一天，再和你見面——而我一旦失敗，就會終生被流放在山谷之外。」——但我的餘生仍將屬於你，儘管我永遠都不能說出你的名字，但我仍將以你的名義，仍將忠實於你，就算我永遠都不會成功，我還是會繼續下去，讓自己在和你見面的那一天能夠配得上你，哪怕這將不可能——「我要為之奮鬥，即使不得不和你作對，即使你罵我是叛徒……即使我永遠都再見不到你。」

他一動不動地站著，聆聽的過程中神情沒有絲毫變化，只是他看著她的眼睛，似乎聽見了她沒有說出的每一句話。他帶著同樣的神情回答，似乎它是帶了某種未被毀壞的電路一般，他的聲音中有了一些她的語調，彷彿表示他們有著共同的想法，除去字句間的空隙，他的聲音裡聽不出絲毫情緒：

「如果你像人們那樣，追求不到看來能夠實現，卻遙不可及的願望——如果你像他們那樣，認為人的最高追求是永遠無法得到的，人的最宏偉的理想是永遠無法實現的——那麼不要像他們那樣去詛咒這個世界，不要咒罵現實。你已經目睹他們尋找過的亞特蘭提斯，它就在這裡存在著——但人必須拋開自古以來的謊言的遮羞布，獨自赤裸著，帶著最純淨的思想走進來——更難得的不是一顆清白的心，而是永不妥協的思想，那才是一個人唯一的財富和關鍵所在。在你瞭解並不一定非要說服和統治世界這個道理之前，你是進不來的。等明白了這個道理，你就會看出在你這麼多年的奮鬥中，其實沒有任何東西把你攔在亞特蘭提斯外面，除了你自己願意之外，沒有任何鎖鍊能禁錮住你。這麼多年來，你最希望贏得的東西一直在等待著你」——他彷彿是在回答她心中沒有說出的那些話——「這是和你的奮鬥一樣充滿激情和迫切的等待——但卻比你的奮鬥有著更大的把握。你出去繼續掙扎吧，去忍受不公的懲罰，去相信要讓你的靈魂飽受最不公正的折磨而實現的正義，去背負那些不該你背的負擔吧。但是，在你最悲慘黑暗的時候，記住你已經見過了另外一種世界，記住你隨時都可以到達那裡，記住它會等待，而且它是實實在在的——它是你的。」

說完，他的頭稍稍一轉，聲音還是一樣清亮，但眼裡已有了變化，問道：「你明天想什麼時候走？」

「哦！看你的方便，越早越好。」

「那就七點做好早餐，我們八點起飛。」

「好的。」

他把手伸進口袋，向她遞過來一枚閃亮的小圓片，她一開始竟然看不出那是什麼。他把它放在了她的手心裡：那是一枚五美元的金幣。

「這是你這個月的最後一筆工錢。」他說。

她的手指雖然一下子便將那枚硬幣緊緊地握住，但回答得卻是不動聲色：「謝謝你。」

「晚安，塔格特小姐。」

「晚安。」

在隨後的這幾個小時，她並沒有睡，而是坐在房間的地上，臉抵著床，滿腦子想的都是一牆之隔的他。有時，她感覺他就在面前，似乎自己就坐在他的腳下。她便是如此度過了和他在一起的最後一晚。

$ ————————

和來時一樣，她兩手空空地離開了山谷，沒有帶走這裡的任何東西。她把到這裡之後添的幾樣東西都留了下來——她的那件粗布裙、一件上衣、一條圍裙、幾件內衣——把它們整整齊齊地疊好，放在她房間內的衣櫥抽屜裡。她端詳了一陣才闔上抽屜，心想，如果她回來的話，它們也許還會在這裡。她帶走的只有那枚五美元的金幣，以及仍然纏在肋骨上的繃帶。

她登上飛機時，黎明的陽光正映照著環繞山谷的群峰。她坐在他旁邊，把身體向後一靠，看著高爾特俯身過來，恍若是她第一天早晨醒來後看到的情景。她閉上了眼睛，感覺得到他為她蒙上了眼罩。發動機的轟鳴聲似乎更像是來自她體內的震撼；只是這震撼似乎很遙遠，好像如果不遠遠地閃開，就會受傷。

她不清楚飛機何時騰空而起，也不知道飛機是否已經越過了環繞山谷的那一圈山峰。她靜靜地靠在椅子裡，只能憑藉發動機的轟鳴去感受在空中的感覺，彷彿她是置身於一股偶爾起伏的聲浪之中。這聲音來自他的發動機，來自他雙手對駕駛舵的掌控；她只要挺住就是了，其餘的已經無法反抗，只能去忍受。她兩腿向前伸開，雙手放在座椅的扶手上，靜靜地仰坐著，完全失去了運動能帶給她的時間的感覺，在勒緊的布帶下，她閉著眼睛，沒有空間和視覺的感受，眼前的漆黑漫無邊際——她知道，她身邊的他是唯一不會更改的現實。

他們一直沒說話。她有一次突然張口道：「高爾特先生。」

「嗯？」

「不，沒什麼，我只是想知道你還在不在。」

「我一直都會在的。」

她不知道又飛了多遠，記憶中剛才對話的聲音如同一塊小小的路標，正漸漸地遠去，然後消失。隨後的一切，便又陷入了無邊無際的沉寂之中。

她不知道已經過了一天還是一個鐘頭，她感覺到飛機正在向下俯衝，不是降落就是墜毀，在她的腦海裡，這兩種可能似乎並無分別。

她感覺輪胎觸地的震動像是一種久違的奇特感：彷彿一段時間被抽走，才讓她相信了它的存在。

她感覺到了急促的滑行，隨後戛然而止，安靜了下來，接著便是他的手在她的頭髮上，解開了眼罩。

她看見一片刺眼的陽光，一片焦黃的野草伸向遠方沒有山脈阻隔的天際，一條荒蕪的高速公路，以及在大約一英里外的一座隱隱可見的城鎮。她看了一眼手錶：就在四十七分鐘前，她還置身於山谷之中。

「那兒有塔格特的車站，」他指著城鎮說，「你可以坐上火車。」

她點點頭，像是明白的樣子。

他沒有隨她一起下飛機，而是從駕駛舵上俯過去，探身到了敞開的機艙門口。他們望著對方。她站住，仰臉看著他，微風吹拂著她的頭髮，她身著一身筆挺的高級套裝，站在一片平坦而廣袤的曠野之上。

他指著東方某處看不見的城市，「別在那裡找我，」他說，「在你接受我之前——你是找不到的。當你確實想見我的時候，我就會出現在你的眼前。」

她聽到他隨手關上艙門的聲音；那似乎比接著傳出的螺旋槳轉動的聲音還要響。她看著飛機的輪胎在滑行，看著在輪胎後面留下的倒伏的野草痕跡。然後便看見一片天空出現在輪胎和草地之間。

她瞧了瞧四周，遠處的城鎮上空籠罩了一團紅統統的熱浪，城鎮的輪廓似乎鏽跡斑斑，沒有生氣；在一片屋頂上，她看見了一根殘缺的煙囪。她看見一片枯黃的東西在身邊的草地上輕輕晃動著；那是一張報紙。她茫然地看著這一切，恍然如夢。

她抬頭望著飛機，看著它的機翼在空中越來越小，轟鳴聲漸漸地遠去。它翅膀朝上，不斷地升高，像一個長長的銀十字架；接著，它便平穩地飛著，離地更遠了一些；然後它似乎再也不動了，只是漸漸在縮小。她覺得它彷彿是一顆正在消逝的星星，從十字變成一個小點，再縮小到一個她已經看不見的火花。當她發現天空中已經到處都是一樣的亮點時，她便知道那飛機已經徹底看不見了。

第三章 反貪婪

「我來這裡幹什麼？」史塔德勒博士問道，「為什麼叫我到這裡來？我需要解釋。我可不習慣被人毫無道理、連招呼都不打地弄到這麼遠的地方來。」

費雷斯博士笑了：「所以你的到來就更讓我感激不盡了，史塔德勒博士。」他的聲音讓人聽不出是感激還是暗自得意。

陽光炙烤著他們，史塔德勒博士感到自己的鬢角滲出了汗水。他無法在擠滿了潮水一樣的人群的看台上，氣呼呼地進行這麼難堪的對話——過去三天來，他始終都找不到一個能好好說話的機會。他意識到這正是他與費雷斯博士的會面被延遲至今的原因；然而，他像從自己淌汗的額頭上轟走飛蟲一樣，驅走了這個念頭。

「我為什麼沒辦法聯繫到你？」他問。儘管他那挖苦恐嚇的手段現在聽上去已經不太管用，但他也只有這一招可用，「你為什麼不像平時做學術研究那樣，非要用正式的公函和軍隊」——他本來想說命令，但卻改成——「聯繫的口氣？」

「這件事和政府有關。」費雷斯博士和緩地說。

「你知不知道我有多忙，這會影響我的工作？」

「啊，是啊。」費雷斯博士不置可否地應付著。

「你知不知道我完全可以不來？」

「可你還是來了。」費雷斯博士輕輕地說。

「我為什麼得不到解釋？你為什麼不親自來見我，反而派了那麼一幫只會胡言亂語的小混帳？」

「我實在太忙了。」費雷斯博士輕描淡寫地說。

「那你倒是跟我說說，你跑到愛荷華這種大平原上來幹什麼——又為什麼把我牽扯進來？」他對著煙塵蒸騰的曠野盡頭和三個木製看台不屑地揮手。看台才建好不久，木頭似乎也在冒著汗；他能看見一滴滴樹脂在太陽下閃閃發亮。

「我們就要親身經歷一個歷史事件，史塔德勒博士，它會成為科學、文明、社會福利和政治改良道路上的一座里程碑。」費雷斯博士的聲音像是公關人士在背誦講稿一樣，「它是進入一個新時代的標誌。」

「是什麼事件？什麼新時代？」

「你會看到，只有最尊貴的市民，以及我們知識界中的精英人物才會被選中，才有幸親歷這個場合。我們不能把遺漏你，對不對？而且，對於你的忠誠與合作，我們當然非常信任。」

他總是抓不住費雷斯博士的眼神。看台上很快便坐滿了人，費雷斯博士不停地向一些新來的陌生人招手，史塔德勒博士從沒見過他們，但從費雷斯特別興奮的神情和尊敬的稱呼來看，他們無疑都是些重要人物。他們似乎都認識費雷斯博士，而且都在找他，彷彿他是這次儀式的主持人——或者說，是這個場合裡的明星。

「能不能請你詳細一點，」史塔德勒博士說，「告訴我——」

「嗨，史布德！」費雷斯博士朝一位身材魁梧，滿頭白髮，穿了一身將軍制服的人喊著。

史塔德勒博士提高了嗓門：「我說，你能不能專心地向我解釋一下這究竟是怎麼回事——」

「很簡單，這是新聞界的最終……對不起，我得離開一會兒，史塔德勒博士，」費雷斯博士匆忙地說完，便如同一個被訓練過度的奴才，一聽到呼喚的鈴聲便向前一衝，直奔一群上了年紀、吵吵嚷嚷的人們而去；他轉回頭，只來得及又蹦出兩個字，這便是他認為很恭敬的回答了——「勝利！」

史塔德勒博士坐在看台上，對周圍的一切已經懶得再管了。三個看台一個挨一個，像私人的小馬戲團場地那樣環形分佈，能夠容納三百人；它們似乎是專為觀看表演而建的——但面對著的卻是一望無邊的平原，除了幾里地之外的一小片農舍的影子，視野裡便空無一物了。

一個好像是為媒體準備的台子前面擺著麥克風。在官員們的看台前，有一部類似轉換器的小巧裝置；轉換器上的幾個金屬搖柄在太陽下閃著光。看台後的臨時停車場上，停滿了嶄新發亮的豪華車，令人驚嘆不已。但讓史塔德勒博士隱約感到不安的，是一座在數千英尺外的小土丘上矗立的房子。那房子十分矮小，不知道有什麼用途，砌著厚實的石牆，房子上沒有窗戶，只露著幾個帶了粗重鐵欄杆的窄小開口。巨大的圓形房頂沉重得與房子不成比例，幾乎像是把房子壓在了地底下。屋頂下方歪歪扭扭地開著幾處形狀不一的出口，似乎是沒有砌好的出煙孔；它們既不像是工業時代的產物，也看不出有任何用途。整個房子就像一朵蓬鬆的毒蘑菇，不懷好意地悄然趴在那裡；儘管是現代建築，但它那沉悶、缺乏棱角、笨拙無序的線條讓它看起來像是一件從叢林深處發掘出的、用於某種蠻荒儀式的原始建築。

史塔德勒博士煩躁地嘆了口氣；他對於神祕兮兮的東西感到厭倦。限他兩天之內趕到愛荷華來的邀請函上印有「最高機密」的字樣，卻沒有說明理由。兩個自稱為物理學家的年輕人來到科學院，陪他一同前往；他打給費雷斯在華盛頓辦公室的電話始終沒有人接。他們先是乘坐政府的專機長途飛行，然後換乘專車，在這一路上的顛簸之中，那兩個年輕人一直喋喋不休地談論著科學、緊急狀況、社會均衡以及保密的必要，最後他已經完全聽糊塗了；他只是注意到，他們嘰里呱啦的談話裡不斷重複地提到邀請函中出現過的兩個詞，那便是希望他能夠「忠誠」與「配合」，這兩個詞和一件不明究裡的事情聯繫在一起，聽來有一種不祥之兆。

那兩個人將他送到主席台前排座位上的費雷斯博士面前之後，便像摺疊機關一樣不見了蹤影。此刻，看著周圍的情景，看著在新聞記者簇擁下的費雷斯博士那含混、興奮、隨意的舉動，他感到茫然迷惑，感到無所適從和極度的混亂——他知道，這是被一台機器適時而準確地製造出來的感覺。

如同在閃電中一樣，他突然感到驚慌失措，他清楚自己迫不及待地想要從這裡逃走，但他強迫自己不再想它，他知道，驅使他來到這裡的正是這個場合下的陰暗的詭祕，它比隱藏在那座蘑菇房子裡的東西更加碰不得，更加厲害和致命。

他想到，他根本不必去考慮自己的動機；他此時用於思考的不是語言，而是一股急促、惡毒、痙攣般發作的如同硫酸一樣刺激的情緒。在他同意要來的時候，腦子裡的話便和現在一樣，彷彿是一條惡毒的咒語，隨時可以拿出來用，但絕對不能多想：既然是和人打交道，又能有什麼辦法呢？

他注意到，為那些被費雷斯稱做知識界精英的人預備的看台要比政府官員的看台大一些。他的心裡為自己被安置在前排而閃過一絲暗自的得意。他轉身看一看後面的座位，感到有些喪氣般的吃驚：那些胡亂坐著、毫無神采的人們遠非他想像中的知識精英。他看見男人們一個個露出自負而不可一世的樣子，女人們的衣著則俗不可耐——他眼前這些充滿卑劣、惡毒、懷疑的面孔上所帶著的惶恐，與知識分子的特徵格格不入。他找不出一張他認識的面孔，找不出一位著名的或像是能取得傑出成果的人士。他搞不懂為什麼會選擇邀請了這些人。

接著，他注意到第二排裡的一個笨拙的身影，那是位上了年紀的老者，面部鬆弛的長臉讓他覺得似曾相識，但除了像是在翻過無聊雜誌的圖片時留下的一點淡淡的印象外，他什麼也想不起來了。他朝一個女人湊了過去，用手指著，問：「你知道那位先生是誰嗎？」那女人不禁肅然起敬地小聲說道：「他就是賽門·普利切特博士！」

史塔德勒博士將身子轉了回來，他但願沒人會看見自己，但願沒人知道他也在這群人當中。

他抬眼一看，費雷斯正帶著那群記者們朝他走來。他看到費雷斯像導遊一樣地把手朝他的方向一揮，然後在他們湊近了一些時，大聲叫道：「你們幹嘛要在我身上浪費時間，今天能有這樣的成就，他才是至關重要的——這就是史塔德勒博士！」

一時間，他從那些記者們飽經世故、充滿譏笑的臉上看到了似乎有些出乎他預料的神情，那並非是充滿了敬意、期待或希望的神情，只是隱隱有那麼一點而已，似乎能隱約看出當他們年輕時，一聽到羅伯特·史塔德勒博士的名字就會有的那種表情。他一時產生了一種說不出口的衝動：他是想告訴他們，他對今天這個活動一無所知，他和他們一樣無能為力。他被帶到這裡來是為了充充門面，他幾乎就像……就像是一名囚犯。

然而相反地，他回答問題時倒像是一個知道了最高機密的人，完全是一副自信滿滿而又低調的口氣：「是的，國家科學院對於它為公眾所做出的服務深感自豪……國家科學院不是滿足私人利益和欲望的工具，它致力於人類的幸福，以及人類社會的整體利益——」他就像一部留聲機那樣，滔滔不絕地重複著從費雷斯博士那裡聽來的令人作嘔的空話。

他儘量不去想他是多麼討厭自己；他明白了那是怎樣的一種情緒，但卻不清楚它針對的是什麼；他想，那是對他周圍這些人的厭惡，是他們害得他如此下流。他想，既然是和人打交道，又能有什麼辦法呢？

記者們在紀錄著他的回答。他們正像機器人那樣，依照常規，裝作正從另一個機器人空洞無物的囈語中聽著新聞。

「史塔德勒博士，」他們之中的一個人指著土坡上的房子問，「你是否認為X計畫是國家科學院取得的一項最偉大的成就？」

周圍立刻鴉雀無聲了。

「X……計畫？」史塔德勒博士喃喃地說道。

他意識到自己的語氣明顯不對，因為他發現記者們的腦袋像是聽到警報一樣地抬了起來；他看見他們在握筆等待著。

在一瞬間，當他感覺到自己臉上的肌肉強擠出一絲笑容時，他也感到了一種無形的、簡直是超乎自然的恐懼，他似乎又感受到了那台精密機器的轉動，似乎他被絞在裡面，絞在其中的一部分裡，隨著它不可挽回地轉動著。「X計畫嗎？」他帶著密謀者一樣的詭祕的口吻輕聲說道，「嗯，先生們，作為一個非營利機構，國家科學院取得的任何一項成就的價值和動機，都是無庸置疑的——這還用得著我再多說嗎？」

他抬起頭，發現費雷斯博士在提問的過程中，自始至終站在人群的邊緣。他懷疑自己是否看花了眼，因為費雷斯博士此時的臉色似乎變得輕鬆了些——而且更加肆無忌憚了。

兩輛華麗氣派的汽車疾速駛入停車場，在刺耳的煞車聲中停了下來。新聞記者們拋下話才說了一半的他，朝著剛從車上下來的人蜂擁而去。

史塔德勒博士轉向了費雷斯，「X計畫是什麼？」他嚴厲地問道。

費雷斯博士露出了既無辜又傲慢的笑，「是一個非營利計畫。」他回答說——然後轉開身迎接新來的人去了。

從人群裡發出的尊敬的聲音中，史塔德勒博士看出那個個頭矮小、穿了身軟綿綿的亞麻西裝、活像個不擇手段的律師一樣在新來的人群中大步走著的，正是國家元首湯普森先生。湯普森先生微笑著，時而皺眉大聲回答著記者們的提問。費雷斯博士像貓蹭柱子那樣，隔著人群拚命地揮手。

人群慢慢走近了，他看見費雷斯把他們朝這個方向引了過來。「湯普森先生，」費雷斯博士大聲說道，「這位就是史塔德勒博士。」

史塔德勒博士看見這位奸詐的小個子飛快地瞄了他一眼：他的眼睛含著一種迷信般的敬畏，似乎眼前出現的是一種他永遠理解不了的神祕現象——這雙眼睛裡的狡猾和精明，屬於一個奉承逢迎、認為誰都逃不出他那一套的政客，那一眼就是在說：你是哪一類人？

「很榮幸，博士，的確很榮幸。」湯普森先生握著他的手，輕快地說著。

他隨後又知道那個高個子，那個佝僂著肩膀，留著船員髮型的人便是衛斯理·莫奇先生。至於其他和他握手的人的名字，他就沒有聽清楚了。當這群人向主席台走去時，他簡直不敢面對自己的這個發現：他發現自己居然如此開心能得到那個小小的奸詐之徒的點頭讚許。

一隊看起來像是劇院招待員的年輕侍者冒了出來，他們推著裝了亮閃閃的東西的手推車，把那些東西發放給台上的人。這些東西是望遠鏡。費雷斯博士坐在官員台旁邊的一個會場演講用的麥克風前。隨著莫奇的點頭示意，他的聲音突然響徹原野的上空，這個諂媚而貌似莊重的聲音仗著麥克風發明者的智慧，變得像巨人一般有力：

「各位女士們，先生們……」

人群一下子安靜了下來，所有人都不約而同地轉頭注視著費雷斯博士那優雅的身影。

「女士們，先生們，為了肯定你們為公眾做出的傑出貢獻和對社會的忠誠，我們特別邀請你們來親身參加一個具有重大意義的科學成果的揭幕，到目前為止，儘管它有如此驚人的規模和開天闢地的潛能，卻幾乎不為人所知，人們只知道它叫X計畫。」

史塔德勒博士用他的那副望遠鏡盯著前方唯一能看到的物體：就是遠處的那片農場。

他看到，那裡是一處多年以前就廢棄了的農舍廢墟。空中的光線透過裸露的屋樑傾瀉而下，空蕩黝黑的窗戶上掛著殘缺的玻璃碎片。他看見了一間歪斜的糧倉，一座鏽蝕的抽水風車，以及仰面翻倒、履帶朝天的拖拉機殘骸。

費雷斯博士正在說到勇於改革的科學家們，說到為了完成X計畫而年復一年的無私奉獻、任勞任怨和不屈不撓的鑽研。

奇怪——史塔德勒博士觀察著農場的廢墟，心裡想道——在這樣一個荒涼的地方居然會出現一群山羊，羊的數目大約有七八隻，牠們有的在打瞌睡，有的在拚命啃著被太陽烤焦的野草。

「X計畫，」費雷斯博士說道，「是在聲學領域內從事的某種特殊的研究。聲學技術有著普通人難以想像的驚人發現……」

在離農舍大約五十英尺遠的地方，史塔德勒博士發現了一個顯然是新建的建築，與周圍毫不相干：看起來像是一排鋼鐵支架，向空曠的空中伸展著，架上什麼都沒有，也沒有和任何東西相連。

費雷斯博士此刻正在講述聲音振動的原理。

史塔德勒博士把他的望遠鏡瞄準了農舍後面的天空，但方圓幾十里內都是空空如也。一隻羊突然用力地一掙，這個動作把他的視線重新吸引到了羊群中間。他注意到，羊群被拴在了均勻分佈的地樁上。

「……後來發現，」費雷斯博士說道，「某些聲波的振頻是一切物體，不管是有機物還是無機物，都無法承受的……」

史塔德勒博士發現一團銀色的東西正在草地上的羊群裡跳來跳去。那是一隻沒有被拴住的小羊；牠在母羊身邊不停地跳來跳去。

「……聲波射線由一個位於地下的大型實驗室裡的控制台來控制，」費雷斯博士指著土坡上的那幢房子說道，「我們把那個控制台親切地稱為『木琴』——因為必須要格外小心，才能敲準琴鍵，或者應該說是拉對拉桿。為了這個特別的日子，我們在這裡架設了一台與裡面的木琴連在一起的延伸裝置，」——他指了指官員台前的那台轉換器——「這樣，你們就可以目睹操作的全過程，見識到這個過程有多麼的簡潔……」

史塔德勒博士饒有趣味地看著那隻小羊，從中，他體會到了一種令人寬慰和安心的享受。這小傢伙生下來還不足一周，看起來像是個長著四條優雅長腿的小白絨球，故意用牠那憨傻的樣子，將四條腿繃得筆直，一刻不停地高興地蹦來蹦去——牠在夏日的空氣裡，在發現自己生命的快樂中跳躍著。

「……聲波射線無影無聲，可以完全控制它發射的目標、方向和範圍。你們即將看到的第一次公開試驗設定在兩英里左右的一小塊範圍，周圍二十英里的地方已徹底清除過，可以保證絕對的安全。目前，我們實驗室的發動設備能夠生成——是通過你們看到的屋頂下的小孔——覆蓋方圓一百英里範圍的聲波射線，這個圓圈向外一直可以覆蓋密西西比河岸，大約相當於塔格特鐵路大橋的位置——到狄莫因和道奇堡，覆蓋了明尼蘇達州的奧斯汀、威斯康辛州的伍德曼以及伊利諾州的洛克島。這只是個開頭而已。我們擁有的這項技術可以製成具備兩百至三百英里發射範圍的設備——但由於無法及時得到足夠多的高抗熱金屬，比如里爾登合金，能達到現有的設備和控制範圍，就已經是很不錯了。非常感謝我們偉大的總統湯普森先生，在他卓有遠見的領導下，國家科學院得到了開發X計畫不可或缺的資金，因此，這項偉大的發明將從此被命名為湯普森和聲器！」

人群中響起了掌聲。湯普森先生端坐不動，故意繃著臉。史塔德勒博士心裡確信，這個小小的奸詐之徒和那些劇場招待員一樣和這個計畫沒有什麼關係——他既沒有這種頭腦，也提不出這樣的建議，甚至連能夠做出一種新式捕鼠夾的勇氣都沒有，他也只是一台無聲的機器上的爪牙而已——這是一台沒有中心、沒有領袖、沒有方向的機器，這台機器的發動者不是費雷斯博士或莫奇，也不是主席台上或者躲在幕後的那些傢伙——這是一台沒有人性、不會思考、不會具體表達的機器，這台機器沒有駕駛者，有的都是窮兇極惡的爪牙。史塔德勒博士緊緊抓住座位的邊沿：他真想跳起腳來，拔腿逃走。

「……至於聲波射線的作用和目的，我就什麼都不說了，應該讓事實說話。你們現在將會看到它的使用。當布洛傑特博士拉下木琴的拉桿時，我建議你們眼睛不要離開目標——也就是兩英里外的那座農舍。其他的你們什麼都看不見，聲波射線是看不見的。長久以來，所有進步的思想家都堅持說實體並不存在，存在的只是行動——價值並不存在，存在的只是後果。而現在，女士們，先生們，就讓你們看看湯普森和聲器使用後的結果。」

費雷斯博士鞠了躬，慢慢地從麥克風前走開，來到了史塔德勒博士旁邊的座位上坐好。

一個比他年紀稍輕、身體稍胖的人代替了他，站在轉換器的旁邊——期待地看著湯普森先生。湯普森先生一時似乎茫然不解，彷彿大腦失靈了一樣，直到莫奇湊過來在他的耳旁說了幾句。湯普森先生才大喊了一聲：「啟動！」

史塔德勒博士忍不住去盯著布洛傑特博士，用他那如波浪般優雅的動作拉下轉換器上的第一個拉桿，接著，他舉起望遠鏡，向農舍望去。

他定住眼神，正看見一隻羊拖著鐵鍊，朝一株高高的枯草踱了過去，緊接著，那隻羊便騰空而起，四腳朝天地蹬著腿，然後摔落在由七隻羊堆成的抽搐不已的灰白色屍堆上。在史塔德勒博士還來不及相信的剎那間，這堆屍體已經一動不動，只有一隻羊的腿從屍堆裡翹了出來，硬得像一根棍子，彷彿是在狂風中抖動。農舍像碎片般地倒塌了下去，隨後，屋子煙囪上的磚石也土崩瓦解。拖拉機變成了餅一樣的形狀。水車崩塌的碎片轟然倒地，而槳葉還在空中自顧自地劃出一道長長的弧線。新建的支架上那些結實的鋼柱和横樑像是被輕輕一吹就吹倒了的火柴。一切的發生是這樣的迅速和輕而易舉，簡單得令史塔德勒博士感覺不到恐懼，彷彿失去了所有的感覺。這不是他所瞭解的現實，卻像是孩子的一場噩夢，隨著一聲惡毒的詛咒，一切真實的存在頃刻之間便蕩然無存。

他放下了望遠鏡，眼前是一片空蕩的原野，農舍已經不見，視線所及，只能看見遠處有一條像是雲彩留下的暗影。

他身後的觀眾席上傳出了一聲淒厲的尖叫，有個女人暈倒了。他不禁感到奇怪，為什麼她過了這麼久才喊出來——隨即便意識到，從第一個拉桿被扳動到現在，還不足一分鐘。

他又舉起了望遠鏡，彷彿希望看到的只是那道雲影，而不要有任何其他的東西。但那些東西依然還在，已經是一堆廢物。他沿著廢墟，上下左右移動著望遠鏡；過了一陣子，他意識到自己是在尋找那隻小羊。他沒能找到，那裡有的只是一堆灰白色的皮毛。

他放下望遠鏡，一轉頭，發現費雷斯博士正盯著他看。他可以確定，在整個試驗過程中，費雷斯一直在看的不是目標，而是他的臉，好像是要看看他——史塔德勒博士，能不能承受得住這射線。

「試驗就到此結束了。」胖胖的布洛傑特博士通過麥克風宣佈，聽起來完全是一副百貨商店的銷售員的巴結語調。「建築已經徹底倒了，動物身上也沒有一處完好無損的地方。」

人群騷動起來，時而傳出驚叫。人們坐立不安地互相對看，不知該如何對付眼前的停頓。在唧唧喳喳的聲音裡，潛藏了一種快要發瘋的情緒，他們似乎已經不會自己思考了。

史塔德勒博士看到一個婦女在別人的陪伴中從後排走了下來，她無力地垂著腦袋，嘴上捂了一塊手帕：她已經噁心得吐了出來。

他回過頭，看到費雷斯博士還在盯著他看。史塔德勒博士稍稍仰了仰身體，這個全國最偉大的科學家，帶著一臉的嚴厲和輕蔑，開口問道：「是誰發明了這種駭人聽聞的東西？」

「是你。」

史塔德勒博士看著他，呆住了。

「這只是一件應用機械而已，」費雷斯博士語調輕快地說著，「而基礎就是你理論上的發現，它正是基於你在宇宙射線和能量在空間傳輸原理上的寶貴研究。」

「這個計畫是誰做的？」

「只是幾個你會說是三流的角色罷了。其實這並不是太困難。他們沒人能想出實現你的能量傳輸概念的方法的第一步，但既然有了第一步——剩下的就簡單了。」

「這種發明能有什麼實際的作用？你所說的『開創新時代』是指什麼？」

「噢，你難道看不出來嗎？這可是維護公共安全的一件利器啊。有了這種武器，就沒有任何敵人敢來侵犯。它會使國家不再有遭到侵略的擔憂，可以在不受干擾的安全環境中規畫它的未來。」奇怪的是，他的口氣顯得有些隨便，似乎並不在乎，好像他從來就沒希望或者想要說服別人去相信。「它可以緩解社會壓力，會促進和平、穩定以及我們已經表示過的——和諧。它會消除一切戰爭的危險。」

「什麼戰爭？什麼侵略？現在是遍地飢荒，那些政府只能靠我們國家的救濟勉強度日——你又是從哪裡看出會有戰爭的危險？你是不是覺得那些衣不蔽體的野蠻人會來進攻你？」

費雷斯博士牢牢地盯住他的眼睛，「內部的敵人和外部的一樣危險，」他回答，「也許會更危險。」這一次，他的聲音聽起來是認真的。「社會現在非常動盪，但你想想看，如果把科學的發明安置在幾個關鍵的地點，會帶來多麼大的穩定。它能保證我們處在永久的和平之中——難道你不這樣認為嗎？」

史塔德勒博士既沒有動也沒有回答；隨著時間一秒秒地過去，他那毫無變化的臉上漸漸顯出了震驚的神色。他像是一下子眼睜睜地看見了自己早就知道，卻多少年來一直不願看見的東西，而此刻，他卻不得不做出正視或者否定它的選擇。「我不懂你在說些什麼！」他終於吼了出來。

費雷斯博士一笑，「個別的商人和貪心的企業家是不會資助開發X計畫的，」他溫和的口氣像是在有一搭無一搭地閒聊著，「因為他負擔不起，這是一筆巨額投資，同時看不到任何物質上的回報，他又能指望從這裡賺到什麼錢呢？那個農舍連一點油水都沒有。」他指了指遠處的那一片灰暗。「然而，正像你已經確切看到的那樣，X計畫必須是一種非營利的性質。和商業公司恰恰相反，國家科學院很容易就能得到這個計畫的資金。在過去兩年裡，你還從沒聽說過院裡的財政出現過任何困難吧？但在過去，讓他們為科研撥出經費可沒那麼容易。就像你過去說的，他們既然出了錢，就老想弄回些小玩意來。現在好了，這東西可以讓一些掌權的人好好玩一玩了。他們說服了別人一起支援這個計畫，這並不難，其實，有很多人覺得把錢花在一個保密的計畫上更安全——既然這事對他們都保密，那就肯定很重要。當然，一些人是會心有疑慮，但只要提醒他們，是羅伯特·史塔德勒博士在主管國家科學院，他們就讓步了——你的見解和為人是無可置疑的。」

史塔德勒博士低下頭盯著他的指甲。

麥克風突然刺耳地叫了一聲，人群立時安靜了下來。大家的神經似乎到了隨時都會崩潰的地步。一個播音員的聲音像機關槍一樣噴射著阿諛之詞，興高采烈地宣佈說他們現在將親耳聽到向全國報告這一偉大發明的現場廣播。隨後，他瞄了一眼手錶，看了看稿子，和衛斯理·莫奇舉起示意的手臂，便扯著嗓子向那隻閃亮的麥克風叫了起來——聲音頓時湧進了全國的客廳、辦公室、學校和病房：「各位女士們，先生們！X計畫！」

在播音員馬不停蹄地把這項新發明的講稿傳送到全國各個角落時，費雷斯博士湊近了史塔德勒博士，帶著隨意的口吻說道：「在目前這種危險的時刻，最關鍵的是不能讓這個計畫受到全國的抨擊。」然後，他又好像臨時想起了什麼，半開玩笑般地補充了一句：「在任何時候，對任何事都不能有抨擊。」

「——以你們的名義並代表你們經歷了這次偉大事件的全國政界、文化界、知識界及思想界的領袖，現在要向你們講述他們的親身感受！」

湯普森先生首先踏上台階，走上了放有麥克風的講台。他用簡短有力的談話，歡呼著一個新時代的到來，同時帶著向敵人挑釁的口氣，宣佈科學屬於人民，所有地球上的人們都有權利分享科技進步帶來的成果。

接著便是莫奇。他講起了社會規畫和對規畫者重新給予共同支持的必要性。他講到了紀律、團結、勤儉以及克服暫時困難的愛國主義職責。「為了你們的幸福，我們已經調動國家最優秀的人才，這項偉大發明的天才人物為人類所做的貢獻是無可置疑的，他就是大家公認的本世紀最傑出的科學家——羅伯特．史塔德勒博士！」

「什麼？」史塔德勒博士驚叫一聲，猛地轉向了費雷斯。

費雷斯博士耐心而溫和地看了他一眼。

「他沒有徵得我的允許就這麼說！」史塔德勒博士忍不住要叫起來，但還是嘀咕著說道。

費雷斯博士攤開雙手，做了個恬不知恥的無奈的手勢：「現在你看到了吧，史塔德勒博士，受到你以前都不屑一顧的政治上的影響有多不好，你要知道，莫奇先生可從來都用不著請示誰。」

此時站在講台上的是普利切特博士，他的身影在天空的映襯下顯出一副無精打采的樣子。他抱著麥克風，那種乏味、輕蔑的口吻像是在講一個老掉牙的故事。他宣稱說，這項發明是可以用來維護繁榮的社會福利工具，任何一個對這樣顯而易見的事實持懷疑態度的人，都是社會的敵人，都要受到相應的懲罰。

「這項發明，傑出的、熱愛自由的羅伯特．史塔德勒博士所生產的產品——」

費雷斯博士打開一個皮包，拿出幾頁列印整齊的紙，遞給史塔德勒博士，「你將會是這次廣播的高潮，」他說，「這就是你的發言。」剩下的話則全都在他的眼神裡了：人們都說，他說話向來是負責的。

史塔德勒博士接過了那幾頁紙，卻伸直了兩根手指捏著它們，彷彿是捏了張馬上就要扔掉的廢紙一般。「我沒叫你寫我要說的話啊。」費雷斯聽出了他聲音中的諷刺：儘管現在還不是冷嘲熱諷的時候。

「我可不能讓寫廣播發言稿這種事占用你寶貴的時間，」費雷斯博士說，「你肯定會滿意的。」他那口氣一聽就是虛情假意的，彷彿是把錢施捨給叫花子，好保住他的顏面一樣。

史塔德勒博士的反應讓他有些心慌：史塔德勒博士既沒有回答，也沒有去瞧一眼發言稿。

「缺乏信心，」一個粗魯的人在台上像罵街一樣地吼著，「我們唯一怕的就是缺乏信心！如果我們對領導的計畫有信心，計畫就會實現，我們就都能得到繁榮、舒適和富裕。就是因為有些人四處懷疑和打擊我們的信心，就是他們讓我們陷入了貧困和災難，但我們再也不能讓他們這樣下去了，我們要保護人類——只要那些自作聰明的懷疑分子再來的話，你們就相信我，我會對付他們的！」

費雷斯博士用和緩的聲音說：「在眼前這個群情激昂的時刻，激起大家對國家科學院的不滿可就不妙了。全國有很多的不滿和騷動——假如人們對這項新發明的實質產生誤解的話，就會把怒氣都發洩在科學家的身上。科學家從來就不受大眾歡迎。」

「和平，」一個身材高挑的女人對著麥克風感嘆道，「這項發明是一個實現和平的偉大的新式工具。它可以使那些自私的敵人無法打壞主意，可以讓我們自由自在地呼吸，懂得去愛自己人。」她的臉上骨骼突出，長了一張肯定會在社交酒會上唉聲嘆氣的嘴，穿著一件質地輕飄的灰色長裙，讓人能聯想起音樂會上彈豎琴的人。「這完全可以成為在歷史上被認為是不可能的奇蹟——是多少年來的夢想——是科學與愛的最終結合！」

史塔德勒博士望著主席台上的那些面孔。此刻，他們都安靜地坐在那裡聽著，但他們的眼裡卻籠罩了沉沉的暮色，神情裡慢慢加劇著再也擺脫不掉的恐懼，彷彿是被感染的紗布所掩蓋的創口。他們心裡和他一樣清楚，他們就是那座蘑菇形屋頂下突出來的那些奇形怪狀的漏斗瞄準的靶子——他搞不懂他們此刻是如何徹底停下了大腦，將他們意識到的這些擺脫掉的；他知道，他們渴望去聽到和相信的那些話如同是拴羊的鎖鍊，會把他們牢牢地套在漏斗的射程之內。他們很願意相信一切；他看到了他們抿緊的嘴唇，看到了他們偶爾向旁邊的人投去的疑惑目光——好像使他們感到恐怖和威脅的並不是聲波射線，而是迫使他們承認它是恐怖分子的工具的人。他們的眼睛躲躲閃閃，但殘存在傷口之外的，明顯是呼救的神情。

「你為什麼去想他們想的那些東西？」費雷斯博士輕聲說道，「理性是科學家僅有的武器——但理性對人是不起作用的，對不對？現在，國家分崩離析，暴徒不顧死活地公然暴動——必須盡一切可能來維持秩序。既然和人打交道，我們又能有什麼辦法呢？」

史塔德勒博士沉默不語。

一個長得圓圓滾滾的、在汗濕的深色裙子下乳罩顯得過於明顯的女人正對著麥克風說話——史塔德勒博士簡直難以相信——這項新發明居然還要被母親們讚揚一番。

史塔德勒博士把頭轉開了；費雷斯博士望著他，只看見他高傲額頭上的皺紋和嘴角透出的深深痛楚。

突然間，史塔德勒毫無預兆地倏然轉向了他，像是從快要癒合的傷口的裂縫裡迸出的血一樣：史塔德勒一臉坦然，毫不掩飾自己的痛苦、恐懼和誠懇，彷彿在那一瞬間，他和費雷斯都成了活生生的人，他發出了一聲令人難以想像的絕望的哀嚎：

「這是在一個文明的時代呀，費雷斯，文明的時代！」

費雷斯博士不慌不忙，長長地輕笑一聲：「我不懂你在說什麼。」他以一種旁觀者的口氣回答道。

史塔德勒博士垂下了眼睛。

費雷斯再度開口時，聲音中隱約有一股讓史塔德勒說不上來的腔調，但它絕不是客客氣氣地說話的腔調：「假如發生什麼事情，危害到了國家科學院，那就會很糟糕。最糟糕的是假如科學院被關閉——或者，假如我們當中有誰被迫要離開它。我們能去哪兒呢？科學家在目前來說是一種過度的奢侈品——能夠負擔起生活必需品的人和機構都已經不多了，何況是奢侈品。我們已經無路可走。企業的開發部門不會歡迎我們，比如說——里爾登鋼鐵公司吧。另外，假如我們曾經樹敵的話，這個敵人也會同樣嚇走那些想要雇我們的人。里爾登那樣的人會和我們作對，那麼，伯伊勒那樣的人會嗎？但這純粹是理論上的猜想，因為事實上，所有私人的科學研究機構都已經被法律封閉了——就是一〇—二八九號法令，也許你還沒意識到，簽署它的便是莫奇先生。你是不是還在想或許能去什麼大學？他們的處境也一樣：已經不敢再樹敵了。誰能替我們說話？我相信像休·阿克斯頓那樣的人應該可以為我們出頭——但要指望這個就太不實際了，他是屬於另一個時代的人。我們現在的這一套社會和經濟現狀已經讓他無法繼續生存下去。但我想，無論是普利切特博士，或者是他培養出的那代人，都不可能，也不會願意站出來捍衛我們。我從來就不相信理想主義者能有什麼用處——你相信過嗎？現在這個年代容不下脫離現實的理想主義。如果有人要反對政府的政策，他怎麼才能讓大家都知道呢？是靠這些新聞記者嗎，史塔德勒博士？還是用這個麥克風？現在還有獨立的報紙，還有不受控制的電台嗎？從這個意義上說，現在還有私人財產或個人觀點嗎？」此時，他聲音裡的腔調已經顯而易見：那完全是一副暴徒的口吻。「現在，像個人觀點這樣的奢侈品誰都無法負擔。」

史塔德勒博士的嘴唇像羊的身體那樣僵硬地顫動了一下：「你是在和羅伯特．史塔德勒說話。」

「這我沒忘。正因為沒忘，我才會這麼說。『羅伯特．史塔德勒』是個響亮的名字，我不願意看見它被毀掉。但是，現在什麼才是響亮的名字？又是在誰的眼裡？」他的手臂向主席台上一揮，「是在你周圍這些人的眼裡嗎？假如只要跟他們一說，他們就會相信一件死亡武器是繁榮的工具——那麼如果告訴他們史塔德勒是國家的叛徒和敵人，他們會不相信嗎？到那個時候，你還能抱著它不是真理的事實不放嗎？你是不是在想著真理，史塔德勒博士？真理的問題與社會上的事情毫不相干。原則對於公共事務產生不了絲毫的影響。理性對於人類起不了任何作用。真理完全無能為力，良心則是多餘。現在別回答我，史塔德勒博士，你到麥克風前面去回答吧，接著該你說話了。」

史塔德勒博士看了一眼遠處農舍的那一道暗影，他知道自己害怕了，但他強迫自己不去想這些。他能夠研究宇宙粒子和微粒子，卻不允許自己去探究內心的感受，不去認清這感受裡的三層含意：一是害怕眼前時時會看到為紀念他而刻在學院大門上的題字：「無畏的思想，神聖的真理」；二是赤裸裸的、與動物怕死無異的恐懼——他年輕時，想都沒想過自己會體驗到如此恥辱的恐懼感；第三則是他害怕地發現，背叛了第一層的含意，就等於把自己送進了第二層的深淵。

他高昂起頭，邁著穩健而緩慢的步伐，手裡握著已經被揉得皺巴巴的講稿，向發言者要登上的絞刑台走去。他走起路來，像是上講台或是上絞刑台。在瀕臨死亡的這一刻，他的眼前回顧著人的一生，耳旁是播音員在向全國唸著史塔德勒獲得的一串功績。當聽到這句話的時候，史塔德勒的臉上抽搐了一下：

「——前派屈克亨利大學物理系主任。」他身後的某個人似乎已經隱約感到，人群即將目睹一場比摧毀農舍還要可怕的毀滅。

他剛剛跨上三個台階，一個年輕的新聞記者便從下面向他衝上來，一把抓住扶手，想要攔住他，「史塔德勒博士！」他不顧一切地低聲喊道，「告訴他們真相吧！告訴他們你和這件事毫無關聯！告訴他們這機器是多麼可恥，以及使用它的人的真正目的！讓全國都知道是什麼人在企圖統治他們！沒有人懷疑你說的話！把真相告訴他們！救救我們！只有你才能救我們！」

史塔德勒博士低頭看著他。他很年輕；他的動作敏捷，聲音清晰，一看便知道非常能幹；與他那些上了年紀、墮落無能、靠關係混飯吃的同事相比，他憑著自己難以抑制的才華，成了政界新聞隊伍中的精英。他的眼神裡含著充滿渴望、無所畏懼的聰穎；這樣的眼睛是史塔德勒博士曾經在教室裡的座位上看到過的。他發現這個年輕人有一雙淡褐色的眼睛；它們透出一絲綠色的光亮。

史塔德勒博士回頭一看，只見費雷斯正像僕人或獄卒那樣，朝他這裡跑了過來。「我不想受到這些心懷不軌的叛逆小子們的侮辱。」史塔德勒博士大聲說道。

費雷斯博士衝到那個年輕人面前，厲聲呵斥起來，這樣的意外使他老羞成怒，臉色失去了控制。「把你的記者證和工作證給我！」

「我很自豪，」史塔德勒博士對著麥克風，以及全國上下屏息專注的安靜，開口念道，「經過我多年的科學研究工作，能夠有幸為我們偉大的總統湯普森先生，呈獻一件嶄新的工具，它對於文明和解放人的思想，有著無可估量的潛力……」

$

空氣裡彌漫著爐火一樣沉悶的氣息，紐約的街道猶如流動著的水管，只不過穿梭其間的並非氣流與燈火，而是融在空氣中的塵土。達格妮下了機場的公車，站在街角，木然而吃驚地打量著這座城市。大樓經歷了幾個星期的酷暑，似乎陳舊許多，而人們卻像是已經飽受了幾百年的怨氣。她站在那裡看著他們，卸下一股強大的脫離現實的感覺。

這種脫離現實的感覺從今天一大早——從她站在空曠的公路，走進一個陌生的城鎮，停下來向第一個路人打聽自己身在何地的時候——便成了她僅有的感受。

「華生維爾。」那人回答。「請問是哪個州？」她問。那人瞧了她一眼，說了聲「內布拉斯加」，便匆匆地走開了。她沉鬱地笑笑，知道他在納悶她的來歷，然而，真實的原因是他無論如何也想像不出來的。不過，當她穿過街道，向火車站走去的時候，華生維爾卻讓她覺得大感稀奇。她已經忘記那種絕望的表情，在大多數人的身上是最尋常不過的，尋常得幾乎是司空見慣——眼前的漠然使她吃驚。她看見了人們臉上那種慣有的痛楚和恐懼，以及對此的逃避——他們像是在遵循著一種躲避現實的方式，極力裝得若無其事，對某種無名的禁忌感到害怕，假裝對一切視而不見，讓自己麻木不仁——然而，這禁忌只不過就是直接面對他們的痛苦，對他們何以必須要忍受它表示疑問罷了。她看得如此清楚，不停地想去走近陌生人，搖晃著他們，對著他們大笑，喊叫著：「醒一醒吧！」

她想，人們如此不開心，實在是沒有道理，沒有任何道理……隨即，她便想了起來，道理正是一種被他們從生命中摒棄了的力量。

她登上了一列塔格特公司的火車，前往最近的一處機場；她沒有告訴任何人自己的身分：這似乎已經無所謂了。她坐在普通車廂靠窗的座位上，彷彿是一個陌生人，不得不去弄懂周圍人們所說的難懂的話。她撿起一份別人扔下的報紙，她琢磨的不是報紙為什麼要這樣寫，而是搞不懂它究竟是在寫些什麼：所有內容看起來都很幼稚和愚蠢。她驚訝地盯著來自紐約的專欄文章裡的一小段，上面特別強調，儘管有各種傳言，詹姆斯．塔格特先生還是希望大家明白他妹妹已經死於一場墜機事故。她漸漸地回想起了一〇—二八九號法令，意識到外界對於她因此逃跑並失蹤的猜測，使吉姆感到難堪。

從那段話的措詞來看，她的失蹤成了輿論的焦點，直到現在還未降溫。此外，還能看出其他一些東西：塔格特小姐悲劇式的死亡被一篇關於飛機失事數量增加的報導所提及——報紙封底有一幅廣告，懸賞十萬元給她的飛機殘骸的發現者，簽發廣告的是漢克．里爾登。

最後讀到的這內容讓她感到焦慮；至於其他的那些，則沒有任何的意義。她慢慢地意識到，她的歸來將會造成一個轟動的事件。對於一場戲劇般回歸的前景，對於將要去面對吉姆和新聞界，以及將會看到的熱鬧，她感到不勝其煩，她但願他們在她不在的這段時間就能將此事淡忘。

在機場，她看到一個小鎮上的記者正在採訪某些登機的官員。她等他結束之後，走上前去，亮出了她的證件，面對目瞪口呆的他平靜地說：「我是達格妮．塔格特。能不能請你告訴大家我還活著，而且今天下午就會到紐約？」飛機即將起飛，她得以躲過了回答問題這一關。

她俯瞰著從下面掠過的那些遙不可及的平原、河流和城鎮——她體會到從飛機上遙望大地時帶來的距離感與她看著人們時的感覺是相同的：只不過她和人們之間的距離似乎更加遙遠。

乘客們正在收聽一些似乎看來很重要的廣播，這從他們熱切而專注的神情就看得出來。她只是斷斷續續地聽到一個像是在騙人的聲音說著什麼新發明，會給某種模糊的大眾利益帶來某種模糊的好處。詞語顯然經過了篩選，因此聽不出任何具體的意思；她搞不懂那些乘客們怎麼居然還能裝出一副傾聽演講的樣子：他們正像還不識字的小孩那樣，舉起一本翻開的書，想怎麼唸就怎麼唸，假裝把一行行他看不懂的黑字當成是他說的話。但是她心想，孩子知道自己是在玩遊戲；而這些人則是裝著一副煞有介事的樣子；他們也只會這樣了。

她走下飛機，繞開計程車站，登上機場的公車，躲開了一群記者——她坐著公車，然後站在街上，打量著紐約，自始至終，她唯一體會到的便是游離於現實之外的感覺。她彷彿覺得自己是在看著一座被荒棄的城市。

走進她的公寓的時候，她絲毫沒有回家的感覺；這地方就像一個便利的機器，可以讓她做一些毫不重要的事情。

然而，當她提起話筒，打電話到賓州里爾登的辦公室時，便如同迷霧初散一般，迅速地感受到了一種力量。

「噢，是塔格特小姐……塔格特小姐！」隨著一聲欣喜的驚呼，傳來的是嚴肅而不苟言笑的伊芙小姐的聲音。

「嗨，伊芙小姐，我沒嚇著你吧？你知道我還活著？」

「噢，當然了！我是今天上午從廣播裡聽到的。」

「里爾登先生在辦公室嗎？」

「沒有，塔格特小姐。他……他在洛磯山那裡，在找……就是……」

「是啊，我明白。你知道在哪兒能找到他嗎？」

「他隨時都會來電話的。現在他正在洛加圖斯，我一聽到消息就給他打了電話，可是他不在，我留了言，讓他打電話給我。你知道，他每天大部分時間是在外面飛……不過，他回到酒店後就會回電話的。」

「是哪家酒店？」

「是洛斯蓋圖的艾多拉多酒店。」

「謝謝你，伊芙小姐。」她打算掛電話了。

「噢，塔格特小姐！」

「怎麼？」

「你到底怎麼了？你到哪兒去了？」

「我……我見面再告訴你吧，現在就在紐約。里爾登先生打來電話時，請告訴他我會在辦公室。」

「好的，塔格特小姐。」

她掛了電話，但手還留在聽筒上，不願離開這對她非常重要的第一個聯繫。她看了看自己的公寓，看了看窗外的城市，實在不願意再次陷入那片死氣沉沉的迷霧之中。

她拿起話筒，撥通了洛斯蓋圖的電話。

「艾多拉多酒店。」傳出了一個女人難聽、慵懶的聲音。

「能否請你給里爾登先生留言？等他回來的時候，告訴他——」

「請稍等一下。」拉長的聲音裡透著極不耐煩的腔調。

她聽到接線器喀嗒一響，接著是嗡嗡的悶音，一陣靜默，隨後傳來了一個人清晰而堅定的回答：「喂？」他正是漢克．里爾登。

她瞪著聽筒，如同是面對著槍口一般，覺得像是被套住一樣喘不上氣來。

「喂？」他又說了一遍。

「是你嗎，漢克？」

她聽到吃驚過後的一聲低低的長嘆，接著便是電話中長時間的空空的雜音。

「漢克！」沒有回答。「漢克！」她驚恐萬狀地叫了起來。

她覺得聽見了用力喘息的聲音——接著聽到了一聲輕嘆，這聲音不是疑問，它包含了千言萬語：「達格妮。」

「漢克，對不起——哦，親愛的，對不起！你還不知道嗎？」

「你在哪裡，達格妮？」

「你沒事吧？」

「當然沒事。」

「你難道不知道我回來了……而且還活著？」

「不……我不知道。」

「噢，上帝呀！我不該打電話，我——」

「你這是在說什麼？達格妮，你在哪兒？」

「在紐約，你沒聽廣播嗎？」

「沒有，我剛進門。」

「他們沒告訴你，要給伊芙小姐回電話？」

「沒有。」

「你一切還好嗎？」

「是問現在嗎？」她聽見他低聲一笑。從他所說的每一個字當中，她聽到了他沒有爆發出來的笑聲，聽到了他年輕的聲音：「你什麼時候回來的？」

「今天上午。」

「達格妮，你去哪兒了？」

她沒有馬上回答，「我的飛機掉下來了，」她說，「摔進了山谷裡。我被一些人救了下來，但我沒辦法通知任何人。」

他的笑聲已經湧了出來：「這麼糟糕嗎？」

「哦……哦，你是說摔飛機嗎？算不上糟糕，我沒事，傷得不厲害。」

「那怎麼會沒法和外面聯繫呢？」

「因為沒有……沒有聯絡辦法。」

「你怎麼過了這麼久才回來？」

「我……我現在沒辦法回答這個問題。」

「達格妮，你是不是有了危險？」

她半帶笑意、半帶酸楚的回答中似乎帶著後悔：「沒有。」

「你是不是被關起來了？」

「不是——還算不上吧。」

「那你應該能早點回來，可你卻沒有？」
「對——不過我能告訴你的就這麼多了。」
「你究竟去了哪兒，達格妮？」
「我們現在能不能先不說這個？等到我和你見面再說。」
「當然，我不問問題了。你就告訴我：你現在安全嗎？」
「安全？是啊。」
「我是說，你是不是遭受過任何永久性的損傷或者影響？」
她帶著同樣陰鬱的語氣回答說：「損傷——沒有，漢克。至於永久性的影響，我不敢說。」
「你今晚還在紐約嗎？」
「當然在，我……我是徹底回來了。」
「真的？」
「你為什麼這麼問？」
「不知道，我想我是……因為總也找不到你。」
「我現在回來了。」
「好，我過幾個小時就去見你。」他突然停住，似乎無法相信剛才說的這句話，「過幾個小時。」他堅決地重複了一句。
「我等你。」
「達格妮——」
「嗯？」
他輕輕笑了笑：「不，沒什麼，就是想多聽聽你的聲音。原諒我，我是說，不是現在。我的意思是，我現在什麼都不想說。」

「漢克，我——」

「等我見到你的時候，我親愛的，一會兒見。」

她站在那裡瞧著靜默的話筒。她回來之後，第一次感覺到了痛苦，一種強烈的痛苦，但它使她有了活力，因為這感受是值得的。

她打了個電話給她公司的祕書，簡單地說了句她半個小時內會到辦公室去。

內特內爾．塔格特的塑像是真實的——她站在候車大廳裡，面對著它。她彷彿覺得他們是在一個巨大空曠、迴盪著聲音的廟宇裡，身邊是縹緲無形、霧一樣時隱時現的幽靈。她肅立片刻，仰望著塑像，以表達自己的敬意，心中只是想說——我回來了。

「達格妮．塔格特」的名牌依然還在她辦公室的磨砂玻璃門上。她走進辦公室外間，員工們臉上的神情彷彿是溺水者突然見到了一線生機。她看見艾迪站在他玻璃隔間的桌後，桌前有個什麼人。艾迪正欲向她走來，卻又停下；他像是被困住了。她彷彿在望著即將遭殃的孩子一般，儘量溫柔地笑著，和眼前的每一張面孔打過招呼，便向艾迪的桌前走去。

艾迪看著她走過來，似乎眼裡其他的一切都已統統不再存在，但他那僵硬的姿勢，卻好像仍然裝作在聽著他面前那個人的講話。

「火車頭？」那人拖著含混的鼻音，不時帶出氣勢洶洶的蠻橫腔調，「火車頭不是問題，只要你——」

「嗨。」艾迪靜靜地一笑，似乎朝著遠處的什麼人輕聲招呼了一下。

那人回過身來看著她。他長著一頭黃色的捲毛，面目僵硬，肌肉鬆懈，手看起來讓人生厭——這副樣子倒是很像個酒鬼；他那雙模糊的棕色眼球空蕩得像玻璃。

「塔格特小姐，」艾迪說，他的聲音莊嚴而洪亮，那口氣彷彿是將那個人一巴掌轟到了一個他從來沒進過的客廳裡，「這位是麥格斯先生。」

「你好，」那人不感興趣地應付了一聲，就全當她不在似的轉過身繼續和艾迪說著，「只要你明天和星期二先把彗星特快停了，然後掛上要去史克蘭頓運煤的車廂，開到亞利桑那州去載那批柚子就行了。馬上下命令。」

「這種事你不能做！」她驚叫一聲，簡直不敢相信。

艾迪沒有出聲。

麥格斯詫異地看了她一眼，只是他那死一樣的眼睛根本表達不出任何反應。「下命令。」他對著艾迪淡淡地甩下這句話，便走了出去。

艾迪開始在一張紙上寫著什麼。

「你瘋了嗎？」她問。

他向她抬起眼睛，彷彿已經被長時間的拷打折磨得筋疲力盡了，「我們必須這麼做，達格妮。」他心灰意冷地說。

「那是什麼人？」她用手指著被麥格斯先生帶上的門，問道。

「聯合理事會的主任。」

「什麼？」

「他是從華盛頓來的代表，主管鐵路的整體規畫。」

「那又是什麼東西？」

「是……噢，先等一等，達格妮，你情況怎麼樣？有沒受傷？是飛機墜毀了嗎？」

她從沒想過艾迪的臉變老後會是什麼樣子，可她此刻卻看到了——三十五歲的他在一個月裡便蒼老了許多。顯老的並非他的皮膚和皺紋，臉還是那張臉，但卻寫滿了對苦痛聽天由命的絕望與憔悴。

她輕柔地一笑，笑容裡滿含著理解和把所有問題一掃而光的自信，伸出手去，說：「好啦，艾迪。你好啊。」

他握住她的手，把它放到了他的嘴唇上。他以前從未這樣做過，這動作既不是放肆，也不是抱歉，只是清楚地表明他的內心。

「是飛機墜毀，」她說，「艾迪，你不用擔心，跟你說實話，我沒受什麼重傷。不過我對新聞界和其他人不會這樣講，所以你不要聲張。」

「當然。」

「我沒辦法和任何人取得聯繫，但這並不是因為我受了傷。艾迪，我只能跟你講這麼多了。別問我去了哪裡，也別問我為什麼去了這麼久。」

「我不問。」

「現在跟我說說，鐵路整體規畫是怎麼回事？」

「這是……哦，能不能讓吉姆跟你說，他馬上就會和你講的。我覺得它實在是太噁心了——除非，你想要我說。」他清楚自己的職責，便又補上了一句。

「不，不用說，你看看我對這個做整體規畫的傢伙所說的理解對不對就行了：他是想把彗星特快取消兩天，用特快火車去亞利桑那州載柚子？」

「對。」

「為了弄到裝柚子的車廂，他還取消了一列運煤車？」

「對。」

「就是為了去載柚子？」

「對。」

「可這是為什麼？」

「達格妮，現在已經沒人再問『為什麼』了。」

她沉默了半晌，又問：「你能不能猜出是什麼原因？」

「猜？這用不著猜，我都知道。」

「那好，是怎麼回事？」

「這趟柚子專車就是應了史馬瑟兄弟倆的要求開的。一年前，史馬瑟兄弟從一個在機會平衡法案下破產的人手裡買下了亞利桑那州的一個果園，那個人種植這座果園已經有三十年了。史馬瑟兄弟在這以前是做賭博機的，他們以扶助像亞利桑那州這樣的困難地區的名義，搞了個計畫從華盛頓弄出一筆貸款，買下了這片農場。史馬瑟兄弟在華盛頓有門路。」

「後來呢？」

「達格妮，每個人心裡都清楚，大家都知道過去這三個星期的鐵路計畫是怎麼回事，為什麼有的地區、有的貨主能發貨，而別人就不行。我們要做的就是把嘴巴閉好，假裝相信一切決定都只是為了『公眾利益』——而紐約城的公眾利益就是要立刻運來一大批柚子。」他頓了頓又說，「只有聯合理事會主任才有權決定什麼是公眾利益，才有權指揮全國任何地區、任何鐵路公司的火車頭和車廂。」

在一陣沉默之後，她開口說道：「我明白了。」又過了一陣，她問，「溫斯頓隧道怎麼樣了？」

「哦，三個星期前已經把它放棄了，他們一直沒能把火車弄出來，設備全報廢了。」

「重修隧道旁邊那條舊鐵路的事怎麼樣了？」

「這事還一直擱著呢。」

「那我們現在還有沒有橫跨大陸的火車？」

他看著她的眼神透著幾分怪異，苦澀地回答：「當然有了。」

「是不是通過西堪薩斯鐵路公司的路線繞行？」

「不是。」

「艾迪，過去一個月都出了什麼事？」

他苦笑著，似乎極不情願地承認說：「過去這一個月，我們賺到錢了。」

她看到外面的門被推開，詹姆斯和麥格斯先生正一起走了進來，「艾迪，」她問道，「你希望在場聽聽這個談話呢，還是寧可不知道這些？」

「不，我希望在場。」

吉姆的臉像是一團被揉皺的紙，只是臃腫得看不出一點棱角和線條。

「達格妮，有很多事要和你說，最近發生了許多重大的變化——」人還未進屋，他那尖銳的嗓音就已經衝進了房間，「哦，對了，我很高興看到你回來，而且活得好好的，」他想起了什麼，急忙補上了這句話。「現在有些緊急的——」

「到我的辦公室去吧。」她說。

在艾迪的重新佈置和照顧下，她的辦公室恢復了往昔的面貌。她的地圖、日曆以及內特．塔格特的畫像又回到了牆上，洛西在任時留下的痕跡被抹得一乾二淨。

「我想我還是這家鐵路公司的營運副總吧？」她在自己的桌後坐好，開口問道。

「你是，」詹姆斯連忙的回答中，帶著責備和不滿，「你當然還是了——你不要忘記——你還沒辭職不幹呢，你還是——對吧？」

「對，我還沒辭職。」

「現在最要緊的就是把這個消息告訴新聞界，讓他們知道你又回來工作，你是到什麼地方去了——以及，對了，你去哪兒了？」

「艾迪，」她說，「請你紀錄一下我說的話，然後轉給媒體好嗎？在飛往塔格特隧道的途中，我的飛機發動機在洛磯山脈上空故障了，我在尋找緊急降落場所的過程中迷了路，隨後摔落在懷俄明州的一處無人居住的山裡。我被一對年老的牧人夫婦發現，並且把我帶到了他們的木屋，那裡地處荒涼，和最近的居民相距五十英里遠。我傷得很重，幾乎昏迷了兩個星期。那對老夫婦沒有電話和收音機，沒有任何聯絡方式和交通工具，他們唯一的一輛舊卡車在想用的時候也壞了。我只好和他們待在一起，直到自己恢復了走路的力氣。我走了五十英里的路，走到了山腳下面，然後輾轉搭車，到達了內布拉斯加州的一處塔格特公司的火車站。」

「原來是這樣，」吉姆說，「嗯，那好，等你接受記者採訪的時候——」

「我不會接受任何採訪。」

「什麼？可他們今天一直都在給我打電話！他們可都等著呢！這很有必要！」他慌了手腳，「這是最最要緊的事！」

「是誰在整天給你打電話？」

「是華盛頓的人，還有……還有其他人……他們在等著聽你說話呢。」

她指了指艾迪的紀錄：「這些就是我要說的。」

「可這並不夠！你必須要說你沒有辭職。」

「這不是很明顯嗎？我回來了。」

「你必須對這件事說點什麼。」

「說什麼？」

「說些有關個人的事情。」

「對誰說？」

「對全國呀，人們都很擔心你，你要讓他們放心才是。」

「如果有誰擔心我的話，那麼這個事件的經過就可以讓他放下心來。」

「我說的不是這個！」

「那你是什麼意思？」

「我是說——」他住了口，躲避著她的眼光，「我是說——」他坐在那裡，一邊不停地搓著手，一邊尋找著合適的詞語。

吉姆就要垮了，她心想；眼前這樣的煩躁、失控的尖叫和驚慌，是以前所沒有的；這種爆發出來的徒勞的威脅腔調，代替了以往他那副小心謹慎的圓滑模樣。

「我是說——」她想，他是既希望表達出意思，又不願意把它說破，既讓她明白，又不希望自己被她看穿。「我是說，外界——」

「我知道你的意思，」她說，「不行，吉姆，我不會就我們企業的現狀給外界任何的安撫。」

「現在你——」

「最好還是讓大家該怎麼擔心就怎麼擔心好了。現在還是談正事吧。」

「我——」

「說正事吧，吉姆。」

他看了看麥格斯先生。麥格斯先生一言不發地蹺著腿坐在那裡抽菸。他穿的夾克固然不是軍裝，然而看起來卻很像。他脖子上的肥肉從領口邊上擠了出來，衣服的腰身實在過小，怎麼也遮不住他胖胖的身體。他戴了一隻大大的黃色鑽戒，隨著他那粗短手指的晃動而一閃一閃。

「麥格斯先生你已經見過了，」詹姆斯說，「你們能夠相處愉快，我真是太高興了。」他期待般地停了一下，但那兩個人誰都沒出聲。「麥格斯先生是鐵路整體規畫的代表，你今後和他會有許多合作的機會。」

「什麼是鐵路整體規畫？」

「這是一個……一個在三星期前剛剛生效的新的全國性的安排，你一定能理解和贊成，而且會發現它很實用。」她對於他還在使用這種伎倆感到驚異；好像只要搶先說出看法，就可以讓她無法改動了。「這項緊急措施挽救了國家的鐵路系統。」

「具體計畫是什麼？」

「你當然能意識到，任何施工任務在目前這種緊急狀況下都是難以完成的。現在——暫時來看——根本不可能鋪設新軌道。因此，國家面臨的首要問題是把交通行業完整地保存下來，保存現有的一切工廠和設施。為了國家的生存，就必須——」

「具體計畫是什麼？」

「作為確保國家生存的一項政策，全國的鐵路聯合成一體，它們的資源被整合到一起。設在華盛頓的鐵路聯合會作為整個行業唯一的理事，得到全體徵收的總收入，然後遵循一種……一種更為現代的分配概念，把收入畫分給不同的鐵路公司。」

「這概念是什麼？」

「不用擔心，產權是得到充分保護的，只不過採取了一種新的形式。每家鐵路公司獨立負責它自己的經營、列車運行計畫以及鐵路和設備的維護。作為對全國聯合的貢獻，每家鐵路在必要時都要無償將自己的軌道和設備提供給其他鐵路公司使用。到了年底，聯合會對總收入進行分配，每一家鐵路就會得到報酬。但是，分配不是胡亂地按老套的那種跑了多少趟車，運了多少噸貨物來計算，而是根據需求——就是說，維護自己的鐵軌是每一家鐵路最主要的需求，報酬是根據每家擁有和維護的鐵軌總長度來計算的。」

這番話她聽得很清楚，也完全明白它的涵義；她簡直不相信這是真的——對於這種像噩夢一般的精神錯亂，她根本就不屑再去表示憤怒、擔心或是反對，可人們竟然願意去假裝相信這是正常的。她感到一種麻木的空虛——感到自己已經是遠遠超過了的憤怒。

「我們現在跨兩岸的火車用的是誰的鐵路？」她冷冷地問道。

「當然是我們自己的了，」吉姆急忙說，「是從紐約到伊利諾州的貝德福特，離開貝德福特之後，我們是用南大西洋公司的軌道。」

「一直到舊金山嗎？」

「這個，總比你當初想用的那條繞行線路要快多了。」

「我們自己的火車免費用別人的鐵軌？」

「另外，你的那條繞行路線後來也行不通，西堪薩斯公司的軌道完蛋了，而且另外——」

「是不是免費使用南大西洋公司的軌道？」

「這個，我們也同意他們免費通過我們的密西西比大橋了。」

她過了一陣子，開口問：「你看過地圖沒有？」

「當然了，」麥格斯先生出人意料地答話了，「你們所擁有的鐵路線是全國最長的，你用不著擔心。」

艾迪憋不住笑了出來。

麥格斯茫然地看了看他，「你這是怎麼了？」他問。

「沒什麼，」艾迪無奈地說，「沒什麼。」

「麥格斯先生，」她說，「你看看地圖就會明白，我們跨兩岸運輸所用軌道的三分之二的維護費用，都是由我們的競爭者們無償提供的。」

「當然是這樣了。」他說道，但他卻瞇起眼睛，滿腹狐疑地盯著她，似乎不明白她為什麼會這麼說。

「同時，我們卻通過手裡的那些沒人走的、沒用的軌道而拿到了報酬。」她說。

麥格斯明白了——頓時像沒了興趣般地把身體向後一靠。

「不是這樣！」吉姆大聲喊叫了起來，「在我們長途火車以前經過的地區，還有很多我們當地的火車在跑——在愛荷華、內布拉斯加和科羅拉多——隧道的另一邊，是加州、內華達和猶他州。」

「我們的地方火車每天只有兩趟，」艾迪冷漠、平淡的口氣像是在讀著一份商業報表一般，「有些地方更少。」

「是靠什麼來決定各家鐵路列車的運行車次？」她問。

「公眾的利益。」吉姆回答。

「是聯合會。」艾迪說。

「過去這三周，全國停開了多少車次？」

「其實，」吉姆急忙說，「這項計畫已經協調了行業內的關係，並且消滅了惡性競爭。」

「它是把全國百分之三十的車次都消滅了，」艾迪說，「現在大家都在競爭的是向聯合會申請取消車次，而最後存活下來的就是那些能做到一趟車都不開的公司。」

「有沒有人算過南大西洋鐵路公司還能維持多久？」

「這和你沒任何——」麥格斯說。

「別說了，麥格斯！」吉姆叫道。

「南大西洋公司的總裁，」艾迪冷冷地說，「已經自殺了。」

「那是毫不相干的！」吉姆嚷嚷著，「那是因為一件私事！」

她默默地坐在那兒看著他們，在她已經麻木而無動於衷的腦子裡，仍存有一點不解：吉姆向來能夠把他的失敗轉嫁到周圍最突出的人身上，就像他對待丹．康維和科羅拉多州的企業家那樣，把他們當做替罪羊，從而保全自己；可是，在面臨覆滅的深淵時，為了苟延殘喘，而死死抓住一個弱小的瀕臨破產者的已被榨乾的屍骨，這甚至都不合掠奪者的行規。

她那想跟人理論的衝動，幾乎使她忍不住要去張口爭論和指出明顯的事實——但她一看到他們的神情，便知道他們心裡其實都很清楚。他們的說法和她不同，腦子裡的意識也是她無法想像的，但對於她想要告訴他們的一切，他們全都明白，再去向他們說明他們的做法是多麼不合理，後果會多麼可怕，已經毫無用處。麥格斯和塔格特心裡都很清楚——他們這種意識的奧妙之處就是可以用來逃避現實。

「我明白了。」她輕輕地說了出來。

「怎麼，你還要我怎麼辦？」吉姆號叫著，「放棄我們的長途運輸嗎？破產嗎？讓鐵路落到東海岸一個破地方的小公司手裡嗎？」她那句話對他的打擊似乎比任何憤怒的反對言行更厲害；讓他恐懼而發抖的似乎便是這輕輕的一句「我明白了」所宣示出來的東西。「我沒辦法！我們得有一條兩岸間的長途軌道！沒有辦法繞過那條隧道！我們沒錢負擔額外的費用了！必須想出辦法來！我們必須要有軌道才行！」

麥格斯半含詫異、半帶厭惡地看了他一眼。

「我並不是在爭論，吉姆。」她淡然說道。

「我們不能讓一個像塔格特公司這樣的鐵路垮掉！那將會是一場全國性的災難。我們必須要想想那些依靠我們生活的城市、企業、貨主、乘客以及雇員和股東們！這不僅僅是為了我們自己，而是為了大眾的利益！所有人都認為鐵路整體規畫是行之有效的！消息最靈通的——」

「吉姆，」她說，「如果你還有更多生意要談——就還是說正事吧。」

「你從來就不從社會的角度去考慮事情。」他惱怒的聲音開始退卻了。

她注意到，儘管她和麥格斯先生有著截然相反的出發點，但他們卻都無法相信會有如此的虛偽。他望向吉姆的眼神分明帶著蔑視。她忽然覺得吉姆像是一個企圖在她和麥格斯之間找到中間道路的人——此時，他發現這條路越來越窄，自己馬上就要被兩堵高牆夾得粉碎了。

「麥格斯先生，」她忽然感到一股苦澀而可笑的好奇，便問，「你以後會有什麼樣的經濟計畫呢？」

她發現他那雙模糊的褐眼珠沒有表情地盯著她，「你太不實際了。」他說道。

「對未來的高談闊論完全沒有用處，」吉姆大聲插了進來，「特別是我們必須要對付眼前的緊急狀況。從長遠來看——」

「從長遠來看，我們都會死。」麥格斯先生說。

隨即，他猛地站起身，「我得走了，吉姆，」他說，「我沒功夫在這兒聊天。」他又補充道，「既然她這個小丫頭對鐵路這麼精通，你就和她談談如何制止火車發生事故吧。」他這句話說得一點也不強硬——因為他根本就不知道什麼時候該硬，什麼時候該軟。

「過會兒見，麥格斯。」吉姆對著理都不理他們，逕自向外走著的麥格斯說。

吉姆又是期待又是害怕地看著她，似乎不敢聽她說話，但又迫不及待地希望聽到些什麼，哪怕是一個字也好。

「怎麼樣？」她問。

「什麼意思？」

「還有什麼要說的嗎？」

「這個，我……」他聽起來有些失望，「有啊！」他像是鐵了心似的叫道，「我還有件事要講，是最要緊的一件事，就是——」

「那是什麼？」

「你現在越來越多的列車事故？」

「不是！不是這件事。」

「是……是你今晚要上史庫德的電台節目。」

她身子向後一仰，說：「是嗎？」

「達格妮，這很有必要，很關鍵，都安排好了，沒什麼可商量的，這種時候沒有選擇，而且——」

她看了一眼手錶：「假如你想說的話，我給你三分鐘的時間解釋——你最好有話直說。」

「好吧！」他不顧一切地說了起來，「高層人士認為最要緊的是——我說的高層是指莫里森、莫奇和湯普森這樣的人——你應該向全國發表一個鼓舞士氣的演講，知道吧，說你並沒有辭職不幹。」

「為什麼？」

「因為大家都以為你辭職了！……你是不知道最近這些事，簡直……簡直太怪誕了。全國上下到處是謠言，各種各樣，什麼都有，而且都很危險。我是說，很有破壞性。人們好像成天只知道嘀嘀咕咕，他們不相信報紙，不相信最有說服力的演說家，只相信那些惡毒的、散佈恐懼的流言。信心、信仰和秩序全都不見了，就連……就連政府的話，人們也不放在眼裡了。人們……人們似乎已經處在恐慌的邊緣。」

「那又怎麼樣？」

「哼，至少有一個原因，就是那些可惡的消失在空氣裡的大企業家們！這件事誰都解釋不了，他們就因此心神不定了。關於這事，有各種各樣瘋狂的傳言，但議論最多的就是『好人不會給他們工作』，他們指的就是華盛頓那些人。現在你明白了嗎？你從沒料到自己會這麼出名吧，現在你可出名了，從你飛機墜毀那時候起，你就開始出名了。誰都不相信飛機墜毀，他們都認為你是違反一〇—二八九號法令跑掉了。對於一〇—二八九號法令，存在著許多的……誤解，以及許多的……這個……不安。你上電台去告訴人們一〇—二八九號法令並不是要讓企業垮台，它是為了大家的利益而規定的很好的法律措施，如果他們稍微再耐心一點，情況就會好轉，就能重見繁榮，現在你明白這有多重要了吧。他們已經再也不相信任何一個政府官員。而你……你是個企業家，以前那批人現在沒剩下幾個，可你是其中一個，他們本來認為你和其他人一樣走了，但這些人裡，只有你回來了。人們一直覺得你是……是和政府唱反調，所以你說話他們會信，這可以大大地影響他們，重新樹立起他們的信心，鼓舞他們的士氣。現在你明白了嗎？」

她面帶嘲諷，但這神情卻奇怪得彷彿是在笑一樣，這使得他受到了鼓勵，便一股腦地講了出來。

她聽著他的這些話，耳邊響起了在一年多以前的一個春天夜裡，里爾登曾說過的話：「他們需要得到我們的某種認可，我雖然不清楚究竟是什麼樣的認可，但是達格妮，我明白我們如果珍惜自己的生命，就絕不能給他們。即使他們再怎麼樣地去折磨你，你也不要給他們；即使他們把你的鐵路和我的工廠都毀掉，也不能給他們。」

「現在你明白了嗎？」

「哦，當然，吉姆，我明白！」

他猜不透她的聲音，這低沉的聲音既帶著呻吟，又含著嘲笑，同時還流露出勝利般的得意——但這是她發出的第一個有情緒的聲音，因此他只好抱著一線希望，孤注一擲地繼續說下去：「我已經答應了華盛頓方面，保證你會發表這個演講！我們不能對他們失信——在這種事上可絕對不行！我們不能讓人懷疑沒有誠信。一切都安排好了，今晚十點半，你在史庫德的節目上作為嘉賓發表演講，他做的是向全國直播的對著名公眾人物的採訪節目，有多達兩千萬的聽眾。鼓舞士氣者的辦公室已經——」

「你說什麼？」

「鼓舞士氣者——就是莫里森——他已經給我打過三次電話，就是為了確保不出差錯。他們下了命令給所有廣播電台，這些電台已在全國各地做了一整天預告，讓大家收聽你今晚在史庫德節目上的演講。」

他看著她，似乎既希望聽到她的回答，又想讓她明白事已至此，她再怎樣都已無濟於事了。她說：「你知道我對華盛頓的政策和一〇——二八九號法令是怎麼想的。」

「現在這種時候，不容許我們再想什麼！」

她放聲大笑。

「你難道不明白現在已經無法回絕他們了嗎？」他大吼了起來，「如果在做了這麼多的宣傳之後你還不露面，就等於是在證明那些傳言，是在公開宣稱自己的背叛！」

「你這種圈套沒用，吉姆。」

「什麼圈套？」

「就是你慣用的這一套。」

「我根本就不知道你在說些什麼！」

「你知道，你心裡清楚——你們這些人都清楚——我會一口回絕。因此你就把我往一個公眾的陷阱裡推，這樣一來，我要是拒絕就會讓你極度難堪，你覺得我不敢讓你這麼難堪。你們指望我去挽救你們伸出去的脖子和面子，我是不會管的。」

「可是我已經答應了！」

「我沒答應過。」

「可我們不能拒絕他們呀！你難道看不出來，他們已經把我們五花大綁，正用刀頂著我們的脖子嗎？難道你不知道他們可以通過鐵路聯合會、聯合理事會或者拖延支付我們債券的方式來整我們嗎？」

「這我兩年前就知道。」

他渾身顫抖著；他的恐懼裡帶有某種比他所說的危險還要大得多的醜陋、絕望甚至是迷信般的東西。

她猛然間相信，他害怕的絕不僅僅只是官僚們的報復，只不過這樣的報復是他唯一允許自己去認清的，只不過是用這層理性的偽裝聊以自慰，去隱藏他真正的動機。她可以肯定他想要避免的不是國家的混亂，而是他自己的驚慌——他、莫里森、莫奇以及其他這夥掠奪者之所以需要她的認可，並不是想安慰被他們迫害的人，而只是為了穩住他們自己。儘管他們給予自己的動機和歇斯底里般堅持的唯一解釋，是那個所謂的狡猾而又切實可行的，把自己的受害者蒙在鼓裡的點子。眼前的這幅情景使她在輕蔑的同時也覺得膽寒，她想，那些人的內心要墮落成什麼樣才能達到這種自欺欺人的地步，他們認為自己只是在瞞天過海，卻不得不從受害人那裡強行索取他們所需要的良心上的認可。

「我們沒有選擇！」他叫道，「誰都沒有選擇！」

「滾出去。」她的聲音極其平靜和低沉。

她嗓音裡的某個音調擊中了他心裡不願吐露的話，儘管他從不會說，但他似乎知道這聲音從何而來。他退了出去。

她看了一眼艾迪；他似乎又經歷了一場令他厭惡，但做好了長時間忍耐準備的搏鬥。

過了一會兒，他問：「達格妮，丹尼爾斯後來怎麼樣了？你是跟著他飛走的，對吧？」

「對，」她說，「他走了。」

「是去了毀滅者那裡嗎？」

這句話像是給了她一拳。這是外面的世界第一次觸及了她心中的那塊光亮的存在，這一天來，她一直把它當成一個靜默、永恆、隱祕的情景，不希望它被周圍的任何東西所影響，不去想它，只是時時感受著它不斷帶給自己的力量。她意識到，毀滅者是他們這個世界對那幅情景的稱呼。

「是的，」她臉色陰鬱，強打著精神說，「去了毀滅者那裡。」

接著，她握緊了撐在桌沿的雙手，讓自己的決心和姿態更加堅定一些，苦笑著說：「好吧，艾迪，現在就看看像我們倆這樣不切實際的人，怎麼去防止列車繼續出事故吧。」

兩個鐘頭之後——她正一個人趴在桌前，雖然一張張的紙上只是記滿了資料，但卻猶如放映中的電影，向她展示著過去四個星期以來鐵路上發生過的一切——鈴聲一響，傳來了她祕書的聲音：「塔格特小姐，里爾登夫人要見你。」

「是里爾登先生吧？」她十分驚訝，覺得這也不可能。

「不，是里爾登夫人。」

她沉吟了一會兒，說道：「請她進來。」

莉莉安進門向她的桌前走來時，舉止間透出某種不同尋常的神態。她穿了一套合身的套裝，一隻明亮的蝴蝶結輕鬆隨意地掛在一側，點綴出一種不對稱的優雅感，頭上歪戴著一頂小帽，看起來俏皮機靈；她的臉色光鮮，步伐和緩，卻帶著一絲做作，走起來時臀部搖擺著。

「你好呀，塔格特小姐。」她用著慵懶而親切的聲音招呼道，在這個辦公室裡，這種客廳裡聊天的腔調與她的套裝和蝴蝶結一樣，顯得格格不入。

達格妮嚴肅地點了點頭。

莉莉安掃視了一下辦公室；她的眼神和她的小帽一樣很有些自娛的味道：似乎它是想表現出，她已經看透了人生只是一場荒唐的遊戲。

「請坐。」達格妮說。

莉莉安坐下來，擺出一副自信、自然而優雅的姿勢。當她把臉轉向達格妮時，那股自覺有趣的神情雖然還在，但味道卻有所不同：它似乎是在暗示著她們共同擁有一個祕密，雖然在別人看來，她在這裡的出現難以理解，但對她們兩個來說卻順理成章。她有意用沉默來強調這一點。

「有什麼事嗎？」

「我是來告訴你，」莉莉安愉快地說，「你今晚要上史庫德的廣播了。」

她發現達格妮的臉上沒有驚訝和震驚，眼神裡充滿審視，像發現了異常響動的發動機技工一樣，「我想，」達格妮說，「你完全明白你這句話的意思。」

「當然了！」莉莉安說。

「那就接著說吧。」

「你說什麼？」

「接著跟我說呀。」

莉莉安乾笑了一聲，這強擠出來的笑聲表明她對這種態度感到了意外，「我看也用不著再多說什麼了，」她說，「你很清楚，你在廣播裡的露面對那些掌權的人是多麼重要。我知道你為什麼拒絕出面，知道你對這個問題的看法。或許你並不覺得這有多重要，但你很清楚我向來是支持目前這個體制的。因此，你能夠理解我對這件事的關心和我的立場。你哥哥告訴我你表示拒絕之後，我就決定來助一臂之力——因為，你也明白，只有我和極少數的人才知道你是根本無法拒絕的。」

「就目前來看，我還不在這極少數的人裡面。」達格妮說。

莉莉安笑了：「嗯，是啊，我還得再說清楚一些。你很明白，對於那些掌權的人來說，你在廣播裡的露面和我丈夫簽署禮品券、向他們交出里爾登合金的行為有著同樣的價值。你也知道他們在所有宣傳中反覆地提到過這件事。」

「我不知道。」達格妮尖銳地說。

「哦，對了，你前兩個月的大部分時間都不在，所以才不知道他們一直不斷地提醒——在報紙、廣播和公共演講當中——說連漢克·里爾登都對一〇—二八九號法令表示了贊同和支持，主動把他的合金簽字交給了國家。甚至是漢克·里爾登啊。這讓許多頑抗者洩了氣，使他們就範。」她身體向後一靠，像是隨便插一句話般地問：「你有沒問過他為什麼會簽字？」

達格妮沒有回答；她似乎沒有把它當成是一個問題；她面無表情，一動不動地坐著，但卻睜大了眼睛盯著莉莉安，好像是全神貫注地在聽莉莉安把話講完。

「不，我想你也不知道，我覺得他根本就不會告訴你，」莉莉安的聲音變得流暢了，她像是看到了路標一樣，放心大膽地順著既定的思路說下去，「但你一定要知道讓他簽字的原因——因為你也會為了這個原因在今晚史庫德的廣播裡露面。」

她故意賣個關子，停了下來；但達格妮只是靜靜等著。

「從我丈夫的舉動來看，」莉莉安說道，「這原因應該讓你感到高興，想想看那個簽字對他意味著什麼。里爾登合金是他最了不起的成果，凝聚了他一生的心血，是他驕傲的最終象徵——你也知道，我丈夫極有激情，他的孤芳欣賞或許就是他最強烈的激情。里爾登合金對他而言不僅僅是一個成果，更能體現出他的創造力、他的自立、他的奮鬥和崛起。他完全有權利擁有這筆財產——你也知道，對於他這樣苛求的人，權利和財產的擁有究竟是意味著什麼。為了保護它，他就是死也不肯把它交給那些他鄙視的人。它對他就是這麼的重要——而這也正是他放棄的。你會覺得高興的，塔格特小姐，因為他是為了你才放棄，完全是為了你的名譽和聲望。他簽署禮品券，交出了里爾登合金——是因為害怕他和你的私情被公諸於眾。沒錯，我們掌握了所有詳細的證據。我相信你一向反對做出犧牲——但就這件事而言，你畢竟還是個女人，因此我相信，看到一個男人為了你的肉體而做出如此巨大的犧牲，你應該是感到知足了。在他晚上和你上床時，你一定是很被取悅，現在，你可以好好享受一下那些夜晚你讓他付出的代價了。而且——你喜歡有話直說，是不是，塔格特小姐？既然你願意去當妓女，而且能索取到這麼讓同行望而興嘆的高價，我只能對你脫帽致敬了。」

莉莉安的聲音像是一具找不到石頭裂縫的鑽頭，不由自主地變得越來越尖了起來。達格妮依然在看著她，但眼睛和神態間的緊張已經不見了。不知為什麼，莉莉安似乎覺得達格妮的面孔顯得格外醒目，如此的平靜和從容，看不出一點特別的表情——這純淨似乎來自她臉上那天生精雕細琢的線條，來自於她那張堅決的嘴巴和沉穩的目光。她猜不透那雙眼睛裡的含意，它所表現出來的冷靜實在不像是個女人，倒像個學者，對於事實，她完全沒有絲毫的畏懼。

「是我，」莉莉安淡淡地說道，「向那些官僚說了我丈夫偷情的事。」

達格妮注意到，莉莉安死氣沉沉的眼睛裡終於出現一絲情緒上的波動，那看起來像是愜意，但卻遙遠得如同陽光被月亮死寂的表面折射到一片毫無生氣的沼澤水面上；只是閃現了一下，便又不見了。

「是我，」莉莉安說道，「拿走了他的里爾登合金。」這聲音聽起來幾乎像是在哀求。

對於這樣一聲哀求，達格妮根本就無法理解，也無從知道莉莉安企圖聽到什麼樣的回答；當莉莉安突然尖著嗓子問：「現在你明白了嗎？」達格妮心裡明白，她找不出莉莉安想要的東西。

「明白。」

「那麼你就應該清楚我的要求，也明白為什麼要服從我了。你和他，你們是不是都覺得自己沒有對手？」她竭力想把自己的聲音變平穩，可它還是發瘋一樣地抽搐著，「你們總是想怎樣就怎樣——這我向來就做不到。現在我總算能讓你們聽我的了。你們別想和我鬥，也別想用你們那幾個我沒有的臭錢買條生路。你們給的好處打動不了我——我根本就不貪心。我不是被那些官僚花錢指使的——我這樣做沒有撈任何好處，是沒有好處的，你明白嗎？」

「明白。」

「那就用不著再多解釋了，只是給你提醒，所有的物證——包括住店紀錄、珠寶帳單這些東西——就在我們手上，如果你今晚不去參加廣播，那明天所有的電台就會報導這件事。明白了沒有？」

「明白。」

「那麼你的回答呢？」她看見那雙像學者一般明亮的眼睛正盯著她，忽然覺得那雙眼睛時而像是看穿了自己，時而又像是對自己視而不見。

「很高興你跟我說了這些，」達格妮說，「我今晚會去上史庫德的廣播。」

一束白色的燈光投在閃閃發亮的金屬麥克風上——這個玻璃籠子裡面只有她和史庫德。那閃爍出的光芒透著藍綠的色調；這個麥克風是用里爾登合金製成的。

她能看到頭頂上方的玻璃板外有一小間房間，裡面坐了兩排人，正向下看著她：詹姆斯那張鬆懈的臉上帶著不安，莉莉安坐在他身邊，把手安慰似的放在了他的手臂上——那個坐飛機從華盛頓趕來、已向她介紹過的人便是莫里森——以及他手下的幾個年輕人，他們嘴裡談論著對知識界所造成影響的分析，看起來像是一群騎警。

史庫德對她似乎有些忌憚，只管對著精巧的麥克風狂噴，向全國聽眾介紹他的節目。他賣力叫喊的聲音裡既有冷嘲熱諷的懷疑，又有不可一世的瘋狂，彷彿是在譏笑著一切人世間信仰的虛偽——好像希望他的聽眾去相信什麼。他的脖子冒出了一小片亮晶晶的汗水，正誇張地敘述著她在一個牧人孤零零的小木屋內療傷，然後英雄般地跋涉了五十英里遠的山路，為的就是在國家危難的緊急關頭，能夠重新履行她對人民的職責。

「……如果你們當中有誰受了惡意詆毀的謠言的蒙蔽，動搖了對我們領導人制定的宏偉的社會政策的信心——那你們應該相信塔格特小姐的話，她——」

她站了起來，抬頭向那束白色的燈光看去。灰塵在光線裡飛旋，她發現其中一粒是有生命的：那隻在舞動的翅膀上映出細微亮點的小飛蟲，正茫然而瘋狂地掙扎著。她注視著牠，發現這個世界和牠一樣的讓她無法理解。

「……塔格特小姐是一個公正的觀察者，一位傑出的商界女性，在過去，她對政府一向多有指責，被認為是像漢克．里爾登這樣的工業巨頭的極端保守主義者的代表。然而，即便是她……」

她奇怪地發現，當一個人不想有感覺的時候，反而變得異常敏感起來；她像是赤身裸體地站在公眾的伸展台上，一束燈光就足以把她托起，因為在她的心裡，已經測不出傷痛的分量。她已經不再希望，不再後悔，不再關心，不再有未來。

「……女士們，先生們，現在有請今晚的女英雄，我們非同尋常的嘉賓——」

一陣突如其來的刺痛喚醒了她的感覺，彷彿剛意識到下面需要她說話，保護她的一堵玻璃牆便被這意識震碎了；疼痛伴隨著被她稱為毀滅者的那個人的名字，從她的心中一閃而過：她不願意讓他聽到她即將說的話。如果你聽見——彷彿是疼痛在向他喊叫著——你就不會相信我跟你說過的那些話——不，更糟糕的是，就連我沒有說過，但你已經知道、相信並且認可的那些話，你也不會再相信了——你會認為那些話並非出自我的真心，我和你在一起的那些日子只是在演戲——它會毀掉我的這一個月，毀掉你的十年——我從沒想過讓你通過這種方式去瞭解，不是像今晚這樣——可你還是會，你一直在觀察著我，知道我的一舉一動，此刻，你正在不知什麼地方注視著這一切——你會聽見我說的——但不說不行啊。

「——我們工業史上的一個輝煌家族現今的繼承人，只有在美國才能出現的女總裁，一家大型鐵路公司的營運副總——達格妮·塔格特小姐！」

接著，她的手扶在麥克風的支架上，親身觸摸到了里爾登合金，一切突然變得輕而易舉，那並非是藥物帶來的輕鬆感，而是內心深處的輕快、明晰和活力。

「我在這裡要說一說你們生活在其中的社會體制、政治制度以及道德觀念。」她的聲音是如此的鎮定自如和自信，區區幾句就挾帶出一股強大的說服力。

「你們都聽說過，我認為這個制度是把墮落當成了動力，把掠奪當成了目標，用謊言、欺詐和武力作為手段，最後的結局只有毀滅。你們還聽說過，我和漢克·里爾登一樣對這個制度表示衷心的支持，對於像一〇—二八九號法令這樣的政策，我都是自願配合。我到這裡就是為了向你們說出事實。」

「不錯，我和漢克·里爾登的立場是一致的。他的政治觀點就是我的觀點。你們都知道，過去，他被譴責為一個與現今制度時時都在作對的反對派，現在，你們知道他被讚頌成一個我們這個時代的最偉大的企業家，他對於經濟政策所做出的優劣判斷是完全可以信賴的。一點也不錯，你們確實可以信賴他的判斷。假如你們還沒有對不負責任的邪惡勢力正統治著你們的生活，對國家即將崩潰、你們即將淪為災民的現實感到恐懼的話——就請考慮一下這位最出色的企業家的觀點吧，他懂得國家的生產創造和生存需要有什麼樣的環境。在現在他還能講話的時候，他已經告訴你們，這個政府的政策正把你們引向被奴役、被毀滅的地步。然而，對於這些政策的極端表現，也就是一〇—二八九號法令，他並沒有譴責。你們聽到過他為了自己的權利——同時也是你們的權利——為了他的獨立和財產所進行的抗爭，但他沒有和一〇—二八九號法令對抗。你們聽到的是他自願簽署禮品券，把屬於他的里爾登合金交給了他的敵人。根據他以往的表現，你們都認為他會拚死抗爭，但是，他卻簽署了那份文件。這意味著什麼呢——有人一直在反覆告訴你們——這只能說明連他都認可了一〇—二八九號法令的必要性，並且為國家而犧牲了他的個人利益。有人一直在反覆地告訴你們，要根據他做事的動機來認清他的觀點。對此我毫無保留地贊成：要根據他做事的動機來認清他的觀點。同時——不管你們對我的意見、對我向你們發出的警告如何看待——也要根據我做事的動機來看清楚我的觀點，因為他的觀點就是我的觀點。」

「過去兩年以來，我一直都是漢克．里爾登的情婦，希望大家不要誤解，我之所以這麼說，並沒有把它看成是一種恥辱，而是懷著無比的驕傲。我曾經是他的情婦，我曾經枕著他的手臂，與他同床共眠。我現在要把一切關於我的傳言都在這裡說清楚，讓它再也無法中傷我——因為我清楚這些指責背後的真正用意，我要親自把它說給你們聽。我以前對他有沒有身體上的欲望呢？有。我是不是被我身體的情感所驅使？是的。我是不是曾體驗到最強烈的性的快感？是的。如果這就使我成了你們眼中不名譽的女人——那就隨便你們好了，這絲毫動搖不了我自己的看法。」

史庫德吃驚地瞪著她；這番話完全出乎了他的預料，而且他隱約驚恐地感覺到不應該讓這個演講再進行下去，但她是華盛頓方面交代過要謹慎對待的嘉賓啊；他拿不定主意是不是應該打斷她；另外，他對這種故事也很感興趣。在觀眾席裡，詹姆斯和莉莉安渾身僵硬，他們就像動物看見迎頭衝來的列車大燈一樣，被嚇得無法動彈；只有他們兩人明白這些話與這次廣播主題之間的關係；現在行動已經晚了；他們根本不敢去承擔妄動會引起的後果。控制室裡站著莫里森手下的一個年輕的知識分子模樣的隨員，他已做好準備，一旦出現意外就中斷播出。但是，他聽不出這段演講裡有什麼重大的政治影響，看不出有任何東西會對他的主人構成威脅。他已經習慣於聽那些受害人在不知名的壓力下所做的違心話，他覺得這是一個反對派正在被迫交代一樁醜聞，因此，或許這個演講還是有一些政治意義的；另外，他對此也非常好奇。

「他選擇了我為他帶來享受，而我也選擇了他，我為此感到自豪。這並不是你們大多數人想的那種肆意放任和彼此蔑視，我們完全清楚這種選擇的意義，這是我們彼此敬慕對方的一種最終的表達方式。我們屬於這樣一種人，他們不會把頭腦思想與身體行動分離，他們不會任創意流於空想，而是要讓它們成為現實，他們讓想法變成實在的物質，讓價值得以實現——他們創造了鋼鐵、鐵路和幸福。對你們當中那些仇視人類的快樂，希望看到人的一生充滿折磨和挫敗，希望人因為幸福、成功、才能、成就和財富而認錯的人——對你們當中的這些人，我現在要說：我曾想要得到他，我得到了，我很幸福，我體驗過了一種純粹、完滿、問心無愧的快樂，這是你們不敢聽任何一個人說出的快樂，是你們只會仇恨別人能夠達到的快樂。那就恨我好了——因為我達到了！」

「塔格特小姐，」史庫德窘迫地插道，「我們是不是離題了……不管怎麼樣，你和里爾登先生之間的私人關係沒有任何政治上的意義——」

「我也這麼想。當然，我來這裡是要說一說你們目前所處的政治和道德制度。不過，我自以為完全瞭解漢克．里爾登，但有件事我直到今天才知道。漢克．里爾登是在別人要把我們的關係公諸於眾的要脅下，才簽署了交出里爾登合金的禮品券。這是敲詐——是政府官員施行的敲詐，是你們的統治者，你們的——」

隨著史庫德揮手將麥克風一把掃開，麥克風在倒地的同時發出了「喀嚓」一聲輕響，這表示那位知識分子模樣的員警已經中斷了廣播。

她放聲大笑了起來——可是，已經沒有人再顧得上去看，或是去分辨她笑聲中的意思了。衝進玻璃間的人們相互嚷成了一團。莫里森正對著史庫德破口大罵著不堪入耳的髒話——史庫德則喊叫著說他早就不同意這麼做，但不得不遵命——詹姆斯像一頭齜牙咧嘴的野獸，一邊向莫里森的兩個最年輕的手下吼叫，一邊躲避著另一個年紀稍大的人對他的咆哮。莉莉安的臉宛如倒在路邊的動物的屍體，雖然還完好無缺，但已是面如死灰。鼓舞士氣者正在狂叫著莫奇先生該怎麼想，「我該怎麼跟他們說呀？」節目導播指著麥克風，哭喪著臉說，「莫里森先生，聽眾正等著呢，我該怎麼說？」沒有人理他。他們爭論的不是應該怎麼辦，而是要去責怪誰。

沒有人和達格妮說一句話或朝她這個方向看一眼。她大步走了出去，沒有遇到一個人阻攔。

她坐進看見的第一輛計程車，把她公寓的地址告訴了司機。車子啟動後，她發現司機旁邊的收音機按鈕雖然亮著燈，卻沒有聲音，只是傳出短促而厲害的咳嗽般的靜電噪音：它正是停在了史庫德的節目上。

她仰靠著車座，頭腦空空，只是悲涼地想道：這麼一來，她或許把那個可能永遠都不想見到她的人徹底掃開了。她頭一次感受到尋找他的那種無邊無際的渺茫——在城裡的街道上，在這塊土地上的城鎮之中，如果他不想被發現的話——在洛磯山脈峽谷裡的那個目標就會被一道射線的光幕封鎖起來。然而，她的心中始終留有一樣東西，它如同是飄浮在空中的一段木頭，她在廣播時始終抓著它不放手——她知道，即使她會失去其他的一切，也絕不能放棄它，那便是他對她說的：「誰都不能以任何自欺欺人的方式待在這裡。」

「女士們，先生們，」史庫德的聲音突然打破了靜默，「由於出現了意外的技術故障，本台在做出必要調整之前將暫停廣播。」計程車司機譏諷地哼了一聲，啪的一下關上了收音機。

她走下車，把錢遞了過去。他退還零錢的時候，忽然將身子向前一湊，想要看清她的面孔。她肯定他認出了自己，便嚴肅地盯著他的眼睛看了一會兒。他那愁苦的面孔和補過無數遍的襯衫在絕望的煎熬下已難以為繼。在她把小費遞給他時，他面對著幾枚硬幣輕輕說出的一句話竟是如此誠懇和莊重：「謝謝你，小姐。」

她忽地轉過身衝進了大樓，不想讓他看到突然湧了上來，已令她承受不住的情感。

她低垂著頭，打開了公寓的房門，燈光從她的下方、從地毯上直撲了上來，她猛然抬頭一看，發現公寓裡亮著燈。她朝前邁了一步——便看見里爾登正站在房中。

她吃驚地愣在了原地：首先是由於他的出現，她沒想到他回來得如此神速；再來就是因為他的那張臉。他神態淡定，微微露出的笑容和清澈的眼神裡散發著無比的堅定、自信和成熟，讓她感覺到過去的這一個月對他來說，似乎是又經歷了數十年，而他的成熟便如人的成長一般，眼光、才華和力量都與日俱增。她感覺到，剛剛經歷了一個月煎熬的他，曾經被她深深地傷害，還要再一次受到更深傷害的他，現在卻會帶給她支持和寬慰，他的堅強將會保護起他們兩人。她只是呆呆地愣了一下，但卻看到他的笑容漸漸地綻開，彷彿他在讀著她的心思，在告訴她不必害怕。她聽到喀的一聲輕響，接著便發現了他身旁的桌子上那台開著的、沒有聲音的收音機。她的眼光詢問似的移向了他，他微微頷首，輕得只能看出是眼皮闔了一下，算是回答——他聽了她的廣播。

他們不約而同地向對方走了過去。他握著她的肩膀，支撐住她，將她的臉向他的方向抬起，但沒有去碰她的嘴唇，而是牽過她的手，親吻著她的手腕、手指和手掌，把這當成了長久忍受之後的唯一的問候方式。突然之間，在經歷了這一整天和這過去的一個月後，她終於忍不住撲倒在他的懷裡抽泣起來，她一生中從未像現在這樣、像女人那樣地抽泣過，在對痛苦進行了最後一番徒勞的反抗之後，她耗盡了力氣。

他一邊攙扶著她，一邊幾乎是將她架到沙發前，想要她坐在他的身旁，但她卻滑到地上，坐在了他的腳邊，一頭埋進他的膝蓋當中，肆意地啜泣著。

他沒有扶她起來，只是用手臂緊緊地摟住她，任她哭泣。她感到他的手放在她的頭和肩膀上面，感到了他堅強的保護，這堅強似乎在告訴她，和她的眼淚一樣，他心裡想的也是他們兩個人，他知道，並且能感受和理解她的痛心，然而卻可以平靜地去面對——他的鎮定似乎消除了她的負擔，讓她可以在這裡，在他的腳下盡情宣洩，他的鎮定是在告訴她，他可以去承受她已無力承受的一切。她隱隱地感覺到，這才是真正的漢克·里爾登，無論他曾經在他們最初相聚的夜晚做出過怎樣粗暴無理的舉動，無論她曾經多少次顯得比他更加堅強，這始終未曾離開過他，始終是把他們兩人聯結在一起的根本——如果她不再有勇氣，他的勇氣將會保護她。

當她抬起頭來的時候，他正低頭含笑看著她。

「漢克……」她羞愧地嘟囔著，對自己剛才的發作很驚訝。

「安靜點，親愛的。」

她把臉又靠回到他的膝蓋上；她靜靜地坐著，竭力平靜自己，竭力抗拒著一個無言的念頭帶給她的壓力：他之所以能夠忍耐和接受她在廣播中的講話，完全是因為他愛著她；這使她必須要告訴他的真相，變成了一個任何人都無法下手的慘烈打擊。她既害怕自己失去了做這件事的勇氣，更害怕這勇氣還在。

她再次抬起頭來看著他，他伸出手去，替她拂去散在臉上的頭髮。

「都過去了，親愛的，」他說，「對於我們兩個來說，最糟糕的事情都已經過去了。」

「不，漢克，還沒有。」

他笑了。

他把她拉到自己的身旁坐好，讓她的頭靠著他的肩膀，「現在什麼都不要說，」他說，「你知道我們都很清楚要說的是什麼，我們會去談的，不過，要等你從它的傷害中恢復過來再說。」

他的手順著她的袖子，滑到她的裙褶，動作輕柔得彷彿觸摸不到衣服裡的身體——彷彿他重新得到的不是對她身體的占有，而是它的形象。

「你受了太多的苦，」他說，「我也一樣。就讓他們來摧殘我們吧，我們可犯不著再自尋煩惱。不管我們要去面對什麼，我們之間不應該有任何痛苦，也不能再增加痛苦。痛苦應該是來自他們的那個世界，不會從我們這裡產生。不要擔心，我們不會傷害到對方，至少現在不會。」

她抬起頭，苦笑地搖著——雖然從動作中可以看出她強烈的絕望，但笑容卻表明她在抗爭，表明了她面對絕望的信心。

「漢克，上個月，我讓你受了那麼多的罪——」她的聲音在顫抖。

「比起一個鐘頭以前我讓你遭受的苦，那又算得了什麼。」他的聲音是沉穩的。

她站起身來，開始在房間裡走來走去，藉以找回她的勇氣——她的腳步彷彿是在告訴他，她已經再也無法忍耐下去了。當她停住腳步，轉身面對著他的時候，他站了起來，像是已經明白了她的用意。

「我知道，我讓你的日子更難過了。」她說著，指了指收音機。

他搖搖頭說：「沒有。」

「漢克，有些事我必須要告訴你。」

「我也有事要告訴你。能不能讓我先說？你看，這些話是我早就應該向你說的。能不能先聽我說，在我說完以前，先別急著回答？」

她點了點頭。

他把站在面前的她好好地打量了一會兒，彷彿是要永遠留住她，留住這一瞬間，留住使他們走到現在的一切。

「我愛你，達格妮，」他帶著一種沒有陰霾的單純和無言的微笑，安靜地說道。

她正要開口，但發現即使他讓她說，她也說不出來。她困在這些沒說出來的話中間，只是動了動嘴唇，算是回答，隨即便乖乖地低下頭去。

「我愛你，就像愛著我的工作、我的工廠、我的合金，和我在辦公桌、高爐、實驗室、鐵礦中度過的分分秒秒一樣，有著同樣的驕傲，有著同樣的價值和相同的表達，如同我熱愛我工作的才能，熱愛我可以去看見和認識的一切，如同我內心希望能夠去解決一道化學方程式或者看見日出，如同我愛著我製造和感受到的一切。你就是我的產品、我的選擇、我的世界、我最好的另一半，就是我從沒有過的妻子，讓這所有的一切都成了可能：你就是我生活的力量。」

她沒有垂下她的臉，而是坦然地將它抬起，去聆聽和接受，因為這是他的希望，也是他應該得到的。

「自從在米爾福特車站支線的貨車上見到你的第一面起，我就愛上了你。坐在約翰．高爾特鐵路的第一輛火車上時，我愛著你。在艾利斯．威特家的走廊上時，我愛著你，第二天的那個早晨，我愛著你。你心裡都知道，但如果我希望那些日子能對我們倆產生真正的意義，我就必須要像現在這樣，對你說出這一切。我愛你，這一點你知道，但我不知道。正因為我不知道，直到我坐在桌子前，交出里爾登合金的禮品券時，才真正地知道。」

她閉上了眼睛，但他的臉上沒有痛苦，有的只是內心格外的寧靜和無限的幸福。

「『我們是不會把頭腦中的思想與身體的行動分開的人。』這是你今晚在廣播裡說過的話。但在艾利斯．威特家裡的那天早晨，你就知道，你知道我當時丟給你的那些侮辱，便是一個男人對於愛最徹底的坦白。你知道那種被我咒罵為我們共同的恥辱的生理欲望——既不是來自於生理需求，也不是來自於肉體的渴望，即使一個人沒有勇氣承認，它表達的也仍舊是被內心最深處所認可的價值。你當時就是因為這個而笑我，對不對？」

「對。」她輕聲說。

「你當時說：『只要你為了最原始的欲望而來找我，我就根本不需要你的心、你的意志、你的生命或者你的靈魂。』你在說這句話的時候就已經知道，我通過那種欲望給予你的正是我的心、我的意志、我的生命和靈魂。現在，我想要把它說出來，這樣才能讓那個早晨名副其實：達格妮，只要我活著，我的心、我的意志、我的生命和靈魂就都是你的。」

他緊緊地盯著她，她發現他的眼裡閃出一絲亮光，但那不是微笑，而像是他聽見了她未發出的呼喊。

「讓我講完，親愛的。我希望你能知道，我完全明白自己所說的話。我自認為是在和他們戰鬥，卻接受了敵人的最惡毒的信條——這就是我從此以後一直在付出的代價，這也正是我現在還在付出、而又必須付出的代價。我接受的是他們用來將人扼殺在搖籃裡的教條，那是殺人者的教條：是橫在人的心靈和軀體之間的裂縫。我像他們大多數的受害者那樣，渾然無知地接受了它，甚至不知道還有這個問題的存在。我反抗他們所宣揚的人類無能的教條，對我有能力為了滿足自己的欲望而去思考、行動和工作感到自豪，但我並不知道這就是美德，我從沒認為它是一種道德觀，最崇高的道德觀，比人的生命更值得捍衛，因為正是它才使生命成為可能。而我則為此接受了懲罰，就是因為我的無知和屈從，才讓邪惡得以倡狂，才讓美德落到了邪惡的手中。」

「我接受了他們的侮辱、欺騙和勒索。對那些整天神祕地嘮叨著靈魂，連一寸房瓦都不會蓋的廢物們，我以為根本不值得去理睬——我以為這世界就是我的，那些胡言亂語的廢物對我不是威脅。我不明白為什麼自己會一敗再敗，不知道我是在用自己的力量和自己鬥。在我忙著去奪取東西的時候，放棄交給他們的則是心靈、思想、原則、法律、價值和道義。我不自覺地接受了那樣的教條，認為想法對於人的生存和工作、對於現實和這個世界無足輕重——彷彿想法並不屬於理性的範疇，反而是我所鄙視的神祕信仰的一部分。他們就是希望我能退到這一步，這就足夠了。我拱手讓出的正是他們想盡辦法要顛覆和毀滅的：那就是人的理性。不錯，他們沒有能力去適應物質社會、去創造財富和控制這個世界。他們用不著那樣做——因為他們控制了我。」

「我懂得財富只是達到目的的途徑，便創造出這些途徑，任他們指引出我的目的。我以能滿足自己的欲望為榮，任他們指引出我用來評價自己欲望的價值標準。我為了自己的目的而生產，到頭來只剩了一堆鋼鐵和黃金，我的目標一個都沒實現，並與我的願望徹底背離，我的每個追求幸福的努力都備受挫折。」

「正像那些神祕主義者極力宣揚的那樣，我將自己一切兩半，用一套標準去經營我的事業，在我自己的生活中用的卻是另外一套。掠奪者企圖操縱我的鋼鐵的價格和價值，我反抗了——但卻任由他們制定我生活中的道德標準。我反對不勞而獲——卻認為把不該她得到的愛給了我所鄙視的妻子，把不該她得到的尊重給了恨我的母親，把不該他得到的幫助給了一個算計我、要毀掉我的弟弟，這都是我的義務。我反對在金錢上去做無謂的犧牲——但卻接受了生活在應得的痛苦之中。我反對宣稱我的創造力有罪的說法——但我卻把我享受幸福的渴望當成了罪過。我反對把美德說成是與肉體無關的不可知的神靈——但我卻因為你和我身體裡的欲望而詛咒你——我至親至愛的人。假如身體是魔鬼的話，那麼那些讓它存活下來的人們，那些物質財富和它的創造者們也就都成了魔鬼——假如道德觀念與我們的現實狀況格格不入，那的確就應該鼓勵不勞而獲，無所事事就成了美德，成績和收穫就不應該有什麼聯繫，有創造力的『低等動物』就應該伺候那些靈魂高尚、四肢無能的『高等生命』。」

「假如在我的創業之初，像休．阿克斯頓那樣的人對我說，認同神祕主義者的性愛理論，就等於認同了掠奪者的經濟理論，我一定會當面笑他。現在，我不會嘲笑他了。現在，我看到里爾登鋼鐵公司掌握在一些人渣的手裡——我看到自己用一生創造的成果養肥了最惡毒的敵人——至於那兩個我最愛的人，我卻對一個極盡侮辱，也讓另一個在大眾面前蒙羞。對於我的那位朋友，他捍衛我、教導我，讓我懂得了這些道理，從而獲得解放，我卻給了他一耳光。我愛他，達格妮，他就像我從未有過的兄弟一樣——但我卻因為他沒有幫我為掠奪者生產，便把他一腳踢出了我的生活。現在只要能讓他回來，我什麼都可以放棄，可是我已經沒有什麼可以還他，再也見不到他了，因為我明白，哪怕僅僅是請求原諒的話，我都不配說。」

「而對你，我最親愛的人，我的行為更加惡劣。聽你被迫說的那番話——我就是這樣對待我愛的女人，就是這樣對待我唯一的歡樂。不要說什麼你從一開始就想好了，就已經接受了包括今晚這樣的後果——這改變不了是我讓你走投無路的事實。無論是掠奪者強迫你說話，還是你要為我報仇、令我解脫——都無法挽回是我讓他們的陰謀得逞這個事實。羞辱你的並不是他們罪惡而卑劣的行徑，而是我。他們只不過是做了我曾經相信並且在艾利斯．威特家說過的話。是我把我們的愛當成見不得人的祕密隱藏了起來——他們只是按照我的邏輯去對待它而已。是我想在他們的眼裡扮成另外一副樣子——他們只不過是借助了我給他們的權利而已。」

「人們認為說謊者能騙得過別人就算是占了上風。我現在懂了，說謊等於是自我放棄，因為說謊者放棄了自己真實的一面，把它交給了別人，從此便身不由己，只能硬著頭皮假裝下去。人一旦撒了謊，就會為此付出得不償失的代價。對全世界說謊的人，從此便成了全世界的奴隸。當我隱藏了對你的愛，並對大家矢口否認、生活在謊言之中時，這件事就變成一種公共財產——公眾也就理所當然地向它伸手了。我沒辦法去糾正，也沒有能力去挽救你。當我向掠奪者屈服，為了保護你而簽署了他們的禮品券時——我仍然是在製造假象，除此以外，我已經別無選擇——達格妮，我真有心看見我們倆去死，也不想被他們這樣威脅。但不管是不是善意，謊言就是謊言，謊言只能帶來黑暗和毀滅，善意的謊言造成的破壞是最徹底的。我的自欺欺人造成了殘酷的結果：不僅沒能保護你，反而給你帶來了更可怕的考驗，不僅沒能保住你的名譽，反而逼得你只能去迎接眾人扔來的石頭，只能自己砸自己。我知道你對自己說的那些話感到驕傲，聽到你的話，我也感到驕傲——但這驕傲是我們兩年以前就應該得到的。」

「不，你沒有讓我更不好過，你讓我得到了解脫，你拯救了我們兩人，挽回了我們的過去。我不能請求你的原諒，這對我們來說遠遠不夠——我只能把我此時的幸福當成向你賠罪的唯一方式。親愛的，我感到幸福，而不是在受折磨。我除了還能去看，其他已經做不了什麼，但我看到真相還是讓我很快樂。假如我向痛苦低頭，陷在對我所犯過錯誤的悔恨中自暴自棄的話——那才是無可挽回的背叛，才是對我所悔恨的真理的最終放棄。但是，如果我還能擁有一份對真理的熱愛，那麼以前的損失越是慘重，我對自己為了那份愛而曾經付出的代價就越發感到自豪，那麼過去的那堆廢墟就不是埋葬我的墳墓，而是一個被我踩在腳下，讓我看得更高更遠的起點。我剛開始創業時，擁有的只是我的驕傲和視野——是它們讓我獲得了之後的一切。它們也在成長，我現在認識到了過去看不見的無比寶貴的財富：我完全可以為我的見識感到驕傲。有了它，別的就垂手可得了。」

「達格妮，作為向今後邁出的第一步，我想要做的就是像現在這樣，對你說我愛你。我最親的人啊，我愛你，我身體裡衝動的激情來自於無比清醒的內心——在以往的一切中，只有我對你的愛保留了下來，永生不變。我想趁著自己還有這個資格時對你說。既然我一開始沒講，我就必須在這結束的時刻說出來。現在，我來說說你想對我說的是什麼——因為你要明白，我已經知道並且接受了：過去的這一個月裡，你在某個地方遇見了你愛的人，如果愛是一個人最終的、無法取代的選擇，那麼他就是你唯一愛過的人。」

「是啊！」她像是受到重擊，全身感覺只剩了震撼，在驚叫聲中幾乎喘不過氣來，「漢克！——你是怎麼知道的？」

他笑著指收音機：「親愛的，你都是用『曾經』這兩個字來說的啊。」

「哦……」她一聲長嘆，閉上了眼睛。

「假如不是這樣的話，你就該把那句話狠狠地拋給他們。你說的是『我曾想要得到他』，而不是『我愛他』。你今天打電話給我的時候，對我說你本來是可以早點回來的。其他任何理由都不可能讓你像那樣離開我，只可能是這個原因。」

她身體向後仰了仰，像是有些站不穩，但依舊定定地望著他，微笑始終沒有離開過唇邊，但敬慕之情讓她的眼神柔和了下來，也讓她的嘴巴痛苦得變了形。

「不錯，我是遇到了我愛著，而且會永遠愛著的人，我和他見了面，和他談過話——但他是一個我得不到，或許永遠都得不到，甚至可能再也見不到的人。」

「我想我一直都很清楚你會去尋找他。我知道你對我的感情，我知道那有多麼的深厚，但我明白，我不是你的最終選擇。無論你給予他什麼，都不意味著我失去了，因為我從來就沒有得到過。對此我不能反抗，我現在所有的這些對我來說太重要了——我既然已經擁有，就不會再失去了。」

「你想聽我說嗎，漢克？假如我說我會永遠愛你，你能瞭解嗎？」

「我想在你還沒瞭解的時候，我就已經瞭解了。」

「你在我的眼裡一直是現在這樣，你在自己身上剛剛意識到的非凡之處，我一直都能看見，而且我一直在看著你如何艱難地去發現它。不要說什麼補償，你並沒有傷害我，正是因為你在難以想像的壓力的折磨下還保持著你的正直，才會出現那樣的錯誤——而你對它的抗爭並沒有讓我痛苦，它帶給我一種難得的感受：那就是敬慕。如果你願意接受的話，它永遠都不會改變，你在我心中的意義永遠都不會改變。但我遇到的那個人——在我還不知道他的存在時，我就一直盼望得到他這樣的愛，而且我覺得我永遠都不可能得到他，但只要愛著他，就足以支撐我繼續活下去。」

他把她的手貼在他的嘴唇上，「那麼你就明白我的感受，」他說，「明白我為什麼還這麼快樂了。」

她仰頭望著他的臉，發現眼前的他終於表現出她認為他一直努力想要達到的狀態：一個可以盡情享受生活的人。那副在忍耐和劇烈的苦痛下緊繃的神態不見了；此刻，在滿目瘡痍之下，在他最艱難的關頭，他寧靜的臉上充滿了堅強；這正是她在山谷中見到的人們臉上的神情。

「漢克，」她輕聲地說道，「我想我解釋不了這一點，但我覺得無論是對你還是對他，我都沒有背叛。」

「你沒有。」

她的眼睛由於臉色的蒼白而顯得更加有神，彷彿身體儘管已經疲憊不堪，但意識卻依然敏銳。他扶她在沙發上坐下，將手臂放在沙發背後，既不碰到她，又彷彿是在環護著她。

「現在跟我說吧，」他問道，「你到哪兒去了？」

「我不能告訴你，我保證過要嚴守祕密。我只能說這地方是我飛機墜落時碰巧發現的，離開那裡的時候我的眼睛被罩住了——而且，我不可能再找到它。」

「難道你不能循原路找到那裡？」

「我不會那樣做。」

「但那個人呢？」

「我不會去找他。」

「他留在那裡了？」

「我不知道。」

「你為什麼離開他呢？」

「我不能告訴你。」

「他是誰？」

她實在憋不住，笑了出來：「約翰．高爾特是誰？」

他看了看她，十分驚訝——但是發現她不是在開玩笑。「這麼說，約翰．高爾特是確有其人了？」他緩緩地問道。

「對。」

「這句口頭禪指的就是他？」

「是的。」

「而且它還有某種特殊的含意？」

「當然有了！……有一件關於他的事我可以告訴你，因為我在答應保守祕密之前就已經知道了：我們找到的那台發動機就是他發明的。」

「哦！」他笑了，似乎覺得他早就應該想到這一點。接著，他的眼裡閃過一絲幾乎是同情般的目光，輕輕地說道：「他就是那個毀滅者，對吧？」他發現她渾身一震，便又接著說：「不，如果你不能回答的話，就不要說。我想我知道你是去哪裡了。你當時是想從毀滅者的手中救回丹尼爾斯，而且墜機時你正在跟蹤丹尼爾斯，對不對？」

「對。」

「我的天啊！達格妮！——還真的有這麼一個地方存在啊？他們都活著嗎？有沒有……？對不起，不要回答。」

她笑了：「它的確存在。」

他久久不語。

「漢克，你能丟掉里爾登合金嗎？」

「不！」他強烈地喊道，隨即又加上一句，聲音第一次顯得有些無奈，「還不行。」

然後，他便望著她，彷彿在說這三個字的前後，他已經體會到了她過去這一個月來所承受的巨大痛楚。「我明白了，」他說。他用手貼向她的額頭，帶著一絲理解、一絲同情，和一種近乎難以置信的神情，「你現在可真的是在受罪了！」他低聲說道。

她點點頭。

她身子倒下去，躺在沙發裡，臉枕著他的膝蓋。他拂著她的頭髮，說道：「我們要和掠奪者抗爭到底。我不知道我們的前途會怎樣，但如果不是我們勝利，就只能說明前途已經沒有希望。可是在此之前，我們要為了我們的世界而戰鬥。現在剩下的只有我們了。」

她躺在那裡，手和他的手緊扣在一起，沉睡了過去。在她徹底丟掉最後一點感覺之前，她感受到了一片茫茫的空虛，在這個城市的虛空之中，她將永遠無法發現那個她已沒有權利去尋找的人。

第四章 反對生命

詹姆斯從晚禮服的口袋內隨手掏出一張百元鈔票，扔到了乞丐的手裡。

他發現那個乞丐無動於衷，像是在收自己的錢一樣，然後輕蔑地說了句「老兄，謝了」，便走開了。

詹姆斯在人行道上呆呆地站著，不明白為什麼會有一種震驚和恐懼感。這倒不是因為那個人的傲慢無禮——他並不是想得到什麼感激，也從來不會被可憐打動，他的舉止呆板，完全沒有任何方向。但那個乞丐是如此漠然，似乎一百元也好，一角錢也罷，即使什麼都沒有要到，也已經毫無區別，因為他那副樣子像是已經看到了自己今晚將死於飢餓之中。一個冷顫打斷了塔格特此時和乞丐相同的思緒，他急忙邁開步子走了起來。

四周的街牆在夏日的黃昏下顯得格外不真實的透亮，一層橘黃色的霧氣瀰漫在十字路口，籠罩了屋頂，將他團團圍住。聳立在半空的日曆破霧而出，黃得像一張老羊皮，顯示著八月五號。

不——他想著自己剛才莫名其妙的感覺——不對，他感覺挺好，所以才想在今天晚上做點什麼。他不能承認那麼反常的躁動完全是因為他想去哪高興一下；他不能承認他想有的那種高興就是該去慶祝一下，因為他說不出他想慶祝的究竟是什麼。

這是異常忙碌的一天，雖然說的盡是些讓人摸不著頭腦的詞句，但它們卻像是在一點一點地逐步達到讓他滿意的效果。但他的目的和讓他感到滿意的真相不能被他們識破，甚至他自己也最好裝不知道；因此，他這股突然很想去慶祝一下的念頭很危險。

今天一開始，一位來訪的阿根廷議員，在他的旅館套房裡搞了個小型午宴，來自不同國家的人聊到了阿根廷的氣候、土壤、資源、人民的需要，以及對今後採取的靈活、漸進態度的意義——也蜻蜓點水般地提到了阿根廷在兩周內將宣佈成為人民共和國的事。

接著，他到伯伊勒家喝了幾杯，那兒只有一位從阿根廷來的沉默寡言的先生默默坐在角落，而兩位華盛頓的官員和幾個背景不詳的人，則談論著國家的資源、冶金、採礦、鄰國的義務和全球的福利——同時說起了將於三周內向阿根廷和智利提供的四十億貸款。

隨後，他在一間設在高樓頂上、酷似地窖的酒吧裡做東，請了一家最近剛成立的公司的幾位老闆。這家取名為「鄰國親善與發展」的公司由伯伊勒出任總裁，一位身材修長、風度翩翩、精力過度旺盛的智利人擔任財務總監，那人名叫馬利歐·馬汀內斯，但塔格特總覺得他和庫菲·麥格斯有幾分神似，便稱他為庫菲·麥格斯先生。他們聊的是高爾夫、賽馬、賽艇、騎車以及女人的話題。至於鄰國親善與發展公司已經拿到一個長達二十年的獨家「經管合約」，以此經管南半球所有的人民國家的工業這件事，他們早就知道，也就用不著再提了。

這天的最後一個活動，是在智利外交官羅德利格·岡薩雷斯家中舉行的盛大晚宴。岡薩雷斯先生在一年前還是沒沒無聞，但自從他六個月前來到紐約之後，便因舉辦聚會而小有名氣，他的客人們形容他是一位具有改革精神的商人。據說，當智利變成共和國時，除了像阿根廷這樣落伍國家的公民的財產外，其他財產一律收歸國有，岡薩雷斯先生便因此失去了所有的財產；但他的態度非常開明，為了能讓自己為國家做出貢獻，他便加入了新政府。他在紐約的家占據了一家高級飯店的整層。他的面孔肥胖而蒼白，眼睛兇狠得像是要殺人一般。通過今晚宴會上的觀察，塔格特認為此人完全可以不為任何情感所動。他就像一把刀，可以隨時悄無聲息地從他那下垂的肥肉裡刺出來——只有當他拖著腳步走在厚厚的波斯地毯上，用手輕輕地拍打著他光滑的座椅扶手或者閉上叼著雪茄的嘴唇時，才會流露出一種下流，甚至是色情的意味。他的太太岡薩雷斯夫人個子不高，倒是有幾分姿色，雖然並沒有她自認為的那麼漂亮，卻總是神經兮兮的，自我感覺良好的舉止裡帶著一種過分的鬆弛、熱情和嘲諷，就好像她一切都能辦到，誰都可以原諒似的。很多人都知道，在互惠互利比靠真材實料地做生意更吃香的年代，她那種特殊的交際本領才是她丈夫最大的本錢。看著置身於賓客中的她，塔格特不禁想，那幾個豔遇的夜晚，男人們大多數並未奢求，也許事後也就全忘了，但不知又因此換取了怎樣的交易，簽署了什麼法令，又有哪些企業將要面臨毀滅了。他覺得很無聊，他只是應了其中六七個人的請求才來這裡露一面，只要他們看見他，彼此對視幾眼，就連話都不必多說了。直到馬上要開始用餐時，他才聽到了一直等待的消息。那六七個人走到岡薩雷斯先生的座椅旁邊，他抽著雪茄，朝他們噴著煙霧，說起與今後成立的阿根廷人民國家達成的協議，德安孔尼亞銅業公司的財產將在不到一個月內的九月二日，被智利人民共和國收歸國有。

一切進展得都合乎塔格特的預測；不料，他聽到那些談話時，卻抑制不住地想要逃開。他彷彿覺得應該以另外的方式來慶祝今晚的成績，這無聊的晚宴已經讓他實在難以忍受了。他曾經走上黃昏的街道，似乎既想做點什麼，又覺得心裡惴惴不安：他很想尋找一種無法找到的樂趣去慶賀他不敢說出來的那種感覺——但當他發現了是什麼促使他計畫了今晚的戰果，而這戰果中又是什麼使他感到喜悅的滿足時，他便害怕了。

他提醒自己要把自去年崩盤後就一蹶不振的德安孔尼亞銅業公司的股份賣掉，然後像他的朋友們所贊成的那樣，買進會讓他發大財的鄰國親善與發展公司的股票。但這想法還是讓他覺得無聊；這不是他想慶賀的。

他努力使自己高興：錢才是他的動力，錢才是最壞的，他自己說。那動機是否正常，是否站得住腳呢？那難道不是威特、里爾登和德安孔尼亞這些人追逐的東西嗎？……他使勁地搖著腦袋，不讓自己想下去：他覺得他的思路似乎滑進了一條令人盲目而充滿危險的胡同裡，他不想知道這條道路的盡頭。

不——他無可奈何地淒然想道——錢對他來說已經再也不重要了。在今天他做東的聚會上，他花起錢來像流水一樣——買了一大堆喝不完的酒和紋絲未動的點心，心血來潮便往外掏錢，沒必要的小費也照給不誤，因為一個客人要查證他講的一個下流故事，他便打了個長途電話到阿根廷，他只想找刺激，病態一般渾渾噩噩地想著花錢，這比動腦筋思考要容易多了。

「有了鐵路整合規畫，你完全可以高枕無憂了。」伯伊勒醉醺醺地對他笑著說。實行了鐵路整合規畫之後，北達科他州內的一家地方鐵路公司已經被迫倒閉，成了受此影響而蒙受損害的地區，當地的銀行負責人在槍殺了自己的妻兒後飲彈自盡——田納西州的一列貨物列車被臨時取消，當地的一家工廠直到前一天才知道沒有了運輸，工廠廠主的兒子放棄了上大學——由於和一幫強盜一起行兇殺人，他現在正被關在監獄裡聽候處決——堪薩斯州的一個車站被關閉，曾經一心想當科學家的車站站長放棄了研究，到餐廳洗盤子去了——而他，詹姆斯．塔格特，卻可以坐在一間私人酒吧裡，沃倫．伯伊勒在這裡大口灌著酒，侍者看到酒潑在他胸前，忙替他把衣服擦乾，地毯上留著菸頭燙壞的洞，因為那個智利來的皮條客懶得起身去碰那只僅有三步遠的菸灰缸，而這一切的費用都是他來付的。

此時令他感到不寒而慄的並非他對錢的無動於衷，而是他知道自己一旦淪落到乞丐的地步，也會同樣地漠然處之。他一直在譴責貪婪的罪惡，但他自己其實也有份，想到這些，他也感到有些罪惡，但那感覺只是像輕微的刺癢一般。此刻，他感到了一陣寒意，因為他覺得自己從來就不是一個偽君子：他的確從來就沒在乎過錢。這念頭使得他面前又張開了一個大洞，這洞口通向的那條小路則是他不敢冒險去看的。

我只不過想在今晚做點什麼罷了！他帶著怒氣、反抗般地朝著不知什麼人無聲地喊著——他在反抗把這些想法強灌到他腦子裡的那個東西——惱恨世間的這股惡毒的力量，為什麼在允許他輕鬆之前，一定要讓他先想清楚他究竟是要什麼，並且還要有理由。

你想要什麼？一個充滿敵意的聲音不停地在逼問，他加快腳步，想逃離它。他覺得他的腦子就像一個迷宮一樣，在每一個轉彎處都會出現一條岔路，把他引向一片隱藏著深淵的濃霧之中。他覺得他像是在狂奔，那一方小小的安全島正漸漸萎縮，即將留下來的只會是那些歧路。就像是他周圍的街道還殘留著一些可以看清的地方，而霧氣正瀰漫進去，堵住了所有的出口。它為什麼一定要縮小？他驚恐萬狀地想著。他向來是固執而安全地盯著腳前的那一塊人行道，狡猾地避開眼前的道路，不去看遠處，不去看轉角和高樓的塔尖，他的生活一直就是這麼過的。他從來就沒想過要到達什麼地方，他想停下來不動，不被那一條直線所束縛，他從來沒想過要讓他生活過的歲月累積起來——是什麼把它們累積起來的？他怎麼會身不由己地到了這麼一個站立不穩又後退不得的地方？「老兄，看路！」一個聲音朝他吼道，同時被一個人的手臂碰了一下——他這才發覺他一直在跑著，而且撞到了一個味道難聞的壯漢身上。

他放慢了腳步，分辨著自己是在朝什麼地方瞎跑。他沒想過要回家去見他的老婆，那條路對他來說也是險霧重重，可是，他已經無路可走了。

他一踏進雪麗的房間，看見她靜靜地挺身坐起來，便意識到這裡的危險比他不想看到的更嚴重，而且他也難以如願。不過，一有危險，他便想到只要自己不去看，它就無法成真，於是他會閉上眼睛，停止思考，連彎也不拐地走下去——彷彿他心裡吹響的號角不是用來發出警告，而是招來更濃的迷霧。

「是啊，我是要去參加一個重要的商務宴會，不過我轉念一想，今晚還是想和你一起吃晚飯。」他這一副恭維的口氣只換回了輕輕的一聲——「知道了。」

她那毫不驚訝的舉止和黯淡而沒有表情的面孔讓他不自在，看著她有條不紊地吩咐著僕人，然後在餐廳的燭光下，看著她坐在餐桌對面，看著橫在他們之間的銀冰桶內放著的兩盞水晶杯，他感到很不自在。最讓他不自在的是她的冷淡；她再也不是那個對這座由著名藝術家設計的豪宅感到不知所措、自覺卑微的小女孩，她儼然已經成了這裡的一部分。彷彿是這間屋子生來就有的女主人那樣坐在桌前，穿了一件剪裁得體的紅褐色綢緞家居服，正好和她頭髮的暗銅色搭配，式樣極其簡潔，沒有一點裝飾，他還是更喜歡她以前那些叮噹作響的手鍊和水晶石的釦子。這幾個月來，她的目光讓他很不舒服：那雙眼睛既不友好，也無敵意，只是疑心重重地盯著他。

「今天我可是做了件大事，」他那炫耀的口氣彷彿是在求饒，「它關係到整個大陸和六七個國家。」

他發現，他希望看到的那種敬畏、崇敬和強烈的好奇只能出現在從前在商店賣貨的那個小女孩的臉上，從他太太的神情中已看不到這些；哪怕是生氣或憤恨，都比她那種平視過來的認真目光要好得多；這疑問的目光簡直比質詢還要糟糕。

「什麼事啊，吉姆？」

「什麼什麼事？你幹嘛要懷疑？幹嘛立刻就想要打聽？」

「對不起，我不知道這是機密，那你就別回答了。」

「這不是機密，」他等了等，可她依然沉默著，「怎麼？你難道不想說點什麼嗎？」

「當然不了。」她淡淡地回了一句，像是想讓他高興。

「這麼說你一點都不感興趣？」」

「可是我覺得你不願意談這件事。」

「得了，別耍心眼了！」他高聲叫了起來，「這是一筆大生意，你不就是崇拜這種大生意嗎？哼，大得讓那幫小子們做夢都想不到，他們這輩子都是一分一分地在省錢，可我就能像這樣，」——他打了個響指——「就像這樣，這可是有史以來最漂亮的一場表演。」

「你是說表演，吉姆？」

「是買賣！」

「是你一個人做成的？」

「當然是我了！那個又胖又蠢的伯伊勒下輩子都做不成，這需要掌握知識、技巧、時機，」——他看到她的眼裡閃出了一絲興趣——「還有心理學。」她眼中的興致不見了，可他卻依舊漫不經心地大談著，「必須要懂得如何去和接近莫奇，如何讓他不受到不好的影響，如何既讓湯普森先生感興趣，又別告訴他太多，如何把莫里森安插進來，同時把霍洛威排除在外，以及如何找到合適的人，在適當的時候請莫奇吃上幾頓，還有……對了，雪麗，家裡有沒有香檳？」

「香檳？」

「我們難道就不能來點兒特別的？難道就不能一起慶祝慶祝嗎？」

「我們當然可以喝點香檳了，吉姆。」

她按鈴叫人來，吩咐了下去，神態間還是一副怪怪的、沒精打采並且無所謂的樣子。她無欲無求，完全是在順著他的意願。

「你好像不怎麼感興趣啊，」他說，「不過話說回來，生意上的事你又懂什麼呢？這麼大的事你根本就不可能懂。還是等到九月二日，看看他們聽說這件事之後的樣子吧。」

「他們？誰呀？」

他瞥了她一眼，似乎是不小心說溜了嘴：「我們設計了一個方案——我，伯伊勒，還有幾個朋友——要控制邊界線南邊所有企業的財產。」

「那些財產本來是誰的？」

「當然是……人民的了。我們可不是像過去那樣只是為了個人撈錢，而是肩負著一項富有奉獻意義和公眾精神的使命——那就是管理南美洲幾個國家的國有化資產，向他們的工人傳授我們的現代生產技術，幫助那些從來沒有機會的貧困人民——」儘管她只是坐在那裡，依舊目不轉睛地看著他，他卻猛地收住了話，「你要知道，」他突然冷笑了一聲，「假如你是急不可耐地想要掩蓋你的貧民出身的話，就不會對這套社會福利的做法那麼漠不關心了。缺乏人道意識的總是那些窮人，人必須出生在富貴之家，才能對利他主義有細微的體會。」

「我從沒想過去掩蓋我貧民的出身，」她那冷淡的口氣如同是在糾正事實，「同時，對於福利的說法我也絲毫不同情。我見識得不少了，所以我知道有一種窮人為什麼總是想白吃白喝。」他沒有出聲，她卻突然又繼續說了起來，聲音雖然有些錯愕，但很堅決，彷彿是對一個長期以來的疑問終於做出論斷一般，「吉姆，其實你也不在乎，你根本就不在乎那些福利的空話。」

「好啊，如果你只對錢感興趣的話，」他咆哮了起來，「那我告訴你，這件事可以讓我發大財。財富，這就是你一直崇拜的東西，對不對？」

「不一定。」

「我想我會成為世界上首屈一指的富翁之一，」他繼續說道，並沒有去問她為什麼要說不一定。「沒有什麼我買不起的東西，沒有。你就說吧，想要什麼我都可以給你，說吧。」

「我什麼都不想要，吉姆。」

「但我想給你一件禮物！是要慶祝這個時刻，明白嗎？只要是你腦子裡能想到的，無論是什麼，我都可以弄來。哪怕是你的幻想，我也要讓你看看——我能做到。」

「我沒有任何幻想。」

「行了！想要遊艇嗎？」

「不想。」

「想不想讓我把你以前在水牛城住過的那一片房子都買下來？」

「不想。」

「想不想要英國皇冠上的寶石？這可以弄到。那個國家已經在黑市放了很久的風聲了。不過，現在已經沒有過去那種可以出得起錢的大亨。但我買得起——九月二日以後，我就可以了。想要嗎？」

「不想。」

「那你到底想要什麼？」

「我什麼都不要，吉姆。」

「可是你一定想！肯定有什麼是你想要的，你這個該死的！」

她看了看他，冷漠的表情裡略顯幾分驚異。

「哦，好啦好啦，對不起，」他說，似乎對他自己的激動感到了吃驚。「我只是想讓你開心罷了，」他悶悶不樂地又說道，「不過我看你根本就不能理解。你不知道這有多重要，不知道你嫁的這個人有多麼了不起。」

「我也是盡力這麼去想。」

「你還像過去那樣認為漢克．里爾登是個偉人嗎？」

「是啊，吉姆，我還是這麼認為。」

「我已經擊敗他了。我已經超越了他們中的任何一個人，超過了里爾登，也超過了我妹妹的另一個情人——」他自覺說得太過，突然停了下來。

「吉姆，」她淡淡地問道，「九月二日會發生什麼事？」

他臉上的肌肉似笑非笑般地凝住不動，一道冷冷的目光從額頭下面翻了上來，向她射去，彷彿是打破了某種忍耐的極限：「他們要把德安孔尼亞銅業公司收歸國有。」他說。

他聽到一陣長長刺耳的飛機轟鳴聲從屋頂上空的黑暗裡掠過，隨後，盛放著水果杯的銀桶內的冰塊融化，發出了一聲輕微的脆響。她說道：「他不是你的朋友嗎？」

「行了，閉嘴！」

他不再看著她，默不做聲。當他的視線重新回到她的臉上時，她依然盯著他，然後以一種特別堅決的聲音，首先開口說道：「你妹妹在廣播裡說的那番話真是太了不起了。」

「好啦，我知道，我知道，你已經嘮叨一個月了。」

「你從沒回答過我。」

「有什麼好回……？」

「就像從來沒答覆過她的你那幫華盛頓的朋友一樣。」他沒有出聲。「吉姆，這件事我非提不可。」他還是沒有回答。「對此，你那幫華盛頓的朋友連一個字都沒說過。他們沒有否認她的話，沒有解釋一下，也沒有盡可能替他們自己辯解幾句。他們就當她從來沒講過那些話一樣，我看，他們是希望人們會忘掉這件事。有些人會忘，但大多數人都知道她說的是什麼，而且知道你的那幫人不敢和她交戰。」

「不是這樣！這件事已經採取適當措施，它已經過去了，我不明白你為什麼要一再提起這件事。」

「採取了什麼措施？」

「史庫德的這個節目現在不適合讓大家聽，已經停了。」

「這就是對她的回答嗎？」

「這事到此結束，沒什麼可再說了。」

「怎麼不說說一個政府竟做出敲詐和勒索的事？」

「你不能說我們什麼都沒做，我們已經公開宣佈史庫德的節目是煽動分裂和破壞的，而且不值得相信。」

「吉姆，我想弄清楚一點，史庫德不是她的人——而是你們的人。這場廣播不是他去安排的，他是奉了華盛頓的命令去做的，對不對？」

「我還以為你不喜歡史庫德呢。」

「我是不喜歡，現在也不喜歡，可是——」

「那你擔心什麼？」

「但你們這幫人都知道他和此事無關，對不對？」

「我看你還是少管政治吧，說起話來簡直像個傻瓜。」

「他是無辜的，對不對？」

「那又怎麼樣？」

她看著他，吃驚地睜大了眼睛：「那麼，他們就是拿他當代罪羔羊了，對不對？」

「哎呀，少跟我來艾迪那套！」

「是嗎？我喜歡艾迪，他很誠實。」

「他只會耍小聰明，根本就不懂怎麼和現實打交道！」

「那你懂，是嗎，吉姆？」

「我當然懂！」

「那你為什麼幫不了史庫德？」

「我？」他頓時爆發出一陣絕望和惱火的狂笑，「哎呀，你怎麼還這麼天真？我是費了九牛二虎之力才把史庫德推了出去！總得有人擔罪吧。難道你不明白，如果找不到別人，我的腦袋就保不住了？」

「你的腦袋？如果達格妮錯了的話，怎麼不是她的腦袋呢？是因為她沒錯吧？」

「達格妮完全是另外一碼事！在這件事上，倒楣的不是史庫德就是我。」

「為什麼？」

「犧牲史庫德對國家的政策也更有利一些。這樣一來，就不必再去爭論她說的那些話了——如果有誰提起來，我們就會高喊那是史庫德的節目。史庫德的節目已經名譽掃地，事實證明史庫德是個騙子，等等——你認為外界能猜得出是怎麼回事嗎？本來就沒人相信史庫德。哎，別這麼瞪我！難道你想看我名譽掃地嗎？」

「為什麼就不會是達格妮呢？是不是因為你們無法否認她說的話？」

「如果你那麼同情史庫德的話，就應該看看他是怎麼千方百計地陷害我的！他這麼些年來一直就是這樣——你以為他是怎麼爬到今天這個地位，還不是踩著屍體上去的？他也覺得自己很了不起呢——你真應該瞧瞧那些大企業家以前對他有多忌憚！但這次他玩過了頭，他這一回算是站錯了邊。」

他輕鬆得意地笑著仰坐在椅子裡。在麻木之中，他隱隱感到這正是他希望體驗的那種找回自我的感受。自我——他暈暈乎乎地想著，輕飄飄地穿過了他心裡最陰暗的死胡同——究竟什麼才是他的自我。

「你知道，他是霍洛威那一派的人。霍洛威和莫里森的兩派勢力曾經一度僵持不下，但我們還是贏了，霍洛威為了從我們手裡拿到他想要的好處，就同意把他的哥兒們史庫德捨棄了。你沒聽見史庫德的咆哮，但他也明白他死定了。」

他開始呵呵地笑了起來，但當他清醒過來，看到他妻子臉上的表情時，便一下子止住了聲。「吉姆，」她輕聲問道，「這就是……你所謂的勝利？」

「我的老天！」他一拳砸在桌上，叫嚷了起來，「你這些年是在哪兒？你認為你生活在什麼世界裡？」他的這一拳將他的水杯震翻，灑出的水潤濕了桌布上的花紋。

「我也在想這個問題，」她低聲地說道。她的肩膀垮了下去，臉上驟然間顯得疲憊不堪，神情裡浮現出一股奇怪的滄桑感，看起來憔悴而茫然。

「我也無能為力！」他的叫聲打破了沉寂，「這不能怨我！我只能走一步看一步！這世界又不是我一手造成的！」

他吃驚地發現她笑了起來——很難相信她溫和平靜的臉上會浮現出那樣苦澀的嘲笑；她沒在看他，而是凝視著浮現在她眼前的一幅景象：「我父親以前不去工作，在酒吧喝醉酒的時候，也是這麼說的。」

「你居然把我比作——」他吼了一半就停住了，因為她根本就沒在聽。

她再一次看著他，問了一句令他吃驚的、毫不相干的話。「在九月二日實行國有化，」她的聲音裡有種渴望，「這日子是不是你選的？」

「不，這和我一點關係都沒有，那是他們的議會舉行什麼特別會議的日子，怎麼啦？」

「這是我們結婚的第一個周年紀念日。」

「哦？哦，對了！」他發現談話轉到了這個安全的話題上，便一下子輕鬆了許多。「我們已經結婚一年了，天啊，感覺時間沒那麼長嘛！」

「感覺上要長得多。」她淡淡地說。

她的眼睛又瞄向了別處，他忽然有些心慌，覺得這個話題一點都不安全；他希望她還是不要回頭去檢視過去這一年和他們的婚姻歷程……別害怕，要去學——她心裡想——該做的不是去害怕，而是去學……她總是反覆地對自己說著這句話，這句話如同是一根支柱，被她那絕望的身軀磨得光滑無比，支撐著她經歷了過去的一年。她努力去重複著這句話，卻覺得手彷彿抓不住，彷彿這句話再也趕不走心中的恐懼——因為她已經開始明白了。

如果你不知道的話，就不要害怕，而要去學……她第一次對自己這麼說的時候，是她新婚後感到困惑無助的前幾個星期。吉姆看起來不夠成熟的舉動和陰沉的脾氣，以及他對她的問話像懦夫一般地含混其詞，都使她難以理解；這種性格不可能出現在她所嫁的詹姆斯・塔格特身上。她告誡自己，在弄懂一切之前不要輕易去責怪，她對他的生活一無所知，正是她的無知才造成了對他的誤解。儘管她一直覺得一定有什麼地方不對勁，並且感到害怕，但她還是在自責。

「我一定要學會詹姆斯・塔格特先生應該懂得和掌握的所有東西。」她就是這樣向禮儀教師解釋她為什麼想去學習。她像一個軍校學生和宗教初學者那樣，開始了非常投入和極為自律的學習。她想，只有這樣才能不辜負她丈夫對她的高度信賴和期待，現在，這已經成了她應盡的職責。儘管不願意對自己承認，她還是覺得在完成了這個漫長的任務之後，她能重新找回眼裡的他，找回那個在他的鐵路公司取得成功的夜晚時她曾經見到的他。

吉姆聽到她上課時表現出的態度令她感到費解。他總是情不自禁地大笑起來，她簡直難以相信那笑聲中居然帶有不懷好意的蔑視。「為什麼，吉姆？為什麼？你在笑什麼？」他從不解釋什麼——彷彿對他所嘲笑的事情已經不必再多費唇舌了。

她無法懷疑他是惡意的：他對她犯的差錯總是既耐心又寬容。他似乎急於帶她到全城最上流的社交場合裡亮相，對於她的無知和笨拙，對於客人們無聲地交換著眼神，而她臉紅地意識到自己又說錯話的窘境，他從未有過半句責備。從他身上看不出一點尷尬，他只是微笑著注視著她。在那樣的晚上回到家之後，他的情緒便顯得極度高興。他是在儘量讓她心裡好受一點，她想——一股感激之情便促使她更加認真地學習。

她的努力在不知不覺間得到了回報，她在一天晚上第一次發現自己喜歡上了這樣的聚會。她覺得言談舉止非常自在，並不是守著什麼規矩，而純粹是由著她喜歡，便突然有了自信，那些規矩已經變成了自然而然的習慣——她知道她很引人注目，可是這一次，她終於不再被人嘲笑，而是得到了讚賞——她憑著自己的本事得到了人們的愛戴。她是塔格特夫人，不再是一個要吉姆照顧、人們只是看他的面子才會勉強接受的累贅——她開心地笑著，看著周圍附和的笑容和人們臉上的欣賞——她不斷地朝房間對面的他望著，高興得如同一個拿著考了滿分的成績單的孩子，一心盼著他能為她而驕傲。吉姆獨自坐在角落裡，帶著一副令人難以琢磨的眼神看著她。

他在回家的路上也不和她說話。「我不明白我老是去那些聚會幹什麼，」他站在客廳中央，突然一把扯下領結，喊起來，「我還從沒有在這麼庸俗無聊的地方浪費過這麼多的時間！」「怎麼了，吉姆，」她驚訝地說，「我覺得挺好呀。」「你當然覺得了！你好像很逍遙自在嘛——似乎把那裡當成康尼島遊樂園了。我希望你能學著檢點一些，別讓我當眾難堪。」「我讓你難堪？今天晚上？」「沒錯！」「怎麼讓你難堪了？」「你要是還不明白的話，我就沒辦法解釋了。」他故弄玄虛地暗示著不能理解就等於是在承認自己低級。「我不明白。」她堅決地說道。他走出房間，重重地摔上了門。

她感覺到，這一次的費解不僅僅是像一段空白那麼簡單：它帶有一絲罪惡的味道。自從那天晚上以後，一塊小小的、頑固的恐懼陰影便種在了她的心裡，如同是遠處的一盞車燈，正沿著看不見的道路向她逼來。

學習看來無法使她進一步認清吉姆的內心世界，卻使這疑團越來越大。對於他的朋友們參加的沉悶而毫無感覺的畫展，對於他們讀的小說和談論的政論雜誌，她覺得她根本不可能產生任何應有的尊敬——在畫展上，她看到的是她小時候在貧民窟路邊上隨處可見的粉筆塗鴉——那些聲稱要證明科學、工業、文明和愛情無用的小說，講的是他父親即使醉得頭腦再發昏也說不出口的粗俗語言——那些戰戰兢兢、通篇廢話的雜誌，比她曾經痛罵過的到貧民窟佈道、滿嘴騙人的牧師所說的還要隱晦和陳腐。她無法相信這些東西就是她一心嚮往和等待著要學習的文化。她覺得自己彷彿是爬上了一座高山，爬向一個看起來像是古堡的奇形怪狀的東西，然後卻發現那是一間被丟棄的倉庫廢墟。

「吉姆，」一天晚上，在和一群被稱為全國知識分子領袖的人們聚會後，她說道，「普利切特博士是個騙子——是個卑鄙、怯懦的老騙子。」「哦，是嗎，」他回答道，「你認為你有資格去評論哲學家嗎？」

「我有資格去評論騙子。這種人我見得太多了，一眼就能看出來。」「你看，所以我才說你永遠都擺脫不了你以前的出身，否則，你就會懂得去欣賞普利切特博士的哲學了。」「什麼哲學？」「假如你還不明白的話，我就無法解釋了。」她不想讓談話被他用這種慣用的手段結束，「吉姆，」她說，「他是個騙子，他和尤班克，還有他們這一幫人全都是——我看你是上了他們的當了。」出乎她的預料，他並沒有惱怒，她看到他似乎覺得好笑般地將眼皮一抬，「那是你這麼想。」他回答說。

一個她從來沒想過的可能性讓她感到一陣恐懼：如果吉姆不是上了他們的當呢？她想，她可以識破普利切特博士的欺騙——他是在渾水摸魚；此刻，她甚至可以承認吉姆在他自己的那一行裡可能也是個騙子；讓她心裡不安的是想到吉姆是個沒有在渾水裡撈什麼的騙子，他是個不要錢的騙子，一個無法被收買的騙子；相形之下，這種舞弊或騙子似乎很清白。她想像不出他的動機何在；她只是覺得那盞向她逼上來的車燈越來越大了。

她已經不記得對吉姆在鐵路公司的地位的懷疑是如何開始的了，從起初的一點點不自在到陣陣的疑惑，再到後來揮之不去的恐懼，她的痛苦逐漸地加劇。當她的心裡疑雲初起，第一次無心地問了一句，滿心指望著他能給出一個讓她安心的回答時，他卻突然怒不可遏地嚷嚷著：「這麼說你是不相信我了？」在那一刻，她意識到她確實不相信他了。她幼年的貧民生涯教她懂得了一個道理：正直誠實的人從不會對信任的問題如此敏感。

「我不想談工作。」她一提到鐵路，他就會這樣回答。有一次，她試圖去求他，「吉姆，你明白我是怎樣看待你的工作，同時對你做這樣的工作又是多麼的敬仰嗎？」「哦，是嗎？你嫁的究竟是個男人還是鐵路總裁？」「我……我從沒想過要把這兩者分開。」「哦，我可不覺得這是在恭維我。」她為難地看著他：她以為那是句好話。「我想相信的是，」他說，「你愛上的是我，而不是我的鐵路公司。」「天啊，吉姆，」她倒吸了一口氣，「你不會認為我是——！」「不，」他傷感而寬容地一笑，說，「我不認為你是貪圖我的錢和地位才嫁給了我，我從沒懷疑過你。」她在錯愕的困惑和壓力下，意識到她或許讓他產生了誤解，一定是有很多貪錢的女人曾經傷透了他的心，她只好邊搖頭邊哀求道：「噢，吉姆，我絕沒有那個意思！」他像是哄小孩一樣輕聲地笑了笑，伸手摟住了她，「你愛我嗎？」他問。「愛。」她小聲說道。「那就要對我有信心。你知道，愛就是信任，你看不出這就是我需要的嗎？周圍的人我誰都不能信，我的身邊都是敵人，我很孤獨。你難道不知道我需要你嗎？」

幾個小時後，她依然在屋子裡焦慮不安地走來走去，令她心神不寧的是她恨不得能夠相信他，卻連一個字都無法相信，但同時又知道他的話的確是事實。

雖然事情的確如此，但並不是像他所暗示的那樣，也不是她能夠想清楚的。他確實是需要她，但她總是難以斷定他那種需要的真實面目。她不清楚他想從她身上得到些什麼。他想要的不是奉承，她見過他在聽到撒謊者諂媚的奉承時，就沉著臉，顯出一副憎惡的神態，簡直如同一個癮君子在瞧著眼前的那一丁點對他根本不起作用的毒品。但是，她曾經見過他看著她的樣子，似乎是在等著打一針興奮劑，有時候簡直像是在乞求。只要她對他表示出一點仰慕的意思，她就能看到他的眼裡會閃現出一絲活力——可她一旦說出仰慕的原因來，他就變得怒氣沖沖。他似乎希望他在她的心目中是偉大的，但永遠不想讓她把任何具體的事情歸功於他的偉大。

她始終不懂四月中旬的那天晚上，當時他剛從華盛頓回來。「嗨，小丫頭！」他響亮地招呼著，遞給她一束丁香花。「好日子又到啦！一看到這些花就想起了你，春天到了，親愛的！」

他給自己倒了杯飲料，端著它在房間裡走來走去，說話之間露出一股輕鬆不已的興奮。他的眼裡閃爍著興奮的光芒，語音極度興奮。她都覺得他有些得意忘形了。

「我知道他們想要幹什麼！」他冷不防地冒出一句，她飛快地瞄了他一眼：她聽得出這是他抑制不住地在發作。「全國上下知道這件事的也不過十來個人，我就是一個！上面的那些人在對全國宣佈之前一直守口如瓶。它絕對會讓很多人都想不到！絕對會把他們都震倒了！很多人嗎？好傢伙，全國的人，有一個算一個！它會影響到每一個人，可見有多重要了。」

「影響——怎麼影響，吉姆？」

「這會影響到他們！他們都不知道是怎麼回事，可我知道。今晚，他們還都在那兒，」——他朝著城市裡燈火通明的窗戶揮了揮手——「一心想著要做點什麼，數著賺來的鈔票，享受天倫之樂或者做著美夢。他們還蒙在鼓裡，可我知道，所有這一切都會被停止和改變的！」

「改變——是變得更好還是更糟？」

「當然是更好了，」他有些不耐煩，似乎這問題完全沒有必要問；他聲音中的火熱似乎降低了一些，重新道貌岸然地談起了責任，「這項計畫可以拯救國家，阻止我們的經濟下滑，穩住形勢，保證穩定和安全。」

「是什麼計畫？」

「我不能講，這是機密，頭等機密。你難以想像有多少人會拚命打聽這件事。哪怕只是一點風聲，任何一個企業家都會拿他最昂貴的一打高爐去換，可他還是得不到！比如說你崇拜的那個里爾登吧。」他冷笑一聲，似乎看到了里爾登的末日。

「吉姆，」他的這一聲笑令她驚恐萬分，「你為什麼恨里爾登？」

「我不恨他！」他猛地朝她轉過身來，臉上竟然帶著焦慮和近乎恐懼的表情，「我從沒說過我恨他。別擔心，他會贊同這項計畫，每個人都會同意的。這可是為了大家好啊。」聽起來，他像是在懇求著。她在迷惑之中感覺到他在撒謊，但那懇求的確是發自內心的——似乎他急於想讓她安心，不去想他剛說的這件事。

她努力笑了笑，「是啊，吉姆，當然是這樣。」她一邊回答一邊納悶，她怎麼反而要去安慰他了。

她看到他的臉上似乎露出了笑容和感激的神情，他說：「我今晚必須告訴你，我想讓你明白我在應付多麼重大的事情。你總是談論我的工作，可你對它一點都不懂，它遠遠超出了你的想像。你腦子裡的管理鐵路就是鋪鋪鐵軌，用點花稍的金屬，然後讓火車準點到達。不是這樣的，這種事任何一個下屬都會做。

鐵路真正的心臟是在華盛頓，我的工作是去搞政治——是政治——決策的範圍遍及全國，會影響到每一件事，控制著每一個人。一紙寥寥數言的法令可以改變在全國每一個角落裡的每一個人！」

「是啊，吉姆。」她一邊說，一邊希望自己能去相信，他或許真的就是華盛頓那個神祕圈子裡的重要人物。

「你會看到的，」他在房間內踱步，說道，「你認為那些有點小聰明，對發動機和高爐很在行的大企業家很有權力嗎？他們會被抵制！他們會被奪權！他們會被拉下來！他們會被——」他發現了她瞪大了眼睛看著他的樣子，「這不是為了我們自己，」他急忙叫道，「這是為了人民。政治和商業的區別就在這裡——我們的眼裡沒有自私的目的，不受個人的驅使，我們圖的不是利，不會用一輩子去撈錢，我們用不著！正因為這樣，我們才被那些貪婪逐利的人誤解和誹謗，他們根本無法理解精神的追求或者道德的理想，或者……這我們也沒辦法！」他突然轉身向她大喊了起來，「我們必須有這麼一個計畫！現在一切都處於崩潰和停頓之中，必須採取一些措施！我們必須阻止他們繼續停滯下去！我們沒有辦法！」

他的眼神近乎瘋狂；她搞不懂他是在吹牛還是在乞求原諒；她不知道這究竟應該算是勝利還是恐懼。

「吉姆，你是不是不太舒服？也許你太拚命，身體累垮了——」

「我還從沒感覺這麼好過呢！」他不耐煩地叫了一聲，又接著瘋狂起來，「我當然是在拚命地幹，我工作的重要性你連想都想不到，它的意義遠遠超過了里爾登和我妹妹那樣的賺錢機器所做的一切。無論他們做什麼，我都可以讓他們白費功夫。讓他們修一條鐵路試試——我過來就能把它拆了！」他打了個響指，「就像弄斷脊椎一樣！」

「你想把脊椎弄斷嗎？」她渾身顫抖著，低聲問道。

「我沒這麼說！」他尖叫了起來，「你有毛病呀？我沒這麼說！」

「對不起，吉姆！」她被她自己剛說的話和吉姆眼裡的兇光嚇得怔住了，「我只是不明白，可是……可是我知道，我不該再問問題去煩你，你已經這麼累了，」——她拚命地想要說服她自己——「你心裡裝著那麼多的事情……是那麼……那麼大的事情……我想都不敢想……」

他的肩膀放鬆地一沉。他向她走過去，疲憊地跪倒在地，雙手摟住了她，「你這個小傻瓜。」他動情地說道。

她緊緊地抓著他，一股溫暖，甚至是憐憫的情緒感動了她。然而，當他仰起頭來向她望去的時候，她似乎發現他一半是感激的眼裡還有幾分蔑視——就好像，基於一種未為人所知的宗教法令，她寬恕了他，卻判決自己有罪。

在隨後的日子裡，她發現，再去對自己說什麼她還無法理解這些事，她應該信任他，愛就是信任這樣的話，已經不起作用。她怎麼也不明白他的工作以及他和鐵路之間的關係，疑心便與日俱增。她搞不懂的是，為什麼她越認為自己有責任用信任來回報他，她的疑問就越多。後來，在一個輾轉反側的夜裡，她發覺她要盡到這個責任，就會在人們談論到他的工作時扭頭避開，就會不去看報導塔格特公司的報紙，徹底不去理睬任何與此有關的消息和爭論。她驚訝地發現自己被一個問題難住了：信任和事實，該選擇哪一個？在意識到她的信任其實是她不敢去瞭解後，她便再也不像以前那樣只是盡義務般地自欺欺人，而是開始以更清晰、更平靜的公正心態去瞭解真相了。

她沒多久就明白了。塔格特的主管們在她隨口發問下的支吾，他們回答問題時老套的空話，提到上司時他們的那副緊張和明顯不願意去談論的樣子，這一切雖然說明不了什麼具體的問題，卻讓她有了一種壞到不能再壞的感覺。鐵路上的工人——她在塔格特終點站裡有意找到一些並不認識她的扳道工和售票員們去閒聊——他們說的則更為瑣碎。「你是問吉姆·塔格特嗎？這個整天哭喪著臉發牢騷，只會長篇大論和搭順風車的傢伙！」「是當總裁的那個吉姆嗎？那好，我就告訴你：他就是個在鐵路上賺黑心錢的混混。」「老闆嗎？塔格特先生？你想說的是塔格特小姐吧？」

把全部真相都告訴了她的是艾迪·威勒斯。她聽說他和吉姆從小就認識，便邀他一起去吃午飯。當她坐在他對面，看著他誠懇、直率、帶著疑問的眼神，聽到他嚴謹簡練的談話時，她便改變了隨意刺探的打算，客觀扼要地對他講了她想瞭解些什麼，以及她的理由——這不是為了想得到幫忙或同情，只是想知道實情。他用同樣的態度回答了她，平靜客觀地敘述了事情的全部經過，沒有下任何斷言，沒有表示任何意見，沒有通過對她的情感表示絲毫的在意而侵犯它，只是異常嚴厲地說著鐵一樣的事實。他對她說了是誰在管理塔格特鐵路公司，說了約翰·高爾特鐵路。她聽著，並沒有覺得震驚，然而這更加糟糕：似乎就說明她早已經料到了。「謝謝你，威勒斯先生。」她聽他講完後，只是說了這麼一句話。

那天晚上，她等著吉姆回家，內心的失落侵蝕著她的痛苦與憤怒，這些彷彿再也和她不相干了，彷彿她應該去做些什麼，但任何行動，以及帶來的任何結果，都已經無足輕重。

看到吉姆進屋，她感到的不是氣憤，而是一種不快的驚訝，幾乎想問自己：他是誰，幹嘛現在要和他講話。她帶著疲憊得幾乎快說不出話的聲音簡單向他說了她知道的一切。她似乎覺得沒說幾句他就明白了，似乎他知道遲早會有這一天。

「你為什麼不告訴我實話？」她問。

「你就是這樣表示感激嗎？」他叫喊道，「你就是這麼看待我為你做的一切？每個人都跟我說，拎起一隻小野貓，帶給我的只能是殘忍和自私！」

她看著他，那樣子似乎根本就沒把他那語無倫次的聲音聽進去：「你為什麼不告訴我實話？」

「你這個卑鄙的小人，這就是你對我全部的愛嗎？我對你的信任換來的就是這個嗎？」

「你為什麼撒謊？為什麼製造假象給我？」

「你應該感到羞恥，你應該覺得沒有臉面對我，沒臉和我說話！」

「是我嗎？」她聽見了這語無倫次的聲音，無法相信他居然會說出這樣的話，「你打算幹什麼，吉姆？」她問道，她的聲音聽起來非常的吃驚和陌生。

「你想過我的感受沒有？你想過這麼做有多傷害我的感情嗎？你應該先顧慮到我的感受！這是任何一個妻子都應該做到的——特別是像你這樣的女人！沒有什麼比忘恩負義更下等、更醜陋的了！」

在一瞬間，她認清了一個想都想不到的事實，一個人明知道自己的罪過，卻想把它轉嫁到被他所害的人的身上，以逃脫罪名。但她的腦子不能接受這樣的事實，她感到一陣恐懼，在驚悸之中，她的內心拒絕接受這個會把心也一起毀掉的事實——彷彿一碰到這樣的瘋狂，就會一下子退了回去。她低下頭，閉上眼睛，只知道她覺得厭惡，一種說不上來的原因讓她厭惡得想吐。

當她抬起頭來看他的時候，她像是看到了一個計謀沒有得逞的人，正在用猶豫、退卻和盤算的目光打量著她。在她對此還沒來得及相信的時候，他的面孔就又躲藏在一副受傷和憤怒的表情背後。

她說話時，像是在把她的想法說給一個講理的人聽。儘管並沒有這樣一個人在場，但既然沒有別人，她只好就當他還在：「那天晚上……那些標題新聞……那份光榮……根本就不是你……說的是達格妮。」

「閉嘴，你這個下賤的婊子！」

她一臉茫然地看著他，沒有任何反應。她似乎什麼都不知道了，因為她已經吐出了最後要說的話。

他裝出一副難過的樣子說道：「雪麗，對不起，我不是那個意思，我收回剛才說的話，我不是那個意思……」

她仍舊如一開始那樣，靠牆而立。

他垂頭喪氣地一屁股跌坐在沙發邊上，「我又能怎麼跟你解釋啊？」他帶著放棄的口氣說道，「這事太大，太複雜，如果你不瞭解緣由始末的話，我又怎麼能跟你解釋清楚跨國鐵路的事呢？我怎麼能跟你解釋清楚我這麼多年來的工作，我的……唉，有什麼用呢？我總是被人誤解，現在都應該習慣了才對，只是我覺得你與眾不同，應該還有點希望。」

「吉姆，你為什麼和我結婚？」

他慘然一笑：「這也是所有人都問過我的，我沒想到你也會問。為什麼？因為我愛你。」

她覺得奇怪，這個原本是人類語言中最簡單、所有的人都明白、將人們聯結在一起的詞語，對她怎麼居然沒有絲毫意義。她不知道這個詞在他心目中是個什麼樣的定義。

「從來就沒人愛過我，」他說，「這世界上根本就沒有愛，人們不去感受，可我有感受。有誰在乎它呢？他們關心的只是時間表、車廂和金錢。我沒辦法生活在這些人當中，我非常孤獨。我一直渴望能找到理解。或許我只是個毫無希望的幻想者，在尋找不可能的東西。沒有人會瞭解我。」

「吉姆，」她的聲音中有一絲奇怪的嚴酷，「我努力了這麼久，就是要去瞭解你。」

他的手向下一擺，做了個將她的話揮到一旁的手勢，只是這動作並無惡意，很是傷感。「我想你也會這樣做，我現在只有你了。不過，人和人之間的理解或許根本就是不可能的。」

「為什麼不可能？你為什麼不告訴我你想要的是什麼？為什麼不幫我來瞭解你呢？」

他嘆了口氣：「這就是了，麻煩就麻煩在你問的這些為什麼，你對任何事都總要問個究竟。我剛才講到的那些是語言無法表達的，說不出來，只能去感受。有些人有感覺，其他人就沒有，這不是在用大腦，是要用心。難道你就從來沒有感覺到什麼？純粹的、不想任何問題的直覺？難道你不能把我當成一個人，而不是一件實驗室裡的儀器？跨越我們膚淺的語言和無助的頭腦後的更深刻的瞭解……不，我看我不應該去尋找它，但我會一直滿懷希望地追求。你是我的最後一線希望，除了你，我一無所有。」

她靠牆而立，一動未動。

「我需要你，」他輕聲嘆道，「我現在是孤家寡人。你和別人不同，我相信你，信任你。所有的金錢、名望、生意和奮鬥又能給我帶來什麼？我只有你……」

她站著不動，只有從她向斜下方看著他的視線裡，才能看出來她還在注意著他。他說他受到折磨的那些話是在撒謊——她心想——不過折磨倒是不假；他心裡很苦悶，又好像不能對她講，然而，她也許可以試著去瞭解。她畢竟還是欠他這份情——她的心裡還有一分淡淡的責任感——為了報答他讓她走到了今天，儘管他也許只能做到這一步了，她還是應該盡力去瞭解他。

從此以後，她便有了一種奇怪的感覺，她成了一個自己都認不出自己的陌生人，變得無欲無求。從前崇拜英雄的熊熊之火已經熄滅，只剩下了讓她感到味如嚼蠟的憐憫。她拚命要找的那個為了理想而奮鬥、拒絕受苦的人不見了——留給她的這個自己，唯一想做的就是去受罪，並以此度過她的一生。不過，這一切對她來說已經無所謂了。過去的她在轉過前面的每一個路口時，總是滿懷著期盼；而現在這個消沉的陌生人則完全和她身邊的那些油頭粉面的人一樣，說什麼他們是因為不去思考和沒有幻想才變得更成熟。

但那陌生人依舊擺脫不了她的理想——這個幽靈的糾纏，這幽靈是要去完成一項使命，她必須要把毀掉她的這一切徹底想明白。她一定要搞清楚，於是她便開始無休止地等待著。儘管她感覺到車燈已經逼近，在她弄清楚一切的時候會葬身在車輪之下，但她還是一定要搞清楚。

你想從我這裡得到些什麼？這個疑惑成了一條線索，不斷地叩問著她的內心。你們想要從我這裡得到些什麼？在飯桌前和客廳裡，在輾轉難眠的夜晚，她對著吉姆、對著尤班克和普利切特博士，對著似乎和吉姆心照不宣的那些人無聲地吶喊著——你們想要從我這裡得到些什麼？她不去大聲地喝問；她知道他們不會回答。你們想要從我這裡得到些什麼？她質問道，感到她在東奔西跑，卻無路可逃。你們想要從我這裡得到些什麼？她質問道，回想著連一年都還沒到的這段漫長的婚姻折磨。

「你想要從我這裡得到什麼？」她大聲問道——此時，她正坐在她餐廳的飯桌旁，看著吉姆那張興奮不已的臉，以及桌子上的那片漸乾水漬。

她不知道他們彼此沉默了有多久，她被自己的聲音和本來沒想說的這句話嚇了一跳。她並不指望他會明白，他似乎連那些更簡單的問話都不明白——於是，她搖了搖頭，竭力讓自己回到當前的現實裡來。

她有點吃驚地發現，他正嘲諷地看著她，彷彿在嘲笑她對他的理解力的估量。

「愛。」他回答。

這個回答是如此的簡單和沒有意義，她覺得她一下子便垂頭喪氣了。

「你不愛我，」他指責道。她沒有回答。「否則你就不會問出這種問題。」

「我的確曾經愛過你，」她遲鈍地說道，「可那不是你想要的。我愛的是你的勇氣、你的志向、你的才幹，可這些都是假的。」

他的下嘴唇微微有些不屑地撇了起來：「這算什麼愛？」

「吉姆，那你認為你有什麼是值得愛的？」

「你這簡直是庸俗的小店員的想法！」

她沒有吭聲；她的眼睛裡帶著大大的問號，盯著他。

「值得愛的！」他那顯得一本正經的嘲弄的聲音聽起來十分刺耳，「這麼說你認為愛可以計算出來，可以拿來交換，可以像雜貨店裡的奶油一樣去秤量？我不願意別人是因為任何外在的原因來愛我，要愛就愛我這個人——而不是因為我做什麼，有什麼，說什麼或者想什麼；只是我這個人——而不是我的身體、大腦、言行和我所做的事情。」

「那這樣的話……你自己又是什麼呢？」

「如果你愛我的話，就不會問這樣的問題。」他的聲音有些不自在，彷彿是在小心翼翼地克制著自己盲目的衝動。「你就不會問，你就會知道，會感覺得出來。你為什麼總是想把什麼事都分得那麼清楚？你就不能從那些小家子氣的物質利益裡面超脫出來嗎？難道你就從來不會去感覺——只是憑感覺？」

「不錯，吉姆，我是有感覺，」她的聲音一沉，「但我在克制自己的感覺，因為……因為我感覺到的是害怕。」

「是怕我？」他順著問道。

「不，不完全是，我不是害怕你會把我怎麼樣，而是感覺到你這個人很可怕。」

他的眼皮如同關門一樣地迅速往下一垂——可她還是從他的眼睛裡發現了一道不可思議的恐懼的眼光。「你這個庸俗的拜金女，根本就不懂愛！」他突然大叫了起來，聲音裡撕下了所有的偽裝，變得兇惡無比。「沒錯，我說的就是拜金，除了見錢眼開之外，它還有很多種更惡劣的方式。你是個精神上的拜金者，你不是因為我的錢才嫁給我——而是為了我的才能、勇氣以及其他你認為有利可圖的那些東西！」

「你希望……愛……是……無緣無故的嗎？」

「愛本身就已經足夠了！愛是高於一切原因和道理的，愛是盲目的。可你根本就不會愛。你那種吝嗇、設計、盤算的小心眼和做小生意的一樣，只會做買賣，從來不會給予！愛是一種恩賜——一種超越和寬容一切的偉大和不求回報的無條件的恩賜。愛上一個人的品德是怎樣的一種慷慨？你會給他什麼？什麼都不用。只要有冷靜的判斷，只要他受之無愧就可以了。」

她的目光深沉，像是緊盯著發現的目標一般：「你是想白白地得到它。」她的語氣不是疑問，而是下了結論。

「唉，你不懂！」

「不，吉姆，我懂。這就是你想得到的——這就是你們這些人真正想得到的東西——那不是錢，不是物質利益，不是經濟保障，就是把這些給你們，你們也不會要。」她冷冰冰地說著，似乎在將心裡的想法說給她自己聽，將心中亂成一團的陣陣苦痛找出恰當的字眼來表達。「所有你們這些鼓吹權益的人對不義之財並不感興趣，你們想要白占的是另外一種東西。你說我是精神上的拜金，那是因為我尋找的是價值。而你們這些權益的鼓吹者……你們想要掠奪的正是精神。我從沒想過，也從來沒人告訴過我們如何去認識對精神的霸占，以及這又意味著什麼。但這正是你們想要得到的，你想得到不屬於你的愛，想得到不屬於你的愛戴和不屬於你的偉大。你既想得到漢克．里爾登得到的一切，又不想像他那樣，不想做任何事，甚至不想……存在。」

「住嘴！」他號叫起來。

他們彼此看著對方，不約而同地感到了恐懼，彷彿他們都搖搖欲墜地站在一處她說不上來、他又不肯說出的危險邊緣，兩人都明白，再多邁一步都會是致命的。

「你在說些什麼呀？」他的問話中露出一股嗔怪的口吻，聽起來緩和了許多，幾乎像是要把他們重新拉回到平常的狀態裡，拉回到近似於夫妻倆拌嘴的無傷大雅的氣氛中去。「你這是什麼怪想法？」

「我不知道……」她疲憊不堪地說道，腦袋一垂，彷彿一個她極力想抓住的某種東西再一次滑脫了開去。「我不知道……看來是不可能的……」

「你最好還是別太意氣用事，否則……」他停下不說了，因為管家走了進來，手裡端著閃閃發亮的冰桶，裡面是他們要用來慶祝的香檳酒。

他們沉默不語，房子裡響起了人們幾百年來辛辛苦苦營造出的象徵歡樂的聲音：瓶塞砰的一聲打開，淡淡的金黃色的液體發出歡快的聲音，湧入兩隻映著燭光的大酒杯裡，竊竊私語的泡沫沿著兩道水晶般的杯壁升起，簡直是要眼前所有的一切在同樣熱烈的氣氛中起身而立。

他們在管家離開之前始終一言不發。塔格特用兩隻綿軟的手指握住杯腳，低頭盯著泡沫。隨後，他猛然一把握住了酒杯，動作不像是端著一杯香檳，倒像是抬起一把屠刀似的，將酒杯舉了起來。

「為法蘭西斯可·德安孔尼亞乾杯！」他說。

她放下了酒杯，回答道：「不！」

「喝了它！」他尖叫著。

「不。」她回答說，聲音低沉得像是一塊鉛。

他們彼此打量了片刻，燭光映著金色的液體，卻照不到他們的臉和眼睛。

「哼，真是活見鬼！」他喊著，便跳起腳來，將杯子朝地上一扔，氣沖沖地走了出去。

她動也不動地坐在桌旁，過了許久，才慢慢起身，按響了叫傭人的鈴。

她邁著異常平穩的腳步向她的房間走去，她打開衣櫥，找出一套衣服和一雙鞋，脫下家居的便服，動作格外的謹慎，似乎一旦驚動了她周圍和內心的一切，便會影響她的一生。她的心裡只有一個念頭：一定要離開這座房子——哪怕只離開一小時也好——然後，她就能夠去面對不得不面對的一切了。

$

她面前文件上的字跡開始模糊起來，達格妮抬了抬頭，意識到天已經暗下來很久了。

她把文件往旁邊一推，不想開燈，正好讓自己好好地享受一下清閒和黑暗，這使她得以遠離客廳窗外的都市，遠處的日曆上顯示出：八月五日。

過去的一個月轉瞬即逝，留下的只有一片死氣沉沉的蒼白。這一個月一直焦頭爛額、吃力不討好地應付著一起又一起的突發事件，是在延緩著鐵路的崩潰——一個月就像是一堆浪費掉的、彼此毫無關聯的日子，每天都是在避免一觸即發的災難。這些日子沒有取得任何實質的進展，只是白費了一番功夫，避免了一堆災難的發生——這並不是在生活，而只是一場與死亡的賽跑。

有時候，山谷裡的景象會不期而至地呈現在她面前，它並非突如其來，倒像是一種始終隱去了的景象，猛然間決定要占據一會兒現實。她曾經像是蒙上了雙眼一般，在靜默中面對著它，掙扎在一個毫不動搖的決心和一股不肯消退的痛苦之間，與這股痛苦抗爭的辦法便是去承認它，說一聲：不過如此。

有幾天早晨，醒來時太陽的光線已照在她的臉上，她曾經想著要趕緊到哈蒙德的店裡去買做早餐的新鮮雞蛋；隨後，她徹底清醒了過來，看著臥室窗外灰濛濛的紐約，感到一陣撕裂般的疼痛，彷彿聞到了死亡的氣息，實在不願意去接受現實。你是知道的——她曾經嚴厲地告訴自己——這些是你在做決定的時候已經知道的。她不情願地拖著沉重的身子，從床上起來，去面對難挨的又一天，她會小聲地說著：好吧，即使如此。

最折磨人的便是當她走在大街上的時候，有時會突然發現陌生人的頭上閃現出一縷亮亮的栗黃色，她曾經覺得城市已經毀滅，似乎能夠拖住她衝上前去抓住他的，只有她心裡那股強烈的沉靜；然而，接下來看到的便是一些毫無意義的面孔——她曾經站住腳，不願意再邁出下一步，不希望生出活著的力量。她曾經試著去迴避這樣的時候，試著不讓自己去看。她曾經在走路時眼睛只盯著腳底下。她沒有成功：她的眼睛總是不由自主地躍向每一縷金黃。

她一直將辦公室窗戶的百葉窗高高拉起，她記得他的承諾，心裡只是在想著：無論你在哪裡，萬一你正在看著我……辦公室周圍沒有一座像樣的高樓，但她還是眺望著遠處的大廈，不知道他在哪扇窗戶後觀察，不知道他是否發明了某種使用光線和透鏡的工具，可以隔著街區或者從一英里以外看清她的每一個動作。她曾經將窗簾大開，坐在桌前出神：儘管我可能再也見不到你了，但我知道你在看著我。

此時，她在黑暗的房間裡，想到這裡，便一下子跳起來，將燈打開。

接著，她垂下頭，鬱鬱地笑著自己。她搞不懂，在城市無邊的黑暗之中，她這扇亮著的窗戶究竟是苦悶地在向他求助，還是依舊捍衛著世界的燈塔。

門鈴響了。

打開門，她看到一個女孩的身影和一張似曾相識的面孔——過了一會兒，她才大吃一驚地認出來人正是雪麗．塔格特。自從婚禮那天之後，她們只有在塔格特大樓的走廊裡碰到過幾次，客氣地打過幾次招呼。

雪麗平靜的臉上沒有笑容，「能否允許我和你說幾句話」——她躊躇了一下，才又說，「塔格特小姐？」

「當然，」達格妮嚴肅地說，「進來吧。」

她從雪麗不自然的鎮靜中感覺到非常緊急的情況。在客廳的燈下看到這個女孩的臉色時，她便更加肯定了。「坐。」她說，但雪麗依舊站著沒動。

「我是來還債的，」雪麗說道，她的聲音很莊重，竭力不流露出絲毫的感情，「我要為我在婚禮上對你所說的話道歉。你沒有任何理由原諒我，但我應該告訴你，我知道我當時侮辱的是我所崇敬的一切，庇護我的則是我所鄙視的東西。我明白，現在承認這些已經於事無補，即使我來這裡也是非常冒昧的，因為你根本就沒必要聽這些，因此，我甚至不能把這筆債一筆勾銷，我只有一個請求——請允許我把我想對你說的話說出來。」

達格妮感到無比的震驚，一股難以置信的暖流和苦澀彷彿是在說著：還不到一年，你就已經走過了多少路呀！她知道，此時如果笑一笑，就會破壞好不容易才鼓起的勇氣，她回答的聲音帶著極為嚴肅的誠懇，如同伸出了一隻救援的手：「但這確實有用，而且我很想聽。」

「我知道，經營塔格特公司的人其實是你，是你修建了約翰．高爾特鐵路，你才有心智和勇氣支撐著它不倒閉。我猜你會認為我是為了錢才嫁給吉姆的——又有哪一個女店員不會這麼做呢？但是，我嫁給吉姆是因為我……我以為他就是你，以為他才是塔格特公司。現在，我明白他是」——她猶豫了一下，然後似乎什麼也不顧了，堅決地繼續說了下去——「他是某種陰險的敲詐鬼，儘管我還想不清楚他是哪一種，又是為了什麼。我在婚禮上和你講話時，自以為是在捍衛偉大，是在攻擊它的敵人……可是正好相反……事情正好是如此可怕和難以相信地反了過來！……所以，我想告訴你我知道了真相……這對你算不了什麼，我沒有權利認為你會在乎，可……可這是為了我曾經愛過的事物。」

達格妮緩緩地說：「我當然可以原諒。」

「謝謝你。」她小聲說了一句，轉身就要走。

「坐下。」

她搖了搖頭：「我……我都說完了，塔格特小姐。」

達格妮終於從看著她的眼睛裡露出了一點笑容，同時說道：「雪麗，叫我達格妮好了。」

雪麗的嘴巴微微地顫動著，作為回答，彷彿那就是一個笑容：「我……我不知道我該不該……」

「我們是姐妹，對吧？」

「不！不能是因為吉姆！」這聲叫喊是情不自禁的。

「不，這是我們自己的事。坐下，雪麗。」她順從了，但仍然竭力不願顯示出她對此盼望的心情，不願意去尋求支持，更不願意崩潰。「你是不是心情很不好？」

「是的……不過沒關係……那是我自己的事……也是我自己的錯。」

「我不認為那是你自己的錯。」

雪麗沒有回答，隨後突然不顧一切地說道：「好了……我可不想要什麼憐憫。」

「吉姆一定告訴過你——他說得沒錯——我從來不會憐憫。」

「對，他是說過……可我的意思是……」

「我明白你的意思。」

「可是你沒有任何理由對我表示關心呀……我不是來這裡訴苦，然後……然後再給你增添負擔……就算是我受罪，也沒有道理把你拉進來。」

「對，那沒有道理。不過既然你看重的一切也是我看重的，那就另當別論了。」

「你是說……你不是因為可憐我才願意和我說話？不僅僅是替我難過？」

「我為你感到非常的難過，雪麗，而且我想要幫助你——這不是因為你在受罪，而是因為你根本就不該去受這個罪。」

「你是說，你的好意並不是衝著我軟弱、抱怨或壞的一面，而只是因為我有好的地方？」

「當然了。」

雪麗的頭沒有動，但看起來似乎抬了起來——彷彿在一股電流的環抱下，她的面孔得以放鬆，露出了一種痛楚和尊嚴交織在一起的少有的神情。

「這不是施捨，雪麗，放心地和我說吧。」

「奇怪……你是第一個能和我交談的人……感覺是這麼的輕鬆……可我……我過去卻害怕和你說話。自從我明白了真相以後，我就一直想要請求你的原諒。我都走到你辦公室門口了，卻停在那裡，站在走廊裡，沒有勇氣進去……我今晚本來沒打算來，我出來只是為了……為了好好地想一想，然後，我突然就想來找你，在偌大的城市裡，只有這裡是我可以來的地方，只有這件事是我要做的。」

「我很高興你能這麼做。」

「你知道，達格——達格妮，」她覺得不可思議地輕聲說道，「你和我想的一點都不一樣……吉姆和他的那幫朋友們說你又冷又硬，沒有感情。」

「這倒也沒說錯，雪麗，按他們的意思，我的確是那樣——不過，他們有沒有告訴過你，他們指的是什麼呢？」

「沒有，他們從來就沒說過。無論關於什麼事，只要我問他們說的是什麼意思，他們就嘲笑我……他們指的究竟是什麼呢？」

「只要誰在指責別人『沒有感情』，他就等於在說那個人是正直的，不會有莫名其妙的情緒，不會去要本來就不屬於他的感情，他所說的『去感覺』就是去違背理性、道德和現實，他指的就是……怎麼了？」她看到雪麗的神色變得異常緊張，便問。

「這個問題……曾讓我百思不得其解。」

「嗯，你要看到，這種指責從來就不保護清白，它總是要替過錯辯解。你從來就不會聽到正直的人因為被冤枉而責怪別人，但壞人卻會對識破他的人、對他所犯的罪行毫不同情，對他因此而受到的折磨毫不同情的人大加指責。不錯——對此我的確是沒有感覺。可那些對此有感覺的人，面對人類的偉大，面對值得敬仰、推崇和尊重的人和事，卻無動於衷，而這些正是我能感覺到的，你會發現這兩者是互不相容的。同情罪惡的人就一點都不會去同情無辜者。你可以捫心自問，這兩種人究竟誰才是沒有感覺的，然後，你就會認清與施捨對立的是什麼了。」

「是什麼？」她怯怯地問。

「是公平，雪麗。」

雪麗突然渾身一抖，垂下了腦袋，「哦，天啊！」她痛苦地嘆息著，「聽了你剛才說的這些，我才意識到吉姆帶給我的一切有多麼的陰暗！」她的身子又是一個顫抖，抬起了頭，眼裡的恐懼似乎再也控制不住了。「達格妮，」她小聲說，「我害怕吉姆和所有的那些人……倒不是怕他們要去幹什麼……要是那樣的話，我還能夠逃脫……讓我害怕的是我覺得似乎已經走投無路了……我怕的是：他們那樣的人居然還會存在著。」

達格妮快步走上前，坐到她的椅子扶手上，穩穩地扶著她的肩頭，「好了，孩子，」她說道，「你錯了。你絕對不能像這樣去害怕別人，絕對不能以他們的存在來看待你的存在——但你現在就是這麼想。」

「是啊……是這樣，我覺得如果他們存在的話，我就沒有了生存的希望……一點希望都沒有了……我不想有這樣的感覺，總想把它頂回去，可它卻越來越近，讓我無處可逃……這種感覺我說不清，也抓不住——而什麼都抓不住也讓我感到害怕——就好像全世界突然被毀滅，但毀滅它的不是大爆炸——爆炸還是實實在在的——毀滅它的是……是某種可怕的軟綿綿的東西……再沒有什麼是結實有力的了，你的手指可以插進石牆，石頭軟得像果凍，山巒搖搖欲墜，建築物的形狀像雲一樣地縹緲不定——這就是世界末日，毀滅世界的不是火山爆發，而是又軟又黏的東西。」

「雪麗……雪麗，可憐的孩子，自古以來，就有哲學家企圖把世界變成那副樣子——把人們的心智毀掉，讓他們相信那一切就是他們眼前所看到的。但是，你不必相信它，不必依靠別人的眼睛去看世界，要用自己的眼睛，堅持自己的判斷。你知道自己看到的一切——那麼就要像做最神聖的禱告一般大聲地說出來，不要去聽別人的。」

「可是……可是一切都已經面目全非了，吉姆和他的那幫朋友還是老樣子。和他們在一起的時候，我不知道自己看見的是什麼，他們談話的時候，我不知道自己聽見的是什麼……所有的這一切都不真實，他們都在做些令人毛骨悚然的事……但是我卻不知道他們的企圖……達格妮！我們一直認為人類擁有遠遠超過動物的偉大智慧，可我——我現在覺得我比任何動物還要盲目，還要無助。動物能分清它的朋友和敵人，知道什麼時候要去保護自己，不相信自己會被朋友踩在腳下或殺害，不相信會有人說什麼愛是盲目的，掠奪才是成就，搶匪就是政治家，扭斷漢克．里爾登的脊樑才是最好——噢，天啊，我在胡說些什麼呀？」

「我知道你說的意思。」

「我是說，我怎麼才能去和人打交道呢？我是說，如果一切都是不確定的——我們不就沒辦法活了嗎？當然，我知道東西是不會變的——但是，人呢？達格妮！他們似是而非，沒有生命，只是一堆不停地變來變去的開關。而我卻必須要生活在他們中間，這怎麼可能呢？」

「雪麗，困擾你的是有史以來的一個最大難題，所有人都備受它的折磨。你的理解已經比大多數受盡折磨、死都不明白是怎麼死的人要深入多了，我會幫你想清楚的。這是個很大的主題，也是一場很艱苦的鬥爭——不過首先要做到的就是不要害怕。」

雪麗臉上露出一股奇怪的、渴望的神情，似乎她是在從很遠的地方看著達格妮，卻已無力再向前靠近。「我但願自己還能夠有奮鬥的意志，」她輕聲地說，「但我沒有了，我甚至連勝利的願望都不再有了。只有一件事，看來是我沒有勇氣去做，你要知道，我從沒想到自己會嫁給吉姆，這一切發生之後，我以為生活會比我原先想像的更加美好，現在，我只能強迫自己去習慣和接受一種想法，那就是生活和人遠比我想像的還要可怕，我的婚姻並不是什麼光彩照人的奇蹟，而是某種我至今還不敢徹底面對的難以啟齒的罪惡，我無法不去想。」她忽然抬頭看了一眼，「達格妮，你是怎麼做的，你怎麼能夠不受困擾呢？」

「就是堅持一條原則。」

「什麼？」

「任何東西都不能凌駕於我自己的判斷之上。」

「你吃了很多的苦……也許比我吃的苦還要多……比我們任何一個人都要多……你是靠著什麼堅持下來的？」

「堅信我的生命至高無上，絕不能輕言放棄。」

她從雪麗的臉上看到一絲驚愕和一種難以置信的認同感，彷彿這個女孩子正在竭力從以前的歲月裡重新找回某種激情。「達格妮，」——她的聲音極其輕微——「這……我小時候就是這樣想的……我隱約記得自己就是這個樣子……就是這種感覺……我從來沒有丟掉它，它一直都在，可等我長大以後，我卻覺得必須要把它隱藏起來……我從沒想清楚這究竟是什麼，可剛才你一說，我一下子就明白了……達格妮，你用這種方式體驗你的生活——究竟好不好？」

「雪麗，認真聽我說：那種感覺，以及它所涉及和揭示的一切——是這個世界上最崇高、最尊貴的唯一美好的東西。」

「我這樣問是因為我……我不敢那麼去想。不知怎麼回事，我總覺得人們認為這是一種罪惡……似乎他們痛恨的正是我心中的這個想法，而且……而且想要剷除它。」

「不錯，是有一些人想要毀掉它，一旦你認清了他們的動機，就會看到世界上最黑暗、最醜陋的那種罪惡，不過，它傷不到你。」

雪麗的笑容如同是正在緊緊抓著幾滴汽油的一點微弱的火花，想要燃燒得更旺盛，「這是過去這幾個月以來，」她輕聲地說道，「我第一次感覺到好像……好像還有希望。」她發現達格妮關注她的眼睛裡滿是擔心，便又說道，「我沒事的……我需要適應一下——適應你和你說的那些話，我想我會接受這些……會相信真的是這樣……不再在乎吉姆怎麼想。」她站了起來，似乎想把此刻心裡踏實的感覺儘量保留住。

在一股突然而毫無來由的肯定的驅使下，達格妮決然地說道：「雪麗，今晚我不想讓你回去。」

「啊，不行！我沒事，我對回家並不害怕。」

「難道今晚沒有出過什麼事嗎？」

「沒有……不算什麼事……還是老樣子，只不過我能看得更清楚些罷了……我沒事的，我必須要想一想，非常認真地想一想……然後再決定必須要做什麼。我能——」她猶豫著。

「什麼？」

「我能再來和你說話嗎？」

「當然了。」

「謝謝，我……我非常感激你。」

「你能不能保證還會再來？」

「我保證。」

達格妮目送她穿過走廊，向電梯走去，看到她的肩膀有些消沉，又努力地挺起，看她那羸弱的身軀似乎有些搖晃，隨即便用盡了全身的力氣，保持直直的姿勢。看起來，她像是一株軀幹已折、仍舊靠著一絲未斷的纖維而挺立的植物，掙扎著想要治癒那已經弱不禁風的病體。

$

詹姆斯從開著的書房門口看見雪麗穿過外面房間，走出了公寓。他狠狠地甩上房門，一屁股跌坐在長椅上，他的褲子上依然留著香檳酒濺在上面的痕跡，彷彿他這種不舒服是對他的妻子、對這個沒有與他一同慶賀的世界的報復。

過了一會兒，他突然地站起來，走到房間另一頭，拿起了一支菸，隨即又猛地將它一掐兩半，朝著壁爐上方掛的一幅畫甩了過去。

他瞥見了一隻威尼斯的玻璃花瓶——剔透的瓶身上纏繞著繁雜的藍金色花紋，數百年的歷史足以使它成為博物館內的藏品。他一把抓過來，向牆上扔去；花瓶頓時如雨點般瀉落成一攤碎燈泡似的玻璃片。

他曾以買下這隻所有文物鑑賞家都買不起的花瓶為傲，此刻，他體會到了一股向使得這花瓶身價倍增的數百年時光報復的快感——同時痛快地想到這世上還有數不清的苦苦掙扎的家庭，任何一家都可以靠賣掉這隻花瓶而活上一年。

他踢掉鞋子，又靠回到長椅上，在半空中晃蕩著一隻腳。

門鈴的驟響令他一驚：這聲音似乎正合他的心緒。如果他現在去按誰家的門鈴的話，也會發出這種尖厲、催促和不耐煩的響聲。

他聽著管家的腳步聲，同時為他可以拒絕任何人的來訪感到得意。不久，他聽到了敲門聲，管家進來報告：「里爾登夫人想要見你，先生。」

「什麼？……哦……好啊！讓她進來！」

他身子一擺，把腳落了地，但並沒有進一步的表示，而是隱隱露出一絲好奇的笑容，等到莉莉安進屋之後才坐起身來。

她穿了一身仿照羅馬旅裝式樣的酒紅色晚禮服，雙排釦外套緊緊地抵著長裙下束著的高腰，耳朵上斜倚著一頂小帽，帽上的一根羽毛彎彎地垂在顴骨下方。她進來時的腳步急促而凌亂，裙襬和帽上的羽毛不停地晃動，拍打著她的腿和喉嚨，如同桅杆上的小旗子，在發出緊張的信號。

「莉莉安，我親愛的，我是應該覺得受寵若驚或者高興呢，還是吃驚？」

「好了，還是少囉嗦吧！我是因為必須要見你，而且立刻就得來，僅此而已。」

她這副急不可耐的口氣和立即坐下來的動作是對弱點的一種暴露：按照他們不成文的慣例，只有一個人在急於得到幫忙，同時又既無好處，又沒被威脅交換的情況下，才會做出這種索求的舉止。

「你為什麼不待在岡薩雷斯的酒會上？」她張口問道，但臉上漫不經心的笑容還是掩飾不了她的不安，「我一吃完晚飯便趕過去，就是為了去找你——可他們卻說你覺得不舒服，已經回家了。」

他走到房間另一端，拿起一支菸，從她一身隆重的打扮前走過時，他為自己只穿了襪子而感到愜意，「我覺得沒意思。」他回答道。

「我沒法忍受他們，」她說話時，身子不禁微微一顫；他詫異地瞄了她一眼：這話聽起來既不情願，又出自真心。「我受不了岡薩雷斯先生和他那個妓女一樣的夫人。他們這種人和他們辦的酒會居然變得這麼受歡迎，簡直讓人噁心。我再也沒興致去什麼社交場合了——形式已經不同，風氣都變了。我都好幾個月沒見到尤班克和普利切特博士，還有他們那幫人了。那些新面孔看起來簡直就像是一群屠夫的手下一樣！再怎麼說，我們這個圈子裡可都還是紳士。」

「是啊，」他若有所思地說，「是啊，是有點奇怪得不太一樣了，鐵路上的情況也如此：我和威澤比很投緣，他還有教養，可麥格斯——就又是另一回事了，他就是……」他猛地截住話頭。

「這簡直是荒唐，」她以目空一切的口氣說道，「絕不會就這樣便宜了他們。」

她沒有說出「他們」和「便宜」指的是什麼，然而他明白她的意思。在一陣沉默之中，他們看起來像是在彼此依靠著來獲得一點寬慰。

隨後，他心裡幸災樂禍地想，莉莉安開始顯得老了。那件酒紅色的晚禮服並不適合她穿，似乎讓她的皮膚顯得略微有些發紫，這種色調如同黃昏一般，映出了她臉上細細的皺紋，使她的肌膚鬆弛下來，看來疲憊而懶散。她那一副明明是譏笑嘲諷的神態，此刻變成了死氣沉沉的怨恨。

他看見她正在打量著他，並藉著臉上的笑容尖聲地羞辱道：「你還真是不舒服了，對不對，吉姆？看起來像是個魂不附體的司機。」

他嗤笑一聲：「我還應付得了。」

「我知道，親愛的，你是紐約城裡面最有勢力的人之一。」她又加上一句，「這是有關紐約的一個挺有意思的笑話。」

「的確是。」

「我承認，你有能力辦到任何事情，所以我必須要來見你呀。」為了減輕她話裡的唐突，她特意加上了點開心的聲音。

「好啊。」他的聲音顯得很被取悅，同時又沒有答應的意思。

「我之所以不得不來這裡，是因為我覺得最好還是不要在大庭廣眾之下，被人看見我們在一起說這件事。」

「不錯。」

「我好像記得我過去對你還是有用的。」

「過去嘛——是的。」

「我想我肯定應該能指望你的幫忙。」

「當然了——只不過，你這麼說難道不是太過時和不明智了嗎？我們又怎麼能對任何事情有把握呢？」

「吉姆，」她突然大聲喝道，「你一定要幫我！」

「我親愛的，我會為你效勞，可以為你做任何事情，」他回答，他們說話的默契便是，只要對方把話挑明，就一定要用冠冕堂皇的謊話來應付。莉莉安快頂不住了，他心想——看到自己是在和一個處於下風的對手周旋。他感到十分愜意。

他注意到，她顧不得什麼了，甚至連她那素來一絲不苟的裝扮也失去了往日的精心。幾綹頭髮從她梳理整齊的波浪中散落下來——她的指甲是和她的晚禮服相配的凝血色，指尖處明顯留有挫痕——與她那開口很低的晚禮服所暴露出的一大片平滑如脂的皮膚，形成了強烈的對比，他還觀察到了用來鉤住吊帶、防止它意外滑落的別針發出的閃光。

「你必須要防止它！」她這好鬥的口氣使得請求聽起來像是在命令一般，「你必須去阻止它！」

「真的？是什麼？」

「我的離婚。」

「哦！」他的面孔突然變得關切起來。

「你知道他要和我離婚，對吧？」

「我聽到過一些傳言。」

「就定在下個月了。確確實實如此。哦，這事可是讓他破費了一大筆錢——他買通了法官、書記官、法警、他們的贊助者、贊助者的贊助者、幾個議員，還有六個行政官員——他就像給自己鋪了一條大路一樣，買通了法律程序的所有關節，沒有留下任何缺口可以讓我插得上手加以阻攔。」

「明白了。」

「想必你應該清楚他是為什麼要離婚的了？」

「我能猜得出來。」

「可我是為了幫你才那麼做的！」她的聲音更顯得焦慮起來，「我把你妹妹的事告訴你，是為了讓你為你的朋友搞到禮品券，那——」

「我發誓我不知道是誰洩露出去的！」他急忙喊道，「只有少數幾個上層人物知道是你報的信，我肯定沒人敢說起——」

「哦，我相信沒人敢，可他能猜得出來，對不對？」

「是啊，我想是這樣。不過，當時你也知道自己是冒著風險的。」

「我沒想到他居然會這樣做，我從來沒想到他會和我離婚，沒——」

忽然，他有些驚訝而敏感地一笑：「你沒想到信任會是條越磨越細的繩子，是這樣吧，莉莉安？」

她吃了一驚，愣愣地看著他，繼而冷冷地回答：「我沒想到它會被磨斷。」

「親愛的，這很有可能——特別是對於你丈夫這樣的人。」

「我不想讓他和我離婚！」這簡直是一聲突如其來的叫喊，「我不想讓他從此就一身輕鬆了！我不會答應的！我不會讓我的這輩子就這麼完了！」她猛然停住，似乎這些話已經吐露了太多的實情。

他輕聲哼著，緩緩地點著下巴，表示完全能夠理解，動作裡帶著一種早就料到的威嚴的神情。

「我的意思是……不管怎麼樣，他都是我的丈夫呀。」她辯解地說著。

「是啊，莉莉安，這我明白。」

「你知道他想幹什麼嗎？他要把那張判決弄到手，然後和我一刀兩斷，一毛錢也不會留給我——沒有任何善後和撫養的費用，什麼都沒有！他想最後說了算，這你還看不出來嗎？如果讓他得逞的話，那麼……那麼禮品券對我來說就根本算不上什麼勝利了！」

「是啊，親愛的，我明白。」

「另外……我一想到這些就覺得荒唐可笑，我以後要靠什麼生活呢？我自己的那點錢現在簡直是一點用處都沒有，那大部分還是從我父親那時候留下來的工廠股票，現在工廠早就倒閉了。我可怎麼辦啊？」

「可是，莉莉安，」他柔聲說著，「我以為你一向是不在乎錢財和物質回報的。」

「你不明白！我說的不是錢——我說的是貧困！是真真切切、難以忍受、一貧如洗的貧困！這對任何一個有教養的人來說都是不可想像的！難道我——我也要去擔心食物和房租嗎？」

他帶著淡淡的笑盯著她看，疲軟衰老的面孔終於繃緊了一些，有了點睿智的表情，他開始體會到了徹底洞察一切帶給他的愉悅——這種現實是他所樂意看下去的。

「吉姆，你一定要幫幫我！我的律師一點用都沒有，我已經把我的那點錢都給了他，給了幫他辦案的人，還有他的朋友和助手——可他們最後卻只能束手無策。今天下午，我的律師送來了最終報告，上來說我毫無勝算。我好像找不到什麼人能對付得了這麼精心的策畫。我曾經指望過史庫德，可是……唉，你也知道他後來是怎麼回事，那件事同樣也是因為我想要幫你。你從那件事脫身了，吉姆，現在只有你能幫我從這件事裡解脫出來了。你挖的老鼠洞已經能夠通天，可以和上面的人說上話，給你的朋友說點口風，讓他們再去傳個話。只要莫奇說一句話，這事就好辦了，讓他們禁止這項判決生效，把它禁止就行了。」

他緩緩地搖頭，如同一個行家在疲憊地面對著某個過分熱心的外行，充滿了同情。「這做不到，莉莉安，」他決然說道，「和你一樣，我也想這麼做，而且我認為你也清楚這一點。但我即使有再大的本事，對這件事也是愛莫能助。」

她那雙黑沉沉的眼睛帶著一種怪異而毫無生氣的凝固了似的眼神盯著他；當她再次開口時，嘴唇已經扭曲在一股無比惡毒的蔑視之中，使他簡直不敢去多看，只知道這惡毒把他們兩個都牢牢地裹在了一起。她說：「我知道你想這麼做。」

他一點也不想偽裝，奇怪的是，真相在這一次似乎更讓他感到愉快——真實終於滿足了他這種特殊的需要。「我想你清楚這是無法辦到的，」他說，「現在沒人會白幫忙，而且冒的風險也越來越大，你所說的老鼠洞實在太複雜，繞來繞去的，每個人都有把柄握在別人的手上，誰也不敢輕舉妄動，因為他也說不準哪個地方就會塌一塊下來。所以，不到生死關頭和萬不得已的時候，誰都不會動的——可以說這是我們現在唯一的一條遊戲規則。既然如此，你的私生活又關他們什麼事？你想拖住你丈夫——不管結果如何，和他們又有什麼相干？至於我個人的籌碼嘛——我現在也拿不出任何東西能夠讓他們硬生生地把一樁大有油水的司法案子叫停。更何況，現在上面的人無論如何也不會那樣做的，對你丈夫，他們必須要小心對待才行——自從我妹妹在電台演講之後，他現在反而更安全了。」

「是你讓我強迫她去電台演講的！」

「我知道，莉莉安，當時我們兩個都很糊塗，現在我們倆就都吃了虧。」

「沒錯，」她的話和她眼裡的蔑視一樣的陰沉，「是我們兩個。」

正是這種蔑視讓他感到了舒服，正是這股奇怪的、不經意間流露的陌生感讓他愜意地知道這個女人雖然看透了他，但還是為他所懾服，還是靠回到了她的椅子裡，彷彿承認了她被奴役的地位。

「你可真是個好人啊，吉姆。」她的話裡帶著詛咒的口吻，但這話便是一句獻詞，她正是這個意思，而他也明白，他們兩個都生活在一個把詛咒看成是獎賞的世界裡，為此，他感到很高興。

「你知道，」他突然說了話，「你把像岡薩雷斯那樣如同屠夫般的人給想錯了。他們自有他們的用處。你喜歡過法蘭西斯可．德安孔尼亞嗎？」

「我根本沒辦法忍受他。」

「哦，你知道岡薩雷斯先生今晚辦這個酒會的真正意圖是什麼嗎？它是慶祝達成了一項協定，在一個月內，德安孔尼亞銅業公司就將被收歸國有。」

她盯著他看了一會，嘴角慢慢地浮出一絲微笑：「他跟你曾經是朋友，對吧？」

她的聲音裡有一股他從未聽過的腔調，這口氣裡的崇拜感他過去只能從人們那裡矇騙來，而現在，居然破天荒地為了一件他實實在在所做的事而給了他。

突然之間，他意識到這正是他數小時以來躁動不安的原因，正是他絕望地認為找不到的那種快感，才是他期待的慶祝。

「我們喝一杯，莉莉安。」他說。

他一邊倒著酒，一邊看著房間對面軟軟地癱在椅子裡的她，「讓他去離婚好了，」他說，「最後說話算數的不是他，而是他們，是那些屠夫的手下，是岡薩雷斯先生和麥格斯。」

她沒有吭聲。他走過來後，她只是漫不經心地把手一抬，便從他手上抓過了一隻酒杯。她喝酒的樣子全然沒了交際場合上的風度，而是像酒吧裡孤獨的客人一樣，只是想要體驗酒精的滋味。

他坐在長椅的扶手上，和她有點親密地接近，一邊喝酒一邊注視著她的面孔。過了一會兒，他開口問：「他怎麼看我？」

她對這問題似乎並不感到奇怪，「他覺得你就是個傻瓜，」她回答說，「他根本就沒功夫注意你。」

「他會注意的，如果——」他停了下來。

「——如果你用木棒打他的腦袋嗎？這可不一定，他可能只會怨他為什麼沒離木棒遠一點。不過話說回來，這也就是你唯一的機會了。」

她換了換姿勢，肚子朝前，身體又往椅子裡縮下一截，似乎放鬆就是很難看的，似乎她讓他看到的這種親密的作態無須什麼儀態和尊重。

「我第一次見到他時，」她說道，「首先在他身上注意到的就是他從來不害怕。他看起來好像很自信，似乎我們誰都不可能把他怎麼樣——自信得甚至根本不知道他自己的感覺。」

「你有多久沒見到他了？」

「三個月，自從……自從禮品券的事情發生後，我就再也沒見過他。」

「我在兩星期前的一次工業會議上見過他，他還是那副樣子——甚至有過之而無不及。他現在看起來好像是知道了。」他又補上一句，「你輸定了，莉莉安。」

她沒有回答，一把將頭上的帽子推了下去；帽子滾落到地毯上，那根羽毛像問號一般地捲著。「我記得第一次去看他的那些工廠，」她說，「他的工廠啊！你想像不出他對它們的那種感情，你想像不出那種傲慢是什麼樣子，就好像只要是和他有關、被他碰過的東西，就會有多了不起一樣。他的工廠，他的合金，他的錢，他的床，他的老婆！」她抬眼瞧了瞧他，混沌的眼睛裡閃出一團小小的亮光，「他從來沒注意過你的存在，可他的確注意過我，我還是里爾登太太——至少還有一個月。」

「是啊……」他說著，同時低頭看著她，突然產生了一種別樣的興趣。

「里爾登太太！」她嗤笑著，「你不知道這對他來說意味的是什麼。還沒有哪個奴隸主人對他太太的稱號能如此的看重和要求——或者把它當成是一個榮耀的象徵，是他頑固、清高、神聖、一塵不染的榮耀！」她胡亂地一揮手，顯示出她那修長而懶散的身軀。「凱薩大帝的太太！」她哼了一聲，「你記得她是什麼樣子嗎？不，你不會記住的。她應該是完美得不會受到任何責備才對。」

他正低下頭，眼裡充滿了軟弱無力的憎恨，茫然而沉重地盯著她看——她在突然之間變成了憎恨的象徵，而不是對象。「他不希望把他的合金用在普通的大眾用途，讓人隨意擺佈……對不對？」

「對，他不想這樣。」

他的話似乎摻雜了灌下去的酒精一樣，變得有點含混：「你可別跟我說你幫我們弄到那份禮品券只是為了白白幫我一個忙……我知道你為什麼那麼做。」

「這一點你當時就知道。」

「當然了，所以我才喜歡你，莉莉安。」

他的眼睛不停地溜回到她晚禮服低低的開口處，吸引他的並非是她光滑的皮膚或暴露在外面的高聳的胸脯，而是那隻不被人注意到的別針。

「我想看到他被人痛打一頓，」他說，「想聽聽他痛苦地叫喊，哪怕一次也好。」

「你是不會如願的，吉姆。」

「為什麼他和我妹妹覺得他們比我們其他人都強？」

她哼了一聲。

他像是被她賞了記耳光一樣，站起身來，走到酒櫃前又給自己倒了杯酒，並沒有主動表示要再給她添一杯。

她的眼光呆呆地凝視他身後的某個地方：「儘管我不會用他所驕傲的合金替他鋪鐵軌和架大橋，他還是會留意到我的存在。我不能給他蓋工廠——但我能毀掉它們。他的合金我造不出來——但我可以從他手裡搶走。我無法讓人因為崇拜而五體投地——但我可以讓他們跪倒在地上。」

「閉嘴！」他似乎覺得她已經太接近那條籠罩在濃霧之中、禁止別人發現的小路，便驚恐地大叫了出來。

她抬頭看了看他：「你可真是個膽小鬼，吉姆。」

「你為什麼不多喝點？」他厲聲說著，像是要襲擊她一般地把尚未喝完的酒杯捅到了她的嘴邊。她的手指無力地半握著酒杯，把酒向嘴裡灌去，湧出來的酒濺滿了她的下巴，也滴到了她的前胸和晚禮服上。

「哎呀，莉莉安，你怎麼搞的！」他說著，並不去拿自己的手帕，而是伸出手去，用掌心去擦灑出來的酒。他的手指在她的胸前遊動，突然，他像是打嗝似的屏住了呼吸，他的眼皮正微微閉起來，不過卻發現她的臉正在後仰著，沒有一點抵抗的意思，難受地張大了嘴巴。當他的手向她的嘴伸過去時，她的手臂順從地抱住了他，嘴巴也有了回應，但這回應只是硬梆梆地一頂，而不是親吻。

他抬起頭向她的臉上看去，她正張開嘴笑著，但眼睛卻凝視著他的身後，似乎在捉弄著一個看不見的東西。她的笑聲毫無生氣，卻響亮而滿含惡毒，如同發自一具骷髏。

他不想看到自己發抖的樣子，便把她拉近了些，雙手則不自覺地開始做出親密的舉動——她聽任著他的撫弄，但那副樣子卻讓他感覺到：在他的觸摸之下，她身體內血液的脈動如同她發出的竊竊暗笑。他們倆都是在做著某人發明過的、亦是他們期待中的例行動作，是帶著嘲弄和憎恨在拙劣地模仿。

他感到了一種盲目而不經意的惱怒，讓他既覺得可怕，又非常痛快——可怕的是他正在做一件他絕對不敢對人承認的事——痛快之處則在於此時他是在藐視那些他不敢去承認的人。他做了一回他自己！那怒火中唯一還算清醒的部分在對他叫喊著——他終於做了一回他自己！

他們清楚彼此的心思，便都一言不發，他只有擠出了幾個字：「里爾登夫人。」

他把她推進臥室，放在床上，然後撲在她的身上，這中間，他們始終沒去看對方一眼，臉上帶著的是愧疚的表情，是小孩在人家乾淨的牆上用粉筆畫著下流符號時，臉上的那副鬼鬼祟祟的邪樣。

事後，他果然發現他占有的是一具既不反抗、又無反應的僵硬的身體，她並不是一個他想要占有的女人，他所得到的也並不是那種他想要的對成功的慶祝，而是在慶祝著無能占據了上風。

$

雪麗開了房門，幾乎是偷偷摸摸一般地靜悄悄閃了進來，似乎不想被人看見，也不願意看到她這個家。心裡想著達格妮，想著屬於達格妮的那個世界，她便有了回來的勇氣。可是，一進到她自己的公寓裡，四周的牆壁便似乎再一次將她吞噬到了令人窒息的陷阱之中。

公寓裡寂靜無聲；一抹燈光從一間半掩的房門裡透進了外廳，她機械地向她自己的房間踮步走去，隨即，她便停住了腳步。

那燈光來自吉姆的書房，從被燈光照亮的一小條地毯上，她看見了一頂女人的帽子，上面的羽毛在流動的空氣中簌簌地抖動著。

她向前邁了一步，書房裡沒有人，她看到桌上和地上分別有一隻酒杯，椅子裡放著一個女人的手提包。她呆呆地怔在那裡，直到聽見從吉姆臥室的門裡傳出了兩個人低沉而慵懶的聲音；她聽不清在說什麼，只能分辨出說話的聲音；吉姆的聲音有一點煩躁，而那個女人的聲音則是滿足的。

她馬上回到了自己的房間內，慌亂地把門鎖上。她驚慌失措地逃進房裡，像是她才不得不躲起來，不得不去避免讓他們看到自己正目睹這一幅骯髒的場面——面對一個男人正做著的無法辯解的醜惡行徑，強烈的厭惡、可憐、尷尬和受到玷污的感覺使她手足無措。

她站在自己的房內，一時沒了主意。隨即，她的膝蓋一軟，坐到了地上。她就一直那樣坐著，木然地盯著地毯，渾身發抖。

她既不生氣，也不嫉妒，更沒有憤慨，只是茫然地覺得這一切愚蠢得讓她覺得可怕。她知道，無論是他們的婚姻，還是他對她的愛，無論是他對她的堅決不放手還是他在愛著那一個女人，或者是這起莫名其妙的通姦事件，都沒有任何意義，這一切都毫無道理可言，也不需要去尋找什麼解釋。她總把魔鬼想得很有心計和企圖，而現在她看到的便是真正的魔鬼。

她不知道在地上坐了多久，隨後又聽到了他們的腳步聲和說話聲，以及前門關上的聲音。她的心中一片茫然，只是憑著過去的某種本能，站了起來，似乎她存在於一個與誠實毫無關係的真空之中，但除此以外，又不知道該做什麼。

她和吉姆在外廳碰個正著，他們彼此望著對方好一陣子，似乎誰都無法相信對方的存在。

「你什麼時候回來的？」他厲聲說道，「你回來多久了？」

「我也不知道……」

他觀察著她的面孔：「你怎麼了？」

「吉姆，我——」她的內心激烈地抗爭著，最終還是放棄，用手朝他的臥室方向擺了擺，「吉姆，我知道了。」

「你知道了什麼？」

「你剛才是……和一個女人在裡面。」

他的第一個動作便是將她一把推進書房，然後用力將門關上，彷彿想讓他們兩個都躲起來，然而卻再也說不出是想躲誰。他的心中燃燒著一股難以抑制的怒氣，在逃避和爆發之間徘徊不決，他在這股怒氣中，只覺得他這個不起眼的妻子想要剝奪他勝利的感覺，而他則不能把自己新的樂趣就這樣拱手相讓。

「沒錯！」他喊叫著，「那又怎麼樣？你打算怎麼辦？」

她茫然地瞪著他。

「沒錯！我是和一個女人在一起！我是那樣做了，因為我想！你覺得你這麼吃驚地瞪著我和可憐地哭一哭就能嚇住我了？」他用力地搓響手指，「那是你的想法！我才不管你是怎麼想的！你只有認命！」看到她慘白和無助的臉色，他便越說越來勁，同時心裡感到痛快，彷彿他的言詞正在將一個人鞭打得面目全非。「你認為你會讓我不敢見人嗎？為了滿足你的正義感，我就不得不裝出另外一副樣子，我已經受夠了！你這個無名小卒，把你自己當成什麼人了？我想怎麼做就怎麼做，你還是閉嘴，和其他人一樣，在外面老老實實的，也別讓我在自己家裡都不能自在！誰都不可能在家裡還裝聖人，那些都是給別人看的！你這個屁都不懂的小傻瓜，假如還在指望我去那麼做的話——就最好趕快成熟起來吧！」

他把她看成是另外一個人，在這個人面前，他雖然很想把今晚的事當面宣洩出來，但卻無法做到——不過，在他的眼裡，她一直在崇拜和捍衛著那個人，並且替他說話，他和她結婚就是為了能夠像現在這樣，於是他叫道：「你知道和我躺在一起的那個女人是誰嗎？她就是——」

「不！」她驚叫著，「吉姆！我不想知道！」

「她是里爾登夫人！漢克．里爾登夫人！」

她後退了一步，他感到了一瞬間的恐懼——因為她那副樣子似乎是在看著一個他不應該承認的東西一樣。她的語氣雖然如死人一般，但問出的話卻順理成章：「看來你是想離婚了？」

他爆發出一陣狂笑：「你這個笨蛋！還不死心！還那麼自命清高！我不會和你離婚——也別夢想我會同意你和我離婚！你還真把這當回事了？聽著，你這個笨蛋，沒有哪一個丈夫沒和其他女人睡過覺，他們的妻子也都明白，他們只是不提這些罷了！我想和誰睡就和誰睡，你最好還是像其他那些賤人一樣，給我閉上嘴！」

從她的眼睛裡，他突然驚恐地發現了一種堅強、明朗、冷靜得幾乎超出人的智力的神情。「吉姆，如果我是那種人的話，你當初也不會娶我了。」

「對，我不會。」

「你為什麼要和我結婚？」

他感到自己像是被捲入了一個漩渦，在慶幸眼前的危機已經過去的同時，又有些抑制不住自己的不服氣，「因為你是個卑微、絕望，而且十分荒唐的乞丐，無論如何也配不上我！因為我還以為你會愛我！我以為你清楚你唯一的出路就是要愛我！」

「就像你愛我那樣嗎？」

「是不敢懷疑我！是不帶任何想法的！不會讓我像參加什麼盛裝遊行那樣，不得不應付著一個又一個的道理！」

「你愛我……是因為我毫無用處？」

「呵，你以為你能怎麼樣啊？」

「你是因為我的弱點才愛我？」

「你還能給我什麼別的嗎？但你居然一點都不領情。我想要慷慨一點，給你安全感——只會去愛優點又能讓你有什麼安全感？這種競爭可殘酷著呢，總能找到比你強的人！可我——我寧願為了你的缺陷，為了你的錯誤和弱點，為了你的無知、樸實和粗俗而去愛你——這樣才安全，你用不著擔心和隱藏什麼，可以我行我素，保持你那種真實、難聞、罪過並且醜陋的原貌——每人真實的一面都是見不得人的——可是你卻能指望我對你毫無條件的愛！」

「你是想讓我……像乞丐那樣……去接受你的愛？」

「你還覺得這是靠你的本事賺來的嗎？你還覺得你這種小要飯的真能配得上我？我希望你每走一步、每吞下一口魚子醬的時候就要知道，這些都是我給你的，你就是個窮光蛋，和我永遠都不配，也別指望能還得起！」

「我……曾經試過讓自己……去配得上你。」

「果真如此的話，你對我還有什麼用？」

「你不願意看到我那樣？」

「唉，你簡直愚蠢透頂！」

「你不願意讓我有成長？不想讓我提高？你覺得我本來有缺陷，卻希望我繼續這樣下去？」

「如果這一切都是你自己賺來的，我非得努力才能留住你，而你隨時都能另有選擇的話，你對我還有什麼用處？」

「你是想讓我們兩個靠對方的施捨過日子？你是希望我們倆是拴在一起的一對乞丐嗎？」

「沒錯，你這個道貌岸然、一心崇拜英雄的傢伙！沒錯！」

「你是因為我一無是處才選擇了我？」

「對！」

「你在撒謊，吉姆。」

他只是渾身一抖，驚訝地看了她一眼。

「過去那些吃頓飯就可以跟你走的女孩，倒是願意讓她們的內心見不得人，她們會接受你的施捨，不會想著要成長，可是你卻不會娶她們那樣的人。你娶了我，是因為你知道我的外表和內心都拒絕接受陰暗，是因為我想要有長進，而且會不斷地為此奮鬥——對不對？」

「對！」他吼道。

她感覺到，正在向自己衝上來的那盞車燈終於撞上了目標——在這一剎那，她發出了淒厲的叫聲——在這恐懼的叫聲之中，她一步步地向後退去。

「你這是怎麼了？」他不敢去瞧她眼睛裡看到的是什麼，渾身顫抖著喊道。

她的雙手在摸索中既像是要把什麼推開，又如同是想要去抓住它；她的回答並不是很明確，但她已經找不出更好的話來了：「你……你這個兇手……就是為了要殺害……」

看到實情將要被揭穿，他在驚恐萬狀的顫抖之中，胡亂地舉起手來，打了她一巴掌。

她跌倒在椅子旁，一頭撞在了地上，但過了一會兒，她便抬起頭看著他，臉上沒有驚詫，毫無表情，彷彿這一切她早就預料到了。她的嘴角處慢慢地湧出了一滴梨狀的鮮血。

他僵在了那裡——有好一陣子，他們兩個就這樣對視著，似乎誰都不敢動一下。最終還是她先動了。她從地上一躍而起——轉身就跑，跑出了房間，跑出了這間公寓——他聽到了她飛奔下樓，連電梯都不等，而是一把拉開了緊急出口處樓梯的大鐵門。

她衝下樓梯，打開大門，跑過拐來拐去的走廊，然後又順著樓梯開始跑，直到跑到大廳，一頭衝進外面的大街。

過了一會兒，她發現自己走在一條黑暗的人行道上，地鐵的入口處掛著一個耀眼的燈泡，在黑黑的洗衣房屋頂，有一塊亮著的有關蘇打餅乾的廣告牌。她不記得是怎麼走到這裡來的，腦子似乎已經四處斷開，她只知道非逃出來不可，但又無路可逃。

她想，她一定要從吉姆那裡逃出來。去哪裡呢？她禱告般地打量了一下四周，問著自己。她本來可以在一家便宜貨商店或是那家洗衣店，以及隨便一家經過的破商店裡找個工作的。但轉念一想，她如果工作的話，做得越努力就會看到周圍的人越多的惡意，就會分不清什麼時候該說實話，什麼時候要撒謊，而她越是誠實，就越會被他們更大的欺騙所折磨。在她的家裡和貧民區的商店內，她都看到和體驗過這種欺騙，但她總以為那些只是少數偶然的邪惡而已，離開它們，然後忘掉就是了。現在，她明白這些並非偶然，而是無處不在，這是所有的人心裡都知道，卻不會說破的一個信條，就藏在她以前始終不明白的、人們瞥向她的那種詭祕而心虛的眼神裡——在沉寂之中，隱匿在這個信條和城市的最底層，隱匿在人們靈魂深處的是一個致命的東西。

你為什麼要這樣對待我？她對著四周的黑暗無聲地喊道。因為你很好呀——一聲巨大的嘲笑似乎從屋頂上和地溝裡傳了出來。那我再也不想好下去了——可你會的——我不想了——你會的——我受不了——你會的。

她渾身一抖，加快了腳步——透過前面的茫茫霧氣，她看到了那塊懸在城市上空的日曆——午夜早已過去，日曆上顯示的是八月六日，可她似乎猛然間看到了城市的天空裡，出現了九月二日的血淋淋的字樣——於是她想到：假如她在工作，假如她掙扎著向上走的話，每爬一步都會受到更大的打擊，到最後，不管得到的是一座銅礦還是一個付清了貸款的小屋，都會有九月二日這一天，她只能眼睜睜地看著吉姆把它奪走，看著吉姆用它來開酒會招待他的朋友，並在酒會上達成他們的陰謀。

我可不會這樣！她大叫一聲，便騰地轉身從原路跑了回去——但在她看來，黑色的天空中有一個巨大的身影正透過洗衣房的熱氣向她獰笑著，這身影雖然變幻無常，但那獰笑卻同樣地出現在變化出的每一張臉上，它的面孔忽而是吉姆，忽而是童年時期的那個神父，後來又變成了便宜貨商店人事部裡的那個女志願工——那笑容似乎是在對她說：你這樣的人會永遠都誠實，你這樣的人會一直拚命向上，你這樣的人會一直工作下去——所以我們才安全，而你別無選擇。

她繼續跑著。等她再一次環顧周圍的時候，發現她正走在一條寂靜的街道上，經過那些燈火通明、鋪著地毯的豪華大廈的玻璃門廳。她注意到她有些一瘸一拐，原來腳上高跟鞋的跟鬆了——是剛才的一陣狂跑弄折了鞋跟。

她站在一個寬闊的十字路口前，向遠處的摩天高樓望去。它們的身後吞吐著微弱的光芒，正靜悄悄地消失在一道霧氣裡面，露出的幾點燈光像是在做著告別的微笑。曾幾何時，它們一度就是希望，她曾經在一片蕭瑟之中仰望著它們，把它們當做還有另一種人存在的證明。此刻，她知道它們是墓碑和細長的紀念碑，是為了紀念那些建造它們後便被毀滅了的人們，它們是凝固了的吶喊，控訴著取得成就後的人落得的卻是殉葬的下場。

她想，達格妮便在那些隱去的高樓的其中一座裡面——但達格妮是一個孤軍奮戰、註定失敗的受害者，她會被毀滅，並將和其他人一樣沉沒在霧氣之中。

沒有地方可以去了，她一邊踉蹌地走，一邊想著——我既不能站著不動，也走不了多久了——我既不能工作也不能喘息——我既不能投降也不能搏鬥——可這……這就是他們想讓我做的——不生不死，既不動腦子又不傻得徹底，只是會因為害怕而喊叫的一堆肉，可以被他們這些沒有形狀的人隨意地捏來捏去。

她一頭陷入了一個角落後面的黑暗裡，身體因為害怕被人看見而蜷縮成一團。不，她想道，他們不是魔鬼，不是所有的人都是魔鬼……他們只是他們自己的第一個犧牲品，可他們都相信吉姆的信條，我無法和他們相處。一旦我明白了……我要是和他們說話，他們就想把他們的好心賞給我，但我知道他們所認為的好心是什麼，而且我會看到他們眼裡冒出的死亡。

人行道變得坑窪不平，一堆堆垃圾從破舊不堪的房屋旁的垃圾桶中溢了出來。她看見在一個昏暗的酒吧旁的一扇緊鎖的門上，是一塊亮著的「年輕女性休憩俱樂部」的牌子。

她知道這種場所是怎麼回事，也知道是什麼樣的女人在經營，她們會說她們是在幫助那些受難的人。如果她走進去——她邊想邊走了過去——如果她去請求她們的幫助，她們就會問：「你犯了什麼過錯？是酗酒、吸毒、懷孕，還是偷東西了？」她就會回答：「我沒犯錯，我是清白的，可我——」「那對不起，清白人的痛苦我們可管不著。」

她繼續跑著，然後停下來，在一條又寬又長的街道轉角處重新打量著四周。街道兩旁的建築和人行道一直延伸到了天邊——兩行綠燈高高地掛著，漸漸消失在遠方，彷彿是在環繞著地球一般，伸到了其他的城市和海洋，伸到了其他的國度。綠色的亮光顯得沉靜而安詳，彷彿打開了一條通向信心的寬闊而熱情的大路。燈光緊接著一變，換成了沉重低垂的紅色，清晰的圓圈變得模糊，發出危險的警告。她站在那裡，看著一輛大卡車駛過，卡車那巨大的輪胎把一層亮閃閃的路面碾出了細碎的皺紋。

燈光重又變回到安全的綠色——而她卻站在那裡不停地顫抖著，一步也邁不動。人的身體是這樣運動的，她想道，可他們又對靈魂的行走做了些什麼？他們把信號反了過來——當罪惡的紅燈亮起時，道路是安全的——但是當燈光變成可以通行的綠色時，你向前一邁步，就會被車輪撞倒。全世界都是如此，她想——那些反過來的紅綠燈遍佈在每一塊土地上，正在逐漸地將地球徹底覆蓋住，地球上滿眼都是受傷的人，他們還都不明所以，拖著殘缺的肢體在暗無天日中奮力地爬行，痛苦便是他們生命中唯一的內容——而道德的訓誡則得意地笑著告訴他們，人本來就應該是不會走路的。

她的腦子裡並沒有想到這些，假如她能找到確切的詞語，就會認出這一切。可她只能在突如其來的氣憤中，帶著徒勞的恐懼去捶打著身邊掛紅綠燈的鐵柱。在這個裝置繼續無情而喑啞地明滅閃動下，她繼續捶打著包覆它的那個空心鐵管。

她無力用拳頭把它砸爛，無力把一眼望不到頭的那些鐵柱子全都打遍——她也同樣無力把她遇到的那些人的靈魂中的信條逐個打破。她再也無法面對人們，無法去走他們正在走的路——但是，既然她心裡明白卻說不出來，而人們又什麼都不會聽信，她又能對他們說什麼呢？她能跟他們說什麼？她如何能照顧到所有人？有能力說話的人又在哪裡呢？

這些並不是她腦子裡正在想的，而只是她對著金屬不停地砸下去的拳頭——突然，她發現她是在用鮮血淋淋的拳頭擊打著巍然不動的柱子，這情景讓她渾身一驚——然後便踉蹌地走開了。她繼續走著，已經看不到自己周圍的一切，只覺得是陷入了一個沒有出路的迷宮之中。

沒有出路——她腦中的零星意識正隨著她的腳步聲不斷地說著——沒有出路……沒有安身之所……沒有信號……分不清安全還是危險，分不清敵人還是朋友……就像她曾經聽說的那條狗一樣，她心想……在某個實驗室裡的狗……他們調換了給那條狗的信號，牠分不出滿足和受罪的區別，把食物認成是拷打，把拷打當成是食物，在一個變幻不定、令牠頭暈目眩的無形的世界裡，牠的眼睛和耳朵已經不能依靠，判斷失靈，感覺遲鈍——然後便徹底放棄，拒絕食物而活在那樣的一個世界裡……不！她的腦子裡只能意識到這一個字——不！——不！不！即使我現在所有的東西只剩下了這個「不」字，也不能走你們那條路，不能生活在你們那個世界裡！

社工在碼頭和倉庫間的一條小巷內發現她時，已是夜晚最為黑暗的時分。這位社工是一位婦人，她那灰白的面孔和身上灰白的外套與這個街區的牆壁渾然一體。她看見的是一個年輕的姑娘，她的穿著不俗，在這種地方顯得極為刺眼，既沒有戴帽子，也沒有提包包，一隻鞋跟是壞的，頭髮散亂，嘴角上有一塊淤痕，在人行道和馬路間茫然地蹣跚而行。馬路只是夾在高聳而光溜溜的房子牆壁間的一條窄道，不過，一束光線還是從散發出腐水氣味的潮霧般的空氣中透射了下來；在河水與夜空相接的街道盡頭，立著一座矮石牆。

社工向她走過來，嚴肅地問：「你是不是碰到麻煩了？」隨即，映入她眼簾的是一隻疲憊的眼睛，另外的一隻被一綹頭髮遮住，那張面孔猶如野獸一般，全然不記得人類的聲音，但卻滿腹狐疑，又幾乎是充滿希望般地聽著遠方的回聲。

社區工作者抓住了她的手臂：「落到這種地步真是太丟臉了……假如你們這些有錢人家的女人除了放縱自己和追求享樂以外還能幹點別的，就不會這麼晚了還像個流浪漢一樣醉醺醺地在外面遊蕩……假如你們不再只為自己的享樂活著，不去想自己，而是找到某種更高——」

她尖叫了起來——這叫聲彷彿發自一頭受驚的野獸，如同是在刑求室裡迴盪著一樣，撞向街邊光禿禿的高牆。她一把掙脫回手臂，然後跳到一旁，嘴裡含混不清地叫喊著：

「不！不！不能是你們說的那種世界！」

隨後，她突然覺得渾身充滿力氣，便像動物逃命似的狂奔了起來，她一口氣跑到了河岸邊的街道盡頭——速度仍不減慢，沒有絲毫的停頓和猶豫，完全是想要保護自己一般地，直衝到了擋著她的欄杆前，停也不停，便一頭躍入了空中。

第五章 手足之情

九月二日上午，在塔格特公司位於加州太平洋鐵路的軌道邊上，兩根電線桿之間的銅纜斷開了。一場細雨自午夜時分便不急不徐地飄灑起來，這天沒有日出，只有一道蒼白的光線從霧色濛濛的天空中透了過來——在灰色的雲層、鉛一般凝重的大海和荒涼的山坡上，孤零零地低垂著的石油起重機吊臂的鋼鐵骨架之間，掛在電線上的晶瑩的雨滴成了唯一的亮光。電線在雨水和歲月的磨損下，早已過了正常使用的年限；其中一條實在不堪這個早晨雨水的重負，彎彎地垂了下來；最後的一滴雨加劇了電線下垂的弧度，它就像一粒凝聚了無數額外重負的水晶珠，懸吊在上面；電線終於綳斷，這粒珠子和電線猶如滑落的眼淚般悄無聲息地同時放了手，它身上的水珠應聲落地。

電話線損壞的情況被發現和上報之後，塔格特公司地區總部裡的人們便紛紛避開對方的視線。他們胡亂說著一些似乎和這個事故相關的話，這些話不僅沒用，也騙不了人。他們清楚銅纜正越來越少，已經比黃金和誠實還要稀有；他們知道，地區主管幾個星期前就把他們庫存的銅纜賣給了一些誰都不認識的商人，那些人白天並不經商，而是晚上才來，這只是因為他們在聖克拉門托和華盛頓有關係——那個最近才被任命為主管的人也是因為認識一個在紐約的叫麥格斯的人，大家對此人都是三緘其口。他們知道，現在誰要是主動下令去維修，就會發現維修根本無法進行，就會導致隱藏的對手的報復，他的同事則會神祕地保持沉默，不會為他說話，而他便什麼都證明不了，假如他想盡力做好工作，就會永遠地失去那份工作。在現在這個罪人逍遙、揭發者受罪過的時候，他們分不清什麼是危險，什麼是安全；他們就像動物一樣，懂得當出現疑問和危險的時候，保持不動才是萬全之策。於是，他們原地不動；談論起在適當時向應該負責的上司呈送報告的適當步驟。

一個年紀輕輕的路段長走出房間和總部的大樓，來到一家沒人知道的藥店的電話亭，他不顧個人安危，不顧橫亙在中間的漫長距離以及層層的上司，撥通了達格妮·塔格特在紐約的電話。

她正在哥哥的辦公室，中斷一個緊急會議，接了這通電話。那個年輕的路段長只是告訴她電話線斷了，找不到可以用來修復的銅纜；他沒有再說別的，也沒有解釋為什麼一定要親自給她打這個電話。她沒有問他；她心裡很明白，只是說了句「謝謝你」。

她辦公室裡有一份記錄了塔格特公司每一個地區全部重要物資儲存情況的應急檔，它如同是一份破產檔案，記錄了所有的損失，而難得一見的新裝備補充，看起來則像是某個以折磨為樂的人，在惡毒的笑聲中給飢荒的大陸撒下的一點麵包屑。她看了一遍文件，把它闔上，嘆了口氣說道：「艾迪，給蒙大拿鐵路打電話，讓他們運一半的銅纜到加州。也許只有蒙大拿還能再支撐一個星期。」艾迪正要反對，她又說，「是石油，艾迪，加州是全國僅有的一個產油地區了。我們可不能丟掉太平洋鐵路線。」隨後，她回到了她哥哥辦公室的會議當中。

「銅纜？」詹姆斯說著，怪異的眼神從她的臉上向窗外的城市望去。「不用多久，我們就再也用不著為銅的事發愁了。」

「為什麼？」她問道，但他沒有回答。窗外一如往常，在晴朗的天空下，午後的陽光和煦地照著城內的屋頂，在那一片屋頂上方的日曆顯示是九月二日。

她不知道他為什麼一定要在他的辦公室裡開這個會，並且一反常態地堅持要和她單獨談話，也不知道他為什麼時不時地就看一眼手錶。

「在我看來，形勢很不對勁，」他說，「必須要採取一些措施。現在的狀態看來有些脫節和混亂，正失去協調和平衡。我的意思是說，全國上下對交通運輸的需求極大，然而我們卻在賠錢。在我看來——」

她坐在那裡，望著掛在他辦公室牆上的那副塔格特公司祖傳下來的地圖，望著那些在土黃色的大地間蜿蜒穿行的紅色道路。鐵路曾經一度被稱做國家的血脈，川流不息的火車曾經如鮮活的血流一般，把繁榮和財富帶給了它所經過的荒蕪之處。如今，它雖然還像一股血流，卻已經如傷口中的血一樣，只是向外流淌，帶走了身體全部的活力和生命。一條單行線——她漠然地想著——一條只是消耗的單行線。

她想起了一九三號列車。六個星期以前，一九三號列車滿載著鋼材出發了，它的終點不是位於內布拉斯加州福克頓、全國僅存的那家最好的史賓瑟機床廠，那家工廠已停工兩個星期，正盼著這批原料運來——而是駛向了伊利諾州的沙溪，那裡的聯盟機床廠因為產品質量差、交貨期難以保證，已經負債一年多。授意分配這批鋼材的是一項命令，命令裡解釋道，史賓瑟機床廠財力雄厚，可以再多等等，而作為伊利諾州沙溪市唯一生活依靠的聯盟機床廠已經破產，不能眼看著它垮掉。一個月前，史賓瑟機床廠終於倒閉了，而聯盟機床廠的倒閉則是在兩個星期之後。

伊利諾州沙溪市的人上了國家的救濟名單，但在現在這種瘋狂的時候，全國的糧庫囊空如洗，拿不出可以救濟他們的糧食——因此，內布拉斯加州農民用來播種的種糧便被聯合理事會的一紙命令強行徵收——一九四號列車將尚未播種的糧食和內布拉斯加州人們對未來的指望，運到伊利諾州，讓那裡的人們當飯吃掉了。「在這個進步的時代，」洛森在一次廣播講話中說，「我們終於認識到了我們之間情同手足。」

「在目前動盪不安的緊急狀態下，」她看著地圖時，詹姆斯說道，「如果要被迫拖欠我們某些地區的工資，顯然很危險，當然，這只是暫時的，不過——」

她冷笑了一聲：「吉姆，是不是鐵路聯合計畫不管用啊？」

「你說什麼？」

「你本來打算能在年底從儲備金裡分到南大西洋公司的一大筆款項——可現在儲備金裡一筆錢也沒有了，對不對？」

「不是這樣的！只是因為銀行的人對這項計畫一再阻撓而已。那些混蛋——過去貸款給我們的時候，只要有我們的鐵路擔保就夠了——如今，我可以把我全國所有的鐵路都押給他們，可他們居然連用來發工資的區區幾十萬短期貸款都不批准！」

她冷笑了一聲。

「我們無能為力！」他叫嚷著，「有些人不願替我們去分擔一部分合理的壓力，這可不是那項計畫的過錯！」

「吉姆，你只想和我說這些嗎？如果是這樣的話，我得走了，我還有事情要做。」

他的眼睛瞄了一眼手錶：「不，不，我還沒說完呢！最要緊的是我們要把形勢討論一下，然後拿出些決定，這是關於——」

他又囉嗦了一大堆廢話，她面無表情地聽著，猜不透他葫蘆裡賣的是什麼藥。他是在等時間，可又不完全是；她可以斷定，他把她留在這裡必然是另有目的，但同時，他又只是為了讓她待在這裡而已。

自從雪麗死後，她注意到他有了一些新的變化。在雪麗的屍體被人發現，報紙上登出了一個目睹她自殺的社工的親身描述後，他曾經連招呼都不打，就急匆匆地闖進了她的住處；報紙找不出任何動機，便將其稱做「謎一般的自殺」。「那不是我的錯！」他向她大叫著，彷彿只有她是他需要去解釋的法官。「這事不能怪我！不能怪我！」他嚇得渾身抖成了一團，但她還是看到了些許狡黠的目光向她的臉上投來，似乎帶了幾分令人難以想像的得意神情。「吉姆，你給我出去。」她當時也只有這句話能對他說了。

他後來再也沒有和她提起過雪麗，但卻比平時來她的辦公室更勤了。在大樓裡，他還會堵著她閒聊幾句——種種類似的情況加在一起，讓她感到不可理解：就好像是他出於某種莫名的恐懼而要依附她，試圖求得保護的同時，手臂卻悄然滑落到她的背後，捅了她一刀。

「我很想知道你的看法，」她已經把目光移開，可他還是不死心地說道，「最要緊的是我們得商量一下形勢，可是……可是你還什麼都沒說呢。」她還是沒有動。「這並不是說鐵路上已經沒有什麼利益了，只是——」

她嚴厲地瞪著他；他慌忙將目光躲開。

「我的意思是，必須要拿出一些建設性的對策來，」他悶聲悶氣地急忙說道，「必須有人……做點什麼，在危急的關頭——」

她清楚他是在迴避什麼，清楚他是在暗示她，但又不想讓她挑明和談起。她知道，列車的正點行駛已經再也得不到保證，承諾已經不管用，合約幾如廢紙一般，普通列車隨時都會被取消，然後不由分說地被強行徵作緊急專車，發往意想不到的地方——而這命令則是來自對緊急情況和公共福利有唯一決定權的麥格斯。她知道，工廠正紛紛地倒閉，有些是因為機器設備得不到原料而停工，其他的則是由於運不出的貨物已堆滿了倉庫。她知道，那些歷史悠久，靠著持之以恆的努力發展壯大起來的企業隨時都可能滅亡，它們的命運已經不在自己的預料和掌管之中。她知道，它們之中年資最久、能力最突出的佼佼者早已消失——那些仍在苦苦地堅守過去時代的理念，仍在拚命生產的企業，正在為它們的合約中加進一行讓內特·塔格特的後代感到慚愧的字樣：「在運輸許可的情況下。」

然而她知道，仍然有人能憑著見不得人的祕密，憑著沒人能去質疑或解釋的權力，隨時得到他們需要的運輸。人們覺得他們和麥格斯之間的交易神祕莫測，旁人即使想看一眼都不行，於是人們閉上了眼睛，因為知情比不知情更可怕。她知道，那些人是靠著所謂「搞運輸的關係」才做成這些交易。大家心裡都清楚這是怎麼回事，但誰都不敢明說。她知道，緊急專車就是為這些人開的，他們可以把她計畫中的列車取消，然後將手裡那枚邪門的印章一蓋，便把列車隨便打發到任何一個地方去了。這印章標榜著對一個地方的拯救，完全是在遵從「大眾利益」，它已經超越了一切合約、財產、法律、道義和生命的地位。正是這些人派火車去救援亞利桑那州斯馬瑟兄弟的柚子生意——去救援佛羅里達州的一家生產彈珠遊戲機的工廠——去救援肯塔基州的一家養馬場——去救援伯伊勒的聯合鋼鐵廠。

正是這些人與急於把積壓在倉庫裡的貨物運走的廠主們做起了交易——一日沒有拿到好處，就等工廠破產拋賣時以極其低廉的價格買下貨物，把它們裝上突然冒出來的列車，飛速運給已準備好大發橫財的他們那一夥商人。有人就守在工廠附近，一等高爐喘完最後一口氣，就向機器設備猛撲過去——有人在荒廢的運輸線旁覬覦著，準備撲向沒能發出的貨車——他們是新冒出來的幹完就跑的生意人，只做一次買賣，用不著擔心去發工資，沒有任何壓力，不需要固定的辦公場所和安裝任何設備，唯一的財產和投資便是所謂的「友情」。這些人被官方描述為「在我們這個充滿活力的時代裡的進步商人」，但人們卻稱他們是「兜售人際關係的販子」——他們的種類林林總總，有的有「運輸關係」，有的有「鋼材關係」，有的是「石油關係」，有的是「加薪關係」和「緩刑關係」——他們確實是有能量，在別人都動彈不得時還在全國上下跑個不停，他們頭腦空空，賣力而積極，與動物的那種積極不同，他們的積極是表現在屍體停止動彈後，便會蜂擁而上，靠它為食。

她知道鐵路行業有利可撈，並且知道利益是被誰撈去了。只要能不被人發現，麥格斯會利用一切機會，像他賣鐵路物資那樣把列車也一起賣掉——他把鐵軌賣給了瓜地馬拉和加拿大的電車公司，把電線賣給了生產音樂盒的工廠，把枕木賣給了需要木柴的旅館。

她看著地圖，心想，無論這些吞食屍體的傢伙是只顧自己貪吃，還是能替同夥分一杯羹，他們都同樣是蛆蟲，又有什麼區別呢？只要活生生的肉體成了被吞食的獵物，究竟進了誰的肚子還重要嗎？現在已經分不清這些災難哪些是博愛論者造成，哪些是出自隱藏著的強盜之手；分不清哪些行為是受了洛森慈善欲望的驅使，哪些是被麥格斯的貪婪所引發——分不清哪個地區為了別的瀕臨飢荒的地區而犧牲了自己，或哪裡在給那些關係販子上貢。還有區別嗎？兩者的出發點和效果毫無二致，都是因為需要，而需要已被看做占有財產唯一的名分；兩者都是嚴格地按照同樣的道德標準在行事，都認為人的犧牲是天經地義的，而且都造成了人的犧牲。甚至無法分辨出誰是吃人者，誰又是受害人——那些衣食被沒收的地方還認為自己應該去接濟東邊的城市，卻在下個星期發現他們的食物是被用去填飽了西邊——人們已經達到了他們千百年來所追求的最高境界，他們將它貫徹得異常徹底，而且不受任何阻力。他們把需求當做最高的尺度，當做首當其衝的要求，當做他們的價值標準和他們這個世界裡的財富，把它看得比正義和生命還要神聖。人們被推進坑裡，在叫嚷著要互相幫助的同時，所有人都在瘋狂地吞噬著身旁的人，同時也被別人的同夥蠶食，在聲稱自己白吃白喝的時候，人們都是理直氣壯的，但卻不知道是誰在背後正對自己下手，人們在自相殘殺，同時又驚慌失措地叫囂著地球正在被無形的惡魔毀滅。

「他們現在還會抱怨什麼呢？」她的心裡響起了休・阿克斯頓的聲音，「是不是還要怪宇宙太不合理了呢？」

她坐在那裡，看著地圖的眼睛冷靜而莊重，彷彿在看到邏輯強大的力量時，絕不允許摻雜任何情緒。在這片垂死的大地上，她眼看著被人們相信的所有觀念，正分毫不差地得以施行。他們本知道這不是他們想得到的東西，他們這樣能做到的不是希望，而是欺騙——然而他們已經不折不扣地實現了他們血淋淋的願望。

這些擅於玩弄需要和憐憫的人們現在在想些什麼呢？她不禁感到納悶。他們在指望著什麼？那些人曾經假笑道：「我不是想要毀滅富人，我只是想從他們多餘的東西中拿一點出來去幫窮人，只要一點點，連他們的一根毫毛都傷不著！」——他們隨後就大叫道：「那些大亨們經得起壓榨；他們的積蓄足夠未來三代人的生活了。」——然後又會喊叫說：「為什麼商人還有一年的積蓄，可人民卻在受罪？」——此時，他們正在驚叫著：「為什麼我們挨餓的時候，有人還有能維持一周的積蓄？」他們究竟想要幹什麼？她感到不解。

「你必須拿出行動來！」詹姆斯叫了起來。

她臉轉過去對著他：「我？」

「這是你的工作，你的職責，你的義務！」

「是什麼？」

「是行動，是做事。」

「做事——做什麼？」

「我怎麼知道？那是你的專長啊，你是做事的。」

她瞄了他一眼：這話現在聽來是如此彆扭，又是如此不搭調。她站了起來。

「就這些嗎，吉姆？」

「不！不！我想和你談談！」

「說吧。」

「可你還什麼都沒說呢！」

「你也一樣啊。」

「可是……我是說，現在有很現實的問題需要解決……比如說，我們存放在匹茲堡倉庫裡的那批新鋼軌怎麼會不見了呢？」

「麥格斯把它偷走賣掉了。」

「你有證據嗎？」他大聲爭辯著。

「你的那些朋友們哪次留下過任何把柄和痕跡？」

「那就別說這個，別說這些沒用的，我們必須要講事實！我們必須要面對眼前的事實……我是說，在目前的局勢下，我們必須要講實際，找到現實的方法來保障我們的物資，而不是憑空猜測——」

她冷笑了一聲。他的醜陋嘴臉終於暴露了，她心想，這才是他真正要做的事：他是想讓她在麥格斯的面前保護他自己，同時又不去提到麥格斯，既不承認它的存在，又和它抗爭，既把它擊敗，又不至於攪亂全局。

「你覺得這有什麼好笑的？」他老羞成怒地叫道。

「你心裡明白。」

「我不明白你有什麼毛病！我不明白你這是怎麼回事……自從你回來後……在過去這兩個月裡……你還從沒有這麼不配合過！」

「怎麼了，吉姆，這兩個月，我可從來都沒和你爭什麼啊。」

「我說的就是這個！」他在急促間還是覺察出了她臉上的笑容，「我是說，我是想開個會，瞭解一下你對局勢的看法——」

「這你都知道。」

「可你連一個字都還沒說過！」

「我在三年前就把必須要說的話都說完了，我告訴過你這樣下去會怎麼樣，現在果然如此。」

「好啊，你又來這一套！講大道理有什麼用？我們是在現在，不是在三年前。我們必須要對付的是當下，而不是什麼過去。我們當初如果聽了你的意見，局面也許會不一樣，但事實是我們沒有聽——而且我們必須要面對現實。我們必須要接受的是此時此刻的實際情況！」

「好啊，那就接受吧。」

「你說什麼？」

「接受你的現實吧，我聽你的命令就是了。」

「這太不公平了！我是在問你的意見——」

「你想要的是定心丸，吉姆，你是得不到的。」

「你在說什麼？」

「我不會和你爭論，讓你能假裝看不見你所說的現實，讓你覺得還有辦法能夠脫身，我已經沒有辦法了。」

「好啊……」沒有發作，沒有暴怒——有的只是一個行將放棄的人無力而動搖的聲音，「好吧……你想讓我怎樣？」

「放棄。」他茫然地望著她。「你和你華盛頓的同夥們，你那些掠奪計畫的制定者以及你們整個的那一套吃人理論，全都要放棄。放棄這些，然後閃到一邊去，讓我們這些能幹的人在廢墟上重新開始。」

「不！」此時，終於開始奇怪地發作了；這叫聲發自一個寧死都不會改變主意的人，發自一個一輩子都像罪犯一般迴避著各種想法的人。她不清楚她對於罪犯的本質是否曾經搞明白過，她不懂什麼才能讓人如此死心塌地地去反對任何思想。

「不！」他叫著，聲音沉了下去，更刺耳，也更接近常態，從幾近崩潰的抓狂又降回到了大老闆的腔調，「那不可能！想都不要想！」

「誰說的？」

「行了行了！本來就是這麼回事！你幹嘛總是異想天開？為什麼就不能接受現實，然後再去想點辦法？你是個實際的人，是有行動力的人，是個推動者和創造者，就和內特·塔格特一樣，可以幹成你想幹的任何事！如果你真想做的話，就一定可以找出辦法來挽救我們！」

她忍不住冷笑了起來。

這就是多少年來商人懶得去理會的藏在夸夸其談下面的真正目的，那些含混的定義、拙劣的空話以及模糊的理論都是在叫囂著，要像服從國家一樣地去服從現實，政府當局的命令和大自然法則一樣不可違背，必須讓挨餓的人從對衣食冷暖的依賴中徹底解脫出來，有那麼一天，會去要求內特·塔格特這樣的現實主義者，把麥格斯的意願當成像鋼鐵、軌道以及重力一樣不可更改的事實那樣去考慮，去接受麥格斯造成的一種客觀而無法轉變的現實——然後繼續在那個世界裡創造財富。對於那些在書房和課堂裡的騙子來說，他們把自己看到的當成是道理，把他們所謂的直覺當成科學，把他們的渴求當做知識，並把這些再兜售出去，這才是他們真正的目的。這才是所有那些背離客觀、立場不明、模棱兩可、避實就虛的世俗小人們的真正目的——他們眼見農民獲得了豐收，並不認為這是農民投入了無窮的智慧後才產生的結果，而只把它看成是一種自然現象，然後便動手抓住農民，給他戴上鐐銬，奪走他的農具、種子、水和土地，將他推到一片荒瘠的石地上，命令著：「現在，把糧食種出來給我們吃！」

不——她覺得吉姆可能會問，便想道——去解釋她為什麼會笑也是徒勞，他根本就不可能明白。

但他並沒有發問，反而是垂頭喪氣地說了句讓她感到害怕的話——如果他確實不明白，那麼他說的這幾個字就完全無用；如果他明白的話，就簡直太狠毒了——「達格妮，我可是你的哥哥呀……」

她渾身緊張，肌肉繃得緊緊的，似乎即將要去面對殺人者的槍口。

「達格妮，」——他那軟弱無力、帶著鼻音的死氣沉沉的腔調聽起來像是乞丐在哀求——「我想要當一個鐵路公司的總裁，我很想呀。為什麼你總能如願，但我就不能呢？為什麼我的願望總是落空，可你卻總能實現你的願望？為什麼你該高興，而我就該難受？哦，是了，這世界就是你的，只有你才有腦袋能玩得動它，既然如此，幹嘛還要允許苦難在你的世界中存在？你口口聲聲說是在追求幸福，可是你卻讓我焦頭爛額。我難道就沒有權利要求得到我想要的一點幸福？這難道不是你欠我的嗎？我難道不是你的哥哥嗎？」

他的目光像小偷的手電筒燈光一樣在她的臉上尋找著同情的痕跡，然而，除了看到強烈的厭惡，便一無所獲了。

「如果我去受苦，那麼有罪的人就是你！你在道義上就說不過去！我是你哥哥，你對我就應該負責任，可你卻沒有讓我得到滿足，所以你有罪！千百年來，人類所有的精神領袖都是這麼說的——你又有什麼資格去唱反調？你太自以為是了，還覺得自己是個大好人——只要我不幸，你就好不了，我的悲慘就是你的罪惡，我的滿足就是你的美德。我就是想要今天這樣的世界，它能讓我說話，能讓我覺得自己也是號人物——給我把一切都弄好！——你就做點什麼吧！——我又怎麼知道該怎麼辦？——這是你的問題，你的責任！你才是有膽量的，可我——我本來就是軟弱！這在良心上講絕對沒錯！難道你就不明白？你不明白嗎？你不明白嗎？」

此刻，他的目光就像一個人抓在深淵邊緣上的手，瘋狂地想要抓住任何一道似是而非的裂縫，可最終還是從她那張明淨如岩石般的臉上滑了下去。

「你這個惡棍。」她的語氣裡絕無一絲感情，因為她這句話並不是要說給某一個人聽。

儘管他的臉上只露出騙子打錯了算盤的表情，她似乎看出他已經墜入了深淵。

她想，她對他的憎惡和往常並無分別；他不過是把那些到處都能聽到，並且被很多人接受的東西說了出來；人們在說起這套理論時，一般都是借題發揮，而吉姆居然無恥到了拿自己來說的地步。她不知道人們在弄清楚自己要求的行動之前，究竟能否承認這一套犧牲的理論。

她起身就要走。

「別！別！等等！」他一下子站了起來，瞧了一眼手錶，大叫著，「現在時間到了！我想讓你聽一條播出的特別新聞！」

她好奇地站住了腳。

他打開收音機，在一旁目不轉睛，甚至是有些無禮地觀察著她的表情，眼睛裡有一絲恐懼和怪異並存的期待。

「各位女士們，先生們！」一個聲音猛然從廣播裡跳了出來；裡面摻雜著一股驚慌。「我們剛剛得到從智利聖地牙哥傳來的驚人消息！」

她注意到詹姆斯的頭挺直了，茫然蹙起的眉頭間閃現出突如其來的焦慮；似乎這樣的話和聲音出乎他的預料。

「今天上午十點鐘，智利、阿根廷以及其他南美國家召開了議會的特別會議。在呼籲人人互助的智利新任國家元首拉米里茲先生的提議下——議會將把德安孔尼亞銅業公司在智利的資產收歸國有，從而為阿根廷將該公司在世界其他地方的資產進行國有化打通了道路。然而，在這之前，這兩個國家中，只有極少數的高層領導人才知道此事。對這項措施的保密是為了避免出現爭論和由此帶來的抗議，使得這次對價值數億的德安孔尼亞公司的沒收，成為元首帶給全國的一個意外的禮物。」

「在鐘聲鳴響十點的時刻，隨著議會主席手中的小槌敲落在講台上，宣佈會議的開始——彷彿是被這一槌引燃一般，一聲驚天動地的爆炸聲震動了議會的大廳，大廳裡的玻璃也被震碎。爆炸來自只有幾條街之隔的港口——議員們衝到窗戶前，發現他們熟悉的德安孔尼亞公司的礦石碼頭處，高高地升起了一道火焰。這座礦石碼頭已經被炸為灰燼。」

「議會主席克制著驚慌，讓大家保持鎮靜。在一片救火的警笛和遠處傳來的喊叫聲中，向全體與會者宣佈了國有化的法令。這天早晨天氣陰森，烏雲密佈，爆炸毀壞了電力傳輸系統——議會就在燭光下舉行了表決，表決時，議會大廳高高的屋頂上還搖曳著通紅的火光。」

「緊接著發生的事更加令人震驚。議員們匆匆休會，以便向全國宣佈德安孔尼亞公司已歸人民所有的喜訊。就在他們表決的時候，消息已從世界各個角落紛紛傳來，德安孔尼亞公司已經在地球上消失了。女士們，先生們，它徹底消失了。就在鐘聲敲響十點那一刻，像是在魔鬼的統一指揮下，從智利到暹羅，從西班牙到蒙大拿州的波茲維爾，德安孔尼亞公司在全世界的各個據點全都在爆炸中被夷為了平地。」

「德安孔尼亞公司的各地員工都在上午九點領到了現金支付的最後一筆薪水，九點半的時候就從公司的駐地被遣散。礦石碼頭、熔爐、實驗室、辦公大樓等統統被毀，德安孔尼亞公司停在港口的船裡一無所有——出海的船員們則上了救生艇。至於德安孔尼亞公司的銅礦，一部分已經被炸塌的山石埋葬，另一部分則連被炸的價值都沒有。根據現在收到的報告來看，在這些礦中，有很多已經採完多年，但居然還在一直營運著。」

「對於這樣一場大規模行動的計畫、組織和實施，員警在德安孔尼亞公司數以千計的雇員中連一個知情者也找不出來。然而，德安孔尼亞公司員工裡的骨幹力量已經不見了。最能幹的高層管理人員、鑄造專家、工程師以及主管們都已銷聲匿跡——他們全都是國家在調整過程中需要仰仗的人。最能幹的——應該糾正一下：是最自私的那批人都不見了。從不同銀行得到的報告中可以看出，德安孔尼亞的帳號上已經一無所有：錢被花得一乾二淨。」

「女士們，先生們，德安孔尼亞的財富——這個地球上最巨大的一筆財富，幾百年來傳奇般的財富——已不復存在。在新時代到來的曙光下面，留給智利和阿根廷的是一堆廢墟和成群的失業者。」

「法蘭西斯可．德安孔尼亞先生的下落至今毫無線索，他已經消失，什麼都沒留下，哪怕連一句話或者一聲告別都沒有。」

親愛的，我感謝你——就算你聽不到，而且也不願意去聽，我也要以我們最後一個人的名義來感謝你……這並非是一句話，而是她內心之中對著一個她自從十六歲就瞭解了的男孩子的那張笑臉，所做的默默的祝福。

她發覺她正緊靠在收音機前，彷彿連它裡面傳出的微弱電流都和這地球上僅存的那股生命力緊密相連，在短暫的幾個瞬間把它傳播了出來——此時它正充滿了這個已別無生命的房間。

她聽到吉姆像是從遙遠的爆炸後的廢墟之中，發出了一聲夾雜著呻吟和號叫的怒吼——隨後便看見了吉姆的肩膀伏在電話上抖個不停，聲嘶力竭地叫著，「可是，羅德利格，你說過會很安全的！羅德利格——哦，天啊！——你知不知道這把我害得有多慘？」——接著，他桌上的另一部電話急促地響了起來，他一邊手裡抓著第一個話筒，一邊對著另外的那部電話聽筒咆哮道，「少說廢話，沃倫！你說該怎麼辦？我才不管呢？你去死吧！」

有人跑進了辦公室，電話接二連三地響了起來，吉姆在時而哀求、時而怒罵當中不停地對著一個話筒喊著：「給我接聖地牙哥！……讓華盛頓給我接聖地牙哥！」

遠遠地，她彷彿站在自己腦海的邊緣，看到了在尖叫的電話旁的那些人玩輸的是一場什麼樣的遊戲，他們似乎遠得如同在顯微鏡下蠕動的小黑點。她不明白的是，當地球上還有法蘭西斯可這樣一個人存在的時候，他們居然還異想天開地想要較量一番。

在這一天裡，她見到的每個人臉上都帶著爆炸留下的餘光。她想，要是法蘭西斯可想給德安孔尼亞公司舉行的火葬找出像樣的柴堆，那他可是不會失望了。它就在這個世界上唯一能夠明白它的威力的紐約城的街道裡——就在人們的臉上，在他們的竊竊私語聲中，他們嘀咕的聲音像小小的火舌一樣劈啪作響，襯出臉上沉重而又發瘋一般的神情，那神情在遠方的火焰映照下，顯出搖擺不定的陰影，有些是害怕，有些是惱怒，大多數則是不安、迷惑而觀望的樣子。他們都承認，這場災難已經超出了行業的範疇，雖然嘴上不說，但心裡都明白這意味著什麼，這些死期將至的人們臉上帶著寬慰自己而又憤憤不平的苦笑，他們知道是被報復了。

晚上和里爾登一起吃晚飯的時候，她從他的神情中也能看出事件的影響。在這家裝潢得富麗考究的餐廳裡，只有他那高大自信的身軀才顯得輕鬆而自在。他向她走過來時，她發現他那張嚴肅的臉依舊像站在魔術師面前的小孩一樣，流露出不自覺的期盼。他並沒有去提今天發生的這件事，但她知道，此時他心裡想的全都是這個。

只要他進城來，他們就會難得地在一起聚上一會兒——過去的那一段在他們沉默的內心之中依舊歷歷在目——他們都清楚，他們目前所做的一切和共同的掙扎已經是前途渺茫，只是像戰友一樣用對方的存在來支撐著自己。

他不想提今天發生的事情，不想提起法蘭西斯可，但她留意到，在他深陷的顴骨下，總會克制不住地浮現出笑容。當他突然帶著低沉而溫和的聲音、充滿敬意地開口時，她明白他說的是誰，「他還真是信守承諾啊，對吧？」

「他承諾過什麼嗎？」

「他對我說過：『我以我愛的女人的名義發誓，我是你的朋友。』他的確是。」

「的確如此。」

他搖了搖頭：「我不配去想他，不配接受他為了保護我所做的一切，不過……」他止住了口。

「可它就是這樣的，漢克，它就是在保護我們大家——他眼睛一閃，向外看去。他們坐在靠牆的地方，一扇玻璃猶如看不見的屏障，把他們和外面，以及在六十層之下的街道隔開。都市平平地躺在最底層，看起來異常的遙遠。幾條街之外，高樓的塔尖融進夜色裡，那幅日曆此時和他們的視線平行，不再像一個討厭的小方塊，而是猶如一幅巨大的銀幕，怪誕而近距離地立在他們眼前，慘白的燈光透過銀幕，上面只有九月二日幾個字。

「里爾登鋼鐵公司現在正全速生產，」他淡淡地說著，「他們取消了對我工廠產量的限制——我猜這也是暫時的，我已經記不清他們取消過多少個他們自己的規定，這一點我看他們也不知道，他們已經懶得去管什麼合法不合法了，我敢肯定他們自己至少違反了五六條法令，可沒人能說得清楚——我只知道現在的這幫壞傢伙是讓我馬力全開。」他聳了聳肩膀，「一旦明天換成了另一個壞蛋，也許我就會因為非法經營而被勒令停產。不過，根據目前這個誰也說不準的計畫，他們是在不惜一切代價地求我無論如何也要把我的合金繼續生產下去。」

她注意到人們正偷偷地向他們這個方向望著。自從她發表了廣播演講，他們倆開始一起在公共場合露面後，她就注意到了這一點。人們的言行裡並沒有表示出他曾擔心過的不齒，而是流露出一種敬畏的猶疑——他們不敢確定自己的道德觀，看到他們兩個如此地堅信自己，便感到敬畏。人們在望向他們時，神情中帶有急切的好奇，帶有羨慕和尊敬，唯恐會冒犯一種自己從不知道的、極其嚴格的規矩，有的人甚至會懷著歉意，似乎在說：「請原諒我們已經結了婚吧。」有些人帶著一種惡狠狠的眼神，有些人的眼神裡則充滿了崇敬。

「達格妮，」他忽然開口問道，「你認為他會在紐約嗎？」

「不，我問過韋恩．福克蘭酒店，他們告訴我他的租房合約已經過期一個月，而且他沒再續約。」

「他們在到處找他，」他笑著說，「可他們永遠也別想找到。」他的笑容不見了，「我也同樣找不到。」他的聲音又回到了公事公辦的黯然平淡的腔調，「不錯，工廠是在工作，可我並沒有。我什麼都不幹，整天像禿鷹一般在全國跑來跑去，想通過非法的手段去買原料。躲躲藏藏，偷偷摸摸，撒謊騙人——就為了弄到幾噸礦石、煤炭或者銅。他們沒有撤銷對我採購原料的限制，也知道我的產量超過了他們許可的標準，可他們不關心這些。」他又補充了一句：「他們還認為我會關心呢。」

「累不累，漢克？」

「簡直是無聊透頂。」

她心想，曾經，他把心智、精力和用之不竭的能量用在了征服大自然和創新上面；而現在，他卻像罪犯一樣地用它們來對付人，她不知道一個人能夠在如此大的變故下堅持多久。

「鐵礦石幾乎是弄不到，」他無動於衷地說著，然後聲音忽然一亮，又繼續道，「現在銅馬上就要徹底斷了。」他咧開嘴笑了笑。

她不知道當一個人最大的願望不是成功而是失敗時，還能夠違心地做多久。

當他說出這句話的時候，她便明白了他的用意：「我從沒跟你提起我曾經見過丹尼斯約德的事。」

「他告訴我了。」

「什麼？你是在哪兒——」他頓住了，「原來如此，」他的聲音變得緊張而低沉，「他和他們是一夥的，你應該見過他了。達格妮，那些人是什麼樣……不，不要回答我。」他沉默了一會兒又說道，「這樣看來，我已經見過他們的一位使者了。」

「你見到過兩位。」

他頓時愣了，然後才反應過來，「果然如此，」他喃喃地說著，「我就知道……我只是不想對自己承認罷了……他是替他們招募人的，對不對？」

「他是他們之中最早和最出色的一個。」

他輕聲笑著；聲音裡充滿了苦澀和嚮往：「他們把達納格帶走的那天晚上……我以為他們還沒派人找過我……」

他那竭力保持沉著的樣子幾乎像是一把鑰匙，正在緩慢而費力地鎖上一間他不允許自己去看的、陽光燦爛的房間。過了半晌，他冷冷地說：「達格妮，我們上個月談到過的那批新鐵軌——我想我是交不出來了。他們沒有取消對我的產量的限制，仍然在控制著我的銷售，隨心所欲地支配著我的合金。可是帳目已經一團糟，我每星期都要偷出幾千噸到黑市上賣。我猜他們也知道，只是裝糊塗罷了。現在他們還不想和我作對。不過你瞧，我把自己能弄出來的鋼材全都給了一個急需的客戶。達格妮，我上月去了明尼蘇達，看到了那裡的狀況。不用等到明年，今年冬天鄉下就會有飢荒，除非我們幾個人能儘快有所行動。各地的糧食儲備都已用光，內布拉斯加州垮了，奧克拉荷馬州奄奄一息，北達科他州已經被放棄，堪薩斯州只是在勉強撐著——今年冬天不會有小麥，至少紐約和東部的城市是不會有了。明尼蘇達是我們最後的一座糧倉，他們那裡連續兩年收成不好，但今年秋天獲得了大豐收——他們必須要把糧食都收下來。你有沒有看過農用機械行業的現狀？他們當中，還沒有誰能財大氣粗到養得起一幫華盛頓的打手，或者能交得起人情費的地步。因此，他們分不到什麼物資，三分之二的企業已經關門，剩下的也快了。全國各地的農業都在瀕臨死亡——因為缺少農具。你應該看一看明尼蘇達州的那些農民，他們把越來越多的時間花在修理破舊的拖拉機上面，那些舊機器除了還能湊合耕地，已經無法再修了。我想像不出他們怎麼能撐到上一個春季，是怎麼種麥子的，但他們做到了，挺下來了。」她的面色凝重，彷彿在苦苦地追憶著一幅少見的、已經被忘卻的情景：他看到的是那些人們——她體會到了促使他繼續工作的動力。「達格妮，他們必須得有收割用的農具。我把我能偷偷弄出來的鋼材全都賒帳賣給了農具製造商，他們也是採取了偷偷的、賒帳的方式，儘快地把生產出的設備發往明尼蘇達。不過他們今年秋天就會拿回貨款，我也是一樣。這可不是什麼施捨！我們幫助的是不屈不撓的勞動者，不是那些好吃懶做的『消費者』！我們給出的是貸款，不是救濟金，我們是在幫助那些肯工作的，不是那些只會伸手要的。我絕不能聽任這些人遭受不幸，而那些人情販子卻大發其財！」

他眼前出現了曾經在明尼蘇達看到的情景：夕陽餘暉不受任何遮擋地從一座破敗工廠的窗戶破洞和頂棚的裂縫中瀉入，殘存的牌子上依稀還留有沃德收割機工廠的字樣。

「我知道，」他說，「就算我們幫他們過了這個冬天，掠奪者們明年還是會把他們吞掉。即使如此，我們今年冬天還是要幫他們……所以我實在沒辦法再替你弄鐵軌了，至少短期之內不能——我們現在也根本做不了長期的打算。如果一個國家沒了鐵路，我不知道餵飽它還有什麼意義——但是，如果連吃的都沒了，留著鐵路又有什麼用？到底什麼才是有用的呢？」

「沒關係，漢克，依靠現有的鐵軌，我們還能撐——」她頓住了。

「還能撐一個月嗎？」

「但願能撐到冬天吧。」

從鄰近的飯桌發出一個刺耳的聲音，打破了他們的沉默，他們轉過頭去，發現一個神經兮兮的人，像是一個被逼進角落裡後準備伸手拔槍的匪徒，「一種對抗社會的破壞行為，」他在對著臉色陰沉的同桌咆哮著，「特別是在這樣一個急需銅的時候！……這絕對不行！絕對不行！」

里爾登憤然轉回身子，掉頭向窗外望去。「我真想知道他現在在什麼地方，」他壓低了聲音說道，「想知道他此時此刻正在哪裡。」

「你知道了又打算怎麼辦？」

他無奈地將手向下一擺：「我不會去找他，如果說我還有什麼敬意可以向他表達的話，就是別為了不可能得到的原諒而去求他。」

他們在沉默中聽著周圍人們的交談，聽著恐慌如碎片般在這間奢華的房間內慢慢地散開。她未曾注意到，每張桌子旁邊似乎都有一個隱身人，人們說什麼都擺脫不掉一個共同的話題，他們的舉止並不很縮手縮腳，但他們似乎覺得，用玻璃、藍絲絨、鋁合金以及柔和的燈光搭配起來的屋子實在是太過明亮。他們似乎就是為了躲避才來到這裡，企圖藉這間房間讓他們能繼續裝模作樣地過著文明優越的生活——但他們的世界卻被一種野蠻的暴力昭示在光天化日之下，讓他們不得不去面對。

「他怎麼可以？他怎麼可以呢？」一個婦人帶著煩躁不安的驚恐質問道，「他沒有權利這麼做！」

「這是個意外，」一個說話有氣無力、操著官腔的年輕人說，「是一連串的意外，只要用統計裡的概率分析就不難發現。散佈傳言、過分誇大與民眾對立的人的力量是沒有愛國心的。」

「辯論是非是學術界的事情，」一個嗓門像老師、嘴巴卻像酒鬼的女人說道，「但一個人怎麼會在人民最需要的時候，還這樣固執己見地把財富毀掉呢？」

「我就想不通，」一個老人顫抖的聲音裡滿是辛酸，「特別是經過了好幾百年對人的殘忍本性的改造之後，經過了用善良和人道進行的教化、培養和訓導之後！」

一個女人困惑的聲音不知所措地響了起來，又隨即沉了下去：「我還以為這是一個充滿友愛的年代……」

「我很怕，」一個年輕女孩不停地說著，「我很怕……噢，我也不知道究竟是怎麼回事！……只是感到害怕……」

「他不可能做這樣的事！」……「可是他做了！」……「這是為什麼？」……「我拒絕相信！」……「簡直不是人！」……「這是為什麼？」……「他只是個一無是處的浪蕩公子！」……「這是為什麼？」

在房間另一頭的一個女人驚叫一聲的同時，達格妮的眼角也瞄見了某種令人不安的信號，她猛然轉身向外望去。

操縱日曆的是一個鎖在銀幕後面小房間裡的裝置，它年復一年地將同樣的銀幕翻捲出來，然後把日期投影上去，在固定的節奏下進行穩定的變換，只有在到了午夜時才會轉動一下。達格妮的身子轉得很快，正好讓她看到了一個如同天上的行星顛覆軌道般的、意想不到的情景，她看見九月二日的字樣正在向上移動，隨即便越出銀幕上端，無影無蹤了。

接著，她看到在碩大的銀幕上出現了幾行字，帶著銳利倔強的筆鋒，令時間停滯，向全世界的心臟——紐約，發出了最後一條消息：

兄弟，你如願以償了！

法蘭西斯可·多明哥·卡洛斯·安德烈·塞巴斯蒂安·德安孔尼亞

她分不清是眼前看到的字跡還是里爾登的大笑更讓她吃驚——里爾登在身後滿屋子人的目光下和喧嘩聲中挺身而立，用笑聲蓋住了他們驚慌的嘆息，他在笑聲中致意，迎接和領受著這份他曾經拒絕過的禮物，感到輕鬆、勝利——他心悅誠服。

$

九月七日晚上，蒙大拿州的一條銅纜斷裂，位於史坦福銅礦旁的塔格特公司運輸線的裝卸吊車發動機熄了火。

這座礦場的生產晝夜不斷，它分秒必爭地把每一粒礦石從山上掘出來，然後運送到在沙漠中的工業區。吊車癱瘓的時候，它正在裝車；當時它頓然停住，一動不動地垂立在夜晚的天空下，它的一邊是一排貨車車廂，一邊是霎時間動彈不得的礦石堆。

火車和礦場上的人們全都目瞪口呆地停下工作：他們發現，在他們那些龐雜的設備裡，不乏鑽頭、發動機、起重機、精密儀錶以及可以照亮礦道和山脊的巨型探照燈——但就是沒有用來修吊車的銅纜。他們停在那裡，如同站在一艘裝有上萬馬力發動機的遠洋巨輪上，只是因為缺少一根保險絲而走向了覆滅。

車站經理是一個身手矯健、心直口快的年輕人，他從車站的辦公室裡扯下銅線，使得吊車重新恢復了工作——當礦石在嘩嘩地裝滿車廂時，車站辦公室的窗戶裡透出了搖曳著的燭光。

「明尼蘇達，艾迪，」達格妮關上那個裝有她特別文件的抽屜，嚴肅地說，「叫明尼蘇達地區把他們存有的一半銅纜運給蒙大拿州。」「可是，我的老天，達格妮！現在收割的高峰期就要到了——」「我想——他們會撐下來的，而銅的供應商卻一個都丟不得。」

「我已經盡力了！」當她又一次去催詹姆斯的時候，他大叫了起來，「我已經替你弄到了第一個優先使用銅纜的特許，把批量的控制提高到了極限，所有該做的表格、證書、文件和申請都做了——你還想要怎麼樣？」「我要銅纜。」「我已經盡力了！這誰都無話可說！」

她沒有和他爭。下午的報紙放在他的桌上——她正盯著封底的一段話：加州為緩解州內的失業者壓力，通過了一項緊急的州稅法案，州內的各企業將把繳納其他稅收之前的總收入的百分之五十先用於徵收；加州的石油公司已經紛紛破產。

「別擔心，里爾登先生，」一個假意殷勤的聲音通過長途電話從華盛頓那邊傳了過來，「我只是想讓你不要太擔心。」「擔心什麼？」里爾登不解地問。「是關於加州出現的一點臨時性的混亂，我們馬上就會處理好。這是一種犯上作亂的行為，他們那兒的州政府無權徵收對全國稅收不利的地方稅，我們會立即商量出一個公平方案——但是同時，如果你聽說了有關加州石油公司的一些別有用心的謠言而有所擔心，那我可以告訴你，里爾登合金已經被列入最高一級的重點需求，可以優先使用全國任何地方的石油資源，這可是很高的級別呀，里爾登先生——因此我只是想讓你知道，你用不著擔心今年冬季的用油了！」

里爾登掛上電話，憂心忡忡地皺起了眉頭，他擔心的倒不是油料困難和加州油田從此消失的問題——這樣的災難現在已經是屢見不鮮——而是華盛頓的決策者們意識到要去安撫他了。這可是破天荒頭一遭。他苦苦思索著其中的奧妙。多年的奮鬥經驗告訴他，那些明顯而又毫無來由的敵意並不難對付，但顯然是無緣無故的熱心就很危險了。當他走在廠房之間的小道上，發現那個無精打采、神態既傲慢又像是希望能被人狠揍一頓的人竟然是他的弟弟菲利普時，心中不禁再次泛起了同樣的疑惑。

自從里爾登搬到費城後，就再也沒回過他以前的家，雖然他仍然負擔著家人的生活費用，卻和他們斷絕了音信和來往。但令人費解的是，就在這幾周，他已經看到菲利普莫名其妙地在工廠裡出現了兩回。他說不出菲利普是有意躲著他還是想引起他的注意，因為看起來似乎都有可能。除了某種無法理解的熱心之外，他想不出菲利普來這裡還有什麼別的目的，不過，菲利普以前可是從來都不會表現出這種熱心。

第一次見面，他吃驚地問：「你來這裡幹什麼？」菲利普含糊其詞地回答說：「嗯，我知道你不想讓我去你的辦公室。」「你想要什麼？」「哦，沒什麼……只是……這個，媽媽擔心你。」「她隨時都可以打電話給我。」菲利普沒有回答，而是故作輕鬆地繼續問了一些有關他的工作、身體和生意上的問題；這些問題都是在奇怪地繞來繞去，他關心的並非生意本身，而是里爾登本人對生意的看法。里爾登打斷了他的話，然後揮揮手就走開了，但這件事成了他心裡的一小塊總也解不開的疙瘩。

第二次的時候，菲利普唯一的解釋就是說：「我們只是想瞭解一下你的想法。」「我們是指誰？」「當然是……媽媽和我了，現在日子不好過，所以……嗯，媽媽想知道你有什麼想法。」「告訴她，我沒想法。」這句回答讓他特別震動，似乎他害怕聽見的正是這樣的話。「你給我走，」里爾登厭倦地下令說，「下次要想見我的話，預約後到我的辦公室來，除非你真有話要說，否則就別來。這裡不是談論我和任何人的想法的地方。」

菲利普並沒有打電話約時間——可如今他又來了。他站在一座座巨型高爐的旁邊，垂著腦袋，既心虛又擺著架子，似乎他是偷偷摸摸到這裡，可那副架子又像是來視察貧民區一樣。

「我的確是有話要說！真的！」一看見里爾登皺起的眉頭，他便忙不迭地喊道。

「你為什麼不到我辦公室去？」

「你又不想讓我去你的辦公室。」

「我也同樣不想讓你到這個地方來。」

「可是，我只是……我只是替你著想，不希望在你特別忙的時候打攪你，而且……你很忙，對吧？」

「還有呢？」

「還有……就是，我只是想在你空閒的時候找你談談。」

「談什麼？」

「我……這個，我需要找個工作。」

他挑釁似的說出這句話來，同時向後退了退。里爾登站在原地，面無表情地看著他。

「漢克，我需要一份工作。我是說就在這個工廠裡。我想讓你安排我做點什麼，我想要工作，想要自食其力，我受夠了靠救濟的生活了。」他在心裡找著用詞，請求般的聲音顯得很受傷害，似乎如此請求是強加給他的不公，「我想有自己的生活，我不是在求你施捨，我是在請你給我一次機會！」

「這裡是工廠，菲利普，不是賭場。」

「啊？」

「我們既不接受，也不給什麼機會。」

「我是在請求你給我一個工作。」

「我憑什麼要給你？」

「因為我需要工作！」

里爾登用手一指在黑漆漆的爐子裡跳動的通紅的火焰，在鋼鐵、黏土和熱氣的包圍下，火焰安然無恙地融入了距離他們上方四百英尺高的空中。「菲利普，我曾經需要過那台高爐，但給我的那台高爐可不是我想要的。」

菲利普裝出一副聽而不聞的樣子，「按規定，你不能正式地雇用人，但這只是技術問題，如果你要我的話，我認識的朋友可以批准。沒有任何麻煩，並且——」他一看到里爾登的眼神，便猛然住了口，隨即便不耐煩而惱火地問道，「怎麼了？我講的有什麼不對的嗎？」

「是你還沒講出來的。」

「你說什麼？」

「就是你憋了半天沒講的話。」

「是什麼？」

「就是你對我一點用處都沒有。」

「你就是這麼——」菲利普不自覺地開始想要慷慨陳詞一番，卻收了回去。

「沒錯，」里爾登笑著說，「我一開始就是這麼想的。」

菲利普的眼睛失神地轉向一旁；他再度開口時，已經是廢話連篇地胡說了：「每個人都有生活的權利……假如沒人給我機會，我又怎麼能得到呢？」

「那我是怎麼得到的？」

「我可不是天生就有一座鋼鐵廠的。」

「我天生就有嗎？」

「如果你教我的話，你做的事情我也一樣能做。」

「那麼又是誰教了我呢？」

「你幹嘛老是這麼說話？我又不是在談你！」

「可我是。」

過了一會兒，菲利普嘟囔道：「你幹嘛要操這份心？現在說的又不是你的生活！」

里爾登用手一指正在爐前蒸汽中的工人們的身影：「你幹得了他們的工作嗎？」

「我不明白你這是——」

「假如我把你放到那兒，你把煉好的一爐鋼毀了怎麼辦？」

「究竟是把你那該死的鋼煉出來要緊，還是我能吃上一口飯要緊？」

「要是煉不出鋼，你吃什麼？」

菲利普一臉不屑的樣子：「你現在占了上風，我沒法和你爭。」

「那就別爭。」

「啊？」

「給我閉上嘴，離開這裡。」

「可我的意思是——」他哽在了那裡。

里爾登一陣冷笑：「你的意思是不是我應該閉嘴，應該把上風讓給你，因為你現在什麼能耐都沒了？」

「你這麼說也太沒道德了。」

「可這不正是你的道德嗎？」

「你不能用物質至上主義者的語言來談道德。」

「我們現在談的是在鋼鐵廠裡的工作——這就是個物質至上的地方！」

菲利普似乎是對這裡感到恐懼，他的身子縮緊，眼神變得更加呆滯，厭惡地看著眼前的一切，儘量讓自己不在它的面前低頭。他帶著唸毒咒一般縈繞不絕的腔調說道：「人人都有工作的權利，這是放諸四海皆準，大家必須遵守的道德。」他的嗓門一提：「我有工作的權利！」

「真的？那好，你去做吧。」

「啊？」

「去找你的工作吧，從荒地裡找工作做吧。」

「我是說——」

「你是說這不可能？你是說你需要工作，但自己想不出辦法？你是說你有權利做的這份工作，還得靠我來替你創造出來？」

「對！」

「我要是不幹呢？」

一陣沉默後，菲利普終於說話了，「我真不明白你這是怎麼了，」他像是一個在照本宣科，卻總是發現出問題的人那樣，不禁感到惱火和迷惑，「我不懂你怎麼這麼難以溝通，不明白你這一套究竟是什麼邏輯——」

「算了吧，你心裡明白。」

菲利普似乎是不願承認自己的方法失靈，大聲叫嚷了起來：「你什麼時候學過哲學？你只不過是個商人，根本就不配去探討原則性的問題，你還是把這些問題留給那些長久以來已經很有心得的學者們——」

「少廢話，菲利普，你居心何在？」

「居心？」

「你怎麼突然想工作了？」

「這個，在目前這種局勢下……」

「什麼局勢？」

「這個嘛，每個人都應該得到謀生的手段……而且不應該被拋棄……在如此動盪的情況下，人必須要有點安全感……有個立足之地……我是說，像現在這樣，你一旦出什麼事的話，我就——」

「你認為我會出什麼事？」

「噢，我不是！我不是！」這聲叫喊竟然如此不可思議地發自肺腑，「我不希望出任何事情！……你也不希望吧？」

「比如像什麼樣的事情？」

「這我怎麼知道？……可是我現在只有你給我的那點補貼，而且……而且你隨時都可能改變主意。」

「我有可能。」

「我拿你一點辦法都沒有。」

「你為什麼過了這麼多年才意識到要開始工作？為什麼偏偏是在現在？」

「因為……因為你變了。你……過去還有一點責任感和良心，可是……你身上的這些東西越來越少了，難道你沒變嗎？」

里爾登默默地打量著他；菲利普問話的方式很特別，似乎是漫不經心，但那過於隨意、稍顯執拗的問題卻正是他的意圖的關鍵所在。

「好吧，假如我是你的一個負擔，那我很樂意幫你來減輕一下！」菲利普冷不防地拋出一句話來，「只要你給我個工作，你就再也不會因為我而受到任何良心上的譴責了！」

「我的良心沒有譴責我。」

「我說的正是這個意思！你冷漠無情，根本就不關心我們的未來，對不對？」

「誰的未來？」

「當然……是媽媽和我……還有整個人類的了，但我不會去向你的良心求情。我知道，你隨時都可能把我推到深淵裡，所以——」

「你在說謊，菲利普，你擔心的並不是這個，如果真像你說的那樣，你就會千方百計地要錢，而不是來要工作，不是——」

「不對！我的確是要一份工作！」這聲脫口而出的叫喊近乎發狂，「你休想拿錢來收買我！我是要工作！」

「你這條寄生蟲還是放老實一點吧，有沒有聽見你自己在說什麼？」

菲利普只能咬牙切齒地回答說：「你不能這麼跟我說話！」

「那你自己就可以嗎？」

「我只是——」

「收買你？我為什麼要收買你？我倒是應該在幾年前就把你轟出去才對。」

「可是，不管怎麼說，我還是你的弟弟呀！」

「你說這個想做什麼？」

「人應該要有一點手足之情。」

「你有嗎？」

菲利普怒氣沖沖地撅起嘴，一聲不吭地繼續等著；里爾登卻不再說話，把他晾在了一旁。菲利普嘟囔著說：「你應該……至少……考慮一下我的感情啊……可你卻沒有。」

「你考慮過我的感情嗎？」

「你？你的感情？」菲利普的聲音裡並無惡意，但這卻更糟：因為他的氣憤和驚訝的確不是裝的，「你根本就沒有感情，你對一切都沒感覺，從來沒有過痛苦！」

積壓已久的情緒在里爾登的面前爆發了：這股情緒和他乘坐約翰．高爾特鐵路試車時的感覺一模一樣——他看到菲利普那雙黯淡而混濁的眼睛，代表了人類最終的墮落：在無恥而傲慢的骨架下，它要求一個人把它那肆無忌憚的痛苦當成最高的利益。你從來沒有過痛苦，這雙眼睛正向他發出譴責——而他看到的是他在辦公室裡眼看著自己的鐵礦被人奪去的那天夜晚——是他在捐贈書上簽名、交出里爾登合金的那一刻——是他連續一個月在飛機上搜尋達格妮的屍體的每一天。你從來沒有過痛苦，這雙眼睛自以為是地不屑地說道——而他則回想起了自己曾懷著純真和自豪的情感，沒有向痛苦屈服，從那些日子裡堅持了下來，那情感中凝聚著他的愛和他對自己的信心，他相信，快樂不容被踐踏，一定要把它作為生命的目標去實現，雙眼如果被一時的折磨所蒙蔽，才是大逆不道。你從來沒有痛苦過，那雙眼睛死死地盯著他說，你從來就沒有過感覺，因為只有在遭受折磨時才會有感受——世上本就沒有快樂，只有痛苦和不痛苦這兩種狀態；只有痛苦和全無知覺的空虛——我在受折磨，在折磨下掙扎，我是被純粹的折磨造就而成，這便是我的純潔，便是我的美德——而你從不掙扎，從不抱怨，你就是用來替我止痛的——應該從你那沒有痛苦的身體上割下肉來敷在我身上，割下你那沒有知覺的靈魂來止住我的靈魂去感受痛苦——這樣，我們就能到達最高的理想，戰勝生命，讓一切成為虛空！他看清了幾百年來那些面對宣揚毀滅的說教者，從不退縮的人的本性——他認清了自己的宿敵的真正面目。

「菲利普，」他說，「你給我出去。」他的聲音猶如射進停屍間裡的一道陽光，健康中帶著商人平時慣有的平淡語氣，向一個不值得用憤怒甚至恐嚇去對付的敵人說：「以後再也別進這裡來，我會下令讓各處大門都不放你進來。」

「好吧，既然這樣的話，」菲利普帶著惱怒而試探的威脅口吻說，「我就讓我的朋友們給我安排一個在這裡的工作，並且逼你點頭！」

里爾登停下已經邁出的腳步，轉回身來看著他的弟弟。

促使菲利普突然開竅的不是腦子裡的想法，而是作為他唯一一種方式的那種陰暗的情緒：他感覺恐懼正擠入他的喉嚨，顫抖著滑進他的肚子裡——他看著這片工廠掩映在飄蕩的火光裡，一鍋鍋熔化的鋼水穿行在精密的索道上，開啟的爐膛裡是燒得通紅的煤炭，吊車借助無形的磁力，抓起成噸的鋼鐵從他的頭頂上轟隆隆地駛過——他知道他很怕這裡，怕得要命，如果沒有面前這個人的保護和引導，他簡直一步都不敢動——隨後，他看著面前的這個高大挺拔、輕鬆肅立的身影，這個人雙眼炯炯，他的目光穿過石頭和火焰，在這裡建造了工廠——他馬上意識到，他想要去逼迫的這個人，完全可以讓一鍋鋼水提前一秒傾瀉下來，或讓吊起的重量在偏離目標一尺的地方鬆開，一旦那樣的話，他這個指手畫腳的菲利普就不再存在了——他還能安然無恙的唯一原因便是，儘管他的心裡想到了這些手段，但里爾登卻不會有那樣的心思。

「我們最好還是和和氣氣的吧。」菲利普說。

「你最好如此。」里爾登說著便走開了。

崇拜痛苦的人——里爾登凝視著他始終無法理解的敵人的身影——他們是崇拜痛苦的人。這個身影貌似龐大，卻根本不值一提。對於他們，他全然沒有感覺，就如同是要對無生命的物體，對從半山腰滑落下來會砸死他的石塊動怒。人如果不想粉身碎骨，可以避開山坡，或者築起一道防止滑落的牆——但是人卻無法對無生命的東西的無意義運動，表示出任何生氣、憤慨或道義上的憂慮；不對，他想，其實更糟糕——他們是反對生命。

當他坐在費城的法庭裡，瞧著人們審理他的離婚案時，仍然覺得他是個局外人。他目睹人們機械地說著話，照本宣科地讀著證詞裡騙人空洞的字句，玩著一場令人難懂、言之無物的文字遊戲。在沒有其他法律途徑能讓他獲得解脫、無法陳述事實而闡明真相的情況下，他便花錢導演了這齣戲——掌握他命運的並不是公正的法律原則，而是那個面容枯瘦、一臉狡詐的法官的肆意胡為。

莉莉安沒有到庭；他的律師明知無用，還是不時向法庭示意。他們早就事先獲悉了判決，並且都清楚是怎麼回事，這已是多年來的慣例了。他們似乎堂而皇之地把它當成了他們的特權；他們看來沒有把這當成一件要審理的案子，只當是例行公事一般，彷彿照本宣科便是他們的工作，而不必去管其中的含意，似乎是非問題在法庭裡無關緊要。他們這些正義的執行者們明智地知道，正義根本就不存在。他們如同是一幫原始人，正在進行一場宗教儀式，其目的在於讓他們擺脫客觀現實。

但他這十年的婚姻是實實在在的，他心想——有權處置它的卻是這一些人，他以後是幸福還是受罪就掌握在這些人的手上。他回想道，他對於婚約以及他所有的契約和法律義務曾經覺得是那樣的莊重——而他卻看到，他小心翼翼遵守的法律居然就是這樣地進行著。

他注意到，法庭上的傀儡法官像他的共犯那樣，詭祕而心照不宣地瞄了他一眼，便開始了審判。當他們發現這間房間裡只有他一個人的目光堂堂正正的時候，他們的眼裡便開始有了怨恨。使他感到難以置信的是，在他們看來，他就是個手腳被捆、走投無路、只能使出賄賂手段的階下囚，應該把花錢買通的這齣鬧劇當做真正的法律程序，應該認為那些壓迫他的法令仍具有道德上的約束力，他對司法人員的腐蝕是犯罪行為，要怪就怪他，與他們無關。這就如同是指責被打劫的人在感化搶匪一樣。但是——他心想——在強取豪奪的政治正猖獗的這些年，受到指責的不是那些掠奪的政客，反而是被捆綁住的企業家，不是那些用法律做人情的販子，反而是那些被迫出高價買下它的人；在好幾代人進行的抵制腐敗的改革當中，採取的措施並不是去解救受害的人們，而是賦予那些敲詐者更多可以去敲詐的權力。他想，受害者唯一的過錯，就是把這一切當成了他們自己的過錯。

當他從法庭出來，在這個陰暗的午後沐浴在充滿涼意的小雨中時，他感覺到和他已經離異的不僅僅是莉莉安，也包括了他目睹的這一過程中的整個人類社會。

他的律師是個受過傳統教育的老人，神情間似乎巴不得想去洗個澡。「喂，漢克，」他只是問了一句話，「眼前你那裡有沒有什麼掠奪者們特別想要的東西？」「我覺得沒有，怎麼了？」「事情進展得太順利了，我本來還以為有些地方會有壓力和節外生枝，可這些傢伙看都不看就放了過去，依我看，似乎是高層有了什麼指示，不讓他們為難你。他們是不是在醞釀什麼針對你工廠的行動？」「我不知道。」里爾登說——同時驚訝地聽到了他心中在說：我也不在乎。

就在同一天下午，他在工廠裡看見那位「奶媽」急匆匆地向他奔了過來——他那修長而輕盈的身形裡流露出迅速、窘迫和下定決心後的神情。

「里爾登先生，我想和你談談。」他的聲音有些膽怯，但卻異常堅決。

「說吧。」

「我想問你件事，」小伙子的表情鄭重而嚴肅，「我希望你明白，就算你不答應，我也還是要問……還有就是……如果問得太冒昧了，你就儘管罵我好了。」

「好啊，你說說看。」

「里爾登先生，你能不能給我安排一份工作？」儘管他竭力讓自己的聲音一如往常，但依舊掩飾不住他好幾天來在這個問題上激烈的內心鬥爭。「我想辭掉現在的職務去工作，我是指真正的工作——像我當初所想過的那樣，做煉鋼這一行。我希望能自食其力，實在是不想再當寄生蟲了。」

里爾登忍不住笑了，模仿著某人的語氣提醒道：「現在為什麼要把話說得這麼絕呢？如果我們不說醜話，就不會有醜陋，並且——」然而，他發現小伙子的臉上完全是一副絕望般渴求的神情，便不再說下去，也收斂了笑容。

「我是認真的，里爾登先生，我也清楚自己所說的每一句話。我實在不願意一邊拿著你的錢，一邊無所事事，去做那些讓你再也賺不到錢的事情。我知道，現在還在工作的人都和我一樣是受了混蛋們的蒙蔽，可是……去他的吧，假如沒有別的選擇，我寧願如此！」他的聲音裡帶著哭腔，「請原諒我，里爾登先生，」他把臉別過去，艱難地吐出這幾個字。過了一會兒，他便恢復了麻木不仁的口氣，「我不想再做什麼分配副主任了，我不知道我對你還有什麼用處，我是有一張鑄造專業的大學文憑，可那東西其實一錢不值。不過我覺得在這裡的兩年讓我學到了一點東西——如果你願意用我的話，無論去做清潔工還是收拾廢料，只要你能信得過我，我就辭掉這個副主任的職務，不論是明天還是下星期，就算現在也行，只要你一句話，我就可以開始。」他說話時始終沒有看著里爾登的眼睛，他不是在躲避，而是覺得自己不配。

「你為什麼害怕問我？」里爾登溫和地問。

那小伙子帶著氣憤而驚訝的眼神看了他一眼，似乎覺得答案明明已擺在了那裡：「我既然是以那一種身分來到這裡，又做了那種事情，如果還來求你，你就應該一腳把我踢開才是！」

「在這裡的兩年，你確實學到了很多。」

「不，我——」他看了看里爾登，明白了過來，便轉開視線，木然地說道，「是啊……你說的沒錯。」

「聽著，孩子，如果是我的話，我現在就可以給你一份比清潔工更重要的工作，不過，你是不是把聯合理事會給忘了？我沒有權利雇用你，你也無權辭職。不錯，辭職不幹的人一直就沒斷過，我們也在用假名字雇人，用偽造的文件證明他們已經在此工作了多年。這你是知道的，多謝你對此一直守口如瓶。可是，我要是這麼去雇你的話，你覺得華盛頓那些人覺察不出來嗎？」

小伙子緩緩地搖了搖頭。

「你覺得一旦辭職去當清潔工，他們就不清楚其中的原因嗎？」

小伙子點了點頭。

「他們能放過你嗎？」

他搖了搖頭。片刻之後，他帶著淒涼和意外的口氣說道：「里爾登先生，你說的這些我想都沒想過，我把這些忽略了。我一直想的都是你會不會要我，一直覺得你的決定才是最要緊的。」

「我知道。」

「而且……也的確只有它才是最要緊的。」

「沒錯，相對而言，的確是如此。」

小伙子的嘴突然扭了扭，露出一絲短暫的慘笑：「看來我比其他那些懶蟲更難脫身……」

「是啊，你現在只能向聯合理事會申請換工作，別的什麼都不能做。如果你想試試，我可以支持你的申請——只是我認為他們不會批准，我覺得他們不會讓你來替我工作。」

「是啊，他們不會同意的。」

「假如你會變通和說謊的話，他們或許能准許你調到私人企業裡工作——去其他的鋼鐵公司。」

「不！除了這裡我哪兒都不想去！我不想離開這裡！」他望著籠罩在爐火上空的那層透明的雨霧，過了半晌，才靜靜地說道，「看來我還是老老實實地待著，繼續當我的分配副主任吧。況且我一走，天曉得他們會派個什麼樣的混蛋來頂替我的位置！」他轉過頭來，「他們在醞釀著一場陰謀，里爾登先生，我雖然不知道具體是什麼，但他們正在準備對你下手。」

「是什麼？」

「我不知道。不過，這幾個星期以來，他們對這裡每個人走後留下的空缺盯得很緊，而且立即派他們的一夥人填進來。這幫傢伙也很可疑——其中一些是真正的暴徒，我以前在鋼廠裡從沒見過像他們這樣的人。我接到命令，讓我儘量多安插『我們的人』進來。他們不告訴我原因，我不知道他們想要幹什麼。我試著問過，可他們卻避而不談。我想他們已經不再信任我，看來是因為我變得和以前不一樣了。我只知道他們是在這裡醞釀一場陰謀。」

「謝謝你的提醒。」

「我會儘量把它搞清楚，會盡我最大的努力，及時把它探聽出來。」他匆匆轉身，沒走幾步便停了下來，「里爾登先生，如果你能做主的話，會雇用我嗎？」

「我會的，而且會非常高興地立刻雇用你。」

「謝謝你，里爾登先生。」他的聲音莊重而低沉，說完便走開了。

里爾登的臉上浮現出痛心和同情的微笑，站在那裡，望著他的背影，望著這個曾經不相信絕對的實用主義者、這個認為道德無用的人，此時正帶著他心靈所獲得的慰藉，漸漸地遠去。

$

九月十一日下午，明尼蘇達州發生了銅纜斷裂的事故，使得塔格特公司的一個鄉村小車站上的糧食傳送帶停了下來。

成千上萬公頃田地的糧食被收割一空，小麥如潮水般通過高速公路、街道和久無人走的鄉間小路，湧向了火車站，幾乎要將倉庫擠塌。糧食不分晝夜地運送著，糧食的流入從起初的零零散散，變成股股涓流，隨後便如大河一般地奔流傾瀉下來——運載它們的是像患肺結核的病人一樣喘息的發動機的卡車——拉大車的馬餓得皮包骨——還有牛拉的板車——以及經過兩年災害、終獲今秋大豐收的人們的全部心血。人們徹夜不眠，用鐵絲、毯子和繩索修補了他們的卡車和大車，為了讓買糧食的人能生存下去，即便是人畜一到目的地就累散了，他們也要再拉一趟。

每年的這個季節，全國各地的貨車都會不約而同地集合到塔格特公司的明尼蘇達分部，隆隆的車輪會在咯吱咯吱的大車之前到達，彷彿是為了迎接這場洪流而發出的一聲精心策畫的回音。明尼蘇達分公司在沉睡一年之後，迎來了激昂而充滿活力的豐收之聲；每年，貨場上都會擠滿一萬四千節車廂；而這一次來的車廂預計將達到一萬五千節。先期抵達的運麥火車已經將滾滾的麥流輸送到急不可待的麵粉加工廠，隨後經過麵包廠，進入了全國人的肚子裡——每一列貨車，無論是車廂還是傳送機，都容不得分秒的懈怠和絲毫浪費。

艾迪正盯著達格妮在翻看她的應急文件；從她的表情，他便揣測得出卡片上的內容。「終點站，」她闔上文件，靜靜地吩咐道，「打電話給下面終點站，叫他們拿出一半的銅纜庫存，發到明尼蘇達去。」艾迪沒有出聲，去照辦了。

那天上午，他把來自塔格特公司華盛頓辦事處的電報放到她桌上時，也是一言未發，電報通知他們，鑑於銅的極度緊缺，政府官員已經得到命令，將所有的銅礦一律沒收，把它們作為公共資源的一部分加以管理。「這下子，」她說著便把電報扔進了廢紙簍，「蒙大拿算是完了。」

當詹姆斯向她宣佈，即將命令停止塔格特列車的一切餐車服務時，她沒有說話。「我們再也負擔不起了，」他解釋著，「餐車一直在賠本，現在既然沒了吃的，連餐廳都因為沒有食物下鍋而關門，鐵路又有什麼辦法？本來就是，我們幹嘛還要管旅客的食物呢？他們有火車已經不錯了，就是牛車，他們沒辦法也只好去坐，讓他們自備乾糧去，憑什麼我們要操這份心？──他們也沒別的火車可坐！」

她桌上電話發出的已經不再是有關業務的鈴聲，而是災難之中絕望的警報。「塔格特小姐，我們沒有銅纜了！」「釘子，塔格特小姐，就是普通的釘子，你能不能派人送一公斤的釘子來給我們？」「塔格特小姐，能不能找到油漆，只要是防水的就行？」

從華盛頓撥來的三千萬補助款已經花在了大豆上──路易斯安那州有一片浩大的農田，那裡的大豆即將成熟和豐收，按照組織者艾瑪．查莫斯的說法，這樣做是為了調整全國人民的飲食習慣。這個被很多人稱為「基普媽媽」的艾瑪．查莫斯是一個上了年紀的社會運動家，正如與她同齡的女人整天泡在酒吧裡一樣，她已在華盛頓混跡多年。自從她的兒子在隧道事故中喪命，她便在華盛頓掀起了一股莫名其妙的殉難般的氣息，這氣息隨著她最近改信了佛教而更加強烈。「與揮霍無度的飲食給我們造成的奢侈相比，大豆是一種更健全、營養和經濟的作物，」基普媽媽曾在電台裡說道；她的聲音聽起來總是像蘸了蛋黃醬一樣含混不清，「大豆是麵包、肉類、穀類和咖啡的絕佳替代品──假如我們把大豆作為強制性的主食，就會解決全國的食物危機，並且能養活更多人。我的口號就是──最大多數人的最了不起的食物。在公眾需求極度緊張的今天，我們有責任犧牲自己的奢侈，讓自己去適應東方人多少世紀以來賴之為生的簡單而健康的食物，從而重新獲得繁榮。東方人有很多需要我們去學習的東西。」

「銅管，塔格特小姐，能不能給我們弄一些銅管來？」一個聲音在電話裡懇求道。「需要道釘，塔格特小姐！」「需要螺絲刀，塔格特小姐！」「需要燈泡，塔格特小姐，我們這兒方圓兩百里內都找不到燈泡了！」

可是，鼓舞士氣辦公室卻將五百萬元撥給了人民劇院公司，這家劇院走遍全國各地，為那些一天只能吃一頓飯，連上劇場的力氣都沒有的人們免費演出。七百萬元撥給了一名心理學家，他負責一項通過對兄弟感情的研究進而解決世界性危機的課題。一千萬元撥給了生產一種新式電子點菸器的工廠──但全國的商店裡已經沒有香菸可賣了。市場上有手電筒，卻沒有電池；有收音機，卻沒有電子管；有照相機，卻沒有底片。飛機製造已經被宣佈「暫時中止」，航空旅行已經不接待非公務性質的旅客，只負責那些目的是「公眾需求」的飛行。企業家為挽救自己的工廠而出門被認為不是公眾需求，因此無法搭乘飛機；收稅的官員則符合坐飛機的標準。

「人們正在從鐵軌上偷拆螺栓螺母，塔格特小姐，他們是利用晚上出來偷的，我們的庫存就要用光，分區的庫房也空了，怎麼辦呀，塔格特小姐？」

然而，華盛頓的人民公園卻正在為遊客安放一台色彩豔麗、四尺見方的電視機——而國家科學院為了研究宇宙射線正在安裝一台超級離子迴旋加速器，工程耗時十年。

「我們現在這個世界上的麻煩，」在離子迴旋加速器的建築開工典禮上，史塔德勒博士向收音機前的聽眾們說道，「就在於有很多人實在太多慮，這就導致了目前的恐慌和疑慮。作為一個進步的市民，應該摒棄對邏輯的盲目崇拜和過去對於理性的那種依賴。普通人看病時要聽醫生的，搞電器要聽工程師的，因此，不配思考的人就應該把問題留給專家們去考慮，就應該相信專家們的權威。只有專家才能理解現代科學的種種發現，科學已經證明，人的想法是一種錯覺，而心智只是一個虛幻的存在。」

「如今的慘狀是上帝對於人犯下的依賴心智的罪惡而做出的懲罰！」從大街小巷裡，從雨水淋透的帳篷中和搖搖欲墜的廟宇內，傳來了各式各樣神祕主義教派勝利般的吼聲，「這個世界上的苦難根源就是人企圖依靠理性而生活！這就是思考、理論和科學給你帶來的一切！只有當人們認識到他們無力去解決他們的問題，只有當他們回歸信仰去相信上帝、相信至高權威時，才會得到拯救！」

綜合了以上種種特徵、每天都要跟她作梗的便是集繼位者和暴斂者於一身，並拒絕思考的麥格斯。麥格斯整天穿著一件似是而非的束腰軍衣，拍著一隻掛在皮靴旁的閃亮的皮包，在塔格特公司的辦公室裡晃來晃去。他一邊的口袋裡裝了一把自動手槍，另一邊則裝了一隻兔腳。

麥格斯儘量不和她碰面；他的舉止間有一些輕蔑，像是把她當成一個不識時務的夢想者，同時又有一些說不上來的敬畏，似乎她身上有一股他不想招惹的神奇力量。他看起來似乎沒把她當做自己眼裡的鐵路中的一部分，但又像是唯獨不敢對她進行挑戰。他對吉姆的態度有一股不耐煩的厭惡，似乎吉姆有責任去應付她並保護他一樣；他希望吉姆能保證鐵路的運轉，從而使他免於陷入具體的事務中，因此他希望吉姆能夠像管理設備一樣地把她也處置好。

在她的窗外，懸在遠處的那幅日曆上面空空如也，彷彿是在天空的傷口上糊了一團泥灰。自從法蘭西斯可告別的那天晚上之後，這塊日曆就再也沒有被修理過。那天晚上趕到樓頂的官員將日曆的發動機砸壞，讓它停了下來，同時將投影機前的幕布扯了下去。他們發現法蘭西斯可的那一小方塊留言被貼在日期的顯示條上，但至今為止，仍在調查此案的三個官員還是找不出是誰把它貼上去的，又是誰在什麼時間，用什麼方式進入這間上鎖的房間。在他們的調查結果出來之前，日曆牌便一直這樣光禿禿地呆立在城市的上空。

在它依舊光禿禿矗立著的九月十四日下午，她辦公室的電話響了起來，「是一個從明尼蘇達州打來的人。」祕書在電話中告訴她。

她已經通知祕書，這種電話她都接。它們都是求援的電話，也是她唯一的消息來源。現在的鐵路官員只會發出一些逃避說話的聲音，陌生人的聲音便成為她和整個系統間唯一的聯繫通道，成為在塔格特漫長的鐵道上閃耀著的最後一點理智，最後一點受盡折磨的誠實火花。

「塔格特小姐，本來是輪不著我來和你講話的，可別人都不想說，」這一次，從線路上傳來的聲音聽起來很年輕，並且異常鎮靜。「再過一兩天，這裡就會發生一場他們從未見到過的災難，到那時候，他們就再也掩飾不住了，可那也就太晚了，也許現在已經晚了。」

「是什麼事？你是誰？」

「塔格特小姐，我是你明尼蘇達分公司的一名職員。再過一兩天，列車將停止從這裡發出——你明白，在收穫的高峰期間，在我們有史以來最大的一場豐收的高峰期間，這將意味著什麼。火車停開是因為我們沒有車廂，今年沒有給我們運糧的車廂。」

「你說什麼？」她似乎覺得那不像她自己的聲音，而時間則如同凝固了一般。

「車廂沒有發過來，按理說，到現在為止應該已經要發來一萬五千節了，從我瞭解的情況看，我們手裡只有八千。我已經給分公司總部打了一個星期的電話，他們一直跟我說別擔心，直到上一次，他們叫我少管閒事。這裡所有的棚子、地窖、電梯、倉庫、車庫，以及舞廳裡都裝滿了麥子。在舍曼站的傳送機旁邊的路上，農民的卡車和貨車排了兩里地長。雷克伍德站的廣場被堆得滿滿的，已經有三個晚上了。他們一直跟我們說這只是暫時情況，車廂會派來，我們還能趕上。可是我們趕不上了，沒有車廂會來，我已經給我能找到的人都打過電話，從他們回答的口氣裡我就知道結果了。他們也清楚，可是誰都不想承認這一點。他們是害怕，動不敢動，說不敢說，既不敢問也不敢回答，他們只是在想，等糧食爛在了車站周圍後，應該要誰去擔責任——卻從來不去想誰去運走它。也許目前誰都運不走了，也許你也是無能為力。但我覺得現在也只有你還想聽，而且一定要有人來告訴你。」

「我……」她努力喘了口氣，「我明白了……你叫什麼？」

「名字叫什麼無所謂，我一掛上電話就會走掉，因為我不願意待在這裡目睹這一切的發生，我再也不想和這件事有任何關聯了。祝你好運，塔格特小姐。」

緊接著便是電話掛斷的聲音，「謝謝你。」她對著沉寂的電話線說道。

當她再一次能坐下來打量著周圍並試著喘口氣的時候，已經是第二天中午。她站在辦公室裡，伸出僵硬的手，拂開垂在臉上的頭髮——她一時弄不清自己是在哪裡，也無法相信過去這二十個小時內發生的一切。她知道她感受到的是恐懼，那個人在電話中一開口，這恐懼便已襲來，只不過她一直沒有細想。

對剛剛過去的二十個小時，她的腦子已經沒有什麼印象，只有一個東西才能把那些散落的碎片串聯到一起——這便是那些人臃腫不堪的嘴臉，他們對於她提出的問題，都紛紛地裝作不知道。

當她得知車廂管理部門的經理已經出城一周，而且沒有留下聯絡地址時，她就知道明尼蘇達的那個報信人所言不虛。車廂管理部門的其他人隨即登場亮相，他們對這個消息不置可否，卻翻出一大堆公文、命令、表格和檔案卡給她看，上面寫的倒是英語，然而卻找不出任何相關的東西。「車廂發過去給明尼蘇達沒有？」「根據審計長的指示和一一─四九三號法令的規定，三五七W表格已經按統籌辦公室的要求詳詳細細地填好了。」「車廂給明尼蘇達發過去沒有？」「一八九兩個月的數位已經處理了──」「車廂發給明尼蘇達沒有？」「從我的檔案上看，車廂的位置按照州、日期、類別以及──」「車廂發給明尼蘇達沒有？」「至於州際間的車廂調動，我建議你看一看本森先生的檔案，還有──」

從這些檔案中一無所得。檔案填寫得格外小心，每一欄都可以引申出種種不同的含意，這一份註明要參照那一份，那一份又要參照其他的，找來找去，線索便埋沒在檔案堆裡了。她很快發現，車廂並沒有被派往明尼蘇達州，而且是麥格斯下的命令──可這一切是誰去執行的，是誰把線索攪亂，他們夥同什麼樣的人、用了什麼樣的手段來製造出一種平安無事的假象，使得那些敢說話的人居然也一點都沒發覺。是誰編造了報告，那些車廂又究竟到哪裡去了──乍看之下，想要找到這些答案簡直無從下手。

那天晚上，艾迪組織的小組用了整整一夜的時間瘋狂地向四處打電話聯繫，找遍塔格特的每一家分公司、每一處貨場和倉庫、每一個車站、每一條岔道和支線，只要是能找到的貨車，無論現在裝的是什麼，都命令它們一律卸空，然後立即趕往明尼蘇達州，同時也向全國鐵路版圖上尚存一半的各家鐵路公司的貨場、車站和總裁致電，求他們向明尼蘇達州發送運貨車──她則從人們那一張張膽小如鼠的臉上開始追查那些失蹤的車廂下落。

她循著人們吞吞吐吐地說出來的線索，親自乘車、打電話、發電報，從鐵路的高級主管追查到大發橫財的貨主，一直追到華盛頓的官員那裡，最後又回到了鐵路上來。當華盛頓的一位負責公關的女士在電話中掐尖了嗓子厭惡地對她講話時，這一路的追查便戛然而止了，「好吧，再怎麼說，小麥是否關係到全國利益也很難講──有些進步人士還認為大豆的價值或許更高呢！」──因此，當她這天中午站在辦公室裡的時候，心裡便已經很清楚，本來計畫到明尼蘇達州運送小麥的車廂是被派到了路易斯安那州的沼澤地裡，去載基普媽媽培植的大豆了。

三天後，報紙上出現了有關明尼蘇達災難的第一條消息。消息稱，農民發現既沒有地方存放他們的小麥，又沒有火車來運，他們在雷克伍德的街上乾等了六天後，便將當地法院、市長的住宅，連同火車站一併砸毀了。緊接著，這條報導突然從報紙上消失，而報社則對此裝聾作啞，隨後開始登出警告，勸誡人們不要聽信詆毀國家的謠言。

一時間，全國的麵粉廠和糧市都紛紛打電話和電報，向紐約和華盛頓求援，來自不同地區的一串串貨車開始像僵硬的毛毛蟲一樣向明尼蘇達爬去——而此時的鐵道上，儘管一直亮著綠色的信號燈，卻不見列車駛過，全國的小麥和期待，正在這空曠的鐵路上漸漸地枯萎。

一組工作人員在塔格特公司的聯繫室裡不斷地打電話要貨車，他們如同出事的船員一般，一遍又一遍地重複呼叫著沒人聽得到的求救聲。在一些和上面有關係的公司貨場上，停放著幾個月都沒有卸貨的車廂，那些人對卸貨發車的緊急呼籲充耳不聞，「你還是叫這家鐵路公司——」後面的話難聽得無法訴諸文字，這就是亞利桑那州的史馬瑟兄弟對紐約求救的答覆。

此時，明尼蘇達的人們正在占用每一條支線上的車廂，他們把停在摩薩比山嶺上的車廂和等在拉爾金的礦場上待裝零散礦石的車廂都搶了過來，把小麥倒進一節節裝運礦石和煤炭的車廂，倒進用柵欄圍成的貨車裡，金黃的小麥如涓涓細流，隨著吱吱搖晃的車廂一路散落在軌道兩旁。他們把小麥倒進了客車的車廂，將座位、行李架和所有固定的部位填得水泄不通，只要能把麥子運出這裡，即使貨車會因為拉簧突然斷裂，或者郵件箱突然起火引起爆炸而一頭扎入道旁的溝裡，他們也顧不得了。

他們一心只想動起來，甚至不去想行動的目的，猶如一個中風的人突然意識到身體再也不能動，便帶了瘋狂、僵硬、令人難以置信的抽搐去反抗。已經找不出其他鐵路公司：詹姆斯把它們都斬盡殺絕了；大湖區不再有運船：拉爾金把它們全都趕走了。現在剩下的只有一條鐵路，以及幾條僥倖留下的高速公路。

等候已久的農民們既無地圖和汽油，又沒有餵馬的飼料，便開著卡車，趕著大車，陸續盲目地上了路——他們向南走去，覺得南方什麼地方應該有麵粉廠，他們不知道前方的道路有多遙遠，但清楚身後只有死路一條——在行走之中，有的倒在了路上，有的則落進水溝，或者從爛掉的橋上掉了下去。一具農民的屍體在距離他卡車南邊半里地之外的溝裡被人發現，他臉朝下趴在地上，手還緊緊地抓著肩膀上的一袋小麥。隨後，明尼蘇達的曠野上空烏雲密佈；雨水將等候在火車站的小麥全部泡爛，鞭打著路旁的麥堆，把金黃的麥粒沖到了泥土之中。

華盛頓的那些人是最後遭受恐慌襲擊的對象。他們關注的並非明尼蘇達的狀態，而是他們的那些交情和承諾已經岌岌可危；他們不考慮麥收的下場，而是在思量著那些手握大權、頭腦空空的人在情急之下，會有什麼難以預料的舉動。他們按兵不動，迴避所有的哀求，高聲喊叫著：「太荒唐了，根本就沒什麼好擔心的！塔格特的人向來能把麥子按時運走，他們會有辦法的！」

終於，明尼蘇達州的州長向華盛頓請求派軍隊鎮壓已經失控的暴亂——於是，兩小時之內便有三道命令發佈了出去，勒令全國各地的火車一律停駛，全部車廂火速調往明尼蘇達。莫奇簽發了命令，叫基普媽媽馬上把車廂給騰出來。但是為時已晚，媽媽的貨車已到加州，為那裡的一個由信仰東方簡樸生活的社會學者、和從事彩票賭博的商人組成的改革團體送大豆去了。

明尼蘇達州的農民正放火焚燒自己的農場，他們搗毀了揚穀機和官員的住宅，沿著鐵路線相互爭鬥起來，有的人去扒鐵路，有的人則奮不顧身地去保護——暴力的結果只能是橫屍在廢墟般的城鎮街頭，還有那茫茫黑夜中死水暗流的地溝裡。

隨後，便只剩下爛掉的麥堆散發出的嗆鼻惡臭——原野上騰起幾道濃煙，一動不動地垂立在籠罩了一片淒慘景象的空中——此時，在賓州的一間辦公室裡，里爾登正坐在桌前，看著一份破產者的名單；他們是農具製造廠商，既得不到貨款，也無力償還。

收穫的大豆沒能流入全國的市場：因為它不是過早地被收割，就是已經發霉，無法食用。

$ ——————————————

十月十五日的晚上，在紐約城內的塔格特終點站地下控制塔裡的一根銅纜斷了，信號燈徹底熄滅。

這根銅纜的斷開造成了交通系統的連鎖式短路，代表通行和危險的指示燈從控制塔內的儀錶板和鐵道上一起消失。紅綠兩色的玻璃罩依然沒有變色，但它們死死瞪著的玻璃眼球裡卻見不到生命的光芒。在城市的邊緣，一串火車聚集在終點站的入口處，彷彿被血栓擋在血管裡，無法到達心臟的血液，在沉寂之中越堆越長。

那天晚上，達格妮正坐在韋恩．福克蘭酒店私人包廂內的一張飯桌前。蠟燭油一滴滴地落在銀燭台座上的白色山茶花和月桂枝頭上，緞子桌布上是用鉛筆寫下的數學公式，一截抽剩的雪茄漂浮在洗手用的小碗裡。桌旁面對著她正襟危坐的六個人分別是莫奇、洛森、費雷斯博士、克威澤比、詹姆斯和麥格斯。

「為什麼？」當吉姆要求她一定要去赴晚宴時，她這樣問道。「這個……因為我們的董事會下周要開會了。」「然後呢？」「對我們的明尼蘇達鐵路將要做出什麼樣的決定，這你一定感興趣吧？」「這事要在董事會上決定嗎？」「這個嘛，也不盡然。」「是不是要在今天的晚飯中決定？」「不一定，不過……哎，你幹嘛總是要那麼絕對？本來就沒有什麼一定的事。再說，他們堅持要你去。」「為什麼？」「這理由難道還不夠嗎？」

她沒問這些人為什麼把重要決定都放在這種聚餐的時候去做；她知道他們向來如此。她知道，在他們亂哄哄、裝模作樣地開理事會和委員會並做出激烈爭論之前，決定早就在私下的場合裡——在午餐會上、在晚宴和酒吧裡達成了，事情越是重大，決定的辦法就越隨意。他們還是頭一回邀請她這個外人和對手來參加這個祕密會議；她想，這說明他們需要她，也許他們邁出了退讓的第一步；這個機會她可不能放過。

然而，她一坐進燭火通明的餐廳內，就知道她根本就沒有任何機會；她急躁地感到無法接受這樣的事實，因為她找不到任何原因，但又實在懶得去問。

「我認為，你也會同意的，塔格特小姐，現在還讓明尼蘇達州繼續留有鐵路似乎已經沒有經濟上的必要……」「我相信，即使是塔格特小姐也會同意，似乎應該採取某種暫時的緊縮……」「有時候需要為了大局而犧牲局部，這一點沒有人會否認，就連塔格特小姐也同樣不會……」聽到她的名字每隔半小時就會在談話中被人提到，而且講話者在提到的時候也是敷衍了事，甚至連眼睛都不往她這個方向看一下，她搞不懂他們要她來究竟想幹什麼。他們並沒有讓她覺得是在試圖徵求她的意見，真正的企圖比這險惡得多：他們妄想讓自己相信她贊成他們的意見。他們時而會問她問題，卻在她的一句答話尚未講完時便將她打斷。他們需要的似乎是她的認可，根本就不願意聽她是否真的贊同。

他們帶著自欺欺人的天真為今天這個場合選擇了一個精心佈置的正式晚宴。他們的舉手投足間，似乎希望從盛大豪華的裝飾之中，從這些裝飾所代表的權力和榮耀中得到些什麼——她心想，他們的行為如同野人，在狂啃著敵人的屍體，以此希望獲得對手的力量與品質。

她後悔自己的這身穿著。「是正式的，」吉姆跟她說過，「但別太隆重……我是說，別顯得太過頭了……現在這時候，商人應該避免給人傲慢的印象……倒不是說你看起來應該有多寒酸，只是稍微的表示一下……這個，謙遜……你知道，這會讓他們高興，會讓他們覺得自己了不起。」「是嗎？」她反問了一句，便掉頭走開了。

她穿了一件黑色連身裙，式樣猶如希臘的束腰長袍一樣簡單，自胸部輕軟地垂到腳跟；裙子的質地是可用來做晚禮服的又輕又薄的真絲質料。衣服的光澤伴隨著她的動作流溢變幻，彷彿這房間裡的光亮只屬於她一個人，時時聽從著她身體的差遣，為她披上了一襲比錦緞更加瑰麗奪目的光彩，襯托著她那柔軟纖細的軀體，在賦予她自然高雅的氣息的同時，更使她顯得從容淡定。她只在脖子下方的黑色裙邊上別了一枚鑽石夾，它隨著她輕微的呼吸而熠熠閃光，猶如一台變電器，將亮光變成烈火，使人感覺得到在寶石後面的生命的律動；它的閃爍猶如一枚軍徽，猶如一枚標誌著財富的榮譽徽章。她的周身上下沒有別的飾物，只圍了一條黑絲絨披肩，但它散發出的濃厚而傲慢的貴族氣質卻遠非貂皮可比。

此刻，她看著面前的這些人，感到後悔了；她覺得像是在對幾個蠟像挑釁一樣，全無意義。從他們的眼睛裡，她看到了一種愚蠢的憎恨，他們如同是在打量著一幅鬧劇的廣告宣傳海報，流露出一絲木然無趣、齷齪惡毒的目光。

洛森開口道：「去堅持這個會決定千萬人的性命，並且必要時把他們犧牲的決定，是一個巨大的責任，但我們必須有勇氣那樣做。」他那軟垂下的嘴唇似乎扭曲著露出了一點笑容。

「只有土地面積和人口的數量是需要考慮的因素，」費雷斯博士一邊對著天花板吐煙圈，一邊帶著一副統計的口吻說，「既然這家公司的明尼蘇達鐵路線和橫跨大陸的鐵路線無法同時得到保障，我們就只能要嘛保住明尼蘇達州，要嘛保護那些被倒塌的塔格特隧道隔斷的洛磯山脈西部各州，以及鄰近的蒙大拿、愛達荷和奧勒岡州，這實際上相當於整個西北地方。要是計算一下兩處的面積和人口，那麼顯然就應該捨棄明尼蘇達，而不是放棄占了三分之一的大陸面積的運輸線。」

「我是不會放棄這塊大陸的。」莫奇盯著自己盤子裡的冰淇淋，彷彿受到傷害一般，固執地說。

此時她正在想著摩薩比山嶺，那裡是鐵礦石的最後一塊主要產地，想著明尼蘇達州的農民，這些全國的小麥種植高手們只落得這樣的下場——她在想，末日一旦降臨到明尼蘇達州，也就會接著降臨到威斯康辛、密西根和伊利諾州——她眼前看到的是東部熱火朝天的工廠正紛紛垂死——而此時，西部則是荒野千里，草地荒蕪，牧場廢棄。

「資料表示，」威澤比先生一本正經地說，「想把兩個地區都繼續保持住看來是不可能的，必須拆除一個地方的鐵軌和設備，來供給另一個地方作為維護。」

她注意到，威澤比作為他們的鐵路技術專家，是他們當中說話最沒分量的一個，而麥格斯的話則最管用。麥格斯懶洋洋地靠在椅子裡，似乎對於他們浪費時間的談話很寬容大度。他極少插話，但只要開口，便會發出一陣譏笑和不容分說的呵斥。「住嘴，吉米。」「得了吧，衛斯（譯註：衛斯理的暱稱），你純粹是在胡說！」她發現吉姆和莫奇對此並沒有反感，他們似乎很希望得到他的首肯——他們把他當成了主子。

「我們一定要講實際，」費雷斯博士不停地說著，「我們一定要講科學。」

「我需要的是全國整體經濟的發展，」莫奇不停地說，「我需要的是國家整體的生產。」

「你是在講經濟和生產嗎？」趁他們間歇的空檔，她帶著冰冷和克制的語氣插話，「如果是這樣的話，那就給東部的這些州留條活路吧，全國──乃至全世界，可就剩下這地方了。假如你能讓我們把它挽救下來，我們就還有機會重新建設其他的地方。如果不這樣，這就是末日了。趁著南方的長途運輸還沒徹底斷絕，就讓南大西洋鐵路公司去做吧，讓當地的鐵路公司把西北地方做起來，叫塔格特公司放下其他的一切工作──沒錯，是一切工作──把我們的資源、設備和鐵軌都投入到東部地區的交通上去。讓我們重新回到這個國家的起點，但我們要保住這個起點。我們不會在密蘇里州以西的地方經營，我們要成為一家地區性的鐵路公司──這便是東部的工業區，我們一起來拯救工業吧，西部已經沒什麼值得再去努力挽救的了，你可以用天然勞力和牛車種幾百年的莊稼，可一旦毀了國家的工廠──就是再努力幾百年也無法重建，就再也滙聚不出崛起所需的經濟實力。我們的工業──或者說鐵路──怎麼能離得開鋼鐵？如果你們切斷鐵礦的供應，又怎麼能煉出鋼來？無論明尼蘇達現在還剩下些什麼，都要去挽救它。還說什麼救國家？一旦工業徹底滅亡，你就無國可救了。為了挽救身體，你可以犧牲一隻手臂或大腿，但你不可能去犧牲它的心臟和大腦。救救我們的工業，救救明尼蘇達，救救整個東海岸吧。」

這純粹是對牛彈琴。她不厭其煩地強迫自己將一個個細節、統計數字和證據，灌向他們拒絕去聽的耳朵裡，卻依舊徒勞無功。他們既不反駁也不贊同；只是擺出一副她的講話與問題無關的態度。他們的回答的確是有弦外之音，好像是在對她解釋，可惜，她卻聽不懂他們的這一套。

「加州有麻煩了，」莫奇惱怒地說，「他們那裡的州議會很震怒，已經在討論要退出聯邦。」

「奧勒岡已經成了逃亡分子的天下，」威澤比小心翼翼地提了一句，「過去三個月裡，他們殺害了兩名徵稅官員。」

「工業對於文明的重要性被過分地高估了，」費雷斯博士模糊地說道，「現在的印度人民國家在沒有任何工業的情況下，已經延續了成百上千年的歷史。」

「少幾樣東西，人們可以省著點過嘛，」洛森一臉嚮往地說，「這對他們有好處。」

「算了吧，難道你們就因為女人的幾句話而放棄這個全球最富有的國家嗎？」麥格斯突然地站起來說道，「這個時候捨掉整個大陸——換來的又是什麼？就為了那麼一個窮得沒有油水的微不足道的小州！如果要我說，就是要捨棄明尼蘇達，保全你們的全國鐵路網。現在各地內亂不絕，如果沒了交通——特別是軍隊的交通，就會對人失去控制——必須要保證部隊能在短短幾天內到達全國的各個角落。現在不是退縮的時候，別因為聽了那些傳言就縮手縮腳。全國已經掌握在你們的手上了，不要把它丟掉。」

「從長遠來看——」莫奇遲疑不決地張了張口。

「從長遠來看，我們都會死的，」麥格斯大聲打斷了他的話，他煩躁地踱著步子，「想退卻，門都沒有！在加州、奧勒岡以及其他地方還有的挑的。我一直認為我們應該擴大成果，現在沒人能阻擋我們。我們還可以拿下墨西哥，甚至加拿大——這應該就像探囊取物一樣。」

她這才找到答案，看清隱藏在他們言語背後的不可告人的目的。這些人高喊著要致力於科學時代的來臨，張口閉口地談什麼科技、迴旋加速器和聲音射線，促使他們向前的並非一幅工業化的前景，而是企業家被徹底消滅後的景象——正如一個骯髒骯髒的印度部落首領，在懶散和愚昧中睜著一雙空洞的眼睛，望向一群群遲鈍呆滯的人們。他整日無所事事地在手裡把玩著寶石，不時把刀一舉，向一個飢寒交迫、口不擇食的生靈刺去，將那生靈手裡的幾粒糧食占為己有，接著再去霸占億萬生靈的食糧，把它們換成寶石。

她一直以為工業生產的重要性無庸置疑；她一直認為這些人迫不及待地搶占別人的工廠恰恰說明他們知道這種重要性。對於傳說中的占星術和煉金術，在工業革命時代生長起來的她自然是無法理解，也根本不往心裡去，對於躲藏在那些人的靈魂之中、不是靠心智而是靠他們稱之為直覺和感情所得來的想法，她更是一無所知，這想法便是：只要人們還在為生存而奮鬥，即使他們願意將奮鬥的成果拱手相讓，但由此創造出的財富還是多得讓當權者無法一口吞掉——他們做得越多，得到的越少，就會越順從——會拉配電板的人不好管，而赤手空拳的農民就容易對付得多了——封建制度的貴族和印度人民國家的首長一樣，只是想飲酒作樂，根本不需要什麼工廠。

她看清了他們的意圖，也明白了那個他們所說的不可言喻的直覺將會把他們帶到什麼地方去。她看到，以人道主義者自詡的洛森面對著人類即將遭受的飢荒卻感到興奮——身為科學家的費雷斯博士卻在夢想著人類有朝一日能退回到原始耕作的蠻荒時代。

她的感覺裡只剩下了不解和漠然：不解的是什麼東西居然能夠讓人類墮落到如此的地步——漠然則是因為她已不再把他們當成人類看待了。他們依舊滔滔不絕，可她已經連一個字都說不出，聽不進了。她此刻只盼著能回到家裡好好睡一覺。

「塔格特小姐，」一個禮貌、冷靜而略顯焦急的聲音讓她一下子抬起了頭，眼前看到的是一位彬彬有禮的侍者，「塔格特終點站的經理助理打來了電話，請求立即和你通話，說有急事。」

她聽了，拔腿就走。只要出了這間房間，哪怕是要對付什麼新的事故，她也覺得輕鬆許多。聽到經理助理的聲音，她長抒了一口氣，儘管對方在說：「連鎖系統已經癱瘓，塔格特小姐。信號燈都沒有了，八趟進站和六趟出站的列車都堵在了那裡。我們沒辦法指揮它們穿過隧道，總工程師找不到，斷線的位置查不出來，手裡也沒有維修的銅纜，我們不知道怎麼辦才好，我們——」「我馬上趕過去。」她說著便掛上了電話。

她衝向電梯，一路小跑著穿過了韋恩・福克蘭酒店富麗堂皇的大廳，在行動的召喚下，她感到自己又有了活力。

這些日子以來，街上的計程車已經很少，而且對酒店門童的招呼也不理不睬。她全然忘記了自己的一身穿戴，一頭衝上了大街，邊跑邊驚訝地在想著風為什麼會如此冰涼，襲遍了全身。

她一心惦念著前面的終點站，眼前突然看到的一幅美妙的情景不禁令她吃了一驚：她看見一個女人的修長身影正向她跑來，路燈的光線照亮了那人頭上閃亮的長髮，她的手臂裸露，一條黑色的披肩不停地飛舞，胸前的鑽石灼灼放光，甩在身後的是一條幽長冷清的街道，離燈光稀疏的高樓大廈正越來越近。當她意識到看見的是路邊一家花店的櫥窗玻璃中映出的自己身影時，她已經感覺出蘊含了這幅景象的城市的全部意義。隨即，一股蒼涼的孤寂便襲上心頭，它比隻身一人在空曠的街道上的寂寞還要強烈——同時湧上來的還有對自己的惱怒，惱恨著自己居然會出現在此時，出現在這樣的一個夜晚。

她看見一輛計程車正在轉彎，便揮手叫住它，跳上車，用力關上車門，恨不得把此刻這種感覺留在花店玻璃窗前的人行道上。但隨著自嘲、苦澀與渴望在她內心之中紛紛掠過，她明白那感覺正是在參加她的第一次宴會，以及後來迸發出難得的幾次雄心壯志般的激情時曾經有過的期望。她自嘲地告訴自己，這時候居然還在想這些！她惱怒地告誡自己，現在不是想這些的時候！然而，伴隨著計程車車輪的聲響，一個蒼涼的聲音不斷向她平靜地問道：你不是相信生活是為了幸福嗎，看看現在你又有些什麼？你的奮鬥給你帶來了什麼？——沒錯！你要老實說：你能從中得到什麼？——還是你也變成了一個可憐的再也找不到答案的利他主義者？……現在不要去想這些！——她向自己命令道，與此同時，透過計程車前方的玻璃，已經看得到亮著燈光的塔格特終點站入口。

車站經理室內的人們如同熄滅的信號燈一般，彷彿這裡的電線也已斷掉，人們失去了電流便無法動彈。他們漠然地看著她，她讓他們繼續發呆也好，按動開關讓他們動起來也罷，他們似乎都無所謂。車站經理不見了，總工程師也找不著人；兩小時前還有人在車站見到過他，後來便沒了蹤影。經理助理想來想去，決定主動打電話給她，其他人則都在袖手旁觀。負責信號燈的技術員有三十來歲，書生氣十足，一直不停地辯解著：「塔格特小姐，從沒出過這樣的事故！連鎖系統從來就沒有癱瘓過，也不應該癱瘓。我們知道自己的工作，也有能力做好——但系統不能在不該壞的時候壞啊！」她看不出那位已經有著多年鐵路工作經驗的老調度員究竟是故意裝糊塗，還是由於這幾個月來無從施展他的才智，變得明哲保身，從而徹底不知道該怎麼辦了。

「我們不知道該如何是好，塔格特小姐。」「我們不知道該向誰請示，又該請示什麼。」「沒有應付這種緊急情況的相關規定。」「甚至連一旦出了這種情況，誰應該來負責處理的規定都沒有！」

她聽著，一言不發地拿起電話，要求接線員替她接通遠在芝加哥的南大西洋鐵路公司的總裁，哪怕是把他從家裡的床上叫醒也在所不惜。

「是喬治嗎？我是達格妮．塔格特，」當電話中傳出她素日的競爭對手的聲音時，她便說道，「能不能把你們芝加哥終點站的信號工程師查理斯．穆雷借調給我二十四小時？……是的……對……讓他儘快坐飛機趕過來，跟他說我們會支付他三千塊的報酬……對，只用一天……沒錯，情況很嚴重……對，如果有必要的話，我可以自己出錢，給他現金，只要能讓他趕上頭一班飛機，出多少錢都行……沒有了，喬治——塔格特公司連一個能做事的人都沒了……是，我會去準備所有的文件、豁免手續和特殊緊急情況下的批准……謝謝了，喬治，再見。」

她一掛上電話，便快速地對面前這些人吩咐起來，她不想忍受屋裡的沉寂，不想聽任塔格特車站在失去往日隆隆作響的列車車輪聲後陷入寂靜，不想聽到在這沉寂中不斷重複著的那句話：塔格特公司連一個能做事的人都沒了。

「立刻讓救援列車的車組人員做好準備，」她吩咐著，「命令他們馬上趕到哈德遜鐵路，把那裡屬於公司的照明、信號和電話上的銅纜拆下來，在清晨之前送回到這裡。」「可是，塔格特小姐！我們在哈德遜的鐵路運輸只是臨時停止而已，聯合理事會沒有批准我們去拆鐵路呀！」「這事我來負責。」「可是沒有信號，救援列車怎麼從這裡出去呢？」「半小時後就會有信號了。」「這怎麼可能？」「跟我來。」她一邊說，一邊站了起來。

他們跟著她匆匆地走下旅客站台，從在靜止的列車前一堆堆擠來擠去的乘客中穿過，她快步跨上一條狹窄的通道，經過了伸向四方的迷宮般的鐵軌，經過了一盞盞熄滅的信號燈和無人扳動的道岔，在塔格特車站偌大而靜謐無聲的地下通道內，只能聽見她穿的綢面涼鞋踩在地上發出的聲響，以及她身後人們那拖拖拉拉、似乎極不情願的腳步聲——她急匆匆地向亮著燈的A控制塔奔去，在黑暗中，遍體是玻璃的控制塔像是一座失去了佩戴者身體的皇冠，被架空在一片空蕩蕩的鐵軌之上。

控制塔的指揮者對他所做的這份要求格外精確的工作已經熟練無比，她剛一開口，他就已經明白是怎麼回事，然後只是生硬地說了聲：「遵命，小姐。」還沒等隨她一起來的人沿著用鐵架修成的塔梯上來，他就已經又俯身在了圖表前，嚴肅地考慮如何去完成這項在他漫長的職業生涯中從未做過的丟人的任務。他只是用帶著憤慨和與她同樣的堅韌的眼神看了看她，她便知道他已經完全懂了，「先做吧，做完再去想別的。」雖然他並未多話，她還是說了這麼一句。「遵命，小姐。」他木然回答道。

他這個位於地下高塔頂上的房間猶如一座玻璃陽台，俯瞰著曾經是全世界周轉最快、最多，也是最井然有序的車流。他經過培訓，可以詳細地記錄下每小時超過九十列火車從這裡經過的路線，在玻璃窗前，看著它們通過星羅棋佈的軌道和道岔轉換的指揮，安全地進出車站。可是現在，他卻頭一次俯瞰著乾涸的隧道內空空蕩蕩的黑暗。

透過中轉房間敞開著的房門，她看到控制塔的工作人員表情嚴峻地閒站在一旁——他們的工作從來就不允許他們有片刻的放鬆——他們站在一排排像是古銅般垂立的皺褶、一排排像是記載著人類智慧的書籍的裝置旁邊。一根小小的拉桿被輕輕拉動，彷彿是書架上探出頭來的書籤，便會接通成千上萬的電路，在聯結和切斷成千上萬的觸點後，便會為選好的路線設定幾十個轉換開關和幾十盞信號燈，其間不允許有絲毫的差錯，不許有任何的僥倖和衝突——如此複雜的設計最終只要人用手一按，就可以為列車開闢出一條安全的路線，成百上千列的火車便可以安然駛過，成千上萬噸的鋼鐵之軀和生命便可以彼此近在咫尺地呼嘯而過，唯一能夠保護它們的，便是那個發明了這些拉桿的人的想法。而他們——她看了看手下的信號工程師——他們卻認為僅憑手上肌肉的收縮，控制塔就可以指揮交通了——現在，控制塔上的人們無所事事地站著——而在指揮的身前，那些曾經在大型控制板上，不停閃爍著顯示出列車運行狀況和距離的紅綠燈，此刻卻成了一堆玻璃珠——如同那些玻璃珠為了另一族類的野蠻人，出售了曼哈頓島。

「把你們那些做工的工人叫來，」她吩咐著經理助理，「不管是在段上幫忙的，巡路的，還是擦車的，只要現在還在車站，就讓他們馬上統統過來。」

「到這裡來？」

「不錯，」她一指塔外面的鐵軌，「把你手下的扳道工也都叫上，打電話給倉庫，讓他們把手頭上現有的手提燈都帶過來，不管是列車長的手燈還是天氣惡劣時用的指示燈，只要是手提燈，就全拿過來。」

「你是說手提燈嗎，塔格特小姐？」

「快點去。」

「遵命。」

「我們這是要幹嘛，塔格特小姐？」調度員問道。

「我們要指揮列車，用手來指揮。」

「用手？」信號工程師問道。

「沒錯，老兄！你現在又幹嘛大驚小怪？」她忍無可忍了，「不是說人只是一堆肉嗎？那我們就回去，退回到那個沒有連鎖系統、沒有信號、沒有電的時代——退回到那個要用人來舉燈，而沒有金屬和電的列車信號的時代，用人來當燈架子。你早就在叫囂著要這樣——現在你算是如願以償了。對了，你是不是認為人的思想是由工具決定的？這回可是正相反——現在讓你看看你的那些說法會生產出什麼樣的工具！」

然而，就算是退回到過去也同樣是需要智慧的——她看著身邊這些了無生氣的面孔，對她自己的說法也感到自相矛盾。

「我們怎麼弄轉換開關呢？」

「用手。」

「信號呢？」

「用手。」

「怎麼做？」

「每個信號桿下站一個人。」

「這怎麼行？距離不夠啊。」
「可以隔一條鐵軌。」
「他們怎麼知道應該扳動哪個方向的道口開關？」
「把命令記下來。」
「啊？」
「就像過去那樣，把命令寫下來，」她指著控制塔的指揮，「他正在制定調動列車的方案，會給每一處信號和道口控制寫明指令，然後找人把指令傳達到每一個崗位上——過去幾分鐘的事情，現在需要幾個鐘頭才能做完，但我們還是會讓那些等著的列車進入終點站，然後再讓它們離開。」
「我們一晚上都要這麼幹嗎？」
「再加明天一整天——直到那個有腦子的工程師來，教你們把系統修好為止。」
「工會的合約裡沒有規定人要站著舉燈工作，這會有麻煩，工會會反對的。」
「讓他們來找我好了。」
「聯合理事會會反對的。」
「我來負責。」
「那，我不想承擔下這種命令的——」
「我來下命令。」
她走出房間，站到了搭在塔身外面的鐵梯平台上；她在極力克制著自己。她一時覺得自己彷彿也是一台現代化的精密儀器，在失去電源的情況下，企圖靠雙手去操縱龐大的鐵路。望著深邃而又漆黑的塔格特地下通道，想到對於這隧道的最後記憶便是用人組成的燈柱，如此的慘狀讓她感到一股辛酸的恥辱。
她幾乎看不清聚集到塔下的人們的面孔。在黑暗之中，他們悄無聲息地陸續來到這裡，靜靜地站著，在他們的身後，藍色的燈泡在牆上泛射出一片陰鬱的昏暗，他們的肩頭則細細碎碎地灑落著從高塔窗戶裡投下的燈光。她看得見他們身上油膩的工作服，他們鬆懈而健壯的身軀，以及倦怠地下垂著的手臂，單調枯燥、毫無樂趣的體力勞動已耗盡了他們的血汗。他們是鐵路裡的最底層，年輕的看不見升遷的希望，上了歲數的則對此從不抱任何指望。他們沉默地站在那裡，神情裡沒有工人的那種不安和好奇，反而如同犯人一般，極其冷漠。

「你們即將聽到的命令是由我下達的，」她站在高高的鐵梯上，聲音洪亮而清晰地說道，「發佈命令的人受了我的指揮。連鎖控制系統癱瘓了，現在要用人去代替它，要立即恢復列車的運行。」

她從人群中注意到，一些人在看著她時，臉上的神情很特別：他們眼中隱約可見的怨恨和肆無忌憚地上下打量著她的眼神，讓她突然意識到了自己是個女人。她想起了自己此時的穿著，覺得的確很荒唐——緊接著，她的心頭湧起一股突如其來的反抗和想融入眼前的劇烈衝動，便把披肩向後一甩，在燻黑的牆柱下迎著熾烈的燈光一站，彷彿是站在了隆重的接待台前，傲然挺立，顯示著她裸露的臂膀和身上閃亮的黑色綢緞，顯示著那顆如動章一般閃閃發光的鑽石。

「控制塔的指揮將分派扳道工去指定的位置，他要分配一些人用手提燈為列車打信號，一些人去傳達他的指令，火車要——」

她在極力壓抑著一個想要冒出來的苦澀的聲音：如果塔格特公司裡連一個能人都找不出來的話……這些人也就只能幹這個了……

「火車要繼續進出終點站，你們要守在崗位上，一直等到——」

她忽然停住了。她最先看到的是他的眼睛和頭髮——那雙冷酷而具洞察力的眼睛，金黃中夾雜著古銅色的頭髮，在陰暗的地下通道裡似乎泛射著太陽的光芒——她在一群沒有知覺的人當中看到了約翰·高爾特，他身著油污的工作服，襯衫的袖子高高地挽起，她看到他輕盈地站在那裡，正抬頭看著她，彷彿在很久之前就已經看到了此刻的情景。

「怎麼了，塔格特小姐？」

這句柔和的問話來自控制塔的指揮，他的手裡握著紙，站在她的身旁——她覺得從一陣失去知覺、然而又是她有生以來最清醒的狀態中脫離出來很是奇特，只是她不知道這狀態持續了多久，不知道自己置身何處，而且為什麼會如此。她注意到了高爾特的面孔，從他的嘴形，他扁平的臉頰，她看到他始終具備的不變的沉靜在崩潰，但他的神情依舊保持著這種沉靜。他的神態表明他知道了這次事故，表明即使是他，在這種時候也會感到巨大的壓力。

她知道她還在繼續講著，因為聚在她周圍的人們似乎是在聽著，儘管她已經什麼都聽不見，卻還在說著，如同是在執行一個很久以前被人催眠後植入的命令，她聽不見，也不知道自己在說什麼，她只知道完成這個命令就是對他的挑釁。

她覺得自己似乎是站在一片寂靜之中，只有視力還在，目光所及之處，看見的只是他的面孔，而他的面孔便猶如壓在她喉嚨裡面、使她不吐不快的一番話。他似乎就應該出現在這裡，似乎已經簡單得不能再簡單——似乎讓她吃驚的並不是他的出現，而是她手下其他的那些人，因為只有他才屬於這條鐵路。她看到了自己以往登上列車的情景，當列車鑽入隧道時，她曾感到過突如其來的沉重，似乎這個地方清楚地讓她看到了她的鐵路和她的生命的本質，看到了意識和物質完整的融合，看到了大腦的智慧轉化為現實的一瞬間；她曾經感覺到了一線希望，彷彿這裡承載著她全部的意義，同時也暗暗感到興奮，似乎這地下有一個不知名的希望在等著她——她的確應該在此時此地見到他，因為他便是她的意義和希望——她不再去看他的衣著，也不再去想他在鐵路上吃了多少苦——她的眼裡只有那些在逝去的日子裡因為找不到他而受的折磨——從他的臉上，她看到了這幾個月來他所忍受的一切——她耳朵裡聽到的似乎只有她對他說的話：我的這些日子就是這樣過的——而他似乎在回答說：我也一樣。

她看到控制塔的指揮一邊看著手上的清單，一邊過去開始對人們交代著什麼，她知道自己對這些陌生人的講話已經結束了。隨後，她無法抗拒自己想確認的衝動，走下階梯，繞開人群，沒有走向站台和出口，而是向荒棄的隧道裡的一片黑暗中走去。你會跟我來的，她想道——這念頭似乎不是她心裡的言語，而是在她緊張的身體裡，她明白自己無力把握想要去做的這件事，但她確信她一定能如願……不，她心想，這並不是我意願如此，而是理當如此。你會跟我來的——這既不是懇求，也不是祈求或命令，而是客觀的事實，它凝聚了她全部的理解和她一生的閱歷。如果我們沒有改變，如果我們活著，如果世界還存在，如果你知道不能像其他人那樣錯過這一刻而任其隨波逐流的話，你就會跟我來。你會跟我來——她感到一種喜悅的確定，它既不是希望，也不是信心，而是對於存在邏輯的徹底崇拜。

她沿著廢棄的鐵軌，快步走進一條又長又暗、在石壁中迂迴曲折的隧道。她已經聽不見那個指揮的說話聲。而後，她感覺到了她周身血液的脈動，同時聽到頭頂上的城市在發出有節律的回應，但她卻似乎聽到她的血流聲正在將寂靜填滿，而城市的喧囂則在她的體內跳動——她聽到身後遠遠地響起了腳步聲，她沒有回頭去看，而是加快了腳步。

經過依舊鎖著他那台發動機殘骸的大鐵門，她沒有停步，然而，她驀然發現這兩年發生的一切竟是如此的環環相連，身體不由得微微一顫。一串藍色的燈泡繼續向黑暗中延伸，映照著頭頂一塊塊泛著微亮的岩石，映照著正向下面的鐵軌上淌著細土的沙袋，映照著一堆堆鏽跡斑斑的廢鐵。等到腳步聲走近之後，她便停下來，轉身向後望去。

她看見一抹藍光掠過高爾特亮閃閃的頭髮，看到了他蒼白的臉廓和深陷下去的黑眼窩。那張臉不見了，但他的腳步聲隨著他繼續來到了另一盞燈下，光線掃過了他那雙平穩地注視著前方的眼睛——她可以肯定，他在控制塔前一看到她，那雙眼睛就再也沒有過片刻離開。

她聽到了他們頭頂上方的城市發出的震動——她曾經想過，這些隧道便是城市的根，支撐著一切向天空伸展的渴望——而他們，她心想，約翰．高爾特和她，便是這些根的活力，他們便是根的萌芽、希望和意義——她想，他在聽到他的脈動的同時，也一樣聽到了城市的呼吸。

她把披肩向後一甩，傲然挺立，正如他剛才在塔前的台階上，和十年前在這裡的地下看到她時一樣——她聽到了他的告白，那不是用語言，而是用了令人透不過氣的節拍：你是一種高貴的象徵，你的歸宿便是高貴之源……你似乎把生命的歡樂帶回了它原有的主人身邊……你看起來既充滿活力，同時又有活力賜予你的榮耀……而我是第一個能夠說出這兩者是如何不可分離的人……

接下來的一刻猶如在茫然的昏迷中亮起的閃電──此時，他在她身旁停了下來，她看到了他的臉，看到了從容的鎮定、克制的激情，看到了那雙墨綠色的眼睛裡透出的理解的笑意──此時，從他繃緊的嘴唇上，她知道他看出了她的表情──此時，她感覺到他和她的嘴唇合在了一起，她完完全全地觸到了他的嘴唇，同時又覺得有一股液流湧進了她的身體──隨後，他的唇便向她的喉嚨吸吮下去，留下了一條瘀青──接著，她那隻閃光的鑽石夾便抵在了他那顫抖著的古銅色的髮間。

隨即，她便渾然忘我地聽任身體去感覺了，因為她的身體能夠突然憑著直觀的感覺，傳遞給她最微妙的享受，正如她的眼睛可以將光波轉化為視野，她的耳朵可以將振動轉化為聲音一樣，她的身體此刻能夠將貫穿她一生的種種念頭立時轉化為敏銳的知覺。令她身體顫抖的並非是一隻手掌的摩挲，而是它頃刻間匯聚的全部意義，是因為她清楚地知道那正是他的手。它似乎占有了她的身體，在遊動之中將她完整地接納了下來──那雖然只是肉體上的歡愉，但卻包含了她對於他整個人和他全部生活的崇拜──從那天晚上在威斯康辛州的一家工廠召開的全體大會，到隱蔽在洛磯山脈峽谷中的亞特蘭提斯，再到控制塔下的一個工人智慧無比的綠眼睛中勝利般的揶揄神情──它包含了她對自己所感到的驕傲，因為他把她當成了他的另一半，此時，他們從對方的身體感受到了自我的存在。這便是它的含意──然而，她唯一的感覺便是他的手在撫摸著她的乳房。

他將她的披肩一把扯掉，在他的懷抱中，她發覺了自己身材的纖細，似乎他只是一樣工具，使她能自豪地感受到她自己，而這種自我意識又只是去意識到他的一樣工具。她似乎正在達到感覺的頂峰，卻如同聽到了一聲急不可耐的大喝，她現在還說不清這是什麼，不過她知道，這和她的生命歷程一樣的雄心勃勃，一樣的永不滿足。

他把她的頭稍微推得遠一點，好讓自己去直視她的眼睛，好讓她也能看到他的眼睛，讓她徹底明白此時他們所做的這一切究竟意味著什麼，如同是在親密達到高潮的時候，開啟一束清醒的燈光，照亮他們的視線。

接著，她感覺到肩膀後面是粗粗的麻布，她發現自己正躺在破掉的沙袋上，看見她那雙緊身的長筒襪閃著微光，感覺到他的嘴貼住了她的腳踝，慢慢地順著她的腿向上蠕動，彷彿是想用他的嘴唇去占有它，她隨即感覺到自己的牙齒深深地咬進了他的手臂，感覺到他手肘一晃，將她的頭擺到一旁，比她更兇狠地用嘴壓住了她的嘴唇——隨即，她便只能感覺到她的身體在向上挺起，釋放出了一股令她震顫的快感，直達她的喉嚨——接著，她便只能感覺到他的身體正一次又一次貪婪地探來，彷彿她不再是個人，而只是一種激情，可以用來不斷地去探索那遙不可及的巔峰——她終於體會到了那頂點並非高不可攀，她喘息著，靜靜地躺在那裡，感到無比的滿足。

他躺在她的身邊，仰望著頭頂上方的那片黑壓壓的洞頂，她看到他鬆弛的身體像水一般伸展在歪歪斜斜的沙袋上，看到那條黑黑的披肩搭在他們腳下的鐵軌上，洞頂上的水珠閃閃發亮，猶如遙遠的車燈，慢慢地滲入看不見的石縫內。他開口說話時，聽起來像是在回答她腦子裡正想著的問題，彷彿他再也用不著對她隱瞞什麼，他對她要做的就是把他的內心像袒露身體那樣坦承出來：

「……十年來，我就是這樣一直觀察你的……就是從這裡，從你腳底的地下……我知道你在大樓頂端的辦公室裡的一舉一動，卻永遠都看不夠你……十年來的每個夜晚，我都期待著能在這裡，在站台上，看到你登上火車……每當命令下來，要把你的車廂掛上去的時候，我就知道了，並且等著看你走下斜坡，只希望你不要走得那麼快……你走路的樣子太與眾不同了，那副樣子，那雙腿，我在任何地方都可以認出來……在你匆匆走下斜坡，經過正在下面軌道黑影裡的我時，我總是最先看到你的腿……我覺得我都可以做出一座你雙腿的雕塑了。我熟悉它們，靠的不是眼睛，而是當你走過時……當我回去工作時……當黎明前我趕回家補上三個小時的睡眠時，用我自己的那雙手……」

「我愛你。」她平靜得近乎沒有感情的聲音裡僅僅流露出一絲青澀。

他閉上雙眼，似乎想讓這聲音流過那些逝去的日子：「這十年中，達格妮……只有幾個星期的時間是你真真切切、觸手可及地出現在我面前，不再那樣匆匆地離開，而是靜靜地站在一個供我獨享的明亮舞台上……在許多個夜晚，我會連續幾個小時地凝視你……從那間被稱做約翰·高爾特鐵路辦公室的窗戶……有天晚上——」

她輕聲地驚叫道：「那天晚上就是你嗎？」

「你看見我了？」

「我看見了你的影子……在人行道上……走來走去……看起來似乎很矛盾……似乎在——」她止住不說了；她不想說「掙扎」。

「沒錯，」他平靜地說，「那天晚上，我想走進去，想面對你，想對你說，想……那天晚上，看到你癱在桌上，看到你實在不堪如此沉重的壓力，我差一點就違反了自己發的誓——」

「約翰，那天晚上，我想的就是你……只是我當時並不知道……」

「你要明白，我當時可是知道。」

「……我這一生之中的所做所想，都是為了你……」

「我知道。」

「約翰，對我來說，最痛苦的並不是離開了在山谷裡的你……而是——」

「是你回來那天的廣播演講？」

「沒錯！你在聽嗎？」

「當然了，你能這樣做我很高興，這很了不起。再說我——我也都知道。」

「你知道……漢克·里爾登？」

「在你來山谷前就知道。」

「是不是你知道他這個人後，就預料到了？」

「不。」

「是不是……？」她沒有說下去。

「是痛苦嗎？是的，不過只是最初幾天，隨後的那天晚上……你想不想知道當我瞭解這件事後的第二天晚上做了些什麼？」

「想。」

「除了在報紙的照片上，我從沒有見過漢克．里爾登。那天我知道他在紐約開一個什麼企業界要人的會議。我只是想看他一眼。我在會議召開的酒店門口等著，門口的雨棚下燈光很亮，但外面的人行道很暗，可以讓我隱身，這裡只有幾個閒人和流浪者在晃蕩，天上下著小雨，我們都靠在牆邊。等人們陸續出來的時候，從他們的衣著和舉止中就能看出誰是來參加會議的——他們炫耀穿著，神態侷促不安，似乎對自己當時刻意裝扮出的另外一副樣子感到羞愧。他們的司機開車迎了上去，有幾個記者在纏著他們提問，一心想套出隻字片語。這些企業家面帶倦容，一個個都是衰老體弱，驚惶地掩飾著內心的不安。然後我就發現了他。他穿著一件昂貴的風衣，帽沿斜斜地壓在眼睛上方。他的腳步輕快，有一種志在必得的氣勢。其他一些企業家蜂擁過去，向他問著問題，這些大老闆活像是圍在他周圍的一群下人。在他站在車前伸手拉開車門時，我才看清楚了他，他昂著頭，在斜著的帽沿下輕輕一笑，顯得很自信，看起來既有點不耐煩，又覺得好笑。在隨後的一瞬間，我做了自己前所未有、讓許多人拚死要去做的事情——在我眼中，一切已經脫離了當時的情景，我看到的是一個經過他改變的世界，看起來和他是那麼的吻合，他就像是這世界的化身——我看到了一個碩實纍纍的世界，迸發著不受奴役的能量，人們擺脫了羈絆，用一年又一年的執著和付出，享受著幸福的回報——當我和雨中的一群四處遊蕩的膽小鬼站在一起時，卻看出在這樣的世界裡，我的生活本來應該是怎樣的，我感到極其渴望——我想要做到的正是他那樣……他的身上具有我應該具有的一切……然而，這只是短短的一瞬間。我隨即便回到了現實，看清了這現實所包含的真正涵義——我看到他為了自己卓越的才華付出的是什麼樣的代價，他在寂寞無助的時候，要忍受怎樣的折磨去努力瞭解我已經瞭解的一切——我看到他希望的那個世界並不存在，還有待去創造，我再一次看到了他真實的模樣，他是我奮鬥的象徵，是要我去為之復仇和解救出來的受難英雄——隨後……隨後我便對你和他之間發生的事感到釋然了，我瞭解了這並沒有改變什麼，我應該預料到會這樣，這是對的。」

他聽見了她的一聲低吟，便輕聲地笑了笑。

「達格妮，這並不是說我不難受，而是因為我知道難受並不要緊，我知道要去和痛苦搏鬥，把它拋在一邊，而不是把它當成心靈的一部分，使它成為一道永久的傷痕，留在人對於生活的看法之中。別為我感到難過，它當時就已經煙消雲散了。」

她轉過頭來無言地看著他，他笑了，用手肘支起臉來，低下頭，望著靜靜躺在旁邊的她。她喃喃地說道：「你是在這裡，竟然在這裡當鐵道工人！——而且做了十二年……」

「沒錯。」

「是從——」

「是從我離開二十世紀發動機工廠之後。」

「這麼說，你第一次看見我……是在這裡了？」

「對，那天早晨你還請求為我煮飯，其實我那時就是在你手下工作，請了假跑出來的鐵道工人。現在明白我當初為什麼那樣笑了吧？」

「說吧，都說出來吧。」

她仰起頭來看著他的臉；她的臉上帶著痛苦的笑容，而他卻一臉的高興。「約翰……」

「你這些年……一直在這裡……」

「是的。」

「……這麼多年來……鐵路漸漸地垮掉……我一直在尋找有才能的人……連一線希望都不放棄……」

「你在全國四處尋找我那台發動機的發明人，在養活著詹姆斯和莫奇，你以自己最想消滅的敵人的名字，為你最大的成就命名了。」

她閉上了眼睛。

「這些年我都在這裡，」他說，「就在你勢力所及的範圍內，看著你的掙扎、你的孤獨和你滿心的期望，看著你滿心自以為是在為我而做的抗爭，這是一場敵人得利、你永遠都不會獲勝的戰爭——我就在這裡，在你視線的盲點中隱身，正如亞特蘭提斯只是靠一個視覺的假象而在人們眼前消失一樣——我在這裡等著有一天你會看清，會從你支撐的這個世界所奉行的原則當中明白，你所珍惜的一切都只能落入地獄中最黑暗的角落裡，你必須去親眼目睹這個角落才行。我在這裡，我是在等待著你。我愛你，達格妮，我曾經要人們去珍愛生命，但我愛你卻超過了愛我自己的生命。我還教人們不要想著白占便宜——我完全明白我會為今晚所做的一切付出代價，而這代價可能就是我的生命。」

「不！」

他笑著點了點頭：「事實就是如此，你知道你已經讓我失信過一次了，我違背了我自己所做的決定——但我完全明白為什麼會這樣做，我不是一時衝動，而是清楚地知道後果，並心甘情願去承擔它。我不能眼看著我們錯過這樣的時刻，它屬於我們，我的愛人，我們問心無愧。但是你還沒做好離開這裡、加入我的準備——你不用跟我說，我明白——既然我在時機還沒完全成熟的時候就得到了我想要的，我就必須要付出代價，我不知道那會是以什麼樣的方式，在什麼時間到來，我只知道我一旦向敵人讓步，就要承擔責任。」看到她臉上的神情，他笑著回答說：「不，達格妮，你不是我腦海中的敵人——但正是你讓我到了現在這一步——儘管你在摸索的過程中尚未看見，但我能看見，你事實上就是我的敵人。真正的敵人其實威脅不到我，你就不一樣了，只有你才能讓他們找到我。他們根本想不到我是誰，不過有你幫忙——他們就會知道了。」

「我不會！」

「當然，你不會有意這麼做，而且你隨時都可以選擇走另外一條路。但只要你還沿著這條路走下去，就註定逃脫不了它的必然結果。別皺眉頭，現在是我自己選擇了這樣的危險。達格妮，我在所有的事情上都奉行以物換物。我想得到你，但卻無力改變你做出的決定，我能做的就是權衡代價，看我能否去承擔。我能承擔。我自己的性命自己做主——而你，你是」——他似乎是在用行動把這句話說完，一手將她攬過來，親著她的嘴唇，她癱軟的身體順服地吊在他的手臂上，頭髮如瀑布般向下傾瀉著，腦袋向後仰了下去，只有他的嘴唇牢牢地抓緊著它——「你是一個我說什麼也要得到和買下來的榮耀，我要你，即使要用生命做代價，也在所不惜。我可以放棄我的生命——但不會放棄我的心靈。」

他坐起身來，一絲嚴峻從他的眼裡一閃而過，他笑著問：「想不想讓我和你一起回去工作？想不想讓我一個小時之內就把你的連鎖系統修好？」

「不！」她一想到韋恩．福克蘭酒店包廂裡的那些人，便不由得脫口喊了出來。

他笑了：「為什麼不？」

「我不想看著你去給他們做牛做馬！」

「那你自己呢？」

「我覺得他們就快要崩潰了，我應該可以勝利，我還能再撐一會兒。」

「沒錯，是一會兒——不過到時候你不會勝利，而是會覺悟。」

「我不能丟下它不管！」這是一聲絕望的哭喊。

「還沒到時候呢。」他平靜地說。

他站了起來，她已經說不出話，乖乖地也隨他站起身來。

「我會繼續留在這裡做我的工作，」他說，「但你別來找我，你得忍受一下我為了你一直在忍受的滋味——你得接著做該做的事，就算你知道我在哪裡，心情和我一樣的迫切，也不能接近我。不要在這裡找我，不要去我住的地方，不要讓他們看到你和我在一起。等你最後決定要離開的時候，別去告訴他們，只要在內特．塔格特的塑像底座上用粉筆畫個美元的符號——這也算它的歸處吧——然後回家等著，我二十四小時內就會來找你。」

她無言地點了下頭，算是保證。

但在他轉身要走的一剎那，她突然渾身一抖，像是猛然驚醒或是臨死前最後的痙攣一般，情不自禁地喊道：「你要去哪兒？」

「去當燈柱啊，舉個提燈一直站到天亮——這就是你的這個世界讓我去做的唯一一份工作，而且從我身上它也只能得到這麼一份工作。」

她不顧一切地抓住他的手臂，茫然若失地緊跟著他，生怕他就這樣不見了：「約翰！」

他握住她的手腕，將她的手扳了下來，摔向一旁，「不行。」他說道。

緊接著，他又拉過她的手，舉到了他的唇邊，用嘴狠狠地親吻著，這感情已經超出了他想要表達的一切。然後，他轉身離開，消失在遠處的鐵軌盡頭，她似乎感到自己是被他和鐵軌同時拋棄了。

當她步履艱難地回到終點站大廳時，正趕上第一趟列車的開動，隆隆的車輪彷彿是猛然間恢復了跳動的心臟一般，把四周的牆壁震得直抖。置放著內特．塔格特塑像的地方空蕩而寧靜，終日不變的燈光照射在一片冷清無人的大理石地面上。幾個衣衫襤褸的身影像是在這茫茫一片的明亮之中迷路了一般，慢吞吞地走了過去。在那個帶著質樸、快樂表情的塑像下面的台階上，頹然呆坐著一個穿得破破爛爛的流浪者，如同一隻失去翅膀、無處可去的鳥，只能苟且一時。

她也像另一個被遺棄的人一般癱倒在了台階上，肩頭緊緊地裹著那件髒兮兮的披肩，失魂落魄，麻木無語。

她的眼前似乎總是看到一個用手臂高舉起明燈的身影，它時而像是自由女神，隨即又像是一個長了一頭陽光般的金髮的人，在夜空下舉著一盞讓地球停止轉動的紅燈。

「不管是什麼，再怎樣也別往心裡去了，」那個流浪漢帶著殘存的一絲同情的口氣說道，「反正就這樣了……那又有什麼用呢？約翰．高爾特是誰？」

第十八章 救贖協奏曲

十月二十日這一天，里爾登鋼鐵公司的工會提出了加薪的要求。

漢克・里爾登從報紙上得知了這個消息；這個要求沒有向他本人親自提出來，並且也不覺得有通知他的必要。這一要求是向聯合理事會提出的；至於為什麼別的鋼鐵公司沒有提出類似的要求，則不得而知。他說不清楚那些提出要求的人是否能代表他手下的工人，理事會關於工會選舉所做的規定使得這一切很難理出個頭緒來。他只是聽說這夥人都是理事會在過去幾個月來塞進他工廠裡的新面孔。

十月二十三日，聯合理事會駁回了工會的請求，拒絕增加工資。對這件事是否舉行過任何聽證會，里爾登一概不知。既沒有人徵求他的意見，也沒有人通知過他。他不去問什麼，只是靜靜地等著。

十月二十五日，被理事會的當權者所控制的全國報界發起了一波對里爾登鋼鐵廠的工人表示同情的浪潮。報紙上報導了加薪被拒絕，卻閉口不提是誰拒絕的，又是誰才握有法律上的否決大權，這些連篇累牘的報導影射雇主才是導致員工一切不幸的元兇，彷彿覺得人們應該忘記應有的法律程序。它們的報導敘述了里爾登鋼鐵廠的工人，在目前生活費用飛漲的情況下是如何的度日艱難——旁邊的一則報導則登載了漢克・里爾登在五年前獲取的利潤。在敘述里爾登的一名工人的妻子沿著店鋪一路討糧食的悲慘境遇的報導旁邊，是另外一則關於匿名鋼鐵大亨在高級酒店裡醉酒狂歡、香檳酒瓶在某人頭上開花的報導；這位鋼鐵大亨是伯伊勒，但報導中沒有提到姓名。「不平等依然在我們之中存在，」報導中說道，「並且騙取了這個偉大的時代為我們所帶來的利益。」「貧困令人忍無可忍，情況已經到了危急的關頭，我們擔心會引發暴力。」「我們擔心會引發暴力。」報紙上不斷地重複著這樣的話。

十月二十八日，一群里爾登鋼鐵廠新進的工人襲擊了一名領班，並將鼓風爐上的風口打掉。兩天後，類似的一夥人砸碎了辦公大樓一層玻璃窗，一名新工人砸毀了一部起重機的齒輪，致使一鍋沸騰的鋼水傾瀉在了距離另外五名工人僅僅幾步遠的地方。「我想我是因為過分擔心挨餓的孩子才走火入魔了。」他在被捕的時候說道。「現在不是爭論誰對誰錯的時候，」新聞界對此評論道，「我們唯一的擔心就是目前一觸即發的形勢，威脅到了國家的鋼鐵產量。」

里爾登一言不發地注視著這一切。他似乎是在等著某種最終的真相逐步呈現在他的面前，而這一過程急不得，也不可能被阻擋。不——在秋日傍晚的薄暮之中，他向辦公室的窗外望去，心裡想道——不，他絕不是對他的工廠無動於衷；但這曾經是對活生生事物的熱烈情感，此刻卻像是對於逝去的摯愛的綿綿追憶。他想，人在緬懷死者時的獨特感受便是對既成事實無能為力的感覺。

十月三十一日的上午，他接到了一個通知，法庭宣佈，經審理，由於三年前他曾欠繳個人所得稅，已將包括他銀行帳戶和保險箱在內的所有財產全部凍結。這是一份符合所有法律手續的正式通知——只不過所謂的欠繳根本就是子虛烏有，而所謂的審理也從沒進行過。

「不，」他對他那位憤怒得說不出話來的律師說道，「不要質疑他們，不要答覆，不要反對。」「可這也太離譜了！」「你還沒看到其他更離譜的吧？」「漢克，你是要讓我什麼都不做，就這麼認了？」「不，是要挺直，我是說要站穩腳跟，不要動搖，不要有任何動作。」「可他們已經逼得你走投無路了。」「是嗎？」他輕聲一笑，問道。

他除了皮夾裡的幾百塊錢以外，便再無分文了。但一想到他臥室的祕密保險櫃裡還躺著一塊由一個滿頭金髮的海盜交給他的金條，他的內心便如同是在和對方遙遠地握手一般，滾過一陣奇怪而閃亮的熱流。

第二天，十一月一日，他接到了從華盛頓打來的電話，電話另一端的官僚帶著哀求般的賠罪口氣說道：「這是個錯誤，里爾登先生！這是個不該發生的錯誤！它不是針對你的。你明白現在這些辦公室幫忙的人辦事有多馬虎，同時我們又有那麼多緊急的事情要處理，因此有人一時粗心，弄錯了檔案，做出了對你不利的決定——其實那是另外一個奸商的案子！請接受我們最誠懇的道歉，里爾登先生。」他略頓了一下，似乎在等待著什麼，「里爾登先生……？」「我聽著呢。」「對於給你造成的種種尷尬和不便，我們十分抱歉，你知道處理要案時得經過一系列必要的程序，因此，要撤銷這個決定，得有幾天或者一個星期的時間……里爾登先生？」「我聽見了。」「我們非常抱歉，願意盡我們最大的努力來彌補這一切。對此，你完全有權利要求索賠，我們一定會無條件地補償你蒙受的損失。當然，你可以提出索賠，並且——」「這我可沒說過。」「啊？對，你是沒有……那就是說……對了，你剛才說什麼來著，里爾登先生？」

「我什麼都沒說。」

在第二天下午很晚的時候，又有一個聲音從華盛頓傳了過來，這一次，說話人的語氣不像是在道歉，倒像是一個表演走鋼絲的人那樣充滿了興奮。他自我介紹說是霍洛威，想請里爾登去參加一個會議，「這是個非正式的會議，只有少數幾個上層人物參加。」會議將於後天在紐約的韋恩．福克蘭酒店召開。

「過去幾周發生的誤會簡直太多了！」霍洛威說道，「太不應該——也太沒有必要了！里爾登先生，如果有機會和你面談的話，我們就可以馬上搞定一切。我們非常希望見到你。」

「如果你願意的話，隨時可以向我發傳票。」

「哦，不！不！不！」對方的聲音聽起來很驚恐，「不要這樣——里爾登先生，幹嘛要這麼說呢？你不太瞭解我們，我們是出於好意才想見你，只是希望得到你的主動配合而已。」霍洛威有些緊張地停頓了下來，他不敢確定自己是否聽到了從遠處隱約傳來的一聲冷笑；他等了等，卻再也聽不到任何動靜，「里爾登先生？」

「嗯？」

「里爾登先生，在目前的形勢下，和我們開這個會對你絕對有好處。」

「開會——關於什麼事？」

「你遇到了這麼多困難——我們非常希望能儘量幫助你。」

「我沒有請求過幫助。」

「現在的情況很危險啊，里爾登先生，群眾的情緒不太穩定，一點就著，太……危險了……我們希望能保護你。」

「我沒有請求過保護。」

「可你肯定知道我們能幫上你的忙，如果你需要我們做任何事情的話……」

「沒有。」

「你肯定會有一些問題需要和我們商量。」

「我沒有。」

「那麼……那麼」——霍洛威不再是一派救苦救難的態度，而是換了副乞求的口氣——「那你難道就不能來聽一聽嗎？」

「除非你們有話要和我說。」

「有啊，里爾登先生，我們當然有了！我們只是希望你能來聽一聽，你就給我們一個機會，來參加這個會吧。你用不著答應任何事——」他不太情願地說著，然後停下來，聽到里爾登帶著揶揄的，響亮聲音，似乎什麼都沒有答應。他回答說：「這我知道。」

「嗯……我是說……就是……那麼，你會來嗎？」

「好吧，」里爾登說道，「我去。」

他懶得去聽霍洛威感激涕零地表示感謝的話，只是聽到他一再重複著：「十一月四日，晚七點，里爾登先生……十一月四日……」這個日子似乎是與眾不同。

里爾登放下電話，往椅子後背上一靠，看著爐火映在辦公室天花板上的光芒。他清楚這會議是個圈套；同時也知道，那些設圈套的人從他的身上撈不到任何好處。

在華盛頓，霍洛威放下辦公室的電話，挺直了身子，眉頭緊鎖地僵坐著。全球進步聯盟的主席克勞德·史拉根霍普坐在一張椅子裡，嘴裡不安地咬著一根火柴棒，抬頭看看他，問道：「情況不妙？」

霍洛威搖了搖頭：「他會來，不過……對，情況不妙。」他緊接著又說：「我看他是不會接受的。」

「我的手下也是這麼跟我說。」

「我知道。」

「我的手下說我們最好別打這個主意。」

「讓你的手下見鬼去吧！我們只能這樣！我們必須要冒這個險！」

那個手下便是菲利普，幾個星期前，他向史拉根霍普報告過：「不行，他不讓我進去，不給我工作，我已經照你的吩咐儘量爭取過了，但是沒用，他不允許我進他的工廠。至於他的思想狀態嘛——你要注意了，非常的惡劣，遠比我能想像到的還要糟糕。我瞭解他這個人，你拿他一點辦法都沒有。他現在已經無路可退，再逼他，繩子就會斷。你說過那些大人物們想要搞清楚，那就告訴他們別那樣做，告訴他們，他……克勞德，上帝保佑我們吧，如果他們那樣去做的話，他就會跑掉的！」「哼，你簡直沒什麼用。」史拉根霍普冷冷地說著，將身子轉向一邊。菲利普抓住他的袖子，聲音突然變得憂心忡忡：「哎，克勞德……根據……根據一〇—二八九號法令……如果他走了，他的財產是不是就……就沒有繼承人了？」「沒錯。」「他們會把工廠和……和一切都沒收？」「這是法律。」「可是……克勞德，他們不會這樣對我吧？」「他們不想放他走，這你知道，你要是能的話，就留住他。」「可我做不到呀！你知道我做不到！由於我的政治主張，以及……以及我為你做的那些事，你知道他是怎麼看我的！我根本就控制不了他！」「那，活該你倒楣了。」「克勞德！」菲利普驚惶萬狀地叫了起來，「克勞德，他們不會見死不救吧？我是他們的一員，對不對？他們一直承認我是，一直說他們需要我……他們說他們需要的是像我這樣，而不是像他那樣的人，是有我……我這種精神的人，還記得嗎？在我為他們做了這一切，忠心耿耿地效力之後——」「你這個蠢貨，」史拉根霍普破口罵道，「他不在了，要你還有什麼用？」

十一月四日清晨，里爾登被一陣電話鈴聲吵醒。他睜開雙眼，看到臥室的窗外是拂曉時分的一片明淨而灰濛濛的天空，泛著海水般的淡綠色。太陽尚未露面，初現的幾縷光芒為費城古老的屋頂披上了一抹陶釉般的粉暈。有好一陣子，他的大腦還是如天空般空白，除了意識到自己的醒來，還沒有恢復到怪異的記憶之中，他靜靜地躺在床上，沉浸在眼前的景色和周圍的世界與之融為一體的神奇魔力當中——在這樣一個魔幻世界裡，人的生存方式猶如持續的清晨。

電話鈴聲把他扔回到了現實裡：它在有節奏地叫著，彷彿是在沒完沒了地求救，發出和這個世界格格不入的聲音。他皺著眉頭拿起了電話：「喂？」

「早安。亨利，」是她媽媽顫巍巍的聲音。

「媽——怎麼這時候來電話？」他冷冷地問。

「噢，你總是天一亮就起床，我想趕在你去辦公室前找到你。」

「是嗎？有什麼事？」

「我得見見你，亨利，我有話要跟你說，就是今天，就在今天的什麼時間吧，是重要的事。」

「出什麼事了嗎？」

「沒有……是的……就是……我必須和你見面談，你能來一下嗎？」

「對不起，不行。我今晚在紐約有事，如果我明天去的話——」

「不！不，明天不行。必須是今天，必須是今天才行。」她的腔調裡隱約有些驚惶，不過，除了能在她那呆板的固執裡聽出一種奇怪的恐懼外，看來她並不是有什麼急事，而是一副平素慣有的無可奈何的惶恐不安。

「媽，是什麼事情？」

「我不能在電話裡說，必須和你當面談。」

「那你要是願意來辦公室的話——」

「不！不能在辦公室裡！我得和你單獨在一個能說話的地方。你就不能行行好，今天過來一趟嗎？這可是你媽媽在求你啊，你從不來看我們，或許這也不能怪你，但我求你，你能不能來這一趟？」

「好吧，媽，我今天下午四點到。」

「那好，亨利，謝謝你，亨利，那好。」

他似乎覺得這天工廠裡有點緊張的氣氛。這感覺很微妙——但工廠對他而言，如同是他深愛著的妻子的面容，他幾乎能夠預知那上面會露出什麼樣的表情。他不止一次地發現新來的工人三五成群地聚在一起交頭接耳。他注意到他們的神態不像是在工廠工作，倒像是在酒吧間的角落裡一樣。他注意到從他們身旁走過的時候，會招來他們的目光，很明顯是在看他，而且會盯很久。對此他不去理會；這些還不足以讓他多想——況且他也沒功夫去多想。

下午，他開車去了以前的家，到了山坡下便猛然停住了。自從六個月前，在五月十五日那天他離開家之後，就再也沒回來過——眼前的情景使他想起了十年來每天回家的點點滴滴：那種緊張、徬徨、憋在心裡的鬱鬱不樂，強忍著不讓自己承認，千方百計地試圖去理解他的家人……試圖去求得心理的平衡。

他沿著通向大門的小路慢慢地走了上去，沒有一點感覺，內心卻無比的清楚。他知道，這所房子是罪過的見證——見證的正是他對他自己所犯的罪過。

他本以為只會見到他的媽媽和菲利普，沒想到一跨進客廳，站起身的還有一個人，那便是莉莉安。

他停在了門口。他們一起站著，看著他的面孔和他身後打開的大門。他們臉上露出害怕和狡黠的神色，是已經被他看穿的試圖以良心來做要脅的神情，此刻，他只要向後一邁步就能擺脫他們，可他們似乎還對他的憐憫抱有指望，還指望著能用它來捆住他。

他們指望他的憐憫，懼怕他的怒氣；他們不敢去想第三種可能——他的無動於衷。

「她在這裡幹什麼？」他轉向他的母親，冷冰冰地問。

「莉莉安自從和你離婚後就一直住在這裡，」她辯解道，「我總不能讓她在街頭挨餓吧？」

他母親的眼裡一半是乞求，似乎求他不要去賞她一巴掌；另一半則是得意，彷彿是她把巴掌打在了他的臉上。他明白她的用意：這並非是真心的同情，她和莉莉安之間向來就沒什麼感情，這只是他們在一起對他進行的報復，是他們用他的錢養活了被他拒絕幫助的前妻後而暗自得意。

莉莉安的頭擺出一副迎接他的姿態，緊張而又矜持的嘴角似笑非笑。他並不是有意不理睬她；他分明清清楚楚地在看著她，但眼前的一切又似乎在心裡留不下任何印象。他沒有說話，關上門，走進了房裡。他的母親輕輕地呼了口氣，急忙在緊挨著他的一張椅子裡坐下，緊張地盯著他，不知道他是否會像她那樣坐下來。

「你想說什麼？」他坐好，開口問。

他的母親坐得筆直，怪異地聳著肩膀，半低著腦袋：「是仁慈，亨利。」

「這是什麼意思？」

「你難道不懂嗎？」

「不懂。」

「這個，」——她胡亂地將手一攤，擺出無可奈何的樣子——「這個……」她的眼睛四處亂轉，竭力躲避著他炙熱的逼視。「這個，要說的有很多，而且……而且我不知道該怎麼說，不過……這個，有一件很現實的事情，但這件事本身並不重要……我叫你來並不是因為這個……」

「到底是什麼？」

「你是問現實的這件事嗎？你給菲利普和我的生活補助支票。每月一號去存，可是因為那條凍結的法令，支票無法兌現。這你也知道，是不是？」

「我知道。」

「那，我們怎麼辦？」

「我不知道。」

「我是說，你對此有什麼打算？」

「沒什麼打算。」

他的母親坐在那裡，像是在數著一秒秒安靜流過的時間一般吃驚地瞪著他。「沒什麼打算，亨利？」

「我什麼都做不了。」

他們緊張地在他的臉上尋找著；他可以肯定他的母親講的是實情，他們的目的絕不僅僅是要解決眼前用錢的緊張，這只不過是個開頭而已。

「可是亨利，我們現在手頭很緊啊。」

「我也一樣。」

「可你難道不能給我們一些現金之類的東西嗎？」

「他們事先沒給我任何警告，來不及拿現金出來。」

「那麼……這樣，亨利，這件事太突然了，我看大家都怕了——除非你開口，否則商店是不會讓我們賒帳的。我想他們是想讓你簽個信用卡之類的，你能不能和他們談談這件事？」

「我不會去談的。」

「你不去？」她詫異地噎住了一下，「為什麼？」

「我不會承擔我負不起的責任。」

「你是什麼意思？」

「我不會去欠我還不了的債。」

「還不了，這是什麼意思？那個凍結只是某種手段而已，不過是暫時的，大家都知道！」

「是嗎？我不知道。」

「可是，亨利——這只是日常生活的費用啊！你有那麼多錢，連支付這點日常生活的費用都不能嗎？」

「我不能裝成有錢的樣子去欺騙開商店的人。」

「你這是在胡說些什麼呀？那些錢還能是誰的？」

「誰的都不是。」

「什麼意思？」

「媽，我覺得你完全明白我的意思，甚至在我還沒想到的時候你就明白了。並不存在什麼所有權或者財產，這正是多年來你一直贊同和信奉的。你想捆住我的手腳，我已經被捆住了。現在再玩什麼把戲已經太晚了。」

「你打算讓你的那些政治觀點來——」她瞥見他的臉色，便陡然止住了口。

莉莉安垂首而坐，似乎在這個時候不敢抬頭。菲利普則坐在那裡，將手指節按得答答作響。

她的母親重新聚攏失神的眼神，喃喃地說著：「別扔下我們，亨利。」她嗓音中隱約流露出的語氣告訴他，她的真正目的即將顯露出來了。「現在的形勢糟糕透頂，我們很害怕。情況就是這樣，亨利，我們很害怕，因為你拋下我們不管了。我指的不光是日常用品的開支，但這只是個開始——一年前，你不會讓我們落到這步田地，可如今……你已經不在乎了。」她頓了頓，像是在期待著回答，「是不是這樣啊？」

「沒錯。」

「好啊……好啊，看來要怪也只能怪我們自己了。我想跟你說的就是這個——我們知道這是我們的錯，這些年來，我們一直沒有好好待你，我們對你不夠公正，讓你心裡很難過，我們是在利用你，卻從不表示感謝。我們心裡很愧疚，亨利，我們對不起你，這我們承認。現在，我們還能跟你再說些什麼呢？你能不能從心裡原諒我們？」

「你想要我怎麼樣？」他那清晰、冷靜的聲音像是在談生意。

「我不知道！我怎麼會知道？我現在說的不是這個，不是說要幹什麼，只是在談感情。我是在乞求得到你的感情，亨利——只是你的感情——就算我們不配得到它。你是寬容而堅強的，能不能把過去一筆勾銷，亨利？能不能原諒我們？」

她眼裡的懼色的確是出自內心。一年前，他會對自己說這就是她悔過的方式；她的這些話對他來說完全空洞而沒有意義，只會讓他感到厭惡；就算他不明白，也會違心地把這些話往好的方面想；儘管他有不同的思維方式，他還是會順著她的思路，認為她是誠心誠意的。但現在，他只相信自己的想法。

「你能不能原諒我們？」

「媽，最好還是不要提這個，別逼我把理由說出來，我想，你和我一樣都很清楚。如果你想辦什麼事情的話，就告訴我好了，其他的免談。」

「我真是不懂你了！我真不懂！我叫你來就是請求你原諒我們的！你是不是打算拒絕回答這個問題呢？」

「那好，我的原諒究竟是什麼意思？」

「啊？」

「我是問，那究竟是什麼意思？」

她兩手一攤，做出一副顯而易見的驚訝的樣子：「這當然……會讓我們心裡好過些。」

「它能改變過去的一切嗎？」

「我們知道你已經原諒了，心裡就能好過些。」

「你是不是希望我假裝過去的一切從未發生過？」

「哦，天啊，亨利，難道你還不明白嗎？我們只是想知道……我們還能從你那裡感覺到一些關心。」

「我可沒這個感覺，你是希望我假裝有嗎？」

「我正是為這個才來求你——就是去感覺到它！」

「根據什麼？」

「根據？」

「用什麼做交換？」

「亨利，亨利，我們談的不是生意，不是鋼產量和銀行裡的數字，是感情——可你說起話來，就像一個商人。」

「我就是商人。」

他從她的眼睛裡看到的是恐懼——這恐懼不是因為絞盡腦汁，依然想不明白而產生的絕望，而是害怕自己被逼得再也無法迴避要去思考。

「哎，亨利，」菲利普急忙說道，「媽媽理解不了那些事情，我們不知道該怎樣去跟你說，我們無法像你那樣說話。」

「我不說你們那種話。」

「她想說的是我們很抱歉，我們對過去一直傷害你感到非常的抱歉。你認為我們沒有為此付出任何代價，但實際上我們是在受良心的譴責。」

菲利普臉上的痛苦是真真切切的。一年前，里爾登會感到憐憫，現在他知道，唯一能被他們用來對付他的，便是他不願意去傷害他們，他害怕他們會受苦。對此，他已經再也不害怕了。

「我們很抱歉，亨利，我們知道曾經傷害過你，但願能夠把過去的一切彌補回來，可我們又能怎麼樣呢？過去的已經過去，我們無法再來一遍。」

「我也沒辦法。」

「你能接受我們的悔過，」莉莉安小心翼翼地說道，「我現在已經不會從你身上得到任何東西了，我只是希望你知道，無論我做過什麼，都是因為我愛你。」

他轉過頭去，沒有回答。

「亨利！」他的母親叫道，「你究竟是怎麼了？怎麼會變成這個樣子？你看起來簡直一點人味都沒有了！我們明明說不出什麼來，你還一直逼著我們回答，還總是用道理來教訓我們——這年頭還有什麼道理可說？人們受苦的時候還有什麼道理可講？」

「我們沒辦法！」菲利普喊著。

「我們就全靠你了。」莉莉安說。

他們是在對著一張已經無法親近的面孔哀求，他們並不知道——他們的驚惶便是迴避現實的最後掙扎——他那冷酷無情的正義感，曾經是他們制服他的唯一手段，曾經讓他甘受一切懲罰，在疑惑中給了他們種種甜頭，可如今，它反擊了——這力量曾經使他寬容，現在卻使他毫不留情——他的正義感可以寬恕無心犯下的累累錯誤，卻不會原諒任何一個故意的邪惡舉動。

「亨利，難道你不明白我們嗎？」他的母親哀求道。

「我明白。」他靜靜地說。

她掉轉目光，迴避著他那雙清澈的眼睛：「難道你不關心我們的未來了嗎？」

「我不關心。」

「你還是人嗎？」她氣得尖叫了起來，「你還有一點愛心沒有？我是在儘量打動你的心，不是你的大腦！愛不是拿來爭論、分析和討價還價的！它是給予！是感受！噢，天啊，亨利，你在感受的時候難道不能不去思考嗎？」

「我從不這樣。」

過了一會兒，她又恢復了原先低沉的嗓音：「我們沒你那麼聰明和堅強，如果我們有什麼過錯的話，那是因為我們沒辦法。我們需要你，你是我們唯一的依靠——可我們連你都要失去了——我們很害怕。現在世道險惡，而且越來越糟糕，大家都嚇得要死，緊張而又茫然，不知道如何是好。如果你撇下我們，我們怎麼能應付得了？我們弱小無力，只能聽任正在到處肆虐的恐怖的擺佈。也許我們有過錯，也許我們不知不覺地讓它成了現實，可事已至此——我們現在沒辦法去阻止了。如果你拋棄我們的話，我們就完了。假如你放棄一切，走得無影無蹤，就像那些人——」

她並非聽見什麼才沉默了，而只是看見了他的眉毛微微一動，像是迅速地做了個記號。隨即，他們看到他笑了起來；這笑容的含意正是最讓他們害怕的。

「原來你們是擔心這個。」他緩緩說道。

「你不能走！」他的母親完全陷入了驚慌，大喊大叫起來，「你現在不能走！去年你本來是可以走的，可現在不行！今天不行！你不能逃跑，因為現在他們要對你的家人下手！他們會讓我們身無分文，會沒收所有的東西，會讓我們挨餓，會——」

「安靜點！」莉莉安叫道，她比其他人更善於讀懂里爾登臉上表現出的危險信號。

他臉上的笑容仍未消退。他們明白，他的眼睛裡已經不再有他們了，但他們無法弄懂他此時的笑容為什麼會帶著痛楚，並且幾乎充滿了渴望。他們也無從知道他的目光為什麼會越過房屋，向盡頭的那扇窗戶望去。

他的眼裡看到的是一張栩栩如生、在他的侮辱之下仍鎮定自若的面孔，他聽到的是一個曾經在這間房間裡對他說話的聲音：「我想警告你的是，這樣是違反寬恕之罪的。」你那個時候就懂得了這些，他想……然而，他心裡的這句話只想到一半，便融進了他那苦澀的笑容，因為他明白自己想要說：原來你當時已經懂得了這個道理——原諒我吧。

他瞧著他的家人，心想，這不就是嗎——這就是他們乞求寬恕的本意，這就是他們為什麼要理直氣壯地宣稱那些感情不需要理由——當人們說著不用思想就可以感受、寬恕凌駕於正義之上的時候，他們那殘酷的本質便暴露無遺了。

他們早就明白什麼才是可怕的；他們在他意識到之前，就認清並堵住了能夠拯救他的唯一出路；他們早就看出他在這個企業裡毫無希望，他的一切努力都是徒勞，會有想像不到的壓力把他摧垮；他們從理性、客觀和自我保護的角度看出，他唯一的選擇就是放棄一切、逃之夭夭——但他們還是想拖住他，讓他繼續待在會燒死他的火爐裡，讓他繼續容忍他們能夠憑藉著慈悲、寬容和為親人犧牲的名義，最後再吃他一口。

「媽，假如你還想聽我解釋，」他平靜地說，「假如你還認為我狠不下心來揭穿你們自欺欺人的想法，那麼你們所謂的寬恕就是：你們對傷害我感到後悔，而作為補償，你們卻要我徹底犧牲掉自己。」

「邏輯！」她嚷道，「又是你那套邏輯！我們需要的是同情，同情，不是邏輯！」

他站了起來。

「等等！別走！亨利，不要扔下我們！不要就這麼判了我們的死刑！我們再怎麼樣也還是人啊！我們想活著！」

「當然不——」他在沉默之中剛一開口，一個恐怖的念頭就湧了上來，「我認為你們是不想活了，否則的話，你們就應該知道怎樣對待我。」

彷彿是一個無聲無息的證明和回答，菲利普的臉上慢慢地想要擺出一副幸災樂禍的表情，但顯露出來的卻只是畏懼和惡毒。「你別想把工作一扔就跑掉，」菲利普說，「沒有錢你跑不了。」

這句話似乎正中要害；里爾登略微停了一停，忍不住一笑，「謝謝你了，菲利普。」他說。

「啊？」菲利普滿是疑惑，不安地一怔。

「凍結法令的目的原來如此，你們的那幫朋友怕的就是這個。我知道他們今天想要對我有所動作，但我不知道他們想用凍結令的辦法來阻止逃跑。」他難以置信地回頭看著他的母親，「原來這就是你一定要在今天，要趕在紐約的會議之前見我的原因。」

「媽媽不知道！」菲利普喊道，隨即發現說溜了嘴，就更大聲地叫嚷起來，「我不知道你在瞎說些什麼！我什麼都沒說！我沒那麼說！」此刻，他的畏懼似乎不再那麼令人費解，反倒是更實在了。

「別慌，你這隻不可救藥的寄生蟲，我不會跟他們說你已經把一切都告訴我了。如果你想要——」

他的話沒有說完；看著面前的這三個人，他的臉上忽然浮現出了笑容，那是一種厭倦、可憐、難以想像的噁心的感覺。他眼裡所看到的是瘋子在把戲結束時暴露出的矛盾、愚蠢和荒謬：為了留住他，華盛頓居然想利用這三個人來當人質。

「你是不是覺得自己很了不起？」這聲突如其來的喊叫是莉莉安發出來的；她早就跳了起來，將他出門的去路擋住；她的臉部扭曲著，在她聽到他的情婦名字的那天早晨，他也曾見到她的這副嘴臉。「你太了不起了！你太為自己感到驕傲了！好吧，我有話要對你說！」

看樣子，她似乎到現在才相信自己的計畫是真的落空了。看到她的表情，他彷彿感覺到斷開的電路終於因為補上了最後的一小段而暢通起來。在豁然明朗之中，他看清了她曾打過的如意算盤，以及她嫁給他的原因。

他心想，假如選擇了一個人作為另一個人永遠關注的中心和生活的焦點，那就是愛——這樣說來，她的確是愛過他；但對他而言，如果愛是對一個人本身和存在的祝福——那麼對憎恨自己和生命的人來說，只有對毀滅的追求才是愛的唯一形式與表達。莉莉安當初選擇了他，是因為他身上具備的最優秀的品質，是因為他的勇氣、他的信心和他的驕傲——她選擇了他，就如同人選擇了愛的目標一樣，是把他當做了生命力的象徵，但她的目標卻是要毀滅這個力量。

他的眼裡出現了他們第一次見面的情景：當時的他精力旺盛，壯志沖天，有非凡的野心與激情，在他取得的成功後，又被一下子甩進一堆自命不凡的灰燼之中。這樣一堆垃圾文化燃燒後留下的殘渣餘燼，自詡為知識精英，借助別人思想閃光之後的餘暉為生。然後只能用否定這些思想來標榜自己，把統治世界當做他們唯一的貪婪欲望——她這個投靠了那群精英的女人，搬來他們的陳詞濫調作為她對世人的回答，把低能奉為優越，將無知當做美德——他絲毫沒有覺察出他們懷著的仇恨，還天真地去譏笑他們是蹩腳的騙子——而在她看來，他卻是他們那個世界中的危險，是對他們的威脅、挑戰和譴責。

那股促使其他人去奴役整個王國的欲望，到了她這裡，就演變為要將他制服的野心。她打算把他摧毀——既然達不到他的高度，她可以通過毀滅它以達到超越，似乎衡量他的偉大的尺規也就可以用來將她衡量一番了，似乎——他想到這裡，打了個冷戰——似乎砸爛雕塑的破壞者要比建造雕塑的藝術家更偉大，似乎殺害兒童的兇手要比將生命帶到世界上來的母親還要偉大。

他想起了她奚落和嘲笑他的工作、他的工廠、他的合金、他的成功，他想起了她很想看到他喝醉的樣子，哪怕一次也好，想起了她企圖陷他於不義，他要是有了什麼風流韻事，她會感到多麼的滿足，而一旦發現那風流是他的夢寐以求而非自甘墮落時，她又是多麼的驚恐。她的進攻曾令他一直覺得摸不著頭腦，其實一直很清楚——她清楚人一旦失去價值，便只能任人擺佈，因此她要毀滅的就是他的自尊；她千方百計要敗壞的就是他純潔的情操，她想用愧疚的毒藥去動搖的就是他充滿信心的堅定——似乎他一旦倒下，他的墮落便可以讓她心安理得。

正如其他人編織出龐大的思想體系去毀滅一代又一代人的心智，或者建立獨裁統治去毀滅一個國家一樣，她和他們有著一樣的目的和動機，感受著同樣的滿足。作為女人，她手無寸鐵，因此她的目標便是去毀掉一個男人。

你的準則是生活的準則——他想起了他的那位不知下落的年輕老師的話——那麼他們的又是什麼呢？

「我有話要對你說！」莉莉安心虛地叫喊著，似乎指望這句話能像銅箍一般把人定住，「你是不是很得意啊？你認為你的名字太了不起了！里爾登鋼鐵，里爾登合金，里爾登太太！我不過就是如此，對不對？里爾登太太！亨利．里爾登太太！」此時，她已經是上氣不接下氣，話裡夾雜的笑聲也變得難以辨認。「好啊，我想你會樂意知道你的老婆已經被別的男人搞過了！我已經對你不忠了，你聽見沒有？我的出軌並不是和什麼了不起的高尚情人，而是和最下等的寄生蟲，詹姆斯．塔格特！那還是三個月前的事！在你離婚之前！當時我是你的老婆！當時我還是你的老婆！」

他像科學家在打量一件與自己毫不相干的東西那樣，站在那裡聽著。他心想：對於信奉沒有自我，沒有財產，沒有客觀事實，一個人的道德形象可以被別人的行為隨意踐踏的人們來說，這便是他們所鼓吹的相互依賴信條的最終覆滅。

「我已經對你不忠了！你這個一塵不染的清教徒，到底聽見沒有？我和吉姆上過床，你這個清廉潔白的大英雄！你聽見沒有？……聽見沒有？……你聽見……」

他的樣子彷彿是在看著一個從大街上走來、向他傾訴的陌生女人——他的神情彷彿是在說：幹嘛要跟我說這些呢？

她的聲音低了下去；他不知道人被毀掉後會是什麼樣子；可如今，他知道自己看到的便是毀掉了的莉莉安。他看到她的臉像是突然間失去了支撐一般，鬆軟無力地垂了下去，看到她的眼睛茫然地瞪著，然而卻在瞪向她的內心，那雙眼睛裡面的恐懼絕不是外界能夠帶來的。這並非是人發瘋時的表情，而是當內心意識到了徹底的失敗，同時又頭一回看清了她自己本質時的樣子——那是當一個人發現，她已經實現了自己鼓吹了多少年的信仰原來是虛無之後，才有的神情。

他轉身欲走，他的母親在門口拉住了他的手臂，將他攔住。她依舊是一臉惶然，用盡了最後一絲自欺欺人的掙扎，帶著陰沉和哭喪般責備的腔調喃喃道：「難道你就真的不能原諒了嗎？」

「沒錯，媽，」他回答說，「我不能。如果你今天是要我放棄一切跑掉的話，我還會原諒過去的一切。」

外面冷風陣陣，將他的外套緊緊地裹在他的身上，山腳下是遼闊而清新的田野，清冽的天色隨著黃昏的到來漸漸地黯淡了下去。天空中彷彿出現了兩個日落，火紅的太陽在西方映出一道平展凝靜的餘暉，而東方的那一片通紅的閃亮則是他工廠裡的火光。

開車奔向紐約時，他手裡的方向盤和飛速掠過的高速公路使他感受到了一種不同尋常的激勵。這是一種將極其精確的控制和鬆弛融為一體的感覺，一種擺脫了壓力、令人不可思議的青春的律動——他終於意識到，他年輕時就是這樣，並且希望能一直如此——他此時的感受像是一個簡單而令他吃驚的問題：還有什麼能比這更好呢？

接近紐約時，儘管城市的景色在遠望之下還略顯模糊，他卻感到特別的通透和清晰，這清晰並非來自視野中的景物，看透一切的力量彷彿是源於他本身。他注視著這座宏偉的城市，並未將目光局限在某些特定的地方。這城市不屬於歹徒、乞丐、被遺棄的人或者妓女，它是人類歷史上最偉大的工業成果，對他而言，這座城市真正的意義便是他內心的感受，它在他的眼中是摻雜了一絲個人因素的，那是一種敏銳的直覺、一種歸屬感，彷彿他在望著它的時候，正是生平的第一次——或是最後一次。

站在韋恩·福克蘭酒店套房外安靜的走廊上，他躊躇了許久，才抬起手去敲門：這是法蘭西斯可過去一直住的套房。

香菸的霧氣繚繞在客廳的空氣裡，在絲絨窗簾之間，在明亮考究的桌子周圍。房間裡陳設著名貴的傢俱，卻看不到任何個人物品，這使得奢華的房間裡充滿著一股廉價旅館裡才有的沉悶的氣息。他一進來，便從煙霧中站起了五個人：莫奇、洛森、詹姆斯、費雷斯博士，以及一個乾癟、懶散、像個蟑頭鼠目的網球運動員一樣的人，經過介紹，他知道那個人就是霍洛威。

「好吧，」里爾登打斷了人們的寒暄、笑臉、遞上來的飲料和對國家緊急形勢的議論，「你們想要怎麼樣？」

「我們是作為你的朋友來這裡的，里爾登先生，」霍洛威說道，「僅僅是作為你的朋友，就加強彼此合作的看法，隨便地談一談。」

「對你出色的才能，以及你對國家工業現存問題所提出的內行意見，我們非常希望能提供一些幫助。」洛森說。

「華盛頓需要的就是你這樣的人，」費雷斯博士說，「你根本就不應該被如此長期地閒置，國家的上層領導人很想聽聽你的看法。」

里爾登心想，讓人噁心的是他們所說的話只有一半是撒謊，他們在驚慌失措的腔調下所講的另一半則是不言而喻地想要使它聽起來像是出自真心。「你們想怎麼樣？」他問。

「自然是……聽你的了，里爾登先生，」莫奇說著，臉上裝出一副受驚的笑容；他的笑是假，而害怕是真。「我們……我們希望能從你對國家工業危機的意見裡得到些啟發。」

「我沒什麼可說的。」

「可是，里爾登先生，」費雷斯博士說，「我們只求有一個能跟你合作的機會。」

「我曾經公開地告訴過你們，我不在槍口下合作。」

「在這種時候，難道我們不能摒棄前嫌嗎？」洛森簡直是在哀求了。

「你是說槍嗎？那好啊。」

「啊？」

「是你們在舉著槍，你們要是可以的話，就把它丟了吧。」

「那……那只是一種說法罷了，」洛森眨著眼睛解釋道，「我是在打比方。」

「我可不是。」

「在眼前這種危急關頭，難道我們不能為了國家而站在一起嗎？」費雷斯博士說，「難道我們不能先把分歧拋在一邊嗎？我們願意盡我們的努力來接受你。如果你不同意我們的哪一項政策，我們可以簽署法令去——」

「還是省省吧，我來這裡不是為了幫你們假裝覺得我沒事，假裝覺得我們之間還有商量的餘地。現在來談正事。你們又要對鋼鐵業要新花招了，究竟是什麼？」

「其實呢，」莫奇說，「關於鋼鐵業，我們確實是想討論一個重要的問題，但是……但是你的這種說法，里爾登先生！」

「我們不是要對你耍什麼花招，」霍洛威說，「我們請你來，就是要和你商量的。」

「我來這裡是接受命令的，下命令吧。」

「可是，里爾登先生，我們不願意這樣去看，我們不想對你下命令，我們希望你能自願同意。」

里爾登一笑：「我就知道。」

「真的？」霍洛威迫不及待地說道，但里爾登臉上的笑又令他動搖了，「噢，那麼——」

「還有你，兄弟，」里爾登說道，「你知道你的計畫裡有著一個天大的漏洞。是你告訴我你打算在我眼底下搞什麼鬼——還是我現在就回去？」

「哦，別，里爾登先生！」洛森猛然瞧了一眼手錶，喊道，「你現在不能走！——我是說，你還沒聽我們要說的話呢。」

「那就說吧。」

他看見他們面面相覷。莫奇似乎不敢和他說話；莫奇的臉色陰沉，像是一道命令著其他人往前衝的信號；無論他們是否有資格決定鋼鐵業的命運，他們到這裡都是在為莫奇的講話充當著保鏢的角色。里爾登搞不懂詹姆斯怎麼會出現在這裡；詹姆斯一直悶聲不響地坐在那裡，沉著臉喝他的飲料，從不向他這裡看一眼。

「我們制定了一份計畫，」費雷斯博士強顏歡笑地說道，「這將解決鋼鐵業存在的問題，也完全會徵得你的同意：它既會給大眾帶來利益，同時也會保證你的利益和安全，在這樣一個——」

「用不著替我操心，還是說說具體的吧。」

「這項計畫是——」費雷斯博士說不下去了；他已經忘記了該怎樣去陳述事實。

「根據這項計畫，」莫奇說，「我們將允許企業上漲百分之五的鋼鐵價格。」他得意地停了停。

里爾登一言不發。

「當然，還是需要做些小調整的，」霍洛威像跳進空曠的網球場一樣，語調輕快地插進來，打破了沉默。「必須允許鐵礦石的生產商實行一定的價格上漲——哦，最多百分之三——這是鑑於他們之中的一些人，比如說明尼蘇達州的拉爾金吧，會遇到更大的困難，因為詹姆斯先生為了大家的利益而犧牲了他的明尼蘇達鐵路支線，所以他們不得不用成本更高的卡車去運礦石。當然，必須允許鐵路貨運運費的上漲——大概是百分之七吧——這是鑑於絕對需要——」

霍洛威停了下來，他就像是在玩旋風遊戲的人露出了腦袋一樣，突然發現沒有一個對手理他。

「但工資不會漲，」費雷斯博士急忙說道，「這項計畫中很關鍵的一點就是，儘管鋼鐵工人叫嚷得很兇，但我們不允許增加他們的工資。哪怕是大家都有怨氣和憤怒，我們還是希望能公平地對待你，並保障你的利益。」

「當然了，假如我們期望工人做出犧牲的話，」洛森說，「我們就必須讓他們看到管理者也在為國家做出犧牲。目前鋼鐵工人的情緒極端緊張，里爾登先生，到了一觸即發的危險邊緣，而且……而且為了保護你……」他停住了。

「說呀？」里爾登說，「保護我什麼？」

「免受可能出現的……暴力，有必要採取一些措施，這……吉姆，」——他突然轉向了詹姆斯——「你也是個企業家，要不還是由你來向里爾登先生解釋吧？」

「哦，必須要有人出來支持鐵路，」詹姆斯沒有看他，臉色陰沉地說著，「國家需要鐵路，必須要有人幫我們扛起這副擔子，如果我們不能增加運費的話——」

「不，不，不！」莫奇猛然喝道，「要向里爾登先生說的是鐵路聯合計畫的進展情況。」

「哦，這項計畫是完全成功的，」詹姆斯昏昏沉沉地說道，「只是還沒能徹底掌握住時間的因素，不過合併小組遲早有一天會控制住全國每一條鐵路的。我可以向你保證，這項計畫在其他行業裡也會取得同樣的成功。」

「毫無疑問，」里爾登說著便向莫奇轉過臉去，「你幹嘛要讓這個小丑耽誤我的時間？鐵路聯合計畫和我又有什麼關係？」

「里爾登先生，」莫奇欣喜若狂地喊著，「這就是我們要沿用的方法呀！我們叫你來就是為了要商量這個的！」

「商量什麼？」

「鋼鐵聯合計畫！」

彷彿是跳進水下屏住了呼吸一般，頓時出現了片刻的寂靜。里爾登坐在那裡看了他們一眼，似乎有一點興趣。

「鑑於鋼鐵行業正面臨著緊要關頭，」莫奇似乎不願意再去想里爾登的眼神為什麼讓他覺得不太自在，便一下子滔滔不絕起來，「而且因為鋼鐵是最關鍵、最重要的基本物資，是我們整個工業結構的基礎，必須採取非常措施，以保護國家的鋼鐵生產設施、設備和工廠。」儘管是用了公共演說的語調和激情，他講到這裡，便講不下去了，「抱著這個目的，我們的計畫是……」

「我們的計畫其實很簡單，」霍洛威想用他那歡快跳躍的聲音來證明他的話，「我們將取消對鋼鐵產量的所有限制，每家企業都可以開足馬力生產。但為了避免出現浪費和狗咬狗式競爭的危險，所有的企業都要把全部收入上繳到一個共同的金庫裡，我們稱之為鋼鐵聯合金庫，由一個特別理事會來管理。到年底，理事會用全國鋼鐵的總產量除以當時現有的平爐數量，得出一個平均產量，以此作為公平分配收入的依據——每家企業都會根據它的需要分得收入。因為對煉鋼爐的維護是最基本的需要，因此對每家企業的收入分配將以它擁有的鋼爐數量而定。」

他停頓下來，等了等，然後又說：「就是這樣，里爾登先生。」見他還是沒有回答，便說：「哦，還有很多細節需要整理，不過……不過大致就是如此。」

他們看到的反應完全出乎意料。里爾登把身體往椅子上一仰，雙眼凝視著空中，彷彿在看著一處並不遙遠的地方。隨即，他像是事不關己一般地調侃問道：「你們能不能告訴我，你們究竟是怎麼想的？」

他知道他們聽懂了他的話。他看見他們的臉上還是那副支吾逃避的老樣子，他曾經以為那是騙子騙人時的表情，但現在他明白那其實更惡劣：這是一個人昧著良心欺騙自己的表現。他們沒有回答，他們沉默的目的似乎並不是想使他忘記他們的提問，而是在想方設法地使他們自己忘記已經聽到的問題。

「這是一項行之有效的計畫！」詹姆斯出人意料地大叫了起來，他的聲音突然變得怒不可遏，「它行得通！它必須行得通！我們想讓它行得通！」

沒有人理他的話。

「里爾登先生……」霍洛威小心翼翼地說道。

「好啊，那我來算一算，」里爾登說，「伯伊勒的聯合鋼鐵公司有六十座平爐，其中三分之一閒置，剩下的平均日產三百噸鋼。我有二十座平爐，全負荷運轉，每座平爐日產里爾登合金七百五十噸。經過合併，我們就有了八十座平爐，日產量共計為兩萬七千噸，每座鋼爐的產量平均是三百三十七點五噸。我每天生產一萬五千噸，得到的卻是六千七百五十噸的報酬。伯伊勒每天生產一萬兩千噸，卻會得到兩萬零二百五十噸的報酬。先不用計算其他人，因為他們除了會把平均數拉下來，改變不了別的，他們大多數還不如伯伊勒，其中也沒有人的產量超過我。你們覺得我能在這種計畫裡撐多久？」

起初無人應聲，接著便是洛森突然不顧一切、理直氣壯地喊了起來：「在國家危難的關頭，為拯救國家而服務、吃苦和工作是你的責任！」

「我看不出讓我的錢流進伯伊勒的腰包就是在挽救國家。」

「你必須為了大眾的利益而做出一定的犧牲！」

「我看不出伯伊勒有哪一點比我更『大眾』。」

「哦，這問題根本就和伯伊勒先生無關！它牽扯到的不是某一個人。這件事關係到對諸如工廠之類的國家自然資源的保護，以及對國家工業整體的挽救。我們絕不允許像伯伊勒先生那樣大規模的企業倒台。國家需要它。」

「依我看，」里爾登慢悠悠地說，「國家需要我更甚於伯伊勒。」

「啊，當然啦！」洛森愣了一下，熱情地喊道，「國家需要你啊，里爾登先生！你能意識到這一點，對不對？」

「我能。」聽見里爾登那冰冷的商人般的口氣，洛森的那股由於發現了犧牲品而產生的激動便一下子消失了。

「這裡面涉及的不光是伯伊勒一個人，」霍洛威在一旁央求著，「目前，國家經濟再也經不起大折騰了。伯伊勒關係到成千上萬他手下的工人、供應商和客戶，一旦聯合鋼鐵公司破產，那些人該怎麼辦？」

「如果我破產的話，我手下成千上萬的工人、供應商和客戶們又該如何呢？」

「你里爾登先生破產？」霍洛威不相信地說，「目前，你可是全國最富有、最高枕無憂、實力最強的企業家啊！」

「那以後呢？」

「啊？」

「你覺得我這樣虧損生產的話，能堅持多久？」

「哦，里爾登先生，我對你是有充分信心的！」

「去你的信心！你倒是說說我如何才能堅持下來？」

「這你能對付！」

「怎麼對付？」

對方不說話了。

「當務之急是要避免出現全國性的崩潰，」莫奇嚷道，「我們不能去空談什麼未來！我們必須挽救國家的經濟！必須有所行動！」里爾登好奇而冷靜的目光令他冒失了起來，「要是覺得這個計畫不行，你能拿出更好的方案來嗎？」

「當然，」里爾登輕鬆地說道，「如果你們想要恢復生產的話，就別在這兒礙事，把你們那些法規都廢了，讓伯伊勒破產，讓我把聯合鋼鐵公司買下來──這樣，它六十座鋼爐裡的每一座日產量都能達到一千噸。」

「哦，可……可是我們不能這麼做！」莫奇倒吸了一口氣，「這麼做是壟斷！」

里爾登冷笑一聲，「好吧，」他不為所動地說道，「那就讓我工廠的主管把它買下來，他比伯伊勒可強多了。」

「哦，這樣就是在以強凌弱！我們不能這麼做！」

「那就別奢談什麼挽救國家的經濟了。」

「我們只是希望──」他哽住了。

「你們只是希望不依靠生產者也能生產出東西來，是這樣吧？」

「那……那只是理論，只是一種理論上的極端而已，我們只是希望有一個臨時性的調整。」

「你們已經臨時性調整了幾年了，難道就看不出來已經沒時間再這樣調整下去了嗎？」

「那只是理論……」他的聲音漸漸變小，乃至停了下來。

「其實是這樣的，」霍洛威謹慎地說道，「並不是伯伊勒先生……無能，伯伊勒先生是極其能幹的。只是他不走運，遭到了一些他控制不了的挫折而已。為了幫助南美的窮人，他在一個頗具公眾意義的專案上投入了大量的資金，他們那裡的銅礦崩潰對他的財務造成了重創。所以，這只是給他一個恢復的機會，用臨時性的援助幫他渡過難關，僅此而已。只要我們把犧牲平衡一下，大家的情況就都會好轉了。」

「你們搞這種犧牲的平衡，已經搞了一百……」——他停了停——「搞了幾千年，」里爾登不慌不忙地說，「難道就看不出這是死路一條？」

「那只是一種理論！」莫奇大聲說道。

里爾登一笑，「我清楚你們的所作所為，」他輕聲說道，「我想要弄明白的就是你們的理論。」

他知道這項計畫幕後的誘因是伯伊勒；他清楚這個錯綜複雜，依靠人際關係、威脅、施壓和敲詐去維持的機制的運轉方式——這體系猶如一台瘋狂累加的機器，隨時都會將累積的壓力胡亂地噴發出來——此時，在伯伊勒的壓力下，這些人開始去為他搶奪這最後的一塊戰利品。他也明白伯伊勒並非是這一體系形成的主要原因和關鍵，他只是在利用這架摧毀了世界的邪惡機器，但它的始作俑者並不是他和此時房間裡的這些人，他們和伯伊勒一樣，都是在搭乘著這趟無人駕駛的順風車，也都清楚這輛車即將在它最終墜入的深淵中撞毀——促使他們繼續沿著這條路走向滅亡的並非對伯伊勒的愛或恐懼，而是另有原因，他們心裡明白這無名的原因，卻總在刻意迴避它，它既不是什麼想法，也不是什麼希望，他只能從他們的神情中看出它的端倪，那副詭祕的表情是在說：我能夠安然無恙。為什麼？他心想，他們為什麼認為他們能逃過這場劫難呢？

「我們不能再紙上談兵了！」莫奇叫道，「我們必須行動！」

「那好，我給你另外一種方案。你乾脆把我的工廠收走，這豈不是很痛快？」

他們大吃一驚，感到了真正的恐懼。

「噢，不！」莫奇驚叫道。

「我們對此不予考慮！」霍洛威喊著。

「我們一向支持企業自由！」費雷斯博士叫道。

「我們不希望損害你！」洛森叫道，「我們是你的朋友啊，里爾登先生，難道我們就不能合作嗎？我們是你的朋友。」

房間的另一頭是一張桌子，上面放著一部電話，這些很可能就是房間裡原本固有的東西——突然間，里爾登好像看到一個人劇烈顫抖地向電話俯下身去的身影。在那個時候，那人便已經看透了他里爾登現在才開始意識到的一切，便已經和他此時拒絕這間房裡的新房客那樣，憤然回絕了同樣的要求——他的眼前又看見了那場衝突的結尾，看見一張痛苦不堪的臉昂然地迎向他，聽到了那個渴望的聲音一字一句地說著：「里爾登先生，我以我所愛的女人的名義……向你發誓……我是你的朋友。」

他就是把這樣的行為稱做了背叛，就是為了能繼續效力於他此刻面對著的這些人，而斷然回絕了那個人。那麼誰才是背叛呢？——他思考著；他在思考的時候幾乎沒有夾雜絲毫的感情，他也不認為應該帶有感情，他只能意識到自己是在肅然起敬。是誰使得現在這些人有了占據這個房間的條件？他讓誰做出了犧牲，又讓誰從中得利？

「里爾登先生！」洛森抱怨道，「怎麼了？」

他轉過頭來，看到洛森的眼睛正充滿了畏懼地注視著他，於是便猜出洛森從他的臉上發現了怎樣的一種神情。

「我們並不願意去占你的工廠！」莫奇喊道。

「我們不想剝奪你的財產！」費雷斯博士喊著，「你並不瞭解我們！」

「我已經開始瞭解了。」

他心想，要是在一年前，他們會槍斃了他；在兩年前，他們會沒收他的資產；在幾代人以前，他們這類人完全可以大肆殺戮，橫徵暴斂，可以在面對他們自己和被迫害的人的時候，放心大膽地把掠奪物質財富當成是他們唯一的目的。但他們的末日正一天天迫近，像他這樣被害的人消失的速度遠遠超出了有史以來的任何一種預想，現在這些掠奪者再也無法隱藏他們的目的，只能去面對現實。

「聽著，」他厭倦地說，「我知道你們想幹什麼。你們既想霸占我的工廠，又想靠它養活你們。我只想知道：你們憑什麼認為這是有可能的？」

「我不明白你怎麼這麼說，我們已經向你做出了種種的保證，我們認為你極其重要，無論是對國家，對鋼鐵行業，對——」

「我相信你們說的話，正因如此，這問題才更令人費解。你們認為我對國家極其重要？算了吧，你們是覺得我對你們的小命很重要吧。你們坐在那裡發抖，因為你們知道，現在只剩下我能救你們——你們知道末日就要到了。可你們卻提出了一個要將我毀滅的計畫，這計畫帶著白癡具有的粗鄙，制定得沒有任何漏洞，不留一點餘地，就是要逼我賠本工作——讓我生產的每一噸鋼都入不敷出——讓我眼睜睜地瞧著自己的財富一點點流盡，直到和你們一起餓死。沒有任何人或掠奪者會如此的喪心病狂，就是為你們自己——別說什麼是為了國家和我著想——你們一定在指望什麼。到底是什麼？」

他看到了他們閃躲的臉色，這表情很特別，看起來十分詭祕，卻又滿是厭惡，倒像是他在掩飾著什麼見不得人的祕密一樣。

「我不明白你為什麼對形勢如此悲觀。」莫奇陰沉地說。

「悲觀？難道你真認為我在你們的這個計畫中還能繼續生存下去嗎？」

「但這只是暫時的！」

「這世界上根本就沒有什麼暫時的自殺。」

「可這只是在緊急情況下的權宜之計，國家一旦復甦就不會這樣了。」

「你怎麼指望它會復甦？」

沒有回答。

「你怎麼指望我破產之後還能繼續生產？」

「你不會破產，你會一直生產下去，」費雷斯博士冷冷地說，他的口氣既不是讚許，也不是責備，完全像是在對另一個人陳述著這樣的事實：你會永遠貧困潦倒下去。「你對此無能為力，因為你生性如此。說得更準確一些：你已經習慣那樣了。」

里爾登挺直了身體：他似乎一直在苦苦地尋找著開鎖的密碼，聽到這些話，便隱約感覺到第一次發現了某種契合。

「這只是為了應付眼前的危機，」莫奇說，「好讓人們能緩口氣，得到一個整頓的機會。」

「然後呢？」

「然後情況就會改善了。」

「怎麼改善？」

沒有回答。

「是什麼能讓他們得到改善？」

沒有回答。

「是誰去改善他們？」

「行了，里爾登先生，人不可能只是站著不動啊！」霍洛威叫了起來，「他們會做事情，會成長，會前進！」

「你指的是誰？」

霍洛威把手胡亂一揮，「我說的就是人們啊。」他說。「什麼人？是那些把里爾登鋼鐵的最後一點都啃光也毫無表示的人嗎？是那些索取多於付出的人嗎？」

「情況會改變的。」

「靠誰改變？」

沒有回答。

「你們究竟還有什麼可搶的？如果說你們以前對這種政策的實質還看不清，現在就不可能還看不清了。你們好好看看周圍，全世界的國家都奄奄一息，只是因為靠著你們從這個國家榨出來的一點救濟才苟延殘喘。但是你們——你們在全世界已經找不出什麼地方還能擠出油水來，這裡是最大，也是最後的一塊地方，你們榨乾了它。多少傑出的人都一去不回，我只是他們之中剩下的最後一個。你們，以及被你們統治了的地球，一旦把我解決掉之後，你們還打算怎樣？你們還想要幹什麼？在你們眼前除了遍地的飢荒，還能有什麼？」

他們沒有做聲，沒有看他，臉上依舊充滿了憎恨，彷彿他說的話才是騙人的狡辯。

隨後，洛森半責備半諷刺地低聲說道：「不管怎麼樣，你們這些商人一直以來總是在預言災難，對每一項進步的措施，你們都叫喊著要大禍臨頭，說我們會滅亡——可我們並沒有。」他剛剛想笑一笑，卻突然碰到了里爾登嚴厲的目光，便又縮了回去。

里爾登的心中又是一動，這第二句話似乎觸動了他心中的機關。他把身體向前一探，問道：「你們在指望著什麼？」他的語調變得低沉，有一種像鑽頭般不斷下壓的渾厚力量。

「這只是為了能爭取到一些時間！」莫奇嚷道。

「已經沒有時間可爭取了。」

「我們只需要能有一次機會！」洛森叫著。

「已經沒有機會了。」

「只要能讓我們恢復過來就行！」霍洛威在喊。

「不可能恢復了。」

「只要等我們的措施產生效果！」費雷斯博士喊道。

「沒有理智的東西不可能生效。」眾人都啞口不言了。「現在還有什麼能挽救你們？」

「噢，你總會做點什麼事來！」詹姆斯叫了起來。

那時，這樣一句他平生已聽過無數遍的話，在他的心中卻猶如一聲震耳欲聾的巨響，彷彿一扇鐵門在最後輕輕的一拂之下轟然大開，最後的這一點終於使一切完整，將這把複雜的鎖開啟，將他一生中所有支離的碎片、疑問以及無法癒合的傷痛統統匯合到一起，給出了一個答案。

巨響過後，他似乎在沉寂之中聽見了法蘭西斯可在宴會廳裡輕聲向他發問時的聲音，那句問話也同樣出現在了此時此地：「這個房間裡，誰的罪過最深？」他聽到了他自己過去的回答：「我想——是詹姆斯？」然後便是法蘭西斯可那沒有責備的聲音：「不，里爾登先生，不是詹姆斯。」但就在這裡，在這個房間內，就在此刻，他的內心回答道，「是我。」

他不是曾經咒罵過那些瞎了眼的掠奪者嗎？正是他成全了他們。自從他在第一次勒索面前低頭，在第一個法令面前俯首，他就給了他們理由，使他們相信現實可以被歪曲，即使提出的要求再無理，也總會有人能想出辦法滿足他們。一旦他接受了機會平衡法案，接受了一〇－二八九號法令，聽任他的才能去受那些遠不如他的人的擺佈，默認了寄生蟲要攫取，他這樣的付出者卻應該受損，沒有腦子的人應該發號施令，而他卻要聽命於他們——那麼他們憑什麼還認為他們生活的世界是不合理的呢？是他讓這些成為可能。他們相信，他們要做的就是隨意地幻想——而他要做的就是將他們的幻想實現，至於他是怎麼做的，他們則不聞不問，他們這種想法難道不合邏輯嗎？他們這些無能的不可知論者，在極力逃避理性的責任的同時，發現他這個理性主義者可以被他們用來使喚。他們知道他給他們開出了一張可以隨意塗抹現實的空白支票——對此，他不應該去問為什麼——他們則不管這是怎樣做到的——他同意了他們索取他的部分財富，接著他們便索取他的全部財富，索取更多的、超出他的範圍的財富——這不可能？——錯了，他會想辦法去做什麼的！

不知不覺間，他已經站了起來，怒視著詹姆斯，從塔格特臉上那醜陋的一堆肉裡，他看到了導致他畢生所見的種種災難的原因。

「怎麼了，里爾登先生？我說什麼了嗎？」詹姆斯越加緊張起來——但他對詹姆斯的問話卻渾然不覺。浮現在他眼前的是過往的歲月、窮兇極惡的敲詐、無理的要求、邪惡勢力莫名其妙所占得的上風，在骯髒混亂的理論中誕生出的荒謬計畫和愚蠢目標，以及被殘害的人們在絕望和驚愕中，認為有某種惡毒的龐大力量正在將世界摧毀——所有的這一切都依賴著躲在勝利者們猜疑多變的眼睛後的那一個想法：他會想出辦法來的！……我們會脫險——他會讓我們脫險的——他會想辦法去做些什麼！……你們商人總是預言我們會滅亡，可我們沒有……的確如此，他想。他們並沒有看不清現實，是他沒有看清楚——他沒有認清自己一手造成的現實。不錯，他們沒有滅亡，那麼滅亡的又是誰呢？是誰的滅亡使得他們能這樣存活下來？是威特……達納格……是法蘭西斯可。

他伸手去拿他的帽子和大衣，這才發現房裡的人都想阻止他，他們一臉的驚慌，在錯愕中叫喊著：「這是怎麼了，里爾登先生？……為什麼？……究竟是為什麼呀？……我們究竟說什麼了？……別走啊！……你不能走！……現在還早呢！……先別走！噢，先別走！」

他彷彿從飛馳而去的後車窗裡看見了他們，彷彿車後的他們正徒勞地揮著手臂，聽不清他們嘴裡在叫著什麼，他們的身影和聲音漸漸地遠去了。

他走向門口的時候，他們之中的一個人企圖攔住他，他一把將那人推開，卻沒有使勁，只是像撩開礙事的窗簾那樣，手臂輕輕地一揮，便走了出去。

他手扶著方向盤，疾馳在通往費城的路上，只覺得周圍沉寂無聲。這沉寂來自他的心如止水，彷彿他知道他現在可以什麼都不想地好好歇歇了。他既不氣惱也不得意，什麼都感覺不到。這便如同他為了能極目遠眺而花費數年的功夫去爬一座山一樣：到達山頂之時，便一動不動地躺在地上，只想在遠眺之前先好好地休息，終於覺得能自由自在地放縱一下自己了。

他可以感覺到那條漫長而空曠的公路在迎面撲來，轉彎之後，便又筆直地出現在他的面前，他感覺得到他的手輕鬆地搭在方向盤上，感覺得到車輪拐彎時摩擦出的尖叫聲。然而，他覺得自己是在一條放棄不用的航道上飛馳，輾轉地駛入了一片蒼茫之中。

一路上的工廠、橋樑和發電站裡的過路人見到了一幅曾經是多麼和諧自然的情景：一輛漂亮、昂貴、馬力強勁的汽車被一個信心十足的人駕駛著，它所傳達出的成功理念比電子招牌的顯示更加響亮，彰顯出它的是這個駕車人的衣著，是他熟練的駕駛動作，是他全力以赴地前進的速度。這些過路人看著他駛過，消失在籠罩著大地的夜幕之中。

在夜空中，他看見他的工廠如同一片襯著火光的黑影呈現在眼前，那火光一如熔爐中的黃金般耀眼。在水晶般透明清冷的白色火焰照耀下，里爾登鋼鐵幾個大字高高地矗立在夜空中。

他望著被夜空映襯出的長長一排剪影，高大的鼓風爐像凱旋門一般拱立，林立的煙囪彷彿是在皇城裡威儀大道兩旁的肅穆的廊柱，天橋如花環般懸吊，起重機猶如持著槍敬禮的勇士，煙霧飄繞，如同漫捲的旗幟。眼前的景象打破了他內心的沉寂，他向它們露出了微笑，表示迎接，這是充滿愉快、熱愛和奉獻的笑容。他從沒像此時那樣愛他的工廠——在這樣一個透亮得沒有隱澀的現實裡，當他用自己的眼光，純粹依他的判斷和標準去看它們時——他看出了讓他去愛的理由：這些工廠是他智慧的結晶，是為了讓他去享受存在的美好；它建立在一個理性的世界上，為的是和理性的人們交往。如果這樣的人已經消失，如果這樣的世界已經不復存在，如果他的工廠不再依照他的價值觀——那麼這些工廠便只是一堆死去的廢物，只有讓它們儘快地倒塌才好——這不是一種背叛，而是忠於它們真實意義的舉動。

離工廠還有一英里的時候，他突然發現有一小團火焰竄了出來。從這一大片廠區裡各種各樣顏色的火光中，他看得出這是不正常和出事的徵兆：這團火光的黃色不純，而且是從大門入口處不該起火的一座建築裡冒出來的。

緊接著，他聽到一聲清脆的槍響，隨即又回應般地連響了三聲，彷彿是一隻手在憤怒地抽打著突如其來的攻擊者。

遠處的路上漸漸出現了一團黑糊糊的東西，它絕不只是來自夜的黑暗，也沒有隨著他的駛近而消散——那是一群聚集在門口企圖襲擊工廠的暴徒。

他看見，在那些揮舞的手臂之中，有的舉著木棒，有的拎著鐵棍，還有一些拿著長槍——門房的窗戶裡竄出了木頭著火後燃起的黃色火焰——暴徒群中的槍聲響起時閃出的藍光，以及來自屋頂上的回應——他看見一個人影抽搐著倒向後面，從車頂上栽了下去——他立即急轉車輪，拐入旁邊一條小路的黑暗之中。

他沿著坑窪不平的泥土路，以六十英里的高速衝向工廠的東門——剛看到大門，車輪便撞入一條水溝，汽車被撞離了路面，衝到了一條底部堆滿陳年廢礦渣的深溝邊上。他用胸口和手肘用力壓住方向盤，對抗著這個重達兩噸、高速疾馳中的鋼鐵之軀，用力扭轉身體，迫使汽車在尖利的嘶叫聲中轉了半圈，重新回到了路面，回到了他的雙手控制之下。這一切只是在一瞬間，然而在下一個瞬間，他的腳已經踩下了煞車，強迫汽車發動機停住：當他的車燈掃過山溝時，他發現了一個長條狀的東西，顏色比山坡上灰暗的雜草還要深，他似乎覺得那白色的一閃是一個人舞動著的求救的手臂。

他甩下外衣，便沿著溝坡衝了下去，腳下的土塊被踩得鬆動，他抓著一團團乾枯的草叢，半跑半滑地衝向那塊長長的黑影，此時他已辨認出那是一個人的身體。一團浮雲正緩緩地滑過月亮，他能看出一隻發白的手和一隻橫伸在草叢裡的手臂，但那身體卻一動不動地躺著，沒有任何活動的跡象。

「里爾登先生……」

這是一聲拚命叫喊出來的低呼，悲慘的聲音是在極力壓抑著痛苦的呻吟。

他心裡的預想和眼前的所見幾乎在同時讓他大吃一驚：這聲音很耳熟，一縷月光此時正穿透雲層，他在那張發白的橢圓形的臉旁跪倒，一下子認了出來：他正是那位「奶媽」。

他從小伙子緊緊抓住他的手上感覺到了非比尋常的痛苦，同時，他注意到那張臉露出了遭受著折磨的神情，還有他那乾涸的嘴唇，無力的眼神，以及一股黑黑的細流正從他左胸致命處的一個又小又暗的洞口流淌出來。

「里爾登先生……我想去阻止他們……想去救你……」

「孩子，你這是怎麼了？」

「他們開槍打了我，這樣我就不會說話了……我想要制止……」他的手朝著映紅夜空的火光抬了抬——「他們正在幹的事……實在太晚了，不過我已經盡力了……我盡力了……而且……我還能……能說話……聽著，他們——」

「你需要治療，還是先把你送到醫院去——」

「不！等等！我……我覺得我的時間已經不多了……而且我必須要告訴你……聽著，那個暴亂是根據華盛頓發出的命令做的……他們不是工人……不是你的工人……是那些新來的人……和好多從外面雇來的暴徒……他們說的話你一句都不要信……這是個陰謀……是他們那種卑鄙無恥的陰謀……」

小伙子的臉上浮現出無比的渴望和十字軍戰士一樣莊重的神情，他的聲音似乎從身體上破裂的傷口獲得了某種燃料，變得有了生氣——里爾登明白，他現在能夠給予他的最大幫助就是去聆聽。

「他們……他們準備好了一份鋼鐵聯合計畫……而且他們需要為它找個藉口……因為他們知道這個國家不會接受它……而且你也不會支援……他們害怕這一次所有的人都沒辦法承受……這個計畫其實就是要活剝人的皮，就是這麼回事……所以，他們想造成一個是你在壓榨工人的假象……然後工人急了，你就管不住了……這時，為了保障你和群眾的安全，政府必須介入……這就是他們的詭計，里爾登先生……」

里爾登注意到了小伙子劃破的雙手，他的手掌裡和衣服上滿是凝結的血污和泥土，膝蓋和腹部沾滿了塵土，上面掛著草刺。在明暗不定的月色下，他可以從亮晶晶的一片污漬中看出一條雜草被壓平的痕跡，從這裡一直延伸到了下面黝黝的黑暗裡。他不敢去想這個小伙子已經爬了多久和多遠。

「他們不想讓你今晚到這裡來，里爾登先生……他們不想讓你看見他們的『人民反抗』……事情一結束，你也知道他們會怎樣去銷毀證據……無法說清到底發生過什麼……他們想讓全國的人……還有你蒙在鼓裡……以為他們是在暴亂之中保護你……不要讓他們得逞，里爾登先生！……告訴全國的人……告訴新聞界……告訴他們我跟你說了……我可以對此發誓……這樣做就有法律效力，對吧？……對吧？……是不是就能讓你有個機會？」

里爾登用力握了握小伙子的手，說：「孩子，謝謝你。」

「我……我很抱歉來晚了一步，里爾登先生，但……但他們直到最後一分鐘才告訴我……直到他們馬上就要行動了……他們叫我去開一個……一個對策會議……在那裡有一個叫彼得的人……是從聯合理事會來的……他是霍洛威的一條走狗……而霍洛威又是伯伊勒的走狗……他們要我做的是……他們要我簽發很多通行證……放其中的一些暴徒進廠……這樣他們就可以裡應外合，同時動手……讓它看起來像是你的工人幹的……我沒答應簽發這些通行證。」

「你沒答應？他們不是已經讓你參與他們的行動了嗎？」

「當……當然了，里爾登先生……你認為我會參加他們這樣的行動嗎？」

「不，孩子，我想不會，只是——」

「什麼？」

「只是那樣的話你就保不住自己了。」

「但我只能那樣做！……總不能讓我去幫他們把工廠毀了吧？我要躲多久？要等到他們把你毀了嗎？……如果那樣的話，我留著這條命還有什麼用？……你……你是瞭解這些的，對不對，里爾登先生？」

「對，我理解。」

「我拒絕了他們……從辦公室裡跑了出去……我跑去找主管……想把一切都告訴他……可我找不到他

……然後我聽見了大門口的槍響，我知道是他們動手了……我想打電話到你家……可電話線被切斷了……我跑去開車，想去找你，找到員警或記者之類的人……但他們一定是在跟蹤著我……我就在停車場上……被他們打中了……他們是從背後開的槍……我只記得自己倒了下去……然後，等我再睜開眼的時候，他們已經把我扔到了這下面……就扔在了礦渣堆上……」

「在礦渣堆上？」里爾登緩緩地重複著，他知道，下面的那堆礦渣距離這裡有一百尺深。

小伙子點點頭，朝著黑乎乎的下面指了指，「嗯……就在底下……然後我……我就開始爬……往上爬……我想……我想撐到能把這些告訴某個人，讓他去告訴你，」他臉上疼痛的表情忽然舒展開來，變成了微笑；再接著往下講時，他的聲音聽起來像是獲得了他一生最大的勝利一樣，「我挺住了。」隨即，他用力抬起頭來，彷彿是一個在突然的發現面前驚訝不已的孩子，問道，「里爾登先生，這是不是就是……想得到一種東西……太想得到它……最後終於得到了的那種感覺？」

「是的，孩子，就是這樣的感覺，」小伙子的腦袋仰倒在里爾登的手臂裡，眼睛慢慢地閉上，嘴巴無力地張著，彷彿是要留住這一瞬間無比的滿足。「可是你不能就在這裡停止，你還沒走到底呢，你一定要撐到我把你送到醫生那裡——」他小心地把小伙子的身體抬了抬，但小伙子的臉上充滿了疼痛難忍的表情，嘴唇抽搐著，強忍著沒有叫出來——里爾登只好將他輕輕地放回地上。

小伙子搖搖頭，帶著幾乎是抱歉般的目光：「我不行了，里爾登先生……騙自己也沒用……我知道我不行了。」

隨後，在隱約之間他似乎要從自怨自艾中掙脫出來，便努力用他過去那種帶著嘲諷和機智的語調，說起了心裡熟記的一課：「這又有什麼關係，里爾登先生……人只不過是由一堆經過加工的化學物質湊起來的……人的死亡和動物……沒有任何區別。」

「你不至於相信這個吧。」

「對，」他輕輕地說道，「對，我想也是。」

他的眼睛茫然地環顧著無盡的黑暗，然後向里爾登的臉上靠近；那雙眼睛中充滿了無助、渴望和孩子般的迷惘，「我知道……他們教給我們的東西全是垃圾……他們說的每句話都是……所說的活著或者……或者死亡……死亡……對化學物質是無所謂的，可是——」他停了下來，只有從他降低的緊張聲音裡才能聽出他那不顧一切的反抗，「——可對我就不同了……而且……而且我想，對一隻動物來說也不一樣……然而他們卻說根本不存在什麼價值……存在的只是社會習俗……沒有價值！」他的手茫然地抓向他胸前的洞口，彷彿是要抓住他正在失去的東西，「沒有……價值……」

隨著他徹底的坦露，他的眼睛突然沉靜地睜大了一些，「我想活著，里爾登先生，上帝呀，我是多想活下去呀！」他的聲音激動中帶著平靜，「這不是因為我快死了……不是因為我今晚才發現活著的真正意義……而且……可笑的是……你知道我是什麼時候發現的嗎？……是在辦公室裡……是在我把自己交了出去……告訴那些混蛋，讓他們下地獄去的時候……我……我希望我能早點知道的事情實在是太多太多了……不過……算了，覆水難收，傷心又有什麼用。」他看到里爾登正情不自禁地望著下面被壓平的草痕，又說道，「傷心什麼都沒用了，里爾登先生。」

「聽著，孩子，」里爾登堅決地說，「我要你幫我個忙。」

「是現在嗎，里爾登先生？」

「對，現在。」

「當然，里爾登先生……只要我能辦到。」

「你今天晚上幫了我很大的忙，但我還想讓你幫一個更大的。你能從那個礦渣堆爬上來是相當不容易的，想不想試試更難的？你情願為了救我的工廠而死，能不能為了我堅持活下去？」

「為你，里爾登先生？」

「為我。因為是我在請求你，因為是我希望你這樣做，因為你和我還有更遠的路要一起攀登。」

「這……這對你來說有任何區別嗎，里爾登先生？」

「有。你能不能像在礦渣堆上那樣下定決心活下去，堅持活下去？你能不能為此努力？你想要為我而戰鬥，那你願不願意和我一起，把這當做我們第一場共同參與的戰鬥？」

他感覺到小伙子握緊了他的手；它傳遞出的是強烈而渴望的回應，然而那聲音卻只是輕輕的一句：「我會盡力，里爾登先生。」

「現在，你要幫我把你送到醫生那裡去。放鬆，慢一點，讓我把你抬起來。」

「好的，里爾登先生。」小伙子突然猛地一使勁，靠一隻手肘把自己撐了起來。

「誤點，湯尼。」

他發現小伙子看到他慣有的那種爽朗、豪邁的笑容後，臉上突然顫抖了一下，「不再叫我『從不絕對』啦？」

「不了，再也不了，你現在就是一個『絕對』，這你也知道。」

「是啊，我現在已經知道了好幾個，這是一個，」——他指了指胸口的傷——「這是個絕對吧？還有」——里爾登一邊從地上將他一點一點艱難地扶起來，一邊說著，好像他那劇烈顫抖的話對疼痛有麻醉作用似的——「假如華盛頓那些無恥的混蛋……在做出今晚這樣的事後還能……安然無恙的話……假如一切都成了假的……所有的真實都不見了……大家全都這樣的話……人就沒法活了……這就是一種絕對，是吧？」

「是啊，湯尼，這就是絕對。」

里爾登極其小心地緩緩站了起來；當他像抱嬰兒那樣慢慢地將小伙子的身體靠上自己的胸口時，只見小伙子的臉因為疼痛而抽搐著——然而，他在這陣抽搐之中又開始嬉皮笑臉起來，開口問道：「現在誰是『奶媽』了？」

「看樣子是我了。」

他為了減輕對這個脆弱的重荷的震動，不由得繃緊了身體，儘量以平穩的節奏，沿著鬆滑和無處下腳的土坡向上爬。

小伙子的腦袋猶豫不決地半垂在里爾登的肩頭，似乎有些不好意思。里爾登把腰一彎，在那滿是泥土的前額上親了一下。

小伙子猛地縮了回去，幾乎不敢相信地抬起頭來，覺得又氣又驚，「你這是幹什麼？」他喃喃地說著，彷彿不相信這親吻是給他的。

「把你的頭低下來，」里爾登說，「我再親一親。」

小伙子的腦袋垂了下去，里爾登吻著他的前額；彷彿是父親在對兒子的努力表示嘉許。

小伙子埋著臉，雙手抱住里爾登的肩膀，身體一動不動。接著，里爾登沒有聽到聲音，但從輕微不斷的有節奏的抽動中，察覺到了小伙子正在哭泣——他把自己無法用語言表達出來的一切，毫無保留地哭了出來。

里爾登繼續一步一步地慢慢向上爬著，面對腳下密佈的雜草、下滑的沙土、一塊塊的廢鐵和看似走不完的漫長距離，他在摸索中儘量踩穩腳步。他竭盡全力使自己的動作柔和而平緩，向著那道被工廠的火光映紅了的坡口前進。

他沒有聽見啜泣聲，但他能感覺出有規律的抽動，每抽動一次，透過他的襯衫，他感到那本來應該浸滿了眼淚的地方，有一股股溫暖的液體隨著抽動從傷口中湧出。他知道，小伙子現在只能從他夾緊的手臂中聽見和明白他的回答——他緊緊地抓住這顫抖的身體，彷彿他臂膀的力量能夠為它搏動漸弱的血管注入他的一部分活力。

隨著哭泣聲的止住，小伙子抬起了頭。他的臉龐顯得消瘦和蒼白了許多，但兩眼卻炯炯有神，他看著里爾登，拚命擠出說話的力氣。

「里爾登先生……我……我很喜歡你。」

「我知道。」

小伙子的臉上已經無力綻放出笑容，但這笑容在他的眼神之中，他看著里爾登，看著那個他在短暫的生命中沒有意識到那就是他一直在尋找的東西，他一直在尋找的卻又沒有意識到的價值的化身。

接著，他的頭又垂了下來，他的面孔並未抖動，只有嘴巴依然鬆弛地保持著安詳的樣子——但他的身體卻短暫地抽搐了幾下，彷彿是在發出最後一陣反抗的吼聲——里爾登沒有改變節奏，依舊緩緩地走著，儘管他明白這樣的小心謹慎已經沒有意義，因為此時，他雙手抱著的便是那個小伙子的老師所說的人的意義——一堆化學物質。

他繼續走著，彷彿對於這個在他的手臂中死去的年輕生命來說，這個過程便是他最後的致意和葬儀方式。他感到一股說不出的憤怒，讓他覺得難以抑制：這便是想要殺人的衝動。

這股衝動並不是衝著那個向小伙子開槍的不知名的兇手，也不是衝著那些雇用了兇手的掠奪成性的政客，讓他憤怒的是把這個小伙子手無寸鐵地推到了槍口下的老師們——是那些藏身在大學課堂裡的那些斯文的兇手，面對著理性的探求，他們是那樣的無能，卻津津有味地對那些託付到他們手上的稚嫩心靈大加摧殘。

他想，小伙子的母親在教他蹣跚學步的時候，曾經是多麼的戰戰兢兢和小心，在為他估量食物時，會做到精確得不差分毫，為了保護他幼弱的身體免受細菌的侵害，她對關於他飲食和健康方面的最新科學研究會狂熱般地迷信——然後，便送他到了那些教導著說他沒有思想，也根本不該去思考的人的門下，令他受盡折磨，精神錯亂。哪怕她餵他一點髒東西，他心想，哪怕她曾經在他的食品裡摻進些有害的物質，都不會造成如此惡毒和致命的後果。

他想到了所有的動物培養牠們的下一代的求生本領，貓教小貓們捕食，鳥不厭其煩地去教雛鳥飛行——而依靠智力生存的人不僅不教孩子思考，更送他去接受泯滅思想的教化，在他開始思考之前，說服他去相信思考是無用並且是罪惡的。

向孩子從頭至尾灌輸的都像是一連串的打擊，這使他生命和意識的動力癱瘓了。「別問這麼多問題，小孩子不應該嚷嚷個不停！」——「你想什麼？我說這樣就這樣！」——「別爭，聽話！」——「不用瞭解，相信就是了！」——「不要反抗，要去適應！」——「不准別出心裁，要合群！」——「不要掙扎，讓步就好！」——「你的心比智力更重要！」——「你知道什麼？你父母才是最清楚的！」——「你瞭解什麼？社會才是最瞭解的！」「你懂什麼？政治家們才最懂！」——「你憑什麼反對？一切價值都是相對的！」——「你憑什麼想要逃脫兇手的子彈？那只是一種個人的偏見罷了！」

他想，假如人們看到鳥媽媽拔去小鳥翅膀上的羽毛，然後把牠推出鳥巢，讓牠掙扎著求生時，一定會戰慄不已——然而他們對自己的孩子正是這麼做。

這孩子除了被灌了一腦子的荒唐話以外，便再無所長，被迫為了生存而掙扎。他曾在短暫而無望的努力下嘗試過跌跌撞撞的探索，曾經在憤怒和彷徨中大聲地抗議——然後，當他第一次企圖用折損的翅膀高飛上天時，便一命嗚呼了。

不過，曾經有過另外一類老師，他想，是他們培育了國家的棟樑；他想到那些母親們寧願下跪，也會去尋找和乞求像休·阿克斯頓這樣的人回來。

他幾乎沒去理睬放行的警衛，便走進了工廠的大門。他們看見他和他肩上背著的人時，不禁呆住了；他腳下不停，沒有去聽他們指著遠處的打鬥時所說的話；他繼續緩緩地朝著敞開的醫院大樓門口的燈光走去。

他跨進一間亮著燈的房間，這裡擠滿了人，浸血的繃帶隨處可見，空氣中瀰漫著消毒藥水的味道；他把背在肩上的「奶媽」放在一張長椅上，沒有向任何人解釋什麼，便頭也不回地出門而去。

他走向前門，朝著火光和槍聲響起的方向走去。他不時能看見幾條身影在警衛和工人的追趕下，從建築物之間竄過，或是一頭沉進黑暗的角落裡；他意外地發現他的工人們武裝很充分。他們看來已經制服了廠內的暴徒，現在只剩下被圍的前門還有待攻克。他看到一個笨拙的傢伙在一片手提燈面前倉皇逃竄，抓住一截吊在玻璃窗前的管子來回晃，像動物一樣將玻璃撞倒，還被玻璃的碎裂聲嚇得連蹦帶跳，直到三個彪形大漢撲了上去，把他抓了下來。

暴徒們彷彿斷了脊椎一般，對大門的圍攻似乎減弱了。他能聽見他們的尖叫聲從遠處傳來——但路上的槍聲已明顯稀落，守門人房間的火被撲滅了，在屋頂和窗戶旁邊，全副武裝的工人嚴陣以待。走近之後，他看到在大門上方的建築物屋頂上出現了一個人修長的身影，他兩手各執一槍，以一根煙囪做掩護，不斷地朝下面的暴徒射擊，他的射擊快速敏捷，似乎是同時射向兩個地方，就像一個保護著大門不受攻擊的哨兵。他那自信而嫻熟的動作，不用瞄準、信手甩去而彈無虛發的射擊姿勢，使他看起來簡直是一個西部傳奇般的英雄——里爾登帶著一種局外觀戰的愉悅看著他，彷彿這場工廠的戰鬥已經不再屬於他，但眼前的情景讓他欣慰地看到了人們在遠古時代與惡魔搏鬥時所表現出的能力和信心。

一束巡視的燈光在里爾登的臉上晃著，燈光掃過之後，他看見屋頂上的那個人似乎正探頭朝他這個方向望來。那人招了招，示意讓別人來接替他的位置，隨即便倏地不見了。

里爾登快步從前面的一小塊黑暗裡穿過——就在這時，他聽到旁邊的一條小路上傳來了一聲瘋狂的喊叫，「他在這兒呢！」旋即便發現兩個大漢朝他逼了上來。他看見的是一張內心空虛、不懷好意、獰笑著張著嘴巴的面孔，還有高舉在手裡的木棒——他聽到腳步聲從另一個方向朝這裡跑來，正在他回頭張望的時候，那根木棒便從身後向他的頭頂砸了下來——剎那間，他身子一晃，幾乎不敢相信這是真的，接著便覺得他自己倒了下去，又感覺到立刻被一條強壯而堅實的臂膀抓住，才沒有繼續往下栽倒，他聽到一聲槍聲在自己的耳畔炸響，隨即間不容髮地又是一槍，但他已滾翻在地，那槍聲聽起來是如此的遙遠。

當他再次睜開眼睛時，只有一種寧靜無比的感覺。他發現自己正躺在一個風格莊重而現代、他也很熟悉的房間裡的沙發上——他隨即意識到這是他的辦公室，站在他身邊的兩個人一位是工廠醫生，另一位是廠裡的主管。他感到頭部隱隱作痛，並且隨著他的清醒而加劇，同時發覺了頭上纏著的繃帶。那股寧靜感是因為他覺得自己徹底得到了解脫。

繃帶和辦公室這兩樣東西是無法同時被接受的——這不是人們生活中應該有的組合——這些已經不再是

他的戰鬥，也不再是他的工作，已和他徹底無關了。

「我想我應該會沒事的，醫生。」他說著，便抬起頭來。

「是啊，里爾登先生，真是萬幸。」醫生望著他，似乎仍無法相信里爾登居然會在他自己的工廠裡出這樣的事；醫生的聲音裡充滿著強烈的忠誠和義憤，「傷勢不重，只是破了頭皮，受了輕微的震盪。但你必須安心靜養。」

「我會的。」里爾登堅決地說。

「事情都過去了，」主管指了指窗外的工廠，說道，「我們已經把那群混蛋打得四處逃竄，你不必擔心，里爾登先生，都過去了。」

「是啊，」里爾登說，「大夫，你現在肯定有一堆事要忙了。」

「可不是嘛！我從沒想到會有今天這樣——」

「我明白，你去忙吧，我沒事。」

「好的，里爾登先生。」

「我會把這裡處理好，」在醫生匆匆出門時，主管說道，「一切照常，里爾登先生。不過，這是最卑鄙的——」

「我知道，」里爾登說，「是誰救了我？我倒下的時候有人把我抓住，同時在朝兇手開槍。」

「沒錯！是朝他們迎面開的槍，把他們的腦袋打爛了。他是我們新來的爐前領班，來了兩個月，是我手下的人裡最棒的一個。就是他識破了那幫臭小子的詭計，今天下午的時候提醒了我。他讓我儘量把自己的人都武裝起來。地方和州裡的警察一點忙都沒幫上，全都躲到一邊，用各種我聞所未聞的藉口來搪塞，這都是事先安排好的，那些暴徒根本沒想到會碰到任何武裝抵抗。是那個爐前領班——他叫法蘭克・亞當斯——組織了我們的抵抗，他指揮了整個戰鬥，站在屋頂上消滅了逼近大門的歹徒。他可真是個神槍手啊！我簡直難以想像他今晚救了我們多少條性命，那些混蛋可都是殺人不眨眼的，里爾登先生。」

「我想見見他。」

「他在外面等著呢，是他把你抬進來的，他說如果有可能的話，想和你談談。」

「讓他進來，然後你回去帶著大家把事情處理好。」

「還有什麼事情要做，里爾登先生？」

「沒了。」

他一個人靜靜地躺在他的辦公室裡，心裡清楚他的工廠已不復存在，這想法清晰得讓他連半點懊悔和幻想的痛苦都體會不到。從這最後的一幅畫面裡，他徹底看清了敵人的靈魂與本質：這就是那個拿著棒子、一臉內心空虛的兇手。讓他覺得恐怖的不是那張面孔本身，而是將這張面孔放到這個世界裡來的教授、哲學家、道學家和神祕主義者。

他感到格外的神清氣爽，這感覺來自他對這個世界的愛和驕傲，這世界屬於他，不屬於他們。正是這樣的情感激勵他走向了他的生活，這樣的情感是一些人年輕時雖有過，後來卻背叛了的，而他始終堅持，儘管它飽經摧殘和打擊，始終孤立無援，他依然把它當做生命之源，時刻在內心保留——他此時完全體會到了它真正的意義：那便是他感到了他自己以及他生命的崇高價值。他最終堅信，他的生命屬於他自己，絕不應該受邪惡勢力的制約，而且那種制約從來就沒必要。他明白他已完全從懼怕、痛苦和罪惡之中擺脫出來了，心頭一片明淨。

他心想，為了挽救像我這樣的人，的確是有復仇的力量存在，讓他們看看我現在的樣子，把他們的祕密都告訴我，讓他們來帶我走，讓他們——「進來！」聽到有人敲門，他大聲應道。

房門一開，他便呆住了。站在門口的那個人頭髮散亂，臉和手臂上滿是煤煙和高爐燻烤下的髒污，身上穿著烤焦的工作裝和血跡斑斑的襯衫，然而看起來，卻宛如身披斗篷，迎風而立的騎士。那人是法蘭西斯可·德安孔尼亞。

里爾登似乎覺得他腦子裡的意識飛出了他的身體，他的身體在驚愕之中無法動彈，而他的內心卻高聲地大笑著，在告訴他這是世界上最自然不過、最應該能想到的一件事了。

法蘭西斯可微笑著，彷彿是在夏日的清晨跟兒時的夥伴打招呼一般，彷彿除此以外，他們兩人之間不可能再有別的招呼方式——而里爾登發覺自己正含笑作答，雖然還是覺得有些不可相信，但他清楚地知道這才是對的。

「你已經痛苦掙扎了好幾個月，」法蘭西斯可走上前來對他說，「一直在想一旦能再見到我，應該說些什麼來求得我的原諒，以及是不是還能去請求我的原諒——可是現在你知道沒必要了吧，本來就用不著請求，也談不上原諒。」

「是啊，」里爾登驚訝地輕聲說道，但這句話尚未說完，他便知道這是他所能表達的最高的敬意了，「是啊，我知道。」

法蘭西斯可在他旁邊的沙發上坐下，緩緩地將手放在里爾登的額頭，這觸摸彷彿帶有癒合的奇效，能將過去的一切徹底地撫平。

「我只想告訴你一件事，」里爾登說，「我想讓你聽我親口告訴你：你遵守了自己的誓言，你的確是我的朋友。」

「我清楚你心裡是知道的，從一開始就知道，無論你怎麼想我做的事情，但你始終都知道這一點。你打我的耳光是因為你不能強迫自己去懷疑它。」

「那……」里爾登凝視著他，低聲說道，「那正是我沒有權利對你說的……沒有權利把這當做藉口……」

「難道你覺得我不明白這一點嗎？」

「我想找到你……我不配去找你……一直以來，你——」他指了指法蘭西斯可身上的衣服，手便無奈地垂了下來，閉上了眼睛。

「我是你的爐前領班呀，」法蘭西斯可笑著說，「我想你應該不會有意見，是你自己答應了我這份工作的。」

「你來這裡保護了我兩個月？」

「對。」

「你是自從——」他停住了。

「沒錯，你在紐約的上空看到我告別字樣的那天早晨，我就來這裡報到，作為你的爐前領班，上了第一班崗。」

「告訴我，」里爾登一字一句地緩緩說道，「在詹姆斯舉行婚禮的那天晚上，你說你是為了得到一個最大的收穫而來的……你指的是不是我？」

「當然了。」

法蘭西斯可像是在面對一項莊嚴的任務那樣，將身體挺直了一些，他臉上的表情誠懇，只有在他的眼睛裡才看得到笑容，「我有很多話想對你說，」他說道，「不過首先，你能不能把你曾經對我說過，但我……我當時還不能去接受的那個字再說一遍？」

里爾登微微一笑：「什麼字，法蘭西斯可？」

法蘭西斯可默許他直呼他的名字，低下頭回答說：「謝謝你，漢克。」接著，他抬起頭來，「我第一次來這裡的那天晚上，有些話想說卻沒有說完，現在我可以全部告訴你了，我覺得你已經準備好了。」

「是的。」

窗外，出爐的鋼水在夜空中閃亮。一片通紅的火光漸漸地映紅了辦公室的牆和空蕩的辦公桌，映紅了里爾登的臉龐，彷彿是在向他致敬和告別。

第七章 「我就是約翰・高爾特」

門鈴在一個人瘋狂的猛按下，像警報似的拖長了尖厲的聲音，催促一般地叫了起來。

達格妮從床上一躍而起，發現上午的陽光清冷而蒼白，遠處樓頂上的時鐘指向了十點。她在辦公室一直工作到凌晨四點，留言說中午之前不要找她。

打開門，發現面對著她的是一臉驚慌的詹姆斯。

「他走了！」他大聲嚷著。

「誰？」

「漢克．里爾登！他走了，辭職了，不見了，消失了！」

她抓著還沒完全繫好的睡袍腰帶，愣了一會兒；隨即，她彷彿徹底恢復了意識，狠狠地將帶子一勒，像是要把自己攔腰束為兩截，放聲大笑了起來，笑聲中充滿了勝利的喜悅。

他困惑地瞪著她，「你這是怎麼了？」他吃驚地喊道，「你難道不明白？」

「進來吧，吉姆，」她一邊說，一邊不屑地轉身向客廳走去，「我當然明白。」

「他不幹了！不見了！和其他人一樣不見了！把他的工廠、銀行帳戶、財產和一切都扔下不管，就這麼消失了！帶走的只有幾件衣服和他公寓保險櫃裡的東西——他們在他的臥室裡發現了櫃門大開、空空如也的保險櫃——僅此而已！連一句話、一張紙條、一點解釋都沒有留下！他們從華盛頓打電話給我，可這件新聞，我是指這件事情，已經滿城風雨了！他們沒辦法把它壓住！他們是想把它壓下來，可是……誰都不知道他走人的消息是怎麼洩露出去的，簡直就像爐子出事一樣傳遍了工廠，接著……還沒來得及採取任何措施，就又走掉了一大幫人！這裡面有主管、總冶煉師、總工程師、里爾登的祕書、甚至還包括了醫院的醫生！上帝才知道是不是還有其他更多的人也跑了！這群混蛋就這麼逃跑了！他們這一跑，我們苦心設計好的懲罰措施就白費了！他一走，其他的人也在走，那些工廠就全都停了！你明不明白這意味著什麼？」

「你明白嗎？」她問。

他對著她劈頭講著這件事的經過，似乎是想把她始終在臉上帶著的挖苦和得意的笑容打散掉；但他沒有成功。「一場全國性的災難！你怎麼搞的？難道不明白這是致命的打擊嗎？它會把國家最後的一點信心和經濟都整垮！我們不能讓他消失！你必須要把他弄回來！」

她的笑容不見了。

「你可以辦得到！」他叫道，「只有你才能辦到。他不是你的情人嗎？……行了，別擺出這副樣子來，現在沒功夫裝清高！要做的就是把他找回來！你肯定知道他在哪兒！你能找到他！你必須找到他，把他帶回來！」

她瞧著他，臉上的神情比剛才的嘲笑更令他難受——在她的注視下，他覺得像是渾身赤裸一般，一刻也難以忍受。「我不能帶他回來，」她的嗓門並沒有抬高，「就算我可以的話，也不會那樣做。現在你出去吧。」

「可是國家的災難——」

「出去。」

她沒有注意他的離去。她低著頭，垂著肩膀站在客廳中央，臉上露出了痛心、溫柔以及面對里爾登時才會露出的笑容。她不知道為什麼會因為他的解脫而高興，會堅信他應該那樣去做，但她自己卻拒絕接受同樣的解脫。她的內心迴盪著兩句話——其中一句是在歡呼：他自由了，他擺脫了他們的控制！另一句則像是虔誠的祈禱：成功的一線希望還在，不過，還是讓我獨自去遭受苦難吧……

在隨後的日子裡，她看著周圍的人們，心裡感到奇怪，經歷了這場變故，人們意識到里爾登這個人的重要性，達到了他以前的成就都不曾引發的強度，彷彿他們意識的通道只對災難開放，而不是對有價值的東西。一些人尖聲地咒罵他——其餘的則一臉惶恐地小聲議論著，彷彿一場無名大禍即將在他們身上降臨——有些人試圖拚命地逃避，裝成一切如常的樣子。

報紙猶如被人操縱的木偶，在同一時間氣勢洶洶地吼道：「過分看重里爾登的逃跑，以及像過去那樣相信某個人對社會的重要性，從而損害大眾的信心，這是對社會的背叛。」「散佈漢克．里爾登消失的謠言是對社會的背叛，里爾登先生並沒有失蹤，他和往常一樣在辦公室管理他的工廠，除了工人之間發生的小小糾紛，里爾登鋼鐵公司絕無問題。」「用不愛國的眼光來看待痛失漢克．里爾登這件事，這是對社會的背叛，里爾登先生沒有逃跑，而是在上班的途中於一場車禍之中喪生，他的家人心情沉痛，堅持以私人低調的方式舉行葬禮。」

她心想，對事件一味採取否認的辦法，彷彿一切都不再存在，也不再有事實，只是通過官員和專欄作者們瘋狂的否認來認清已被背棄的現實，這太奇怪了。「新澤西州米勒鋼鐵鑄造廠已經倒閉的說法不實。」「密西根州的簡森發動機廠停業的消息不實。」「宣稱鋼鐵製品的生產商由於鋼鐵短缺而紛紛垮台的消息是一個對抗社會的惡毒謊言，沒有理由表明鋼鐵會出現短缺。」「有關鋼鐵聯合計畫正在醞釀中，伯伊勒支持該計畫的謠言是毫無根據的惡意中傷。伯伊勒先生的律師已經起草了一份堅決否認的聲明，並且向媒體表示，伯伊勒先生現在完全反對這樣的計畫。目前，伯伊勒先生正處於緊張的崩潰之中。」

然而，在秋意蕭瑟、潮濕陰暗的傍晚的紐約街頭，還是能夠看出一些事態的端倪：一家出售五金零件的商店門口圍了一群人，店主大開店門，放人們進來隨意拿走店裡最後的一點存貨，而他則在狂笑中砸著店裡的鋼化玻璃窗；一群人聚在一所破敗的公寓門口，那裡停著一輛警方的救護車，一個人和他的妻子以及三個孩子的屍體，從滿是煤氣的房間裡抬了出來——那人生前是生產鋼鑄件的小業主。

假如他們現在才發現里爾登的價值——她想——為什麼他們沒有早一點知道呢？他們為什麼不去逃避自己遭到的厄運，也讓他免受多年來受到的冷漠折磨呢？她想不出答案。

在寂靜難眠的深夜裡，她想到此時的里爾登和自己正好調換了位置：他到了亞特蘭提斯，而她則被一面光幕擋在了外頭——或許他也像她當初對著他苦苦尋找的飛機呼喊那樣——他正在呼喚著她，然而，沒有任何信號能穿透那層光幕讓她聽見。

不過，在他消失一周後，那層光幕還是開了個小口，讓她收到了一封信。信封上沒有回信位址，只蓋著位於科羅拉多州的一個小地方的郵戳。信中寫了兩句話：

我見到他了。我不怪你。

H・R・

她長久呆坐著，凝視著那封信，彷彿無法動彈，也沒有感覺。她剛想到自己並不為所動，便發現她的雙肩正在不停地微微顫抖，隨即，她意識到，內心中排山倒海般的情感匯聚了她快樂的致意、感激和絕望——她為這兩個人的見面，以及見面給他們倆帶來的最終勝利而感到高興——為亞特蘭提斯的人們仍把她當做自己人，並破例讓她得到消息而感激——同時也絕望地感到一片蒼白，拚命不去想心裡想到的那個問題。高爾特是不是拋下了她？他是不是回到山谷裡，和他最了不起的戰利品見面去了？他還會回來嗎？他是不是已經對她灰心了？令她難以忍受的並不是這些問題都沒有答案，而是儘管這些答案都近在咫尺，她卻不能邁出揭開謎底的一步。

她沒有試圖找他。她每天早上一進辦公室的時候，心裡在想的不是這個房間，而是位於大廈地下的隧道——她在工作時，似乎大腦的邊緣是在計算資料，閱讀報告，在乏味和匆忙中做著各式各樣的決定，但她那靈動的內心卻像凍僵了一般，只是在冥思苦想著一句話：他就在這下面。她唯一想看的就是終點站工人的薪水名單，在那上面，她赫然看到了約翰・高爾特的名字，這名字已經在上面列了十二年之久。她在那名字旁邊看見了一個地址——這一個月來，她一直在努力忘掉它。

這一個月似乎很難撐下來——然而現在，看著這封信，高爾特已經離開的念頭卻讓她更難承受，甚至克制著不去接近他也成了和他的一種聯繫，一種要付出的代價，一個以他的名義取得的勝利。現在，除了有一個不能去問的問題外，已經什麼都沒有了。支撐著她挨過這些日子的動力，便是去想著他在隧道裡面——支撐她度過這個夏天的正是想到他在這座城市之中——這正如她聽說他的名字以前，一直認為他存在於世界的某個角落一樣——這念頭支撐著她度過了那些歲月。此時，她感到自己的這股動力也失去了。

她繼續堅持著，用一直保存在口袋裡的那枚亮閃閃的五元金幣，作為她最後的一絲能量。她繼續堅持著，保護她不受周圍傷害的便是她最後的一件武器：漠視一切。

報紙沒有提及開始席捲全國各地的暴亂——但她從列車長的報告裡看到了佈滿彈孔的車廂，拆掉的鐵軌，遭到攻擊的列車和被圍攻的火車站，從內布拉斯加到奧勒岡，從德州到蒙大拿——到處是徒勞無益的暴動，起因完全是因為絕望，而結局也只能是破壞。其中一些是當地人的結夥行動；還有一些則波及得更廣。有的地區盲目造反，地方官員被抓起來，華盛頓派來的要員遭到驅逐，稅務官員被殺害——隨後，他們便宣佈脫離國家，如同飲鴆止渴一般，幹起了極端罪惡、自我毀滅的勾當：他們搶奪一切可以搶奪的財物，大肆宣稱著一切共有，當把掠奪的物資消耗一光後，便反目成仇，在混亂中訴諸武力，結果不到一周就紛紛死於非命。華盛頓沒費什麼力氣，便在廢墟上重新建立了統治。

報紙對此隻字不提。編輯們依然在宣揚著自我否定是通向未來的前進道路，自我犧牲是道德的使命，真正的敵人是貪心，解決問題的方法則是仁愛——他們這種陳詞濫調簡直就像醫院裡的乙醚味道一樣令人作嘔。

儘管傳言已經在充滿猜疑和恐懼的私下裡傳得沸沸揚揚，但人們讀報紙的時候，還是做出一副對報紙深信不疑的樣子，人人都在裝聾作啞，故意對知道的事情裝糊塗，寧願相信那些莫名的恐慌其實並不存在。這如同火山已經裂開了口子，而火山腳下的人們卻無視突然出現的裂口、冒出的黑煙和滾燙的細流，還在相信只有承認那些真實的警告才是唯一的危險。

「十一月二十二日，請收聽湯普森先生就全球危機發表的談話。」

這是第一次對那些未被公開的事情進行公佈。這項通知提前一周就公佈了，傳遍了全國：「湯普森先生將要就全球的危機情況向人們發表演講！十一月二十二日晚八點，在每一個廣播和電視頻道中收聽湯普森先生的演講！」

一開始，報紙的頭版內容和收音機裡傳出的叫喊聲，已經把這件事說得很明白了：「為了對全民的敵人散佈的恐懼和謠言進行反擊，湯普森先生將在十一月二十二日發表對全國的演講，就處於目前全球危機下的嚴峻世界形勢向我們做出充分的闡述。湯普森先生將終結那些試圖陷我們於恐怖和絕望之中的兇惡勢力，他將給世界的黑暗帶來光明，為我們指出擺脫悲慘困境的道路——目前的困境使這條道路異常艱難，但這是一條重現光明的勝利之路。湯普森先生的講話將在本國的所有廣播電台播出，全世界的各個角落，只要能接收到無線電波，也將可以聽到。」

在接下來的每一天裡，宣傳的聲浪日漸升高，「來聽湯普森先生十一月二十二日的演講吧！」報紙頭版每天都登出這樣的標題。「別忘了收聽十一月二十二日湯普森先生的演講！」廣播電台在播出的每一個節目之後都要喊上一句。「湯普森先生將告訴你真相！」這樣的字句在地鐵和公車上的海報中出現——隨後便張貼在建築物的牆上——再後來就出現在已是荒漠一般的高速公路旁邊的廣告看板上。

「不要灰心！來聽湯普森先生的演講吧！」政府的小汽車插上了寫有如此字樣的小旗。「不要放棄！來聽湯普森先生的演講吧！」教堂裡響起了這樣的聲音。「湯普森先生將給你答案！」軍隊的飛機橫空掠過，在空中拚寫出如此這般的字跡。整句話寫完後，留在天空中尚可辨認的已經只剩了最後的那兩個字。

紐約城內的各處廣場為了這一天的演講架起了高音喇叭，伴隨著遠處的鐘聲，每隔一小時就開始刺耳地大叫，在萎靡無力的車流和困頓的人群頭頂上響起一個猶如警報般巨大無比的、機械的喊聲：「十一月二十二日，請聽湯普森先生就全球危機發表的演講！」——這聲叫喊從冰冷的空氣中滾過，在霧氣瀰漫的屋頂中，和那塊不再顯示日期的空白日曆牌下悄然沉沒。

十一月二十二日下午，詹姆斯告訴達格妮，湯普森先生想在演講前和她見面。

「去華盛頓？」她瞧了一眼手錶，簡直無法相信。

「唉，看來我得說你是沒有好好看報紙，要不然就是對重大新聞不夠關注。你還不知道湯普森先生要在紐約發表演講嗎？他已經到了這裡，和企業界、工會、科技、專業人士以及全國各界最優秀的領袖人物進行商談。他要我帶你去參加會議。」

「會議是在什麼地方？」

「在播音大廳。」

「他們不會希望我在廣播裡表態支持他們的政策吧？」

「別操心了，他們根本不會讓你靠近麥克風的！他們只是想聽聽你的意見，這你可不能拒絕，特別是在全國緊急的情況下，而且這可是湯普森先生親自發出的邀請！」他迴避著她的目光，不耐煩地說著。

「會議幾點開？」

「七點三十分。」

「一個關於全國緊急狀況的會議就用這麼點時間？」

「湯普森先生事務繁忙，現在請你不要爭，不要出難題，我不明白你要——」

「好吧，」她無所謂地說道，「我會來的，」緊接著，她突然覺得參加這樣一個群魔環伺的會議，而沒有別人在旁作證實在太冒險，便又說了一句，「但我要帶艾迪去。」

他皺起眉頭想了想，神情中更多的是厭煩，而非擔心，「好啦，行啊，就隨你吧。」他聳聳肩，不耐煩地嚷嚷道。

來到播音廳的她一邊是形如警察的詹姆斯，另一邊是保鏢一般的艾迪。吉姆帶著一臉憎恨和緊張的臉色，艾迪的表情則是無可奈何，但還是帶著點茫然和好奇。在寬大而黯淡的場地一角搭起了一座用厚紙板做成的台子，依然固守著一種介於首腦級會客廳和簡樸書房之間的傳統佈局。一排空空的椅子環繞在台前擺開，佈置得像是要拍全家福照片，裝有麥克風的拉桿誘餌一般地向座椅的上方垂下。

來自全國的精英領袖人物們侷促不安地三五成群站在一旁，臉上的神情如同是在破產的店裡拋賣存貨：她從人群當中看見了莫奇、洛森、莫里森、霍洛威、費雷斯博士、普利切特博士、愛瑪·查莫斯、弗瑞德·基南，以及混在幾個舉止猥瑣的商人中間，來自信號和聯合轉換器生產工廠的莫文先生的那張驚恐不定、帶著媚笑的面孔，他居然也想成為一名企業家的代表。

但當她發現人群中的史塔德勒博士時，不禁頓然吃了一驚。讓她沒有想到的是，不過短短一年的光景，這張面孔竟然變得如此蒼老：他那種用不完的精力和孩子般躍躍欲試的勁已蕩然無存，留在臉上的只有輕蔑而悽楚的皺紋。他遠離眾人，獨自站在一邊，她進來的時候，發現了他一見到她時的表情；他像是置身青樓，本已就此認命，卻驀然被妻子當場抓住了一樣：那是一股正漸漸變成仇視的愧疚之情。隨後，她便發現身為科學家的史塔德勒像沒看見她似的把頭轉開——彷彿他只要不去看，就可以將存在的事實抹得一乾二淨。

湯普森先生在人群中走來走去，不時和身旁的人談笑風生，舉手投足間完全是一副對肩負著演講的使命感到欣然自得、躊躇滿志的神情。他手裡捏著一疊打好的稿紙，看起來像是馬上要丟掉的一綑舊衣服。詹姆斯從一旁閃過來迎住他，忐忑不安地高聲說道：「湯普森先生，請容我介紹一下，這位是我的妹妹，達格妮·塔格特小姐。」

「塔格特小姐，你能來真是太好了，」湯普森先生握著她的手，彷彿她是他家鄉的一位素昧平生的選民一樣；然後，他便快步走開了。

「開不開會啊，吉姆？」她瞧著掛鐘，問道。巨大的白色鐘盤上，黑色的指針正像一把高舉著的利刃，向八點的位置逼近。

「我有什麼辦法！這裡又不是我說了算！」他不耐煩地說。

艾迪儘量耐住性子，吃驚地看了看她，同時緊緊地靠在了她的身旁。

收音機裡是另一個正播放著的軍隊進行曲的電台，這聲音幾乎被人們緊張不安的說話聲、匆忙雜亂的腳步聲，以及被拉出來對準會廳台子的儀器的吱嘎作響的聲音所淹沒。

「請於八點收聽湯普森先生就全球危機發表的演講！」收音機裡傳出了一個播音員氣勢洶洶的叫喊——此時，錶針指向了七點四十五分。

「大家都坐上來，都坐上來吧！」湯普森先生大聲招呼著，收音機裡又響起了另一支進行曲的聲音。直到七點五十分，看來像是這次會議組織者的士氣協調員莫里森，把手裡的指揮棒一般的紙筒朝著打好光的座椅處一揮，叫道：「好啦，諸位，好啦，大家就座吧！」

湯普森先生如同是在地鐵裡搶著占空座位，砰地一聲坐在了正中央的椅子裡。

莫里森的助手們引導人群向明亮的光圈裡挪去。

「一個幸福的家庭，」莫里森解釋著，「全國人民必須看到我們像一個團結、幸福的大——這東西怎麼搞的？」收音機裡的音樂在半途中戛然而止，留下了一股怪異的沙沙靜默聲。此時是七點五十一分，他聳了聳肩，繼續說下去：「一個幸福的大家庭。先給湯普森先生來個特寫。」

攝影師們朝著一臉不耐煩的湯普森先生按了相機，而鐘錶的指標則繼續向前移動了幾分鐘。

「湯普森先生要坐在科技和工業界的代表中間！」莫里森宣佈道，「史塔德勒博士，請在湯普森先生左邊的座位就座。請塔格特小姐到這裡，坐在湯普森先生的右邊。」

史塔德勒博士聽話地過去入座了。她原地不動。

「這不僅僅是做給記者看，更是為了全國的觀眾啊。」莫里森帶著勸誘的口氣解釋道。

她朝前跨了一步，鎮定自若地對著湯普森先生說：「我不參加這個活動。」

「你不參加？」他像是發現擺設的花瓶突然不聽使喚一樣，感到疑惑不解。

「達格妮，求求你了！」詹姆斯惶恐地叫著。

「她這是怎麼回事？」湯普森先生問。

「塔格特小姐，你這是為什麼呀？」莫里森喊叫道。

「你們心裡都很清楚，」她朝身旁的眾人說道，「你們應該知道再勸也是白費功夫。」

「塔格特小姐！」就在她轉身要走的時候，莫里森吼了起來，「這是國家緊急——」

一個人急匆匆地跑向湯普森先生，見此情景，她停住了腳步，其他人也不再言語——來人臉上的表情讓這群人突然變得鴉雀無聲。此人是電台的總工程師，奇怪的是，儘管他還有能力駕馭所剩不多的一點權力，但臉上的神色卻是異常恐怖。

「湯普森先生，」他說，「我們……我們的播出恐怕要延後了。」

「什麼？」湯普森先生叫了起來。

鐘錶的指標此時走到了七點五十八分。

「我們正在全力修復，湯普森先生，正在查原因……不過也許無法準時了，而且——」

「你到底是在說什麼？出什麼事了？」

「我們是在查……」

「出什麼事了？」

「我不知道！不過……我們……我們沒辦法廣播了，湯普森先生。」

一陣沉寂之後，湯普森先生語氣格外低沉地問：「你是不是瘋了？」

「我也覺得自己真的發瘋了，要是那樣反而好了。我搞不清楚是怎麼回事，電台徹底癱瘓了。」

「機械故障了？」湯普森先生頓時暴跳如雷，「你這個該死的傢伙，居然在這種時候故障？你要是就這樣管理電台的話——」

總工程師緩緩地搖著頭，那樣子像是大人唯恐把小孩嚇壞似的，「不是這個電台的問題，湯普森先生，」他輕聲說道，「根據我們能查到的，全國每一家電台的情況都是如此，而且不論這裡還是別處，都沒有出現機械故障。設備的情況良好，他們也都是這麼說的，可是……可是所有的廣播電台都在七點五十一分中斷了播音，而且……而且沒人查得出原因。」

「但是——」湯普森先生開口嚷道，然後停下來環顧了一下周圍，便歇斯底里地叫了起來，「今晚不行！不允許你在今晚出這種事！你必須讓我完成演講！」

「湯普森先生，」那人緩緩地說道，「我們打了電話給國家科學院的電子研究室，他們……他們從未見過這樣的事情。他們說這也許是一種自然現象，是宇宙出現了前所未有的某種紊亂，只是——」

「怎樣？」

「只是，他們認為這不可能，我們也覺得不可能。他們說，這看起來像是無線電波，但它用的卻是一種從未產生過，從未在任何地方觀測到，也一向不為人知的波頻。」

他這番話沒有得到任何迴響。他停了停，繼續說下去，聲音卻出奇的嚴肅：「它看起來就像是在空中立起了一面無線電波的波牆，我們無法穿透它，它摸不著，也打不破……更糟糕的是，根據我們現有的方法，根本無法確定它的來源……我們目前所掌握的發射裝置與發射這股電波的裝置相比，簡直……簡直就是小孩的玩具！」

「這絕對不可能！」從湯普森先生的背後發出了一聲叫喊，人們被這極其恐怖的聲音嚇了一跳，紛紛回頭尋聲望去；喊話的人是史塔德勒博士。「根本就沒有這種東西！世界上沒人能造出這樣的東西來！」

總工程師無奈地兩手一攤，「沒錯，史塔德勒博士，」他已無心爭論，「這是不可能的，不應該是可能的，但是，這確實明擺在那裡。」

「還是想想辦法吧！」湯普森先生衝著眾人喊道。

人們一聲不吭，一動不動。

「我絕不允許這樣！」湯普森先生叫著，「我絕不允許這樣！偏偏就在今天晚上！我必須要講話！想點辦法呀！無論如何要解決這個問題！我命令你們把它解決掉！」

總工程師望著他，一臉茫然。

「因為這件事，我會開除很多人！我要把全國的電氣工程師統統開除！要以妨害、逃跑和背叛的罪名對整個行業進行審判！聽見了沒有？現在還不趕緊行動，你們這些該死的，倒是給我動一動啊！」

總工程師無動於衷地看著他，彷彿言語已經再也無法傳達出任何的意義。

「難道連一個服從命令的人都沒有了嗎？」湯普森先生叫喊著，「難道連一個有腦子的人都找不出來了嗎？」

指針指向了八點整。

「各位女士們，先生們，」一個聲音從收音機裡傳了出來——這是一個男人清晰、平靜、堅定的聲音，是那種已經在廣播裡多年未見的聲音——「湯普森先生今晚不會和你們講話，他的時間已到，現在由我來接管。既然你們打算聽一聽全球危機的情況，那麼下面就說一說這個話題。」

伴隨著這聲音出現的是三個人發出的驚呼，但在已經亂成一團的人群裡是沒有人會注意到的。其中的一個是得勝般的驚呼，另一個是害怕，還有一個則是迷惑。有三個人辨認出了說話者的聲音，他們便是達格妮、史塔德勒博士以及艾迪。沒有人去注意艾迪；但達格妮和史塔德勒博士卻彼此對看了一眼。她看到的是他那張被駭人至極的恐怖扭曲了的面孔；從她注視著他的目光裡，他知道她明白了他的內心，她的神情像是看到演講者打了他的耳光。

「十二年來，你們一直在問：約翰・高爾特是誰？我就是約翰・高爾特。我就是那個熱愛自己的生命，從不犧牲自己的愛和價值觀的人，我就是那個讓你們免受迫害，並因此摧毀了你們的世界的人，假如你們這些懼怕真相的人想知道自己為什麼正走向滅亡——那麼現在我就來告訴你們。」

總工程師是唯一手腳還聽使喚的人；他跑到一台電視機旁，拚命地扭動著上面的旋鈕。但銀幕上依舊是一片空白；演講者有意隱藏自己的本來面目，只有他的聲音通過電波傳遍了全國——乃至世界，總工程師心中想道——聽起來，他如同就在這間房間裡演講一樣，不是講給人群，而只是面對著一個聽眾；他的語氣不是在做大眾演說，倒彷彿是在和一個心靈娓娓交談。

「你們總是聽人說這是一個道德危機的年代，你們自己也在恐懼中說過這樣的話，同時還指望這句話不會有任何意義。你們叫喊著說人的罪惡正將世界摧毀，並且因為人的天性不願實踐你們所謂的美德而詛咒他們。因為你們眼中的美德就意味著犧牲，你們就在一次接一次出現的災難當中，變本加厲地去要求更大的犧牲。藉著恢復道德的名義，你們已經把自以為導致了你們的困境的邪惡都犧牲掉了。你們已經為了仁慈犧牲了正義，為了整體犧牲了個人，為了信仰犧牲了理智，為了索取犧牲了財富，為了自我否定犧牲了自尊，為了責任犧牲了幸福。」

「你們已經消滅了你們認為的邪惡，得到了你們認為的美德。既然如此，看到周圍的一切你們為什麼還要害怕地縮成一團？這一切可不是你們罪惡的產物，那是你們美德的傑作和化身，是你們的道德理想最完美和最終的實現。你們為它做出了奮鬥，為它朝思暮想，而我呢——正是我才讓你們得遂心願。」

「你們的理想有一個死敵，在你們的道德準則中，它是要被消滅的。我已經除掉了那個敵人，把它從你們的道路上搬開，讓它和你們徹底遠離。我把你們正在為之犧牲的那些罪惡根源一個接一個地剷除掉，讓你們可以停下戰鬥。我熄滅了你們的發動機，讓你們的世界裡不再有人的思想。」

「你們不是說人不需要靠心智生活嗎？我把那些有心智的人都撤走了。你們不是說心智脆弱無力嗎？我把那些不脆弱的心智都撤走了。你們不是說還有比心智更珍貴的東西嗎？我把那些不這麼想的人都撤走了。」

「在你們把崇尚正義、獨立、理性、財富，以及自尊的人們拖向犧牲的祭壇時——我比你們先行一步找到了他們。我把你們的這套把戲和你們道德準則的本質告訴了他們，他們卻還總是無知地不願相信。我讓他們看到了還可以用另外一種道德去生活——那就是我的道德。他們選擇了我的道德。」

「所有消失了的人們，那些你們既痛恨又不敢失去的人們，都是我把他們從你們身邊帶走的。不要妄想去找我們，我們沒打算讓你們找到。不要喊什麼我們有職責為你們效勞，我們不承認這樣的職責。不要喊什麼你們需要我們，我們不認為需要就有權利得到。不要喊什麼你們擁有我們，你們並不擁有。不要乞求我們回來，我們這些有心智的人罷工了。」

「我們罷工反抗的是自我犧牲。我們罷工反抗的是不勞而獲、盡職無功的宗旨。我們罷工反抗的是把追求個人的幸福視為罪惡的教條。我們罷工反抗的是人生而有罪的主張。」

「我們的罷工與你們幾百年來所一直進行的所有罷工有一個區別：我們的罷工不是在提要求，而是在滿足要求。你們的道德觀認為我們是邪惡，那我們就決定再也不去傷害你們。你們的經濟學說認為我們無用，那我們就決定再也不去剝削你們。你們的政治認為我們很危險，需要嚴加束縛，那我們就決定不再威脅你們，也不再接受任何的束縛。你們的哲學認為我們只是一種假象，那我們就決定不再蒙蔽你們，讓你們去自由地面對現實——面對你們想要的現實，這就是你們現在所見到的沒有心智的世界。」

「我們給了你們所要求的一切。我們這些總是在給予的人，現在才如夢方醒。我們對你們毫無要求，絕非是在討價還價，更沒想要做什麼讓步。你們給不了我們任何東西。我們不需要你們。」

「你們現在哭喊起來了：這不是你們想要的？你們的目的不是要一個沒有心智的世界？你們不希望我們離開？你們這些滿嘴道德的食人族，我知道你們其實一直很明白自己的目的，但收起你們的這一套吧，因為現在我們也明白了。」

「在你們的道德準則所導致的幾百年的苦難和災禍裡，你們叫喊著自己的規範受到了破壞，災禍便是對破壞它的懲罰，而人們則軟弱自私得不願貢獻出它要求得到的鮮血。你們詛咒人類，詛咒生存，詛咒這個世界，卻從不敢質疑你們的準則。那些被你們殘害的人承受著罪責，苦苦地掙扎，殉難的他們得到的便是你們的詛咒——而你們還在繼續叫喊著你們的準則是崇高的，但人的本性卻沒有美好到可以去實現它的地步。沒有人站出來問一問：美好？——是以什麼為標準？」

「你們想知道約翰·高爾特是誰，我就是問了那個問題的人。」

「不錯，現在確實是一個道德危機的時代。不錯，你們確實是因為你們的罪惡才受到了懲罰。但現在受到審判的不是人類，承擔罪名的不應該是人類的天性。這一次，維持不下去的是你們的道德準則，它是強弩之末，氣數已盡。假如你們還希望活下去的話，就不是要去重新恢復道德了——你們從來就沒有過任何道德——而是去尋找它。」

「除了迷信和社會的道德，你們根本就不知道還有什麼才是道德。你們所受的教育是把道德當成了一種反覆無常的行為標準，在超越自然的力量和世俗的異想天開的念頭驅使下，去滿足上帝或是鄰居的需要，只會去討好墳墓裡的權威或者鄰人——卻無視你們自己的生活和快樂。你們的理論認為自己的快樂即是傷風敗俗，追求自己的利益必然是罪惡，任何高尚的行為都必然與你們自己對立，都不是為了滋潤你們的生命，而是要把它榨乾。」

「幾百年來，發動道德論戰的一派人主張你們的生命屬於上帝，另一派人則主張它歸你們的鄰人所有——一派人鼓吹說至善是為了天堂裡的幽靈做出的自我犧牲，另一派人則宣揚至善是為現實當中弱小無能者做出的自我犧牲。沒有人出來說你們的生命屬於你們自己，至善的便是這生命本身。」

「兩派人都認為道德需要你們放棄自己的利益和心智，道德領域與實踐領域相互對立，道德不在理性的範疇之內，它屬於信仰和暴力的範疇。兩派人都認為不可能存在理性的道德，都認為理性中不存在對錯——根據理性，沒有道理去成為有道德的人。」

「即使再有其他的爭論，你們的這些道學家們在反對人類應該有心智這一點上是團結一致的。他們這一套體系的目的就是要剝奪人的心智，並將其毀滅。現在不是選擇滅亡，就是去面對反對心智就是反對生命的事實。」

「人的心智是生存的基本工具。人的生命是被賜予的，但能否生存下去則是另外一回事；身體是天生的，但糧食卻不是；心智是天生的，但裡面的思想卻不是。為了活著，人就要行動，但在行動之前，人必須要瞭解行動的意義和目的。不知道什麼是食物以及獲取食物的方法，人就無法得到食物。離開了目標和達到目標的方法，就挖不成溝——也造不出迴旋加速器。為了活著，人必須去思考。」

「然而思考是一個選擇的過程。你們不敢去說生活當中那個公開的祕密，便胡亂稱之為『人類的天性』，它的關鍵之處就在於人是有著意志的意識的動物。理性不是自然而然的東西；思考不是機械的過程；邏輯聯繫不是憑本能產生的。你們的腸胃和心肺功能是天生就有的；心智的運用則不然。你們在一生中隨時都可以去選擇或者逃避思考。但你們卻無法逃避你們的天性，無法逃避理性是你們生存手段的事實——因此，對於是人類的你們來講，『生存還是毀滅』這個問題就成了『思考還是不思考』。」

「一個有著意志的意識的動物，不會漫無目的，他需要一種價值觀來指導行動。『價值』就是人靠行動去獲得並保存下來的東西，『美德』就是人獲得和保存它所需的行動準則。『價值』預設對如下問題的回答：這是對誰、對什麼的價值？在有另外一種選擇的前提下，『價值』預設一個標準、一個目的以及必須採取的行動。一旦沒有了其他的選擇，價值就無從談起。」

「宇宙裡最基本的選擇只有這兩個：生存還是毀滅——而且只有一類實體才有：那就是生物。沒有生命的物質的存在是毫無條件的，但生命的存在則不然；它靠的是一種具體行動的過程。物質無法被消滅，它的形態可以改變，但它的存在不會停止。只有有生命的有機體才會始終面臨生與死的選擇。生命是一系列自我維持和靠自身產生的行動。如果一個有機體無法進行這樣的行動，它就會死亡；它的化學成分還在，但它的生命已經消滅。正是『生命』這個概念才使得『價值』的概念得以存在，好與壞只有對活著的物體才有意義。」

「植物為了生長必須餵養自己；陽光、水分和化學養分就是它天生要去尋找的它所需要的價值；它的生命就是指引它行為的價值標準。但植物卻沒有行動的選擇；它所處的環境條件可以不同，但它的職責不會改變：它是在自然地延展著自己的生命，它不能做出自我毀滅的行為。」

「動物天生就有維持牠生命的技能；牠的感官自動地引導著牠的行為，使牠自然就知道趨利避害。牠沒有擴展或迴避的能力。一旦牠的知識出現缺陷，牠就會死亡。但只要牠活著，就會靠牠的知識去行動，這既安穩又無法選擇，牠不可能對好處視而不見，不可能選擇對自己有害的一面，去毀掉自己。」

「人類沒有自動指導自己生存的準則。人與其他生命物種的特殊區別，就在於他在種種選擇面前可以憑藉著意志做出選擇。對於好壞，以及他的生命要依靠什麼樣的價值，為此要採取怎樣的行動，他沒有必然的知識。你們不是胡說有一種自我保存的本能嗎？人類恰恰就缺乏這種自我保存的本能。『本能』是一種準確而且自動獲得的知識。欲望並不是本能，生存的欲望並沒有告訴你生存所需要的知識，甚至連人的生存欲望都不是天生就具備的：你們沒有這樣的欲望，這就是你們目前不可告人的罪惡。你們畏懼死亡，但這並非出自對生命的熱愛，也不會讓你們知道如何才能維繫生命。人必須通過一個思考的過程來獲得知識，並決定自己的行為，而天性並不會強迫他這樣做。人有能力毀滅自己——人類在其歷史的大部分過程中正是這麼做的。」

「將求生的本領視為邪惡的生命機體是無法生存的。拚命毀壞自己的根的植物和折斷自己翅膀的鳥，會因為它們對生存的踐踏而活不長久。而人類歷史上卻一直在極力地否定和毀壞他們自己的心智。」

「人被稱做一種理性的動物，但理性是有選擇的——天性讓人選擇去做理性的人或是自取滅亡的野獸。人不得不成為人——這是他自己選擇的；他不得不將自己的生命視為一種價值——這是他自己選擇的；他必須選擇學會去愛護它；他不得不去發現生命需要的種種價值，實踐美德。」

「根據選擇所接受的一套價值標準便是道德標準。」

「不管你們現在是誰正在聽我講話，我都是在和你們內心之中尚未被踐踏過的那一部分，和殘存下來的人性，和你們的靈魂說話，我說的是：世上存在一種人類應該具有的理性的道德，它的價值標準便是人的生命。」

「一切適合理性生命存在的便是善；毀滅它的一切便是惡。」

「人的生命，出於他的本性的需要並不是沒有心智的禽獸、搶奪成性的暴徒，或者萬念俱灰的神祕主義者的生命——他不是以強暴和欺騙為生，而是靠著創造——他不是不惜一切代價地存活下來，因為人生存的代價只有一個，那就是理性。」

「人的生命是道德的標準，但你自己的生命就是目的。假如你們的目的是在地球上生存，為了能保存、實現和享受你們這個無可取代的生命的價值，你們就必須以適合人的標準去選擇自己的行為和價值觀。」

「既然生命要求採取特定的行為途徑，那麼任何其他的途徑都會毀滅它。一個人如果不是以自己的生命作為行動的動力和目標，指引他行動的標準便是死亡。這樣的人是一種理論上的怪胎，千方百計地反對、詆毀和對抗他存在的事實，在毀滅的道路上瘋狂地瞎撞，除了自尋痛苦便再無所長。」

「在生命裡，快樂是成功的狀態，痛苦則通向死亡。快樂是因一個人的價值得到了體現而產生的一種清醒的狀態。如果有哪一種道德膽敢勸你們從對快樂的放棄裡尋找快樂——把你們難以實現的種種價值的失敗當成寶物，那它就是一種對道德的無禮否定。把充當別人祭台上殉葬用的動物作為理想向你鼓吹的教條，是在讓你接受死亡的標準。現實的恩賜與生命的本質決定了每一個人都完全是自我的，是為了自己而存在，讓自己得到快樂便是他的最高道德目標。」

「然而，得到生命和快樂不能指望毫無道理的幻想。這就如同人固然可以隨意地選擇他的生存方式，但只要違背了自然的本性就會滅亡一樣，他同樣可以拋開心智，用欺騙的方式謀取快樂，但除非他尋求的是符合人的本性的快樂，否則便只會受盡折磨。道德的目的是教你們學會享受自己的生活，並生存下去，而不是去忍受痛苦和死亡。」

「要把那些鼓吹人不需要道德、價值和行為標準，被錢收買了的課堂上的寄生蟲，把這些仰仗別人心智的收益而過活的人，從講台上清除出去。這些以學者自居、宣稱人只是野獸的傢伙，不允許人和最低等的蟲一樣享受生活。他們承認一切生物都有出自其本性的生存之道，他們從來不說離開水的魚和失去嗅覺的狗還能活——卻宣稱人這種最高級的動物隨便怎樣都能生存，說什麼人沒有特點和本性，即使他們隨意發號施令，破壞人的生存途徑，扼殺人的心智，人也沒有理由活不下去。」

「要把那些心懷仇恨，自稱人道，鼓吹毫無價值的生命才是人的最高境界的神祕主義者清除。他們是否告訴過你們道德就是要去壓抑人自我保存的本能呢？人之所以需要道德標準正是為了能夠自我保存。只有渴望生活的人才會去追求道德。」

「不錯，你們不是非活不可；這是你們最基本的選擇；但只要你們選擇了活著，就必須像人那樣，依靠心智的運作而判斷而活著。」

「不錯，你們不用非得像人一樣地活著；這是一種道德的選擇。但它卻是你們生存的唯一選擇——除此以外，便是你們此時在自己身上和周圍所看到的行屍走肉，這種不適合生存的東西已不再屬於人類，連動物都不如，它的全部感受便是痛苦，茫然不覺地漸漸邁向自我的毀滅。」

「不錯，你們可以不去思考；這是一種道德的選擇。但總要有人替你們的生存著想；如果你們放任自流的話，就是對生存的不負責任，並把你們欠下的債扔給了有道德感的人們，指望他們為了讓你能夠罪惡地活下去而犧牲他們的利益。」

「不錯，你們不是非要做人不可；但如今，真正的人已經再也找不到了。我已經帶走了讓你們賴以活下去的受害者。」

「假如你們想知道我是如何做到的，我是怎樣說服他們離開的，那麼現在就聽好，今晚我要講的基本上就是我曾對他們說過的話。他們一直在生活中遵循著和我一樣的原則，卻始終不知道它所代表的品質是多麼的高貴。我讓他們認識到這點，我並沒有讓他們去重新審視，而只是幫他們看清他們原有的價值。」

「我們這些有心智的人現在只憑著一條真理向你們罷工抗議，這和你們把逃避真相當做你們道德準則的根本一樣，這個真理也是我們的道德準則的基礎，那就是存在是存在著的。」

「存在是存在著的——對這句話的理解便意味著提出兩個必然的邏輯公理：存在著可以被人感知的事物，以及擁有意識的人的存在，意識的存在就是為了感知存在的對象。」

「假如沒有任何東西存在，就不會有意識：脫離了被感知的物體，意識的說法便成了一種矛盾。除了自身之外便再無其他感知的意識是一種矛盾：在它能夠確定自己是意識之前，它必須能感知到某種東西。假如被你們自稱感覺到的東西並不存在，你們所具有的就不是意識。」

「無論你們的知識程度為何，存在與意識都是你們無法逃避的兩個最為基本的公理，從你們生命開始時感覺到的第一縷亮光到結束時的滿腹經綸，它們始終貫穿在你們的一切行動和知識當中。無論你們是否知道某個小石塊的形狀或是太陽系的構造，這公理始終都不會改變：那就是它確實存在，而且你們知道它的存在。」

「與不存在的虛無不同的是，存在必須是某物，它是一個由特定屬性組成的具有一定特質的實體。幾百年前，你們的那個最偉大的哲學家——不管他的謬誤何在——曾經提出了定義存在概念的法則和世間萬物的規律：A就是A，一個東西就是它本身。你們從來沒有掌握他這句話的含意。在此，我將它說完整：存在是同一性，意識是辨別。」

「無論你們要考慮的是一樣物體、一個屬性還是一個行動，同一性法則不會改變。樹葉不能同時是石頭，不能在全身紅色的同時又是遍體綠色，不能同時結冰和燃燒。A就是A。換句淺顯的話來講：你不能既想吃掉蛋糕，又想留著它。」

「你們想知道這世界出了什麼問題嗎？所有這些摧毀了你們的世界的災難之所以發生，就是因為領導你們的人企圖去逃避A就是A這樣的事實。讓你們害怕去面對的一切心魔之所以出現，你們之所以要忍受種種的痛苦，都是因為你們自己企圖逃避A就是A的事實。有人教你們去逃避它，就是想讓你們忘記人就是人。」

「人要生存，除了去獲取知識外，別無他法，而理性就是獲取知識的唯一途徑。理性能夠認知、辨別和綜合人的感官感受一切。感官的任務是讓人得到存在的證據，但辨別它就要靠理性來完成；人的感官只是告訴了他存在著某種東西，但那究竟是什麼，則必須靠他用理性去獲知。」

「一切思考都是認知和綜合的過程。人感受得到一團顏色；在綜合了視覺和觸摸帶來的憑據後，他就可以認識到那是一個物體，認識到那個物體是一張桌子，認識到那張桌子是由木頭製成，認識到木頭由細胞組成，細胞由分子組成，分子又是由原子構成。在這整個過程當中，他腦子裡面包含的答案都是為了解答一個問題：那是什麼東西？他找出問題的真相時所採取的方法是有邏輯的，而邏輯的基礎便是存在是存在著的公理。邏輯是確認沒有矛盾的藝術。矛盾是無法存在的，原子即原子本身，宇宙也是如此。這兩者卻不能與其本體相矛盾，也不會出現局部與整體的矛盾。人只有在運用他全部的知識做出絕無矛盾的歸納後形成的概念才是有效的。一旦發現矛盾，就等於承認了人在思考中出現了差錯；堅持這種矛盾便是捨棄人的理性，是從現實當中逃避。」

「現實便是存在的一切；虛假是不存在的；虛假只是存在的反面，它是人類在企圖放棄理性時意識裡出現的東西。真理是對現實的肯定；理性是人獲得知識的唯一途徑，是人唯一的真理標準。」

「你們現在所能說出的最無可救藥的問話就是：是誰的理性？答案則是：你們的。你們的知識高深也好，淺薄也罷，都必定要靠自己的心智來得到理性。你們只能用自己的知識去處理。你們能夠稱之為擁有或者讓別人去考慮的只能是你們自己的知識。你們的心智就是你們真理的唯一判斷——假如別人不同意你們的看法，事實便是最終的宣判。只有人的心智才能勝任思考那樣複雜、微妙、至關重要的認知過程。除了人自己的判斷，其他任何東西都不能左右這個過程，決定這一過程的只能是人的道德。」

「你們說什麼『道德的本能』，彷彿這是與理性對立的其他某種天賦——人的理性才是他的道德。一個理性的過程就是一個不斷去選擇回答這個問題的過程：真還是假？——對還是錯？種子要被種在土壤裡——對還是錯？對人的傷口消毒是為了救他的命——對還是錯？可以將大氣中的電能轉化為動能——對還是錯？正是對於這些問題的回答才使你們獲得了今天的一切——這些回答來自於人的心智，不折不撓地尋找何為正確的答案的心智。」

「理性的過程是一個道德的過程。在這樣一個過程中，要想不犯錯，只能靠你自己的嚴格要求，你也可以嘗試去欺騙，偽造證據，以逃避探索的艱辛——但如果說堅持真理即是道德的檢驗方式，那麼就沒有一種獻身形式比一個自我擔當思考重任的人更偉大、更高尚、更有氣概的了。」

「你們稱之為的靈魂或者精神是你們的意識，你們稱之為的『自由意志』是你們的心智是否選擇思考的自由，它是你們唯一的意志，唯一的自由，對於它的選擇支配著你其他的一切選擇，決定著你的生活和你的性格。」

「思考是人唯一最根本的美德，其他的一切皆因它而生。人最根本的惡習，也即是人的眾惡之源，便是你們所有人都在做，卻拚命也不承認的說不出口的行為：那便是頭腦空白，主動喪失人的意識，拒絕思考——這並非盲目，而是拒絕去看；不是無知，而是拒絕瞭解。這是一種將大腦的注意力分散，引入一團迷霧，以此來逃脫判斷的責任——你們心裡暗自以為只要不去想，事情就不存在，只要不說『它是』，A就不成其為A。不去思考是一種滅絕的行為，一種顛覆存在的願望，一種抹殺事實的企圖。但存在是存在著的；事實不可能被抹殺，它只會將抹殺者抹去。你們拒絕說『它是』，也就是拒絕說『我是』。你們停止了判斷，就是在將你們整個人予以否定。一個人要是宣稱：『我憑什麼知道？』——那他就是在說：『我憑什麼活著？』」

「這就是你們時刻所面臨的最根本的道德選擇：思考，還是不思考，存在，還是不存在，A還是非A，實體還是虛無。」

「對一個理性的人而言，生命是指導他行動的前提。從人是非理性的意義來說，指導他行動的前提是死亡。」

「你們胡說什麼道德是社會性的，人在荒島上就不需要道德——正是在荒島上他才最需要有道德。當沒有人可迫害時，讓他試著去宣稱石頭是房子，沙土是衣服，天上會掉甜點，今天把種子吃光，明天就會有收成——現實就會讓他得到應得的滅亡；現實會告訴他，生命有價，只有思考才貴重到足以買到它。」

「如果要我說你們的那種話，我就會說人唯一的道德戒律就是：汝等應思。但一個『道德戒律』從概念上講是一個矛盾。道德是一種自我選擇，不是強迫；是領會，不是服從。道德是理性的，而理性從不接受戒律。」

「我的道德是理性的道德，它用一個公理就可以概括：存在是存在著的——它的選擇只有一個：活著。其餘的都是由此衍生而來。要想活著，人必須信守三樣東西，把它們作為生命中至高無上的決定性價值：

理性——目標——自尊。把理性作為他獲取知識的唯一手段——把目標作為必須加以實現的對於幸福的選擇的手段——把自尊作為他神聖的信念，相信他的心智有能力思考，相信他這個人值得獲得幸福，也就是說：他活得有價值。這三種價值把人的品德全部激發出來，而且他所有的品德都是來自於存在和意識的關係：理性、獨立、正直、誠實、公正、創造力和自豪。」

「理性就是認知『存在是存在著的』這樣的事實，認知真理無法被改變，對於真理，只能去感知，也就是去思考——心智是人對於價值的唯一判斷和行動的唯一指南——理性是容不得半點讓步的絕對——對非理性的妥協會使人的意識失靈，它感知事實的職責會被轉變成捏造事實——所謂的通向知識的捷徑，也就是信任，只不過是會讓大腦癱瘓的短路行為——接受神祕主義的發明便是想要讓存在滅絕，同時也是在扼殺人的意識。」

「獨立是認知到擔負一個你必須負起判斷的責任，是一個無法逃脫的事實——你的思考無可替代，因為沒人能替你生活——自我貶抑和毀滅的最無恥表現就是甘心去受別人的擺佈，聽任權威凌駕於你的心智之上，把他的主張當做事實，他說的就是對的，讓他在你的意識和存在之間發號施令。」

「正如誠實就是認知你不能偽造存在一樣，正直就是認知你不能欺騙自己的意識——是認知到人是不可割裂的整體，是物質與意識這兩種特性的完整結合，他不會允許在他的身體和心智、行動和思想、生活和信念當中出現裂痕——正如法官不應被公眾的意見所左右一樣，人不會因他人的意願而放棄自己的信念，哪怕是全人類都在發出乞求或威脅他的聲音——勇氣和自信是實際行動的必需，勇氣是忠實於存在、忠實於真理的實際表現，信心則是忠實於人本身的意識的實際表現。」

「誠實就是認知假的就是假的，不會有任何價值，通過欺騙得來的愛、名譽和金錢一文不值——用蒙蔽別人的心智來獲取價值的企圖就是將你的受害者們抬到一個高於現實的位置，你成了讓他們盲目時的抵押品，成了供他們停止思考和逃避責任時的奴隸，而他們的智慧、理性以及覺察力，就成了讓你害怕得想要逃離的敵人——你願意獨立地生活，最難以接受的就是要去依賴別人的愚蠢，或者像個傻瓜一樣，靠愚弄別人得到自己的價值——誠實不是一種社會的責任，不是為了他人而付出的犧牲，而是人能做到的最為自私的美德：是拒絕為了他人虛幻的意識而去犧牲自己真實的存在。」

「公平就是認知每一個人都要受到客觀的評價，並得到與之相應的對待——正如你不能對大自然進行偽裝一樣，你同樣也不能對人的品格進行假造，無論判斷任何人，你都必須像辨別一件不會動的物體那樣出於公正，尊重事實，眼光雪亮，使用同樣純粹和理性的認知過程——就像你不會對一塊破銅爛鐵付出與嶄新的鋼材同樣的價錢，你也不應該把無賴評價成一位英雄——你的道德判斷就是你願意為人們的美德或惡行所付出的金錢，要求你本著從事金錢交易時那樣的謹慎——對人們的惡行不表示蔑視就是道德上的缺失，對人們的美德不表示崇尚就是對道德的侵占——將其他東西置於公平之上就是在使你的道德貨幣貶值，是在替魔鬼榨取財物，因為正義不行使力量，則賠錢的只有善，營利的只有魔鬼——這條道德敗壞的道路的終點便是懲善獎惡，那便是徹底的墮落，是崇拜死亡的邪惡彌撒，徹底將你的意識交給了對存在的毀滅。」

「生產力就是你對道德的接受，是認知到你對生存的選擇——從事生產是人的意識控制他的存在的過程，在這一不間斷的過程中，人在不停地獲得經驗，根據自己的目標對事物進行調整，將想法轉化為具體的實物，將世界改變得符合人的價值觀的想像——一切出自思考的勞動都是創造性的勞動，頭腦空空的人，對從別人那裡學會的一套麻木不仁的重複則毫無創意——你的工作由你自己選擇，只要想得到就可以去做，已經沒有比這更適合你、更有人性的了——去騙取一個你無法承擔的工作，你就會變成一個充滿恐懼的猿人，時刻害怕自己將會難以為繼；去做一個低於你能力的工作就是在耗費你的動力，使你自己陷入另外一種衰退的狀態之中——你的工作便是實現你的價值的過程，沒有了對價值的雄心也就失去了生活中的壯志——你的身體是一部機器，由你的心智來駕馭，你必須以成就為目標，一直到達你心智的極限——沒有目標的人是滑坡的機器，隨時都會陷在溝裡，被石頭砸中；窒息自己大腦的人是閒置在一旁慢慢生鏽的機器；讓別人帶領他走路的人是被拖向廢品堆的殘骸；把別人當自己目標的人，則是任何司機都不該去招的占便宜的搭車者——你的工作就是你生命的目標，你必須衝破那些認為有權阻攔你的劊子手，任何你從工作之外發現的價值，任何其他的忠誠或情愛，只能是那些你選擇了與自己同行的旅伴，必須是那些靠自己的力量、向同一個方向前進的旅伴。」

「自尊就是認知你是自己的最高價值，這和一個人所有的價值一樣，需要去贏得——在任你選擇的所有成就中，能夠令其他得以實現的那一項才是你個性的創造——你的品格、行動、欲望和情感產生於你心智所堅持的前提條件之下——正如人必須創造出維持生命所需的物質價值一樣，他也必須獲得使其生命的延續有意義的個性價值——正如人是一個自造財富的生命一樣，他也同樣是一個自造靈魂的生命——活著需要感到一種自我的價值，但人沒有先天就有的價值，沒有先天就具備的自尊感，要想去贏得這些，他必須憑藉著他心目中的道德理想，憑藉著心目中對那個他能夠自覺成為的理性的人的認識，去塑造他的靈魂——自尊的首要條件是靈魂中耀眼奪目的利己之心，它渴望得到物質和精神之中最高的價值，超越其他所有東西，把自身的價值看得高於一切，去實現自我的道德完美——獲得自尊的證明便是你的靈魂發出的滿足的顫抖和它發起的反抗，它不甘做一頭獻祭的牲畜，反抗任何一種要將你寶貴的意識、你無比輝煌的存在，在一片盲目逃避和陳腐朽爛的眾人之中犧牲掉的無恥主張。」

「現在你們對約翰·高爾特有點印象了吧？我就是贏得了你們不去奮力爭取的東西的那個人，你們譴責它、背叛它、毀壞它，卻無法將它徹底毀滅，於是現在把它當做你們不可告人的罪惡隱藏起來，一輩子都在朝著每一個劊子手賠禮求情，唯恐在你們的內心發現你們還想說，同時也是我現在要對全人類講的這句話：我對我自己的價值和我對生活的渴望感到驕傲。」

「這樣的渴望——你們也有，卻把它當成邪惡一樣深埋起來——是你們內心裡僅有的一點善念，但一個人必須懂得要對它受之無愧，他自身的幸福是人的唯一道德目標，實現它，只有靠他自己的美德。只有美德是不夠的，美德本身並非一種獎賞，也不是為了得到來自邪惡的獎賞不得已的誘餌。生命才是對美德的獎賞——幸福則是生命的目標和獎賞。」

「就如同你的身體有愉悅與痛苦這兩樣最基本的感受來表明它的舒適與受傷，來顯示生與死這兩種根本的不同，你的意識也用快樂和忍受這兩種情感去面對同樣的區別。你的情感對生命的延續或者受到的威脅進行估算，同時把計算的盈虧結果顯示出來。你改變不了自己身體的感覺，但你所認為的善與惡，高興與痛苦，愛與恨，以及願望與恐懼，則統統取決於你的價值標準。情感是與生俱來的，但情感的內容則為大腦所控制。你的情感能力是一台沒有動力的發動機，需要用你的價值觀作為燃油，靠你的心智將它注入。如果你的選擇摻雜了矛盾，它就會阻塞你的發動機，損壞你的變速器，一旦你發動這台壞掉的機器，便會機毀人亡。」

「如果你把非理性作為價值標準，把虛妄想成是善，如果你希望獲得並非憑自己的努力爭取到的獎賞、財富或者是你不配得到的愛，去鑽因果律的漏洞，希望把A變成非A，如果你希望得到存在的對立面——你能夠如願以償。在得到它的時候，你不要抱怨生活的艱辛和幸福的遙不可及；檢查一下你的燃油：是它把你帶到了你想去的地方。」

「幸福不會在反覆無常的情感的驅使下實現。使你在無理的幻覺中盲目沉溺的並不是幸福。幸福是一種處在全然沒有矛盾的快樂之中的狀態——這樣的快樂不帶有責罰或罪惡，不與你的價值發生任何衝突，它的目的不是要毀掉你自己，不是想要掙脫出你的心智，而是要對它充分地利用，不是在偽造事實，而是要獲得真實的價值，它不是酒鬼的高興，而是創造者的喜悅。只有理性的人才可能得到幸福，他的心中只有理性的目標，只追求理性的價值，只有在理性的行動中才會感到歡樂。」

「正如我既不靠搶奪，又不靠施捨，而是憑著自己的努力謀生一樣，我從不指望我的幸福出自別人的傷口或別人給予我的好處，而是要憑我自己取得的成就去爭取。我從不認為我的生活目標是要讓他人得到快樂，因此我也不認為別人生活的目的是要讓我快樂。正如我的價值和欲望中沒有衝突一樣——在理性的人們之中，沒有人受到傷害，不存在利益衝突，他們從不想去白拿白占，不會萌生吃掉對方的貪念，他們既不會犧牲自己，也不會犧牲他人。」

「代表著這些人之間所有的關係，代表著對人類表示敬重的道德象徵便是商人。我們這些依靠價值而非掠奪去生活的人們，從物質和精神兩個方面來說，都是商人。商人的一切都是他自己賺來的，他既不白給，也不白拿。對於自己沒做到的事，商人不要求得到報償，他也同樣不希望別人喜歡他的缺點。」

「商人不會把自己的身心犧牲和浪費在救濟施捨上面。除了用來交換的物質，他從不把自己的勞動成果給人，同樣不白送人的還有他的精神價值——他的愛、友情和尊重——除非是為了得到和換取人的美德，為了得到他所尊敬的人所能給予他的滿足。那些故作神祕，長久以來抨擊和蔑視著商人，美化著乞丐和強盜的寄生蟲，心裡清楚他們那不可告人的嘲笑動機：因為商人是一種讓他們心驚膽戰的存在——那就是講求公平交換的人。」

「你們想知道我對我的同胞是否負有道德上的責任嗎？一點都沒有——我只對我自己、對客觀存在的一切——也就是理性，負有責任。在和人們的交往中，我所依從的是自己和他們的本性：那就是依照理性。我絕不強求不是出自他們自願的選擇。只有當他們有心智，認識到我和他們的利益相吻合的時候，我才會去和他們交往，否則就不會發生任何關係；我允許反對的人堅持他們的看法，但我不會背離自己的初衷。我只以理服人，也只在道理面前低頭。我不放棄自己的理性，也不與放棄理性的人打交道。愚蠢和懦弱者的身上沒有我想要的東西；愚蠢、欺騙以及畏懼，這些人的種種惡習不可能讓我受益。只有人們智慧的結晶才是我唯一認可的價值。一旦和理性的人出現分歧，我就讓事實來做最後的裁決；如果我是對的，那麼他會接受教訓，否則就是我去接受；我們之中有一個是對的，但我們兩個人都會受益。」

「許多東西都可以爭議，但有一種罪惡的行徑卻不行，這種行徑沒有人會對其他人做得出來，也得不到任何人的首肯或原諒。只要人們還希望生活在一起，就都不該去開這個頭——你們聽清楚沒有？誰都不應該對別人使用暴力。」

「在一個人與他對現實的感知中間插入實實在在的傷害和威脅，就是破壞和讓他癱瘓的生存辦法；強迫他違心就如同是強迫他不相信自己的眼睛。無論是誰，無論目的何在、程度如何，只要開始使用暴力，就是一個有著與死亡同樣的出發點，比謀殺更有殺傷力的兇手：這個出發點就是將人的生存能力摧毀。」

「別開口跟我說什麼你的心智讓你相信自己有權去強迫我的意願。暴力與心智是截然對立的；槍聲一響，道德無存。你一旦把人們說成是蠻橫無理的野獸，並且建議像對付野獸那樣去對付他們，你的品格也就因此而定，並再也得不到理性的認可——因為宣揚矛盾的人是得不到它的。絕不允許有任何『權利』去毀滅權利的來源，判斷對與錯的方式只有一個：那就是心智。」

「用槍口代替道理，恐嚇代替證明，最後以死要脅，從而迫使別人放棄自己的想法，並接受你的意志——這麼做就是企圖生存在對現實的否定之中。現實要求人的行為要符合他自身合理的利益；你的槍口卻要他去違背。當人不按理性的判斷行事時，現實會對他發出死亡的威脅；你之所以威脅他卻是因為他有理性。你將他置於一種為了活命而必須放棄生命所需的一切品德的地步——當死亡占據著統治的地位，成為人類社會最具說服力的東西時，你和你的這套體系就只能一點一點地土崩瓦解，走向死亡。」

「無論是攔路者對行人發出的最後通牒：『想活命就交出錢來』，還是政客對國家發出的最後通牒：『想活命就讓孩子聽我們的』——這警告的意思便是——『你是要命，還是要心智』——但人離開了其中哪一樣，都不能再成其為人。」

「如果說罪惡的程度有著深淺的不同，那麼自認為有權強迫他人屈服的施暴者，和聽任別人強暴自己心智的道德淪喪者，便是一丘之貉，這就是不容辯駁的道德鐵律。我不承認企圖剝奪我的理性的人能夠稱得上理性，不會理睬那些自以為能禁止我思考的鄰居，我不會從道德上默認一個兇手置我於死地的念頭。對於企圖用暴力來對付我的人，我就以牙還牙。」

「只有在反擊和對付最先使用暴力的人時，才能採用這樣的手段。當然，我不會贊同他的邪惡，也不會落入他那種道德觀念的泥潭：我只是把他有權選擇的、屬於他自己的毀滅給了他。他靠暴力去強占價值；我只是用它去摧垮毀滅的陰謀。強盜為了劫財而殺我；我不會因為殺死強盜而更有錢。我不指望靠罪惡的手段獲取價值，也不會把我的價值拱手讓給罪惡。」

「現在，我以所有養活著你們，卻收到了你們死亡通牒的創造者的名義，還你們一個來自我們的最後通牒：究竟是要我們的勞動果實，還是要你們的槍砲。你們可以任選其一，但不能兩樣都要。我們不會對別人先動用暴力，也不會屈服於別人的暴力。如果你們還想在一個現代化的社會中生活，就要聽從我們的道德條件。我們的條件和目的與你們的截然相反。你們以恐懼為武器，用死亡去懲罰拒絕了你們的道德標準的人們。我們用生命作為他接受我們觀念的獎勵。」

「你們這些崇拜虛無的人們，從來沒有認識到生命的實現並不等於是對死亡的逃避。快樂不是『痛苦的缺席』，智慧不是『愚蠢的缺席』，光亮不是『黑暗的缺席』，存在的東西不是『不存在的東西的缺席』。僅僅不毀壞還是不能帶來高樓大廈；你們可以老老實實地坐等幾百年，最後連一根屋樑都等不到——現在你們再也不能跟我這個蓋房子的人說：『去替我們把房子蓋好，作為獎勵，我們不會毀掉你的成果。』我是以所有遭受你們迫害的人的名義回答你們：你們還是隨著你們的虛無縹緲一起滅亡吧。存在並不是對虛無的否定，罪惡是一種虛無和否定，而價值則不是，除了會勒索我們，罪惡本身便一無所長。滅亡去吧，因為我們已經知道無法用虛無去抵償生命。」

「你們想的是擺脫痛苦，我們卻是在追求幸福。你們的存在只是想要免受懲罰，我們則是為了求得回報。威脅對我們不起任何作用，激勵我們的絕非恐懼。我們並不逃避死亡，而是享受我們的生命。」

「你們是非不分，口口聲聲說恐懼和快樂有著同樣的刺激——並且又偷偷摸摸地補充說恐懼其實更『實用』——你們不想活，只是被你們對死亡的恐懼拖在了這個遭到你們詛咒的現實裡。你們在自己設下的陷阱之間倉皇逃竄，企圖找到已被你們封死的出路，身後是你們不敢明說的追逐者，而前面則是你們不敢承認的恐懼，你們越是恐懼，就越害怕唯一能挽救你們的行動：思考。你們的掙扎不是因為想知道，不是因為想要去領悟、弄懂或者聽見我下面要對你們說的這句話：你們的道德是死神的道德。」

「死亡是你們的價值標準，是你們選擇的目標，你們只能不停地逃，因為你們無法擺脫毀滅者的追趕，或者說你們擺脫不了追逐者就是你們自己的念頭。還是停一停吧——已經無路可逃——儘管你們害怕停住，但在我看來，你們已徹底赤裸，還是好好看一看連你們都不敢稱為道德準則的那些東西吧。」

「詛咒是你們的道德起點，毀滅則是它的目的、手段和結局。你們的法則開始把人詆毀為魔鬼，然後便要求他去做一件他做不出的所謂的善事。他想澄清自己，就先要不明不白地承認自己的墮落。它要他一開始用他自己的罪惡、而不是價值的標準，定義出什麼才叫做善：和他不同的，便是善。」

「至於從他那並不光彩的榮耀和扭曲的靈魂中撈到好處的，是神祕莫測的上帝還是向他身上莫名其妙大倒苦水的路人，則無關緊要了——反正這些所謂的善也不是他能明白的，他的責任就是趴在地上年復一年地悔過，滿足任何一個懶人的無理要求，以此去贖他在世間的罪，他對價值唯一的認識便是虛無：這樣的善是沒有人性的。」

「這個畸形荒謬的名字就叫做原罪。」

「非自願的罪是對道德的一記鞭撻，也是一個蠻不講理的矛盾說法：不能選擇的事情，也就不屬於道德的範疇。假如人天生就是邪惡的，他也就沒有意願，也不可能改變自己；假如他沒有意願，就既不是善，也不是惡；機器人談不上什麼道德。將罪名強加給人是在愚弄道德，把人的天性當成他的罪過是愚弄自然。為他在降生之前犯的罪過而懲罰他，是在愚弄公平；為了一件本身便無清白可言的事情而治他的罪，是愚弄理性，在一念之間毀掉道德、天性、正義和理性則是邪惡的一記絕招。然而，那正是你們的法則的根源。」

「不要不敢承認人天性自由的事實，反而說什麼人有『邪惡』的傾向。自由意志如果帶有傾向，就如同是在玩一場做了手腳的骰子遊戲，迫使人在遊戲中掙扎，乖乖地付錢，卻難以逃脫設計好的騙局。如果這傾向是他的選擇，那麼他不可能天生就有；假如那不是他的選擇，就說明他的意願並不自由。」

「你們的那些教師所說的原罪究竟是什麼？當人從他們認為的完美狀態中脫離出來時，究竟染上了些什麼樣的惡習？他們的神話宣稱說他吃了智慧樹上的果子——他有了心智，成為一個具有理性的生命。懂得了善惡——使他成為一個具有道德感的生命。註定要靠勞動謀生——使他成為一個會創造的生命。天生具有欲望——使他能感受到性的快樂。他們詛咒的罪惡便是他的生存所帶有的全部意義：理性、道德、創造力和歡樂。他們編出的人的墮落神話所要解釋和譴責的不是他的惡行，被他們認作罪過的不是他所犯的過失，而是他作為人的本質。那個在伊甸園裡沒有心智、沒有價值、不會勞動、不懂得愛的機器人，不論他是什麼，他都不是人類。」

「按你們的教師所說，人的墮落是由於他得到了生存所需的美德。這些美德依照他們的標準來看便是他的罪過。他們指控說他的邪惡之處就在於他是人，他的罪過就在於他活著。」

「他們稱它是一種仁慈的道德和愛人的學說。」

「他們說，不不，他們並沒有宣稱人是邪惡的，邪惡的只是與人無關的東西：那就是他的身體。他們說，不不，他們並不想殺他，他們只是希望讓他和身體分開。他們指著已將他捆綁好的受刑架，說他們是想幫他消除痛苦，刑架上的兩個輪子將他朝相反方向撕扯，刑架上的教義將他的靈魂和肉體撕裂。」

「他們將人一切兩半，讓這兩部分互相對立。他們向他灌輸說，他的身體和意識是勢不兩立的死敵，是兩個本質相反的對手，它們的主張處處矛盾，各自不答應對方的要求，一方受益便是另一方的受損，他的靈魂超越了自然，但卻被它罪惡的身體禁錮在這個地球之上——善舉是打垮他的身體，用經年累月的鬥爭使其衰弱，挖出一條最終打破圍籠的榮耀之路——墳墓中的最終自由。」

「他們教導人說，他是由兩個都象徵了死亡的元素所組成的不可救藥的錯誤。失去靈魂的身體是一具死屍，離開了身體的靈魂便是幽靈——然而在他們眼裡，人就是應該如此才對：他是屍體和幽靈用來相互廝殺的戰場，是一具帶有自己邪惡意志的死屍，是個相信一切可知皆不存在，存在的只是不可知的理念的幽靈。」

「你們是否注意到人的哪種才能會被這種說教刻意忽略？只有否定了人的思想，才能讓他徹底崩潰。一旦他放棄了理性，便只能聽任兩頭他既不明白，也無法控制的怪物的擺佈：那便是一具受到莫名其妙的本能驅使的身體，和一個受到神祕莫測的神祇驅使的靈魂——於是，在一個機器人和一台錄音機的相互廝殺下，他便身不由己地成了飽受蹂躪的犧牲品。」

「當他爬出廢墟，茫然摸索著求生的道路時，你們的教師便向他灌輸起這個世界只有絕望的道德觀。他們告訴他，真實的存在是他無法感受到的，真正的意識是能夠感知到虛無的能力——還說如果他對此無法理解的話，就證明了他存在的罪惡和意識的無能。」

「人的身心分裂產生出兩種派別的死亡道德的衛道士：他們便是精神和肉體的神祕主義，是你們所說的唯心論和唯物論者，一派人相信脫離存在的意識，另一派則相信沒有意識的存在。兩派人都命令你放棄自己的思想，一派是要你服從他們的所見，另一派則要你服從他們的所感。不論他們之間爭吵得多麼厲害，他們的道德準則和目的卻都很相似：從物質的角度上說，那就是奴役人的身體；從精神上講，就是摧毀人的心智。」

「唯心論者說，善即是上帝，關於上帝存在的唯一解釋便是他是人所無法感知的——這樣的解釋便是廢除了人的意識，抹殺了人對於存在的概念。唯物論者說，善是社會——他們將它定義為一個沒有具體形式的組織，一個不依附於任何人，又存在於除你以外的所有人之中的超然大物。唯心論者說，人的思想必須服從上帝的意志。唯物論者說，人的思想必須服從社會的意志。唯心論者說，人的價值標準是上帝的安排，他的標準絕非人可理解，只能去信服。唯物論者說，人的價值標準是社會的安排，社會的標準絕非人可評判，只能絕對地服從。兩者都說人生命的目的是成為一具無足輕重的行屍走肉，其中的意義他自然不懂，原因也是他不該質疑的。唯心論者說，他進了墳墓之後會得到回報。唯物論者說，他的回報將會在世——留給他的後代子孫。」

「兩者都說，自私是人的罪惡。兩者都說，人的善行是拋棄自己的欲望，是要否定自己，譴責自己，完全放棄；人的善行是否定他所過的生活。兩者共同喊道，只有犧牲才是道德的真諦，才是人所能達到的最高尚的品德。」

「凡是現在聽到我講話的，凡是被害而非行兇的人，我正站在你們的心智已經奄奄一息的床榻前，站在將你們淹沒的黑暗邊緣上對你們說話，如果你們還有一絲力氣去抓住那些黯淡下去、曾經就是你們自身的火花——那麼現在一定不要放手。摧毀你們的那個字眼正是『犧牲』，鼓足你們最後的一點勇氣好好想想它的意思吧。你們還活著，你們還有機會。」

「『犧牲』並不意味著拒絕毫無價值的東西，而是指對於珍貴的捨棄，『犧牲』並不意味為了善而回絕罪惡，而是因為罪惡而拒絕善。『犧牲』就是為了你並不在乎的東西而放棄你所看重的。」

「你用一分錢換回一塊錢不叫犧牲；用一塊換回一分才是犧牲。如果你經過長年的奮鬥獲得了自己希望的事業上的成功，那不是犧牲；假如你因為對手而去否認這種成功，那就是犧牲。你把一瓶牛奶給了自己飢餓中的孩子，那不是犧牲；假如你把它給了鄰居的小孩而讓自己的孩子餓死，那就是犧牲。」

「為朋友而解囊相助不是犧牲；如果是把錢給了一個毫無作為的陌生人，就是犧牲。在力所能及的範圍內對朋友的幫助不是犧牲；在自己窘迫的情況下拿出錢來給他，根據這樣的道德標準，就只能算是半個美德；假如你寧願自己情況危急也要拿錢給他，才是犧牲美德的完全體現。」

「如果你放棄自己的所有願望，把生命奉獻給你所愛著的人們，你的美德並不完滿；你依然為自己保留了一種價值，那就是你的愛。如果你把生命獻給陌生人，品德便高尚了許多。如果你是為了自己所恨的人而獻出生命——那就是你能達到的最高境界了。」

「犧牲是對一種價值的放棄，徹底的犧牲則是對一切價值的徹底放棄。如果你希望道德圓滿，就不要指望用你的犧牲換回任何的感謝、讚揚、愛、崇敬、自尊，哪怕因為高尚而自豪也不行；一絲一毫的得益都會使你的美德減色。假如你追求的是一種沒有快樂的生活，在物質和精神上一無所獲，不得到任何的利益或獎勵——假如你到達了零這樣空白的地步，你就實現了道德完美的理想。」

「你得到的灌輸是人不可能實現道德的完美——從這個標準來看，的確如此。只要你活著，不僅談不上做到這一點，而且衡量你生命和個人價值的尺度取決於你對零，也就是死亡的接近。」

「但就算你真的沒有一點激情，像棵小草那樣地來者不拒、坐以待斃，也還是贏得不了犧牲的美名。放棄自己不感興趣的東西算不上是犧牲，如果你一心想死，那麼為了別人而不要自己的性命就算不上是犧牲。要想真正做到犧牲，你必須有對生命的渴望，必須去熱愛它，對於這個世界，以及它帶給你的種種神奇，你必須滿懷激情——你必須能感受到你的心願和愛，是如何地被一刀一刀的利刃所剜去。犧牲的品德不僅僅要求你只是把死亡當做理想，還必須是受盡折磨下的慢慢死去。」

「少跟我說只有今生才會如此，我對別的都不在乎，你們也是一樣。」

「如果你們還想挽救自己的最後一點尊嚴，就不要說你們能做的只有『犧牲』而已：這種說法會陷你們於不義。如果一個母親給她飢餓的孩子買了食物，而不是給自己買帽子，這不算犧牲：因為她認為孩子比帽子更重要；對於把帽子看得更重要的母親來說，那才是犧牲，她寧願讓自己的孩子餓著，只是出於義務才去餵他。人為了自己的自由奮鬥而死算不上犧牲：因為他不願意像奴隸一樣地生活著；對於願意如此生活的人，可以算是犧牲。對於不願出賣自己信念的人，就談不上是犧牲，除非他是那種根本就沒有信念的人。」

「犧牲只對那些無可失去的人才談得上——他們沒有價值，沒有標準，沒有判斷，只會胡思亂想，盲目而又容易退讓。對於一個把願望建立在理性的價值上的有良心的人來說，犧牲就等於正確向錯誤、善良向邪惡低頭認輸。」

「犧牲的信條便是邪惡的道德觀——它宣告了自己的破產，承認它無法帶給人們任何的美德或價值，承認他們的靈魂像下水道一樣的骯髒，必須讓他們犧牲掉才好。它的招供無力教人向善，只會讓他們不斷地受到懲罰。」

「你們是否還傻傻地以為你們的道德要你們犧牲的只是物質上的價值呢？你們所認為的物質價值又是什麼？不能使人的願望得到滿足的物質就沒有價值，物質只是人實現價值的工具。你們的美德所創造的物質工具被用到哪裡去了？它們是被你們所認為的邪惡利用：用於你們所反對的原則，用於你們看不起的人，用於達到一個和你們背道而馳的目的——不這樣，你們的才華便算不上是犧牲。」

「你們的道德觀讓你們拒絕物質的世界，把你們的價值與物質分割開來。如果一個人的價值不用物質的形式來體現，存在與思想脫離，行動與信念發生衝突，他就是無恥的偽君子——然而，正是這樣的人才會遵循你們的道德，把他的價值和物質分割開來。他愛著一個女人，卻同另一個女人同床共枕——他讚賞一位工人的才能，雇的卻是另外一個——他認為一個說法很合理，卻把錢捐去支持別的說法——他手藝高超，卻花費精力生產出一堆垃圾——正是這樣的人拒絕了物質，認為他們的精神價值無法在物質的現實裡得到實現。」

「這樣的人所拒絕的是不是精神呢？一點也不錯，這兩者是不可能被割裂開的。你就是一個不可分割的物質與意識相統一的實體：拒絕意識，你就會成為一頭野獸；拒絕了身體，你就不再真實存在。拒絕物質的世界，你就是在把它拱手交給邪惡。」

「這正是你的道德想達到的目的，正是你的準則要求你做的。向你不喜歡的去付出，為你不尊敬的去效勞，對你認為的邪惡表示臣服——為了別人眼裡的價值而放棄這個世界，去否認、拒絕、捨棄你自己。你的自我就是你的心智；對它的放棄就會讓你變成一堆肉，聽憑吃人者的吞噬。」

「所有那些大肆宣揚犧牲信條的人，無論他們用什麼樣的幌子和動機，無論他們宣稱這對你的精神還是身體有好處，無論他們許諾你在天堂重生還是今生享受富貴——他們都是要你放棄你的心智。那些人一上來就說什麼：『追求個人的心願是自私的，你必須為了他人的願望而把自己犧牲掉。』——最後還會說：『堅持自己的想法是自私的，你必須犧牲自己的想法而成全其他人。』」

「可以這麼說：天底下沒有比只相信自己的判斷，不承認別人的權威和價值觀的行為更自私的了。別人要讓你把正直的思想、邏輯、理性和你的真理標準全都犧牲掉——變成妓女那樣，去迎合多數人的最大利益。」

「假如你從你的規範中尋求幫助，想弄清『什麼是善』——你就只能找到一個答案：『他人的利益就是善。』只要是其他人的願望，是你覺得他們會有的願望，或者是你認為他們應該有的願望，就是善。『他人的利益』是個點石成金的神奇祕方，被當成是道德勝利的保證而為人傳誦，有了它，一切行為，哪怕是滅絕性的屠殺，都能夠消散於無形。你的道德標準不是一個具體的東西，不是一種行動和原則，而是一種意圖。你不需要靠任何證明、理性和成功的實踐，不僅如此，你不需要為了他人的利益而去做什麼——只要你心裡明白你的目的不是為己，而是為了其他人的利益。你對善的唯一定義就是反過來說：善就是『對我不善的』。」

「你的準則宣稱是在堅持永恆、絕對、客觀的道德標準，蔑視講條件的、相對的、主觀的一切——你的準則以它對絕對的解釋對下面這些道德行為做出了規定：凡是你想要的，就是惡；別人想要的，就是善；如果你行動的動機是你的利益，就不要去做；如果是為了其他人的利益，就什麼都能做。」

「這樣的雙重結合、雙重標準的道德觀不僅把你分成了兩半，也把人類割裂成為兩個敵對的陣營：其中一方是你，另一方則是所有其他人。唯有你才被掃地出門而無權指望活命，唯有你才是僕人，其他人都是主人，唯有你才要付出，其他人都是索取者，唯有你會終生欠債，其他人都是債永遠收不完的債主。你不能去懷疑他們有要求你做出犧牲的權利，不能懷疑他們的願望和要求的實質：給予他們權利的就是那個要反過來說的事實——他們不是你。」

「你的準則為那些會產生疑問的人設計出了一種安慰和陷阱：它宣稱，為了你自己的幸福，你必須為他人的幸福去效力，只有為了他人的歡樂而將自己的歡樂放棄，你才能得到快樂，只有把你的財富獻給別人，你才會富有；只有將你自己的生命用來保護別人，你才能安全——如果你這樣做的時候不覺得開心，那就是你的錯，就證明了你的罪惡；如果你真的善良，你就會從滿足他人的過程中感到幸福，就會因為人家願意扔給你一點麵包屑而感覺到尊嚴。」

「從來沒有自尊標準的你於是自認有愧，不敢多嘴，但對於不能承認的答案，你心裡卻是清楚的，你拒絕接受所看到的一切，拒絕承認你的世界被暗藏的機關所推動。你不僅知道這誠實的答案，也感覺得到內心裡陰暗的不安，你在愧疚地欺騙和怨恨地奉行難以啟齒的原則之間左右為難。」

「我向來不接受不勞而獲，無過受責，現在我要問一問被你迴避的問題。憑什麼說為別人而不是為你自己謀取幸福就是道德？如果值得去享受，為什麼別人享受就道德，而你的享受就不道德？如果吃蛋糕的感覺不錯，為什麼吃到自己的肚子裡就不道德，而讓別人去吃就道德呢？為什麼你有願望就不道德，別人有願望就道德？為什麼創造並保留價值不道德，把它給出去就道德？假如你保留價值是不道德的，為什麼別人接受它就是道德的呢？如果你把它獻出去就是無私和高尚，那他們拿走它的時候難道不就是自私和墮落嗎？難道美德就是要為罪惡效力？善人的道德目的難道就是為惡人做自我犧牲？」

「你所逃避的無理回答就是：對，索取者並無罪惡，只要他們不該得到你所給予的價值。他們接受它並非不道德，只要他們創造不出，也不配得到這樣的價值，同時對你也無以回報。他們享受它並非不道德，只要他們是理所應當得到的。」

「這就是你那教義見不得人的本質，就是你那雙重標準裡的另一層涵義：自食其力不是道德，靠別人來養活卻是道德——自產自用不是道德，拿別人的卻是道德——自己去賺錢不是道德，乞討卻是道德——創造者的生存需要靠寄生蟲去做道德判斷，而寄生蟲自己卻不受別人的管轄——靠創造出的成果謀利是惡，靠別人的犧牲謀利卻是善——建立自己的幸福是惡，享受別人的血汗卻是善。」

「你的準則將人類畫分出等級，然後命令他們按相反的規矩去生活：一些人可以什麼都想要，另一些則什麼都別想，一些人是上天的寵兒，另一些則是被詛咒的；一些人可以騎在別人頭上，另一些則當牛做馬；一些是吃人的，另一些則是被吃的。你的等級取決於什麼樣的標準？又需要什麼樣的密鑰才能讓你獲准進入道德精英的圈子呢？這鑰匙便是缺乏價值。」

「無論涉及什麼價值，總是缺乏價值的人對擁有價值的人提出要求，你的需要可以讓你去索取好處。如果你有能力滿足自己的需要，這種能力會剝奪你得到滿足的權利，但如果你沒有這種能力，那麼你的需要就會馬上帶給你掠奪人類的權利。」

「一旦你取得成功，任何一個失敗者都可以是你的主人，如果你失敗的話，任何一個成功者就都成了你的奴隸。不管你的失敗是否可信，願望是否合理，你的不幸是否不該發生，或者是咎由自取，總之是你的不幸讓你有了得到好處的權利。無論痛苦從何而來，原因何在，痛苦都是一種最主要的債權人資格，它可以讓你輕易占有所有的生命。」

「假如你自己治癒了傷痛，就得不到任何道德的名聲：你的準則將此蔑視成一種自利的行為。無論是財富、食物、愛情或權利，只要你用高尚的方法去得到價值，你的準則就不會認為這是一種道德的收穫：你沒有讓任何人遭受損失，這是一種交換，不是救濟；是支付，不是犧牲。在共同受益的利己、商業的範疇內，才有應得這樣一說；只有不應得的行為才會要求進行一方受益、另一方受難的道德交易。你因美德而求回報便是自私和墮落；缺乏美德反而將你的要求變成了道義上的權利。」

「拿需要作為要求的道德觀將不存在的空虛當成了它的價值標準；它獎勵的是一種空白，一種殘缺：軟弱、無力、無能、苦難、疾病、災難、缺少、錯誤、缺陷——就是虛無。」

「是誰在償還這些要求？是那些因為遠離了那種虛無的理想而遭到咒罵的人們。因為一切價值都出自美德，你的美德高低被用來衡量你應受多少懲罰；你的缺陷大小被用來衡量你能獲得多少。你的法則宣佈，犧牲必須是理性之人為了非理性者而做出的，獨立之人要為寄生蟲、誠實之人要為偽詐之徒、正義之人要為邪惡之徒、創造之人要為模仿之徒、正直之人要為毫無原則的惡棍、自尊之人要為了哭天喊地的神經病而做出犧牲。你是否對周圍人們靈魂的卑劣感到奇怪？具備了這些美德的人不會接受你的道德準則，接受你這個道德準則的人則不會具備這些美德。」

「在犧牲的道德觀念之下，你首先犧牲的是道德，其次便是自尊。當需要就是標準的時候，人人都既是被害者，又是寄生蟲。作為被害者，他不得不辛辛苦苦地滿足其他人的需要，而自己也墮落成一條靠別人去滿足他的需要的寄生蟲。在和別人的交往中，他只能同時扮演乞丐和吸血鬼這兩種噁心的角色。」

「你害怕那個比你少一塊錢的人，因為這一塊錢本來就是他的，他讓你覺得自己像是一個沒有道德的詐騙者。你恨那個比你多一塊錢的人，因為那一塊錢原本是你的，他讓你覺得自己上了道德騙子的當。錢少者使你愧疚不已，錢多者讓你感覺受挫。你不知道應該放棄什麼，要求什麼，何時放手，何時伸手，生活裡的什麼東西是你有權去享受的，什麼又是你還欠別人的債——你只能去做『理論』上的逃避，逃避去想，按照道德的標準衡量，你覺得自己時時刻刻都身負著罪孽，你吃的每一口飯，都是這世界上某個人的需要——於是你一氣之下，不願再費腦筋，你認為道德的完美絕非人能做到，甚至連想都不要想，還是能混就混，閃開那些稚氣未脫的眼睛，閃開那些覺得你還能保持自尊的人們的眼睛。你的心裡只有罪惡——其他人和你擦肩而過時也在逃避著你的眼睛，他們又何嘗不是如此。你是否奇怪你的道德為什麼沒能實現全人類的友愛或者人與人的和睦？」

「你的道德強調犧牲已是醜惡無比，它賦予犧牲的正當性就更為惡劣。它對你說，你犧牲的動力應該是愛——是你對所有人的愛。這種道德相信精神比物質更有價值，它既教唆你去鄙視對所有男人都一視同仁地獻出身體的妓女——同時又要你放棄靈魂，把愛一股腦地獻給所有向你索取的人。」

「既然財富不會無緣無故地生出來，也就同樣不可能有無緣無故的愛或任何一種感情。情感是一種對現實的反應，是根據你的標準要求的一種評斷。愛就是去評價，如果有人對你說可以不帶任何價值地去判斷，可以去愛那些你認為一文不值的東西，那麼他還會告訴你，只要能享用，不用生產也可以致富，鈔票和黃金是一樣值錢的。」

「值得注意的是，他不會希望你感到無緣無故的恐懼。他這種人一旦掌權，便非常善於製造恐懼，讓你時刻感到他們希望能掌控你。但涉及愛——這個情感世界裡的至高感情時，你卻聽任他們對你厲聲呵斥，說你要是無法體會沒有來由的愛，那就是一種道德的缺陷。人如果感到無名的恐慌，就會請心理醫生替他診治；但對於愛的意義、本質以及尊嚴，你卻不那樣善加呵護。」

「愛是人的價值觀的表現，是對你的個性和為人所形成的品質給予的最高獎賞，是一個人因為從另一個人身上享受到了美德而給予的情感上的回報。你的道德觀要你把愛和價值分開，將它隨便送人；不是因為他值得這份愛，而是因為他需要，不是去獎賞，而是去救濟，不是對美德的報答，而是面對罪惡開出的空白支票。你的道德觀告訴你，愛是為了讓你擺脫道德的束縛，愛高於道德的評價；真愛可以忽略、原諒和容忍對方的一切缺點，愛得越深，就會允許被愛者身上有更多的邪惡存在。它告訴你，愛一個人的優點乃人之常情，無足稱道，愛人的缺點才是非同凡響。愛那些值得被愛的人是自我得利，愛那些不值得愛的才是犧牲。你對那些不值得被愛的人有愛的虧欠，他們越是不配得到愛，你對他們的虧欠就越多——對方越是令人厭惡，你的愛就越高尚——你的愛越是不苛求，功德就越大——如果你能把自己的靈魂降低到垃圾場那樣的程度，對其他同樣的人抱著歡迎的態度，如果你不再用道德評價，你就做到了道德上的完美。」

「這就是你的犧牲道德，這就是它提出的孿生理想：重塑你的身體，讓它像野獸般地生活；重塑你的精神，讓它變得像垃圾場一樣。」

「這就是你的目標——你已經達到了。你現在為何還要呻吟地抱怨人的無能，抱怨人徒有夢想呢？是不是你用毀滅實現不了繁榮？是不是你在對痛苦的崇拜裡找不到快樂？是不是信奉死亡是價值標準的你已經活不下去了？」

「你生存能力的強弱取決於你與自己的道德規範決裂的程度，可是你還相信那些鼓吹它的人是親善的朋友，你親手將自己葬送了，並且不敢質疑他們的動機或目的。在面對你的最後一次機會時，好好看一看他們吧——假如你選擇滅亡，那麼在死亡的路上，你會知道，你的性命是如此輕易地被一個小小的敵人斷送了。」

「兩派神祕論者都極力宣揚犧牲教義的勢力，像病菌般地從一個傷口向你祕密地發起進攻：那就是你不敢去依賴你的思想。他們告訴你說，他們擁有一種比心智更高級的思想工具，一種高於理性的意識模式——這就如同與他們維持特殊關係的全世界的某些政客，可以向他們通報不為人知的祕密一樣。精神神祕論者們聲稱他們擁有你所不具備的一種感覺：這個特別的第六感形成的是與你的五種感官獲取的知識完全矛盾的東西。物質的神祕論者們懶得在超級感官方面做文章：他們只是聲稱你的感覺完全沒用，他們的智慧能夠通過某種說不清的手段察覺出你的盲目。這兩種人都命令你拋開自己的意識，向他們的力量舉手投降。為了證明他們的知識確實高人一籌，他們向你展示出了他們認為與你的瞭解相反的一切，為了證明他們有對付生命的超強能力，他們帶你看到了悲慘、自我殺戮、飢荒遍野和毀滅。」

「他們宣稱說，他們感覺到了一種比你在這個世界上的存在更為高等的生存方式，精神神祕論者們稱它為『另一維度』，意在否定時空。物質神祕論者們稱之為『未來』，意在否定現在。生存就是具有同一性，他們又能夠怎樣去描述他們的那個高等範疇呢？他們總是對你說它不是這樣的，卻從來沒告訴過你它應該是什麼樣子。他們的所有描述特徵都是否定的：他們說，上帝就是不可能為人所知的，接著就要求你把這認作知識——上帝不是人，天堂不在地球，靈魂不在身體上，美德不是利益。A是非A，感知是非感官的，知識是非理性。他們的定義不是定義，而是在消滅。」

「只有寄生蟲才會堅持宇宙是以零為標準特徵的理論。寄生蟲會逃避而不去說它自己的本質——逃避並拒絕去知道建造它的獨立王國的物質，便是人的鮮血。」

「他們將存在的世界犧牲後換來的那個高級世界的真實面目究竟是什麼？精神的不可知論者詛咒物質，物質的不可知論者詛咒利益。前一種是希望人們通過拋棄塵世而得到利益，後一種則希望人們拋棄所有的利益從而得到塵世。在他們的那個不講物質和利益的世界裡，河裡流淌的是牛奶和咖啡，他們一聲令下，美酒便從石頭裡噴出，他們只需要張張嘴，天上就會掉下甜點。在這個講物質、追求利益的地球上，即使要建一里長的鐵路，也必須集合智慧、正直、精力和技巧等眾多的品質；在他們的那個不講物質和利益的世界裡，他們是在憑著幻想穿梭往返。如果有誠實者問他們：『這如何做到？』——他們會帶著正義般的嘲笑回答說，『如何』這種概念只是庸俗的現實者才會有的；優越精神中的概念是『不知何故』。在這個受著物質和利益限制的地球上，要靠心智的智慧去得到好處；在一個取消了這些限制的世界裡，是靠幻想得到好處。」

「這就是他們那個卑鄙祕密的全部真相，他們祕傳的全部哲學，他們所有的辯證法和超級感覺，以及他們閃躲的眼神和咆哮怒吼。他們去毀滅文明、語言、工業和生命，他們刺破自己的眼珠和耳膜，磨滅他們的感覺，清除他們的心智，他們將決絕的理性、邏輯、物質、生命和事實統統消滅於無形，所有這一切的祕密就是：在那虛假的迷霧上空豎起獨有的一件神聖的絕對之物：他們的幻想。」

「他們想要擺脫的是同一律的限制，他們想要的自由就是逃離現實，無論他們啼哭還是發怒，A依舊是A——即使他們再餓，河裡也流不出牛奶——即使他們覺得再舒服，水也不會自己往高處流，如果他們希望水能上到高高的樓頂，就必須付諸於想法和勞動，在這樣的過程中，起作用的是一寸寸的管子，他們的感覺則沒有用武之地——他們的感覺甚至無力改變空中一粒灰塵的軌跡，或者改變他們做出的任何一個動作的意義。」

「那些人告訴你，人無法感知未被他的感官扭曲的現實，他們的意思是他們不願意感知未被他們的感覺扭曲過的現實。『事物的真貌』是你的心智所能察覺到的；如果拋開理性，它們就成了『你一廂情願想像出來的東西』。」

「對理性的反抗絕不可能發自真心——一旦對他們的教義有任何程度的接受，你就有了為你的理性所不容的企圖。你想要的自由便是可以不承認這樣的事實——竊盜就是惡徒所為，不管你拿出多少去做善事，或是禱告多少次——和別人私通，你就不配做丈夫，不管第二天早晨你覺得自己有多麼愛你的妻子——你是一個生命的存在，不是一群胡亂地飄搖在宇宙之間、湊不到一起、沒有任何意義的碎片，這樣的宇宙猶如小孩所做的噩夢，景物隨便更替，模糊一片，痞子和英雄可以隨意交換角色——你是一個人——你是一個生命體——你是存在。」

「無論你多麼想表白這神祕的幻想是一種更高深的生命狀態，對事物本來面目的混淆就等於是希望它們不存在。希望什麼都不是就等於希望毀滅。」

「你的老師，也就是這兩個門派的不可知論者，已經將因果關係在他們的意識中進行了顛覆，接著就要去顛覆它在現實中的存在。他們認為他們的情緒是起因，而他們的心智則是一種被動的結果。他們把情緒當成感知現實的工具，認為他們的願望不可忽略，至關重要，是淩駕於一切事實之上的事實。誠實的人在認清他所渴望的對象之前不會胡思亂想，他會說：『因為它存在，所以我想得到。』而他們說的卻是：『因為我想得到，所以它存在。』」

「他們企圖騙過存在與意識的公理，企圖不再用他們的意識去感知，而是把它作為製造存在的工具，也不認為存在是客觀，而是把它當成他們意識中的主觀因素──他們企圖成為他們想像中的上帝之類的東西，可以在憑空臆想間便造出宇宙。但現實是難以被欺騙的，他們得到的與他們的願望正相反。他們想擁有統治現實的威力，反而卻失去了他們意識的力量。他們拒絕去認清一切，從而使自己陷入了無邊無際的未知恐懼之中。」

「那些將你吸引到他們教義裡的無理性幻想，那些被你奉為偶像，並以此去犧牲了整個世界的情緒，以及你內心之中的那股黑暗、時隱時現、被你看成是上帝或者你心裡的聲音的激情，不過是一具你的思想的死屍而已。那股與你的理智交鋒、讓你難以解釋和控制的情緒，不過是一副因為你拒絕思考而陳腐凋敝的心智殘骸。」

「只要你們還有拒絕思考和觀察的罪惡行為，在無情的現實面前還抱著哪怕一絲小小的幻想，只要你還說什麼：但願我偷餅乾或者謊稱上帝存在的事能躲過理性的審判，讓我在皈依理智前最後再一次異想天開──你就是在違背自己的意識，腐蝕自己的心智。你的心智便成了一名被收買的、聽命於詭祕的地下勢力的法官，他的判斷就不敢去面對嚴酷的現實，並會因此去篡改證明事實的依據──這種結果便是一種經過了審查後被分化過的事實，經過篩選，你所看到的是飄落在被迴避和被割裂的事實裡的星星點點，它們是被用消毒水封在了你封閉思想的心智裡。」

「你想壓垮的是具有因果關係的聯繫，你想擊敗的對手是因果律：它不會給你帶來奇蹟。因果律將同一律落實到了行動之中。一切行動都源自存在的實體，行動的本質生成並取決於做出行動的實體；任何事物的行為都不會違背本性。行動如果不是來自一個實體，便是出自虛無，這就意味著虛無控制了一個具體的物體，無形的東西控制著有形，不存在的東西控制著存在——這就是你的老師們一心想要的世界，這就是他們盲目行動的學說的來源，他們反抗理智的原因，他們道德觀的目標，他們的政治哲學，經濟主張，這就是他們想達到的理想：虛無的統治。」

「同一律也不允許你既想吃掉蛋糕，又想留著它。根據因果律，只有先有蛋糕才談得上去吃蛋糕。但如果你的心智將這兩種規律統統抹去，對己對人都裝出視而不見的樣子——你就會聲稱有權利今天吃你的蛋糕，明天再來吃我的，就會宣稱，在烤出蛋糕前就去吃掉它才會有蛋糕，生產的方式就是先消費，白日夢者有平等的權利去索取東西，因為一切的產生都是平白無故的。毫無緣由，在物質上造成的結果就等於精神上的不勞而獲。」

「只要你反對因果律，你的動機就是想要欺騙，這比對它的逃避更為惡劣：你是想顛倒它。你想平白得到愛，彷佛原本是結果的愛能夠帶給你本來是原因的個人價值——你想平白得到尊敬，彷佛原本是結果的尊敬能帶給你本來是品德的原因——你想平白得到財富，彷佛原本是結果的財富能帶給你本來是原因的能力——你乞求憐憫，是憐憫而非公正，彷佛平白得到的原諒可以消除作為起因的你的乞求。為了能縱容你那醜陋的欺騙，你就去支持你的老師們的教條，他們則像野豬一般地叫囂著本是結果的花費，創造了本是原因的富有，本是結果的儀器創造了本是原因的智慧，本是結果的性欲創造了本是原因的思想價值。」

「誰在支撐如此的鬧劇，誰造成了這樣的毫無緣由？是誰成了受害者，被詛咒著沒沒無聞地死去，免得他們的憤怒會戳破你們假裝他們不存在的假象？正是我們這些有心智的人。」

「是我們創造出了你所覬覦的價值，我們所做的思考是進行區分和發現聯繫的過程。我們讓你們學會去知道、去說話、去生產、去想像、去愛。你們捨棄了理智——如果不是我們將它保存起來的話，你們就無法實現你的願望，甚至連想都想不到。你們根本想不到要沒做出來的衣服，要沒發明出來的汽車，要用沒設計出來的錢去換回不存在的商品，要體會那些一事無成的人所體會不到的被尊敬的感受，要得到屬於那些保留了思考、選擇和評價能力的人的愛。」

「你們這些感覺從深山叢林裡一步跳到了紐約的第五大道，宣佈要占有電燈，卻要將發電機毀掉的人，在毀滅我們的同時卻占有我們的財富，在詆毀我們的同時卻在享受著我們的價值，在否認思想的同時卻在說著我們的語言。」

「正如那些精神神祕主義論者漠視著我們的存在，同時依靠我們的世界去幻想他們的天堂，並且承諾你會得到奇蹟，從空空無物中創造出的獎賞——你那些物質神祕主義論者也無視我們的存在，向你承諾有一個天堂，在那裡，在你那個沒有思想的心智的願望下，事物會聽從它自己的隨意驅使，變成你想要的各種好東西。」

「幾百年來，精神神祕主義論者是靠收取保護費而得以存在的——他們讓人世間苦難重重，然後向你收取安撫慰問的費用，他們嚴禁一切支持生命的美德存在，然後便騎上你負罪的肩頭。他們將生產和享受宣佈為罪惡，然後從罪者那裡收取贖金。我們這些有心智的人便是他們教義裡不言而喻的受害者，我們情願違反他們的道德規範而擔負起視理性為罪惡的非難——他們空想和祈禱的時候，我們在思考和行動——我們成為道德的流放者，當生命被認為有罪時成為生命的走私犯——而他們可以身披道德的榮耀，因為他們不必再去貪圖，可以無私慷慨地奉獻，而這些財富的創造者是已被抹殺乾淨的人們。」

「現在，我們在野蠻人的枷鎖下被奴役，無名無姓，甚至連罪人的身分都沒有——他們宣稱我們並不存在，並威脅說，如果不能給他們想要的那些子虛烏有的東西，我們僅有的這點可憐的生活權利也將被剝奪。他們現在要我們繼續去維持鐵路，保證火車準點行駛；要我們繼續維持鋼鐵廠，保證支撐你們橋樑的鋼筋和載你們上天的飛機機身裡的分子結構分毫不差——與此同時，你們這些小丑般的物質神祕主義論者，卻對我們這個殘存的世界你爭我奪，像野獸一樣號叫，不承認原則、絕對、知識、心智的存在。」

「他們墮落得連野蠻人都不如，還相信他們說的話有改變現實的魔力，相信他們不說出口，現實也可以被這股魔力改變——他們的魔法工具就是去消除一切，自欺欺人地認為，在他們拒絕承認的邪惡咒語面前，一切都不可能生存。」

「正如他們的身體裡填滿了盜來的財富，他們同樣用偷來的思想填滿自己的心智，並且聲稱誠實的表現就是不承認知道有人在竊盜。正如他們用結果來頂替和否定原因一樣，在占有我們思想成果的同時，他們也否認著這些思想的來源和存在。正如他們是想霸占而不是去建造工廠一樣，他們是在霸占而不是去思考人類的思想。」

「正如他們宣稱搞工廠只要會開機器就行，而誰來創建工廠的問題則不用考慮一樣，他們同樣宣稱並不存在實體，存在的只是運動，全然不顧運動的前提是要有會動的物體，沒有了實體的概念也就沒有了所謂的『運動』。正如他們宣稱自己有不勞而獲的權利而不管誰是創造者一樣，他們同樣宣稱同一律並不存在，存在的只有變化，全然不顧變化的前提是要有能做出從此到彼的變化的東西，沒有了同一律也就不可能有所謂的『變化』。正如他們一邊壓榨著企業家，同時又對他的價值予以否認一樣，他們同樣想霸占一切存在的力量，同時又否認『存在是存在著的』。」

「『我們知道自己一無所知，』他們一邊嚷嚷，一邊抹殺著他們霸占知識的事實——『不存在絕對，』他們一邊嚷嚷，一邊抹殺著他們所說的也正是一種絕對的事實——『你不能證明你是存在或有意識的，』他們一邊嚷嚷，一邊抹殺證明本身便要求具備存在、意識以及一系列嚴謹的知識：必須要有某些需要瞭解的事實，能夠瞭解它的意識，以及將已被證明與未被證明區分開來的知識。」

「一個還不會說話的野蠻人宣佈一定要證明存在時，他是在要你用不存在的方法去求證——當他宣佈一定要證明你的意識時，就是在要你用無意識的方法去證明——他是要你進入一個沒有存在和意識的地方向他證明這兩者的存在——他是要你變成一個虛無，去知道什麼是虛無。」

「當他宣佈公理是一種隨意的選擇，他不接受他存在的這個公理時，他就是在抹殺事實，既然能說出這句話，就說明他已經承認了自己的存在，要想否認的話，就只有閉上嘴巴別信口雌黃，然後去死。」

「公理是一個陳述，是知識以及與該知識相關的其他進一步陳述的基礎，無論講話者是否想將它闡明，它必然都已被其他所有的陳述所容納。公理是一個命題，它所表明的事實令對手無力反駁，他們不得不承認它，即使在各種對它進行否定的企圖中，也會應用到它。讓拒不承認同一律的野蠻人在表述他的理論時不要用同一的概念或者經它衍化而來的任何概念——讓那些拒不承認名詞存在的半人半獸，試試去發明一種沒有名詞、形容詞，或動詞的語言——讓拒不承認感知力存在的巫醫試著不要依靠感知而證明他的理論——讓拒不承認邏輯存在的加害者試著不用邏輯去證明他的話——讓那些號稱十五層的高樓不需要地基的侏儒試著去把他自己樓房的地基挖出來——讓那些叫囂說人的思想自由在創建工業文明後便毫無用處的食人者，從大學經濟系主任的位置上退下來，讓他們拿起弓箭，穿起獸皮。」

「你是否認為他們把你帶回了黑暗時代？他們帶你退回的黑暗時代是歷史上前所未有的。他們不僅僅要退回到尚無科學的年代，還想倒退到沒有語言的時期。他們是要讓你失去人的思想、生活及文化賴以生存的概念：客觀現實的概念。一旦你能認識到人類意識的發展歷程——就會識破他們的用意。」

「野蠻人是一種還未理解到A即是A以及現實的真實性的動物。他把自己的心智禁錮在嬰兒一般的程度，仍處於初始的感官意識萌芽階段，還分不清物體之間的區別。這個世界只有在嬰兒的眼裡才會是一團看不出物體的模糊閃動——當他能認出那個晃來晃去的影子是他的媽媽，她身後那團漩渦般的東西是一道簾子，開始明白這兩樣都是實在的、不可互相替代的東西，它們就是這個樣子，就是存在著的時候，他便開始有了心智。當他明白物體沒有主觀意識的時候，也就有了他自己的主觀意識——這時他就成了一個人。當他明白從鏡子裡看到的反射不是錯覺，既真實而又並非是他本人——在沙漠裡看到的海市蜃樓不是錯覺，使它生成的空氣和光是真實的，但那並非城市，只是城市的折射影子而已——當他明白他不是被動地獲得各種感覺，他無法從那些各有意義、互不相干的感覺碎片裡獲得知識，他的知識是將那些具體的意義通過大腦整合而成的——當他明白他的感覺不會騙他，物體不會無緣無故地活動，他的感知器官是生理構造，本身並無意志，不會去編造或竄改，它們呈現給他的是絕對的事實，但他的心智必須學會加以理解，他的心智必須認清感覺所帶來的真相、原因和來龍去脈，必須對感知到的一切加以識別——這時，他便成了一個善於思考的科學家。」

「我們完全做到了這一切；你們所選擇做的是其中的一部分；野蠻人則永遠不會做到。」

「對野蠻人來說，世界是一個莫名其妙的奇蹟，各種可能都會在沒有生命的物體上發生，而他則全無機會。他的世界並非未知，而是那種無理性的恐怖：不可知。他相信有形的物體被賦予了一種神祕的意志，是被沒有道理、不可預知的奇怪力量所推動，而他則只能像個小卒子那樣，聽憑一股超人力量的擺佈。他相信自然被無所不能的魔鬼們所統治，現實是他們任意耍弄的玩具，他們隨時可以將他碗裡的飯變成蛇，將他的妻子變成甲蟲，把他從來沒發現過的A變成任何一種不是A的東西，他心裡唯一的想法就是不要試圖去瞭解任何東西。他什麼都不能指望，只能幻想，他一生都在幻想，在乞求魔鬼手下開恩，讓他能實現幾個幻想。一旦他們開了恩，自然會歸功於他們，一旦他們沒答應，便自艾自怨，用他的感激和內疚作為向他們獻身的籌碼，在恐懼之下向著日月風雨和任何一個將他宣佈為代言人的歹徒頂禮膜拜。當然，歹徒的話莫名其妙，面具是要足夠嚇人才可以——他的幻想、乞求、五體投地和死亡為你留下的是一個他所崇拜的人、獸、蜘蛛混合成一體的畸形怪物，這便是他對生命的看法，一個失去本來面目的世界的化身。」

「你們現在的老師們心裡想的和他不謀而合，他們要帶給你們的正是這種世界。」

「如果你們不知道他們怎樣才能達到這種目的，就到任何一間學校的教室裡看看，你們會聽到教授們正在教育孩子說人什麼都確定不了，人的意識完全靠不住，他掌握不了任何事實和生命存在的規律，無法瞭解現實中的物體。那麼，他的知識和真理的標準又是什麼呢？他們會回答說，只要是別人相信的。他們教導說，世上根本沒有什麼知識，有的只是信仰：你相信自己的生命是一種信仰，這和別人相信他有權殺死你毫無差別；科學的公理是一種信仰，與神祕主義論者相信上天的啟示毫無差別；相信發電機可以點亮電燈是一種信仰，與相信月初第一天在梯子下親兔子腳也能點亮電燈毫無差別——真理可以任人們隨心所欲，這裡的人們可不包括你自己；現實是人想怎麼說就怎麼說的，不存在什麼客觀事實，只有人們的隨意想像——在實驗室裡靠試管和分析尋求知識的人是落伍和迷信的傻瓜；真正的科學家應該到處去蒐集公眾的看法——如果不是因為那些製造鋼鐵的自私貪婪的生產者，為了獲取他們的既得利益而阻礙科學的進步，你們就會知道紐約市並不存在，因為如果對全世界的所有人做一項調查的話，壓倒多數的人都會說他們的信仰無法允許它的存在。」

「幾百年來，精神神祕主義論者一直宣稱信仰高於理性，卻從不敢否認理性的存在。與他們一脈相承的物質神祕主義論者則已經完成了他們的使命，達到了他們的夢想：他們宣稱一切皆是信仰，並稱之為對信仰的叛逆。為了反對那些未經證明的斷言，他們宣稱一切都無法被證明；為了反對超自然的知識，他們宣稱沒有知識；為了反抗科學這個對手，他們宣稱科學是迷信；為了反抗對心智的禁錮，他們宣稱心智根本就不存在。」

「如果你放棄了自己的洞察力，同意將你的客觀標準轉變為集體的標準，然後等著讓眾人告訴你該如何思考，你就會在遭到你拋棄的眼前看到另一個機關啟動了：你會發現你的老師們成了眾人的統治者，假如你拒絕服從他們，抗議他們並不是全體人民的話，他們會回答你：『你憑什麼說我們不是？』兄弟，你怎麼還在用這種老掉牙的說法？」

「假如你對他們這樣的居心還有懷疑的話，注意一下物質神祕主義論者為了讓你能忘記『心智』這概念的存在，自始至終是多麼的不遺餘力。注意一下他們語焉不詳、長篇大論的說教手段，他們的詞語空洞，無頭無尾，總是想找辦法不承認『思考』這個概念。他們告訴你，你的意識是由『條件反射』、『反應』、『經驗』、『願望』和『動力』組成——但他們卻拒不說明是靠什麼得出了這樣的結論，拒不說明他們這樣說和你這樣聽等於是在做什麼。語言能夠對你起作用，他們說，卻拒不說明語言為什麼能夠改變你的——空白。學生對書的理解是通過一種空白的過程，搞發明的科學家進行的是一種空白的行為，為精神病患者診治，解決疑難的心理學家用的是空白的方法。企業家——空白——根本沒有這樣的人。工廠和樹、石頭、泥塘一樣，都是一種『天然的資源』。」

「他們對你說，生產的問題已經得到解決，不值得再去研究和操心了；現在唯一剩下要靠你的『條件反射』去解決的是分配問題。是誰解決了生產的問題？是人類，他們回答。解決的辦法是什麼？東西已經擺在這裡了。它們是怎麼來的？反正就是來了。原因何在？一切都是沒有原因的。」

「他們宣稱只要人一出生，無須勞作就有權活下去，縱然是違背自然的法則，也有權獲得『最低限度的生計』——食物、衣服、房子——這些東西是他不用努力，天生就該得到的。是從誰那裡得到的？空白。他們宣稱，每個人都平等擁有科技在這個世界上創造出來的好處——那是誰創造的？空白。以企業家的捍衛者自居的抓狂的膽小鬼們，現在將經濟定義為『在人們無限的欲望和限量供應的物資之間的一種調節』。由誰來供應？空白。以教授自居的知識強盜們對前輩思想家不屑一顧，說他們的社會理論建立在人是理性動物的不切實際的假設基礎上——他們宣稱，既然人並無理性，就應該建立起一種制度，使人們能夠在沒有理性的情況下生存，也就是說：藐視現實。由誰去建立這樣的制度？空白。只要有任何一個流落街頭的平庸之才，迫不及待地把他抑制人類創造的計畫印刷出版——不論人們是否同意他的論據，都不會質疑他有靠槍彈強制施行計畫的權利。強制誰？空白。隨便幾個靠著來歷不明的收入在全世界閒逛一周的女人，回來後便散佈說，落後地區的人民要求有一種更高水準的生活。向誰要求？空白。」

「為了防止有人追究小山村和紐約城形成巨大反差的原因，他們無恥地說人是具有『製造工具』的本能的動物，以此來解釋摩天大廈、懸索大橋、發動機、火車等人類工業的進步成果。」

「你們不知道這個世界問題何在嗎？現在你們所看到的就是提倡平白無故、不勞而獲的教義所達到的頂峰。所有你們這些精神或物質的神祕主義論者，正在為能夠取得統治你們的權力而互相爭鬥，對你們這些願意不要心智的人吼叫說，愛能解決你們精神方面的所有問題，而癡心妄想能解決你們的一切現實問題。人的尊嚴在他們眼裡還不如一頭牛，在對待人時，甚至對連馴獸師都能告訴他們的道理置之不理——對動物不能用恐懼去馴服，受苦的大象會踐踏令牠受苦的人，不會為他工作和馱東西——他們指望人在得到限量的一點點糧食後，在皮鞭的驅趕之下，還能繼續去生產燈管、超音速飛機、強勁的發動機和太空望遠鏡。」

「要徹底認清神祕主義論者的面目。他們多少年來的唯一目的就是要削弱你們的意識——他們的唯一欲望就是能夠強行統治你們。」

「無論是愚昧荒唐地歪曲現實，將受害者的心智幾百年來一直抑制在對超自然的恐懼中的山野巫師——或是中世紀時期的崇拜超自然學說，讓人們擠住在泥濘不堪的牲口棚內，唯恐魔鬼會偷走他們辛苦了十八個鐘頭才弄到嘴邊的一碗湯——還是那個一臉奸笑的教授，信誓旦旦地說你的心智不能思考，你無法感知，唯有盲目遵從社會這個超乎自然的萬能意志——他們的行為都是一樣的，都是為了一個共同的目的：把你變成放棄意識的一團爛泥。」

「但是，沒有你的同意，這些就不可能得逞。如果你同意了這樣的做法，那就是自作自受。」

「當你聽著神祕主義論者長篇大論地在講人類心智的無能，並且開始懷疑你自己，而不是他的想法，當你任由你那本不堅定的半理性狀態在他人的斷言之下動搖，並且認為還是聽信他的高明見識更為妥當時，你們雙方就都非常可笑：唯一能讓他感覺心裡有底的便是你的認可。神祕主義論者害怕的超凡力量，他頂禮膜拜的冥冥神靈，他認為萬能的那股意識，正是屬於你的。」

「神祕主義論者是一碰到他人的心智就繳械投降的人。當他自己對現實的理解與別人的斷言發生衝突，在別人的專制命令和自相矛盾的要求面前，他就像個小孩那樣怯懦地不敢堅持主見，從而放棄自己的理智。在面臨『我知道』和『他們說』這兩種選擇時，他就選擇別人的權威，寧願順從也不想弄懂，寧願相信也不想思考。相信超凡的力量漸漸演變為相信別人總高他一籌。他的認輸表現為總覺得必須要去掩飾他理解力的不足，覺得別人知道一些他不知道的祕密，覺得現實就是被他們用某些他永遠都得不到的手段隨意擺弄成的樣子。」

「畏懼思考的他從此便聽任無法說明的情感的發落。他的感覺成為他唯一的指引和他剩下僅有的一點人的特徵，於是他便不顧一切地抓緊了它——他的一切想法都是千方百計地讓他可以不去看到自己真正感到的恐懼。」

「當神祕主義論者號稱自己感覺到有高於理性的力量存在時，他的確是有此感覺，但這並非宇宙萬能神靈的力量，而是任何一個他所碰到，並為之放棄他自己思想的路人的意識。神祕主義論者急於去對其他人無所不能的意識加以影響、欺騙、恭維、蒙蔽和壓迫。『他們』是他打開通向現實之門的唯一一把鑰匙，他覺得一旦離開他們神祕的力量，不把他們那不算數的認可索取到手的話，他就無法生存。『他們』是他唯一的感知手段，如同盲人依靠狗帶路一樣，他覺得為了活下去，他就必須拴住他們。控制別人的意識成了他唯一熱中去做的事情；對權力的欲望是一株野草，只會生長在貧瘠荒蕪的心智之中。」

「每個獨裁者都是神祕主義論者，每個神祕主義論者都是潛在的獨裁者。神祕主義論者渴望得到的不是人們的擁護，而是他們的服從。他希望人們能像他那樣，放棄他們的意識，聽命於他的主張、他的法令、他的願望、他的幻想。他想用信任和暴力這兩種手段對付人——通過事實和理性去取得擁護令他難以滿足。理性這個敵人既讓他害怕，又讓他覺得危險：對他而言，理智是一種欺騙手段，他覺得人具備某些比理智更有效的力量——只有他們平白無故的忠信或被迫之下的服從才能讓他感覺安全，才能證明他獲得了對他所缺乏的神祕稟賦的掌控。他想要做的是發號施令，而不是說服：說服需要依靠他自己，而且要取決於無情的客觀現實。他尋求的是一種高於現實的力量，能夠超出人們的心智——這個會在存在與意識之間對他的意圖有所察覺的能力，好像只要人們同意了他偽造現實的命令，現實就真的能夠偽造出現實一樣。」

「正如神祕主義論者在實質上是一條榨取別人財富的寄生蟲——正如他在精神上是一條霸占他人智慧的寄生蟲那樣——他比自我編造扭曲的現實的瘋子還要瘋狂，已經到了一心要別人編造的扭曲的變態寄生蟲的地步。」

「只有一種狀態能夠滿足神祕主義論者對無限、無因、無名的追求：那就是死亡。無論他如何把那些莫名其妙的理由歸因於他表達不出的感受，拒絕現實就是拒絕存在——從此，推動著他的情緒的便是對人的一切生命價值的仇恨，以及對摧毀它的所有邪惡的嚮往。神祕主義論者欣賞苦難、貧窮、屈從和恐懼的景象；這些讓他有一種勝利的感覺，是擊敗理性現實的一種證明。只不過，不會再有別的現實存在了。」

「不管他自稱是在為誰的利益服務，無論他是為上帝還是為被他稱做『人民』的那些出離靈魂的怪物，無論他用神乎其神的言詞喊出什麼理想的主張——在這樣一個現實和世界裡，死亡便是他的理想，屠殺便是他的渴望，只有使人受盡苦難才能令他稱心如意。」

「毀滅是神祕主義論者的理論能達到的唯一目的，這正是你們如今所看到的，假如他們造成的破壞還沒有讓他們反思自己的理論，假如他們口口聲聲說被愛感動，卻對成堆的死人屍骨無動於衷，那正是因為相比於你們能聽到他們的那些無恥藉口——只要目的正當，可以不擇手段，他們採取恐怖的手段是為了達到高尚的目的——他們的靈魂更加卑鄙。事實是，那些恐怖就是他們的目的。」

「你們墮落到相信自己可以在神祕主義論者的專制下苟且偷生，可以俯首聽命地去取悅他——想取悅他是辦不到的；你要是聽話，他就會把命令反過來，他完全是為了順從而命令人去順從，為了毀滅而進行毀滅。你們怯懦到相信只要對他的顛倒黑白忍讓一時，就能和他達成妥協——他是收買不了的，他想要的賄賂是你的生命，慢也好，快也罷，只要你願意將它放棄——他想去賄賂的怪物是在他心中隱藏著的虛無，它驅使他去進行屠殺，好讓他明白他所希望的滅亡也正是他自己的歸宿。」

「你們天真到相信驅使著眼下四處橫行的暴力，是貪得無厭的掠奪——神祕主義論者所進行的大肆掠奪只是用來掩蓋他們真實用意的障眼法。財富是人類生活的一種工具，他們模仿著生命，要求得到財富，自欺欺人地裝出一副希望生活下去的樣子。但他們面對霸占來的財物，並不是高興地沉溺其中，而是卑鄙地逃避。他們並非想要你的財富，他們是想讓你失去它；他們並不希望成功，他們是想讓你失敗；他們並不想活，他們是想讓你死；他們什麼都不想得到，他們痛恨存在，始終不停逃避，誰都不想看到自己所恨的正是自己。」

「你們從來沒有認清邪惡的本來面目，還把他們說成是『誤入歧途的理想主義者』——但願被你們發明的那個上帝能饒恕你們！——他們才是邪惡之本，正是他們這些反對生命的東西企圖將世界鯨吞，以填補他們靈魂的失去自我的空白。他們眼裡盯著的不是你們的財富，他們進行的是一場針對思想而設下的陰謀，說穿了就是：與生命和人類作對。」

「這場陰謀沒有領導者和方向，眼下這群趁火打劫的歹徒是一群從決堤的陳年地溝和水壩裡泛出來的渣滓，把自己對理性、道理、才能、成就以及快樂的仇視填在這個地溝裡的，則是每一個鼓吹叫囂過『心』優於心智的反人類者。」

「實施這場陰謀的是所有那些不想尋求，而是要逃避生命的人，他們只想砍掉現實的一角，卻在內心感覺到被其他爭先恐後的剝削者所吞沒——這樣的一個陰謀用逃避作為紐帶，將虛無的追求者們統統聚到了一起：其中有自己不會思考，樂於摧殘學生心智的教授，因為自己一事無成而樂於束縛住其他競爭對手的商人，因為對自己充滿厭惡而樂於去摧垮自尊者的精神病，樂於破壞別人成果的無能之輩，樂於毀滅天才的平庸者，樂於閹割掉所有感官享樂的太監——以及支持他們，叫囂說犧牲美德就能讓惡行轉化為善行的思想上的軍火商。死亡是他們理論的最根本的出發點，死亡是他們的行動想達到的目標——而你們則是他們最後的一批受害者。」

「我們這些曾經擋在你們和你們的理論之間的活生生的緩衝，再也不會從你們的選擇帶來的後果中挽救你們了。我們再也不願意用我們的生命去抵償你們一生的欠債，或者償還你們身後多少代人積累出的道德赤字。你們一直在借債度日——而我就是來討債的。」

「我就是那個生命被你們的虛無給忽略掉的人，我就是那個你們想要他不死不活的人。你們不想讓我活著，是因為你們害怕我會知道，是我擔負起了被你們丟掉的責任，你們的生命要依靠我；你們不想讓我死，是因為你們其實已經知道了。」

「十二年前，我是一個在你們世界裡的工作的發明家。我這行是人類歷史上最後一個出現，同時被首當其衝趕出人類歷史而消失的職業。一個發明家對一切都會問『為什麼』，而且不允許有任何東西橫亙在答案和他的心智之間。」

「和人們曾經發現蒸汽和石油的用途一樣，我發現了一種自地球誕生以來就一直存在的能源，但人們還不知道該如何使用，只是把它當成崇拜與恐懼的對象，當成是與上帝震怒相關的神話。我做出了一個發動機的實驗模型，它會為我和我的雇主帶來滾滾財富，會提高一切能源應用的效能，讓你為生活所工作的每一小時都取得更大的收穫。」

「後來的一天夜晚，我在工廠的會議上得知自己因為做出了這項成果而被判處死刑，我聽到三個寄生蟲把我的心智和生命畫歸成他們所有，我是否還能生存取決於他們是否滿意。他們說，我的才能應該去滿足那些不如我的人們的需要。他們說，因為我的生存能力強，我就沒有生存的權利；由於他們無能，他們才有不受限制的生存的權利。」

「在那時，我便看出了這個世界的錯誤，看出了是什麼毀滅了人類和家園，應該在哪裡去爭取生活的權利。我看出對手是被顛覆了的道德——而我的認可就是它唯一的動力。我看出邪惡的無能——它沒有理智，盲目，抗拒真實——它取勝的唯一武器就是善良甘願為它效勞。正如我周圍的寄生蟲口口聲聲說他們只能依靠我的心智，並且指望我能主動當他們無力強迫我去當的奴隸，正如他們企圖靠我犧牲自己來使他們的計畫得到實現——綜觀全球和人類的歷史，從遊手好閒的親戚進行的敲詐勒索，到集體主義國度實施的暴行，無論說法和形式如何，都是善良、能幹、有理智的人們在自掘墳墓，把他們善良的血液輸給了邪惡，並讓邪惡向他們傳遞著毀滅的毒藥，使邪惡得到生存的力量，自己得到的卻是死亡。我看出邪惡要想戰勝任何善良的人都必定要得到他本人的同意——如果他堅決不肯，別人再怎麼傷他也沒用。我看出我只要說出我心智中的一個字來，就可以阻止你們的暴行。於是我說了出來，這個字就是『不』。」

「我離開了那家工廠，離開了你們的世界，每天所做的就是提醒被害者，並把和你們抗爭的方法和武器交給他們。這方法就是要進行反擊，正義就是武器。」

「如果你們想知道我離開之後你們失去了什麼，加入我罷工隊伍的人們何時放棄了你們的那個世界——你們可以去一片沒有人跡的荒漠上問問自己，如果你們拒絕思考，而周圍沒有人教你們該怎樣做，你們又能活成什麼樣，又能堅持多久，或者假如你們去思考的話，你們的心智又能發現多少東西——問問你們自己這輩子做出過多少獨立的決斷，花過多少時間做你從別人身上學會的那些事——問問你們自己能不能發現耕地種糧的方法，能不能發明滑輪、槓桿、感應線圈、發動機和電燈——然後再想想那些有才華的人是不是在依靠你們的勞動果實生活，在掠奪你們創造的財富，想一想你們敢不敢相信自己還有力量去奴役他們。讓你們的妻子看看那個滿臉滄桑、乳房下垂、成年累月坐在地上磨糧食的山野婦人——然後讓她們問問自己，她們所謂的『製造工具的本能』能不能為她們帶來電冰箱、洗衣機和吸塵器，如果不能的話，她們是否要把能夠創造出這些東西，但絕非依靠『本能』的人毀掉？」

「看看周圍吧，你們這些野蠻無理的人，還結結巴巴地說什麼思想是從人的生產工具而來，造出機器的並不是人的心智，而是造出人類思維的那股神祕的力量。你們從來就沒有發現過大工業時代——還死守著憑奴隸勞力掙扎過活的蠻荒時期的道德。每個神祕主義論者都害怕物質現實，從而希望能有奴隸來保護他。而你們呢，你們這些可笑的返祖動物在身邊林立的高樓大廈和煙囪前茫然發呆，夢想著能夠奴役創造出這一切的科學家、發明家和企業家們。在你們叫囂著要把生產工具充公時，就是在叫囂著要將心智充公。我已經告訴了參加罷工的人們，你們只配得到一種回答：『試著來拿吧。』」

「你們聲稱自己對非生命的東西所具有的力量無可奈何，對於那些做出了讓你們難以企及的壯舉的人們，你們卻想去控制他們的心智。你們口口聲聲說離開我們就活不成，卻想一手控制我們的生存條件。你們聲稱需要我們，卻始終愚蠢地認為你們對我們有高壓統治的權利——大自然讓你們覺得恐懼，我們可不怕它，而你們卻認為我們會怕那個說動你們來命令我們的傢伙。」

「你們說想根據下面這些宗旨建立起一種社會秩序：你們對自己的生命無力把握，卻能夠控制其他人的生命——你們不適合生活在自由之中，卻適合去做一個萬能的統治者——你們的智慧養不活自己，卻可以對政客進行評定和挑選，讓他們去全權操控你們從未見識過的藝術，從未研究過的科學，全然不懂的成果，以及管理你們都認為自己難以勝任的龐大企業。」

「這樣一種對虛無的頂禮膜拜，無能的象徵——先天的難以自立——就是你們用來重塑自己靈魂的人的形象和你們的價值標準。『畢竟只是個人啊。』你們就是如此低三下四地為所有墮落的行徑開脫，企圖讓『人』這個概念等同於怯懦者、傻瓜、撒謊者、騙子、失敗者、膽小鬼，從而逃離人類對英雄、思考者、創造者、發明者、強者、堅定以及純潔的追求——彷彿人類就是『去感覺』，而不是去思考；是失敗，而不是成功；是腐敗，而不是高尚——彷彿人註定無法生存，就應該滅亡。」

「為了剝奪我們的榮耀，從而進一步剝奪我們的財產，你們一向把我們視為不配得到道德肯定的奴隸。只要自稱是非營利組織，你們就予以稱頌，對賺錢養活了這些組織的人們卻加以鞭撻。你們認為讓人白吃白喝的服務『符合大眾利益』；而要人掏錢的東西則不是大眾所需。『大眾利益』就是救濟施捨，進行買賣交易則有損大眾。『大眾的福祉』就是那些坐享其成者的福祉，而勞動者則無權享受。對你們來說，『大眾』就是無德無能之人，任何具備了品德與價值、供養你們生存的人就不再被視為大眾或者人類的一部分。」

「只要被你們迫害的人們說個『不』字，就足以使你們的體系土崩瓦解，是什麼讓你們對此視而不見，還認為這樣一堆矛盾百出的垃圾能夠行得通，並且妄想把它描繪成理想社會的藍圖？是什麼使得粗俗野蠻的乞丐在面對比他強得多的人時都能把疼痛拋在腦後，用威脅的口吻要求幫助？你們和他一樣哭叫著讓我們可憐你們，但隱藏在內心的則是你們的那套道德原則在教你們要利用我們的內疚，你們指望我們在你們的醜惡、創傷和失敗面前對我們具有的美德感到內疚——為成功的生命而內疚，為享受著你們所譴責的生活而內疚，但你們同時卻還在求我們幫你們活下去。」

「想知道約翰·高爾特是誰嗎？我是頭一個不把自己的才能視為罪疚的人，我不因為自己的優點而去悔過，或者允許它們被用來毀滅我自己。我頭一個拒絕為那些想用我的死保住他們性命的人做出犧牲。我是頭一個說我不需要他們的人，他們必須接受我和他們的生活中都不存在對方的現實，直到他們學會把我當做商人，用等價交換的方式和我交往，到那時，我就會讓他們明白是誰在要求，又是誰才有本事——如果以人類的生存作為標準，誰的道理才是生存之道。」

「我精心計畫所做的一切，其實已經自然而不為人注意地在歷史上出現過了。有識之士在抗議和絕望中罷工自古就屢見不鮮，但他們並不知道他們行動的意義。有人隱出大眾的視線，獨自思索，卻從不將他的想法告知世人——有人在平凡卑微中默默終其一生，始終抑制著自己思想的烈火，絕不讓它顯現於這個為他所鄙視的世界——有的人不堪忍受，有的人一開始就放棄了，有的寧願放棄也不肯妥協，有的因壯志難酬而消極應付——他們是在罷工，是在罷工中抗議理性的喪失，抗議你們的世界與價值。儘管他們並不清楚自身具有的價值，卻陷入絕望憤慨的黑暗之中，因而放棄了對它的追求，他們一身正氣卻尚未弄懂正義的真正內涵，滿腔激情卻尚未理解欲望的概念，他們將現實的控制權拱手讓給你，喪失了自己心智的動機——他們如同從未搞清反抗目標的起義者，從未發覺心中摯愛的愛人，在苦澀中忍受著被廢黜的滋味，直到死去。」

「那個不堪回首、被你們稱做黑暗時期的年代便是智慧罷工的年代，有能力的人躲入地下，暗中研習，伴隨著死亡，他們智慧的結晶也隨之毀滅，只有寥寥幾個最無畏的受難者在支撐著人類。神祕主義論者統治的時代無不停滯蕭條、哀聲遍野，大部分人因反抗現實而停下工作，只求溫飽度日，讓掠奪他們的人們搶無可搶，他們不再思考、探求和創造，最終霸占他們的利益和定奪是非的，則是用神權和特權階級將自己置於理性之上的墮落狂妄之徒。人類歷史的進程是在一連串虛無籠罩下、被妄信和暴力侵蝕的荒漠，只有當理性的人們施展出令你們目瞪口呆和羨慕不已的才華，釋放出他們的能量時，陽光才會出現，但才一露面便又被你們斬盡殺絕。」

「然而，斬盡殺絕的場面這一次將不會出現。神祕主義論者的遊戲到此結束。你們將在自己一手製造的現實中滅亡，理性的我們則會生存下去。」

「我號召那些從沒有拋棄過你們的受難者加入罷工，我把他們缺少的武器給了他們：這就是對他們自身道德價值的認識。我讓他們懂得，我們的道德是生命之道，只要我們用這個無庸置疑的事實去要求，世界隨時都會回到我們手中。這些深受迫害、為人類帶來短暫春天的受害者，這些駕馭萬物的企業家，並不瞭解他們的權利的本質。他們知道自己擁有的是一種力量，我讓他們懂得，那更是一種榮耀。」

「你們竟然認為我們在道德方面不如那些自稱具有超級幻想能力的神祕主義論者——你們像禿鷲一般爭搶掠奪來的銅板，卻推崇算命師，而不是命運的創造者們——你們將商人貶得一文不值，卻讚揚裝模作樣的藝術家——你們的標準的根源就是從遠古的沼澤地裡散發出的祕不可宣的毒氣，就是因為商人養活了你們而說他邪惡的那群死亡道德的信徒們。你們說要超脫下賤的肉體，從體力的苦行中超脫出來——那麼，究竟是為一口糧食而從早到晚荷鋤耕作的印度人，還是開拖拉機的美國人在做勞動？是睡木板床的人還是睡彈簧墊的人在支配著現實？象徵著人類精神戰勝物質的究竟是恆河岸邊細菌滋生的小棚子，還是大西洋岸邊紐約城的天際線？」

「除非你們懂得這些問題的答案——並且懂得在人類智慧的成果面前虔敬以對——否則，在這個為我們熱愛，並且不允許你們踐踏的世界上，你們來日不多，不可能苟度餘生。我已經將歷史的進程擺在了你們面前，並且讓你們看到了你們曾試圖轉嫁給別人的欠債。現在即將被榨乾，然後白白送給死亡的崇拜和散佈者的是你們身上最後一點生命的力量。不要假裝自己是被什麼惡毒的現實擊敗——擊敗你們的是你們自己的逃避。不要假裝你們是為一個神聖的理想而死——你們的死只是被用於養活人類的仇視者。」

「但是，對於你們當中還留有一點尊嚴和對人生的熱愛的人，我要給你們一個選擇的機會，你們是否想為一個你們從未相信和奉行過的道德而死？在自我毀滅的邊緣停步，審視你們的價值和生命——你們知道如何善用自己的財富，而現在，是要善用自己的心智。」

「你們從小就不想自充高尚和犧牲自我，對自己遵守的這一套規矩又恨又怕，甚至不敢對自己承認你們缺乏別人具有的那種道德的『本能』，並一直以此為罪，深深藏在心底。越不去想它，越會高喊著自己是在捨己愛人，為他人而受苦，唯恐他們識破你們已經背叛的自我，那個如同骷髏一樣被你們隱藏在身體裡的自我。而既被你們欺瞞、同時又在騙你們的他們在一聽之後，則高聲贊同，唯恐你們看出他們藏有和你們同樣的祕密。你們相互間的生活是一種龐然巨大的假象，人人都在做戲給別人看，人人都覺得只有自己才是罪孽的異類，人人都覺得只有別人才有權對不為自己所知的道德做出評判，人人都在按照別人的想法製造一種虛假的現實，沒人有勇氣打破這個惡性的循環。」

「無論你們在這種行不通的理論面前做出了如何不恥的退讓，無論你們目前如何能在懷疑與迷信之間竭力尋求一種平衡，你們仍然是在維護最為根本和致命的理論：那就是相信道德與現實的水火不容。你們從小就在逃避著那個令你們不敢面對的恐怖選擇：如果你們為了生存所做的一切，那些能讓你們如願以償、讓你們的身體和精神得到滿足、讓你們受益的一切都是罪惡——如果美好和道德是虛幻、失敗、破壞和挫折，是對你們的傷害，是給你們帶來損失和痛苦——那麼你們面臨的選擇就是道德或者生命。」

「那個兇殘理論的唯一目的就是要將品德從生命中剝離。你們從小到大，一直認為道德法規只會阻礙和危及生命，人的存在與道德無關，一切都可能發生和起作用。在頭腦僵硬、觀念混淆的迷霧之中，你們忘記了那個被你們的理論所詛咒的邪惡正是生命不可缺少的品德，反而認為維持生命的有效方式才真的是邪惡。你們忘記了違背現實的『長處』正是自我犧牲，反而認為自尊才是違背了現實；你們忘記了那個有用的『惡魔』正是創造，反而相信掠奪才會有用。」

「你們既不敢徹底墮落，又不敢全身心地生活，彷彿一根無助的枯枝，在道德荒野上的淒風之中搖擺不定。當你們誠實時，就能感受到那個白癡的嫉恨，當你們進行欺騙時，又覺得恐懼和羞愧，這種擺脫不掉的痛苦感覺使你們越加痛苦不堪。你們可憐那些你們所敬佩的人，你們相信他們註定會失敗；你們羨慕那些你們所憎恨的人，你們相信他們才是生命的主宰。當你們要反抗暴徒的時候，卻覺得手無寸鐵：你們相信邪惡終究會占上風，因為你們認為高尚的情操是無力和不實際的。」

「在你們看來，道德是一個用強迫、乏味、懲罰、痛苦堆積起來的幻影，是將你們從前的第一個老師和你們現在的徵稅者結合在一起的綜合體，是一個立在荒野之上，揮棒驅走你們的享受的稻草人——而在你們眼裡，享受只屬於一個被酒精麻醉的大腦，一個沒有心智的蕩婦，一個把錢押在動物比賽上的傻瓜——因為享受毫無道德可言。」

「假如你們能認清自己的信念，就會發現在你們得出的道德必須是邪惡的可笑結論裡，有對你們自己，以及對生命和美德的三重詛咒。」

「你們奇怪自己為什麼活得沒有尊嚴，愛得沒有熱情，死得毫無掙扎嗎？你們在奇怪為什麼抬頭四顧，滿眼都是難以回答的問題，你們的生活中為什麼充斥著難以想像的矛盾，你們為什麼會騎在不理智的籬笆上，逃避那些刻意為之的選擇：比如是要靈魂還是要肉體，心智還是感情，安穩還是自由，個人的利益還是大眾的幸福？」

「你們是不是哭喊著說找不到答案？那麼你們又想怎麼去找呢？你們拒絕用你們的心智去感知，而後便埋怨說宇宙神祕莫測。你們丟掉了鑰匙，眼睜睜地看著所有的大門都對你們上了鎖。你們一開始追求的便是無理性，卻咒罵在現實中四處碰壁。」

「在我講這些話的時候，兩個小時以來使你們得以抱有騎牆態度的，就是怯懦者慣用的一句老話——『我們不想走極端！』你們拚命不想走的極端就是不去承認現實就是最終的裁決，A就是A，真理就是真理。一個根本無法遵守的準則，一個拖殘守缺、要求死亡的規則教你們學會了埋沒一切想法，容不得半點明確的主張，模糊所有的概念，把一切行動規律視為兒戲，對一切原則閃爍其詞，對一切的價值都讓步，凡事都要居中。它強迫你們接受脫離現實的規律，拒絕自然的規律。它使得道德判斷不復存在，使你們無法做出理智的判斷。這個規則禁止你們先出手扔石頭，它不讓你們認識到還有石頭，也不讓你們知道石頭什麼時候會向你們丟過來。」

「拒絕做出判斷，凡事模棱兩可，宣稱沒有絕對真理並相信可以推卸責任的人，要對目前這樣血肉橫飛的世界負責。現實是絕對，存在是絕對，一粒灰塵是絕對，同樣，人的生命也是一種絕對。你們的生與死是一種絕對，麵包的有無是一種絕對，無論你們是把麵包吃掉還是眼看著它進了掠奪者的肚子，那都是一種絕對。」

「一切事物都有兩面：一面是對，另一面是錯，但只要有居中的一面，就必定是邪惡。即使人會犯錯，但只要他敢做出選擇，便依舊存留著對真理的尊敬。騎牆之人才是惡徒，為了假裝沒有選擇標準和價值標準，他將真理抹殺，情願隔岸觀火，趁機去吸無辜者的鮮血，或是匍匐在罪惡之徒的腳下，他所施行的公正便是將搶奪雙方統統打入監牢，他解決衝突的方式便是讓智者和蠢人各自折衷。只有死亡才會在食物和毒藥的折衷之下獲勝，只有惡魔才會從善與惡的妥協裡得利，正是靠著調和，邪惡才能去吸榨善良的鮮血。」

「理智未泯而又怯懦的你們一直在和現實玩著欺騙的遊戲，然而受騙上當的卻正是你們自己。人們一旦讓自己的美德變得模糊不清，邪惡便擁有了絕對的力量，品德高尚之人一旦丟棄了他們不屈的信念，就會被卑鄙之徒所利用——這時，出現在你們眼前的就是一幅諂媚、無賴、叛變的景象和一個自認為有權利、不肯退縮的邪惡。你們既然已經屈服於物質的神祕主義論者提出的尋求知識是一種無知行為的說法，此刻當他們叫囂說做出道德的判斷是不道德的行為時，你們便同樣會屈服。他們一喊相信自己的正確是自私的，你們就慌忙向他們保證說你們什麼都不能確信。他們一喊堅持自己的信念是不道德的，你們就向他們保證說你們從無任何信念。當歐洲國家的那些劊子手向你們狂吼，說你們不能把你們生存的意志和他們加害你們的願望區別開來，就是心胸狹隘的表現——你們就嚇得連忙保證說自己並不是不寬容的可怕之人。當某些生活在亞洲骯髒地區的赤腳乞丐朝你們大叫：你們竟敢有錢——你們就立刻道歉，求他再等等，向他保證說你們馬上就把錢全交出去。」

「當你們承認自己沒有生存的權利，你們就走進了你們所犯下的叛逆之罪的死巷。一旦你們認為這『不過是忍讓而已』：你們就承認了為自己活著是罪惡，為自己的孩子活著才有道德。隨後你們便會又退一步，覺得為你們的孩子活著是自私的，為了你們周圍的鄰居活著才是道德的。接著你們又覺得為周圍的鄰居活著是自私的，為國家活著才是道德的。現在，從各角落裡湧出的人渣又吞沒了你們國家的偉大意義，你們退而相信為國家而活是自私，為全世界活著才是你們道德上的責任。一個沒有權利去生活的人，就無權利得到，也保持不住任何價值。」

「當你們的武器、自信和榮譽都被剝奪，一步步走到背叛之路的盡頭時，你們便做出最終的叛逆，宣佈你們理智上的徹底破產：當那些國家的物質神祕主義論者宣稱他們是理智和科學的擁有者時，你們不僅同意，而且急忙宣佈說信任才是你們的基本原則，理性是與你們的毀滅者為伍，而你們則支持信任。使你們那些理智和誠實尚存、心靈遭到扭曲的孩子們疑惑不解的是，對於創造出世界的智慧，你們自稱提不出任何支持它的理性依據，說什麼對於自由、財產、公平和權利，根本就沒有合理的解釋，它們的存在是靠一種神祕的見識，認可它們只能依靠信仰，理智和邏輯的敵人就是正確，而信仰則是高於理性的。你們對你們的孩子說，搶掠、折磨、奴役、剝奪和害人都是合理的，但他們必須抗拒理性的誘惑，堅持無理性——高樓、工廠、收音機和飛機都出自信仰和神祕的直覺，而飢荒、集中營、行刑隊則是合理的生存狀態的產物——工業革命是懷著信仰的人們對中世紀那個理性邏輯時代的反抗。與此同時，你們還在一口氣地對那孩子說，統治那些國家的掠奪者會為這個國家創造出更多的物質財富，因為他們是科學的代表，但關心物質財富就是邪惡，人一定要拋開物質繁榮——你們宣稱掠奪者的理想很崇高，但他們是無心插柳，而你們對此卻是認真的；你們和掠奪者進行抗爭，只是因為你們能夠實現他們實現不了的目標；要和他們抗爭，就要搶先一步，將個人的財富散盡。後來，你們奇怪自己的孩子們怎麼會變成了暴徒和近乎瘋狂的罪犯，奇怪掠奪者們為什麼會一步步逼近到你們的家門口來——於是你們把這歸罪於人類的愚蠢，說是大眾聽不進任何道理。」

「對於掠奪者在光天化日之下對心智的洗劫，對於他們為鎮壓思考而做出種種殘暴行徑的事實，你們置若罔聞。你們不顧大多數的物質神祕主義論者都是從精神神祕主義論者起家，兩者不斷互換的事實，被你們稱為唯物或唯心主義者的兩類人，只是相同的人被解剖成的兩部分，他們永遠是在尋求回到完整，但卻是通過在毀滅肉體和毀滅靈魂之間的搖擺變換來達到這個目的——他們不斷地從你們的校園跑到歐洲文人的筆下，再跑到轟然倒塌的詭祕的印度廢墟之中，千方百計地逃避著現實，逃避著心智。」

「你們對此全然不顧，死守著你們那『信仰』的偽善，因為你們不想知道掠奪者正是用了你們的道德準則去壓制你們——你們不想知道掠奪者最終一貫堅持的正是你們半推半就的道德——你們不想知道他們採用的是唯一一種能被採用的手段：就是讓地球變成一座叫人犧牲的大熔爐——你們不想知道你們的道德觀不允許你們採用唯一一種可以反抗他們的方式：就是拒絕去當一頭被犧牲掉的牲口，對你們的生存權利給予自豪的肯定——你們不想知道為了能夠保持存在的權利，並和他們戰鬥到底，你們就必須和你們的道德決裂。」

「你們將它抹去，因為你們的自尊被綁在了那個神祕的『無私』之上，你們從來不曾有過或那樣做過，但多少年來卻一直自欺欺人地認為摒棄它是個可怕的念頭。自尊的價值至高無上，你們卻用它換來了虛假的安全感——如今，你們掉進了你們的道德陷阱，逼著你們為保護自尊而去毀滅自我。這殘酷的玩笑發生在了你們身上：那個你們無法解釋或說明的對自尊的需求，是只屬於我而不屬於你們的道德；它是我的準則的客觀象徵，是我在你們自己靈魂內的證明。」

「憑著一種他尚且不會辨認，但從他初次體驗到生命、發現必須要做出選擇時就產生的感覺，人便知道自尊的有無事關他的生死。作為一個具有意志感知的生命，他知道只有瞭解他的自身價值，才能保持自己的生命。他知道他必須做出正確的選擇；行動上出錯就會危及他的生命；身為人而出錯，一旦成為邪惡，就意味著難以生存。」

「人生命中的每一個行動都必定出自他的意願；哪怕是獲取和吃下食物這樣的行為都表明他在支撐著一個值得支撐的人；他所尋找的每一分享受，都表明這個尋找它的人應該找到如此的快樂。對於自尊的需要，他別無選擇，只能挑選不同的衡量標準而已。當他把衡量的尺度從保護生命換成了毀滅自己，他就鑄成了大錯，因為他選擇的標準與存在發生矛盾，並且他使得他的自尊違背了現實。」

「任何一種無緣無故的自我懷疑的表現，任何一種自慚形穢、暗暗認為毫無價值的感覺，實際上都是人唯恐自己無法面對存在的潛在恐懼。但他越覺得害怕，就會越加拚命地依附著那個令他窒息的吃人理論。人一旦認定自己是一個無可救藥的惡魔，就再也無法從中解脫出來；他一旦這樣做了，緊接著就會發瘋或者自殺。假如他選擇了非理性的標準而又想逃脫出來，他就會進行偽造、逃避和抹殺；他會用虛假的現實、存在、快樂和心智來欺騙自己；最終，他寧願用刻意保持的假象來欺騙自己還有自尊，也不願知道它已經失去。害怕面對就等於是對最壞的結果已深信不疑。」

「使你的靈魂永遠沾染上罪惡的並非你曾經犯下的罪行，也不是你的失敗、錯誤或缺陷，而是你企圖逃避它們所採取的抹殺——這並非什麼原罪或未被瞭解的先天缺損，而是你無視根本、廢棄心智、拒絕思考的事實。恐懼與罪惡是久久地纏繞著你的情緒，它們的確存在，你也是罪有應得，但它們並非出自被你編造、用以掩蓋它們來源的理由，不是出自你的『無私』、軟弱或無知，而是來自於一個對你的生存構成的真切和根本的威脅：恐懼，因為你已經放棄了罪惡這個生存的武器，因為你明白你是有意那樣做的。」

「你背叛的自我就是你的心智；自尊依賴的是一個人思考的力量。你所尋找的那個自我，你既表達不出也說不明白的那個本質的『你』，並非是你的情緒或難以言喻的夢境，而是你的智力——是你在所謂『感受』的惡人驅使下，為了肆意妄為而對智力——這個最高法官橫加指控。隨後，你把自己拉進了一個自造的黑夜，拚命尋找著一團叫不出名的火焰，為一個你曾經發現但已經失去的黎明的假象而感動。」

「看一看人類神話中的那個人們曾經擁有的天堂，無論是亞特蘭提斯古城、伊甸園，還是某個完美的國度，都是發生在我們之前。那個神話的根源並不是存在於人類的前世，而是扎根在每個人的過去。你還是留有一絲感覺——它不像記憶般肯定，而是像絕望渴求的痛苦一般瀰漫擴散——在你童年開始的某個地方，在你學會屈服、學會嚥下沒有道理的恐懼和懷疑自我的心智之前，你曾經知道生命裡的一種閃耀的時刻，你曾經知道有一種理性的意識獨立面對著開闊的宇宙。那就是你已經失去的樂園，它成了你所尋找的——你終日訴說的東西。」

「你們之中有些人永遠不會知道約翰．高爾特是誰。但你們當中要是有誰曾經對生命有過片刻的熱愛，並且以能愛它為驕傲，曾經看過這個世界，並且把你的目光當做對它的肯定，曾經有過片刻作為人的感受——那麼只有我才知道那一刻是不能被背叛的。我懂得如何去實現它，始終做到並得到了你在那一刻曾經做過和得到過的一切。」

「那是你的選擇，要想努力去發揮出人的最大潛力，就要接受這個事實，你的行為之所以高尚，是因為你的內心清楚地知道，二加二就是等於四。」

「不管你是誰——此刻你的周圍只有我講的話，這些話你只有靠自己的誠實才能理解——現在依然可以選擇去當個人，但條件是你要重新開始，坦誠面對現實，為挽回過去沉重的錯誤，大聲地宣佈：『我在，故我思。』」

「接受你的生命依賴你的心智的事實，承認你的一切掙扎、疑慮、作假以及逃避，都是在尋求逃脫自己的清醒意志該負的責任——是在尋求現成的答案，本能的行為，直覺的肯定——你稱之為對天使般國度的嚮往，而你尋找的則是野獸的國度。你還是把作為人的任務當做你的道德理想而接受吧。」

「不要說什麼你所知太少，因而不敢相信你的心智，難道你把自己的那一點點知識扔掉，向神祕主義論者臣服就更安全嗎？要在你的知識範圍內去生活和行動，然後用你的一生不斷去擴大這個範圍。從權威的當鋪裡贖回你的心智，要承認你不是無所不知，但去做行屍走肉並不能讓你通曉一切——要承認你的大腦會犯錯，但沒有心智不會令你成為完人——要承認你自己犯的一個錯誤也比你單憑信念就接受的十個真理更可靠，因為前者會留給你改正的方法，而後者則毀掉了你辨別是非的能力。與其去夢想一個無所不知的機器人，不如接受現實，承認人對知識的獲取都是憑著他自己的願望和努力，這才是他的與眾不同，才是他的天性、道德和榮耀。」

「丟掉那個隨時通向邪惡、聲稱人並非完美的通行證吧，你如此聲稱和咒罵他，憑的又是什麼樣的標準？承認事實吧，在道德的範疇裡，只有完美才能站得住腳，但完美不能用虛妄的神祕戒律來衡量，而你的道德水準則不能用你未經選擇的東西去衡量。人只有一種根本的選擇：思考還是不思考，這就是他的道德尺規。道德的完善是一種完整無損的理性——它並非指你的智力高低，而是看你是否完全充分地使用心智，並非指你懂得多少，而是看你是否將理性作為事實去接受。」

「要學會區分知識上的差錯與道德上的缺陷。在知識上出錯並不是道德上的缺陷，當然，你要願意去糾正才是；只有神祕主義論者才會用無法實現、憑空得來的神知天覺作為評斷人類的標準。然而，違反道德是一種你明知道是罪惡的有意行為，再不就是故意逃避認識，停止觀察和思想。你所不知的東西並不是道德對你的指責；但你拒絕知道的東西則會在你的靈魂深處變得越加見不得人。對知識上的錯誤要盡可能地挽救；對道德的違背則絲毫不能姑息。要讓那些求知者得到解答疑問後的益處，要把這些敗類看成潛在的兇手：他們向你提出要求，號稱自己既沒有理智也無意尋找，用一句『只是有感覺』這樣的話就想過關——或者在無力辯駁的時候就會說：『只是道理上如此，』這實際上是在說：『只是事實如此。』唯一與事實作對的便只有死亡。」

「你生命中的道德的唯一目的是去獲得幸福，這個幸福不是痛苦或者失去心智後的自我陶醉，而是你人格完整的證明，因為它就是你忠實地去實現自己價值的證明和結果。幸福是使你感到害怕的責任，它所要求的是一種你自認為還達不到的理性的自律——你在焦慮和沉悶中度日，表明你明明知道幸福是無可取代的道德，明明知道人一旦放棄爭取自己的快樂，不敢對他生存的權利加以肯定，缺乏像飛鳥忠於生命、鮮花追求太陽一樣的勇氣，就成了最可鄙的懦夫，還是要逃避。扯下謙卑這塊被你稱做美德的罪惡的破布吧——學會去看重你自己，它意味著去爭取你的幸福——一旦你懂得了驕傲之中凝聚著全部的美德，就會學著像人一樣地生活了。」

「邁向自尊的基本步驟，是把所有人為了得到你的幫助而發出的命令看成食人族的面具。這種命令就是將你的生命畫歸成他的所有——或許它已經夠令人厭惡，但還有更噁心的：那就是你的同意。你有沒有問過幫助另一個人是否會不對？假如他把它說成是他的權利，或者是你欠他的道德上的責任，你就不去問；假如這是你出於自私的願望，覺得他這樣掙扎有價值，你就會問。這樣的掙扎絕無價值可言，只有人對這種掙扎所做的反抗才有價值。如果你選擇幫助一個受苦之人，是因為他的美德，是因為他的奮力崛起，是因為他曾有過的理性，或者是因為他遭受到了不公；即便如此，你的行為也還是一種交換，他的美德就是對你的幫助的報答。然而，去幫助一個無美德的人，只是因為他在受罪，把他的錯和需要當成一種要求而接受下來——就是接受了對你的價值的空頭承諾。沒有美德的人仇視存在，他的行為以死亡為前提；幫助他就等於是認可他的罪惡，支持他的毀滅事業。無論是你不會丟掉的一分錢，還是他不配得到的一絲善意的笑容，向虛無進貢就是對生命、對所有竭力保護生命的人們的背叛。正是這些零錢和笑容，使你的世界一片荒涼。」

「不要說你無法堅持我這種苛刻的道德，並且覺得它像未知的東西一樣可怕。一切充滿活力的時刻都是依靠我這個價值規範的支撐，但你卻窒息、否定、背叛了它。你總是為了你的惡習而犧牲你的優點，為了最壞的而犧牲掉最好的。好好看一看：你在社會上做任何事情之前，都已經先在心裡完成了一遍；它們像鏡子一般反映著彼此。此刻你這個廢墟一般淒涼的世界，所反映的正是你對自己的價值、朋友、捍衛者、未來、國家以及你本身的背叛。」

「我們——我們這些你一直在呼喚，卻再也不會回答的人們——我們曾經和你生活在一起，可你卻認不出來，我們到底是誰。你拒絕去想，拒絕去看。你認不出我發明的發動機——它在你的世界裡變成了一堆廢鐵。你認不出自己靈魂之中的英雄——就是在街頭擦肩而過也認不出我來。當你感到你無法企及的那種精神離棄了你的世界而絕望哭叫時，你喊的是我的名字，其實你喊的正是你自己遭到背叛的自尊。一旦失去一個，另外一個你也別想找回來。」

「當你不認可人的思想，並企圖用暴力統治人類時——屈服者已無思想可遞交，有思想的人則不會屈服。因此，富有創造天賦的人在你的世界裡扮成了花花公子，變成了財富的毀滅者，寧可廢了他的心血也不把它在槍口下交出去。因此，理性的思考者在你的世界裡扮成了海盜，為了捍衛他的價值，寧可以牙還牙抗拒你的暴力，也不會把它交給殘暴的統治。法蘭西斯可·德安孔尼亞、拉格納·丹尼斯約德，我最早的朋友們，我的戰友們，我流浪的夥伴們，你們聽到我是在以誰的名義和榮譽講話嗎？」

「我即將完成的這件事正是由我們三人發起的。正是我們三個決定要報復這個世界，解放被它囚禁的靈魂。這個世界的偉大之處是建立在我的道德之上——人的生存權利神聖而高於一切——但你卻害怕承認，不敢以它作為生活的依據。你在史無前例的成就面前目瞪口呆，然後掠奪它的成果，抹殺它的起因。在工廠、高速公路、大橋這些象徵著人類道德的紀念碑前，你不停地罵著說這個國家道德敗壞，把它的發展說成是『物欲』，看到這個國家取得了光輝的成就，你就一個勁兒地向著原始飢荒、向著發霉腐爛的歐洲瘋癲神祕的偶像們道歉。」

「這個國家——這個理性的產物——無法依靠『犧牲』這樣的道德生存。建設它的不是想要自我犧牲或者伸手乞討的人們，它無法立足在將人靈肉分割的神祕的裂縫上，它與詛咒這個地球邪惡、誣衊成功者墮落的神祕理論難以共存。這個國家自成立之日起，就一直威脅著神祕主義論者的陳腐統治，它以自己亮麗沖天的朝氣，向目瞪口呆的世界展現出人的無窮創造力，和無限美好的幸福前景。美國和神祕主義水火不容。神祕主義論者們明白這一點；你不明白。你放任他們把對需要的崇拜傳染給你——這個國家貌似巨人，卻讓一個怯懦的侏儒占據了它靈魂的位置，而它那活生生的靈魂和英雄——企業家，卻被趕入地下，不被提起和看重，而是被徹底否定，默默地為了養活你而做牛做馬。漢克·里爾登，我為之復仇的、苦難最深的受害者，你此刻是否在聽？」

「在這個國家的重建之路暢通以前，他和我們其他人都不會回來——直到犧牲的道德的廢墟從我們的腳下被徹底清除乾淨。一個國家的政治制度建立在它的道德規範之上。我們在重建美國的制度時，將以它過去堅持的，因為你害怕背離你的神祕道德，而被你打入罪惡地獄的道德觀念為前提，這個前提就是，人是為自己，而不是為他人服務的工具，人的生命、自由和幸福是他天經地義的權利。」

「你已失去權利的概念，只會無奈地搖擺和逃避，一會兒說權利是上帝的賜福，是一個靠信仰才能接受的神的禮物，一會兒又說權利是社會的賞賜，隨時都能被任意打破——人的權利之源不是神和人的法律，而是同一律。A就是A——人就是人。權利是人的生存天性要求得到的存在條件。如果人想在地球上生存，他就理應用他的心智，理應根據他自己的自由判斷去行動，理應為他的價值而勞動，並且保留他的勞動果實。如果他的目的是為了生活，他就有權利像一個理智的動物那樣生活：人的天性不允許他沒有理性。任何企圖否定人的權利的團體、幫派和國家，都是錯誤的。也就是說：都是邪惡。換言之：都是反對生命。」

「權利是一個道德的概念——而道德就是選擇。人們可以不以生存為他們的道德和法律準繩，卻逃脫不了只有吃人的社會可以選擇的事實，那種社會可以憑藉對優秀者的吞噬而存活一時，然而當健全被疾病吃光，理性被非理性消耗殆盡時，滿是癌症的身體便會垮掉。這是你們的社會歷來的命運，但你們卻逃避認清原因。我在這裡把它講出來：懲罰的使者就是你們逃脫不了的同一律。正如一個人不能靠非理性的方式存活一樣，兩個人，兩千人，哪怕是兩百萬人，也同樣不能。正如人不顧現實就無法取得成功一樣，一個國家或地區，甚至全世界也同樣不能。A就是A。除此以外滅亡只是時間問題，決定它的就是受害者。」

「如同人不能脫離身體而活，權利如果不能保證人得到應得的一切——思考，工作，留住成果，也就是留住財產的權利——就不是權利。現代的物質神祕主義論者們用虛假的『人權』換去了你的『財產權』，就好像人沒有了它照樣能生活一樣，他們是在可笑地孤注一擲，企圖使靈魂替代身體的理論復甦。只有鬼魂才能在離開物質現實的情況下存在；只有奴隸才會在無權過問自己勞動成果的情況下工作。認為『人權』高於『財產權』的理論只不過是在強調某些人有權占有別人的財產而已；既然能幹的人從無能的人那裡得不到任何東西，那就意味著無能之輩有權占有強者，並讓他們去做牛做馬。如果有誰是這樣理解人和權利，那麼他就不配被稱為『人』。」

「財產權源自於因果律。所有的財產和各種形式的財富都是人的心智與勞動的產物。凡事不會無緣無故，財富也不可能失去它的來源：人的智慧。你不能對心智用強制力：有思考能力的人不會接受強迫；接受強迫的人也只能在奴役的皮鞭下勉強度日。要想得到用心血創造出的產品，你只能是遵照它主人的要求，通過交換並得到允許。除此以外，任何針對人的財產做出的規定都是強盜邏輯，不管強盜是如何人多勢眾。強盜是只顧眼前、一旦獵物被吃光就只能挨餓的野蠻人——正如你相信只要政府規定搶劫合法，反抗搶劫非法，罪行就能『行得通』一樣，在獵物耗盡之後，就只能餓肚子了。」

「政府唯一應該做的是保護人的權利，也就是說：保護他不受暴力的侵犯。政府應該只是一名警察，充當人自衛的化身，並且只有在對付首動武的人時才能以牙還牙。政府的正確職能僅限於：作為警察，保護你不受罪犯的侵犯；作為軍隊，保護你不受外敵的入侵；作為法庭，用客觀的法律和理性的規則去平息糾紛。但是一個對善意的人先用暴力，對繳械的受害者暴力鎮壓的政府，就是意在滅絕道德的惡魔的機器：這個政府顛覆了它唯一的道德目的，從一名保護者變成了人的敵人，從一名警察變成了有權對被剝奪了自衛權利的被害人施行暴力的罪犯。這個政府把道德改成了這種社會規矩：只要你的勢力比別人大，就可以對他為所欲為。」

「只有禽獸、傻瓜或逃犯才願意用這種方式生存，才會願意開出一張空頭支票，買下其他人的生命和心智，才會相信別人有權利隨時遺棄他，相信多數人的意願不可抗拒，勢力和人數可以取代公平、現實和真理。我們這些具有思想的人是公平交換的商人，不是奴隸主，我們既不接受，也從不開空頭支票。我們從不與任何一種違背客觀的形式為伍。」

「在蠻荒時期，人們過了太久沒有客觀的現實概念，相信自然是操縱在不可知的魔鬼手中的生活——思想、科學、生產一概都不可能。只有在人們發現自然是一個堅實而可以被預料的絕對現實時，他們才能依靠他們的知識，選擇他們的道路，籌畫他們的未來，並且慢慢地走出了洞穴。現在，你已經把現代化的產業，連同它的龐大精確的科學體系，拱手交還給了不可知的魔鬼勢力——那個由躲在暗處、醜陋無比的官僚們形成的肆意妄為、難以估摸的勢力。農民如果對豐收無法做出判斷，不會投入整個夏天的精力。可你卻希望那些至少要做出十年的規畫、靠幾代人的投入、信守著百年合約的企業家蒙在鼓裡，繼續工作和生產，而他們的付出說不定隨時就會被隨便哪個官員的一個突如其來的念頭給徹底粉碎。流浪漢和勞工過的是有今天沒明天的日子，人越有智力，計畫就越長遠。目光短淺之輩只會滿足於流沙危樓，賺一筆就跑走。志向遠大者則不會如此。同樣，只要他知道那些庸庸碌碌的蠢材在操縱法律，對他加以束縛和限制，阻礙他的成功。他一旦奮起反抗並取得成功，他們就會霸占他的所得和發明，那麼，他就不會嘔心瀝血地致力於發明創造。」

「看看過去，你們不敢去和聰明人競爭，恐懼地叫喊著說他們的心智威脅了你們的生計，說強者在自由貿易中沒有為弱者留下絲毫機會。是什麼決定著你努力的實際價值？假如你生活在荒島上，那就只能是你心智的創造力。你的心智轉得越慢，勞動的成效就越低——你就只能在朝不保夕的收成或狩獵中過一輩子，僅此而已。但是，當你生活在一個允許人們自由交易的理性社會裡，你就可以得到一種難以衡量的額外獎賞：你工作的物質價值不僅取決於你的付出，更取決於你周圍那些具有創造力的心智們的心血。」

「在現代化的工廠裡，你得到的報酬不僅是對你個人勞動的酬勞，更是對所有使工廠得以存在的天才們的報答：它報答的是建設工廠的企業家，是省下錢來用於大膽創新的發明者，是設計出能讓你輕鬆操作的機器設備的工程師，是創造出產品，讓你源源不斷地去將它製造出來的發明家，是發現規律，並將它應用在生產當中的科學家，是教會人們如何思考，並遭到你譴責的哲學家。」

「外表冷酷，但凝聚著生命智慧的機器是一股強大的力量，它提高了你的生產效率，因此擴展了你的生命。假如你是一位神祕主義論者吹捧的中世紀鐵匠，你只能日復一日地靠手工鑄造鐵棒來維持生計。但如果你在漢克・里爾登的手下，每天生產的鐵軌又何止幾噸？你敢說你的薪水純粹是靠你自己的體力掙得，那些鐵軌完全是你一手造出來的嗎？那位鐵匠的生活水準是靠他的力氣決定的，其他的就要靠漢克・里爾登了。」

「只要有能力並且願意，人人都可以發跡，但到什麼程度，就要看他動腦筋的程度了。賣體力只能引到一時的效果，純粹賣力氣的人享受到的僅相當於他當時所出的力，卻不能為他自己和別人留下更多的價值。但在任何一個理性領域內努力獲得創新的想法或發現新知識的人，則對人類做出了永久的貢獻。物質產品屬於它最終的消費者，無法分享；只有思想的價值可以被無數的人分享，所有的分享者會更加富有，而不必有人犧牲或受損失，無論他們怎樣將其付諸實施，都會提高他們的生產力。智慧上的強者是把他自己時間的價值轉給了弱者，從而讓他們從事他所發現的工作，自己則把時間用於進一步的發現。這是使雙方受益的雙向交換；在那些希望工作，不想不勞而獲的人們之中，無論他們智力高低，內心的想法都是一致的。」

「即使創造發明者賺錢無數，他得到的物質回饋與他付出的心血相比都太少了。然而，對於一個生產這些發明的工廠的看門人來說，他幾乎不用動這個頭腦，就可以得到豐厚的報酬。這一點對所有志向和能力不同的人來說也是如此。位於智慧的金字塔尖上的人對所有在他下面的人貢獻最大，但除了物質上的回報以外，他從其他人身上得不到能為他的時間增值的知識方面的額外獎勵。位於底層的人則故步自封，在愚昧之中苦挨，對他上面的人們沒有絲毫貢獻，卻獲得那些人帶來的好處。這就是知識的強者與弱者之間的『競爭』，你們就是為了這樣一種『剝削』的模式而去詆毀強者。」

「這就是我們曾經給予你們，並且心甘情願地樂於給予你們的一切。我們要求的回報是什麼？只是自由罷了。我們要求你們對我們放手——讓我們可以自由地思想和工作——自由地去冒險，並自己承擔後果——自由地賺取我們的利益，積累我們自己的財富——自由地按你們的理論冒風險，並且出於自願交換的目的把我們的產品交給你們來評判，依賴我們客觀的勞動價值觀和你們的心智認識它的能力——自由地對你們的智慧和誠實抱著期待，只和你們的心智交流。這就是我們提出的要求，被你們以條件太高這個理由而拒絕。我們讓你們脫離了農舍，住進了現代化的公寓，得到了收音機、電影院和汽車，你們卻說我們有豪華宮殿和遊艇有失公平——你們認為你們有權利拿薪水，但我們卻無權獲得利潤，你們希望用槍砲而不是心智和我們交流。對此，我們的回答是：『你該下地獄！』這回答實現了。」

「你不願意用智慧去競爭——此時，你們是在比誰更殘暴。你不允許創造者得到獎勵——此時，你所進行的是一場獎勵掠奪者的比賽。你稱人們之間的公平交換為自私和冷酷——此時，在你建立的這個無私的社會裡，人們正在爾虞我詐。你們是在讓內戰合法化，使人們為了控制法律、打擊異己而結幫派，直到他們自己被另一夥人扳倒，所有人都在叫囂著，說他們是在保護說不清、道不明的人民利益。你們說經濟和政治的力量之間、金錢和槍砲的力量之間沒有區別——獎勵與懲罰、購買與掠奪、快樂與恐懼、生命與死亡，這些在你們看來並無不同。而現在，你們知道它們不一樣了。」

「你們有些人推說自己無知，認識有限。但你們當中罪大惡極的就是那些心裡明白，卻故意混淆事實，情願出賣自己的心智為強權效力的人：他們是科學界裡故作神祕、自稱是為『純粹的知識』獻身的無恥之徒——純粹就是他們所謂的某些在地球上沒有實用意義的知識——他們對於無生命的物體有一套理論，卻認為和人打交道既用不著，也不值得去用理性，他們蔑視金錢，卻為了弄到靠掠奪得來的實驗室而出賣自己的靈魂。因為並不存在什麼『沒有實用意義的知識』或者『脫離了私欲』的行為，因為他們不屑於用科學為生命服務，他們就把科學獻給了死神，用在了掠奪者唯一會用到的目的：發明施行高壓和毀滅的武器。他們這些企圖逃離道德價值的知識分子不得好死，他們的罪惡實在是難以饒恕。史塔德勒博士，你是否在聽我說話？」

「不過，我並不是想和他說話。我是在對你們之中在『別人的命令下』，靈魂仍保持了某些獨立，沒有讓它被出賣和踐踏的人說話。如果你在收聽今晚廣播的混亂情緒中還存有一分弄清事實的誠懇和理智，你就是我的聽眾。根據我的行事準則，應該給那些受到影響，並努力去搞清楚的人一個合理的解釋。對於那些不想去理解的人，我不予理會。」

「我是在和那些希望生活，並且重拾靈魂尊嚴的人說話。你們現在明白了這個世界的真相，不要再給你們自己的毀滅者幫忙了。這個世界之所以有邪惡的存在，就是因為它得到了你們的認可。把你們的認可和支持統統都撤走。不要遵從你們敵人的旨意活著，或者想在他們制定規則的遊戲中獲勝。無論是補貼也好，借錢或工作也罷，不要向奴役你們的人尋求得到好處，不要向搶劫你們的人乞求施捨，不要為了彌補他們奪走的東西而去幫他們一起去搶奪你們的鄰居。接受他們不予加害的收買維持不了你的生命。不要貪圖利益、成功或安穩而將你生存的權利抵押出去。這樣的抵押是永遠都贖不回來的；你給他們越多，他們的要求就越加變本加厲；你希望或實現的價值越高，就會變得更加脆弱無助。他們採取的是一種對你進行白日勒索，吸乾你的血的策略，借助的不是你的罪行，而是你對生命的熱愛。別指望在掠奪者設立的前提下發跡，或者是沿著他們掌握的階梯向上爬。不能讓他們對使他們當權的唯一力量——你的生命意志——有所染指。像我這樣去罷工吧。在私底下施展你的心智和技能，拓展你的知識，增強你的才幹，但不要和別人分享你的成就。當掠奪者騎在你脖子上的時候，不要去創造任何財富。待在他們階梯的最底層，只求養活自己，一分錢也不多給掠奪者們。既然你是寄人籬下，就要拿出寄人籬下的樣子，不要幫他們去編造一種你有自由的假象。做一個讓他們害怕的無聲而難以腐蝕的對手。他們如果強迫你的話，就遵命——但不要主動。對於他們的方向、願望、請求或目的，一步都不要主動靠近。不要去幫助強盜，然後說他像你的朋友和恩人。不要幫助囚禁你的人編造出監獄才是你自然的生活狀態。不要幫他們假造事實，他們知道自己很難生存，內心恐懼不安，這假象是他們僅有的一道攔住恐懼的大壩；拆掉大壩，將他們淹沒；你的認可是他們僅有的救生繩索。」

「如果你能藏在一個他們找不到的地方，那就去躲起來，但不要讓自己成為強盜，也不要聚眾結夥，比他們作惡更甚；和那些認同你的道德準則，願意為人的生存而戰鬥的人們一起，建立一個屬於你們自己的有價值的生活。要想依靠死亡的道德觀或者信任及暴力的準則，就只有死路一條；要把標準上升到生命與理性的高度，只有這樣，才能用誠實對它加以修復。」

「要像一個有理智的生命那樣行動，爭取加入渴望發出正直之聲的人的行列裡——無論你是獨自面對敵人，還是和彼此信任的朋友在一起，又或是在人類重生的疆域裡建立起了小有規模的社會，你都要憑著你的理智去做事。」

「一旦掠奪者的王國因為失去了它最能幹的奴隸而覆滅，一旦它像那些被神祕籠罩的東方國家一般陷入無奈的混亂，餓急了的盜匪相互搶奪殘殺——一旦鼓吹犧牲的人帶著他們最終的理想死去——我們就會在那一天回來。」

「我們要為那些應當受到歡迎的人打開城門，這座城市煙囪林立，管道交錯，散落著果園、集市和不會受到侵犯的住宅。我們將作為重整旗鼓的中心，將你們建立的據點集合起來，用象徵自由交易、自由思想的美元作為我們的標誌——我們要將這個國家，從那些從未認識到它的性質、意義和偉大的無能野蠻人手中奪回來。願意加入我們的人就加入，不願意加入的人也無力阻擋我們；成群的野蠻人從來就阻礙不了用心智作為旗幟的人們。」

「到那時，這個國家將再一次成為漸漸消滅的理性生命的避難所。我們將要建立的政治制度只有一個道德前提：任何人都不能用暴力從別人那裡獲得價值。每個人都要根據自己的理性做出生與死的選擇。如果他不這樣做而摔倒，那就是自作自受。如果他擔心自己的決定分量不夠的話，也沒有槍可以用來強迫人。如果他想及時地糾正錯誤，可以從現成的好榜樣身上學會如何思考；但是，要停止為了掩蓋錯誤而犧牲別人的做法。」

「在那一個世界，你早晨醒來的時候會體會到童年時的感覺：那是在面對理性現實時油然而生的一種渴望、探求和堅定的感覺。孩子從來不害怕自然；將會消失的是你成年之後的恐懼，是阻礙你心靈成長的恐懼，是你在和人們的困惑、無措、矛盾、專斷、閃躲、虛假、非理性初次遭遇之後產生的恐懼。你將要和有責任心的人們共同生活，他們和現實一樣牢固和值得信賴；他們的可靠品質會構建出一個以客觀現實為標準和判斷的生存體制。你的美德將受到保護，而不是你的惡行和缺陷。一切可能的大門都會在你的善良面前開啟，而你的醜惡則得不到任何機會。你不會因為罪惡而從人們那裡得到施捨、同情、憐憫或原諒，你只能得到一樣：公平。當你看著人們，看著你自己的時候，你不會有厭惡、懷疑和內疚的感覺，你心裡感覺到的始終只有尊敬。」

「這就是你能夠去贏得的將來。為此，一場苦鬥不可避免，這是追求人的一切價值的必經之路。一切生命都是一番目標明確的奮鬥，你唯一能選擇的就是目標。你是打算繼續做眼前的掙扎，還是為我的這個世界而奮鬥？你是打算繼續苦苦地抓住滑向深淵的峭壁不放，忍受難以改變的痛苦，每勝利一次就離毀滅更近一步，還是希望沿著峭壁爬上山頂，投入艱辛，從而收穫未來，讓每一次勝利都使你更接近你的道德理想，即便你還未徹底進入它的光明便可能死去，但會長眠在被它照耀著的山坡之上？這就是你面臨的抉擇，用你的心智和你對生命的熱愛來做出這個決定吧。」

「我最後想對那些或許至今還隱身在這世界上，並非受困於逃避，而是受困於自身的美德和無畏的勇氣的英雄說：我靈魂的兄弟，反省一下你的美德，認清你正在伺候的敵人的面目吧。毀滅者利用了你的忍耐、慷慨、無知和友愛，挾持了你——是忍耐在背負著他們的重擔——是慷慨在回答著他們絕望的哭喊——因為無知，你無法識破他們的罪惡，只能對他們表示疑問，而不會在明白他們那些令你意想不到的意圖前去詛咒他們——你對生命的愛使得你把他們當成人，並且相信他們也愛生命。然而，今天的世界就是他們想要的；生命是他們仇視的目標。讓他們和他們所崇拜的死亡去做伴吧。以你對世界無比熱愛的名義，離開他們，不要耗盡你那偉大的靈魂，而讓他們的罪惡得逞。你聽到了嗎……我的愛人？」

「為了你的美德，不要讓世界為無恥的邪惡做出犧牲。為了那些支撐著你活下去的信念，不要被醜陋、怯懦以及毫無心智的欺世盜名之徒扭曲了你對人的認識。不要丟掉你的認識，正常的人抬頭挺胸，意志堅定，腳步永遠不會停止。不要在充滿了或許、還不一定、還沒有、一點也不的泥潭裡釋放你可貴的熱情。不要讓你靈魂裡的英雄，因為總是得不到自己應得的生活而灰心喪氣，直至死亡。仔細審視你走的道路和你奮鬥的真實意義。你完全可以贏得讓你夢寐以求的世界，它的確存在，真真切切，可以實現——它屬於你。」

「但要想贏得它，你必須全身心地投入，和那個過去的世界，和那個說人應該為了別人的享受而犧牲自己的理論一刀兩斷。捍衛你自己的人格，捍衛你自尊的美德，捍衛人的本質：他獨立而理性的心智。在捍衛中，你應該無比堅定，完全相信你的道德就是生命的道德，你是在為能夠獲得一切曾經在這地球上存在過的成就、價值、偉大、善良和幸福而戰鬥。」

「當你能說出我在這場戰役之初所發下的誓言時，你就會勝利了——如果有人想知道我何時會回來，我在此向全世界再說一次：

『我以我的生命以及我對它的熱愛發誓，我永遠不會為別人而活，也不會要求別人為我而活。』」

第八章 利己主義者

「這不會是真的吧？」湯普森先生說道。

高爾特已經講完了最後一句話，他們卻依然呆立在收音機前。在沉寂之中，沒有人挪動一下；他們一直站在原地盯著收音機，似乎是在等待著。然而此時，收音機不過是一個帶著旋鈕的木盒子，一縷布條正在空空的喇叭上方垂著。

「我們好像是聽到了。」霍洛威說。

「我們也沒辦法呀。」莫里森說。

湯普森先生坐在一個木箱上，他的手肘旁邊露出了莫奇那張慘白而模糊的長臉，他此刻正坐在地上。在他們身後很遠的地方，那間為廣播而準備的休息室，彷彿是立在巨大陰暗之中的一座孤島，冷冷清清而又燈光通明，在一排圍成半圓的空蕩蕩的座椅上方，伸著一堆密密麻麻、死寂無聲的麥克風，燈光亮如白晝，沒有人想起要把它們關掉。

湯普森先生的眼睛從他周圍人們的面孔上掃來掃去，似乎在尋找只有他才能認出的某種特別的表情。其他人則都在偷偷地打量著別人，同時不讓對方捕捉到自己的目光。

「讓我出去！」一個年紀輕輕的下級隨從突然不知道對誰叫嚷了起來。

「給我老實待著！」湯普森先生呵斥道。

這聲他自己的命令和黑暗之中那個被驚呆的身影，似乎讓他又回到了熟悉的現實。他的腦袋從肩膀裡抬高了一寸。

「是誰讓它發——」他的聲音剛一提高，便又停住了；他捕捉到了一副副走投無路、驚慌失措的神情。

「你們對這有什麼看法？」他轉而問道。沒有人出聲。「怎麼？」他等了等，「說句話好不好！」

「我們可以不聽他這一套，對吧？」詹姆斯用力把臉向湯普森先生那裡探去，簡直像是在威脅一般地叫嚷起來，「對不對？」吉姆的面孔扭曲，五官難看地走了樣；細細的汗珠像鬍子一般在他的鼻子和嘴巴之間冒了出來。

「鎮靜點。」湯普森先生往旁邊移動了下，口氣並不確定。

「我們完全不用理他！」吉姆依舊執拗地不願意清醒過來，「以前可從來沒人這樣說過！他只不過就是一個人而已！我們完全不用理他！」

「別那麼大火氣。」湯普森先生說。

「他憑什麼認為自己有理？他怎麼敢和全世界作對，把存在了幾百年的理論都不放在眼裡？憑什麼他就知道？沒有人能肯定！誰都不可能知道什麼才是對的！根本就不存在任何正確！」

「閉嘴！」湯普森先生叫道，「你究竟想要——」

他的話被收音機裡猛然響起的軍隊進行曲打斷——這正是三小時前被中斷的那張廣播室裡吱吱作響的唱片。他們愣了好幾秒鐘才回過神來，與此同時，歡快有力的音符正大搖大擺地打破著沉寂，聽起來如同是在傻笑，非常怪誕和不著邊際。電台導播是在機械地執行不能在播出時段出現空白的規定。

「叫他們停下來！」莫奇跳著腳喊道，「這會讓大家以為剛才那個演講是我們批准的！」

「你這個蠢貨！」湯普森先生喝道，「難道你寧願讓他們知道那並沒有經過我們的同意不成？」

莫奇頓時住口，帶著一副奴才相感激地看著他的主子。

「照常播出！」湯普森先生命令著，「讓他們按計畫播出！不要特意宣佈什麼，不要解釋！叫他們當做什麼都沒發生一樣！」

莫里森手下的六七名負責鼓舞士氣的隨從朝著電話機蜂擁而去。

「封住評論員的嘴，不準他們胡說八道！通知全國所有的電台！讓人民搞不清楚是怎麼回事，不能讓他們覺察出我們很緊張！不能讓他們把這當回事！」

「不！」洛森急忙喊道，「不，不，不！我們不能讓人們認為我們同意這個演講！這太可怕，太可怕了！」洛森並沒有哭，不過他的聲音裡帶著一股氣急敗壞、丟盡臉面的哭腔。

「誰說同意了？」湯普森先生喝問。

「這太可怕！太惡毒了！這太自私、太沒有人性、太殘忍了！這是最歹毒的發言！它……它會讓人提出幸福生活的要求來！」

「這只是一次演講罷了。」湯普森先生的口氣並不堅定。

「我覺得，」莫里森用試探的口氣想來幫忙，「精神高尚的人，你們明白我的意思吧，就是……就是……嗯，有神祕想法的人，」——他頓了頓，似乎在等著挨上一記耳光，但卻沒有人動，於是他肯定地重複道，「對，那些有神祕想法的人，不會同意這番話，再怎麼說，道理也決定不了一切。」

「工人不會同意這些話，」霍洛威的話更寬心了一些，「他聽起來不像是和工人一夥的。」

「全國的婦女不會同意，」查莫斯太太叫道，「我相信，大家都知道女人從來不相信什麼心智，女人有更細膩的感覺。你們可以信任婦女。」

「你們可以信任科學家，」普利切特博士說。人們全都擠上前來，突然開始爭著講話，似乎是發現了一個適當的話題。「科學家知道還有比理智更值得相信的東西，他不是科學家這個圈子裡的人。」

「他和誰都不同一邊，」莫奇恍然大悟一般地又有了信心，「要說和誰沾邊，也就是和大企業。」

「不！」莫文先生害怕地叫道，「不！不能怪我們！別這麼講！我不允許你這麼說！」

「說什麼？」

「就是……就是……任何人都是和商人的朋友！」

「別再為那演講大驚小怪了，」費雷斯博士說，「這太高深，遠遠超出了一般人的程度。它不能發生任何作用，因為人們根本不能理解。」

「是啊，」莫奇滿是希望地說，「沒錯。」

「首先，」費雷斯博士鼓勵地說道，「人們不會思考，其次，他們也不想去思考。」

「第三，」基南接著說，「他們不想餓肚子，對此，你們打算怎麼辦？」

他像是提出了一個大家剛才都想要躲開的問題。沒有人應聲，但他們的腦袋都向肩膀裡埋得更深，彼此也擠得更緊，像是不堪空蕩蕩的大廳帶來的心靈上的重負，蜷縮成了小小的一團。軍隊進行曲猶如獰笑的骷髏，一如既往的歡快節奏迴盪在寂靜之中。

「把它關掉！」湯普森先生向收音機揮舞著手，喊道，「把那該死的東西關掉！」

有人遵命而去，但突如其來的沉寂卻更令人難受。

「那麼？」湯普森先生不情願地抬頭瞧了瞧基南，終於開口道，「你認為我們應該怎麼辦？」

「你問我？」基南冷笑一聲，「我又不是管這節目的。」

湯普森先生一拳砸向膝蓋，「倒是說話呀——」他命令著，但看到基南背過身去，便跟著說，「你們！」沒人主動說話。「我們怎麼辦？」他大喊著，同時心裡明白，只要有誰現在回答，那麼從此就要聽誰的了。「我們該怎麼辦？難道就沒人能告訴我們該怎麼辦？」

「我能！」

一個女人的聲音傳了過來，但聽起來和收音機裡的聲音並無分別。還沒等達格妮從人群後的黑影裡邁步而出，人們已經譁然朝她轉過頭去。她向前走來時，臉上的表情使他們感到驚懼——因為上面毫無懼色。

「我可以，」她向湯普森先生說道，「你必須認輸。」

「認輸？」他喃喃地重複著。

「你們已經完了。你難道看不出你們已經完了嗎？既然已經聽到了這些話，你還等什麼呢？投降認輸，然後靠邊站，讓人們自由地生活。」他看著她，既不表示反對，也沒有動一動。「你還活著，你是在說著人的語言，是在要求得到回答，你是在指望著理智——你還是要去指望理智，你真應該去下地獄！你是能明白的，你不可能還不明白。現在你無法假裝再去希望、奢想、得到、抓住或者實現任何東西。前面有的只是這個世界和你的滅亡，還是投降滾吧。」

他們在專心地聽著，卻好像沒有聽到她說的話，好像只是茫然地依附在她那獨有的氣質周圍——那就是生命。在她憤怒的聲音之下是一種快意的大笑，她的頭抬了起來，似乎目光正迎接著某個無限遙遠的未來，彷彿照亮她額頭的那片光芒都不是來自大廳裡的聚光燈，而是來自初升的太陽。

「你們不是想活命嗎？那就閃開，讓有能力的人接管。他知道該怎麼辦，可是你們不知道。他能想辦法讓人生存下去，但你們不能。」

「別聽她的！」

這聲叫喊是如此的粗暴和怨毒，人們紛紛從史塔德勒博士身邊閃開，彷彿他說出了他們心中一直不承認的想法。他的臉色看起來正是他們在背地裡害怕面對自己的那副神情。

「別聽她的！」他喊叫道，她瞄了他一眼，眼神從起初的吃驚變為死水一般的冷靜，他的眼睛則在躲著她。「他和你是水火不容的！」

「教授，安靜點。」湯普森先生一把將他推到一旁。湯普森先生盯著達格妮，似乎腦袋裡正在醞釀著什麼主意。

「你們所有的人都明白真相，」她說，「我也明白，每個聽了約翰·高爾特演講的人同樣明白！你們還等什麼？想要證據嗎？他已經給過你們了。想要事實？在你們周圍比比皆是。你們要殺害多少生命才肯把你們的武器、權力、統治和你們慘無人道的利他主義教條徹底拋棄掉？要想活著，就要把它們都扔掉。如果你們心裡哪怕還有一點點讓人類活下去的念頭，就把它們扔掉！」

「可這是大逆不道！」洛森喊了起來，「她說的話完全是大逆不道！」

「好了好了，」湯普森先生說，「你沒必要這麼偏激。」

「啊？」霍洛威問道。

「可……可是這絕對是駭人聽聞吧？」莫里森問。

「你總不會同意她的話吧？」莫奇問。

「誰說同意了？」湯普森先生的口氣異常鎮靜，「別那麼沉不住氣，你們誰都不許沉不住氣，無論聽什麼意見都沒有壞處，對不對？」

「連這種意見也聽？」莫奇一邊問著，一邊不斷用手朝達格妮的方向指著。

「任何意見，」湯普森先生平靜地說，「我們絕不能容不得人。」

「可這是叛逆、毀滅、不忠、自私，是在為大企業說話啊！」

「哦，我看未必，」湯普森先生說，「我們一定要保持一種開放的心胸，一定要聽取每個人的意見。她或許瞭解一些情況，她知道該怎麼辦。我們必須靈活一點才行。」

「你是說你願意讓位？」莫奇大吃一驚。

「先別忙著下結論，」湯普森先生惱火地打斷了他，「我最不能容忍的就是急著下結論的人，再有就是那些孤芳自賞、一點人情世故也不懂的書呆子。鑑於目前的形勢，我們對一切都要靈活對待。」

他看到無論是達格妮還是其他人，雖然想法不同，但臉上都是一片迷茫。他笑了，站起身來，向達格妮走去。

「謝謝你，塔格特小姐，」他說，「謝謝你講出了自己的想法。我就是希望你知道，你可以信任我，對我開門見山。我們不是你的敵人，塔格特小姐。別在意他們——他們是心裡煩躁，不過還是會放下架子的。我們不是你和國家的敵人。當然，我們犯了錯，我們也是人嘛，但在這種困難情況下，我們是全心全意為人民的——我的意思是，為所有的人。我們總不能在匆忙之中亂做決定吧？我們必須想清楚，要深思熟慮才行。我只希望你記住，我們不是任何人的敵人——這你能體會吧？」

「我要說的都說了。」說完，她便掉頭走開，既搞不懂他葫蘆裡賣的是什麼藥，也不想再為此大費腦筋。

她向艾迪走去。他望著周圍的人們，簡直憤怒得全身麻木——彷彿他的腦子裡除了在叫喊「罪惡呀」，便再無其他任何念頭了。她朝著門口示意性地歪了歪頭；他便跟了上去。

史塔德勒博士等他們出去，門重新關上之後，便立刻朝湯普森先生轉過身來，說：「你這個傻瓜！知道你自己在幹什麼嗎？你難道不明白這事關生死，有他就沒你嗎？」

湯普森先生的嘴唇掠過一絲譏笑說道：「想不到一個教授居然還會如此，我還以為教授從來都不會失態呢。」

「難道你還不明白？還看不出這是你死我活嗎？」

「那你想要我怎樣？」

「你必須殺了他。」

史塔德勒博士並沒有提高嗓門，而是以一種平淡冰冷、忽然之間恢復了清醒的語氣說出這句話，整個房間裡一時間鴉雀無聲，寒意襲人。

「你必須把他找出來，」史塔德勒博士再一次變得聲嘶力竭起來，「就是掘地三尺也要把他挖出來殺掉！如果他在，就會毀掉我們所有人！只要他活著，我們就都活不成！」

「我怎麼找到他？」湯普森先生字斟句酌地緩緩問道。

「我……我可以告訴你，我給你的線索就是盯住那個叫達格妮的女人。讓你的人時刻監視她的一舉一動，她遲早會帶你找到他的。」

「你怎麼知道？」

「這不是很明顯嗎？你還不明白，她之所以沒有早早就逃走純粹是偶然嗎？你難道看不出她就是他們那種人？」他沒有點明他們究竟是什麼樣的人。

「是啊，」湯普森先生若有所思地說，「是啊，不錯。」他滿意地笑著揚了揚腦袋，「教授這個主意不錯，派人去監視塔格特小姐，」他對莫奇打了個響指，命令說，「要全天監視，我們一定得找到他。」

「是。」莫奇面無表情地答應道。

「一旦發現他，」史塔德勒博士緊張地問，「你是不是要殺掉他？」

「殺掉他？你怎麼這麼愚蠢？我們需要他！」湯普森先生叫道。

莫奇一直在等著，但始終沒有誰敢把每個人心中的這個疑問提出來，於是他壯著膽子說：「我不明白你的意思，湯普森先生。」

「你們這幫只會夸夸其談的知識分子！」湯普森先生大怒，「你們都在那兒發什麼呆呢？很簡單，不管他是什麼樣的人，他會做事。再說，他把所有有腦子的人都召集了過去，這群人非同小可。他知道該去做什麼，我們要找到他，他就會告訴我們該怎麼辦。他會讓事情都好起來，讓我們擺脫困境。」

「你是說我們嗎，湯普森先生？」

「當然，別管你們那些大道理了，我們要和他達成協定。」

「和他？」

「當然了。噢，我們不得不妥協，不得不對大企業做出些讓步，關心社會利益的人是會不高興，那就去他的吧！除此以外，你們還有別的出路嗎？」

「可是他的那些理念？」

「湯普森先生，」莫奇吞吞吐吐地說，「我……擔心他這種人是不會講條件的。」

「不講條件的人根本不存在。」湯普森先生說。

$

一股冷風從廣播電台外面的街道上呼嘯而過，將立在廢棄店鋪玻璃上方的殘破招牌吹得瑟瑟發抖。城市顯得異乎尋常的寂靜。遠處的車流噪音比平時減弱了一些，風聲便顯得越加強勁。空蕩蕩的人行道吞沒在黑暗之中；只有幾個寂寥的人影湊在稀疏的燈光下低聲說著些什麼。

在離開電台的路上，艾迪始終沒有講話。他們來到了一個荒涼的小廣場，街頭的喇叭沒人想去關。此時，它正對著一排沒有亮光的房屋和它們前面冷冷清清的街道，播放一齣夫妻因孩子交朋友而吵鬧不休的家庭喜劇。廣場之後有幾點燈光，垂直地散佈在高出地面二十五層的上空，看得出那應該是一座離此尚遠的高樓。那裡正是塔格特大樓。

艾迪停下腳步，指了指遠方的大樓，手指在顫抖，「達格妮！」他喊了起來，接著，他不得已將嗓門壓低，「達格妮，」他低聲說，「我認識他，他……就在那裡……那裡工作。」他難以置信般地不停用手指著大樓，「他在塔格特公司工作……」

「我知道。」她回答道；她的聲音十分平淡。

「他做的是軌道工……是最底層的軌道工……」

「我知道。」

「我和他說過話……我和他許多年來一直在說話……是在終點站的餐廳裡……他過去問過問題，各種關於鐵路的問題，而我——天啊，達格妮！我究竟是在維護鐵路還是在幫著毀掉鐵路？」

「都是，也都不是，現在已經無所謂了。」

「我本來可以用性命擔保他是熱愛鐵路的！」

「他的確如此。」

「可他卻毀了它。」

「對。」

她拉緊了衣領，頂著颳來的一陣狂風，繼續向前走去。

「我過去和他說過話，」他過了一會兒又說，「他的臉……達格妮，看起來和別人都不一樣，可以看出他明白很多事……只要看到他在餐廳，我就很高興……我只是在說話……我都沒覺得他在問問題……但他確實是……問許多有關鐵路……和你的問題。」

「他是不是問過你我長什麼樣子，什麼時候睡覺？」

「對……對，他問過……我曾經有一次發現你睡在辦公室裡，我說起這件事的時候，他──」他心裡突然想起了什麼，把話停住。

她轉頭看著他，在街燈下，她高高地仰起臉來，有意不說話，像是在回應和肯定著他腦子裡的念頭。

他的雙眼一閉，「上帝呀，達格妮！」他低聲叫道。

他們默默地繼續走著。

「他現在已經不在了吧？」他問，「我是指他已經離開了塔格特終點站。」

「艾迪，」她的聲音突然變得十分嚴厲，「你要是珍惜他的生命，就不要問這個問題。你總不希望他們找到他吧？不要給他們任何線索，不要對任何人說你認識他，不要想去看他是不是還在車站工作。」

「你不會是說他還在吧？」

「我不知道，我只知道有可能。」

「你是說現在？」

「對。」

「他還在？」

「對，如果你不想毀掉他，就要守口如瓶。」

「我以為他走了，再也不會回來了，我後來一直沒見到他，那是……是……」

「是什麼時候？」她追問著。

「是五月底，就是你去猶他州的那天晚上，還記得嗎？」他停下來，那天晚上的記憶和他全部的感受此刻一起湧上了心頭。他艱難地說著，「我那天晚上見過他，後來就再也沒有了……我在餐廳裡等過他，可他卻再也沒回來過。」

「我想他現在不會讓你看見他，他在避開你。不過，不要去找他和打聽他。」

「真好笑，我甚至連他用過的名字都不記得了，好像是叫強尼什麼的——」

「就是約翰．高爾特，」她神色淒然，淺淺地嘆息道，「別去翻工資表，那個名字還在上面呢。」

「這些年來一直如此嗎？」

「十二年了，一直如此。」

「現在名字還在上面？」

「還在。」

他過了一陣子，說：「我知道這說明不了什麼。自從一〇—二八九號法令下達之後，人事部就沒做過任何工資變動。如果誰走了，他們就把自己認識的熟人頂替上去，而不是向聯合理事會上報。」

「不要去問人事部和其他任何人，不要讓他的名字被人注意。要是你或我去問關於他的任何情況，可能都會引起別人的懷疑。不要去找他，離他遠一點。如果你偶爾看見了他，就裝成不認識的樣子。」

他點點頭，過了一會兒，他低聲嚴肅地說道：「我不會把他交到他們的手裡，哪怕是要放棄鐵路也不會那樣做。」

「艾迪——」

「怎麼？」

「如果你發現了他，就告訴我。」

他點了點頭。

又穿過兩條街後，他平靜地問：「你打算這陣子走了，對不對？」

「你為什麼這麼說？」她差點就控制不住自己的情緒。

「對不對？」

她沒有馬上做聲；然而，當她開口的時候，刻意平淡的語氣掩飾不住她絕望的聲音：「艾迪，我一走，塔格特公司的火車怎麼辦？」

「不出一周，也許都不用一周，塔格特公司就不會再有什麼火車了。」

「掠奪者的政權十天之內就會垮台，到那時，麥格斯這些人會把我們最後的一點鐵軌和火車洗劫一空。我就不能再多等一會兒，非要在這時候認輸嗎？艾迪，只要還有一絲希望，我怎麼可能讓塔格特公司就這麼徹底地完了？既然我已經堅持了這麼久，就還能再多挺一會兒，只要再一會兒。我不是在幫助那些掠奪者，他們現在已經是山窮水盡了。」

「他們打算怎麼辦？」

「不知道，還能怎麼辦？他們已經完蛋了。」

「我看也是。」

「你不也看到了嗎？他們就是一群驚慌失措、四處逃命的老鼠。」

「那對他們還有意義嗎？」

「什麼？」

「他們的命。」

「他們不是還在掙扎嗎？但他們的末日已到，這一點他們自己也知道。」

「但他們以前又有哪一次因為知道而改變呢？」

「他們別無出路，只能放棄，這用不了多久。我們就在這裡收拾殘局吧。」

$

「湯普森先生希望告訴大家，」十一月二十三日，官方的廣播裡說道，「沒有緊張的必要，他敦促大家不要草率地下結論。我們一定要繼續保持我們的秩序、信心和團結、寬容的精神。你們有些人昨晚聽到的那次特別的演講，是我們為解決世界所面臨的問題而聽取的具有啟發性的建議。對此，我們必須保持清醒的頭腦，不要接受其中的惡意謾罵和不負責任的觀點，昨晚的演講證明了我們這個匯集許多公眾意見的民主論壇是面向所有的人，而這個演講只是其中的一種看法而已。湯普森先生指出，真理有許多不同的側面，我們必須保持公正。」

「他們沉默了。」莫里森在他以掌握公眾脈動的名義而派出的手下發回的報告上，寫下了這一句總結。「他們沉默了。」他在隨後的一份又一份報告上寫著，「沉默。」他不安地皺起眉頭，在呈送給湯普森先生的總結報告中寫道：「人們似乎沉默著。」

堪薩斯州的人們沒有看到冬夜沖天而起的火焰吞沒了懷俄明州的一所房屋，他們看到的是草原夜空上的熊熊烈焰正在吞噬著一片農莊，這烈焰又不同於賓州一處街道窗戶上映出的火光，那裡的火舌將當地的一個工廠夷為平地。第二天早晨，沒有人議論這些大火的起因是否為偶然，而同時這三個地方的主人也都銷聲匿跡了。鄰居們看在眼裡，什麼話都不講——也絲毫不覺得吃驚。全國各地出現了一些被遺棄的住宅，其中一些門窗緊鎖，裡面卻是空空如也，其他的則門戶大開，能被搬走的東西一樣不少——但人們只是默默地看著，然後在天還未亮的黑暗中穿過雪花紛飛、無人打掃的街道，挪動著走在上班的路上，只是腳步比往日更加沉重與緩慢。

隨後，十一月二十七日，一個在克里夫蘭的政治會議上發言的人遭到毆打，只好在陰暗的小巷裡落荒而逃。他對著下面沉默的聽眾叫喊說，造成他們一切困難的原因是他們只關心自己的疾苦，這句話頓時點燃了聽眾的怒火。

十一月二十九日上午，麻塞諸塞州一家製鞋廠的工人，一進車庫便驚訝地發現他們的領班還沒有到。不過，他們還是各就各位，像平時一樣地拉下閘門，按動電鈕，把皮革放進自動切割機，堆放著傳送帶上的盒子，同時，隨著時間的流逝，開始納悶為什麼工廠裡的領班、主管、總經理或者總裁一個都沒見到。直到中午，他們才發現工廠的辦公室已是人去樓空。

「你們這些不得好死的食人野獸！」一個女人在擠滿觀眾的電影院裡突然歇斯底里地哭叫起來——人們沒有任何驚訝的表示，就好像她是喊出了所有人的心裡話一般。

「沒有緊張的必要，」十二月五日的官方廣播說道，「湯普森先生希望大家知道，他願意和約翰·高爾特進行協商，從而找出儘快解決問題的辦法和途徑。湯普森先生敦促大家要有耐心，我們一定不要著急，一定不要動搖，不要失去信心。」

當伊利諾州一家醫院的醫護人員，看到一個人被撫養他的哥哥打傷而送進醫院時，已毫不吃驚：這個弟弟向哥哥大喊大叫，說他過於自私和貪心。同樣，紐約市一家醫院的醫護人員看到一個女人下巴骨折也不大驚小怪：聽到她逼著自己五歲的孩子把最心愛的玩具送給鄰居小孩，一個素不相識的路人便抽了她一巴掌。

為了鼓舞人們的士氣，莫里森打算下鄉辦一次巡迴演講，號召人們為了大眾的福利而奉獻自我，結果在演講的頭一站就遭到聽眾們的石頭攻擊，只好溜回了華盛頓。

沒有人會說他們是好人，或者即使嘴上這樣說，心裡也明白其中的含意，但每個人都知道，他所在的社區和鄰居當中，他的辦公室、店鋪或者他自己那個說不清的圈子裡，現在都是誰哪天早晨就會不來，就會悄無聲息地投奔到那個未知的新天地去了——這些人的表情比其他人的更加嚴肅，眼神更加坦率，更有良知和堅韌——他們一個又一個地從全國各處消失，離開了這個曾經氣象萬千，卻因為傷口無法癒合而鮮血流失，最終倒在血友病之下的沒落貴族。

「我們願意協商！」湯普森先生對他的助手們大吼著，命令所有電台將這個特別聲明每天播放三遍，「我們願意協商！他一定會聽見，一定會答覆的！」

監聽人員受命對所有波段進行日夜監聽，等著從一個不知道的地方聽到回音。依然沒有任何回答。

在城市的街道上，人們的表情變得更加木然、絕望和魂不守舍，卻令人難以捉摸。一些人躲到了荒無人煙的地下，其他人則只能把靈魂藏在內心陰暗的角落裡——誰都看不出他們那空洞漠然的眼睛究竟是一扇門，在保護埋藏在內心、永遠難見天日的寶藏，還是寄生蟲那張開的、永遠填不滿的無底洞。

「我不知道該怎麼辦。」一家煉油廠的廠長失蹤後，他的助理拒絕接任廠長一職——聯合理事會派來的人分不清他是不是在說謊，只是從他那流露出一點肯定，既無歉意又無愧色的聲音裡，他們感覺到他不是叛逆就是個傻瓜，無論他屬於哪一種，擔任這個職務都實在太冒險了。

「給我們派人來！」聯合理事會收到了全國各地一波高過一波的人手短缺的請求，但無論是請求者還是理事會，都不敢把那個危險而又隱含的字眼加上：「給我們派有能力的人來！」申請去看門或當修理工、行李員、跑堂這類差事的人已經排到了一年以外，卻沒有人申請去當上層管理、經理、主管和工程師這樣的職位。

煉油廠的爆炸、質量有問題的飛機墜毀、煉鋼爐的開裂、火車相撞的事故，以及有關新上任的高層管理人員在辦公室內肆意狂歡的傳言，使得理事會對那些申請關鍵責任崗位的人簡直有些怕了。

「不要絕望！不要放棄！」從十二月十五日之後，官方的廣播每天都在重複著說，「我們會和約翰．高爾特達成一致，會讓他來帶領我們，我們的問題他都會解決，會讓一切恢復正常，不要放棄！我們會找到約翰．高爾特！」

起初是對申請管理職位的人給予獎勵——後來便獎勵起領班、熟練技師以及任何一個想獲得升遷機會的人：獎勵包括漲工資、發紅包、免個人所得稅以及頒發莫奇發明的「促進公共秩序」的獎章。但這卻沒有任何效果。衣衫襤褸的人們聽說了這些物質獎勵後，便一臉麻木地掉頭就走，彷彿他們已經失去「價值」的概念。那些民意的揣摩者膽寒地想，這些人要嘛是不想活，不然就是不願意以這樣的方式活下去了。

「不要絕望！不要放棄！約翰．高爾特會解決我們的問題！」收音機裡的官方廣播掠過無聲的落雪，飄進了沒有暖氣的飢寒之家。

「別告訴他們我們還沒找到他！」湯普森先生對他的手下嚷道，「但無論如何要找到他！」莫里森手下的一幫人奉命去造謠：他們之中的一半人散佈說約翰．高爾特正在華盛頓與政府官員開會——另一半人則放風聲出來，說政府懸賞五十萬元，獎勵能幫助找到約翰．高爾特的情報。

「一點線索也沒有，」莫奇向湯普森先生報告情報員對全國所有叫約翰．高爾特的人進行清查的情況，「倒有不少沒用的，有個叫約翰．高爾特的專教鳥類學的教授，已經八十歲了——有個退休的菜販，帶著一個老婆和九個孩子——有個笨手笨腳的鐵路工人，十二年來一直就幹同一份工作——其他人也都是類似這樣的。」

「不要絕望！我們一定會找到約翰．高爾特！」官方的廣播白天如此這般地說著，但到了夜晚，在上級的祕密指令下，一到整點就會通過短波頻段向茫茫夜空發出呼叫：「呼叫約翰．高爾特！……呼叫約翰．高爾特！……約翰．高爾特，你聽見了嗎？……我們希望協商，希望和你達成一致意見，請告訴我們能在哪裡找到你……你聽到我們的呼叫嗎，約翰．高爾特？」沒有回音。

全國人民口袋裡的鈔票變得越來越厚，但錢能買到的東西卻越來越少。九月份的時候，八加侖的小麥售價是十一元，到了十一月，就要花三十元；進入十二月，價錢漲到了一百元；現在已逼近兩百元——政府為對付飢荒，開足馬力印製鈔票，眼看就撐不住了。

工廠的工人們絕望已極，他們毆打工頭、砸毀設備，人們對此束手無策。逮捕他們毫無意義，監獄已經爆滿，執行逮捕的官員便睜一隻眼閉一隻眼，聽任犯人在前往監獄的路上逃跑——人們只能顧一時算一時，只能聽任暴動的飢民攻擊城市周邊的倉庫，看到出去鎮壓的隊伍反過來加入被鎮壓的人群時，也只能一籌莫展。

「你在聽嗎，約翰．高爾特？……我們希望協商，我們或許可以答應你的條件……你在聽嗎？」

私底下，人們傳說晚上有蒙著布篷的車輛在人跡罕至的小道上經過，還有神祕的武裝人員一路保護，使之免遭「印第安人」的襲擊——人們稱搶劫的野蠻人為印第安人，這既包括了政府派來的人，也包括落荒的暴民。偶爾在草原的地平線上，丘陵之間，以及山坡這些荒無人煙的地方會看見亮光，可是卻沒有一個士兵肯去察看亮光的來源。

在被遺棄的房門上，在搖搖欲墜的工廠大門上，在政府建築的牆上，不時會出現用粉筆、油漆和血跡畫下的美元符號。

「你能聽見我們講話嗎，約翰．高爾特？……說句話呀，你來提條件好了，我們全都答應，你能聽見我們的話嗎？」

沒有回答。

一月二十二日的夜晚，一股紅色的煙柱直沖上天，它稀有地凝立了一陣子，彷彿是一座莊嚴的紀念碑，接著便在天空中來回飄蕩，像是一束探照燈在傳遞著某種難以解釋的資訊，隨後，它如同來時一樣倏然消失，標誌著里爾登鋼鐵公司的終結——但是，這一帶的居民們還不知道，這些曾經因為煙塵、廢氣、煤灰和雜訊而怨恨工廠的人，直到在後來的夜晚、在抬頭時不見往日天際間生命脈搏的光芒跳動，只有一片無盡的黑暗時，才明白是怎麼回事。

作為叛逃者的財產，工廠已被收歸國有，第一個頂著「人民管理者」的頭銜、受命管理工廠的人來自伯伊勒的陣營，他是個又矮又胖、在冶金行業裡混飯吃的傢伙，毫無領導才能，只會跟在員工的屁股後面。他上任剛一個月，由於和工人發生了許多次衝突，出現了許多令他束手無策的情況，許多訂單都無法交付，他的同夥們打來了許多施加壓力的電話，他便四處求饒，希望能調換到一個別的職位。由於伯伊勒被強令在家休息，他的醫生嚴禁他接觸任何與生意有關的事，只允許他平時編編籃子，作為一種調養的治療方式，他的一派人馬便跟著散了。第二個被派到里爾登鋼鐵公司來的「人民管理者」是麥格斯的人。他穿著皮靴，使用香氣撲鼻的洗髮精，上班時腰裡別著槍，總是嚷嚷著說他首要任務就是維持紀律，說上天一定會助他成功。他制定出的唯一一條和紀律沾邊的規定就是禁止人提任何問題。在幾個星期內，出了一連串莫名其妙的事故，弄得保險公司、消防隊、救護車和急救人員忙成一團，隨後，這位「人民管理者」在一天早晨失去蹤影，工廠裡的大部分吊車、自動傳送系統、耐火磚、應急發電機，甚至里爾登辦公室裡的地毯都被他出賣，一併發往了歐洲和拉美地區的各種騙子手裡。

隨後幾天裡出現的極度混亂則是沒有人能解決的——人們對發生的事情閉口不提，從不表明採取的立場，但大家都清楚，新老工人間的激烈衝突從來沒像現在這樣，總是被無端的原因不斷推向更為惡劣和緊張的地步——無論是保安、員警，還是州裡的騎警，都無法保證一天不出亂子，無論是哪一派都找不出一個人自願去擔任這個「人民管理者」的職務。一月二十二日，里爾登鋼鐵公司被宣佈暫時停業。

那天晚上冒出的紅色濃煙是一個六十歲老工人所為。他在一座建築上縱火被當場抓住時，正看著火焰狂笑不已。「為漢克．里爾登報仇！」他憤憤地叫喊著，被爐火燻黑的臉上熱淚縱橫。

你不要被它這樣傷害——達格妮跌坐在桌旁，心想，桌上的報紙上是宣佈里爾登鋼鐵公司暫時停業的一小段話——你可不要被它傷得那麼深……她的眼前不斷閃現出里爾登的臉龐，正如他站在辦公室的窗前，望著長長的吊臂抓起滿滿一車藍綠色的鋼鐵，劃過天際……不要讓它這樣傷害他——她心裡的乞求卻並不是在向任何人訴說——不要讓他聽到這件事，不要讓他知道……隨即，她看到了另外一張面孔和一雙無懼無畏的綠色眼睛——它帶著一股只認事實的聲音，固執地對她說道：「你必須知道這件事……你會聽說每一次破壞，會聽說每一列停開的火車……沒有誰是靠著任意編造事實的手段待在這個山谷裡……」她怔怔地呆坐著，腦子裡全是空白，感到了一片無比巨大的傷痛——直到她聽到了一聲熟悉的喊叫，這如同一劑猛藥，頓時殺去了全部感覺，只給她留下了行動的能力：「塔格特小姐，我們不知道該怎麼辦！」——她拔起腳來，應聲而去。

一月二十六日的報紙上寫道：「瓜地馬拉人民共和國拒絕了美國向它提出的借貸一千噸鋼材的請求。」

二月三日晚上，一個年輕的飛行員正在按慣例進行從達拉斯至紐約的飛行。他飛到了費城之外空曠的黑暗之中——里爾登鋼鐵公司燃燒的火焰曾是他這些年來最熟悉的地標，是迎接他孤獨夜航的標誌，是充滿生機的地球上的燈塔——此時，他看到的卻是一片白雪覆蓋的荒原，是死氣沉沉的白色和星光下泛起的淡淡磷火，是一片如同月球般的山坡和窪地。第二天早晨，他便辭職不幹了。

乞求的叫喊聲越過寒冷的夜晚，飄蕩在一片死寂的城市上空，徒勞地敲打著不會回答的窗戶和沉默的四壁，俯瞰著漆黑一團的高樓屋頂和斷垣殘壁，朝著靜謐的群星和它們發出的冰冷的光芒叫道：「你聽得見我們說的話嗎，約翰．高爾特？你聽得見嗎？」

「塔格特小姐，我們不知該如何是好，」湯普森先生說；他在紐約匆匆造訪的時候，把她叫來參加一個私下舉行的會議，「我們願意讓步和答應他的條件，一切都聽他的——可是，他到底在哪裡？」

「我第三遍告訴你，」她的聲音和神情嚴峻如霜，「我不知道他在哪裡，你怎麼認為我會知道呢？」

「這個嘛，我也不清楚，但我覺得……怎麼樣也得要試試……我想，萬一呢，或許你能有辦法和他聯繫——」

「我沒有。」

「你知道，即使是用短波，我們也不能宣佈我們徹底妥協的消息，還是有人會聽見。不過，如果你有辦法和他聯繫，告訴他我們願意讓步，願意廢除我們的政策，按他說的辦——」

「我說過了，我沒有辦法。」

「只要他能同意開個會，就是開個會，這用不著他承諾什麼，對吧？我們願意把經濟完全交給他管理——只要他能告訴我們時間、地點和方式，假如他能給我們說個話，或者簽個……假如他能回答我們……他為什麼不回答我們呢？」

「他說的話你已經聽到了。」

「可我們該怎麼辦呢？我們總不能就這麼甩手走人，讓國家處於無政府狀態吧，一想到那樣做的後果，我就不寒而慄。社會垮成了目前這副樣子——塔格特小姐，我現在已經盡了最大的努力去維持秩序，否則，搶劫和血腥屠殺就會在光天化日之下發生。我不明白人們是怎麼回事，再也看不見他們平日的教養了。現在這種時候，我們不能就這麼離開。現在我們既不能走，又再也維持不下去，我們該怎麼辦，塔格特小姐？」

「放開控制吧。」

「嗯？」

「開始減稅，撤除控制。」

「啊，不不不！這可絕對不行！」

「為什麼不行？」

「我的意思是，現在不能這樣做，塔格特小姐，現在不行，這樣做還為時太早。我個人很同意你的意見，我是個熱愛自由的人，塔格特小姐，我不是為了去追逐權力——但這個情況太突然，人們還沒做好接受自由的準備，我們必須要保持強有力的控制，不能採取理想化的措施——」

「既然如此，就別來問我該怎麼辦了。」她邊說邊站起了身。

「可是，塔格特小姐——」

「我來這裡不是為了爭論。」

她已經走到門口，這時，他嘆息了一聲，說，「但願他還活著，」她停了下來，「但願他們沒有魯莽行事。」

片刻之後，她才控制住自己的情緒，問了聲：「你指誰？」

他聳了聳肩，兩手攤開，無可奈何地向下一垂：「我已經管不了手下的人了，實在不知道他們會做什麼。一年多來，費雷斯、洛森、麥格斯幾個人勾結在一起，不斷逼我採取更有力的措施。他們想採取的是更強硬的政策。坦白說，他們是想採用恐怖手段，對普通的民事犯罪、對諸如批評者和持不同政見者以死刑威脅。他們的理由是，既然人們不合作，不會主動按照大眾的利益去行事，就必須對他們施行強制手段。他們說，我們的制度只有用恐怖的手段才能得以維持。從現在的形勢來看，他們的話或許不無道理。但莫奇不贊成使用高壓手段；莫奇是一個愛好和平的人，是個開明人士，我也是。對於費雷斯一夥人，我們一直是在儘量控制，可是……你知道，他們反對向約翰．高爾特做出任何形式的讓步。他們不想讓我們和他談判，不想讓我們找到他。我不希望他們先發現什麼。假如他們先找到了他，他們就會——誰都不敢說他們會怎樣……我擔心的就是這個。他為什麼不回答？為什麼一句話都沒有？萬一他們找到他，把他害死怎麼辦？我實在不願去想……因此，我希望你或許能有什麼辦法……或許能知道他是否還活著……」他的話在疑問當中停了下來。

一股潮水般的恐怖襲遍她全身上下，她竭盡全力控制住自己，站直雙腿，說道：「我不知道。」然後，便強撐著走出了房間。

$

達格妮站在街頭那曾經支撐著一處蔬菜亭、現已腐爛的柱子旁邊，偷偷打量著身後的街道：稀稀疏疏的路燈柱子把街道割成了一個個孤島，第一片燈光裡面是一家當鋪，隨後是一家酒吧，最遠處是一座教堂，它們之間隔著一道道的暗影；人行道上凋敝冷清，模糊得難以辨認，不過大街看起來似乎空無一人。她拐了個彎，故意把腳步弄響，然後猛地停住，凝神細聽：她難以確定從自己極度緊張的胸口內發出的正是自己的心跳，遠處車輪的震動和附近東河的潺潺流水聲齊入耳中，使她難以分辨；不過，她沒有聽到身後有人的腳步聲。她的肩膀陡然一聳，驟然加快了步伐。昏暗的牆洞內，一座生鏽的鐘錶喑啞地敲響，已是凌晨四點。

她似乎並不完全是在害怕被人跟蹤，此時，她已經體會不出任何恐懼。她說不出自己身體的輕飄究竟是由於緊張還是放鬆；她的身體似乎縮緊得讓她覺得只剩下一點還在：那就是她還能動；她的大腦陷入了一種鬆弛的封閉狀態，猶如一台處於自動控制狀態下的發動機，無須再去理會。她心想，飛行中的赤裸的子彈若有知覺，大概就應該是這樣的感受；除了運動和目標，別的一概全無。她的心念模糊而遙遠，似乎她這個人並不真正存在；進入她腦子裡的只有「赤裸」這個詞：赤裸……將其他的一切拋開，只有一個目標……只有「三六七」這個號碼，這個位於東河岸邊一所房子的門牌號碼，這個長久以來她禁止自己去想，卻總是縈繞在腦子裡的號碼。

「三六七」——她心裡想著，向前方的一片房屋中望去——「三六七」……他就住在那裡……如果他還活著的話……想到她絕不會生活在這樣的假設之中，她便鎮靜從容了下來，腳步也有信心了。

她已經在這個假設中生活了十天——她一點一點地挨過那些夜晚，走到了今夜，此刻，她邁出的彷彿依然是在塔格特終點站隧道裡的清脆孤單的腳步。她曾經在他當初工作的那個時段，到隧道內找他，一走就是幾個小時，尋找了一晚又一晚——她找遍了地下的每一條通道、站台、車間和軌道，既不去問任何人，也從不解釋她為什麼來這裡。行走的時候，她感覺不到害怕和希望，促使她走下去的是一股近乎驕傲、無比堅強的信念。之所以會有這樣的信念，是因為當她在地下的某個幽暗角落吃驚地停住，看到隧道頂部隨著遠處車輪的經過而不停地震顫時，會隱約聽見自己的腦海裡在說：這是我的鐵路；當她感覺到被遏止在身體裡的東西難受地阻塞著的時候，會聽見它說：這是我的生活；當她想到或許就在這些隧道裡的那個人時，會聽見它說：這是我的愛。這三者之間不可能會有衝突……我在懷疑什麼呢？……在這裡，在這個只屬於他和我的地方，又有什麼能把我們分開？……隨即，她的思緒又重新回到現實，繼續堅定地向前走去，心裡還是那個堅定的信念，但聽見的卻是另一番話：你不許我去找你，你可以罵我，可以拋棄我……但只要我有活著的權利，我就必須要知道你也活著……我必須要看你一眼……我不去攔你，不和你說話，不和你接觸，只是要看看你……她一直沒有見到他。當她發現在地下工作的工人們帶著疑惑好奇的眼光跟在她身後時，她便停止了尋找。

她曾經藉著鼓舞士氣的名義召集站上的修路工人開會，為了見到所有班次的工人，她開了兩次這樣的會議——她重複著同樣毫無意義的講話，既為自己說出的空洞言詞感到慚愧，又因為知道她已不在乎這些而感到自豪——她打量過那些面容疲憊而冷酷，無所謂是工作還是混日子的工人，他不在他們中間。

「每個人都到了嗎？」她問過領班。「我想是吧。」他漠不關心地回答說。

她曾經徘徊在車站的入口處，打量著前來上班的人們。但入口實在太多，而且她在觀察的時候，也一定會被人看見——她曾經在又潮又悶的黃昏時分，靠著倉庫的牆站在被雨水浸亮的道路旁，她的衣領豎起，雨水順著帽沿往下滴——她曾經面街而立，心想，從她面前經過的人們能認出她來，而且會露出驚異的眼神，因為她這樣的守望實在是太過明顯。假如人群中真有個叫約翰．高爾特的人，就一定會有人識破她在此等候的目的……如果約翰．高爾特不在他們當中……如果約翰．高爾特不在這個世上，她心想，那危險就不會存在——這世界也就不會存在了。

沒有了危險，沒有了世界，她一邊想著，一邊穿過貧民區的街道，朝著三六七號房子走去，全然不知那裡是不是他住的地方。她覺得等待被判死刑的人也許就是這種感覺：沒有恐懼和怒火，什麼都不想，冰冷漠然得如同是沒有了熱力的燈火，喪失了是非的認同。

她踢到了一隻罐頭盒，滾動時彷彿是撞到了這個荒蕪城市的牆上，發出的聲音格外響亮，久久不絕。街道的肅靜不似人們在休息，倒像是被極度的疲憊摧毀一樣，彷彿牆內的人們並不是在睡覺，而是已經垮掉了。他這個時候應該下班回家了，她心想……假如他上班……假如他還有個家……她打量著這個貧民區，眼前看到的是坍塌的泥牆，剝落的漆面，日趨慘澹的店鋪外面的褪色招牌，和充滿塵土的窗內放置的無人問津的貨物，搖搖欲塌的台階，掛在晾衣繩上的破舊衣服，隨處可見做不完就甩在一旁、無人料理的殘缺跡象，在「沒有時間」和「沒有力量」的兩個對手面前，顯然已是難以為繼——她想，他這樣一個舉手之間便能改善人類生存狀況的人，十二年來卻一直生活在這裡。

某種記憶不斷向她的腦中湧來，終於變得清晰：這便是有關史坦斯村的記憶，她不禁渾身一顫。可這裡是紐約城啊！——她在內心對自己喊叫，維護著這裡曾經為她所熱愛過的輝煌；緊接著，她的眼前便出現了一個巍然不動、由她所做的嚴厲判決：一個讓他在貧民窟裡住了十二年的城市，註定會變成貧民窟。

猛然之間，一切似乎都不再重要了；她覺得自己彷彿被突如其來的寂靜所震撼，身體似乎凝固一般，讓她覺得像是一種平靜：她在一間很舊的房子上，看到了「三六七」的號碼。

她想她還是很鎮靜的，只不過是時間突然失去了它的連貫性，將她的意識分割成了一片片碎塊：她知道自己先看到了那個號碼——接下來的一刻，她站在散發著霉味的通道上，看見一塊板子上用鉛筆歪歪扭扭地寫著「約翰．高爾特，五樓，後面」的字樣——隨後一刻，她站在樓梯前，抬起頭來，望著盤旋上升的扶手，突然倚住牆，嚇得發抖，巴不得對這些一概不知——後來，她感覺到自己坐在了第一層台階上——然後感到身體越來越輕，毫不費力、毫無疑懼地向上升去，感到一截又一截的樓梯被她果決地踩在了下面，彷彿推動她不可抑制地上升的是她挺直的身體、平直的雙肩和抬起的頭，是她在下最後決心的一剎那的莊重而激動的信念，當她用了三十七年的時間，攀上這最後一段樓梯的時候，她所渴望的生活不會是一場災難。

來到上面，她看到了一條狹窄的走廊通向一扇沒有燈光的門口。她聽到腳下的地板在寂靜中發出咯吱的響聲，她感覺到自己的手指按住了門鈴，聽到它在看不見的門裡面響著。她等待著，只聽地板響了一下，不過那卻是來自樓下。她聽見了河上一艘拖船鳴著長長的汽笛。她隨後便知道自己一定是喪失了一段時間，因為當她的意識再次恢復時，已經全然不同於甦醒，倒像是在誕生一般：彷彿是兩個聲音將她從虛無之中帶回來，門後的腳步一響，接著便是開鎖的聲音——直到面前的門突然不見，約翰・高爾特出現在門口，她才出世。他身穿襯衫和長褲，隨性地站在門口，身後的燈光隱隱襯出他微斜的腰際。

她知道，他的一雙眼睛正思索著這一時刻，接著便將這一刻的前前後後都掃視清楚，閃電般地把一切都想了一遍——他襯衫上的一道褶痕隨著他的呼吸微微一動，表明他已經得出了結論——這結論便是一個燦爛的表示迎接的微笑。

她此時已不會動彈。他抓過她的手臂，一把將她拉進房間，她感覺到了他緊貼上來的嘴唇，透過自己突然顯得多餘和僵硬的外套，她感覺到了他那修長的身軀。她看見了他的眼中含著笑意，一次又一次地感覺著他的嘴唇的觸摸，她癱倒在他的臂彎裡，大口地喘息著，彷彿她上這五層樓連一口氣都還沒喘，她的臉埋進他的脖子和肩膀之間，用她的手臂和雙手，用她的臉頰將他緊緊抱住。

「約翰……你還活著……」她只能說出這麼一句話。

他點了點頭，彷彿明白這句話的含意。

接著，他拾起她掉在地上的帽子，把她的外套脫下放在一邊，看著她苗條而顫抖不已的身體，眼中閃過一絲讚許，他的手撫摸著她身上緊身高領的深藍色毛衣，她的身體在它的包裹下如女學生一般孱弱，又如鬥士一般緊繃。

「下次見你的時候，」他說，「穿一件白色的，看起來一樣會很漂亮。」

她意識到她身上的衣服是晚上在家裡焦慮失眠時所穿的，平時從不會穿出來到外面。她大笑了起來，發現自己又會笑了：她無論如何也沒想到這竟是他見面說的第一句話。

「要是還有下一次的話。」他平靜地補充了一句。

「你……這是什麼意思？」

他鎖上了房門，說：「坐下。」

她站著不動，不過還是藉機打量了一下尚未注意過的房間：這是一間長長的、未經裝修的閣樓，一個角落裡是床，另一個角落是煤氣爐，幾件木製的傢俱，裸露的木板將地面襯托得更長。桌上放了一盞檯燈，檯燈光暈後的陰影裡是一扇關上的房門——透過巨大的窗戶可一眼看到外面的紐約，那裡是一片錯落突兀的建築和星星點點的燈光，以及矗立在遠處的高高的塔格特大樓。

「現在你聽好，」他說，「我猜測，我們還有半小時的時間。我知道你為什麼來這裡，我跟你說過這很難撐，你很可能會受不了。別後悔了，你看，我不是也不能後悔嗎？不過現在，我們必須要知道該怎麼做。大約半小時以後，跟蹤你的掠奪者的手下就會來這裡抓我。」

「啊，不！」她大吃一驚。

「達格妮，他們之中只要誰還有一點人的覺察力，就會明白你和他們不是一夥的，就知道你是他們找到我的最後一根線索，就不會讓你逃出他的視線——或者說，逃出他的監視者的視線。」

「我沒有被跟蹤！我都看了，我——」

「你不知道怎麼觀察。監視可是他們的拿手本事。現在，盯你的人正向他的主子報告。你在現在這時候出現在這種地方，樓下牌子上面有我的名字，以及我在你的鐵路公司工作的事實——他們再笨也能把這些聯繫起來。」

「那我們離開這裡！」

他搖了搖頭：「他們現在已經把這個街區包圍了。監視你的人一聲令下，就會叫來所有的警察。我現在要你知道的是他們到這裡之後你應該做的事。達格妮，你只有一個機會能救我。假如你過去不明白我在收音機裡講的那種騎牆派的人，現在你就會明白了。你沒有任何折衷的辦法，只要我們在他們手裡，你就不能站在我這一邊。現在，你必須和他們站在一起。」

「什麼？」

「你必須站在他們一邊，盡你最大的可能，裝得越徹底、越一致、越明顯越好。你必須像他們那樣做事，必須裝成是我的敵人。如果你這樣做的話，我還有生還的可能。他們實在太需要我了，不到萬不得已、不試遍各種手段是不會殺我的。無論他們想如何去整人，都只能借助被害人看重的東西——可他們抓不到我任何東西，無法威脅我。但一旦他們覺察到我們之間的蛛絲馬跡，不用一星期，就會在我眼前把你送上受刑架——我說的是肉體折磨。我可不想等著看到它發生。只要他們流露出拿你做要脅的意思，我就立即自殺，讓他們死了這條心。」

他說話時語氣並沒有加重，依然是一副冷靜現實、籌畫全局的口吻。她知道他會說到做到，而且完全應該如此：她看出了僅憑自己一個人就可以將他置於死地，而他的對手即使全加起來也做不到這一點。他看出了她的眼神已經凝固，看出了她理解後的恐怖神情。他帶著一絲難以覺察的微笑，點了點頭。

「我不說你也知道，」他說，「假如我那樣做的話，絕不是什麼自我犧牲。我不願意遵循他們的方法，不想順從他們，不想眼看著你忍受不可避免的殘殺。一旦如此，就沒有了任何可以讓我追求的價值——我不想毫無意義地活著。你知道，面對用槍挾持我們的人，我們問心無愧。因此，你要盡一切力量偽裝自己，讓他們相信你恨我。這樣，我們就還有活下去和逃跑的希望——儘管我不知道何時和怎樣逃脫，但我知道我不會受任何羈絆。明白嗎？」

她迫使自己抬起頭，正視著他，點了點頭。

「他們來的時候，」他說，「告訴他們你一直試圖幫他們找到我，看到我的名字出現在你的工資單上，你就起了疑心，於是到這裡探個究竟。」

她點了點頭。

「我會一直不承認自己的身分——他們或許能辨認出我的聲音，但我會極力否認——這樣，就可以讓你去告訴他們，我就是他們在找的約翰．高爾特。」

她遲疑了幾秒鐘，但還是點了頭。

「然後，你就去要——並且接受他們為抓我而發出的五十萬元懸賞。」

她閉上眼睛，點了點頭。

「達格妮，」他緩緩地說，「在他們的制度下，你不可能按自己的標準去做事。不管你是有意還是無意，他們遲早有一天會逼你走到不得不和我對立的地步。鼓起你的勇氣，去做吧——這樣的話，我們就可以贏得這半小時，或許還能贏得未來。」

「我會做的，」她堅定地說道，然後又補了一句，「假如事情真的這樣發生，假如他們——」

「事情會發生的，不要後悔，我不會後悔。你還沒看到我們敵人的真相，現在你就會看見了。如果必須利用我來說服你的話，那我情願如此——把你就此從他們那邊爭取過來。你已經等不及了嗎？噢，達格妮，達格妮，我又何嘗不是如此！」

他的擁抱和親吻使她覺得，她所做的一切，所有的危險和疑慮，甚至她對他的違背——如果這算是違背的話，都是為了這歡樂的一刻。他看見她的臉上因為竭力抗拒著自己而露出了極為矛盾的表情——他的嘴按在她的頭上，她聽到他的聲音透過她的縷縷長髮，傳了過來：「現在不要去想它們，除了抗爭的時候，一秒鐘也不要讓痛苦、危險和敵人在你的腦子裡停留。你現在是在這裡，這是屬於我們的時間、我們的生活，這不屬於他們。不要讓自己不快樂，你是快樂的。」

「即使是在有可能毀掉你的情況下嗎？」她喃喃地說。

「你不會。不過——沒錯，即使如此。你不會對此漠不關心吧？你是不是由於漠不關心才撐不住，跑到這裡來？」

「我——」澎湃的真情使她忍不住拉過他的嘴，吻了上去，然後臉對臉地向他說道，「我不在乎以後我們是不是只有一個人能活下去，我只想能再這樣見你一次！」

「你要是沒來，我反而會失望了。」

「你知不知道那是什麼滋味，等待著，強忍著，拖一天，然後再拖一天，然後——」

他笑了笑，「我不知道嗎？」他輕聲地說。

她無可奈何地垂下了手，想起了他過去的這十年：「我在收音機裡聽到你的聲音，聽到那次最激動人心的演講……哦，不，我沒權利對你說我的想法。」

「為什麼沒有？」

「因為你認為我還沒有接受它。」

「你會接受的。」

「你是在這裡講的嗎？」

「不是，是在山裡。」

「然後你又回到了紐約？」

「第二天一早就回來了。」

「然後就一直待在這裡了？」

「對。」

「你有沒有聽到他們每天晚上向你發出的請求？」

「當然有了。」

她緩緩地打量著房間，目光從窗外的高樓移到天花板上的木頭屋樑，從牆壁的裂縫移到床的鐵架。

「你一直住在這裡，」她說，「在這裡住了十二年……就在這裡……就是這樣……」

「就是這樣。」他說著，將房間一頭的門一把推開。

她驚訝地喘氣：門內現出的是一間窄長、燈火通明、沒有窗戶的房間，四面用散發著柔和光澤的金屬包裹，宛如潛艇上的一個小舞廳，這是她有生以來見過佈置得最有效合理和現代化的實驗室。

「進來吧，」他笑著說，「我用不著再對你保密了。」

這簡直是進入了另外一個世界。她看著閃閃發亮的精密儀器，看著密密麻麻、泛著光澤的電線，看著上面用粉筆寫下數學公式的黑板，看著長長的台子上嚴格擺放、井然有序的物品——然後，又看了看閣樓裡下垂的木板和正在塌裂的泥灰。非此即彼，她心想，這就是與全世界進行抗爭所做的選擇：一個人的靈魂有著截然不同的兩種形象。

「你想知道我每年的十一個月裡都是在哪兒工作。」

「所有這些，」她指著實驗室，「靠的都是」——她又指了指這間閣樓——「你當工人換來的薪水？」

「哦，當然不是！我為穆利根設計了發電房、聲波屏、廣播發射器和其他一些東西，這是他付給我的報酬。」

「既然如此……你為什麼還要去當工人呢？」

「因為在山谷裡賺的錢不允許花在外面。」

「你這套設備是哪兒來的？」

「是由我設計，由史托克頓鑄造廠製造的。」他指了指房間角落裡的一個毫不起眼、如收音機盒子大小的東西說，「這就是你想要的發動機，」看著她大吃一驚、不由自主想撲上去的樣子，他輕笑著，「別費心思研究它了，你現在又不想讓它落到他們手裡。」

她瞪著亮晶晶的金屬筒和閃閃發光的線圈，想到了那個如同寶貴的遺物一般，躺在塔格特車站隧道的玻璃棺材裡的鐵鏽遺物。

「我用它來為這個實驗室供電，」他說，「不能讓人懷疑一個修路的工人為什麼要用那麼多電。」

「可是他們過去要是發現了這個地方——」

他怪異地笑了一聲：「他們不會。」

「你有多長時間——」

她停住了問話；這一次，她沒有再吃驚，眼前看到的使她徹底呆在了原地：在一排機器背後的牆上，她發現了一張剪自報紙的照片——照片上的她身著襯衫長褲，站在約翰．高爾特鐵路出發點的火車頭旁邊，她的頭高高地仰著，那天的情景、意義和陽光都洋溢在她臉上的笑容裡。

她只是發出一聲低吟，轉身向他看去，而此刻，他臉上的神情便如同她當初在照片中的一樣。

「我曾經是你在這個世界上最想消滅的一切的象徵，」他說，「而你卻象徵著我想要做到的一切。」他指著照片，「人們在有生之年，希望的就是能破例得到一兩次這樣的感受。而我呢——我是把它當成了自己永久而平常的選擇。」

他的神情以及他的眼睛和內心裡的安詳，讓她覺得理想就在這一刻，就在這座城市成了現實。

當他親吻她的時候，她知道他們擁抱彼此的手臂是在緊握著他們最輝煌的勝利，她知道這是沒有被痛苦和恐懼沾染的現實，是哈利的第五號協奏曲中的現實，是他們曾經渴望、為之奮鬥而贏得的現實。

門鈴響了。

她立即的反應便是抽出身來，而他的第一個反應則是將她擁得再近、再久一些。

他抬起了頭，臉上露出笑容，只說了句：「現在可到了不能膽怯的時候了。」

她隨著他回到閣樓裡，聽到實驗室的門在他們身後緊緊地鎖上了。

他靜靜地為她舉起外套，等著她繫好外套的帶子，戴上帽子，便走了過去，打開了房門。

進來的四個人中，有三個是身穿軍隊制服的壯漢，每個人腰裡別著兩把槍，臉大得都走了形，眼睛僵硬而呆板。第四個沒穿軍裝的人是領隊，他體格瘦弱，身穿一件質地上乘的大衣，留著一撮整齊的小鬍子，一雙藍眼睛黯淡無光，那架勢像是個從事公關的文人墨客。

他朝著高爾特和房間內眨了一下眼睛，向前邁了一步，停住，又邁了一步，然後停了下來。

「什麼事？」高爾特說。

「你……你是約翰．高爾特？」他的聲音大得不太自然。

「沒錯。」

「你就是那個約翰．高爾特？」

「哪個？」

「你是不是在廣播裡講過話？」

「什麼時候？」

「別被他騙了，」達格妮清脆的聲音響了起來，她對那個領隊說，「他就是約翰．高爾特，我會把證據交給總部，你動手吧。」

高爾特像對陌生人一般地轉身看著她說：「現在你能不能告訴我你到底是誰，究竟來這裡幹什麼？」

她的面孔和那幾個士兵一樣毫無表情：「我叫達格妮．塔格特，我是想證實一下你究竟是不是國家正在找的那個人。」

他向那個領隊轉過身去，「好吧，」他說，「我是約翰．高爾特——不過，要是想讓我開口，就讓你這個偵探，」——他指著達格妮——「從我這裡滾開。」

「高爾特先生！」那個領隊帶著一種滿懷喜悅的聲音叫道，「幸會，真是太榮幸了！高爾特先生，請不要誤會我們——我們可以滿足你的願望——當然，如果你不願意，完全用不著和塔格特小姐打交道——塔格特小姐只是在盡她愛國的義務而已，不過——」

「我說了，讓她從這裡滾開。」

「我們可不是在和你作對呀，高爾特先生，我向你保證，我們不是在和你作對。」他轉向了達格妮，「塔格特小姐，你為人民做出了難以估量的貢獻，贏得了全體人民的最高敬意。下面的事就交給我們好了。」他寬慰地揮揮手，示意她向後退，離開高爾特的視線。

「你們想怎麼樣？」高爾特問。

「國家在等待你呀，高爾特先生。我們只是希望能夠打消誤會，能和你合作。」他揮揮戴手套的手，向那三個人示意著。這幾個人一言不發地開始翻箱倒櫃，地板在他們的踩動下吱吱作響；他們在搜查房間。「明天上午，當全國人民聽到找到你的消息，他們的精神就會振作起來了，高爾特先生。」

「你們想幹什麼？」

「我們只是要以人民的名義來歡迎你。」

「我是不是被逮捕了？」

「為什麼有這種老掉牙的想法？我們的任務只是把你安全地護送到最高的國家領導部門去，他們都在等著你呢。」他停頓了一下，但沒有聽到任何回答，「國家的最高領導們希望和你協商——只是通過協商來達成善意的諒解。」

士兵們除了衣服和廚具外便一無所獲；房間裡沒有信件和書籍，甚至連報紙也沒有，好像住在這裡的是個文盲。

「我們只是想協助你，恢復你在社會裡的合法地位，高爾特先生。看來，你還沒有充分意識到自己在公眾中的重要價值。」

「我知道。」

「我們只是來這裡保護你。」

「鎖上了！」一個士兵砸著實驗室的門，喊道。

領隊裝出一副討好的笑臉：「裡面是什麼，高爾特先生？」

「私人物品。」

「能不能請你打開它？」

「不行。」

領隊兩手一攤，擺出痛苦無奈的樣子：「可惜我是在奉命行事，我們必須進那間房間。」

「進吧。」

「這只是例行公事罷了，沒必要搞得這麼不愉快。你就不能合作一下嗎？」

「我說了，不行。」

「我肯定你不會希望我們採取任何……不必要的措施。」他沒有得到任何回答。「你知道，我們是有權闖進那扇門的——不過，當然了，我們不想那樣做。」他等了等，還是沒有回答。「把鎖撬開！」他向士兵命令道。

達格妮瞄了一眼高爾特，他的頭抬得正正的，無動於衷地站在那裡。她看到他的身形紋絲不動，眼睛瞧著那扇門。門鎖是一塊小小的四方銅牌，上面沒有鑰匙孔，光滑得無從下手。

那三個壯漢不由自主地愣在了那裡，第四個人則手持盜賊的工具，小心地鑿著門上的木頭。木頭被輕而易舉地鑿開，木片紛紛掉落，在寂靜之中，它們落地的動靜聽起來像是遠處傳來的陣陣槍聲。當盜賊的鐵橇敲打著銅牌的時候，他們聽到門後傳來一陣悶響，輕得如同疲憊的心靈的一聲嘆息。過了不久，門鎖落地，房門顫動著向前移了幾寸。

士兵向後一閃，領隊搖搖晃晃地走上前去，將房門推開。出現在他們面前的是一個不知究竟、幽深莫測的黑洞。

他們彼此對視了一眼，又看了看高爾特；高爾特一動不動地站在原地，望著那一片黑暗。

達格妮跟了上去，他們打著手電筒，跨過門檻。裡面是一條長長的金屬艙，空空如也，只是地上堆滿了厚厚的塵土，這堆怪異的灰白色土渣彷彿是經歷了幾個世紀塵封的廢墟。整個房間宛如一具蝕空的骷髏。她轉過臉去，免得讓他們看出她因為知道這些塵土幾分鐘前的樣子而在臉上露出的震驚。在亞特蘭提斯發電房的入口處，他曾經對她說過，別想去開門……假如你試圖硬闖進去，門還沒打開，裡面的機器就會變成灰燼……別想去開門——她心裡想道，然而她知道，此時她的眼前所見，便是活生生的體現了一句話：別想逼迫人的思想。

那夥人一言不發地退了出來，繼續向大門退去，然後一個接一個地愣在了閣樓裡，彷彿是被退去的潮水丟棄在那裡的垃圾一般。

「好了，」高爾特伸手拿過外套，對那個領隊說，「走吧。」

$

韋恩．福克蘭酒店的三個樓層被清空變成兵營。鋪著絲絨地毯的長長走廊的每一個拐角處，都站著手持機槍的士兵，哨兵上了槍刺，把守在消防出口的樓梯口。五十九、六十和六十一樓的電梯門被封死；僅留下一部由全副武裝的士兵看守的電梯供出入。一些怪模怪樣的人在一樓的大廳、餐廳和商店裡徘徊逡巡：他們的穿戴顯得過於光鮮和昂貴，在蹩腳地裝扮成飯店常客時，他們的虎背熊腰與身上的衣服極不協調，這讓他們的偽裝露出了馬腳，況且與商人的裝扮不同的是，他們身上有一個地方看起來鼓鼓的，只有帶槍的人才會如此。飯店的各處出入口和鄰街的重要視窗，也都佈置了一群一群手持衝鋒槍的衛兵。

位於兵營中心位置的六十樓是韋恩．福克蘭酒店的皇家套房，在這佈滿了綾羅窗幔、水晶燭台和精雕花環的地方，身著一身襯衫長褲的約翰．高爾特正坐在一張緞面扶手椅內，一條腿蹺在一隻絲絨跪墊上，兩手交叉抱在腦後，凝望著天花板。

湯普森先生進來時看到的他就是這副樣子。皇家套房的門外，早晨五點開始便站了四個衛兵，直到上午十一點，他們等湯普森先生進去後，又將門鎖上。

當門砰的一聲鎖上，將他的後路切斷，使他獨自面對這名囚犯時，湯普森先生的心中掠過了一絲緊張。不過，他想起了報紙頭條和電台天一亮就向全國廣播出的消息：「約翰・高爾特找到了！——約翰・高爾特在紐約！——約翰・高爾特加入了人民的行列！——約翰・高爾特正和國家領導階層舉行會談，以制定出一個能迅速解決我們所有問題的方案！」——他儘量讓自己相信事情正是如此。

「哎呀呀！」他滿面春風地向扶手椅走去，「原來你就是那個惹麻煩的年輕人啊——哦，」當他走近那雙盯著他看的墨綠色眼睛時，猛地轉口說道，「嗯，我……很高興能見到你，高爾特先生，真的是很高興。」隨即又補充了一句，「你知道吧，我就是湯普森先生。」

「你好。」高爾特說。

湯普森先生一屁股坐進椅子，用他直截了當的動作表達出一種商場上令人振奮的氣度，「不要有被逮捕之類的荒唐念頭，」他指著房間，「你也看得出來，這可不是監獄，你能看出我們對你的招待很隆重。你是個大人物，是個非同一般的大人物——這我們知道。請不必拘束，有什麼要求儘管提出來，誰敢得罪你就開除誰，要是你看不慣外面的哪個衛兵，說一聲就行了——我們立刻把他換掉。」

他頓了頓，以為能聽到對方的回應，但卻什麼也沒有得到。

「我們請你到這裡來只是想和你談一談。本來我們不打算採用這樣的方式，但你一直躲著，我們也實在沒有別的辦法。我們就是希望能告訴你，你完全誤會我們了。」

他帶著和氣的微笑，把兩手向上一攤。高爾特的雙眼注視著他，沒有做聲。

「你那番演講真夠精彩，你簡直是個演說家！你對全國都造成了一定的影響——儘管我不清楚具體的影響和原因，但你確實做到了。人們似乎也想要你得到的東西，但你是不是以為我們對此極力反對？這你就錯了，我們不是。就我個人看來，演講中有許多極有見地的觀點，不錯，我的確這麼認為。當然，這並不代表我同意你說的每一句話——再怎麼說，你也不是想讓我們贊同你的每一個觀點吧？觀點不同才會推動事情向前發展。至於我，我可是一貫願意改變我的想法，願意接受任何意見。」

他邀請般地向前傾了傾身子，還是沒得到任何回答。

「正如你所說，現在真是天下大亂啊，在這點上我同意你的看法。我們有個共同點，可以由此入手。一定要採取些措施才行。我只是想——你看，」他突然叫了起來，「你為什麼不願意聽我跟你說呢？」

「你現在正在跟我說。」

「我……這個……這個，你明白我的意思。」

「完全明白。」

「那？……那你有什麼要說的？」

「沒有。」

「啊?!」

「沒有。」

「行了，你就說吧。」

「我並不想和你說話。」

「可是……你看！……我們是有事情要商量的！」

「我沒有。」

「好，」湯普森先生頓了一下，說道，「你是個注重行動、講求實際的人，你實在是太現實了！就算我不瞭解你別的方面，但這一點我敢肯定。這沒錯吧？」

「你是說實際？沒錯。」

「這我也一樣。我們說話用不著拐彎抹角的，把手裡的牌都亮在桌子上，無論你想怎樣，我都可以和你做交易。」

「我向來願意做交易。」

「我就知道！」湯普森先生獲勝一般地捶著自己的大腿，「我早就跟莫奇他們這些只會空談愚蠢理論的知識分子說過！」

「我向來願意做交易——不過是跟一個向我提供有價值的東西的人。」

湯普森先生沒有搞清楚自己的回答為什麼會漏掉了一拍：「好吧，你自己開個價，兄弟！你自己開個價！」

「你能給我什麼？」

「當然是你想要什麼就有什麼。」

「比如說？」

「你要什麼都可以。你有沒有聽到我們的短波廣播？」

「聽到了。」

「我們說過，會滿足你的一切條件，我們可是說話算話。」

「我在廣播裡說過不會討價還價，你聽到沒有？我說到做到。」

「唉，可是你誤會了我們！你以為我們會和你對抗，可我們不會。我們並不僵化，對任何意見都願意考慮。你為什麼不回應我們的呼籲，前來面談呢？」

「我為什麼該來？」

「因為……因為我們希望代表全國人民和你談話。」

「我不承認你們有代表全國人民的權利。」

「這樣好了，我還不習慣……嗯，好吧，難道你就不能聽我說一說？你就不能聽聽嗎？」

「我在聽。」

「國家的形勢很糟糕，人民正在挨餓，國家在崩潰，經濟瀕臨解體，所有人都停止了生產。我們對此束手無策，你有辦法，你知道如何改變局勢。好，我們願意讓步，希望你來告訴我們該怎麼辦。」

「我已經告訴過你們了。」

「什麼？」

「滾出我的世界。」

「這不可能！這是妄想！沒什麼好商量的！」

「你看，我說過我們之間沒什麼可談的吧。」

「等一下！等一下！別太極端！總會有折衷的辦法，你不能把一切都占了，我們還沒有……人民還沒有這個準備。你不能要我們廢除國家機器。我們必須維持這個制度，但我們願意改善它，會按照你說的去加以改進。我們不是頑固不化、只會空談的獨斷專行者——我們很靈活，會按你說的去做。我們會放手讓你去做，會積極配合，會妥協。我們可以各管一半，我們負責政治，由你來完全操控經濟。我們會把全國的生產都交給你，把整個經濟都雙手奉送給你。你可以隨心所欲地去管理、下命令、簽署法令——你的身後有國家的力量來撐腰。從我開始，我們所有人都隨時聽從你的指揮。在生產方面，你怎麼說我們就怎麼做。你將會——你將會成為國家經濟大權的獨裁者！」

高爾特放聲大笑。

這笑聲裡的戲謔味道令湯普森先生一愣：「你怎麼了？」

「如此說來，這就是你所謂的妥協了？」

「這怎麼……別坐在那裡這麼笑！我覺得你沒理解我的意思，我給你的可是莫奇的職位——沒人能給你更大的權力了！……你可以隨心所欲，如果你不喜歡管制措施，就把它們統統廢掉。如果你想要提高利潤、降低薪水——就頒佈命令。如果你希望大企業家們得到特殊的待遇——給他們就是了。如果你不喜歡工會——就解散它們。如果你想要的是一種自由經濟——就命令人們自由行事！你可以為所欲為，只要你能讓一切恢復，讓國家建立起秩序，讓人們重新開始工作，讓他們去生產。帶回你的自己人——那些有大腦的人，帶我們進入一個天下和平、科技進步、發達繁榮的時代。」

「在槍口的威逼之下？」

「你看，我……這有什麼好笑的？」

「你只要告訴我一件事：如果你能裝作沒聽見我廣播裡所講的話，你又憑什麼認為我願意裝得像什麼都沒說過一樣？」

「我不明白你的意思！我——」

「算了吧，這只是個修辭性問句，它的前面那句就回答了後面那句。」

「啊？」

「老兄，要是你需要找翻譯才能聽懂的話——我可不玩你那種把戲。」

「你的意思是你不接受我的提議？」

「沒錯。」

「可是，為什麼？」

「原因我已經用了三個小時在廣播裡講過了。」

「哦，那只不過是理論而已！我是在講實際的，我給你的可是世界上權力最大的職位。你能告訴我有什麼不妥嗎？」

「我用了三個小時告訴你的那些就是，它不管用。」

「你能讓它管用。」

「怎麼做？」

湯普森先生兩手一攤：「我不知道，要是我知道的話，就不找你了。這是你要想辦法解決的事，你是企業天才，你能解決任何問題。」

「我說過了，這辦不到。」

「可你能辦到。」

「怎麼辦？」

「以某種方式辦。」他聽見高爾特的輕笑，又說，「為什麼不行呢？你就告訴我，為什麼不行？」

「好啊，那我告訴你。你想讓我成為經濟獨裁者？」
「是啊！」
「並且遵守我的一切命令？」
「絕對服從！」
「那就從廢除所得稅開始吧。」
「啊，不行！」湯普森先生一下子跳了起來，叫嚷道，「我們不能那麼做！那……那與生產無關，那是屬於分配的範疇。我們怎麼發薪水給公務員呢？」
「解雇你們的公務員。」
「啊，不行！那是政治！不是經濟！你不能干預政治！不能什麼都管！」
高爾特把兩腿交叉著往跪墊上一搭，舒展了一下身子，讓自己在椅子裡坐得更舒服些，說：「還想繼續商量嗎？你明白了沒有？」
「我只是——」他停住了。
「我說重點了，你滿不滿意？」
「是這樣，」湯普森先生重新坐回到椅子上，打起了圓場，「我不是要爭論什麼，這我不擅長。我看重的是行動，時間不等人。我只知道你有智力，而這智力也正是我們現在需要的，你什麼都能做到，只要你想做，就沒有你做不到的事。」
「那好，就用你的話來說吧：我不想做。我不想當一個經濟獨裁者，哪怕讓我只去簽一份讓人們自由的命令都不行——任何一個有理智的人都會把這命令扔回到我的臉上，因為他知道，他的權利不應該受到你或我的意志的限制和剝奪。」
「告訴我，」湯普森先生望著他，不解地說，「你追求的是什麼？」
「我在廣播裡告訴過你了。」

「我不明白。你說你是為了自己的利益——這我能理解。但我們現在把東西奉送給你，你都不要，那你又怎麼可能還對將來抱什麼希望呢？我原以為你是個利己主義者——是個很實際的人。我給你開了一張空白支票，你想要什麼都可以填上去——但是你卻對我說你不想要它。為什麼？」

「因為那是一張空頭支票。」

「什麼？」

「因為你不能給我任何有價值的東西。」

「只要是你能想到的，我都可以給你，你就說吧。」

「還是你說吧。」

「嗯，關於財富你談了很多。如果你想要錢的話——我此時此刻能給你的錢，你三輩子也賺不到。你想不想要十億——酷斃了的十億？」

「為了讓你能給我這筆錢，我還得把它通過生產創造出來吧？」

「不，我指的是直接從國庫裡拿出來的嶄新鈔票……或許……假如你希望的話，或許能給你黃金。」

「想用這筆錢讓我幹什麼？」

「哦，等國家能重新站穩腳跟——」

「是要我來幫它站穩嗎？」

「嗯，如果你想按自己的方式去管理，想要權力的話，我可以向你保證，全國上下的每一個人，包括婦女和小孩，都會服從你的命令，按你說的去做。」

「那也得要我先教會他們吧？」

「你要是想為自己人——就是那些失蹤的人——爭取些什麼，無論是工作、職位、權力、免稅，還是其他任何好處，只要開口就行。」

「那也得要我先讓他們回來吧？」

「你到底想要什麼？」

「你到底對我有什麼用？」

「啊？」

「到底有什麼是我沒有你就辦不到的？」

湯普森先生的眼神看來像是被逼到角落裡一般，發生了變化，不過，他終於還是開始直視著高爾特的眼睛，慢慢地說道：「沒有我，你現在就出不了這間房間。」

高爾特一笑：「不錯。」

「你什麼都生產不了，會在這裡餓死。」

「不錯。」

「你看，這不是很明顯嗎？」湯普森先生又變得親切而歡快起來，他提高嗓門說著，彷彿可以用玩笑的方式將剛才的暗示從容化解。「我能給你的是你的生命。」

「但它並不是你能給予的，湯普森先生。」高爾特輕輕地說了一句。

它的聲音裡有種東西使得湯普森先生猛地向他看了一眼，又更快地將視線逃開：高爾特的笑容看起來簡直溫和無比。

「現在，」高爾特說，「你知不知道我所說的不能空口將生命抵押是什麼意思？只有我才可能允許你做出那樣的抵押——但我不會。對威脅的消除算不上是報答，對否定的拒絕不是獎賞，撤走你那些帶槍的惡徒不算是鼓勵，現在提出要殺我談不上有任何價值。」

「誰……誰說過要殺你了？」

「這還用說嗎？要是不用槍和死亡威脅我的話，你根本就沒機會和我說話，你的槍也就這點本事了。我不會為了消災而破財，不會向任何人出賣我的生命。」

「這話不對，」湯普森先生得意地說，「如果你的腿斷了，你就會花錢請醫生去醫治。」

「只要當初不是他弄斷了我的腿。」他笑著看了看閉口不語的湯普森先生，「我是個實際的人，湯普森先生，我認為讓一個人單單靠著能弄斷我的骨頭而謀生並不實際，我認為支持敲詐勒索並不實際。」

湯普森先生似乎若有所思，然後搖了搖頭，「我不覺得你實際，」他說，「實際的人不會不顧現實，他不會浪費時間去期盼事情能有所不同，或者試圖去改變什麼。他會接受現狀。現在的事實是，你在我們手裡，不管你是否高興，這就是現狀。你應該識時務才是。」

「我正是如此。」

「我是說，你應該合作，應該認清現在的形勢，並且接受和適應它。」

「假如你的血液裡中了毒，你是去適應它，還是去改變它？」

「噢，這是兩回事！那是生理上的！」

「你的意思是，生理上的現實可以改變，但改變你的荒唐念頭卻不行？」

「啊？」

「你是不是說，生理現象可以根據人的需要做出調整，但你的荒唐想法卻凌駕在自然法則之上，人必須要去適應你才行？」

「我是說我現在是占上風！」

「是不是因為手裡拿著槍？」

「算了吧，別老提什麼槍了！我——」

「我不會忘記現實當中的事實，湯普森先生，那樣的話就太不實際了。」

「好吧，我手裡有槍，你又能怎麼樣？」

「我會識相些，聽從你的吩咐就是了。」

「你說什麼？」

「我會遵從你的吩咐去做。」

「你當真嗎？」

「當真，一點都不假。」他發現湯普森先生臉上急切的表情慢慢地變成了一種疑惑，「你說什麼，我就做什麼。如果你命令我進經濟獨裁者的辦公室，我就進去。如果你命令我坐在桌子上，我就坐上去。如果你命令我發佈法令，我就發佈你命令我簽署的法令。」

「可是我不知道要發佈什麼樣的法令！」

「我也不知道。」

房間裡出現了一陣久久的沉默。

「好吧？」高爾特說，「你的命令是什麼？」

「我要你去拯救國家的經濟！」

「我不知道該怎麼挽救。」

「我要你找出辦法！」

「我不知道該如何去找。」

「我要你動腦筋去想！」

「你的槍怎麼會讓我做到這一點呢，湯普森先生？」

湯普森先生一言不發地看著他——從他那緊閉的嘴唇、凸起的顴骨以及瞇起的眼睛，高爾特看到一個怒氣沖沖的霸王馬上就要吼出一句頗具哲理的話來：我要打斷你的牙齒。高爾特臉帶笑容，定定地看著他，彷彿是在聽這句沒有說出口的話，並且強調著它。湯普森先生移開了目光。

「不，」高爾特說，「你並不想讓我動腦筋，當你逼著一個人違背他的選擇和意願時，就希望他能停止思考。你想把我變成一台機器人，我遵命就是了。」

湯普森先生嘆道，「我真不明白，」他帶著一種發自肺腑的無奈語氣說，「一定是哪裡不太對勁，我卻想不出來。你幹嘛要自討苦吃？你有這麼好的腦子——完全可以戰勝任何一個人。我不是你的對手，這你也知道。你幹嘛不假裝加入我們，然後控制局面，把我打敗呢？」

「這和你讓我去這麼做的理由一樣：因為你會勝利。」

「哦？」

「正因為比你們強的人試圖用你們的方式去戰勝你們，才使你們幾百年來一直平安無事。假如我爭著和你控制那些人的話，我們誰會贏？當然，我可以假裝——而且我不會挽救你們的經濟和制度，現在誰都救不了它們了——但我會死去，而你們還會贏得過去贏得的一切：你們會獲得喘息的時間，再多掌一會兒權，再多撐一年——或一個月——代價就是把你周圍的人類精英，包括我在內的一切希望和努力全都榨乾。這就是你們的目的，也是你們的極限。不要說一個月，只要還有受害者可用，哪怕只能拖一個星期你們也願意。可惜，這已經是你們最後的一個受害者了——他不想再扮演以前的角色。老兄，遊戲該收場了。」

「這只是理論上如此而已！」湯普森先生忍不住叫起來，嗓子都變尖了；他的眼神飄忽不定，在房間裡轉來轉去兜著圈子；他瞧了一眼房門，似乎盼著能逃出這裡。「你是說我們如果不放棄這種制度的話，就會滅亡？」

「對。」

「那麼，我們既然抓住了你，你就會和我們一同滅亡？」

「可能吧。」

「你難道不想活命嗎？」

「非常想。」他看見湯普森先生的眼裡迸發出一線亮光，便笑了，「我還可以告訴你：我清楚自己活下去的願望比你更強烈，也明白你正是寄望於此，我知道，其實你根本就不想活，但我想。正因為我非常渴望得到它，我才不會接受任何替代品。」

湯普森先生猛然跳了起來，「不對！」他叫喊著，「我不想活——不是這樣的！你為什麼這麼說？」他站在那裡，四肢微微地蜷縮在一起，似乎感到渾身發冷。「你為什麼要說這種話？我根本就不明白你的意思。」他後退了幾步，「我不是拿槍的歹徒，我不是。我沒想過要傷害你，從來沒想過去傷害任何人，我希望人民會喜歡我，我希望做你的朋友……我希望做你的朋友！」他仰天大叫著。

高爾特的眼睛毫無表情地注視著他，這使他除了知道自己被盯著之外，再也看不出其他反應。

湯普森先生突然表現出一副匆忙的樣子，像是急著要走，「我得走了，」他說，「我……我還有很多事情，我們以後再談。好好考慮一下，不用急，我不會給你什麼壓力。只管放鬆下來，在這裡不要拘束，需要什麼只管說——這裡吃的、喝的，還有香菸都是最好的。」他指了指高爾特的衣服，「我會讓全城最高檔的設計師來為你做些好衣服，我想讓你過最好的生活，讓你感到舒適和……對了，」他有些過於漫不經心地問道，「你有家室嗎？有沒有什麼親人想要見見？」

「沒有。」

「朋友呢？」

「沒有。」

「沒有情人嗎？」

「沒有。」

「我只是不想讓你覺得孤單罷了。我們允許其他人來看你，只要是你想見的，任何人都可以。」

「沒有。」

湯普森先生在門口停下來，轉身看看高爾特，搖搖頭，「我搞不懂你，」他說，「真搞不懂你。」

高爾特笑笑，聳聳肩膀回答道：「約翰·高爾特是誰？」

$

此時，韋恩·福克蘭酒店的大門外雨雪交加，荷槍實彈的衛兵們在門口的燈光下顯得淒苦無助：他們弓著肩膀，垂著腦袋，把槍抱在懷裡藉以保暖——看起來，即使他們把氣急敗壞的子彈朝著風暴全部發洩出去，也免不了身體遭受的罪。

在街道對面，負責鼓舞民眾士氣的莫里森正趕往飯店，前去參加在五十九樓召開的一個會議。他注意到，街上稀落困頓的行人對衛兵們連看都懶得看一眼，至於那一堆印有「約翰．高爾特承諾帶來繁榮」的通欄標題、擺在一身破爛且直發抖的攤販面前賣不出去的報紙，更是無人問津。

莫里森焦慮不安地搖了搖頭：一連六天，報紙頭版一直登載著國家領導階層與約翰．高爾特齊心協力地制定新的政策——但卻收不到任何效果。他發現來往的人們對身邊的一切都漠不關心，沒有人注意他，只是在走到飯店大門的燈下時，才有一個衣衫襤褸的老婦人無聲地朝他伸過一隻手來；他匆忙走了過去，在那隻露在外面的粗粗的手掌裡，只落下了幾滴冰雨。

當他在五十九樓湯普森先生的房間內向圍坐成一圈的面孔講話時，腦海中街上的情景使他的聲音充滿了為難的尷尬，眾人的臉色也是如此。

「似乎沒有作用，」他指著一綑民意調查的報告說，「所有我們關於與約翰．高爾特合作的報導似乎都不起作用。人們毫不關心，根本就不相信。有些人說他根本就不會和我們合作，大多數人甚至不相信他在我們手裡。我不知道人們是怎麼回事，他們已經什麼都不信了。」他嘆了口氣，「前天，克里夫蘭有三家工廠倒閉，昨天，芝加哥有五家工廠關門。在舊金山——」

「我知道了，知道了，」湯普森先生一下將他打斷，拉緊了脖子上的圍巾：酒店的取暖爐壞了。「這件事沒什麼好商量的：他必須讓步，準備接管生產，必須如此。」

莫奇瞄了一眼天花板，「不要再讓我和他去談了，」他顫抖了一下，說，「我已經試過了，他這個人無法溝通。」

「我……我不行，湯普森先生！」莫里森一看到湯普森先生的視線掃到他這裡停住，便嚷了起來，「哪怕你讓我辭職都行，我沒辦法再和他談！就別讓我去了！」

「沒有人能和他溝通，」費雷斯博士說，「純粹是浪費時間，你的話他連一個字也聽不進去。」

基南冷笑一聲：「你是說他已經聽膩了吧？更糟糕的是，他還會反駁。」

「那好，你怎麼不再去試試？」莫奇喝道，「你看起來挺開心啊，你幹嘛不去勸他？」

「我比你們更明白，」基南說，「別再騙自己了，兄弟，誰都勸不了他，我可不想再去了……開心？」他露出驚異的表情，又補了一句，「是啊……是啊，我是覺得挺開心。」

「你怎麼了？你是不是聽信了他的話，被他說動了？」

「我？」基南慘然一笑，「他對我有什麼用處？他要是贏了，我頭一個就要倒楣……只不過，」──他有些神往地望著天花板──「只不過他是個說話痛快的人罷了。」

「他不會贏！」湯普森將他打斷，「這是毫無疑問的。」

房間裡出現了一陣長久的沉默。

「西維吉尼亞出現了飢民暴亂，」莫奇說，「德州的農民們──」

「湯普森先生！」莫里森氣急敗壞地說，「也許……也許我們可以讓大家見見他……通過一場大遊行……或者在電視上……只是讓大家看看，這樣他們就相信他真的在我們這裡了……這可以給人們一陣子希望……可以給我們一點時間……」

「這太危險，」費雷斯博士反駁道，「不要讓他接近民眾，他可是什麼事都做得出來的。」

「他必須讓步，」湯普森先生依舊很固執，「他必須加入我們，你們必須要有人──」

「不！」洛森尖叫了起來，「我不去！我可不想再見到他！再也不想了！我不想相信會是這樣！」

「什麼？」塔格特問；他的聲音裡帶著威脅一般的放肆嘲弄的意味；洛森沒有吭聲。「你怕什麼？」詹姆斯語氣中的輕蔑格外明顯起來，似乎一看到別人比他還要害怕，他就膽大了一些，「你究竟害怕相信什麼，尤金？」

「我不會相信的！我不會！」洛森半是吼叫、半是哀怨地說道，「你不能讓我喪失對人類的信心！不能讓這個人活在世界上！這個冷酷無情、自以為是的傢伙──」

「你們是一群有本事的知識分子，真有本事，」湯普森先生輕蔑地說，「我還以為你們可以用他的語言和他對話——可惜他把你們大部分人都嚇住了。主意呢？你們的主意現在都到哪兒去了？要想辦法！讓他加入我們！要把他爭取過來！」

「問題是，他什麼都不要，」莫奇說，「對於一個什麼都不要的人，我們又能給他什麼呢？」

「你的意思是，」基南說，「我們能給一個想活著的人什麼東西吧？」

「閉嘴！」詹姆斯喊了起來，「你為什麼要這麼說？為什麼要這麼說？」

「你喊什麼呢？」基南反問。

「你們都別再吵了！」湯普森先生命令道，「你們之間互鬥是很有一套，可是一旦要和一個真正的人去鬥——」

「這麼說，你也被他打敗了？」洛森喊道。

「噢，安靜點好不好，」湯普森先生不勝其煩地說，「他是和我較量過的一個最頑固不化的混蛋。你們不會明白的。他硬得就像他們……」他的聲音裡隱隱露出一種羨慕，「硬的就像他們……」

「對付頑固的混蛋是有辦法的，」費雷斯博士不以為然地悠悠說道，「我已經告訴過你了。」

「不行！」湯普森先生大叫著，「不行！給我閉嘴！我不會聽你的！不會聽！」他的手在空中亂擺，像在極力去趕走某種他不願說出口的東西。「我告訴他……事情不是那樣的……我們不是……我不是個……」他拚命搖著腦袋，彷彿他自己的言語潛伏著某種前所未有的危險。「不，是這樣的，我的意思是，我們必須要實際一些……而且要謹慎。什麼謹慎，我們必須要平和地處理這件事，我們絕不能引起他的反感……或傷著他。我們現在可不敢讓他出任何問題。因為……因為他一完蛋，我們也就完了。他是我們的最後一線希望，一定要記住這一點，他一死，我們就會完蛋，你們大家心裡都清楚。」他的眼睛環顧了一周：看得出，他們都是心知肚明。

在第二天早晨的雨雪中出現的報紙頭版上寫著，約翰·高爾特和國家領導們在經過前一天下午富有建設性的愉快會談後，制定出了一個即將公佈的「約翰．高爾特計畫」。傍晚，雪花落在了一間牆倒屋塌的公寓裡的傢俱上——落在了無聲地等候在一家廠主失蹤的會計窗前的人們身上。

第二天早晨，莫奇向湯普森先生報告說：「南達科他州的農民正在州首府內示威，放火點了每一棟政府大樓，以及每一套價值一萬美元以上的住宅。」

「加州已經是支離破碎，」他在晚上的報告中說，「那裡發生了內戰——假如那真的是一場內戰的話，因為誰都無法確定是怎麼回事。他們宣佈脫離聯邦，但沒有人知道現在是誰掌權，武裝衝突遍及州內的各個角落，交戰雙方一邊是以查莫斯夫人以及她那群崇拜東方的大豆信徒們為首的『人民黨』——另一方被稱為『回歸上帝』，帶頭的是以前的一部分油田業主。」

「塔格特小姐！」第二天上午，當達格妮如約走進飯店房間時，湯普森先生便呻吟般地叫了起來，「我們該如何是好？」

他在納悶自己為什麼以前會覺得她身上有一種令人覺得踏實的力量。此時他眼裡的那張蒼白面孔貌似鎮定，但隨著時間的流逝，這種鎮靜依然毫無變化，顯示不出任何的情緒，這就讓人心裡更不安了。他心想，她臉上的神態和其他那些人都一樣，只是嘴角流露出一絲不易察覺的隱情。

「我信任你，塔格特小姐，你比我手下所有的人都更有頭腦，」他懇求道，「你對國家做出的貢獻比他們之中任何一個人都要大——是你幫我們找到了他。我們該怎麼辦？現在一切都亂了，只有他能帶我們擺脫這樣的混亂——但他卻不肯。他拒絕了，他居然就拒絕帶領。我還從沒見過這種情況：一個人居然沒有發號施令的欲望。我們求他去做決定——他卻回答說他想服從指揮！這真是荒謬！」

「的確。」

「你怎麼看？你能看明白他是怎麼回事嗎？」

「他是個高傲的自我中心主義者，」她說，「他是個野心勃勃的冒險家，他膽大包天，正在進行一場全世界最大的賭博。」

真是簡單，她心想。如果是在遙遠的從前，這會很困難，因為在那個時候，她視語言為榮譽的工具，每一開口，就如同是在發誓——是在發誓要忠於現實，尊重人類。如今，只要能出聲，只要能對著與現實、人類和榮譽無關的無生命物體，發出毫無意義的聲音就可以了。

第一天早晨，很輕鬆的，她對湯普森先生報告她找到約翰．高爾特的經過。輕鬆的是她看到湯普森先生那難以抑制的笑容，看到他一邊不停地喊著「真是好樣的」，一邊得意地瞧著他的手下，顯示著事實證明了他信任她的決定是多麼的英明。輕鬆的是她表達對高爾特的氣憤——「我以前同意過他的觀點，但是我不會讓他毀掉我的鐵路公司！」——是聽到湯普森先生說，「別擔心，塔格特小姐！我們絕不讓你受到他的侵犯！」

輕鬆的是裝出一副冷漠精明的樣子，提醒湯普森先生五十萬元賞金的事情，她的聲音乾脆俐落，像是收銀機在列印出一張合計的清單。她看見湯普森先生的臉上出現了片刻的凝固，馬上便露出了更加歡快和明朗的笑容——似乎是無聲地在說他沒有料到，但很高興知道是什麼讓她如此的算計，並且很能理解這種算計。「當然啦，塔格特小姐！當然啦！獎金歸你——統統都歸你！支票會寄給你的，一分不少！」

這一切之所以輕鬆，是因為她覺得像是游離在現實以外的某種沉悶的空間裡，在這種地方，她的說話和行動都不再算數——不再是對現實的回應，而只是為那些想要曲解知覺而做成的哈哈鏡裡的變形。只有對他安全的牽掛才會細緻而灼熱，如同她內心裡一根燃燒的火線，如同是一根為她仔細辨明道路的指南針。其餘的只是一團模糊不清的混沌，像霧像雨又像風。

但這——她想到這裡，不禁打了個冷戰——就是那些她從不瞭解的人們生存的地方，這種虛假的現實，這種刻意的假裝、歪曲和欺騙，就是他們想要獲得的狀態，能讓湯普森先生吃驚地瞪大他那雙驚惶朦朧的眼睛，就是他們唯一的願望和獎勵。她想——一心要這樣的人還想不想活？

「塔格特小姐，你說全世界最大的賭博？」湯普森先生急切地問，「那是什麼？他想要什麼？」

「現實，整個地球。」

「我不太明白你的意思，不過……塔格特小姐，如果你覺得可以瞭解他，能不能……能不能再和他談一次？」

她彷彿覺得聽到了她自己發自內心、彷彿許多光年以外傳來的聲音在叫喊著說，只要能見他一面，就死而無憾——但在這間房間裡，她聽到的是一個無足輕重的陌生人冷冷的聲音：「不，湯普森先生，我不想去，希望我永遠不會再見到他。」

「我知道你受不了他，我也不能責怪你，但你難道就不能去試試——」

「找到他的那天晚上我就試過去說服他了，但我得到的只是羞辱。我想，他比恨其他人都更恨我。是我讓他中了圈套，他絕不會原諒我。如果他能對誰投降的話，那個人也絕不是我。」

「是啊……是啊，這話不假……你看他會投降嗎？」

她心裡的那根針轉了轉，在兩條路之間猶豫了一下：她是應該說他不會，然後看著他們害死他——還是應該說他會，讓他們繼續維持他們的權力，直到徹底毀了這個世界？

「他會的，」她堅定地說，「如果妥善地對待他，他會讓步的，他的野心太大，很難拒絕權力。別讓他跑了，但別威脅他——或傷害他。恐嚇起不了任何作用，他不吃這一套。」

「可萬一……我是說，局面正變得越發不可收拾……要是他太久還不肯低頭的話，怎麼辦呢？」

「他不會。他太現實了。另外，你是否允許他瞭解國內的狀況？」

「當然……不了。」

「我建議你讓他看一看你的祕密報告，這樣他就會看到來日不多了。」

「這是個好主意！非常好的主意！……你知道，塔格特小姐，」他的聲音裡突然有了一種不顧一切的依賴的味道，「每次和你談完，我就覺得好多了，因為我信任你，我對周圍的人一個都信不過。可是你——你不一樣。你值得信賴。」

她毫不畏懼地直視著他，說：「謝謝你，湯普森先生。」

一切順利，她心想——直到出門上了大街，她才注意到自己外套裡面的襯衫正濕漉漉地貼在她的肩上。

走在車站的候車大廳，她心想，如果她能感覺得到，就會發覺她對鐵路的漠然其實是一種憎恨。她總是覺得她關心的只是貨車：在她眼裡，乘客們既沒有生命，也不屬於人類。花費巨大的精力去防止事故，確保只是裝載著一群行屍走肉的列車的安全，實在沒有什麼意義。她看著車站裡的人們，心想：如果他死在他們這個制度的統治者手裡，而這些東西們還照樣亂吃悶睡、四處遊走——她還會提供火車給他們嗎？假如她向他們大聲求救，他們當中會有人為他挺身而出嗎？已經聽過他演講的他們，是否想讓他活下去？

那天下午，五十萬元的支票送到了她的辦公室裡；隨著支票一起送來的還有湯普森先生送的一束花。她瞧了一眼支票，任憑它飄落到了桌子底下：它已全無意義，沒有給她帶來絲毫的感覺，甚至連內疚也沒有。它不過是一張紙片，和辦公室紙簍裡的廢紙沒有什麼區別，無論是能用它買到鑽石項鍊、城市的廢墟，還是她的最後一餐，都毫無區別。這張支票裡的錢永遠不會花出去，它不是一種價值的標誌，也就無法用它買到任何有價值的東西。但是——她想——這種死氣沉沉的冷漠正是她周圍的人和那些無欲無求者的永恆狀態。這正是一個摒棄了價值的靈魂的狀態；她思忖道，選擇了這樣一種狀態的人還想要活下去嗎？

晚上，她拖著麻木和疲憊已極的身體回到了公寓，公寓走廊裡的燈都壞了——直到打開自己門廳內的燈，她才發現腳下有一隻信封。這個從門縫裡塞進來的信封封了口，上面一個字也沒有。她把它拾了起來——不到一會兒的功夫，她就在心裡笑出了聲，她半跪半坐地伏在地上，一動不動地盯著那張紙條，她認出了這筆跡，它和出現在城市空中的日曆上的最後一條消息的筆跡一樣。紙條上寫著：

達格妮：

要有耐心，注意觀察他們。他需要我們幫助時，可以打電話給我：OR 6—5693。

F.

第二天一早，報紙上開始勸告人們不要聽信南方各州局勢緊張的謠言。呈送給湯普森先生的機密報告上，則稱喬治亞州和阿拉巴馬州為了爭奪一家電機廠而爆發了武裝衝突——由於衝突和鐵軌被毀，工廠已經沒有了任何原料的供應。

「你有沒有看我給你的那些機密報告？」當天晚上，湯普森先生又一次來到高爾特這裡，對著他嘆息。陪在他身旁的是自告奮勇地要來見識一下這個犯人的詹姆斯。

高爾特坐在一張直背椅上，蹺著二郎腿抽菸。身體挺直的同時又顯得很輕鬆。他們猜不透他的神情，但可以看出，他的臉上沒有一點憂懼的跡象。

「我看了。」他回答。

「時間可不多了。」湯普森先生說。

「沒錯。」

「你就任其發展下去嗎？」

「你呢？」

「你憑什麼這麼自負？」詹姆斯叫喊了起來；他的嗓門雖然不高，但緊張的程度不亞於喊叫。「局勢這麼嚴重，你怎麼還這樣自負，眼看著世界快要毀滅，還頑固堅持自己的主張？」

「那還有誰的主張更保險，能讓我聽從呢？」

「你憑什麼這麼自負？你怎麼就這麼確定呢？誰都不能肯定他就是對的！誰都不能！你不過和其他人一樣！」

「那你為什麼還要找我？」

「你怎麼能拿其他人的生命開玩笑？在人民需要你的時候，你怎麼還能自私地躲在一邊？」

「你的意思是：他們需要我的主張？」

「沒有誰是絕對正確或錯誤的！沒有純粹的黑與白！真理並不是全掌握在你的手裡！」

詹姆斯的態度有點不對勁——湯普森先生皺著眉頭想道——有種奇怪的、過於私人的怨恨，似乎他來這裡不是為了解決政治事件。

「假如你有一點責任感的話，」詹姆斯說著，「就絕不敢只憑你自己的看法去冒險！你就會和我們一起，對別人的意見也加以考慮，並且承認我們也可能是對的！你就會去幫助我們實現計畫！你就會——」

詹姆斯越說越帶勁，但湯普森先生不知道高爾特是否還在聽：高爾特站了起來，在房間裡踱步，他沒有煩躁不安，而是在自得其樂地欣賞著自己的步伐。湯普森先生觀察到了他輕盈的腳步、挺直的脊樑、平坦的小腹和鬆弛的肩膀。高爾特走路的樣子無視自己的身體，又對它充滿無比的自豪。湯普森先生瞧了瞧詹姆斯，瞧著這個委靡消沉的高個子自損自殘的難看模樣，並且發現他注視著高爾特的眼睛裡放射出如此強烈的仇恨，湯普森先生一下子坐直了身子，甚至擔心這仇恨會被發覺。但高爾特卻看也不看詹姆斯。

「……你的良知！」詹姆斯說著，「我是來這裡呼喚你的良知！你怎麼能認為自己的心智比成千上萬人的生命還要值錢？人們正面臨著滅亡，而且——哎呀，」他忍無可忍地大叫一聲，「你別再來回踱步了好不好！」

高爾特停下腳步：「這是命令嗎？」

「不，不！」湯普森先生連忙說，「這不是命令，我們不想命令你什麼……注意點，吉姆。」

高爾特繼續踱步，「世界正在崩潰之中，」詹姆斯說話的同時，眼睛不由自主地跟隨著高爾特，「人們正在死亡——你才能去挽救他們！誰對誰錯還重要嗎？就算你認為我們是錯的，也應該加入我們，應該為挽救他們而犧牲你的思想！」

「那我靠什麼去挽救他們呢？」

「你把你自己當成什麼了？」詹姆斯叫道。

高爾特停了下來：「這你知道。」

「你是個個人主義者！」

「沒錯。」

「你知道自己是個什麼樣的個人主義者嗎？」

「那你知道嗎？」高爾特直視著他，反問道。

湯普森先生一看到詹姆斯一邊盯著高爾特的眼睛，一邊慢慢地要從椅子裡站起來，便不可名狀地預感到接下來會發生可怕的事情。

「哎，」湯普森先生帶著一種活躍輕鬆的口吻將他們打斷，「你抽的是什麼菸？」

「從哪兒弄來的？」

高爾特朝他轉過身，笑了笑：「我不知道。」

「是你的衛兵給我的，他說這是什麼人送給我的禮物……別擔心，」他補充道，「你的人已經檢查過了，沒有夾帶什麼消息，這只是一個不知名的崇拜者送的禮物罷了。」

高爾特手指間的香菸上帶有美元的標記。

詹姆斯不善於說服，湯普森先生斷定。他第二天帶了莫里森來，結果也是一樣。

「我……我求你可憐可憐我，高爾特先生，」莫里森滿臉堆笑地說，「你是對的，我可以認同你是對的——我只是請求得到你的同情。我的內心深處不相信你是一個徹徹底底、對人毫不同情的自我中心主義者。」他指了指他攤在桌上的一堆紙，「這是由一萬名學生簽字，希望你加入我們去拯救他們的請願信。這份請求來自一個照顧殘疾人的家庭，這是一份由兩百位信仰不同的牧師聯合送來的請求。這是來自全國母親的請願信，看一看吧。」

「這是命令嗎？」

「不！」湯普森先生叫了起來，「這不是命令！」

高爾特沒有伸手去動那堆紙，依舊是一動不動。

「這些都是道道地地的普通老百姓，高爾特先生，」莫里森的口吻在試圖展現出他們卑微、悲慘的一面，「他們無法告訴你該怎麼辦，他們不會知道。他們只是在求你，他們或許弱小、無助、茫然而無知，而你這麼有智慧和力量，難道就不能同情和幫助他們嗎？」

「是要我扔掉自己的智慧，變得和他們一樣盲目嗎？」

「他們或許是錯的，但他們並不知道還有更好的選擇！」

「既然我知道，就應該去聽他們的？」

「我不是爭什麼，高爾特先生，我只是在請求得到你的同情，他們是在受罪呀。我求你同情那些受罪的人們，我……高爾特先生，」他注意到高爾特正透過窗戶向遠方望去，眼神突然變得難以寬恕，便問，「怎麼了，你在想什麼？」

「漢克·里爾登。」

「啊……為什麼？」

「他們同情過漢克·里爾登沒有？」

「可這不一樣！他——」

「閉嘴。」高爾特淡然說道。

「我只是——」

「閉嘴！」湯普森先生厲聲喝道，「不要介意，高爾特先生，他已經熬了兩個通宵，腦袋有點不聽使喚了。」

第二天來的費雷斯博士似乎並不害怕，但情形卻更糟糕，湯普森先生想道。他觀察到，高爾特始終一言不發，毫不理睬費雷斯。

「你對道德的責任這個問題可能研究得還不夠，高爾特先生，」費雷斯博士刻意地帶著一種過於輕快、隨便聊天的語氣慢悠悠地說，「在廣播裡，你除了談論賺錢的罪行，似乎就沒有說到別的。然而，疏忽的罪行也是應該想到的。不能挽救生命，就是和殺人一樣的不道德。後果都是相同的——既然我們只是通過行動的後果去判別行動本身，那麼這兩者在道德上的責任也就是相同的……比方說吧，鑑於食品緊缺，有人提議下令把三分之一的十歲以下兒童和所有六十歲以上的老人統統殺死，以此確保其他人的存活。你總不希望看到這一情形發生吧？你能夠避免它發生的，只要你說句話就夠了。假如你拒絕這樣做，而那些人都死了——這就是你的錯，就要你去承擔這個道德上的責任！」

「你瘋了！」湯普森先生從震驚中回過神來，跳起腳狂喊著，「沒有誰這麼說過！沒有誰這麼想過！高爾特先生，千萬別聽他的！他不是這個意思！」

「他當然是這個意思了，」高爾特說，「告訴這個混蛋，讓他看看我，再照照鏡子，然後問問他自己，我會不會在乎他如何評價我的道德水準。」

「你給我出去！」湯普森先生拉起費雷斯，「出去！別讓我再聽見你胡言亂語！」他拉開門，在外面衛兵的一臉愕然中，將費雷斯推了出去。

回過身來，他朝著高爾特將雙手一攤，便萬般無奈地垂了下去。高爾特的臉上毫無反應。

「好吧，」湯普森先生哀求道，「難道居然就沒人能和你說話？」

「沒什麼好說的。」

「必須要談，我們必須說服你，有沒有你想和他講話的人？」

「沒有。」

「我還以為也許……是因為她說起話來——是過去說話的樣子——有時候就像你……也許我可以讓塔格特小姐來和你——」

「就是她嗎？沒錯，她過去是像我這樣說話，我唯一沒想到的就是她。我曾經以為她是我這邊的人，可是她為了自己的鐵路就背叛了我。她可以為了鐵路出賣自己的靈魂。要是你想讓我賞她耳光的話，就讓她來吧。」

「不，不，不！你要是這麼想的話，並不是非見她不可。我不想再浪費時間讓人惹你不高興了……只是……只是除了塔格特小姐，我想不到還有其他什麼人……要是……要是我能找到你願意和他說話的人，或者……」

「我改變主意了，」高爾特說，「我是想和某人談一談。」

「誰？」湯普森先生迫不及待地叫了出來。

「羅伯特．史塔德勒博士。」

湯普森先生長長地吹了一聲口哨，惴惴不安地搖頭道，「他可絕對不是你的朋友。」他實實在在地警告說。

「他是我想見的人。」

「好啊，只要你想，只要你這麼說，什麼都能辦到。我讓他明天一早就來。」

晚上，湯普森先生在自己的套房內和莫奇吃晚飯時，生氣地瞪著面前放著的一杯番茄汁，「什麼？沒有柚子汁？」他大叫起來；為了抵抗流感，他的醫生建議他多喝柚子汁。

「是沒有柚子汁。」侍者在回答時特意地強調著。

「是這樣的，」莫奇陰沉著臉說，「一夥歹徒在密西西比河上的塔格特大橋上襲擊了一列火車，他們炸毀了鐵路，大橋遭到了破壞。倒是不嚴重，現在正在修復——不過交通都被延誤了，從亞利桑那州來的火車沒辦法通過。」

「這簡直荒唐！難道就沒有別的——」湯普森先生說了一半便停住；他知道，密西西比河上確實沒有其他的鐵路大橋。過了一會兒，他一字一句地下令道，「命令派部隊看守大橋，日夜守護，讓他們派最得力的人手，要是那座大橋出任何問題——」

他的話沒有說完；他聳著肩坐在那裡，低頭盯著面前名貴的陶瓷盤和精美的點心。沒有了柚子這樣不起眼的東西，就讓他突然間第一次有了切實的感受，要是塔格特大橋出事的話，整個紐約城又會如何呢。

在這一天傍晚，艾迪說：「達格妮，問題不僅僅是那座大橋。」他啪的一聲扭亮了她桌上的檯燈。黃昏已至，她卻由於強迫自己投入到工作裡而忘了開燈。「舊金山那裡發不出長途列車。在那裡交戰的一方——我也不知道是哪一邊的——占領了我們的車站，強行收取『發車稅』，等於是靠列車來勒索錢。我們的車站經理已經不幹了。現在人人都束手無策。」

「我不能離開紐約。」她鐵了心地回答道。

「我知道，」他輕聲地說，「所以我要去處理那邊的事情，至少得找個能管事的人。」

「不行！我不想讓你去，這太危險了。而且你幹嘛要去呢？反正現在已經這樣子了，沒有什麼可挽回的了。」

「塔格特公司還在，我要幫它。達格妮，你無論走到哪裡都能建起一條鐵路，可我不能。我甚至都不想再去重新開始，看到了發生的這一切，我再也不願意從頭再來了。你應該去那樣做，可是我不能。還是讓我盡力做我能做的事吧。」

「艾迪！難道你不想——」她停在那裡，明白再說也是枉然，「好吧，艾迪，既然你希望如此。」

「我今晚就飛去加州，我在一架軍用飛機上弄了個位子……我知道，只要你……只要你一離開紐約就會徹底離去，也許不等我回來你就已經走了。你一旦準備好就走吧，別擔心我，別為了告訴我而等在這裡。走得越快越好……我現在就向你告別了。」

她站起身來。他們彼此相對；在辦公室昏暗的光線下，他們兩人之間是牆上掛著的那幅內特內爾·塔格特的畫像。他們的眼前浮現了從他們第一次學會在鐵道上行走到如今的漫長歲月。他將頭一低，久久沒有抬起。

她伸出手去，說：「再見了，艾迪。」

他緊緊地握住她的手，沒有低頭去看，而是看著她的臉。

他轉身要走，但又停住腳，轉過身來開口問她，他的聲音很低，但卻非常沉穩，既不是請求，也沒有絕望，而是清醒得像是去闔上一本長長的帳簿：「達格妮……你知不知道我對你有什麼樣的感情？」

「是的，」她輕聲地說，此時，她意識到自己這些年來一直是在默默地感受，「我知道。」

「再見，達格妮。」

列車在地下駛過，隆隆的震動隱隱透過大樓的牆壁，淹沒了他離去時關門的聲音。

次日一早，天降大雪，史塔德勒博士的額頭上帶著寒冰般刺骨的雪花，穿過韋恩．福克蘭酒店裡的長廊，向酒店的皇家套房走去。他的身邊跟著兩名彪形大漢；這兩人來自鼓舞士氣的部門，倒是樂於能有機會炫耀一下他們的鼓舞方式。

「記住湯普森先生的命令，」其中一個大漢帶著輕蔑的口吻對他說道，「兄弟，要是說得有半點差錯，就讓你後悔莫及。」

讓他頭疼的不是額頭上的雪──史塔德勒博士心想──而是火燒般的壓力，自從昨天晚上他向湯普森先生叫喊說不能去見約翰．高爾特之後，這壓力就籠罩在了心裡。他曾經在一股莫名的恐懼中大聲地叫嚷，希望周圍那些冷漠的面孔能幫幫他的忙，一把鼻涕一把淚地說除了這件事，讓他做什麼都可以。那些面孔並沒有因此而和他爭論，甚至懶得去威脅他；他們只是在對他下命令。他夜不能寐，告訴自己不要遵從命令，但他還是在向那扇門走去。他知道，自己的腦門發燒一般的脹痛，隱隱覺得眩暈噁心、神情恍惚，是因為他已沒有了身為史塔德勒博士的感覺。

在房間門口，他注意到衛兵閃亮的槍刺和鑰匙在門鎖裡轉動，發現自己向前走去，聽見身後響起鎖門的聲音。

他看見約翰．高爾特正坐在房間另一頭的窗台上，瘦高的身上穿著襯衫長褲，一條腿垂向地面，另一條腿盤著，雙手抱著膝蓋，迎著身後灰色的天空，高高地仰起他那有著縷縷金髮的頭──猛然間，史塔德勒博士看到在派屈克亨利大學校園旁，一個少年正坐在他家門廊的欄杆上，在夏日藍天的映襯下，陽光照耀著他仰起的頭上的栗色頭髮，他聽見自己二十二年前充滿著激情的聲音：「約翰，世界上只有人的心智，不被褻瀆的心智，才是最無價的東西……」──面對著房間對面那個多年以前的男孩，他放聲哀嚎：

「我實在是沒辦法呀，約翰！我實在是沒有辦法！」

他的手扶在兩人之間的一張桌子邊緣，既支撐著自己，也把它當做一道保護的屏障，儘管那個坐在窗台上的人還是紋絲未動。

「不是我讓你落到了今天這一步！」他喊著，「我可沒這個意思，我是無能為力啊！我不是這麼想的！……約翰，你不能怪我！不能啊！我根本沒辦法和他們較量，他們統治了整個世界，根本就沒我說話的份！……他們哪裡講什麼道理和科學？你不知道他們是多麼的像死人！你不瞭解他們，他們根本不思考！他們是一群沒有心智的動物，憑藉的只是沒有理性的衝動——他們貪婪、盲目、完全靠不住的衝動！他們見什麼搶什麼，只知道他們想要，根本就不管什麼原因、後果和道理——他們只知道索取，這群性情殘暴、到處掘食的豬！……心智？你難道不知道在對付那群沒有心智的東西時，心智是多麼的軟弱無力？我們的武器是如此的無能為力和可笑幼稚：真理、知識、理性、價值、權利！他們知道的就只是武力，就是武力、欺騙和掠奪！……約翰！別這樣看著我！在他們的拳頭下，我又能怎麼樣呢？我總得生存吧？這不是為了我自己——而是為了科學的前途！我不得不躲到一邊，不得不尋求保護，不得不和他們妥協——不答應他們的條件就沒有活路——沒有！——你聽見我說的了嗎？——沒有！……你想要我怎麼樣？去找一輩子工作？去向不如我的那些人伸手要錢和捐助？你想讓我把工作寄託在那些會撈錢的混蛋身上？我沒功夫為了追求錢、市場和骯髒的物質利益去和他們爭！他們應該去花天酒地，而我的寶貴時間就因為缺少科學設備而白白浪費掉——這就是你的正義嗎？說服？我怎麼能說服他們？和那些從不思考的人，我又能說什麼？……你不瞭解我是多麼的孤獨，多麼渴望能有一些智慧的火花閃現出來，多麼的孤獨、疲勞和無助！我這樣的人為什麼要和無知的傻瓜去打交道？他們絕不會為科學貢獻出一分錢來！憑什麼他們就不應該被強迫貢獻呢？我並不是在說你，槍口不應該指向知識分子，不應該指向你我這樣的人，應該只對著那些沒有心智的物質主義者！……你幹嘛這麼看著我？我別無選擇！只能以其人之道還治其人之身！沒錯，是得用他們的方法，按他們的規矩，我們又有什麼，就那麼幾個有思想的人嗎？我們只能指望著先混過去——

然後再設法讓他們為我們服務！……難道你不認為我的科學前途的遠見是高尚的嗎？人類的知識不再受物質的束縛，無限的前景不再被手段所限！我不是叛徒，約翰！我不是！我是在為心智盡忠！我所看到、希望和感受到的一切是不能用可惡的金錢去衡量的！我想要有實驗室，我需要它，我為什麼要管它是從哪裡來的，怎麼來的？我就能做許多事，就能達到非同一般的高度！你就一點同情心都沒有嗎？我需要它啊！……即使強迫他們又能怎樣？他們又不會思考？你幹嘛要教唆他們反抗？如果你沒有撤走他們的話，事情就成功了！我告訴你，這就會成功，就不會——像現在這樣！……不要指責我！我們不可能有罪……我們所有的人……好幾百年……不可能徹底錯了！……我們不能遭到詛咒，我們別無選擇！要活在這個世界上，就只有這一條路！……你為什麼不回答？你在想什麼？是不是在想你的那次演講？我可不願意去想它了！那純粹只是理論！我們不能靠理論生活！你聽見了沒有？……不要盯著我看！你是異想天開！人不可能按照你的方式活著！你容不得人有一點缺陷，容不得人的弱點和感情！你要我們怎麼樣？時刻保持理智，不出任何紕漏，沒有絲毫的放鬆，躲也躲不掉？……不要盯著我看，你這個不得好死的傢伙！我再也不怕你了！你聽見沒有？我不害怕！你都慘成這樣了，憑什麼還來教訓我？這就是你的下場！你被抓到這裡關著，孤立無援，隨時都會死在那幫動物的手裡——居然還敢教訓我不切實際！哼，沒錯，你就要死了！你贏不了，不可能讓你贏！一定要毀掉你這樣的人！」

史塔德勒博士低聲驚叫起來，彷彿窗台上的那個一動不動的身影成了一面無聲的反光鏡，使得他徹底認清了自己這些話的含意。

「不！」史塔德勒博士痛苦地將頭扭來扭去，躲閃著那雙不動的綠眼睛，呻吟道，「不！……不！……不！」

高爾特的聲音如同他的目光一樣咄咄逼人：「你已經把我想對你說的話都說出來了。」

史塔德勒博士舉起拳頭砸著房門；門一開，他便逃了出去。

$

整整三天，除了衛兵進來送飯，沒有一個人走進高爾特的房裡。第四天傍晚，莫里森和兩個人走了進來。莫里森身著晚禮服，他臉上的笑容拘謹，但比平常多了一點自信。跟著他的人裡面有一個僕人，另一個則是肩粗腰圓，看起來完全是靠晚禮服支撐著那張臉：他這張冷酷無情的臉上長著一雙垂下的眼皮和轉得飛快的灰白色眼珠，以及一個拳擊手般的塌鼻子；他的腦袋瓜剃得光溜溜，只能在頭頂上看到一綹褪色的黃捲毛；他的右手時時插在褲袋裡。

「請更衣吧，高爾特先生，」莫里森半帶命令地說道，同時指了指臥室的門，那裡的衣櫥內掛滿了高爾特從未動過的高檔服裝。「請穿上你的晚禮服，」他又加上一句，「這是命令，高爾特先生。」

高爾特一聲不吭地走進臥室，這三個人也跟了進去。莫里森在椅子邊坐下，一支接一支地抽著菸。那個僕人畢恭畢敬地精心幫著高爾特換衣服，為他遞上襯衫的袖釦，替他拿著上衣。那個大漢手插在褲袋裡，在房間的一角站定。沒有一個人說話。

「請你配合，高爾特先生。」莫里森見高爾特準備完畢，便說道，然後向大門的方向做了一個禮貌的邀請的手勢。

那個大漢眼疾手快，抓住高爾特的手臂，用藏在衣服裡的槍頂著他的肋部，「不要輕舉妄動。」他的聲音冷冰冰的。

「我從不輕舉妄動。」高爾特說。

莫里森將房門打開，僕人退到了後面。三個身穿晚禮服的人在走廊裡靜靜地向電梯走去。

上了電梯，他們依然一言不發，電梯門上方閃亮的數字顯示出他們正在下樓。電梯停在了一樓和二樓間的夾層。兩名武裝士兵在前面引路，另有兩名跟在他們身後，穿過了一條條又長又暗的走廊。除了轉角處佈置的哨兵，走廊內空無一人。大漢的右臂緊貼著高爾特的左手臂；槍始終隱藏在任何人都無法發現的位置。高爾特略微能感覺出槍口頂住了他身體的一側；頂他的勁道把握得恰到好處：既不妨礙他的行動，又讓他時刻忘不了槍的存在。

走廊的盡頭是一個寬敞而封閉的門廳。莫里森的手一搭上門把，士兵們便似乎都隱藏在了陰影裡。他用手推開了房門，但突如其來的燈光和聲浪讓人覺得門像是被炸開了一般：燈光來自韋恩·福克蘭酒店宴會大廳裡耀眼的吊燈裡的三百隻燈泡；聲音則來自五百人的鼓掌歡迎。

莫里森帶頭來到了位於高高搭起的主席台上的桌旁。人們似乎不用宣佈就知道，他們的掌聲是朝著跟在他後面的兩人之中的那個身材修長、有著一頭金銅色頭髮的人。他的面孔和他們在廣播裡聽到的聲音一樣：平靜，自信——卻又遙不可及。

留給高爾特坐的是長桌正中央的主賓席，等候著他的湯普森先生坐在他的右邊，那個大漢則熟絡地溜到他的左邊坐下，依然沒有放開抓住他的手和頂著的槍口。吊燈的光芒使佩戴在袒胸露背的婦人們胸前的珠寶熠熠生輝，即使是遠在陰暗牆角的桌邊也不斷閃爍著亮光；男人們黑白相間的身影顯得很嚴肅，使得被媒體的照相機、麥克風和一長排的電視設備搞得亂糟糟的大廳依舊不失莊重和豪華。大家正在起身鼓掌，湯普森先生微笑著看著高爾特，如同一位長者，眼神裡懷著期盼和急切，想要看看孩子面對壯觀而慷慨的禮物時會做出什麼樣的反應。高爾特面對著大家的歡迎坐定，既沒有視而不見，也沒有任何表示。

「你們聽到的掌聲，」一個廣播員正在大廳的角落裡對著麥克風喊道，「是在迎接約翰·高爾特，他剛剛在主席台前坐下！是的，朋友們，電視上一會兒就能讓你親眼見到約翰·高爾特！」

千萬不要忘記自己是在什麼地方——達格妮坐在一張無人注意的桌子旁邊，心裡想著，桌布下的雙手已握成了拳頭。看見三十步外的高爾特，要同時應對兩種現實的確很難。她覺得只要能看見他的面孔，世上的任何危險和痛苦便會統統不存在——但與此同時，當她看到那些挾持著他的人，想到他們安排的這場無理性的鬧劇，便又感到一種令全身冰冷的恐懼。她竭力使面部保持冷峻，既沒有快活的笑容，也沒有驚慌的喊叫，以免自己被別人識破。

她不曉得他的眼睛是如何在人群之中找到她的。她看見了他的目光在別人無法察覺時略微停頓了一下；這目光勝過對她的親吻，那是對她表示讚許和支持的暗示。

他的目光再也沒有向她這個方向看，她的視線卻已經離不開他。見到他身穿禮服已經覺得很驚訝，更令人驚奇的是，禮服穿在他的身上竟是如此的自然；他讓這身衣服看起來像是一套光彩榮耀的工作服；他的神態令人想到他是在出席一場發生在很久以前的宴會，在宴會上接受著行業的嘉獎。慶祝——她悠然神往地想著自己曾經說過的話——應該只屬於那些有東西值得慶祝的人們。

她把目光轉開，儘量不去多看他，免得引起身邊人的注意。她坐的這張桌子位置既面向主席台，又不直接和高爾特的視線相對，同桌的還有引起高爾特反感的費雷斯博士和洛森。

她發現，她的哥哥吉姆被安排坐在更靠近主席台的位置；她看到他陰沉的面孔周圍是緊張不安的霍洛威、基南和普利切特博士。在主席台發言人桌後的那些面孔一個個愁眉苦臉，掩飾不住他們此刻如坐針氈的感覺；高爾特臉上的平靜與他們相比則顯得神采奕奕；她一時弄不清究竟誰是囚犯，誰又是主人。她慢慢地打量著和他同桌的人：湯普森先生、莫奇、莫里森，幾個將軍，幾名議員，荒謬的是，莫文先生居然坐在上面，他被選為大企業的代表，用來賄賂高爾特。她向大廳的四周望去，尋找著史塔德勒博士的身影——他沒有到場。

她感到大廳裡的人聲簡直就像體溫測試儀，人們的嗓門都提得很高，隨後便一片片地沉寂下去；偶爾會有笑聲冒出來，又戛然而止，引得鄰桌的人猛地掉頭去看。扭曲和抽動人們面孔的是一股最為刻意、最失莊重的強擠出來的笑容。她想，這些人之所以清楚這次宴會是他們世界最終的高潮和赤裸本質的展現，並不是憑著理智，而是因為驚慌。他們明白，無論是他們的上帝還是他們的槍砲，都無法使這個慶祝體現出他們拚命想裝出來的意味。

她嚥不下面前的食物；她的喉嚨似乎被強烈的噁心堵住。她注意到同桌的其他人也只是裝出一副在吃的樣子。唯有費雷斯博士的胃口似乎並沒受到影響。

當面前擺上用水晶杯盛裝的冰淇淋時，她發現房間裡突然靜了，然後聽到電視設備吱吱嘎嘎地被推到了前面做準備。時候到了——她心裡沉沉地在想，同時知道房裡的每個人心裡都有著同樣的問號。他們全都在瞪著約翰．高爾特。他的面孔絲毫未動，全無變化。

湯普森先生向廣播員一揮手，大家便鴉雀無聲，似乎都屏住了呼吸。

「市民們，」廣播員對著麥克風叫道，「我們是在紐約韋恩．福克蘭酒店的宴會大廳，為所有能夠收聽到的人們轉播約翰．高爾特計畫的啟動典禮！」

發言桌後的牆壁上打出了一方深藍色的燈光——這是一幅讓來賓們觀看的正向全國播出的電視影像。

「這是為了和平、繁榮、富裕而制定的約翰．高爾特計畫！」隨著播音員的叫聲，電視銀幕裡搖晃著閃出了宴會廳的畫面。「這是一個新時代的黎明！是我們領導們的人道精神和約翰．高爾特的科學天賦完美結合的產物！如果惡毒的謠言動搖了你們對未來的信心，那麼現在你們就會看到我們的領導團隊是多麼的快樂和團結！……各位女士們，先生們，」——當電視的鏡頭居高臨下地轉向主席台的桌子時，畫面上便出現了莫文先生那張茫然的臉——「這位是美國企業家，霍瑞斯．布斯比．莫文先生！」鏡頭轉向一張帶著假笑的老臉。「這位是軍隊的威廷頓．S．索普將軍！」攝影機像是面對著站成一排人的警察，掃視著一張張帶有各種痕跡的面孔：有的是被嚇壞了，有的是在閃躲，有的絕望，有的徬徨，有的在厭惡著自己，有的充滿內疚。「國家議院的多數派領袖，盧西安．菲爾普斯先生！……衛斯理．莫奇先生！……湯普森先生！」攝影機到湯普森先生這裡時停了停；他對著全國觀眾賣力地咧嘴一笑後，便帶著一股勝利般的期待，轉身向鏡頭外的左側看去。「女士們，先生們，」播音員莊重地宣佈道，「這就是約翰．高爾特先生！」

我的天！——達格妮心想——他們想要幹什麼？在銀幕上，高爾特面向著全國的觀眾，臉上毫無痛苦、畏懼和內疚，顯示出平靜的執著和堅不可摧的自尊。這樣的面孔——她想——居然和其他那些人混在一起？不管他們打的是什麼樣的算盤，最後只會落空——既不可能，也不必再多說什麼——這就是截然不同的兩類人，這就是選擇，只要還是個人的話，就都會明白。

「高爾特先生的私人祕書，」在鏡頭匆忙繼續向下一個人閃去時，播音員說道，「克拉倫斯．齊克．

莫里森……海軍司令荷馬．多利……」

她瞧了瞧身旁的人們，不禁納悶：他們是否看出了對比？他們是否知道？他們看見他沒有？他們是否想看到真實的他？

「這次宴會，」莫里森開始主持儀式，「是為了表彰我們這個時代最傑出的偉人，最有才能的生產者，掌握了現今技術，成為我們經濟界新的帶領人的——約翰．高爾特！如果你們聽過他非同凡響的廣播演講，就會堅信他一定會有辦法。現在，他要在這裡告訴你們，他會為你們治理好一切。假如你們受到迂腐的極端分子的誤導，相信他不會加入我們，相信他的方式不可能與我們結合，相信兩者無法調和——今晚就將證明，一切事物都能夠得到和解與統一！」

一旦他們看見他——達格妮想道——他們還會去看別人嗎？一旦他們明白他的真實存在，明白可以這樣地做人，他們還能尋找別的嗎？他們現在除了希望在心中去實現他已完成的一切，還會有別的念頭嗎？他們會不會反過來因為這世界上的莫奇、莫里森以及湯普森們沒有去這樣做而止步不前？他們會把莫奇這些人當成人，而將他視為妄想嗎？

攝影機掃視著大廳，不停地在大銀幕上和全國人民的眼前播放出嘉賓和神情專注的領導人們的畫面——也不時拍攝一下約翰．高爾特。他的眼神看起來像是在打量著在這房間外的全國各地觀看他的人們；沒有人說得出他是否在聽：因為他的神情始終沒有變化。

「今晚，我很自豪，」議會主席正在發言，「能夠前來感謝即將挽救我們、迄今為止最了不起的經濟人才，最有天賦的管理者，最傑出的規畫者——約翰．高爾特！在此，我代表人民向他表示感謝！」

達格妮既覺得厭惡，又感到好笑，心想，這倒是撒謊者的真心話，在這場騙局中，最具欺騙性的就是他們的確是這麼想的，他們是在盡其所能地向高爾特奉上他們對生命的理解，是竭力在用他們夢想中的生命最高境界來打動高爾特：這境界便是毫無心智的諂媚，便是精心偽裝的虛假現實——無原則的認可，內容空洞的感謝，毫無來由的尊敬，無緣由的推崇以及是非不分的擁戴。

「我們拋棄了我們之間所有的小分歧，」莫奇對著麥克風講道，「黨派意見、個人利益和自私想法——正是為了去接受約翰．高爾特的無私領導！」

他們為何還在聽？達格妮想著。難道他們看不出那些面孔上留著死亡的戳記，而他的面孔則是一片生機？他們想要選擇什麼樣的狀態？他們要為人類尋找的是什麼樣的狀態？……她看著大廳內的面孔，只見它們茫然而緊張，一個個昏沉無力，流露出由來已久、揮之不去的驚懼。他們看著高爾特和莫奇，彷彿既分辨不出他們倆的區別，也無心去感覺這區別的存在，而是瞪著空洞、模糊、沒有想法的眼睛說：「我為何要知道？」她渾身一顫，想起了他說過的話：「凡是口口聲聲說『我為何要知道』的人，就是在說，『我為何要活著？』」他們還想不想活著？她思索著，他們似乎都懶得去問這個問題了……她看到有幾個像是還在想著這些的人，他們望著高爾特，帶著一臉的絕望和渴求，帶著一種渴望和悲哀的敬仰——而他們的手臂則無力地攤在面前的桌上。這些人能夠理解他，一直苦於不能像他那樣——但假如他們明天眼看著他被殺害，他們的手還是會無力地垂在那裡，並會轉移視線，說：「我幹嘛要多事？」

「行動和目的結合起來，」莫奇說著，「就會帶給我們一個更加幸福的世界……」

湯普森湊近高爾特，帶著和藹的笑容對他耳語道：「待一會兒，等我說完後，你得對全國說幾句。不，不必多說，只講一兩句，打個招呼就行，這樣他們就能聽出你的聲音來。」隱隱頂住了高爾特身體一側的那位「祕書」的槍口則又添上了一段無聲的言語。高爾特沒有回答。

「約翰．高爾特計畫，」莫奇正在講著，「會化解所有的衝突，它既會保護富人的財產，也會讓窮人得到更多。它會減輕你們的稅收負擔，同時為你們提供更多的政府福利。它會降低物價，提高工資，會在給個人更多自由的同時也加強集體的凝聚力。它將把自由經濟的效率與計畫經濟的慷慨綜合成一體。」

達格妮觀察到了一些人的表情——她幾乎不敢相信——他們居然是在仇恨地看著高爾特。她注意到，吉姆便是其中的一個。當莫奇的面孔在銀幕上出現時，這些人的表情在心不在焉的樂觀中顯得很輕鬆，但那並不是欣賞，而是得以優閒自在，心裡知道他們不會被要求怎樣，一切都不會確定。當鏡頭裡出現高爾特時，他們的嘴唇便繃緊起來，五官也因特別小心的表情而變得嚴厲了許多。她忽然之間便感到非常確定，他們是害怕他那張臉上的精確，害怕他五官透出的那種毫不含糊的分明，害怕他那種證明生命尊嚴的神情。他們正是因為他這樣才會恨他——心念及此，她認清了他們靈魂的本來面目，便感覺到一絲可怕的涼意。他們還想不想活？她有些自嘲地想——從她那被驚得麻木的內心之中，傳來了他說的那句話：「什麼都不想做，那就是不想活了。」

此時，湯普森先生正拿出他最輕快、平易的作風，對著麥克風大喊：「我告訴你們：要把那些散佈分裂和恐懼的懷疑者打得滿地找牙！他們不是說約翰．高爾特永遠不會加入我們的行列中嗎？現在他就在這裡，完全出於自願，和國家元首同桌坐在了一起！他隨時願意而且能夠服務人民！你們當中再也不要有人去懷疑、逃掉或者放棄！明天就在眼前——這是一個多麼美好的明天啊！每個人都能享用一日三餐，每家的車庫裡都有汽車，我們從未見過的一種發動機為我們帶來免費的電！你們只需要再耐心一點，耐心、信念和團結——這就是前進的良方！我們一定要像一個幸福的大家庭那樣團結在一起，並且團結世界其他地方的人們，共同為大家的利益而努力！我們已經找到了一個能夠超越歷史繁榮紀錄的領導者！正是他對人類的愛才使得他來到這裡——來為你們盡力，保護和照顧你們！他聽到了我們的懇求，對我們共同的、體現人類責任的呼喚做出了回應！每一個人都是其他人的手足，沒有誰能自成一體！現在，你們將聽到他的聲音——將聽到他自己要對你們說的話！……各位女士們，先生們，」他莊重地說道，「向人類大家庭致敬，約翰．高爾特！」

攝影機轉向了高爾特。他靜止片刻，爾後，身形一晃，快速敏捷得使他那位祕書的手來不及跟上，便已經站了起來，他向旁邊一閃，那支槍便在一瞬間暴露在全世界的眼前——隨即，他站直了身軀，面對鏡頭，看著所有那些他看不見的觀眾，說道：

「滾出我的世界去死吧！」

第九章 發電機

「滾出我的世界去死吧！」

史塔德勒博士從車裡的收音機中聽到了這句話。他搞不清隨之而來的驚呼、尖叫和大笑究竟是他自己還是廣播裡的聲音——不過，他聽見砰的一響後，便沒了動靜，收音機陷入沉寂，再也沒有聲音從韋恩·福克蘭酒店傳出。

他不斷地來回扭著透出亮光的旋鈕，但還是什麼都聽不見，沒有任何解釋或者技術故障的藉口，沒有播放掩蓋沉默的音樂。所有的電台統統接收不到。

他渾身一顫，像接近終點的賽車手一樣，俯身向前抓緊了方向盤，腳下猛踩著油門。車燈一晃一閃地照著他前面的一小段高速公路，燈光之外是愛荷華州空曠寂寥的原野。

他不知道自己為什麼一直在聽這個廣播；更不知道他此刻為什麼在渾身發抖。猛然間，他乾笑了一聲——聽起來像是惡狠狠的咆哮——可能是對著收音機，可能是對著城裡的那些人們，也可能是對著夜空。

他的眼睛正盯著高速路上稀少的路牌。他完全用不著去看地圖：在這四天當中，地圖像是被強酸蝕成的一張網，深深地刻在了他的腦子裡。他們無法將它奪走，他想；他們無法阻止他。他似乎覺得有人在追自己，其實，在他後面幾里地之內連一個人都沒有，只有他自己汽車尾燈發出的兩點紅光，如同兩盞警示危險的信號，在黑暗的愛荷華平原上狂奔。

指揮他手腳的那股動力來自於四天以前，那便是坐在窗台上的那個人的面孔和他逃出房間時碰到的人們的面孔。他向他們喊叫說，他和他們都無法和高爾特交流，除非他們先動手毀掉高爾特，否則他們就都會毀在高爾特的手上。「別自作聰明了，教授，」湯普森先生冷冷地回答，「你嚷嚷了半天說自己對他恨之入骨，可真到行動的時候，卻什麼忙都沒幫上，我不知道你算是哪一邊。如果他不乖乖低頭的話，我們可能不得不採取強制的手段——比如把他不願意看到被傷害的人抓起來——那你可就是首當其衝了，教授。」「我？」他搖起腦袋害怕地尖叫著，同時發出了難堪的苦笑，「我？我可是他在這個世界上最恨的人啊！」「這我又怎麼能知道呢？」湯普森先生回答說，「我聽說你以前是他的老師，而且不要忘了，你是他唯一指名要見的人。」

他驚恐萬狀，似乎感到自己就要被兩面擠壓過來的牆碾得粉碎：如果高爾特拒不低頭，他就不會有機會，如果高爾特和這些人走在一起，他的希望就更加渺茫。也正是在那個時候，一幅遙遠的畫面漸漸地浮現在他的腦海裡：那是一座矗立在愛荷華原野上的蘑菇形的房子。

從此，他心裡只想著X計畫，所有其他的念頭統統從他的腦子裡消失了，他搞不清那幅把他拉回到這個時空中來的畫面究竟是一所房子還是統治鄉村的莊園城堡……我是羅伯特．史塔德勒——他想——它是我的東西，它依據的是我的發現，他們說過，是我發明了它……那我就讓他們好好看看！他說不出自己指的是那個窗台上的人，是其他的人，還是整個人類……他的想法已經像漂在水中散開的碎片：要奪得控制權……我要讓他們瞧瞧！……要奪得控制權，要統治……要想生存，就別無選擇……

他心裡打定主意時來回想的就是這些話，並且感到其餘的一切都變得清晰——那是一種原始的情緒，在憤憤地叫囂著他不必把一切想得那麼清楚。他要奪取X計畫的控制權，把這個國家的一部分變成他統治下的領地。用什麼樣的方式呢？他的情感回答說：總會有辦法。那麼動機呢？他的大腦反覆地堅持說，他的動機便是由於害怕湯普森先生這夥人，和他們在一起他已經不再安全，這麼做完全有必要。在他亂成一鍋粥一樣的大腦深處，是情緒之中另外的一種恐懼，它已經像聯結著他那些支離破碎的言語的意義一般，被深深地淹沒了。

這些碎片成了他四天以來唯一的指南——走在空無一人的高速公路上，穿過混亂的鄉間，學會了一直要狡猾地依靠不法手段弄到汽油，化名住進偏僻的旅館裡，毫無規律、提心吊膽地睡會兒覺……我是羅伯特．史塔德勒——他心想，像唸咒語般地在腦子裡重複著這句話……要奪取控制權——他心裡想著，不顧那些已經失去意義的紅綠燈，飛馳衝過那些大半被廢棄的城鎮——飛馳在橫跨密西西比河的塔格特大橋上——飛馳穿過愛荷華曠野之上偶爾遇見的破敗農莊……我要讓他們瞧瞧——他心想——讓他們追吧，這次他們可別想攔住我……儘管沒有人追他，他還是這麼想——如同現在，追趕他的只有他自己汽車的尾燈和沉在心裡的念頭。他看了看變成啞巴的收音機，黯然一笑；這一聲笑如同是在空中揮舞的拳頭。我才是實際的——他想——我沒有選擇……沒有別的出路……我要讓那些蠻橫無理、忘記我是羅伯特．史塔德勒的惡人們看看……他們都會倒下，但我不會！……我會活下來……我會勝利！……我要讓他們瞧瞧！

在他的內心，這些字眼猶如是在靜得可怕的沼澤地裡的一塊塊堅實的土地；而它們彼此的聯結則沉沒在最底層。一旦將這些詞語聯結在一起，就會形成這一句話：我要讓他看看，要想生存就別無選擇！

遠處散佈著燈光的地方是在X計畫所在地建立的兵營，現在已被命名為和諧城。他駛近後發現，這裡的情況不對勁。鐵絲網被剪斷了，在門口沒有遇見哨兵，但在一片片的黑暗之中和晃動的探照燈下，正發生不同尋常的事情：能夠看見武裝的卡車和跑動的身影，大聲的喝令和槍刺的閃光。他的汽車無人阻攔。在一間木棚邊，他發現一個士兵一動不動地蜷縮在地上。是喝醉了——他寧願這樣去想，但不知怎的，他覺得心裡發虛。

蘑菇房就趴在他眼前的一個小山坡上，狹窄的窗戶縫裡透出燈光，屋頂下面伸出一根形狀難看的煙囪，指向黑暗的曠野。當他在門口下車時，一個士兵攔住了他的去路。這名士兵荷槍實彈，頭上卻沒有帽子，而且身上的軍裝滿是泥濘。「喂，你要去哪裡？」他問。

「讓我進去。」史塔德勒博士不屑一顧地命令道。

「你來這裡幹什麼？」

「我是羅伯特．史塔德勒博士。」

「我叫喬布羅，我在問你來這裡幹什麼，你是新來的還是本來就在這裡？」

「讓我進去，你這白癡！我是羅伯特．史塔德勒博士！」

說服這名士兵的似乎並不是這個名字，而是他的語氣和說話的樣子，「是新來的，」他說著，將門打開，向裡面的人喊道，「嗨，麥克，來了個老頭，你瞧瞧是怎麼回事。」

在經過鋼筋混凝土的簡陋而陰暗的門廳裡，一個似乎是軍官模樣的人向他迎了上來，但他的軍裝卻敞著領口，嘴裡放肆地叼著一支菸。

「你是誰？」他喝問道，同時連忙摸向腰裡的槍套。

「我是羅伯特．史塔德勒博士。」

這個名字沒有起任何作用。「是誰准許你來這裡的？」

「我不需要准許。」

這句話似乎有了點效果；那人把嘴裡的菸拿了下來，「是誰讓你來的？」他的問話有了一絲猶疑。

「能不能讓我和這裡的指揮官講話？」史塔德勒博士不耐煩地要求道。

「指揮官？老兄，你來得太晚了。」

「那就叫總工程師來！」

「總什麼？噢，你是說威利嗎？那沒問題，他還在，不過這會兒他剛剛出去辦事了。」

房裡的其他幾個人恐懼又好奇地聽著他們的談話，軍官把手一招，叫來了一個人——這是個鬍子邋遢、平民模樣的人，肩膀上披了一件破外套。「你有什麼事？」他衝著史塔德勒劈頭問道。

「有誰能告訴我這裡的技術人員在哪兒？」史塔德勒博士禮貌的問話中儼然有一種命令的口吻。

那兩個人對看了一眼，像是覺得這個問題與此地無關一樣。「你是從華盛頓來的？」那個平民模樣的人狐疑地問。

「不是，我要告訴你們，我和華盛頓的那幫傢伙已經沒關係了。」

「哦？」那個人顯得高興了起來，「那麼說，你是人民之友？」

「我可以說得上是人民最好的朋友了，是我讓他們有了這一切。」他用手一指周圍。

「是你？」那個人極受觸動，「你是不是那些曾經和老闆談判過的其中一個人？」

「從現在起，我就是這裡的老闆。」

那兩人面面相覷，後退了幾步。軍官問道：「你說你叫史塔德勒？」

「是羅伯特．史塔德勒。你們要是還不知道的話，很快就會明白我是誰了。」

「先生，請你跟我來好嗎？」那位軍官畢恭畢敬地說。

隨後的事情對於史塔德勒博士來說簡直是一片模糊，因為他的大腦無法承認他所看見的一切。在燈光昏暗、亂七八糟的辦公室裡到處是晃動的人影，人人腰裡都別著槍，他的出現令他們緊張，人們於是開始胡亂猜疑起來，顯得既魯莽又害怕。他不清楚他們當中是否有人在儘量向他解釋著什麼；他也根本不去理會；他無法允許一切竟是這個樣子。他不斷地以一副領地主人的口氣說著：「我是這兒的老闆……這地方是我的……我是羅伯特．史塔德勒博士——你們這群白癡，要是在這個地方還不知道這個名字，就別打算再幹了。以你們這種水準，遲早會把自己炸得粉身碎骨！你們上沒上過高中物理課？我看，你們這裡面連一個念過高中的人都沒有！你們在這裡幹什麼？你們究竟是什麼人？」

他的腦子終於再也阻止不了一個念頭，用了許久才明白——有人捷足先登了：有和他想法不謀而合的人來到這裡做同樣的事。他意識到，就在今晚，就在幾個小時之前，這些自詡為人民之友的人意圖建立起他們自己的統治，已經占有了X計畫的資產。他帶著一臉的酸楚和難以置信的蔑視，對他們嘲笑了起來：

「你們這些乳臭未乾的罪犯，根本就不知道自己是在幹什麼！你們認為你們——就憑你們——也能操作得了高精密的科學儀器？誰是帶頭的？我要見你們帶頭的！」

正是他的凜然威嚴，他的蔑視，以及他們自己的慌張——他們這些從不知道什麼是安全或危險、肆意胡為的人們的盲目驚慌——使他們產生了動搖，開始猜測他會不會是他們領導層的某個神祕的上層人物；而他們則同樣樂意去違抗或服從任何一個權威。經過一個又一個緊張兮兮的頭目的層層傳遞之後，他發現自己終於被領下鐵製的階梯，穿行在鋼筋混凝土的長長的帶著回音的通道內，去和「老闆」本人見面了。

老闆躲在地下的控制室內。在製造出聲波的複雜精密的儀器的環繞之下，史塔德勒博士發現X計畫的新的統治者，正靠在一排被稱為木琴的發光的拉桿、旋鈕和儀錶板前，他便是庫菲．麥格斯。

他穿了一套緊身的半軍事化制服和皮靴；脖子上的肉被領口勒得凸了出來；黑色的鬈髮上滿是汗珠。他正在木琴前來回搖晃著兜圈子，向匆匆進出的人們吆喝和命令著。

「派人通知所有我們能傳達到的州政府官員！告訴他們人民之友已經獲勝！告訴他們不許再聽華盛頓的！人民聯邦的新首都是和諧城，它從此將被命名為麥格斯村。告訴他們，我限他們明天上午之前按照每五千人交五十萬元的數目把錢送到，否則休想活命！」

麥格斯的注意力和模糊的褐眼珠過了好一陣才聚集到史塔德勒博士這個人身上，「對了，你叫什麼，叫什麼來著？」他嚷嚷道。

「我是羅伯特．史塔德勒博士。」

「啊？——噢，對了！對了！你不就是那個外太空來的大人物嗎？你就是那個抓住過什麼原子之類的傢伙。哎，你怎麼到這兒來了？」

「問這個問題的人應該是我。」

「啊？教授，你看看，我現在可沒心思開玩笑。」

「我是來這裡接管的。」

「接管？管什麼？」

「管這台設備，這個地方，和它波及範圍內的整個地區。」

麥格斯茫然地瞪了他一會兒，然後小聲地問：「你是怎麼來的？」

「開車。」

「我是說，你帶誰一起來的？」

「沒人。」

「你帶了什麼武器？」

「什麼都沒有，我的名字就足夠了。」

「你獨自一人，只帶著你的名字和汽車就來了？」

「沒錯。」

麥格斯對著他爆出一陣狂笑。

「你認為，」史塔德勒博士問道，「你能操作這樣一種設備嗎？」

「趕緊跑遠點，教授，快點跑，還是趁我讓人打死你之前跑了吧！我們這裡可不需要什麼學者。」

「你對它瞭解多少？」史塔德勒博士指著木琴問。

「誰在乎這個呀？現在的技術員也就只值一打一毛錢！滾開！這兒可不是華盛頓！我和華盛頓那幫不實際的夢想家已經斷了！他們只會和收音機裡的那個鬼魂談判和演講，什麼都幹不成！需要的是行動！直截了當的行動！滾吧，博士！你的好日子已經走到頭了！」他胡亂地擺著手，偶爾會碰到木琴上的拉桿。

史塔德勒博士意識到麥格斯喝醉了。

「別碰那些拉桿，你這個傻瓜！」

麥格斯不情願地縮回手，馬上又挑釁般地對著儀錶板揮舞起來：「我想碰什麼就碰什麼！少跟我說該幹什麼！」

「離開儀錶板，離開這裡！這是我的！你明白不明白？這是我的財產！」

「財產？哼！」麥格斯咆哮似的發出了一聲冷笑。

「我發明了它！我創造了它！是我把它做出來的！」

「是你麼？那就謝謝了，博士，非常感謝，不過我們已經用不著你了，我們有自己的修理工。」

「你知不知道研製它花費了我多大的心血？你連它的一隻電子管，甚至一隻燈泡都想像不出來！」

麥格斯聳一聳肩膀：「也許吧。」

「那你還居然敢要它？你怎麼膽敢到這裡來？你憑什麼？」

麥格斯拍了拍槍套：「就憑這個。」

「聽著，你這個醉鬼！」史塔德勒博士喊叫道，「你知不知道這有多危險？」

「少跟我用這種口氣說話，你這個老蠢貨！你憑什麼跟我這麼說話？我只用手就能擰斷你的脖子！難道你不知道我是誰嗎？」

「你是個不知深淺、膽小如鼠的惡棍！」

「哦，是嗎？我是老大！這兒我說了算，絕不會受你這樣的老乞丐的擺佈！從這兒滾出去！」

他們兩人站在木琴儀錶板前怒目而視，都覺得心裡害怕至極。讓史塔德勒博士害怕而又不願面對的是，他無論如何也不想承認他所看到的便是自己最後一件成果，他把它視為精神上的骨肉。讓麥格斯恐懼的原因則廣泛得多，貫穿在了他全部的生活當中；他一輩子都生活在無休止的恐懼之中，此刻的他說什麼也不想承認那個令他害怕的東西：就在他即將大功告成、滿心以為可以高枕無憂的當口，知識分子——這種神祕而不可思議的異類——竟然不害怕他，並且藐視他的權威。

「滾出去！」麥格斯吼叫著，「我要叫我的人來，讓他們槍斃了你！」

「滾出去，你這個讓人噁心、只會裝腔作勢的無能飯桶！」史塔德勒博士吼道，「你認為我會讓你拿我的命來撈好處嗎？你認為我是為了你才……才出賣——」他沒有說下去，「別碰那些拉桿，你這個不得好死的！」

「別對我發號施令！用不著你告訴我該幹什麼！你這種胡言亂語嚇唬不了我，我想怎麼樣就怎麼樣。要是不能這樣的話，我不就白費功夫了嗎？」他冷笑著，朝著一隻拉桿伸出手去。

「哎，庫菲，別亂來！」一個人在後面大叫一聲，向前衝了過來。

「退後！」麥格斯咆哮著，「你們都給我退後！這樣我就害怕了嗎？我要讓你們看看誰說了算！」

史塔德勒博士搶上前一步想攔住他——但麥格斯一隻手就把他推到了一邊，他狂笑著瞧史塔德勒倒在地上，用另一隻手猛地拉下了木琴上的一根拉桿。

衝擊的聲音——金屬的撕裂和電流紊亂撞擊的尖厲嘶叫聲，怪獸撲向它自己的聲音——只是在建築裡才能聽到，而外面卻聽不到任何動靜。從外面看去，整幢房子突然間無聲地騰空而起，斷成了幾大截，數道藍光呼嘯著直沖夜空，然後又摔回地面，變成了一堆瓦礫。在波及四個州的方圓百里之內，電線桿像火柴棍一般撲倒，農舍被夷為碎片，城裡的樓房彷彿被瞬間的衝擊切得粉碎而倒塌，人們連聲音都沒聽到就已經成了扭曲的屍體——波及的周邊延伸至密西西比州一半的腹地，這裡的一輛火車頭和前六節旅客車廂，像鋼鐵的雨點一般紛紛從空中墜落到河裡，塔格特大橋的西段也被攔腰截斷。

X計畫的原址化為廢墟，在它裡面，已沒有了生命，除了那個曾經卓越不凡，此刻卻像經歷著永無休止的幾分鐘，如一團被撕爛的肉般呻吟痛苦的大腦。

$

達格妮感覺到了一種輕鬆的自由，她無心顧及街道兩側的行人，只想立刻找到一間電話亭。這並未使她覺得疏遠了這座城市：她第一次感到自己是在擁有和愛著它，從沒像此刻這樣懷著如此親密、莊重和自信的歸屬感去愛它。夜晚寧靜而清爽；她望著天空，心裡的莊重多於歡快，卻依舊有一種喜悅的期盼——無風的空氣依然寒冽，卻隱隱蘊含著一絲春意。

滾出我的世界去死——她心裡想著，並不覺得厭惡，而是感到好笑，她以一種超然和救贖的心情，向路人，向妨礙她匆匆趕路的車流人群，向她過去體驗過的種種畏懼說著這句話。在不到一小時之前，她親耳聽見他說出了這句話，他的聲音似乎依然迴響在街道的上空，隱隱地變成了一絲嘲笑。

聽到他這麼說，她在韋恩．福克蘭酒店的宴會廳裡開心地笑了；笑的時候，她用手摀著嘴巴，只讓自己和他看見——他的目光朝她望來的時候，她知道自己的笑聲一定能被他聽見。他們相互對視了短短的一秒鐘，在他們的目光之下，大驚失色的人們正在尖叫著，所有的電台立即被切斷，但麥克風還是被撞得東倒西歪，部分人蜂擁逃向門口，將桌子掀倒，酒杯被摔得粉碎。

隨後，她聽見湯普森先生朝高爾特擺著手，聲嘶力竭地喊道：「把他帶回房間去，要全力看好！」——人群閃出了一條路，三個人將他帶了出去。湯普森先生的頭低垂在手臂上，似乎癱瘓了一會兒，隨即便強打精神，一躍而起，揮手示意他的隨從們跟上來，從一個側面的專用出口衝了出去。沒有人去招呼和指揮來賓：他們有些人像無頭蒼蠅般地想要逃跑，其餘的動也不敢動地呆坐原地。宴會廳如同一艘不見了船長的輪船。她穿過人群，跟上了那一夥人。沒有人阻攔她。

她發現他們聚集在一間小小的書房內：湯普森先生頹坐在一張椅子裡，兩手抱著腦袋，莫奇正唉聲嘆氣，洛森則像討人嫌的小孩一般咬牙切齒地啜泣，吉姆帶著一種奇怪的幸災樂禍的緊張神情瞧著他們。「我跟你們說過了！」費雷斯博士嚷著，「我是不是跟你們說過了？這就是你們『好言相勸』的結果！」

她站在門口沒有動。他們看來是注意到了她，卻似乎懶得搭理。

「我要辭職！」莫里森叫了起來，「我要辭職！我已經受夠了！不知道還能對全國的人說什麼！我無法去想，也不會去想！這是白費功夫！我無能為力！你們不能怪我！我已經辭職了！」他胡亂地揮了揮手臂，看不出是在表示沒用還是告別，便跑了出去。

「他在田納西州給自己準備好了一個藏身之處。」霍洛威若有所思地說，似乎他也曾做過類似的打算，只是現在還在猶豫是否時機已到。

「就算他能到那裡，也撐不了多久，」莫奇說，「現在到處是搶匪，交通又是如此的狀況——」他兩手一攤，沒有說下去。

她明白這停頓裡的含意；她明白，無論這些人給他們自己準備了什麼後路，此刻他們都認識到了自己深陷井底的處境。

她看出他們的臉上並沒有恐懼；她曾經看到一絲害怕的跡象，但那只是本能的反應而已。他們有的一臉漠然，有的則像是相信把戲已經結束的騙子，既不想再爭，也不後悔，神情輕鬆了許多——還有只管生悶氣的洛森，仍在拒絕讓自己清醒過來——還有臉上透著詭異的笑，神情卻異常緊張的吉姆。

「怎麼樣，怎麼樣？」在這個瘋狂的世界裡，費雷斯博士像是如魚得水一般，忍不住發問，「現在你們打算把他怎麼樣？還要去爭執、辯論、長篇大論說服嗎？」

沒有人出聲。

「他……必須得……挽救……我們，」莫奇似乎是在把他的最後一滴腦汁擠入空白之中，向現實發出最後通牒一般地緩緩說道，「他必須去……接手……並且挽救這個制度。」

「那你為什麼不寫封情書給他呢？」費雷斯說。

「我們必須……讓他……去接手……我們必須強迫他去管。」莫奇像是夢遊般地囈語著。

「現在，」費雷斯的聲音突然一沉，「你明白國家科學院的真正價值了吧？」

莫奇沒有回答他，不過，她看出他們似乎全都明白了他的意思。

「你反對我那個私人研究專案，說它『不實用』，」費雷斯輕輕地說道，「但我跟你是怎麼說的？」

莫奇沒有回答，用力扳著他的指節。

「現在不是講究細節的時候，」詹姆斯突然出人意料地精神一振，開口說道，只不過他的聲音也是同樣異常的低沉，「我們用不著扭扭捏捏的。」

「我覺得……」莫奇呆滯地喃喃道，「覺得……目的可以證明手段……」

「再去猶豫和講什麼大道理就太晚了，」費雷斯說，「現在只有直接採取行動才管用。」

沒人吭聲；他們似乎是想用他們暫時的沉默，而不是說話，來繼續商量。

「那沒有用，」霍洛威開口說，「他不會讓步的。」

「你才會這麼想！」費雷斯說著，冷笑了一聲，「你沒有見過我們的實驗刑具發生的作用。上個月，就有三個兇手招認了三起懸而未決的兇殺案。」

「要是……」湯普森話剛一出口，聲音裡便突然帶上了哭腔，「要是他一死，我們就全完了！」

「別擔心，」費雷斯說，「他不會死的。為了防止這種可能，費雷斯刑具可以做出妥當的調整。」

湯普森先生沒有答話。

「我看……我們也沒有別的選擇……」莫奇在說，他聲音小得幾乎像蚊子叫一樣。

他們不再說話了；湯普森先生努力迴避著眾人投向他的目光，然後突然叫道：「好，隨便你們吧！我實在是沒辦法！你們愛怎樣就怎樣吧！」

費雷斯博士朝洛森掉過頭去，「尤金，」他語氣嚴厲，但聲音很輕地說，「快去廣播控制室，命令所有的電台待命，告訴他們，不出三小時，我就會讓高爾特做廣播演講。」

洛森的臉上忽然露出了欣喜的笑容，拔起腳就跑了出去。

她心裡明白，她明白他們的企圖，也明白他們為什麼會有這種打算。他們並不認為這一招會管用，並不認為高爾特會讓步；他們也不希望他讓步。他們覺得已經沒有任何得救的希望；他們也不想得救。在他們難以名狀的驚慌情緒推動下，他們一直都在抗拒著現實——此刻，他們終於有了歸宿感。這些向來逃避自己意識的人，根本用不著去想為什麼會出現這種感覺——他們只是有了一種被重視的體會，因為這才是他們一直尋求的，這才是貫穿在他們所有的感受與行動，他們所有的欲望、選擇和睡夢當中的現實。這就是他們對現實的反抗，對莫名天堂的盲目追求的真實面目與手段。他們不想活著；他們想置他於死地。

她所感到的恐怖稍縱即逝，彷彿是變幻中的畫面一閃而過：她發現曾經被自己當做人類的這些東西並非如此。她獲得了一種清晰的感覺和一個最終的答案，有了必須馬上行動的急迫性。他危險了；她的意識已經不容她再去為那些近乎禽獸的行為浪費情緒。

「我們必須確保，」莫奇壓低聲音說，「不能讓任何人知道這件事……」

「沒人會知道，」費雷斯說；他們如同密謀者一般，聲音低沉，小心翼翼。「這是個祕密，是科學院裡的一幢獨立的建築……完全隔音，離其他地方很遠……只有我們極少幾個人進去過……」

「如果我們飛——」莫奇正說著，忽然猛地停住了，他似乎發現了費雷斯臉上警告的表情。

她看到，費雷斯像是突然記起了她也在場，將目光轉向了她。她迎著他的目光，裝出一副既不在意，又不明白的樣子，讓他看到她全然無動於衷。隨後，她像是才意識到他們想要單獨談話一樣，聳了聳肩膀，慢慢轉過身去，離開了房間。她知道，他們現在已經顧不得再操心她了。

她像平常一樣，不慌不忙地穿過大廳，走出了酒店。但一走出街區，剛一轉彎，她便將頭一揚，驟然拔足疾奔，晚禮服的下襬猶如鼓足的船帆，呼地貼在了她的腿上。

當她此刻在黑暗裡奔走，一心只想找到一個電話亭時，內心卻有另外一種感覺，越過了迫在眉睫的危險和擔心帶來的緊張，難以抑制地湧了上來：那是一個從來就沒有被遮住過的世界給她帶來的自由感覺。

她看見從路旁酒吧的窗戶裡透射在人行道上的一抹燈光。她走進一半都是空空蕩蕩的屋子裡時，根本就沒人多看她一眼：僅有的幾個客人依然圍坐在電視機的空白藍色銀幕前，竊竊私語，緊張地等待著。站在狹小的電話亭內，她彷彿置身於向另一個星球駛去的太空船船艙內，撥了ＯＲ６—５６９３這個號碼。

法蘭西斯可的聲音立刻傳了過來：「喂？」

「是法蘭西斯可嗎？」

「喂，達格妮，我正在等你的電話。」

「你有沒有聽到廣播？」

「聽到了。」

「他們現在正計畫要迫使他低頭，」她像是在做一個事實報導那樣穩定住自己的聲音，「他們打算對他刑求，他們有一種叫做費雷斯刑具的機器，設在國家科學院的一幢獨立建築內，是在新罕布夏州。他們提到飛行，說三小時之內就會讓他開口廣播。」

「明白，你是從用公用電話打來的嗎？」

「對。」

「你還穿著那身晚禮服吧？」

「對。」

「現在聽好了，回家去，換好衣服，準備些你需要的東西，把你的珠寶首飾和值錢的東西儘量都帶上，帶些保暖的衣服，以後我們可就沒時間做這些了。四十分鐘後，在塔格特車站大門東面兩條街的西北角位置等我。」

「好。」

「一會兒見，鼻涕蟲。」

「一會兒見，藩仔。」

不到五分鐘，她就回到了公寓裡的臥室，將她的晚禮服扯了下去。她把它往地板上一扔，如同是扔掉一件她不再為之賣命的軍隊制服。她穿上了一套深藍色的衣服——想起高爾特的話，裡面穿了一件白色的高領衫。她收拾好一隻行李箱和一隻提包，將她的珠寶首飾放在袋子內的一角，其中有她在外面這世界得到的里爾登合金手鐲，以及她從山谷裡賺來的五美元金幣。

離開公寓，將門鎖上，儘管她知道自己可能再也不會打開它了，但一切顯得還是如此容易。但她來到辦公室時，卻感到了片刻的難過。沒人看到她進來；外間空無一人；偌大的塔格特大樓似乎異常的安靜。她站著看這間房間，看著它所經歷的過去的一切。然後，她便露出了笑容——不，這沒那麼難，她想；她打開保險櫃，取出她要拿的文件。除了內特內爾．塔格特的畫像和塔格特公司的地圖外，就再也沒有她要拿走的東西了。她拆掉了那兩個鏡框，將畫像和地圖疊好，塞進了她的箱子。

正在鎖箱子的時候，她聽見了急促的腳步聲。隨著大門一下子被推開，總工程師衝了進來；他渾身顫抖，面孔扭曲。

「塔格特小姐！」他大叫道，「謝天謝地，塔格特小姐，你在這裡啊！我們到處在找你！」

她沒有回答；她望著他，等著聽下文。

「塔格特小姐，你聽說了沒有？」

「聽說什麼？」

「那你就還是不知道了！老天啊，塔格特小姐，這……我簡直不敢相信，到現在都無法相信，可是……噢，老天呀，我們該怎麼辦？塔……塔格特大橋毀了！」

她瞪著他，僵在了原地。

「毀了！被炸掉了！顯然是一秒鐘之內就被炸掉了！誰都說不出究竟發生了什麼事——不過，看起來像是……他們認為是X計畫那裡出了什麼事，而且……看起來像是那些聲波，塔格特小姐！方圓百里全都毀了！這不可能，絕對不可能，但是那個範圍內的所有東西好像都被摧毀了！……我們得不到任何答覆！無論是報紙、電台，還是警察，誰都找不出原因！我們還在查，不過從靠近那一帶的地方傳來的消息是——」他顫抖了一下，「只有一件事是肯定的：大橋沒了！塔格特小姐，我們不知道該怎麼辦才好！」

她衝向辦公桌，抓起了電話。她的手停在了半空，隨後，她用盡平生最大的氣力，慢慢地、痛苦地放下手臂，將話筒放回去。她似乎覺得停了很久，彷彿她的手臂是在對抗著人的身體所不能對抗的無形壓力——就在這短短的瞬間裡，在這靜靜的無名的痛苦之中，她明白了十二年前的那個晚上法蘭西斯可的感受——明白了一個二十六歲的年輕人在和他的發動機訣別時的心情。

「塔格特小姐，」總工程師叫道，「我們不知道該怎麼辦啊！」

話筒喀嗒一聲被輕輕地放回到架上。「我也不知道。」她回答說。

她知道，過一會兒這一切就都會結束：她讓那個人進一步調查後再回來向她報告——然後一直等著他的腳步聲在走廊內漸漸消失。

最後一次走過車站候車廳的時候，她看一看內特內爾．塔格特的雕像——同時也想起了她許過的承諾。現在它只能算是一種象徵性的表示罷了，她心想，不過，這樣的告別卻是內特內爾．塔格特應該享有的。她身上沒有可寫的東西，於是便從皮包裡拿出口紅，微笑著抬起頭，看著完全會理解她的這張大理石的面孔，在他腳下的基座上畫了個大大的美元符號。

她先到了離車站大門東側隔著兩條街的街角。在等待的時候，她看到驚慌的跡象開始顯露，如同汩汩細流，不久就會將這個城市吞沒：汽車明顯開得太快，有些車上裝滿了一家子的東西，眾多的警車紛紛疾馳而過，遠處的警笛聲不絕於耳。顯然，大橋被毀的消息正傳遍全城；他們將會知道這座城市難逃厄運，將會蜂擁逃出——但他們已經無路可走，而且這一切和她再也沒有關係了。

她遠遠地望見法蘭西斯可的身影正向這邊走來；在看清那張用拉下的帽子遮住了雙眼的面孔之前，她已經辨認出了他敏捷的步伐。走近後，她看到他瞧見了自己。他揮了揮手，露出了打招呼的微笑。他那帶有德安孔尼亞特徵的特意用力揮動的手臂，猶如是在自己領地的門外迎接著一個盼望已久的遊子。

他走上前來之後，她便莊重地挺直身體，看著他的臉，看著這座全世界最具規模的城市的高樓大廈，當著她所期待的這一見證，用充滿信心和堅定的聲音緩緩說道：

「我以我的生命以及我對它的熱愛發誓，我永遠不會為別人而活，也不會要求別人為我而活。」

他點了一下頭，表示接受，此刻，他臉上的笑容是在向她致意。

接著，他一手拎過她的箱子，一手握起她的手臂，說了聲：「走吧。」

$

以創始人費雷斯博士命名的「F計畫」建築是一個用鋼筋混凝土建造的小樓，它位於一處山坡的底部，而國家科學院則依山建在更高更開闊的地方。從科學院的窗戶裡望去，只能從遮天蔽日的密林中看到那幢建築上露出的一小塊灰色屋頂；它看來只有下水道的井蓋那樣大。

這幢建築共有兩層，形狀像是一個小方塊不對稱地疊在了一個大方塊上面。第一層沒有窗戶，只有一扇鑲滿了鐵釘的房門；第二層只開了一個窗戶，宛若一張長了獨眼的面孔，不願多見陽光。院裡的人對這棟房子並不好奇，而且他們對於那些可以通向它的道路總是儘量繞開；儘管沒人說過，但他們都覺得在這幢房子裡進行的是專門以惡疾細菌做實驗的計畫。

占滿兩層樓的各個實驗室裡充滿了飼養著天竺鼠、狗和老鼠的籠子。但整個建築的核心和真實用意卻是深藏在地底的一間地下室；地下室四處貼滿了板狀的多孔隔音材料，只是施工質量欠佳，隔音板已經出現裂縫，露出了洞穴裡的岩石。

這幢建築始終處在由四名精選衛兵構成的警衛小組的戒備之下。今天晚上，一個長途電話從紐約打來，警衛組立刻根據緊急指示，增加到了十六個人。「F計畫」的所有警衛和其他人員都經過了仔細的審查，最基本的條件只有一個：絕對服從命令。

這十六名警衛夜裡被佈置在樓房內外的地上和空出的實驗室裡看守，他們執行任務時絕無猜疑，想都不想地下有可能會發生什麼樣的事情。

地下室內，費雷斯博士、莫奇和詹姆斯坐在靠牆一字排開的椅子裡。一台看起來像是個形狀不規則的小櫃子一般的儀器擺在他們對面的一角。儀器前面有成排的玻璃旋鈕，每個旋鈕上都有一小段紅色的刻度，一塊看起來像是放大器的方屏，一排排的數字、木柄和塑膠按鈕，它的一邊是一隻控制開關的拉桿，另一邊是一個單獨的紅色按鈕。這台儀器似乎比那個操縱它的技術人員的面孔更加生動；他是個壯實的年輕人，身上的襯衫已被汗水濕透，兩隻袖口高高地挽起；他那一雙灰藍色的眼睛正全神貫注地盯著手底下的工作；他的嘴唇不時地蠕動幾下，像是在默唸著腦子裡的程式。

一根短短的電線從機器上伸出來，連到了後面的一個蓄電池上。在機器前方，長長的線圈如同章魚張牙舞爪的觸角，沿著石地板向前伸去，通向一張皮墊，墊子上方掛了一盞發出刺眼亮光的錐形燈。約翰．高爾特躺在皮墊上，被五花大綁。他的全身赤裸，電線末端小小的金屬電極片被綁在他的手腕、肩膀、臀部和腳踝處；胸前連著一個聽診器般的裝置，裝置的另一頭連著那個放大器。

「直說吧，」費雷斯博士第一次對他開口說道，「我們想讓你徹底掌管國家經濟，讓你獨攬大權，讓你發號施令，明不明白？我們希望讓你下命令，並且決定該下什麼樣的命令。我們不會只是想想而已。現在，你的那些演說、大道理、辯論或者消極服從都救不了你。你要是不想出辦法來，就只有死路一條。你要想離開這裡，就必須拿出一個解決問題的確切方案，並且還要通過廣播告訴全國。」他揚起手腕，晃了晃戴著的秒錶，「限你在三十秒之內決定是否開口，否則，我們可就要動手了。你聽懂沒有？」

高爾特直視著他們，面無表情，彷彿早就料到了這些。他沒有回答。

在沉默中，他們聽見秒錶無聲地走著，聽見莫奇緊緊地抓著椅子的扶手，發出窒息一般的時斷時續的喘息。

費雷斯向儀器旁的技師揮手示意。技師推動拉桿，紅色的玻璃鈕亮了起來，同時發出了兩種聲音：一種是發電機的嗡鳴，另一種則是鐘錶一般有節奏的敲擊，但卻伴隨著一種怪異低沉的迴響。他們愣了片刻才明白過來，這聲音是從放大器裡傳出的高爾特的心跳。

「三號。」費雷斯說著，伸出一個指頭示意道。

技師按下其中一個旋鈕下方的按鍵，高爾特周身顫抖了起來；電流通過他的手腕和肩膀，使得他的左臂劇烈地痙攣抽搐。他的頭甩向後方，閉起雙目，咬緊嘴唇，一聲未吭。

技師的手鬆開按鈕，高爾特的手臂停止了抖動，渾身一動不動。

三個人面面相覷，費雷斯的眼裡一片蒼白，莫奇是害怕，詹姆斯流露出了失望。沉重的敲擊聲繼續在沉默中迴響著。

「二號。」費雷斯說。

這一次，電流是在高爾特的胯部和腳踝之間穿行，他的右腿抽搐了起來。他的兩手抓住墊子的邊緣，腦袋從一邊猛地甩到另一邊，便再也不動了。心跳的聲音漸漸加快了一些。

莫奇身體向後閃去，緊緊地貼在了椅子的靠背上。詹姆斯向前探出身子，幾乎離開了座位。

「一號，慢一點。」費雷斯命令。

高爾特的全身猛然向上一挺，然後又摔回來，長時間地抽搐，被捆綁住的雙手在拚命地掙扎——電流此刻經過他的肺部，從一隻手腕通向了另一隻手腕。技師慢慢轉動旋鈕，逐漸加大了電壓；指針正移向用紅色標明的危險區域。由於肺部的痙攣，高爾特開始上氣不接下氣。

「受夠了沒有？」電流一被切斷，費雷斯便吼叫了起來。

高爾特沒有回答，他的嘴唇微微顫動了幾下，想吸進些空氣。從聽診器裡傳來的心跳正在加快，但在他竭力讓自己放鬆的努力下，呼吸漸漸恢復了平穩和節奏。

「你對他太手軟了！」詹姆斯瞪著躺在墊子上的赤裸身體，叫喊道。

高爾特睜開眼睛看了看他們。除了看出他的眼神既堅定而又完全清醒，他們從中便再也看不到任何其他的東西。他隨即又將頭一垂，依然一動不動地躺著，彷彿已忘記了他們的存在。

他的裸體與這間地下室格格不入。這一點，他們嘴上不說，卻都心照不宣。他那修長的線條從腳踝流至平坦的胯部，經過腰際的曲線，到達挺直的肩膀，猶如一尊具備了古希臘神韻的雕塑，卻有著更加高大、輕盈、生動的外表和瘦削中的幹練，湧動著一股無窮的精力——這副身軀的主人絕非駕馭雙輪戰車的武士，而是飛機的創造者。正如古希臘雕塑——用人的形象作為神的雕塑——與本世紀建造的廳堂的精神互相衝突，他的身體也與一間專用於史前活動的地下室有極大衝突。這種衝突更加明顯，因為他似乎應該和電線、不鏽鋼、精密儀器，以及控制台上的操縱桿在一起才對。也許對那些打量著他的人來說，這正是他們拚命抗拒和埋藏在心底最深處的那個想法，他們只知道那是一種瀰漫開來的仇視和看不清的恐懼——也許正是因為現代的世界裡沒有這樣的雕塑，他們才把一台發電機變成了章魚，把他這樣的身體變成了章魚的觸鬚。

「我知道你對電力學的某些方面很精通，」費雷斯冷笑著說，「但我們也是如此——你不覺得嗎？」

在寂靜之中，回答他的只有兩個聲音：發電機嗡嗡的低鳴和高爾特的心跳。

「混合方式！」費雷斯朝技師晃了晃一根手指，下令道。

此時的電擊變得毫無規律，時而一波接一波，時而間隔數分鐘。只能從高爾特的大腿、手臂、軀幹或全身的抽搐抖動，才能看出電流究竟是發自某兩片電極還是在各處同時擊出。旋鈕上的指標不斷地逼近紅色的標記，然後又退下去：這台儀器被調教得既能施加最大限度的痛苦，又不會傷及受刑者的身體。

守在一邊的旁觀者實在難以忍受那只有心跳聲的一陣陣間歇：此時，心臟的跳動完全失去了節奏。設計的間歇只是讓心跳能減緩下來，而不是為了讓受刑者得到喘息，電擊隨時都會再次襲來。

高爾特放鬆地躺著，彷彿是放棄了對痛苦的抵抗，並不希望減輕，而只是想去承受它。他的嘴唇剛一張開喘息，便又猛地閉緊，他並沒有去控制身體僵硬的抖動，但電流一消失，他就會停下來。只是他臉上的皮膚依然緊繃，閉緊的嘴唇不時地向兩邊抽動。當電擊經過他的胸膛時，他那金銅色的頭髮便會隨著腦袋一起擺動，如同風一般地吹打著他的面頰，掃過他的眼睛。旁觀的人們起初還納悶他頭髮的顏色為什麼變得越來越深，後來才意識到那是被汗水浸透了。

原先的意圖是想讓受刑者，能夠一直聽見自己的心臟隨時都會爆裂的恐怖聲音，但現在卻是行刑的人們聽著這斷續不齊的脈搏時，會隨著每一次心跳的消失而無法喘氣，害怕得渾身顫抖。此時的心臟聽起來像是在極大的痛苦和無比的憤怒之下瘋狂地竄跳，撞擊著胸腔。心臟在發出抗議；但那個人卻沒有。他靜靜地躺著，雙眼緊閉，兩手放鬆，彷彿是在捍衛生命般地聆聽著自己心跳的聲音。

莫奇第一個開了口，「我的上帝呀，佛洛德！」他尖叫起來，「不要把他整死！千萬別把他整死！他一死，我們就完了！」

「他不會死，」費雷斯吼叫著，「他將會求死不得！儀器不會讓他死！這通過了嚴密計算，是萬無一失的！」

「噢，這還不夠嗎？他現在會聽我們的話了！我肯定他會聽話了！」

「不，還不夠！我不是想讓他聽話，我是要讓他去相信，去接受，而且是想去接受！我們必須要讓他主動去為我們工作！」

「接著來呀！」詹姆斯叫道，「你還等什麼？難道不能再把電流加大些？他連喊都沒喊一聲！」

「你沒毛病吧？」莫奇驚叫著，當電流正在使高爾特抽動不已的時候，他瞥了一眼詹姆斯：詹姆斯正全神貫注地盯著看，雖然目光顯得呆滯而毫無生氣，然而他眼睛周圍的臉部肌肉卻扭成了一幅下流無恥的享樂圖。

「受夠了沒有？」費雷斯不斷地對高爾特吼叫著，「你現在是不是想做我們要你做的事了？」

他們沒聽到回答。高爾特不地抬頭看他們一眼。他眼睛下方出現了一圈青紫，但眼睛卻清澈而清醒。

隨著恐慌的上升，這幾個旁觀者全然忘掉了周圍的環境和語言——他們三人的聲音匯成了一股令人分辨不清的尖叫：「我們要你接手！……我們要你去管！……我們命令你去下命令！……我們要求你獨裁！……我們命令你挽救我們！……我們命令你去思考！……」

除了能夠決定他們性命的心跳聲之外，沒有回答。

電流正穿過高爾特的胸部，脈搏聲像是跌跌撞撞的狂奔一樣，變得紊亂而急促——突然，他的身子一動不動地鬆弛躺下：心跳的聲音停止了。

這沉寂猶如晴空霹靂，他們還沒來得及喊叫出來，便發生了另一件令他們大驚失色的事情：高爾特睜開眼睛，抬起了頭。

緊接著，他們發現發動機嗡嗡的響聲也停了，控制台的紅燈已熄滅：電流停了下來：發電機壞了。

技師徒勞地伸手按按鈕，一遍又一遍地用力扳動開關的把手。他抬腿踹了踹儀器的一側。紅燈沒有亮，依然沒有聲音。

「怎麼了？」費雷斯厲聲問道，「怎麼了，到底是怎麼回事？」

「發電機出毛病了。」技師無可奈何地說。

「怎麼搞的？」

「我不知道。」

「那就查出原因，把它修好！」

此人並不是受過訓練的電工；把他找來，看中的不是他的技術，而是因為他什麼按鈕都敢按；他學習這份工作所需付出的努力，只不過是在自己的意識中不留下其他任何事情的空間。他將儀器的後蓋打開，茫然地瞪著裡面複雜的線路：什麼毛病都看不出來。他戴上橡膠手套，拿起一對鉗子，胡亂地旋緊了幾個螺栓，搔了搔腦袋。

「我不知道，」他說；他的聲音裡透出了一種無可奈何，「我怎麼會知道？」

三個人一起站了過來，湊到儀器後面，瞪著裡面那不聽話的裝置。他們這麼做純粹是出於下意識：他們明白自己一無所知。

「你必須修好它！」費雷斯吼道，「必須讓它工作！我們必須要有電才行！」

「我們必須繼續做！」詹姆斯嚷嚷著；他在發抖，「這簡直是荒唐！我不管！我絕不會停下來！絕不能便宜了他！」他朝墊子的方向指了指。

「想點辦法！」費雷斯對著技師喊道，「別光站著，想想辦法啊，把它修好！我命令你把它修好！」

「可我不知道它出了什麼毛病。」那個人眨著眼睛說。

「那就查！」

「我怎麼查呀？」

「我命令你把它修好，你聽見沒有？要是修不好它的話，我就炒你魷魚，把你關進監獄！」

「可我不知道問題出在什麼地方，」那人一頭霧水地嘆著氣，「我不知道該怎麼辦。」

「是振動器出了毛病，」一個聲音在他們的身後說道；他們一下子轉過身來：高爾特正努力喘著氣，但說話的口吻完全就是一個直率而能幹的工程師。「把它取出來，撬開鋁殼，你會看見一對焊在一起的觸點。把它們拉開，用一把小銼刀清理一下凹陷的地方，然後裝上外殼，把它插回到機器裡——發電機就會運作了。」

良久，屋裡鴉雀無聲。

技師正瞪著高爾特；他看到了高爾特的眼神——即便是他，也能看出那對墨綠色眼睛裡所閃爍出的亮光的含意：那是一種輕蔑捉弄的眼光。

他後退了一步，即便是他，也突然從他混亂模糊的意識裡，從某種說不出、看不出、連腦子都不用動的方式裡，明白了這間地下室所發生的一切。

他看著高爾特——看著那三個人——看著那台儀器。他渾身一顫抖，扔下鉗子便跑了出去。

高爾特放聲大笑起來。

那三個人慢慢地從儀器前退開。他們無論如何也不願意承認那位技師所明白的事實。

「不！」詹姆斯突然號叫起來，他瞧著高爾特，一步竄了上去，「不！我不會就這麼放過他的！」他跪在地上，發瘋一般地找起那個振動器的鋁筒來，「我要把它修好！我要自己修好它！我們必須繼續，必須把他打垮！」

「誤點，吉姆。」費雷斯一把將他拉了起來，不安地說。

「難道我們……難道我們今晚還沒折騰夠嗎？」莫奇面帶央求地說；他正看著技師跑出去的那扇門，眼神裡既帶著羨慕，又流露著恐懼。

「不行！」詹姆斯喊叫道。

「吉姆，你還嫌他受得不夠嗎？別忘了，我們必須得小心一點。」

「不行！他還沒受夠呢！他連叫都沒叫一聲！」

「吉姆！」莫奇突然大喝了一聲，詹姆斯臉上的某種表情使他感到了害怕，「我們絕不能殺了他！這你是知道的！」

「我不管！我要制服他！我要聽見他叫！我要——」

緊接著，倒是詹姆斯突然發出了一聲長長的、尖厲的號叫，儘管他的眼睛仍在茫然地瞪著空中，卻在猛然間看到了什麼。他看到的是自己的內心，看到了他多年來用情緒、逃避、假裝、妄想、謊話所苦心經營的保護牆，在一瞬間灰飛煙滅——在這一瞬，他明白他想要高爾特去死，完全清楚他自己的末日也將緊跟著來臨。

他突然間看清楚了藏在自己一切行為背後的動機。那絕不是他無法交流的靈魂或者對他人的愛，也不是他的社會責任感或者維護他自身形象的騙人的鬼話：那是一種想要扼殺一切生命的毀滅欲望，是為了證明自己可以藐視現實並不受任何牢固不破的事實的束縛而存在，從而要去毀滅所有的生命，和現實作對的衝動。就在這一瞬間以前，他還一直感覺到自己對高爾特的仇恨超過了對其他的任何人，感覺到這股仇恨就無庸置疑地證明了高爾特的罪惡，為了他自己的生存就一定要除掉高爾特。而此刻，他明白了他是要用自己隨之滅亡的代價來換取高爾特的毀滅，他明白了他從未想要過生存，他要摧殘和毀滅的正是高爾特的偉大之處——他不得不承認這種偉大，因為無論承認與否，衡量這種偉大的只能有一個標準：他對現實的掌控力讓所有人都可望而不可即。此時，詹姆斯發現自己正面臨最終的選擇：接受現實，或者去死。他的感情選擇了死亡，而不是向高爾特所屬的那個現實的領域投降。從高爾特本人的身上——他明白了他是想要毀滅一切的存在。

他內心想法與意識的交鋒並不是依靠語言：正如他的想法是由各種情緒組成的一樣，此刻籠罩著他的便是一種他無力驅散的情緒和幻想。對於那些他儘量避免去看的小巷，他再也不能喚出迷霧去遮擋自己的視線：此時，他在每一條巷子的盡頭看到的都是他對生命的仇恨——他看到了雪麗．塔格特渴望著生活的快樂面孔，他一直想打碎的也正是那種渴望——他看到了自己那張理應遭到所有人憎惡的殺人犯的臉，他見到有價值的東西就毀壞，用殺戮去掩蓋自己無以饒恕的罪惡。

「不是……」他呆望著那幅景象，閃躲地甩著腦袋，嘴裡呻吟著，「不是……不是……」

「是的。」高爾特說道。

他看到高爾特的眼睛直直地盯著自己，彷彿高爾特正在看著他所看見的一切。

「我在廣播裡已經告訴過你了，對吧？」高爾特說。

這正是那枚令詹姆斯怕得要死、無法逃避的戳記：它是客觀現實的印記和證明。「不是……」他再一次有氣無力地說了一聲，但聲音裡已經沒有了活力。

他站在原地，茫然地瞪向空中，隨即兩腿一軟，跌坐在地上，兩眼仍是直呆呆地，全然忘記了他的舉止和周圍的一切。

「吉姆……」莫奇喊了一聲，卻沒有聽到回應。

莫奇和費雷斯並沒有去問問自己或者奇怪詹姆斯究竟是怎麼回事；他們知道絕對不能冒險去揭開這個謎底，否則便會遭到和他同樣的下場。他們清楚是誰在今晚徹底地崩潰，清楚無論詹姆斯的身體能不能撐下去，他這個人都已經完了。

「我們……我們還是讓吉姆離開這裡吧，」費雷斯發著抖說，「把他送到醫生那兒……或者別的什麼地方去吧……」

他們將詹姆斯扶了起來；他沒有反抗，昏昏沉沉地聽從著擺佈，被推著向前挪動腳步。本想把高爾特整成這副樣子的他卻嘗到了其中的滋味。他的兩個同夥一邊一個，攙扶著他的手臂，將他帶出了房間。

他使他們逃離了高爾特的目光。高爾特一直盯著他們；他的目光實在過於冷峻，有種穿透力。

「我們還會回來，」費雷斯朝著警衛的領隊喝令道，「守在這裡，不許任何人進來，聽懂沒有？任何人都不行。」

他們將詹姆斯擁進他們那輛停在入口的街邊的汽車。「我們會回來的。」費雷斯的面前並沒有人，他對著大樹和漆黑的夜空恨恨地說著。

此刻，他們唯一確定的就是要逃離那間地下室——在那裡一台死掉的機器旁邊，綁著一個活著的發電機。

第十章　以我們最崇高的名義

達格妮筆直朝著守在「F計畫」門口的哨兵走去。她的腳步意圖明確，節奏均勻而且大模大樣，在林間的小路上迴響。她對著月光將頭仰起，好讓他看清楚自己的臉。

「讓我進去。」她說。

「不許進去，」他像機器人一般地回答道，「這是費雷斯博士的命令。」

「是湯普森先生命令我來的。」

「啊？……這……這我可不知道。」

「可我知道。」

「我是說，費雷斯博士沒有告訴過我……女士。」

「我現在就是在告訴你。」

「但除了費雷斯先生以外，我不應該接受其他任何人的命令。」

「你是想違抗湯普森先生嗎？」

「哦，不是，女士！可……既然費雷斯博士說過任何人都不許進去，就是指所有的人——」他又猶豫而求援似的問了一句，「對吧？」

「你知不知道我是達格妮．塔格特，你應該在報紙上看見過我和湯普森先生以及國家其他所有主要領導人的合影吧？」

「是的，女士。」

「那你就考慮一下是否要違抗他們的命令。」

「噢，不，女士，我不想！」

「那就讓我進去。」

「可我也不能違抗費雷斯博士的命令呀！」

「那就看你的選擇了。」

「可是我不能選擇呀，女士！我怎麼能選擇呢？」

「你非選不可。」

「這樣吧，」他急忙說著，同時從口袋裡掏出鑰匙，轉向大門，「我去問問長官，他——」

「不行。」她說。

她語氣裡的某種東西讓他一下子回過了身來：她手裡正握著一把槍，直對著他的心臟。

「給我聽好了，」她說，「不放我進去，我就殺死你。你可以試試先向我開槍，除此以外，你別無選擇。現在決定吧。」

他張大著嘴巴，鑰匙從手裡掉到了地上。

「給我閃開。」她說。

他拚命地搖著腦袋，後背靠在了門上。「我的天啊，女士！」他走投無路地哀求道，「既然你是湯普森先生派來的，我就不能向你開槍！但我又不能違反費雷斯博士的命令放你進去！我該怎麼辦呀？我只是個小兵而已，不過是奉命行事罷了，這不該我做主啊！」

「這關係到你的命。」她說。

「如果你讓我問問長官，他會告訴我，他會——」

「我誰都不讓你去問。」

「可是我怎麼知道你是不是真的有湯普森先生的命令？」

「你是不知道。也許我沒有，也許我是假裝的——你會因為聽了我的話而受懲罰。也許我有——那你就會因為抗命而被關進監獄。也許費雷斯博士和湯普森先生是說好了的，也許他們並沒有說好——那你就不得不得罪其中的一個。這就是你必須要決定的事情，沒人可問，沒人可找，沒人會告訴你。你必須要自己做出決定。」

「但我沒法決定！幹嘛找到我的頭上？」

「因為是你攔著我的路。」

「但我無法決定！下決定的事不是我該做的！」

「我數到三，」她說，「然後就開槍。」

「等一等！我還沒說行不行呢！」他叫喊著，身體更緊地畏縮在門上，似乎讓大腦和身體停止動彈才是他最好的保護。

「一，」她數道；她看出他的眼睛正害怕地盯著她——「二，」她看得出，相較於這把槍而言，他更害怕的是她剛才說的另一種可能——「三。」

面對動物開槍尚且會猶豫的她，鎮靜自若地扣動了扳機，朝著一個想要生存，卻又毫無責任意識的人的心臟開了槍。

她的槍上裝了消音器，除了屍體撲倒在她腳下的聲響外，並沒有發出驚動別人的聲音。

她從地上撿起了鑰匙——然後根據事先商量好的計畫，稍稍地等了片刻。

第一個從樓房的牆角邊閃出來與她會合的是法蘭西斯可，里爾登緊隨其後，最後一個是丹尼斯約德。建築周圍的樹林裡曾經有四名哨兵分頭看守，此刻他們都已經被解決：一個喪了命，另外三個則手腳被捆，嘴巴被堵，扔在了樹叢裡。

她一言未發地將鑰匙遞給法蘭西斯可。他打開門，獨自一人走了進去，將門留了條一寸寬的縫。其他三人便靠著門縫等在外面。

樓房走廊裡照明的是一隻孤零零地掛在天花板上的燈泡。一個警衛守在通往二樓的樓梯口旁。

「你是誰？」一見到法蘭西斯可大搖大擺地走了進來，他便大聲斥喝道，「今晚任何人都不應該到這裡來！」

「我來了。」法蘭西斯可說。

「拉斯迪怎麼會放你進來的？」

「他一定是有他的道理。」

「但他不應該呀！」

「有人改變了你的應該和不應該。」法蘭西斯可的眼睛閃電般地打量了一下周圍的情況。樓梯上的拐角處站著另外一個衛兵，正朝樓下的他們看來，並且在注意聽著。

「你是幹什麼的？」

「採銅的。」

「啊？我是在問，你是誰？」

「我名字實在太長，沒辦法告訴你，我還是跟你的長官去說吧，他在哪兒？」

「現在是我在問你！」但他還是後退了一步，「少……少充什麼大人物，否則我就——」

「嗨，皮特，他真的是！」另外的那個衛兵被法蘭西斯可的派頭震住了。

可這一個還是不願意相信；隨著他越加害怕，他不由得提高了嗓門，對著法蘭西斯可大喝道：「你來幹什麼？」

「我說過我會跟你們長官說，他在哪兒？」

「我在問你話！」

「我不會回答的。」

「噢，你不回答是嗎？」皮特怒吼著，使出了一旦產生懷疑就會使用的唯一手段：他的手猛地伸向腰裡的槍。

法蘭西斯可的手快得讓這兩個人甚至都沒看清楚，而他的槍又是靜得出奇。他們緊接著看到和聽到的便是皮特手裡的槍，隨著從他被打爛的手指裡濺出的血一道飛了出去，以及他疼痛的低聲號叫。他倒在地上呻吟著。另一個衛兵剛剛吃驚地張大了嘴巴，便看見法蘭西斯可的槍口對準了他。

「別開槍，先生！」他嚷了起來。

「舉起手，下來，」法蘭西斯可命令道，他用一隻手舉著槍瞄準，另外一隻手朝著門縫外其餘的人做了個手勢。

那個衛兵一走下樓梯，里爾登已經等在那裡卸下他的槍，丹尼斯約德則將他的手腳捆綁起來。最讓他嚇了一跳的是看到達格妮也出現在這裡；這讓他搞不懂：這三個男人都戴著帽子，穿著風衣，但他們的舉止像是一夥攔路的強盜；而一位女士出現在這裡實在是太令人費解了。

「好了，」法蘭西斯可說，「你們的長官在哪兒？」

衛兵朝樓梯的方向扭了扭頭：「在上面。」

「樓裡有多少警衛？」

「九個。」

「他們都在哪裡？」

「一個在地下室的台階上，其他的都在上面。」

「在上面什麼地方？」

「在那個大實驗室裡，就是有窗戶的那間。」

「是所有人嗎？」

「是。」

「這些是什麼房間？」他指了指走廊兩旁的房門。

「這些也都是實驗室，到了晚上，門就上鎖了。」

「鑰匙在誰那裡？」

「他。」他朝皮特一擺頭。

里爾登和丹尼斯約德從皮特的口袋裡取出鑰匙，便迅速靜悄悄地查看著房間，法蘭西斯可則繼續問道：「樓裡還有沒有別人？」

「沒有。」

「不是有個犯人在這裡嗎？」

「噢，對了……我想是吧。肯定是有，要不然他們不會讓我們所有人在這裡站崗。」

「他還在這裡嗎？」

「那我就不清楚了。他們從來都不告訴我們。」

「費雷斯博士在這裡嗎？」

「不在，他是在大約十到十五分鐘前離開的。」

「聽著，樓上的那間實驗室——它的門是正對著樓梯嗎？」

「是。」

「一共有幾個門？」

「三個，對著樓梯的是中間的那個。」

「其他的房間是幹什麼的？」

「有個小實驗室在走廊的一頭，另一頭是費雷斯博士的辦公室。」

「房間之間有沒有連通的門？」

「有。」

法蘭西斯可正要轉身去看他的夥伴們，那衛兵乞求般地說了一句：「先生，我能問你個問題嗎？」

「問吧。」

「你是誰？」

他回答的語氣莊重得如同是在會客室裡介紹一般：「法蘭西斯可．多明哥．卡洛斯．安德烈．塞巴斯蒂安．德安孔尼亞。」

他甩下目瞪口呆的警衛，轉身和他的夥伴們小聲商量了一陣。

過了一會兒，里爾登獨自一人迅捷無聲地走上了樓梯。

實驗室的牆邊堆放起了裝有老鼠和天竺鼠的籠子；牠們是被那些正圍坐在房間正中的實驗長桌旁打牌的衛兵們挪過去的。其中六個人正在玩著，另外兩個手裡握著槍，正站在對面的房間一角看著門口。里爾登的這張面孔救了他一命，使他沒有一露面就被當即打死：這張臉他們實在太熟悉，也太沒有想到了。他看見八個腦袋都在瞪著他，既認出了他，又難以相信他們的眼睛。

他站在門口，兩手插在褲袋裡，完全是一副隨意、自信的商界老闆模樣。

「這裡誰負責？」他的聲音直截了當，毫不浪費時間。

「你……你不是……」牌桌前的一個板著面孔的瘦傢伙結結巴巴地說。

「我是漢克．里爾登，你是領隊嗎？」

「是啊！可是你究竟是從哪兒冒出來的？」

「從紐約。」

「你來這兒幹什麼？」

「這麼說，你還沒有得到通知。」

「我應該被……我的意思是，是關於什麼事啊？」從這個領隊的聲音裡，可以明顯地聽出他對上司忽略他的權力極為敏感和不滿。他長得瘦高而憔悴，舉手投足間急躁而緊張，臉色灰白，一雙眼睛像有毒癮的人一般不安和無神。

「關於我來這裡要辦的事情。」

「你……你不可能到這裡辦什麼事，」他厲聲說道，既害怕這是一場騙局，又擔心自己是被某個重要的上層決策給遺漏了。「你不就是一個叛徒、逃亡者和——」

「看來你真是落伍了，我的好兄弟。」

房間裡剩下的七個人懷著敬畏和疑慮的不安盯著他看，那兩個拿槍的衛兵依舊像機器人一樣呆呆地用槍對準著他，他卻像是根本沒看見一樣。

「那你說你是來這裡幹什麼的？」那個領隊喝道。

「我是來這裡接管你交出的犯人的。」

「你要是從總部來的話，就應該知道我對犯人的事一無所知——而且誰都不許碰他。」

「只有我可以。」

領隊突然地跳起來，奔到電話前，抓起了話筒。但他剛剛將話筒提到半截，便突然把它扔了出去，這一下，屋裡立刻慌作了一團：他聽出電話裡沒有一點動靜，便立即明白電話線已被切斷。

他惱怒地轉向里爾登，迎面而來的是里爾登略帶輕蔑的斥責：「如果連這種情況都會發生，你們的看守實在是形同虛設。要是你不希望我上報你怠忽職守和抗命不遵，最好在那個犯人出事前把他交給我。」

「犯人到底是誰？」他問。

「朋友，」里爾登說，「如果你的頂頭上司都沒有告訴你，我當然也不會說了。」

「他們也沒有告訴我你來這裡的事情！」那個領隊狂喊道，他那老羞成怒的聲音讓他的手下聽出了他的無能。「我怎麼知道你是從上面來的？電話一壞，又有誰能告訴我？我怎麼知道該怎麼辦？」

「那是你的問題，與我無關。」

「我不相信你！」他的叫喊聲刺耳得毫無說服力，「我不相信政府會委派給你什麼任務，何況你還是和約翰．高爾特勾結的叛逃者之一——」

「可是難道你沒聽說嗎？」

「聽說什麼？」

「約翰．高爾特已經和政府達成了協議，已經把我們都帶回來了。」

「哦，真是謝天謝地！」一個年紀最輕的守衛不禁叫道。

「給我閉嘴！沒有你發表意見的份兒！」領隊呵斥了一聲，猛地回頭看著里爾登，「這件事為什麼沒有廣播？」

「對於政府決定在什麼時候、採取什麼方式宣佈政策，你也有意見嗎？」

在一陣長時間的沉默中，他們聽見了籠子裡的動物們抓著欄杆的響動。

「看來我應該提醒你，」里爾登說，「你的職責不是去質疑給你的命令，而是去執行，你不應該去知道和弄懂上司的想法，不應該去判斷、選擇或者懷疑。」

「但我不知道是否應該聽你的！」

「如果你不聽，就要承擔後果。」

這個領隊撐著桌子，審視的目光從里爾登的臉上慢慢地移向站在房間角落裡的兩名持槍的警衛。這兩個持槍者幾乎是在一動不動地平舉著手臂。房間裡傳來一陣不安的沙沙聲，籠子裡的一隻動物發出了吱吱的尖叫。

「我認為我還應該告訴你，」里爾登的聲音略微嚴厲了一些，「我並不是一個人，我的同伴正在外面等我。」

「在哪兒？」

「房間的四面都有。」

「幾個人？」

「這你早晚都會知道的。」

「我說，長官，」從警衛中傳出了一個發抖的抱怨聲，「我們可別跟那些人糾纏，他們——」

「閉嘴！」領隊咆哮著站起身來，朝著說話者的方向把槍一揮，「你們這些混帳東西，誰也不許在我面前做孬種！」他大聲叫喊著，企圖讓自己看不到他們已經害怕的樣子。他驚恐不已地發現，他的手下已經不知不覺地被某種東西卸下了武裝。「沒有什麼好怕的！」他自顧自地狂喊著，拚命想要回到那個唯一能令他感到安全的地方：暴力。「任何事，任何人都不可怕！我要讓你們看看。」他忽地一轉身，在舞動的手臂一端，他的手顫抖著向里爾登開了一槍。

他們中的一些人看到里爾登身體晃了晃，右手抓住了左肩。與此同時，其他人則聽見領隊一聲驚叫，手裡的槍掉到了地上，手腕上湧出了一股鮮血。隨後，他們全都看見了站在左門邊的法蘭西斯可，他的那支無聲無息的手槍依然在對準著那個領隊。

他們全都站起來拔出了槍，可惜已經錯失先機，誰都不敢開槍。

「我要是你們的話，就不會輕舉妄動。」法蘭西斯可說道。

「天啊！」其中一個警衛驚訝得說不出話來，他拚命回憶著一個怎麼也想不起來的名字，「他……他就是那個把全世界的銅礦統統炸毀了的人！」

「沒錯。」里爾登說。

他們不由自主地從法蘭西斯可身旁向後閃開——轉身卻發現里爾登依然站在門口，右手端著一把手槍，左肩膀上滲出了一片血色。

「開槍呀，你們這些混蛋！」領隊朝著他下面那些瑟瑟發抖的人號叫起來，「還等什麼？把他們幹掉！」他用一隻手支撐著桌子，另一隻手上淌滿了血。「誰不動手我就告發誰，我要讓他被判死刑！」

「放下你們的槍！」里爾登說。

七個警衛剎那之間變得像泥塑一般，誰的話都沒有聽。

「我要出去！」那個最年輕的警衛大叫一聲，衝向右側的房門。

他剛一拉開門，便騰地退了回來：達格妮．塔格特正持槍站在門口。

警衛們漸漸地退向了房間的中央，他們迷亂的內心之中正進行著一場無形的掙扎，眼前出現的這幾個他們無論如何都想不到能親眼見到的傳奇人物，讓他們感到如墜雲霧般地失去了抵抗能力，彷彿是在被勒令著向幽靈開火一樣。

「把槍放下，」里爾登說，「你們並不知道自己為什麼會來這裡，但我們知道。你們不知道看守的犯人是誰，但我們知道。你們不知道自己的上司為什麼派你們來看守他，但我們知道為什麼要把他帶出去。你們不知道自己抵抗的目的，可是我們對我們的目的很清楚。你們一旦喪命，都不知道自己是為什麼而死，但我們卻會死得明白。」

「別……別聽他的！」領隊怒吼著，「開槍！我命令你們開槍！」

一個警衛看了看領隊，把槍一扔，舉起雙手，退出了與里爾登對峙的圈子。

「你這個混蛋！」領隊狂叫一聲，用左手抓起槍來，朝那個逃跑者開了一槍。

就在那人的身體倒下的同時，窗戶上的玻璃如雨點般迸裂開來——一個高大修長的身影彷彿彈簧般地從樹幹上一躍而進入房中，雙腳甫一落地，便向面前的第一個警衛開了槍。

「你是什麼人？」有個充滿了驚恐的聲音喊道。

「拉格納．丹尼斯約德。」

他的聲音一落，立刻響起了三個聲音：一陣驚惶不已的哀叫——四支槍劈劈啪啪地跌落在地——以及第五支槍朝著領隊的腦袋開火的聲音。

當另外四個保住了性命的警衛回過神來時，他們已經橫躺在地上，手腳被捆，嘴也被堵得結結實實；第五個人還站在原地，只是雙手被反綁了起來。

「犯人在哪裡？」法蘭西斯可問他。

「我想……應該是在地下室裡。」

「誰有鑰匙？」

「費雷斯博士。」

「通向地下室的樓梯在哪裡？」

「在費雷斯博士辦公室裡的一扇門後面。」

「帶我們去。」

在向那裡走去時，法蘭西斯可回身看著里爾登：「漢克，你沒事吧？」

「沒事。」

「要不要休息一下？」

「不用！」

通過費雷斯辦公室內的一扇門，他們看到下面站著一個警衛。

「舉起手，上來！」法蘭西斯可喝令道。

那名警衛看見了一個陌生人的影子和幽幽閃亮的槍口：這就夠了。他立即聽命照辦，似乎巴不得離開這個潮濕的石窖。他和那個領路的警衛一起被捆放在了辦公室的地上。

這四名解救者料理好了一切後，終於放心地向下面那扇鎖住的大鐵門衝去。他們剛才始終配合緊密，有條不紊。此刻，他們已經迫不及待。

丹尼斯約德帶了砸鎖工具。法蘭西斯可第一個走進地下室，並用手臂稍微攔了一下達格妮——確定眼前並無不妥——才讓她從自己身邊衝了過去：他已經透過一團電線，看見高爾特抬起的頭和致意的目光。

她跪倒在墊子旁邊。高爾特抬起頭來看著她的樣子，便如他們在清晨的山谷裡初次見面時一樣，他的微笑如同從未沾過絲毫痛苦，聲音柔和而低沉：

「我們從來就不用太過擔心，對吧？」

她潸然淚下，但笑容裡卻透出了徹底而信心十足的肯定，她回答說：「對，從來都不用。」

里爾登和丹尼斯約德忙著替他鬆綁，法蘭西斯可將一小瓶白蘭地送到高爾特的嘴邊。高爾特喝著，靠著剛剛恢復自由的一隻手肘半撐起身體，說：「給我支菸。」

法蘭西斯可掏出一包印有美元標誌的香菸。高爾特將菸湊向打火機時，手有些顫抖，而法蘭西斯可的手則抖得更厲害。

高爾特瞧了一眼火苗上方的法蘭西斯可的眼睛，笑了笑，口氣像是在回答法蘭西斯可沒有問出的問題一樣：「是啊，滋味不好受，不過挺得住——而且他們使用的電壓也傷不到人。」

「我總有一天要找到他們，不管他們是誰……」法蘭西斯可說道；他那冰冷而輕得幾乎聽不見的語調已經說明了未盡的意思。

「如果你找到他們的話，就會發現他們不值得你去動手了。」

高爾特看著他身旁的這些面孔；他看到了他們如釋重負的眼神和怒不可遏的表情；他明白他們此刻同樣在體會著他所受到的折磨。

「已經過去了，」他說，「別因為我受到的這些而更加折磨你們自己了。」

法蘭西斯可把臉轉開，「就因為是你……」他喃喃地說，「是你……要是換了其他任何一個人……」

「但如果他們想孤注一擲的話，就非我莫屬，他們也試過了，」——他揮了揮手，指著房間裡的一切——指著已被他們變成廢墟一樣的過去——「不過如此。」

法蘭西斯可點點頭，臉依舊轉向一邊；只是用力地將高爾特的手腕緊握片刻，以此作為回答。

高爾特坐起身子，慢慢地活動著身體的肌肉。達格妮情不自禁地伸出手去扶他。他抬眼一看，發現她的笑容裡含著淚水；只要看到他那赤裸的身體依然健在，她就什麼都不在乎，儘管她知道他所忍受的折磨。他凝視著她的目光，抬起手來觸摸著她身穿的那件白色套衫的領口，告訴並提醒她什麼才是往後最重要的事情。她的嘴唇微微顫動著，漾起了輕鬆的笑意，在告訴他她心裡明白。

丹尼斯約德從牆角找到了高爾特的襯衫、褲子和其他穿戴，「約翰，你覺得你能走路嗎？」他問。

「沒問題。」

就在法蘭西斯可和里爾登幫著高爾特穿衣的時候，丹尼斯約德面無表情、冷靜而有條不紊地將那台折磨人的儀器毀成了碎片。

高爾特還無法行走自如，但他可以靠著法蘭西斯可站起來。邁出的最初幾步很艱難，不過到了門口的時候，他便已找回了行走的感覺。他一隻手扶著法蘭西斯可的肩膀，另一隻手搭在達格妮的肩頭，在取得支撐的同時，也在把力量傳遞給她。

他們靜靜地走下山丘，黑黑的樹影成為保護他們的屏障，遮擋住了慘澹的月光，遮擋住了從他們身後國家科學院的窗戶內透出的死氣沉沉的亮光。

法蘭西斯可的飛機隱蔽在下一座山頭後草地旁的樹叢裡。他們周圍的方圓數里內都沒有人煙，當丹尼斯約德坐在駕駛舵後發動引擎時，掃亮了一片荒枯雜草的飛機頭大燈和發動機的轟鳴，沒有引起任何人的注意和質疑。

當艙門在他們身後緊緊地關上，感覺到腳下的一股強大的向前衝力時，法蘭西斯可終於露出了笑容。

「這是我唯一的一次能對你發號施令的機會，」他一邊幫高爾特在一張躺椅上坐好，一邊說著，「現在躺好別動，放鬆身體……還有你。」他指了指高爾特旁邊的座位，又對達格妮說。

機輪越跑越快，似乎對地上的坑窪根本不屑一顧，一心只要獲得速度、方向和輕盈。當這動作變為一道長而平滑的軌跡，當他們看到黑黝黝的樹叢從視窗旁向下掠過時，高爾特默默地探過身來，在達格妮的手上輕輕地一吻：他正帶著自己想要贏得的一切離開外面這個世界。

法蘭西斯可拿出一個急救包，正在替里爾登除去外衣，包紮傷口。高爾特看見一道粉紅色的血跡從里爾登的肩膀淌到胸前。

「謝謝你，漢克。」他說。

里爾登笑了：「我要再說一遍，當我們初次見面我感謝你時，你所說的話：『如果你懂得我所做的是為了我自己，就明白不需要感謝了。』」

高爾特說：「我也再說一遍你當時對我的回答：『正因為如此，我才要感謝你。』」

達格妮看到，他們彼此相視的目光猶如雙手緊握般地一諾千金，再不需要任何語言。里爾登發現她正看著他們——他的眼睛如同是在讚許地微笑，微微地瞇了瞇，似乎在重述著他從山谷裡發給她的訊息。

他們忽然聽見丹尼斯約德對著天空興奮說話的大嗓門，隨即明白了他是在用飛機上的電台廣播說話：「對，我們都平安順利……對，他沒受傷，只是有點虛弱，正在休息……不是，不是永久性的損傷……是啊，我們都在。漢克．里爾登受了外傷，不過，」——他回頭瞧了瞧——「不過他現在正對我張嘴笑呢……損失？我覺得我們當時是有點控制不住情緒，但正在恢復……休想比我先到高爾特峽谷，我會第一個降落——然後我就和露露一起在餐廳裡替你準備早餐。」

「外面的人有沒有可能聽到他的話？」達格妮問。

「不會，」法蘭西斯可說，「他們收不到這個頻率。」

「他在和誰通話？」高爾特問。

「大概是山谷裡的一半男人，」法蘭西斯可說，「或者是我們現有的飛機所能運載的極限人數。他們此時就飛在我們後面。你覺得誰會看到你落在掠奪者的手上還能在家裡坐得住？我們做好了一旦有必要，就對科學院或者韋恩．福克蘭進行公開武裝進攻的準備。不過我們知道，一旦發生那樣的情況，他們眼看不行的時候，就有可能對你下手。因此決定先讓我們四個人試試，如果不行，其他人再開始公開襲擊。他們都在半里地以外的地方等著。我們在山坡的樹上安排了人，他們一見我們出來，就把消息傳給了其他人。負責的是艾利斯．威特，巧了，他正在駕駛的是你的飛機。我們之所以比費雷斯博士晚到新罕布夏一步，是因為我們得去隱藏在很遠的地方上飛機，他卻有現成的機場。不過，順便說一句，他也擁有不了多久了。」

「對，」高爾特說，「擁有不了多久。」

「這也是我們唯一的困難，剩下的都輕而易舉。我以後再把整個經過講給你聽吧。不管怎樣，我們只用了四個人就攻破了他們的看守。」

「總有一天，」丹尼斯約德轉向他們說，「那些相信可以憑藉武力統治超過自己的強盜會明白，沒有理性的暴力一旦碰到理性與武力會有什麼樣的下場。」

「他們已經得到教訓了，」高爾特說，「這不正是你十二年來一直在教他們的嗎？」

「我？沒錯。不過學期結束了。今晚是我最後一次使用暴力，這是對我這十二年的犒賞。我的部下現在已經開始在山谷裡安家落戶，我的船隻藏在沒人能找到的地方，直到有一天我把它賣了，派上更文明的用場。它會被改裝成一艘遠洋客輪——儘管船體並不十分龐大，但肯定很棒。至於我嘛，我要開始去教另外一種課程，看來我得把我們老師的第一位老師的作品好好溫習一下了。」

里爾登笑道：「我很想坐在大學裡聽你的第一堂哲學課，很想看一看你的學生會怎樣用心去學，以及你會如何應付那些我覺得他們應該問的無關問題。」

「我會告訴他們，他們要去自己尋找答案。」

下面的大地上燈火寥寥，原野如同一席空蕩蕩的黑色被單，只能看見從政府大樓窗戶內閃現出的幾點亮光和豪宅窗內晃動的燭火。大部分的鄉下人生活已經退回到把人工照明看做極大的奢侈的地步，太陽一下山，人們便停止了活動。城鎮猶如潮水消退後剩下的一汪汪水窪，儘管裡面還有幾滴寶貴的電流，但在定量限制、配額供給、控制和節約電力的規定下，便如被乾涸的沙漠吞噬了一般。

然而，當紐約——這個巨大潮汐的源頭，在他們面前浮現出來時，它依然在向天邊放射出光芒，依然不甘心被亙古以來的黑暗所籠罩，彷彿用盡它最後的氣力，向它上空的飛機張開手臂，發出最後一聲求救的吶喊。他們不由自主地都坐直了身體，注視著這塊曾經繁華偉大，此時卻正孕育著死亡的土地。

他們清楚地看到了正在下面出現的最後一陣痙攣：車燈像被困的野獸般在街道上來回閃動，瘋狂地尋找著出口，橋上擠滿了汽車，通往大橋的路上已被一串串車燈的長龍阻塞，在飛機上能隱約聽到歇斯底里的警笛聲。全國大動脈被毀的消息已經傳遍了全城，人們丟下了工作，在一片驚惶中想要逃離紐約，但所有的道路都徹底癱瘓，此時已是無路可逃。

飛機正在從一片高樓大廈的上空飛過，他們只覺得突然一晃，彷彿大地裂開了一個大口，紐約城便從地面上消失了。過了一會兒，他們才意識到下面的慌亂已蔓延到發電廠——紐約陷入了一片黑暗。

達格妮驚訝得難以喘息。「別往下看。」高爾特高聲命令道。

她抬眼向他看去。正如她一向看到的那樣，他的臉上依然是那副面對現實的嚴峻。

她想起了法蘭西斯可曾經告訴過她的話：「他退出了二十世紀公司，住在一個貧民窟的閣樓裡，他走到窗前，指著城市裡的高樓，他說我們必須讓所有的燈光都滅掉，一旦紐約沒有了燈光，我們就知道成功了。」

她一邊回想，一邊望著他們三個——約翰．高爾特、法蘭西斯可．德安孔尼亞、拉格納．丹尼斯約德——她默默地將他們一個個掃視了一遍。

她瞧了瞧里爾登；他沒有向下面看，而是像她曾經看到過的那樣，正帶著一種醞釀計畫的目光，凝望著前方一片無人開墾過的田野。

望著黑壓壓的前面，她的心裡又湧上了一股回憶——當她盤旋在阿夫頓機場的上空時，看到了一架銀白色的飛機像鳳凰一般從漆黑的大地上騰空而起。她心中明白，此時，他們這架飛機上承載的便是紐約的全部。她向前望去。大地將會坦蕩得像螺旋槳劃出的一條暢通無阻的航道——坦蕩而自由。她懂了內特．塔格特創業時的感受，懂了她此時為什麼會第一次死心塌地地跟隨了他的腳步：這是因為她滿懷信心地面對著一片空白，知道將有一個世界等著她去創造。

在這個時刻，她感到她過去的一切掙扎又重現在眼前，然後便離她而去。她笑了——在對過去的審視與封存中，她的腦海裡出現的詞語是大部分人從來不曾理解過的勇氣、驕傲與奉獻，那是一個商人才會說的話：「現實是無價的。」

當她看到黑漆漆的下面有一小串亮點正在大燈的帶領和保護下蜿蜒西行時，她既不吃驚，也沒有顫抖；儘管她知道那正是一列已經哪兒都到達不了的火車，她依然沒有任何感覺。

她轉向高爾特。他正注視著她，似乎一直在跟隨著她的思緒。從他的臉上，她看到了自己的微笑，

「一切都結束了。」她說。「一切剛剛開始。」他回答。

隨後，他們靠在椅子上，靜靜地看著對方。正如他們在徹底感受著未來一樣，他們在心中深深地感受到了彼此的存在——他們也都懂得，一個人必須付出，才能有權利去把他的生命的價值具體地表現出來。

他們已經遠遠地飛離了紐約，這時，丹尼斯約德正在接聽從電台廣播傳來的呼叫：「對，他還醒著，我看他今晚是不會睡了……對，我想他可以。」他回過頭來，「約翰，阿克斯頓博士想和你說話。」

「什麼？他也在我們後面的一架飛機上嗎？」

「當然了。」

高爾特俯身向前，抓過了話筒，「你好，阿克斯頓博士。」他說道；他那平靜低沉的聲音如同一幅含笑的畫面傳過了空中。

「你好，約翰，」休．阿克斯頓異常敏銳的沉穩聲音表露出他多麼盼望能再說出這句話來。「我就是想聽聽你的聲音……只是想知道你還好。」

高爾特一笑——像是一個驕傲地拿出完成的作業，表明自己用心學習的學生那樣說：「我當然很好了，教授，我必須如此。A就是A。」

$

向東行駛的彗星特快列車的火車頭在亞利桑那州的沙漠中拋錨了。它像是一個從不擔心自己背負過重的人卻突然毫無徵兆地停了下來一樣：某個負荷過度的聯結零件徹底斷裂了。

艾迪．威勒斯等了很久，他叫的列車長才姍姍而至，從列車長臉上的那副聽憑發落的表情上，他已猜出了問題的答案。

「司機正在盡力查事故的原因，威勒斯先生。」他輕聲回答，語氣中暗示出他只抱一線希望，儘管他已經有好幾年都看不到任何希望了。

「他難道不知道？」

「他正在想辦法。」列車長禮貌地等了半分鐘後，便轉身要走，但又停下來，主動解釋了一句，似乎在隱約之間，某種理智的習慣告訴他，只要解釋一下，就會使沒有說出來的害怕變得容易忍受一些。「我們的那些柴油機根本就不能再用了，威勒斯先生，它們很早以前就已經不值得一修了。」

「我知道。」艾迪安靜地說。

列車長發現他還不如不去解釋：它只會帶來那些如今已無人去問的問題。他搖了搖頭，走了出去。

艾迪坐在車窗旁，望著外面漆黑的曠野。這是很久以來從舊金山發出的第一趟彗星特快：這是他費盡力氣重建長途運輸的心血。為了將舊金山車站從盲目內鬥的人們手下挽救出來，他已說不清自己在過去幾天裡付出了什麼樣的代價；形勢一天一變，他根本記不得自己做出了多少次妥協。他只知道：他從交戰的三方首領那裡獲得了車站安全的保證；他找到了一個像是還沒徹底灰心的人去當車站站長；他組織現有最好的柴油機和車組人員，又發出了一趟東去的彗星特快列車；他登上了這列火車回紐約，完全不清楚他付出的這些努力還能堅持多久。

他從沒這樣拚命地工作過；他像對待其他任務那樣盡心盡力地完成了這個工作；但他似乎是在一片真空裡工作著，似乎他的精力根本無從發揮，最後全都流進了彗星列車窗外的沙子裡。他渾身一抖：感到自己和拋錨的火車一樣同病相憐。

過了一陣子，他又叫來了列車長：「怎麼樣了？」

列車長聳聳肩膀，搖了搖頭。

「派司爐工去找軌道沿線的電話，讓他通知分部，把最好的修理工派來。」

「是。」

窗外無景可賞；艾迪關掉燈光，在深色仙人掌的點綴下，是一片無邊無際的黑暗。他不禁想到在沒有火車的年代裡，人們是花費了怎樣的代價才冒險越過了這片沙漠。他轉回頭來，打開了車廂的燈。

他想，他之所以倍感焦慮，只是因為彗星列車沒有著落。它在一段從南大西洋借行的軌道上壞了，這段鐵路他們並沒有繳納借用費。一定得讓它離開這裡，他心想；一旦回到自己的軌道上，他就不會有這種感覺了。但是，那個位於密西西比河岸塔格特大橋的交匯點突然之間變得遙不可及。

不對，他又想道，還不僅僅是這些。他必須承認，眼前總是晃動著什麼畫面，帶著一種令他既抓不住又無法驅散的不安的感覺；它們實在是模糊得難以認清，又莫名其妙地無法趕走。一幅畫面就是他們兩個多小時前沒有停靠的小站：他注意到空曠的站台，以及站上候車室明亮的窗戶；那燈光來自空無一人的房間；車站內外見不到一個人影。另一幅畫面是他們途經的下一個小站：站台上擠滿了騷動的暴徒。現在，他們已經遠離了任何一個車站的燈火。

他必須讓彗星快車離開此地，他想。他奇怪自己為什麼會感到如此的迫切，為什麼將彗星快車重新開通會顯得如此至關重要。在它空蕩蕩的車廂裡，只坐了寥寥無幾的乘客；人們已經無處可去，無事可做。他的努力並不是為了他們；他也說不出究竟是為了誰。只有兩句話在他的腦子裡迴響，在用禱告般的含混和決絕的尖刻回答著他。一句話在說：連接海洋，直到永遠——另一句話則是：別讓它垮了！

一個鐘頭之後，列車長回來了，他帶來了司爐工，那個人的臉色異常難看。

「威勒斯先生，」司爐工慢吞吞地說，「分區的總部沒人接電話。」

艾迪坐了起來，儘管他的腦子仍不願意相信，但還是突然明白過來，這正是他莫名其妙地預感到的情況。「這不可能！」他沉著嗓子說；司爐工望著他，動也不動。「一定是軌道邊的電話壞了。」

「不是，威勒斯先生，電話是好好的，沒有問題，出問題的是分區總部。我是說，那裡沒人接電話，或者，誰都懶得去接。」

「可你明知這是不可能的！」

司爐工無奈地聳了聳肩膀；如今這種時候，人們對任何事故都不會感到意外。

艾迪站起身來，「沿整個火車走一遍，」他向列車長吩咐著，「去敲所有有人的車廂，看看車上有沒有電機工程師。」

「是。」

艾迪明白，他們和自己一樣都覺得找不出來；他們見過的那些昏昏沉沉、行屍走肉般的乘客裡不會有這樣的人。「走啊。」他轉過身向司爐工命令道。

他們一起爬上了火車頭。頭髮花白的列車司機正坐在座位上望著仙人掌發呆。車頭的大燈亮著，一動不動，筆直地射進黑夜，燈光所及之處，只能看到漸漸模糊的枕木。

「我們試著來查一查哪裡故障，」艾迪邊脫外套邊說，聲音既像是命令，又如同是在乞求，「我們再好好查一查。」

「是。」司機既不反感、也不抱任何希望地回答。

司機已經絞盡腦汁；他查過了每一處他能想到的地方。他在機器上下敲打遍了，將零件鬆開再扭緊，卸下再裝回去，將發動機拆來拆去，就像一個拆開了鐘錶的孩子，只是不像孩子那樣堅信會有辦法。

司爐工不斷從火車頭的窗戶探出頭去，望向沉寂的黑夜，他打著冷戰，似乎感覺到了漸冷的夜色。

「別擔心，」艾迪帶著一副很有信心的口氣說道，「我們必須盡力而為，不過我們要是沒辦法的話，他們早晚都會派人來幫我們，他們不會把火車丟在外面不管。」

「他們以前是不會。」司爐工說。

司機不時抬起他那滿是油污的臉，望著艾迪沾滿油污的面孔和襯衫，「這有什麼用啊，威勒斯先生？」他問。

「我們不能讓它垮掉！」艾迪厲聲答道；他隱隱地感覺到，他指的不僅僅是彗星列車……也不僅僅是鐵路。

艾迪從車頭摸索到聯結著發動機的三節車身，然後又摸索回來，他的手碰出了血，襯衫貼住了後背，拚命回想著他對於發動機的所有記憶，回想著他在大學裡學過的一切，以及更早的時候，他在洛克戴爾車站不斷被人轟下伐木機的踏板時所學到的一點東西。這些記憶什麼都連不起來；他的腦子似乎攪成了一團；他知道發動機不是他的專長，知道他並不懂這些，知道他此刻只有把它搞懂才能死裡逃生。他看著那些管子、頁片、線路和閃著亮光的操作台。他儘量不去想那個不斷壓迫進來的念頭：根據數學概率，對於外行來說，僅憑運氣，能有多大機會，要花多久時間，才能找對零件，重新修好這台火車的發動機？

「沒什麼用啊，威勒斯先生？」司機唉聲嘆氣道。

「我們不能讓它垮掉！」他叫著。

不知過了多少個小時，他突然聽見司爐工喊道：「威勒斯先生，快看！」

司爐工探出窗外，向他們後方的黑暗中指去。

艾迪尋聲望去，只見遠處晃動著一個奇怪的亮點；看起來前進得十分緩慢；他怎麼也辨認不出那是什麼燈光。

過了一陣子，他似乎看出慢慢前移的是一些龐大的黑影；它們是在沿著鐵軌的方向移動；那點亮光在距地面很近的地方搖晃著；他側耳細聽，卻沒有任何動靜。

隨即，他聽見了一陣微弱低沉的聲音，猶如馬蹄踏響。他身旁的兩個人滿臉驚恐地注視著那團黑影，彷彿是某種魔幻般的幽靈從沙漠的暗夜裡向他們飄來。當他們終於看清來者的樣子，頓時欣喜若狂地笑了出來時，艾迪卻彷彿看見了極其恐怖的鬼魂，臉上露出了恐慌：過來的是一列蓋有帆篷的四輪馬車。走到火車頭的旁邊時，晃盪著的吊燈停了下來。「嗨，兄弟，要不要載你們一段？」一個像是帶頭的人喊道；他嘿嘿一笑，「車壞了吧？」

彗星快車上的旅客們紛紛探出頭來張望；有些人下了列車，向這邊走來。女人們的臉從馬車的車廂和裡面堆放的行李中探了出來；車隊的後方傳出了嬰兒的啼哭聲。

「你瘋了嗎？」艾迪問道。

「不是的，兄弟，我是當真的，我們有的是地方。要是你們想從這裡出去，我們可以讓你們搭車——不過得付錢。」此人身材瘦削，神態很不自然，胡亂地揮著手，聲音粗野無禮，看起來像是個路邊雜耍的拉客者。

「這是塔格特的彗星快車。」艾迪忍住火氣說。

「彗星，是嗎？我看它倒更像是一隻死蟲子。怎麼了，兄弟？你們已經哪兒也去不成了——就算你們還想去，也到不了了。」

「什麼意思？」

「你們不是還打算去紐約吧？」

「我們就是要去紐約。」

「那……你們沒聽說嗎？」

「聽說什麼？」

「你們和車站的上一次聯繫是什麼時候？」

「我不記得了！……到底發生了什麼？」

「你們的塔格特大橋不見了，沒有了，它已經粉身碎骨，好像是被聲波之類的東西炸掉的，誰都說不清究竟是怎麼回事，不過，的確是再也找不出能過密西西比河的大橋了。至少對你我這樣的人來說，別指望能到紐約了。」

艾迪頓時昏了過去；他癱倒在司機的座椅旁邊，呆呆地瞪著通向發動機車身的門口；他不清楚自己在這裡躺了多久，但當他轉頭一看時，發現已經只剩下了他自己。司機和司爐工離開了駕駛室，外面人聲嘈雜，夾雜著尖叫、哭泣和疑問的叫喊，以及那個路邊拉客者的大笑。

艾迪強撐著身體，爬到了駕駛室的窗前：彗星列車上的旅客和車組人員，將馬車的領頭者和他的幾個蓬頭垢面的隨從簇擁在人群中；他正揮舞著自己枯瘦的手臂，在那裡發號施令。彗星列車上的幾個穿戴稍微講究點的女人，正心疼地抓緊她們精美的皮包，向馬車上爬去——顯然，她們的丈夫已經先行一步，和對方談好了條件。

「上來吧，兄弟們，上來吧！」拉客者鼓動地大聲喊叫著，「所有人都會有地方的！擠是擠了點，但可以走——總比待在這裡餵野狗強啊！鐵馬的日子已經過去啦，我們只有最普通的老馬！雖然慢，但是靠得住！」

艾迪沿著火車頭的扶梯走下一半，以便能看清人群，也能讓自己的聲音被大家聽到。他一手抓住扶桿，一手揮舞著，「你們不會走吧？」他對著自己的旅客喊著，「你們不會撇下彗星號吧？」

他們像是不想去看他或回答他一樣，退後了幾步。他們不想聽見讓自己的心智難以承受的問題。他的眼前只有一片驚惶的面孔。

「那隻猴子想要幹嘛？」拉客者指著艾迪問。

「威勒斯先生，」列車長輕聲地說，「這是沒用的……」

「不要拋下彗星列車！」艾迪喊叫道，「不要讓它毀了！上帝啊，不要讓它毀了！」

「你是不是瘋了？」拉客者號叫著，「你根本就不知道你們的車站和公司出了什麼樣的事！他們現在就像一群無頭蒼蠅！我看，用不著到明天早上，密西西比河這一邊就連一家鐵路公司都不會存在了！」

「還是一起走吧，威勒斯先生。」列車長說。

「不！」艾迪大叫著，他的手緊抓著扶桿，像是恨不得和它變成一體。

拉客者聳了聳肩膀：「好吧，它可是你的葬身之地！」

「你們去哪兒？」司機問話時沒有去看艾迪。

「一直走就是了，兄弟！只要能找個停腳的地方。我們是從加州的帝王谷來的，一群『人民黨』搶光了我們的莊稼和儲備的糧食。他們把那稱做儲藏。因此我們就湊了一些人，離家出走，為了防範華盛頓的走狗，我們只能晚上趕路……我們只是想找個能活下來的地方……兄弟，如果你沒有家的話，可以一起走——或者可以在離城鎮近點的地方下車。」

馬車上的這些人——艾迪漠然地想道——刻薄得不像是建立祕密自由定居點的人，也還沒有兇惡到搶匪的地步；他們就像那束一動不動的車燈，什麼都不會找到，然後便會在這片荒漠中消失。

他站在扶梯上，抬頭向車燈望去。直到彗星列車上的最後一個人登上馬車，他也沒再回頭去看一眼。列車長最後一次叫道，「威勒斯先生！」他的叫聲中透出了急切與絕望，「一起走吧！」

「不。」艾迪說。

路旁的拉客者朝著在火車頭上的艾迪揮了揮手，「但願你沒頭腦發昏！」他半帶威脅半帶懇求地喊。「也許下個星期，或者下個月會有路過的人能載你！也許吧！現在這種時候，誰還會來？」

「走開。」艾迪說。

他回到了駕駛室內——馬車抖動了一下，繼續吱吱呀呀地向黑暗的夜色之中搖擺而去。他坐在發動機癱瘓了的列車的司機座上，頭頂著失去作用的閥門。他覺得自己彷彿是一艘失事的遠洋輪船的船長，寧願和他的船一同沉沒，也不願被划小舟的野蠻人搭救，聽他們用奚落自己的口氣，向他炫耀他們的那條小船。

隨即，他突然間感到一股無名的氣惱直沖上頭。他站了起來，抓住閥門。他非得發動這列火車不可；為了那個他說不出來的勝利，他一定得讓火車動起來。

他不再去想和算計，也忘記了害怕，在一股正義無畏的力量的驅使下，他胡亂地拉著扳手，前後推動著氣閥，腳踩著壞掉的踏板，他在摸索著辨認那個忽遠忽近的幻象，他的心中只有一個念頭，這個幻象正是他不顧一切進行搏鬥的力量源泉。

不要讓它垮掉！他的眼前看到了紐約的街道，心裡發出吶喊——不要讓它垮掉！他看到了鐵路的信號燈——不要讓它垮掉——他看到煙霧從工廠的煙囪中豪邁地升起，看到他掙扎著穿過煙霧，到達這些景象的深處，找到他的幻象。

他拉著電線，把它們連起來，再分開——眼裡彷彿突然閃現出了陽光和松樹。達格妮！他聽見自己無聲地叫喊著——達格妮，以我們最崇高的名義！……他搖晃著那些廢物一樣的扳手和無處發力的閥門……達格妮！他在向被陽光照耀下的樹林空地上的那個十二歲的小女孩叫喊——以我們最崇高的名義，我現在必須發動這列火車！……達格妮，就是為了這個……那個時候你已經知道，可我還沒有……你在轉身向鐵軌望去的時候就已經知道……我說過，「不僅僅是做生意和養活自己」……但是，達格妮，做生意和養活自己，以及人們能夠去實現這一切——那才是我們心裡最崇高、需要我們去捍衛的東西……為了拯救它，達格妮，我現在必須發動這列火車……

他發現自己癱倒在駕駛室的地面上，意識到待在這裡已無濟於事，便爬起身來，走下扶梯，他心裡還在隱隱地想著火車的輪子，儘管他知道司機已經檢查過了。走到地面上，他感覺到腳下沙土的鬆軟。他站立不動，在無邊的寂靜中，他聽到草在黑暗中簌簌作響，彷彿在動彈不得的彗星列車旁，有一支看不見的部隊正在自由地行進。他聽到附近傳出清晰的沙沙聲——看到一隻兔子模樣的灰影子直起腰來，嗅著塔格特彗星列車一節車廂下的輪子。他冒出一股要殺人般的怒火，向兔子的方向猛撲過去，彷彿他能夠打退那個化身為灰色小動物的敵人的進攻。兔子竄入了茫茫的黑暗之中——但他明白，這進攻是無法被打退的。

他走到火車頭前，仰望著上面那兩個字母TT。接著，他便倒在鐵軌上，撲在火車頭的腳下泣不成聲。車燈的光束漠然越過他的頭頂，射向無盡的夜空。

$

理查．哈利的第五號協奏曲從他的鍵盤上溢出，穿過玻璃窗，揮散在空中，傳遍了山谷裡的每家燈火。它是一曲勝利的交響樂。音符湧起，它們既表達著上升，本身亦是在升騰，它們便是向上運行的實質與形式，似乎表現出了所有以上進為動力的人的行動和思想。它的聲音如陽光照射，衝破了黑暗，照亮了四方。它既帶著掙脫束縛的自由歡快，又有著目的性十足的張力。它清除了一切，身後只留下盡情奮鬥的喜悅。聲音裡只有一點微弱的失去音色的回聲，不過那也伴隨著驚奇的大笑，因為發現了那裡面並沒有醜惡或痛苦，發現根本就無須它們存在。它是一首深邃的救贖之歌。

山谷裡的燈光在白雪依舊覆蓋的大地上閃爍出一片片的光芒。大雪在山崖和松柏粗重的枝頭間層疊堆積，但裸露的樺樹枝條則在隱約間向上拔起，似乎充滿信心地承諾著春葉的萌芽。

山坡上的那亮著燈的地方是穆利根的書房。穆利根坐在桌旁，面前是一張地圖和一串數字。他正在開列著自己銀行的資產，並且制定著一項預計投資的計畫。他在自己選好的地方做著記號：「紐約—克里夫蘭—芝加哥……紐約—費城……紐約……紐約……紐約……」

山谷底下亮燈的地方是丹尼斯約德的家。凱．露露坐在鏡子前，饒有興趣地研究攤在一個盒子裡的電影底片。丹尼斯約德躺在沙發裡，正讀著一卷亞里斯多德的著作集：「……因為這些真理適用於存在的萬事萬物，並不專注於某些特殊的類別。它們適用於就其本身而言的存在，因此即為世人所公認……凡能被任何一個稍有理解力的人所理解的原理必定不是假設……那麼顯然，這樣的原理在所有的原理當中最為確實；讓我們進而說明這是一個什麼樣的原理，它就是：同樣的特性在同一時間就同一方面而言，不能同時既屬於又不屬於同一個主體……」

在廣闊的農場上燈光亮起的地方是納拉岡賽特法官家藏書室的窗戶。他坐在桌前，燈光映照著一本古籍文獻。他標出和劃掉了曾經斷送了這本書的矛盾語句。此時，他正在書頁上添加著新的一句：「國會須嚴禁剝奪生產和貿易的自由的法律……」

叢林深處亮著燈光的地方是法蘭西斯可木屋的窗戶。法蘭西斯可席地坐在火光跳躍的爐前，俯在設計圖上，完成他對熔爐的設計。里爾登和威特坐在爐火旁邊。「約翰會設計出新式的火車頭，」里爾登說道，「達格妮將會管理第一條紐約和費城之間的鐵路。她——」一聽到接下來的這句話，法蘭西斯可突然抬頭大笑了起來，那是一種迎接勝利的輕鬆的笑聲。他們聽不見此刻正繚繞在屋頂半空的哈利的第五號協奏曲的音樂聲，但法蘭西斯可的笑卻與它正相吻合。法蘭西斯可從自己聽到的那句話裡，正看著春天的陽光照耀著全國家家戶戶的草地，看著發動機迸出的火花，看著嶄新的摩天大樓那升起的鋼鐵骨架正熠熠生輝，看著年輕一代憧憬未來的目光裡沒有猶疑或恐懼。

里爾登說的那句話是：「她收的運費或許會讓我脫掉一層皮，不過——我將能負擔得起。」

在人力可及的山頂，那隨風緩緩起伏著的淡淡閃亮，是星星閃爍在高爾特頭髮上的光芒。他佇立眺望的不是腳下的山谷，而是圍繞在山峰外面的黑沉沉的世界。達格妮的手扶著他的肩膀，風將他們的頭髮吹拂在了一起。她知道他今晚為什麼想來登山，以及他停在此處沉思著什麼。她知道他要說的話，並且知道她將會第一個聽到。

他們看不到山巒之外的世界，只能看見一望無際的黑暗和山崖，只是那黑暗正掩蓋著一片破碎的土地：天花板掀掉的房屋，生鏽的拖拉機，不見燈光的街道，廢棄的鐵路。但在遙遠的天邊，一團小小的火焰正在風中舞動，那正是倔強而不肯低頭的威特火炬的烈焰，在夜風的撕扯下搖擺著站穩，絕不根絕或者熄滅。它似乎是在呼喚和等待著高爾特此時想說的話。

「道路已經清理乾淨，」高爾特說，「我們就要重返世界了。」

他抬起手，在滿目蒼涼的大地上空劃出了一個美元的符號。

作者後記

「我的個人生活，」艾茵．蘭德說道，「就是我的小說的後記；它包含了這樣一句話：『我是認真的。』我一直遵循著我在書中所表達的哲學來生活——它對我塑造的人物和我自己都同樣適用。具體的細節自有差異，但概括起來還是一樣的。」

「我從九歲起就決心要當作家，我做的每一件事都是為了這個目標。根據自己的選擇和信念，我成為了一個美國人。我出生在歐洲，但我卻來到了美國，因為這是一個建立在我的道德前提下的國度，也是唯一一個可以完全自由寫作的國家。我從一家歐洲的學院畢業後隻身來到這裡，我曾經苦苦地掙扎過，靠幹各種零工謀生，直到最後終於靠寫作獲得了經濟上的成功。沒有人幫助我，我也從沒想過誰有責任要幫我。」

「在學校時，我選了歷史作為我的專業，以哲學作為我的愛好；第一個選擇是為了我今後的寫作而去獲得人類過去的實際經歷；第二個則是為了能對我的價值觀有一個客觀的定義。我發現第一個必須要通過學習，而第二個則必須靠我去實踐。」

「我的思想觀念從我記事開始一直保持至今。在成長的過程中，我學到了許多東西，並且擴展了我對細節、對專門的問題、對定義以及實踐方面的知識——我還打算將這些知識繼續擴展下去——但是，我從來不必去改變我最基本的東西。從本質上講，我的哲學觀就是把人看成是一個英雄一樣的存在，他的幸福便是它生活的道德目標，創作和生產便是他最高尚的行動，理性便是他唯一的絕對標準。」

「唯一令我在哲學方面受益的人便是亞里斯多德。我對他的許多哲學觀點極不認同——但他對邏輯定律和人類求知手段的定義實在是了不起的成就，相形之下，他的謬誤已顯得無關緊要。你會發現，我在《阿特拉斯聳聳肩》一書三部的標題，就是獻給他的禮物。」

「對於所有發現了《源泉》，並且就進一步擴展它的思想向我提出許多問題的讀者們，我想說，我是在這部小說中對這些問題做出回答；《源泉》只是《阿特拉斯聳聳肩》的序曲而已。」

「我相信，沒有人會對我說我筆下的人物並不存在。這部書的寫成——以及出版——便是我對他們存在的證明。」

艾茵・蘭德，於一九五七年

附錄

蘭德著作與哲學簡介

READER'S GUIDE

關於艾茵・蘭德

客觀主義的要素

蘭德作品簡介

有關蘭德與客觀主義的書籍

關於蘭德協會

關於艾茵·蘭德★

艾茵·蘭德於一九〇五年二月二日出生於俄羅斯的聖彼得堡。六歲時，她自學閱讀兩年，當她在閱讀一本法國的兒童雜誌時，發現了她第一個虛構的英雄，因此她擷取成為她終身創作中的英雄形象。九歲時，她決定以小說書寫作為她終身的志業。由於她完全反對蘇聯文化中的神祕主義與集體主義，加上在她讀到了沃爾特·史考特（Walter Scott），以及在一九一八讀到她最景仰的雨果（Victor Hugo）之後，她便自許為歐陸作家。

在她就讀高中的階段，她見證了她支持的十月革命，以及她一開始就公然反對的一九一七年的布爾什維克革命。她的家庭為了逃離戰事，遷移到克里米亞，她也在當地完成了高中學業。最後，俄國共產黨的成功，沒收她父親的藥局，家裡經濟陷入困境。在高中階段的最後一個月，她接觸到美國歷史，她隨即認為美國是一個自由的人應身處的國家之模範。

當她的家人從克里米亞回來之後，她進入了彼得格勒大學學習哲學和歷史。至一九二四年大學畢業，她經歷了自由探索知識的蛻變，也目睹了共產黨如何控制大學。在日漸慘澹的歲月中，她最大的樂趣在於觀賞西方電影和戲劇。長期作為影迷，她在一九二四年畢業後進入了國家電影藝術研究所就讀，學習劇本寫作。

一九二五年她獲得離開蘇聯至美國拜訪親戚的許可。雖然她告訴蘇聯當局，這僅是一次短暫的拜訪，實際上她決定再也不回俄羅斯。她在一九二六年二月抵達紐約，住在芝加哥的親戚家六個月，並延長了簽證。之後她便前往好萊塢追求她作為一名劇作家的志業。

★附錄除〈客觀主義的要素〉一文外，餘由陳玉苹翻譯。

她到達好萊塢的第二天，導演賽西爾．迪米爾（Cecil B. DeMille）看到她站在他工作室的門口，便載她到電影《萬王之王》的拍攝現場，並安排她在《萬王之王》一劇中擔任群眾角色，接著擔任劇本審稿人。第二周之後，她在此工作室中遇見一個演員，法蘭克．歐康諾（Frank O' Connor），兩人在一九二九年結婚。他們的婚姻維持了五十年直到她丈夫去世。

在歷經了七八年從事幾個跟寫作無關的工作，包括在雷電華影片公司（RKO Wardrobe）的服裝部門擔任指揮工作，她終於在一九三二年將她的第一部電影劇本《紅小卒》（*Red Pawn*）賣給環球影城，同年，她的舞台劇《一月十六日的晚上》（*Night of January 16 th*）在好萊塢上演，隨後又在百老匯上演。她的第一部小說《我們活著的人》（*We the living*）完成於一九三三年，但是出版遭拒，直到一九三六年美國的馬克米廉（Macmillian）和英國的卡賽爾（Cassel）出版社答應出版此書。這是最富有她個人自傳色彩的書，故事源自於她在蘇聯暴政之下的經驗。然而這本小說在美國的知識圈和評論界並不受好評。在此書中，她反對在「紅色十年」中共產主義所主導的文化。

她在一九三五年開始撰寫《源泉》（*The Fountainhead*）。故事中的主角，建築師霍華德．洛克（Howard Roark），是她首次展現這類英雄形象，也是她寫作上的主要目的：描寫一個理想的男性，一個「有能力也應該如是」的男性。此書被十二個出版商拒絕，但最後被鮑伯麥里爾（Bobbs-Merrill）出版社接受。此書在一九四三年出版，兩年後該書創造了銷售上的奇蹟，而且僅僅是靠口耳相傳就締造了該年最佳銷售，也讓作者獲得最佳個人獎。

在一九四三年末，她回到好萊塢撰寫《源泉》的電影劇本。但是因為當時戰事的影響，一直到一九四八年才出版。一九四六年，她一邊為製作人哈爾．華力斯（*Hal Wallis*）雇用，從事兼職的電影劇本寫作，同時開始撰寫她的鉅作：《阿特拉斯聳聳肩》。一九五一年她搬回紐約，傾全力撰寫此書。

一九五七年《阿特拉斯聳聳肩》出版，這是她在小說上最偉大的成就，也是最後一部小說作品。在這部小說中，她將其獨特的哲學戲劇化，融合於此充滿智性的推理故事中，結合了倫理學、形上學、認識論、政治、經濟與性。雖然她認為自己主要是個小說家，但她認識到如果要創造一個虛構的英雄角色，她必須標示出哲學的原則才有可能創造這個人物。她必須明確陳述出「在地球上生存的哲學」。之後，艾茵·蘭德針對她的哲學——客觀主義——進行書寫與發表演說。從一九六二到一九七六年，她發表文章並編輯自己發行的期刊，而她針對客觀主義及其在文化上的實踐之論文，則發表在九本書中。艾茵·蘭德於一九八二年三月六日在她的紐約公寓中逝世。

每一本她在世時所出版的書，目前都還在發行，而且每年都售出數十萬冊，總共加起來可能超過兩千萬冊。有些新的作品則是在她死後出版的。在她筆下的男性形象以及在這世界生存的哲學，已經改變了無數讀者，也引發了對美國文化有日益加深的影響之哲學運動。

客觀主義的要素

從本質上說，我的哲學觀就是把人看做一個英雄一樣的存在，他的幸福便是它生活的道德目標，創作和生產便是他最高尚的行動，理性便是他唯一的絕對標準。

——艾茵．蘭德

艾茵．蘭德將她的哲學命名為「客觀主義」，並將其描述為在世界上生活的哲學。客觀主義是一種完整的思想體系，它給出了人要體面生存就必須遵守的思想和行為的抽象原則。艾茵．蘭德最先是借用她暢銷小說《源泉》（一九四三年）及《阿特拉斯聳聳肩》（一九五七年）中的主角，闡述了她的哲學思想。隨後，她用非虛構的作品對這種哲學觀做出了表達。

曾經有人問艾茵．蘭德是否能簡明扼要地概括出客觀主義的本質，她的回答是：

1．形而上學：客觀現實
2．認識論：理性
3．道德：自利
4．政治：資本主義

隨後，她用更為通俗的語言表達了上述理念：

1．「要想駕馭自然，就必須尊重自然。」

2.「你不能既想吃掉蛋糕，又想留著它。」

3.「人最終還是為自己。」

4.「不自由，毋寧死。」

客觀主義的基本原理可歸納為以下幾方面：

1.形而上學：「現實和外部世界的存在獨立於人的意識，獨立於觀察者的知識、信仰、感受、欲望或恐懼。這便意味著A即是A，事實便是事實，萬物皆是天成——人類意識的任務就是去認知現實，而不是去製造或發明它。」因此，客觀主義排斥任何超越自然的信仰——以及個人或群體宣稱能夠自造現實的主張。

2.認識論：「人的理性完全能夠瞭解事實的真相。理性是將人的感官所提供的素材加以識別和綜合的思維能力。理性是人獲得知識的唯一手段。」因而，客觀主義排斥神祕主義（即任何以接受信仰或感覺來獲得知識的手段），而且它排斥懷疑主義（宣稱確定或知識為不可能）。

3.人性：人是一種理性動物。理性作為人僅有的求知方式，是人最基本的生存手段。但理性的運用有賴於各人的選擇。「人是一種有意志感知的動物。」「你所說的靈魂或精神便是你的意識，你所說的『自由意志』就是你頭腦思考的自由，它也是你唯一的意志與自由。（它是）控制你一切選擇的選擇，決定著你的生活與個性。」因而，客觀主義排斥任何一種決定論，排斥人是一種超出人的控制的力量的受害者的信念（諸如上帝、命運、教養、基因或者經濟條件）。

4.道德：「理性是人對於價值所做出的唯一正確的判斷和唯一正確的行為指南。正確的道德標準是：人是作為人而生存——比方說，它是人在天性當中為了要像一個理性的動物那樣生存而提出的要求（而不是像一個沒有頭腦的殘暴之徒那樣出於一時的生理存活需要）。理性是人的基本美德，人的三個最重要的價值是：理性，目的，自尊。人——每一個人——都是自我的，而不是為了去滿足他人；他必須為了自己活著，既不為他人而犧牲自己，也不為自己而犧牲他人；他必須以實現自己的幸福作為他生命中的最高道德目標，為了他理性的個人利益而工作。」因而，客觀主義排斥任何形式的利他主義——也就是聲稱道德存在於為他人或者社會而生活的說法。

5．政治：「客觀主義者道德規範裡的基本社會原則是，任何人都不能以武力從他人那裡獲取價值——比如，任何個人或者群體都無權對他人行使暴力。人們只有在自衛、只有在反抗武力的挑起者時，才有權動武。人們之間應該像商人那樣，在自由和互願互惠之下交換價值。唯一禁止人類關係中出現暴力的社會制度便是自由放任的資本主義。資本主義是一種在認可個人以及財產權的基礎上建立的制度，政府在其中的唯一職能便是保護個人權利，比如保護人們不受武力挑起者的侵犯。」因而，客觀主義排斥諸如法西斯或社會主義等任何形式的集體主義。它也同樣排斥目前主張政府規範經濟、對財富重新分配的「混合型經濟」。

6．美學：「藝術是根據藝術家形而上學的價值取向而對現實進行的有選擇的再創造。」藝術的目的是為了要具體表現出藝術家對存在的根本看法。艾茵·蘭德將她自己的藝術鑑賞描述為「浪漫現實主義」：「我是個浪漫派，因為我所呈現的是人們本該有的樣子。我是個現實派，因為我將他們安排在了此時此地的這個地球上。」艾茵·蘭德的小說作品不是在說教，而是洋溢著藝術的氣息：去塑造一個理想中的人物：「我的目標，最原始的動因，以及主要的推動力就是將霍華德·洛克，約翰·高爾特，或者漢克·里爾登，或者法蘭西斯可·德安孔尼亞，塑造成純粹自我的人——而不是為了任何其他的目的存在。」

蘭德作品簡介

小說

《阿特拉斯聳聳肩》（*Atlas Shrugged*）（一九五七）：這是艾茵·蘭德的代表作。此書不僅將所有哲學的基本元素整合至一個相當高的複雜度，更有令人注目的戲劇性之故事情節——場景設定在不久的將來的美國，主要的改革者與大企業家神祕的消失，而導致美國經濟崩盤。本書主題是：「心智在人類存有中所扮演的角色，以及以此推導出的一個新道德哲學：一種理性的利己主義之道德。」

《源泉》（*The Fountainhead*）（一九四三）：這是一個有關改革者建築師霍華德·洛克（Howard Roark）如何反抗因循傳統的體制之故事。此書的主題在於，個人主義與集體主義的對抗並不在政治上，而是在人的靈魂上；是由心理的動機以及其基本的預設塑造出個人主義者或集體主義者的性格。艾茵·蘭德在此本書中首次投射出她理想中的男性形象。主角洛克的獨立、自信以及正直的性格，在這半個世紀以來已經影響了好幾百萬的讀者。

《給一個人的頌歌》（*Anthem*）（一九三八）：這個短篇小說描寫一個未來的世界，這是一個高度集體主義化的世界，以致於在語言中的「我」這個字都消失了。《給一個人的頌歌》一書的主題是，人類自我的意義與榮耀。

《我們活著的人》（*We the living*）（一九三六）：故事場景設定在蘇俄。這是她第一部也是最具有個人色彩的小說。其主題是：「個人對抗國家，萬惡的極權政府要求犧牲人類生命之最高價值」。

其他文學作品

《一月十六日之夜》（*Night of January 16t*）（一九三四）：這個劇本是關於一場謀殺的審判，富有曲折的情節以及原創的構想。這個劇本有兩個不同的結局，反映出實際上陪審團的決定取自兩造意見之觀眾的表現。

《艾茵．蘭德早年作品選》（*The Early Ayn Rand*）（一九八四）：這個選集收錄了艾茵．蘭德賣出的第一部小說——一個原始電影腳本的故事大綱，《紅小卒》。此書還收錄了一些她在一九二〇和一九三〇年代她尚在學習英文時所寫的一些未經潤飾但迷人的短篇故事，此外還有一些成熟的作品，如舞台劇《考慮再三》（*Think Twice*）和《理想》（*Ideal*），以及已發表的《源泉》中被刪節掉的場景。

哲學通論

《致新知識分子》（*For the New Intellectual*）（一九六一）：這是她小說中的人物最具爭議的哲學立場之選集。四十八頁論文的標題，橫掃思想史，展現出觀念如何掌控文明，以及哲學如何作為解構的最主要動力。

《誰需要哲學》（*Philosophy: Who Needs It*）（一九八二）：每個人都需要哲學——這是這本書的主題。這本書展現出哲學是每個人生活的重心，而那些認為哲學不重要的人，實際上是不斷地受到他人觀念影響的受害者。論文包括：〈哲學探知〉、〈因果與責任〉。

《理性的聲音》：客觀主義者的思想論文集（*The Voice of Reason: Essays in Objectivist Thought*）（一九八九）：哲學與文化分析，包括〈誰是倫理學的最終權威？〉以及里奧那多．佩克夫（Leonard Peikoff）所著〈宗教與美國〉，以及彼得．史華茲（Peter Schwartz）對自由主義的批判。

認識論

《客觀主義者的認識論導論》（*Introduction to Objectivist Epistemology*）（第二版一九九〇）：客觀主義者的概念，以及艾茵．蘭德對於普遍性問題的解決方法，標示出抽象概念的關係。書中包括里奧那多．佩克夫的一篇論文〈綜合性二分法〉。在其附錄中他謄錄了艾茵．蘭德的工作室內容——包括她回答哲學家以及其他學者所提的問題。

倫理學

《自私的美德》（*The Virtue of Selfishness*）（一九六四）：艾茵・蘭德對於自我主義最具創意的概念。理性利己的道德以及這種道德哲學的政治與社會意涵。論文包括〈客觀主義者的倫理學〉、〈人的權利〉、〈政府的本質〉、〈人類利益的衝突〉以及〈種族主義〉。

政治學

《資本主義：未知的理想》（*Capitalism: The Unknown Ideal*）（一九六六）：這是一個論文集，由資本主義的理論和歷史主張資本主義是唯一的道德經濟體系，同時也是唯一與個人權利和自由社會相合的經濟體系。論文包括〈什麼是資本主義？〉、〈戰爭之根源〉、〈保守主義：一個訃文〉、以及〈妥協的剖析〉。

《回到原初》（*The Return of the Primitive*）（一九七一）：艾茵・蘭德回答環境主義、激進的教育以及其他反理性的運動的文集。

藝術和文學

《浪漫的宣言》（*The Romantic Manifesto*）（一九六九）：艾茵・蘭德的藝術哲學，以及對文學的浪漫主義學派的新的分析。論文包括：〈藝術的心理認識論〉以及〈什麼是浪漫主義？〉。

有關蘭德與客觀主義的書籍

《蘭德詞彙：客觀主義A至Z》（*The Ayn Rand Lexicon: Objectivism from A to Z*）（一九八六）：這是一本小的客觀主義詞彙字典，包含四百個以字母分類的哲學與相關領域的主題。哈利．賓斯華格（Harry Binswanger）編輯。

《禍不單行：美國自由的盡頭》（*The Ominous Parallels: The End of Freedom in America*）（一九八二）：里奧那多．佩克夫所著。透過分析納粹主義的哲學根源，以及他們如何與當代美國的並進，帶出歷史的客觀主義哲學。

《客觀主義：蘭德的哲學》（*Objectivism: The Philosophy of Ayn Rand*）（一九九一）：里奧那多．佩克夫所著。這是一本完整地、系統性地介紹艾茵．蘭德的哲學之著作，此書是奠基在作者與艾茵．蘭德三十年的哲學討論上。所有的客觀主義的關鍵原則——從象徵到藝術——都呈現在邏輯的、系統性的結構中。

《蘭德信柬》（*Letters of Ayn Rand*）（一九九五）：此書蒐集了超過五百封艾茵．蘭德所寫的書信，提供她作為哲學家、小說家、政治實踐者，和好萊塢電影劇作家的生活側寫。書信的對象包括她的粉絲、朋友、名人、商界領袖，以及哲學家。由麥克．柏林納（Micheal S. Berliner）編輯。

《蘭德日記》（*Journals of Ayn Rand*）（一九九七）：包括她最重要三本小說的筆記，與早期探索哲學的基本問題。大衛．哈里曼（David Harriman）編輯。

《蘭德讀本》（*The Ayn Rand Reader*）（一九九九）：從艾茵．蘭德的小說和非小說作品中精選出來的選集，探討她哲學的精髓與客觀主義。由蓋瑞．赫爾（Gary Hull）和里奧那多．佩克夫編輯。

《小說的藝術》（*The Art of Fiction*）（二〇〇〇）：這是由艾茵．蘭德有關小說書寫的一系列非正式演講稿所編輯之精髓。托爾．波克曼（Tore Boeckman）所編。

《非小說的藝術》（*The Art of Nonfiction*）（二〇〇一）：由艾茵．蘭德針對寫作能發生效力的寫非小說的演講稿編輯而成。她認為這是可以被任何有理性的人所學習和掌握的技藝。

關於蘭德協會

艾茵・蘭德協會，是一個非營利的教育機構，創立於一九八五年，作為推廣客觀主義的中心。

客觀主義認為歷史的趨勢是哲學的產物。要反轉當今腐敗的政治和文化，我們必須要扭轉人們基本的哲學觀。

這個協會發揚艾茵・蘭德的觀點，並引起學生、學者、商人、專業人士以及一般大眾的注意。其客觀主義者研究中心（Objectivist Academic Center）提供學院級的訓練，包括客觀主義者的哲學，以及提供寫作獎學金，研究獎助，以及學術出版品。這個協會的其他計畫包括高中和大學的論文比賽，聯繫大學內客觀主義的社團，以及校園演講機構。

若欲了解有關此機構的任何資訊與活動，請聯繫：

The Ayn Rand Institute
P.O. Box 51808
Irvine, CA 92619-9930
Web site: http://www.aynrand.org

國家圖書館出版品預行編目（CIP）資料

阿特拉斯聳聳肩 . 第三部 , A 即是 A / 艾茵 . 蘭德
(Ayn Rand) 著 ; 楊格譯 . -- 二版 . -- 臺北市 :
太陽社出版 : 早安財經文化發行 , 2012.09
面 ;　公分 . -- (Fiction ; 4)
譯自 : Atlas shrugged
ISBN 978-986-88710-1-4(平裝)

874.57　　　101017036

Fiction 4

阿特拉斯聳聳肩

A 即是 A

Atlas Shrugged

作　　者：艾茵・蘭德 Ayn Rand
譯　　者：楊格
封面設計：Bert.design
內文排版：陳文德・王思驊
校　　對：李鳳珠
責任編輯：柳淑惠
行銷企畫：陳威豪、陳怡佳

發 行 人：沈雲驄
特　　助：戴志靜、黃靜怡
出　　版：太陽社出版有限公司
太陽社部落格：http://heliosstudio.pixnet.net
發　　行：早安財經文化有限公司
台北市郵政 30-178 號信箱
電話：(02) 2368-6840　傳真：(02) 2368-7115
早安財經網站：http://www.morningnet.com.tw
早安財經部落格：http://blog.udn.com/gmpress
早安財經粉絲專頁：http://www.facebook.com/gmpress

郵撥帳號：19708033　戶名：早安財經文化有限公司
讀者服務專線：(02) 2368-6840　服務時間：週一至週五 10:00~18:00
24 小時傳真服務：(02) 2368-7115
讀者服務信箱：service@morningnet.com.tw

總 經 銷：大和書報圖書股份有限公司
電話：(02)8990-2588
製版印刷：微印事業股份有限公司
二版 1 刷：2012 年 9 月

定　　價：400 元
I S B N：978-986-88710-1-4（平裝）